George Orwell
Mil Naw Wyth Deg Pedwar

Roedd George Orwell, sef ffugenw Eric Arthur Blair (1903-1950) yn newyddiadurwr, yn fardd ac yn draethodydd ond mae'n fwyaf adnabyddus heddiw fel un o nofelwyr mwyaf dylanwadol yr ugeinfed ganrif. Nodweddir ei waith gan sylwebaeth gymdeithasol a beirniadaethau o dotalitariaeth ei gyfnod sydd eto'n oesol, ac mae ei gampweithiau mwyaf adnabyddus, yn eu plith *Animal Farm* a *Nineteen Eighty-Four*, ymhlith y nofelau mwyaf poblogaidd erioed mewn unrhyw iaith.

Wedi'i chyhoeddi'n wreiddiol yn 1948, hwyrach mai *Nineteen Eight-Four* yw'r nofel ddistopaidd enwocaf erioed a bu'n gyfrifol am gyflwyno bathiadau newydd i'r iaith Saesneg fel *Big Brother, Doublethink, Thought Police* ac *Orwellian*.

George Orwell

Mil Naw Wyth Deg Pedwar

(Nineteen Eighty-Four)

Cyfieithwyd i'r Gymraeg gan
Adam Pearce

Clasuron Byd Melin Bapur

Adam Pearce yw golygydd cyffredinol gwasg Melin Bapur. Mae ganddo ddoethuriaeth o Brifysgol Bangor ar gyfieithiadau o nofelau Daniel Owen ac mae ei gyhoeddiadau llenyddol hyd yn hyn yn cynnwys cyfieithiadau i'r Saesneg o waith Daniel Owen a T. Gwynn Jones, a chyfieithiadau i'r Gymraeg o *Y Peiriant Amser*, sef *The Time Machine* gan H. G. Wells, ac *Yr Hobyd* sef *The Hobbit* J.R.R. Tolkien. Mae wedi treulio cyfnodau hir yn Ne a Gogledd Cymru ond bellach mae'n byw ym Mhorthcawl.

RHAN UN

Pennod 1

Diwrnod oer golau ym mis Ebrill, a'r clociau'n taro un deg tri. Ei ên wedi'i wthio i'w frest mewn ymdrech i osgoi'r gwynt erchyll, llithrodd Winston Smith yn gyflym drwy ddrysau gwydr Plasau Buddugoliaeth, ond heb fod yn ddigon cyflym i rwystro corwynt o lwch graeanog rhag dod i mewn gydag ef.

Roedd y cyntedd yn llawn o arogleuon cabaets wedi'i ferwi a hen fatiau carpiog. Yn un pen roedd poster lliwgar, rhy fawr i'w arddangos dan do mewn gwirionedd, wedi'i binio i'r wal. Arno roedd llun wyneb enfawr, dros fetr o led: wyneb dyn lluniaidd ond garw ei olwg, tua phump a deugain oed, a chanddo fwstas du trwchus. Anelodd Winston am y grisiau. Gwastraff amser fyddai mentro'r lifft. Prin fyddai hwnnw'n gweithio hyd yn oed â phethau ar eu gorau, ac ar hyn o bryd roedd y cyflenwad trydan wedi'i ddiffodd yn ystod oriau'r dydd. Rhan o'r cynllun cynildeb oedd hynny, a'r paratoadau ar gyfer Wythnos y Casineb. Rhaid oedd dringo saith set o risiau i gyrraedd ei fflat, a dringodd Winston yn araf gan aros i orffwys nifer o weithiau: roedd yn dri deg naw ac roedd ganddo wlser chwyddedig ar ei ffêr. Syllai'r poster gyda'r wyneb enfawr o'r wal gyferbyn â siafft y lifft ar bob landin. Un o'r lluniau hynny oedd e sydd wedi'i lunio fel bod y llygaid yn eich dilyn wrth i chi symud. Meddai'r ysgrifen islaw'r wyneb: *Mae'r Brawd Mawr yn Eich Gwylio Chi.*

Yn y fflat darllenai llais bras restr o ffigyrau oedd â rhywbeth i'w wneud â chynhyrchu haearn crai. Deuai'r llais o blac petryal metel, fel drych aneglur, oedd yn ffurfio rhan o arwyneb y wal ar y dde. Diffoddodd Winston swits ac aeth y llais yn dawelach, er bod modd clywed y geiriau o hyd. Roedd modd troi'r teclyn i lawr (y telisgrîn, dyna'r enw arno), ond doedd dim ffordd o'i ddiffodd yn llwyr. Symudodd at y ffenest: dyn gweddol fach, gwan, â'r oferôl glas, sef gwisg swyddogol y Blaid, yn pwysleisio prinder ei gorff yn fwy eto. Roedd ei wallt yn olau, ei wyneb yn naturiol lawen, a'i groen wedi'i droi'n arw gan sebon bras, raseli pŵl a thywydd oer y gaeaf oedd newydd ddod i ben.

Roedd golwg oer ar y byd tu allan, hyd yn oed drwy'r ffenest gaeedig. Troellai'r llwch a'r mân bapur gyda'r gwynt yn y stryd islaw ac, er bod yr haul yn tywynnu a'r awyr yn las amrwd, roedd popeth fel petai'n ddi-liw ar wahân i'r posteri oedd wedi'u gludo ymhobman. Syllai'r wyneb a'i fwstas du o bob cornel amlwg. Roedd un ohonynt ar flaen y tŷ yn union o'i flaen. *Mae'r Brawd Mawr yn Eich Gwylio Chi*, meddai'r arysgrif, wrth i'r llygaid duon syllu'n ddwfn i rai Winston. I lawr ar lefel y stryd chwifiai poster arall yn ysbeidiol gyda'r gwynt, ei gornel rhwygedig yn gorchuddio ac yn dadorchuddio'r gair *Sosbryd* bob yn ail. Yn y pellter roedd hofrennydd yn disgyn rhwng y toeau, gan hofran yno am eiliad fel cleren, cyn codi a throelli i ffwrdd drachefn. Patrôl yr heddlu, yn busnesa drwy'r ffenestri. Doedd dim ots am y patrolau, fodd bynnag. Yr Heddlu Meddwl oedd yr unig beth o bwys.

Y tu ôl i gefn Winston daliai'r llais o'r telisgrîn i barablu am haearn crai ac am or-gyflawni'r Nawfed Cynllun Tair Blynedd. Roedd y telisgrîn yn derbyn ac yn darlledu ar yr un pryd. Byddai'n clywed unrhyw sŵn uwch na sibrwd isel iawn o du Winston, ac ar ben hynny, tra'i fod yn aros yng ngolwg y plac metel, gellid ei weld yn ogystal â'i glywed. Wrth gwrs, doedd dim ffordd o wybod a oeddech chi'n cael eich gwylio ar unrhyw adeg benodol. Pwy a ŵyr pa mor aml y byddai'r Heddlu Meddwl yn cysylltu ag unrhyw wifren benodol, nac yn unol â pha drefn gwnaent hynny. Gallent fod yn gwylio pawb drwy'r amser hyd yn oed. Beth bynnag, roedd modd iddynt gysylltu â'ch gwifren chi pryd bynnag roedd arnynt eisiau gwneud. Rhaid oedd byw – a thrwy arfer a ddaethai'n reddf, roedd dyn *yn* byw – gan gymryd yn ganiataol bod pob sŵn o'ch eiddo wedi'i glywed, a phob symudiad wedi'i wylio, os nad oedd hi'n dywyll.

Cadwodd Winston ei gefn tuag at y telisgrîn. Hynny oedd fwyaf diogel; er y gwyddai'n iawn bod hyd yn oed cefn yn gallu bradychu dyn. Cilometr i ffwrdd, yn enfawr ac yn wyn uwchben y ddinas lwyd, fudr, safai Gweinyddiaeth y Gwir, lle'r oedd Winston yn gweithio. Dyma Lundain, meddyliodd yn ddiflas – prifddinas Maes Glanio Un, sef rhanbarth trydydd fwyaf poblog Oceania. Ceisiodd ddwyn i gof ryw adlais o'i blentyndod fyddai'n dweud wrtho fuasai Llundain fel hyn erioed. Ai felly buodd y ddinas erioed, yn rhesi o dai pydredig o'r bedwaredd ganrif ar bymtheg, trawstiau pren yn sadio'u muriau, eu ffenestri wedi'u trwsio â chardfwrdd a'u toeau â haearn gwrymiog, a waliau gwallgof eu gerddi'n gogwyddo i bob cyfeiriad? A'r mannau hynny lle'r oedd bomiau wedi cwympo, â llwch plastr yn chwyrlïo yn y gwynt, helyglys yn straffaglu byw ar bentyrrau o rwbel; neu, yn y mannau lle'r oedd y bomiau wedi clirio ardal ddigon mawr, y clystyrau budr o gartrefi pren fel cytiau ieir? Ond doedd hi'n dda i ddim, nid oedd yn cofio: doedd dim ar ôl o'i blentyndod heblaw cyfres o weledigaethau llachar, heb fawr ddim o gefndir iddynt, ac yn annirnadwy gan mwyaf.

Roedd Gweinyddiaeth y Gwir – Gwirwein, yn y Newyddiaith [y Newyddiaith oedd iaith swyddogol Oceania. Am ddisgrifiad o'i strwythur a'i hetymoleg, gweler yr Atodiad.] – yn frawychus o wahanol i unrhyw beth arall o fewn golwg. Pyramid enfawr o goncrit gwyn llachar oedd hi, 300 o fetrau o derasau aneirif yn dringo i'r awyr. O'r man lle safai Winston roedd hi'n bosib, drwy graffu, darllen y llythrennau cain ar ei harwyneb gwyn yn amlygu tri slogan y Blaid:

RHYFEL YW HEDDWCH
RHYDDID YW CAETHIWED
ANWYBODAETH YW NERTH

Honnid bod tair mil o ystafelloedd y tu mewn i Weinyddiaeth y Gwir uwchben lefel y ddaear, a bod selerau helaeth islaw hefyd. Dim ond tri adeilad arall o faint ac ymddangosiad tebyg oedd yn Llundain i gyd. Mor gawraidd y safent uwchlaw'r adeiladau eraill fel bod modd gweld pob un o'r pedwar ar yr un pryd o do Plasau Buddugoliaeth. Hwythau oedd cartrefi'r pedair Gweinyddiaeth yr oedd holl swyddogaethau'r llywodraeth wedi'u dyrannu iddynt. Gweinyddiaeth y Gwir, â'i gorchwyl yn cynnwys newyddion, adloniant, addysg, a chelf. Y Weinyddiaeth Hedd, â rhyfel yn orchwyl iddi. Y Weinyddiaeth Gariad, oedd yn gyfrifol am y gyfraith ac am gynnal trefn. A'r Weinyddiaeth Gyfoeth, oedd yn gyfrifol am faterion economaidd. Eu henwau, yn y Newyddiaith: Gwirwein, Heddwein, Cariadwein, Cyfoethwein.

Y Weinyddiaeth Gariad oedd fwyaf dychrynllyd a brawychus ei golwg. Doedd dim ffenestri o gwbl ganddi. Nid oedd Winston erioed wedi bod y tu mewn i'r Weinyddiaeth Gariad, na hyd yn oed o fewn hanner cilometr iddi. Roedd hynny'n amhosib heblaw ar fusnes swyddogol, a hyd yn oed wedyn roedd rhaid cyrraedd pen draw drysfa o weiren bigog, drysau dur, a pheirianddrylliau cuddiedig. Roedd hyd yn oed y strydoedd cyfagos yn llawn o warchodwyr garw eu golwg mewn gwisgoedd duon â phastynau cymalog.

Trodd Winston yn sydyn. Ar ei wyneb roedd yr olwg honno o ffydd dawel yr oedd hi'n ddoeth ei wisgo pan yn wynebu'r telisgrîn. Croesodd yr ystafell i'r gegin fechan. Drwy adael y Weinyddiaeth ar yr adeg honno o'r diwrnod roedd wedi aberthu ei ginio yn y cantîn, ac roedd yn ymwybodol nad oedd bwyd yn y gegin heblaw am dalp o fara tywyll fyddai angen cadw i frecwast y diwrnod canlynol. Estynnodd botel o hylif di-liw o'r silff, label plaen gwyn arni'n dwyn y geiriau *Jin Buddugoliaeth*. Roedd arogl diflas, seimllyd iddo, fel gwirod reis o Tsiena. Arllwysodd Winston bron i lond cwpan de, ymbaratôdd, a'i lyncu fel petai'n feddyginiaeth.

Trodd ei wyneb yn goch ar unwaith, a dechreuodd y dŵr lifo o'i lygaid. Roedd y stwff fel asid nitrig, ac wrth ei lyncu teimlai dyn fel petai rywun yn rhoi ergyd i gefn ei ben â phastwn rwber. Yr eiliad nesaf, fodd bynnag, peidiodd y llosgi yn ei fola, a dechreuodd y byd edrych yn fwy siriol. Estynnodd sigarét o hen becyn crychlyd o *Sigarennau Buddugoliaeth* a'i dal i fyny, gan wneud i'r tybaco gwympo allan a glanio ar y llawr. Bu'n fwy llwyddiannus gyda'r un nesaf. Dychwelodd i'r ystafell fyw ac eistedd i lawr wrth fwrdd bach i'r chwith o'r telisgrîn. Estynnodd ysgrifbin, potel inc, a llyfr trwchus o bapur gwag ag iddo gefn coch a chlawr brith.

Am ryw reswm roedd y telisgrîn yn yr ystafell fyw mewn man anarferol. Yn lle'r wal ym mhen yr ystafell, yn ôl yr arfer, yn tremio dros yr ystafell gyfan, roedd wedi'i osod yn y wal hirach, gyferbyn â'r ffenest. Eisteddai Winston mewn cilfach fas i'r ochr o'r telisgrîn a oedd, mwy na thebyg, wedi'i bwriadu ar gyfer silffoedd llyfrau pan adeiladwyd y fflatiau'n wreiddiol. Wrth eistedd yn y gilfach, a chadw'n ôl, gallai Winston gadw ei hun o olwg y telisgrîn. Byddai modd ei glywed, wrth gwrs, ond o aros yn y fan ni fyddai modd ei weld. Cynllun anarferol yr ystafell, yn rhannol, oedd wedi awgrymu'r hyn roedd ar fin ei wneud.

Ond roedd hynny hefyd wedi'i awgrymu gan y llyfr roedd newydd estyn o'r drâr. Roedd yn llyfr rhyfeddol o hardd. Roedd ei bapur esmwyth o fath nad oedd wedi'i gynhyrchu ers o leiaf pedwar deg o flynyddoedd: lliw hufen, ychydig yn felyn. Dyfalodd, fodd bynnag, fod y llyfr yn hŷn o lawer na hynny. Roedd wedi'i weld yn gorwedd yn ffenest siop hen bethau bach dilewyrch mewn rhan dlawd o'r ddinas (roedd wedi anghofio pa ran yn union bellach), ac roedd wedi'i daro ar unwaith gan ysfa gref i berchen arno. Nid oedd aelodau'r Blaid i fod i fynd i siopau cyffredin ("mynd ar y farchnad rydd" oedd yr enw ar hynny), ond ni fyddai neb yn cadw'r rheol mewn gwirionedd gan fod yna bethau amrywiol fel careiau esgidiau a raseli nad oedd modd cael gafael arnynt fel arall. Ar ôl taro golwg gyflym i fyny ac i lawr y stryd, roedd wedi sleifio drwy'r drws a phrynu'r llyfr am ddwy ddoler pum deg. Nid oedd ganddo unrhyw ddiben penodol mewn golwg ar ei gyfer ar y pryd. Roedd wedi'i gludo'n ôl adref yn ei gâs, dan deimlo'n euog. Hyd yn oed heb ddim wedi'i ysgrifennu ynddo, roedd yn beth peryglus i fod yn ei feddiant.

Yr hyn roedd ar fin ei wneud oedd dechrau ysgrifennu dyddiadur. Nid oedd hynny'n anghyfreithlon (nid oed dim byd yn anghyfreithlon, gan nad oedd cyfreithiau bellach), ond roedd yn weddol sicr y byddai'n cael ei ddedfrydu i farwolaeth petai'n cael ei ddal, neu o leiaf ddau ddeg pum mlynedd mewn gwersyll llafur. Rhoddodd Winston nib yn yr ysgrifbin, a'i sugno lanhau'r saim. Offeryn hynafol oedd ysgrifbin na fyddai bron neb yn ei ddefnyddio hyd yn oed wrth lofnodi, ac nid heb gryn drafferth y cawsai afael ar un yn ddirgel, dim ond am ei fod yn teimlo bod y papur hufen hardd yn haeddu nib go iawn yn hytrach na phensil-inc. A dweud y gwir nid oedd wedi arfer ysgrifennu. Ar wahân i nodiadau byr iawn, yr arfer oedd llefaru popeth i'r llaisgrif: roedd hynny'n amlwg yn amhosib ar gyfer yr hyn yr oedd yn ei fwriadu. Dipiodd y pin i'r inc ac wedyn oedodd am eiliad. Roedd wedi teimlo cryndod yn ei berfedd. Roedd rhoi marc ar bapur yn weithred benderfynol. Mewn llythrennau bach chwithig ysgrifennodd:

4ydd Ebrill, 1984.

Eisteddodd yn ôl yn ei gadair. Yn sydyn ddigon daeth teimlad hollol ddiymadferth drosto. I ddechrau, nid oedd yn gwybod ag unrhyw sicrwydd mai 1984 oedd hi. Rhaid mai hynny oedd y dyddiad mwy neu lai, gan ei fod yn weddol sicr ei fod yn dri-deg-naw, a chredai iddo gael ei eni yn 1944 neu 1945; ond amhosib y dyddiau hyn oedd gwybod unrhyw ddyddiad â sicrwydd llai na blwyddyn neu ddwy'r naill ffordd neu'r llall.

I bwy, meddyliodd yn sydyn, oedd yn ysgrifennu'r dyddiadur hwn? I'r dyfodol, i genedlaethau i ddod. Cylchynodd ei feddwl y dyddiad annhebyg ar y dudalen am eiliad, cyn taro yn erbyn y gair Newyddiaith *daufeddwl.* Am y tro cyntaf roedd yn dechrau amgyffred mawredd yr hyn yr oedd newydd ddechrau arni. Sut oedd dyn yn cyfathrebu â'r dyfodol? Roedd hynny'n amhosib wrth ei natur. Byddai'r dyfodol naill ai'n debyg i'r presennol, ac os felly ni fyddai am wrando arno; neu fel arall byddai'n wahanol, ac os felly byddai ei drafferth yntau'n ddiystyr.

Eisteddodd yn syllu'n syn ar y papur am gryn amser. Roedd rhaglen y telisgrîn wedi newid a bellach yn chwarae cerddoriaeth filwrol sionc. Yn rhyfedd ddigon, teimlai nid yn unig fel petai wedi colli'r gallu i fynegi ei hun, ond hefyd fel petai wedi anghofio'n llwyr yr hyn yr oedd wedi bwriadu'i ddweud yn wreiddiol. Bu'n paratoi am yr union eiliad hon ers wythnosau, ac nid oedd wedi meddwl erioed y byddai angen mwy na dewrder arno. Byddai'r ysgrifennu ei hun yn hawdd. Y cwbl oedd angen ei wneud oedd trosglwyddo i'r papur y monolog anniddig, diddiwedd oedd yn mynd drwy ei ben ers blynyddoedd maith. Pan ddaethai'r eiliad honno, fodd bynnag, roedd y monolog wedi peidio. Yn ogystal, roedd ei wlser chwyddedig wedi dechrau cosi'n annioddefol. Ni feiddiai'i sgathru, gan y byddai hynny'n ddi-os yn ei wneud yn waeth. Roedd yr eiliadau'n mynd heibio. Nid oedd yn ymwybodol o ddim byd heblaw gwacter y dudalen o'i flaen, cosi'r croen uwchben ei ffêr, y gerddoriaeth groch, a'i fod yn teimlo ychydig yn feddw yn sgil y jin.

Yn sydyn, mewn panig llwyr, dechreuodd ysgrifennu, dim ond yn hanner ymwybodol o'r hyn yr oedd yn ei osod ar bapur. Crwydrai ei lawysgrifen fach blentynnaidd ar draws y dudalen, gan golli'i phriflythrennau'n gyntaf ac, erbyn y diwedd, hyd yn oed yr atalnodau llawn:

4ydd Ebrill, 1984. I'r ffliciau neithiwr. Ffilmiau rhyfel pob un. Un dda iawn am long yn llawn ffoaduriaid yn cael ei bomio'n rhywle ym Môr y Canoldir. Y gynulleidfa'n chwerthin ar olygfeydd o ryw ddyn mawr tew'n ceisio nofio gyda hofrennydd ar ei ôl, dyma fe'n straffaglu yn y dŵr fel morfil, wedyn dyma'r hofrennydd yn anelu ato, ac yntau wedyn yn llawn tyllau a'r môr o'i gwmpas yn binc ac yntau'n suddo fel petai'r tyllau wedi gadael y dŵr i mewn, a'r gynulleidfa'n bloeddio chwerthin. wedyn roedd yna fad achub yn llawn plant â hofrennydd uwchben. menyw ganol oed, iddewes efallai, yn sefyll ym mlaen y cwch â bachgen bach tua thair blwydd oed yn ei breichiau. bachgen bach yn sgrechian mewn ofn ac yn cuddio'i ben yn ei bronnau hi fel petai'n ceisio turio i mewn iddi a'r fenyw'n rhoi ei breichiau amdano a'i gysuro er ei bod hi'n las dan ofn ei hunan, yn ei orchuddio cymaint â phosib fel petai'n disgwyl i'w breichiau rwystro'r bwledi. plannodd yr hofrennydd fom 20 kilo yn eu plith gyda fflach ddychrynllyd â'r cwch yn troi'n ddarnau mân. yna golwg anhygoel o fraich plentyn yn mynd lan lan lan i'r awyr rhaid bod hofrennydd â chamera wedi'i dilyn a bu llawer o gymeradwyo o seddau'r blaid ond dyma fenyw yn adran y prolau'n dechrau cwyno a gweiddi dylen nhw ddim wedi'i dangos nid o flaen plant dylen nhw ddim dyw hi ddim yn iawn nid o flaen plant nes bod yr heddlu'n ei thaflu allan debyg na ddigwyddodd ddim byd iddi does neb yn becso beth sy'n digwydd i'r prolau pam ymateb felly beth bynnag dydy'r prolau byth —

Peidiodd Winston ag ysgrifennu, yn rhannol gan fod ganddo gwlwm yn ei law. Ni wyddai beth oedd wedi gwneud iddo gofnodi'r fath sothach. Ond y peth rhyfedd oedd bod atgof hollol wahanol wedi dod i'w feddwl yn fwyfwy clir, nes ei fod bron yn teimlo fel y gallai ei gofnodi ar bapur. Y digwyddiad arall hwn, sylweddolodd, oedd y rheswm iddo benderfynu heddiw'n sydyn i ddod adref a dechrau'r dyddiadur.

Y bore hwnnw yn y Weinyddiaeth y digwyddodd y peth, petai modd dweud bod rhywbeth mor amhenodol wedi 'digwydd' o gwbl.

Bron un deg un oedd hi, ac yn yr Adran Gofnodion, lle'r oedd Winston yn gweithio, roedden nhw'n brysur yn llusgo'r cadeiriau o'r ciwbiclau a'u gosod yng nghanol y neuadd gyferbyn â'r telisgrîn mawr, yn barod ar gyfer y Casineb Dwy Funud. Roedd Winston newydd eistedd ar un o'r rhesi yn y canol pan yn annisgwyl daeth dau berson i'r ystafell roedd yn gyfarwydd â'u golwg, ond nad oedd erioed wedi siarad â nhw. Merch oedd un ohonynt y byddai'n ei phasio'n aml yn y coridorau. Ni wyddai beth oedd ei henw, ond roedd hi'n gweithio yn yr Adran Ffuglen. Cymrodd bod ganddi ryw swydd fecanyddol yn wneud â'r peiriannau ysgrifennu nofelau, gan ei fod wedi'i gweld hi ambell dro ag olew ar ei dwylo ac yn dal sbaner. Roedd ganddi olwg feiddgar, tua dau ddeg saith oed, a gwallt trwchus, wyneb brith, ac yn symud yn chwim ac athletaidd. Roedd gwregys coch, arwydd Cynghrair yr Ifanc yn Erbyn Rhyw, wedi'i lapio sawl gwaith o gwmpas ei chanol, yn ddigon tyn i ddangos ei chluniau lluniaidd er gwaetha'i hoferôl. Roedd Winston wedi'i chasáu hi ar yr olwg cyntaf un. Gwyddai'n union pam: naws y caeau hoci, baddon oer, teithiau cerdded cymunedol a'r hylendid cyffredinol a'i dilynai hi ymhobman. Roedd yn gas ganddo ferched yn gyffredinol, yn enwedig y rhai ifanc lluniaidd. Y merched, a'r rhai ifanc fwyaf oll, oedd selogion mwyaf rhagfarnllyd y Blaid, y llyncwyr sloganau, yr ysbiwyr amatur yn gwynto pob awgrym o anuniongrededd. Ond rhoddai'r ferch benodol hon yr awgrym ei bod hi'n fwy peryglus na'r rhan fwyaf. Unwaith, wrth iddynt fynd heibio'i gilydd yn y cyntedd, roedd hi wedi taro golwg gyflym arno o'r ochr fel petai'n gweld yn syth drwy'i groen, ac am eiliad roedd wedi'i lenwi ag ofn dall. Roedd hyd yn oed wedi meddwl y gallai hi fod yn asiant i'r Heddlu Meddwl. Roedd hynny, rhaid cyfaddef, yn annhebyg iawn. Teimlai'n anesmwyth serch hynny bob tro y deuai unman yn agos ato: ofn yn ogystal â gelyniaeth.

Gŵr o'r enw O'Brien oedd y person arall, aelod o'r Blaid Fewnol, ei swydd mor bwysig a phellennig fel nad oedd gan Winston ddim ond syniad aneglur iawn o beth allai fod. Tawelodd y grŵp o bobl o gwmpas y cadeiriau wrth weld oferôl du aelod o'r Blaid Fewnol yn agosáu. Gŵr mawr, cyhyrog oedd O'Brien a chanddo wddf trwchus, ei wyneb yn arw, digrif, a chreulon. Er gwaetha'i ymddangosiad arswydus roedd rhywbeth hoffus yn ei agwedd. Arferai ailosod ei sbectol ar ei drwyn mewn ffordd ryfedd o ddiniwed – roedd yn rhyfedd o waraidd, mewn ffordd oedd yn anodd esbonio. Ystum ydoedd a fyddai efallai, petai unrhyw un yn dal i feddwl mewn termau felly, wedi dwyn i gof ŵr bonheddig o'r ddeunawfed ganrif yn cynnig ei flwch snisin. Roedd Winston wedi gweld O'Brien ryw ddwsin o weithiau efallai, mewn bron cymaint â hynny o flynyddoedd. Roedd yn ei ddenu'n gryf, ac nid yn unig gan mor atyniadol oedd y gwrthgyferbyniad rhwng ymagwedd foneddigaidd O'Brien a'i gorff ymosodol. Yn llawer mwy na hynny roedd ganddo gred ddirgel – efallai nad oedd hi'n gred hyn yn oed, dim ond gobaith – nad oedd uniongrededd gwleidyddol O'Brien yn hollol berffaith. Roedd rhywbeth am ei wyneb nad oedd modd ei anwybyddu yn awgrymu hynny. Ac eto, efallai nid hyd yn oed anuniongrededd oedd ar ei wyneb, ond deall. Beth bynnag, roedd rhywbeth ynddo'n awgrymu ei fod yn berson y gellid siarad ag ef, petai ond modd twyllo'r telisgrîn a'i gael ar ei ben ei hun. Nid oedd Winston erioed wedi gwneud unrhyw ymdrech i wirio'r gred hon: yn wir, doedd dim ffordd o wneud hynny. Yr eiliad honno edrychodd O'Brien ar ei oriawr, gweld ei bod hi bron yn un ar ddeg, a phenderfynu, debyg, aros yn yr Adran Gofnodion tan ddiwedd y Casineb Dwy Funud. Dewisodd gadair yn yr un rhes â Winston, dau le i'w ochr. Rhyngddynt eisteddai gwraig fach a chanddi wallt brown golau, a weithiai yn y ciwbicl nesaf i un Winston. Roedd y ferch â'r gwallt tywyll yn union y tu ôl iddo.

Yr eiliad nesaf daeth sgrech o grensian erchyll, fel petai ryw beiriant enfawr yn rhedeg heb olew, drwy'r telisgrîn mawr ym mhen yr ystafell. Sŵn i godi dincod ar ddannedd rhywun, heb sôn am godi gwrychyn. Dechrau'r Casineb.

Fel y gwnâi bob tro, fflachiodd wyneb Emmanuel Goldstein, Gelyn y Bobl, i'r sgrin. Daeth hisian yma a thraw o'r gynulleidfa. Rhoddodd y fenyw fach â gwallt golau wich, cymysgedd o ofn a ffieidd-dra. Goldstein oedd y bradwr a'r gwrthgiliwr a fu unwaith, amser maith yn ôl (nid oedd neb yn cofio'n union pryd), yn un o brif arweinwyr y Blaid, bron mor bwysig â'r Brawd Mawr ei hun, cyn iddo gwblhau rhyw weithgareddau gwrth-chwyldroadol, cael ei ddedfrydu i farwolaeth, ond dianc a diflannu rywsut. Byddai union raglen y Casineb Dwy Funud yn amrywio o ddydd i ddydd, ond ni fyddai'r un heb Goldstein yn ganolog iddi. Ef oedd y bradwr gwreiddiol, y cyntaf i lygru purdeb y Blaid. Roedd pob trosedd canlynol yn erbyn y Blaid, pob brad, pob terfysgaeth, pob heresi, pob gwyriad, yn ganlyniad uniongyrchol i'w ddysgedigaeth ef. Daliai i fyw a chynllwynio yn rhywle: draw dros y môr efallai, dan warchodaeth ei feistri tramor, neu efallai hyd yn oed – o gredu'r sibrydion – yn cuddio'n rhywle yn Oceania ei hun.

Tynhaodd Winston. Ni allai edrych ar wyneb Goldstein heb deimlo cymysgedd poenus o emosiynau. Wyneb Iddewig tenau oedd ganddo, â mwng blewog mawr o wallt gwyn a barfan fach – wyneb clyfar, ond eto rywsut yn hanfodol ddirmygadwy, gyda rhyw fath o fusgrellni gwirion i'w drwyn hir tenau a'i sbectol. Ymdebygai i wyneb dafad, ac roedd naws dafad i'r llais hefyd. Roedd Goldstein yn traddodi'r un hen ymosodiad gwenwynig ar ddysgedigaeth y Blaid – ymosodiad mor ormodol a gwyrdroëdig fel y gallai plentyn weld trwyddo, ond eto'n ddigon credadwy i frawychu rhywun a gwneud iddo boeni y gallai pobl eraill, llai call, ei gredu. Roedd yn ymosod ar y Brawd Mawr, yn cyhuddo'r Blaid o fod yn unbennaeth, yn galw am heddwch gydag Ewrasia ar unwaith, ac yn mynnu rhyddid lleferydd, rhyddid i'r Wasg, rhyddid i ymgynnull, rhyddid meddwl, gan lefain yn hysteraidd fod y chwyldro wedi'i fradychu – a'r cwbl mewn arddull chwim aml-sillog oedd yn fath o barodi o arddull cyffredin areithwyr y Blaid. Defnyddiai eiriau o'r Newyddiaith hefyd: yn wir, rhagor ohonynt nag y byddai'r un aelod o'r Blaid yn arfer eu defnyddio mewn gwirionedd. Ar yr un pryd, rhag ofn i neb am eiliad amau'r realiti yr oedd nonsens gwag Goldstein yn ei guddio, y tu ôl i'w ben ar y telisgrîn oedd colofnau diddiwedd byddin Ewrasia – rhes ar ôl rhes o ddynion cadarn-eu-golwg gydag wynebau Asiaidd digyffro, yn cyrraedd arwyneb y sgrîn cyn diflannu, dim ond i ragor ohonynt o'r un olwg yn union ymddangos yn eu lle. Roedd troedio rhythmig esgidiau'r milwyr wrth iddynt ymdeithio'n cadw curiad brefu Goldstein.

Cyn cymaint â thri deg eiliad o'r Casineb, roedd hanner yr ystafell yn bloeddio mewn dicter di-reolaeth. Roedd y wyneb dafadaidd hunanfodlon ar y sgrîn, a grym dychrynllyd byddin Ewrasia y tu ôl iddo'n ormod i'w dioddef: beth bynnag, roedd gweld neu hyd yn oed meddwl am Goldstein yn achos ofn a dicter diofyn. Roedd yn destun casineb mwy cyson nag Ewrasia na Dwyrasia chwaith, oherwydd pan fyddai Oceania'n rhyfela ag un o'r rhain, byddai hedd rhyngddi a'r llall gan amlaf. Ond y peth rhyfedd oedd hyn: er bod pawb yn casáu ac yn ffieiddio Goldstein, ac er bod ei syniadau'n cael eu gwrthbrofi, eu chwalu a'u gwawdio fel y sothach yr oeddynt, ac er bod hynny'n digwydd bob dydd, mil o weithiau, ar y telisgrînau, yn y papurau newydd, ac mewn llyfrau – er gwaethaf hynny oll, ni fyddai ei ddylanwad byth i'w weld yn lleihau. Byddai ffyliaid newydd o hyd yn aros i gael eu hudo ganddo. Ni fyddai diwrnod yn mynd heibio heb i'r Heddlu Meddwl ddatgelu ysbiwyr a therfysgwyr newydd a fu'n gweithredu dan ei gyfarwyddiadau ef. Ef oedd arweinydd byddin gudd enfawr, rhwydwaith tanddaearol o gynllwynwyr yn benderfynol o ddinistrio'r Wladwriaeth. Y Frawdoliaeth oedd ei henw, yn ôl y sôn. Roedd sibrydion hefyd am lyfr dychrynllyd yn cylchynu'n ddirgel yma a thraw, casgliad o'r holl heresïau, a Goldstein yn awdur arno. Llyfr heb deitl ydoedd. Wrth gyfeirio ato, a chymryd eu bod yn gwneud o gwbl, yna y Llyfr oedd enw pobl arno. Ond dim ond drwy sibrydion annelwig y byddai rhywun yn dod i wybod pethau felly. Nid oedd y Frawdoliaeth na'r Llyfr yn destunau y byddai unrhyw aelod cyffredin o'r Blaid yn eu crybwyll, petai modd peidio â gwneud.

Yn ei ail funud aeth y Casineb yn ffyrnig. Roedd pobl yn llamu i fyny ac i lawr yn eu seddi ac yn gweiddi nerth eu lleisiau mewn ymdrech i foddi'r brefu gwallgof a ddeuai o'r sgrîn. Roedd y fenyw fach â gwallt brown wedi troi'n binc llachar, ei cheg yn agor ac yn cau fel pysgodyn ar y lan. Roedd hyd yn oed wyneb trwm O'Brien wedi cochi. Eisteddai'n syth iawn yn ei gadair, ei frest bwerus yn chwyddo ac yn crynu fel petai'n gwrthsefyll rhyw don fawr. Roedd y ferch â gwallt tywyll y tu ôl i Winston wedi dechrau gweiddi "Mochyn! Mochyn! Mochyn!" yn groch, ac yn sydyn cododd geiriadur Newyddiaith trwm a'i daflu at y sgrîn. Tarodd drwyn Goldstein ac adlamu oddi arno; parhaodd y llais yn ddidostur. Mewn eiliad o iawn bwyll sylweddolodd Winston ei fod yn cyd-floeddio â'r lleill ac yn cicio'i goes yn galed yn erbyn ei gadair. Y peth dychrynllyd am y Casineb Dwy Funud oedd nid bod yn rhaid i neb wneud dim byd, ond, yn hytrach, ei bod hi'n amhosib peidio ag ymuno. Yn ddieithriad, ymhen tri deg eiliad ni fyddai angen esgus mwy. Byddai llesmair hyll o ofn ac o ddialgarwch, ysfa i ladd, i boenydio, i chwalu wynebau â chord, fel petai'n llifo drwy'r dorf gyfan fel cerrynt trydanol, gan droi dyn yn wallgofyn lloerig hyd yn oed pe na bai arno eisiau hynny. Ac eto, byddai'r gwylltineb a deimlai rhywun yn beth haniaethol, di-gyfeiriad fyddai modd ei drosglwyddo o un peth i'r llall fel fflam chwythlamp. Felly, ar adegau nid oedd casineb Winston wedi'i anelu at Goldstein o gwbl, ond y gwrthwyneb: yn erbyn y Brawd Mawr, y Blaid, a'r Heddlu Meddwl; ac ar yr adegau hynny roedd ei galon yn llawn o gydymdeimlad at yr heretic unig, y cyff gwawd ar y sgrîn, unig warchodwr y gwir a'r rhesymol mewn byd o gelwydd. Ac eto'r union eiliad nesaf byddai'n unfryd â'r lleill, ac roedd popeth a ddwedwyd am Goldstein yn wir, yn ei dyb ef. Ar yr adegau hynny troai ei gasineb dirgel tuag at y Brawd Mawr yn addoliad, ac roedd y Brawd Mawr fel petai'n troi'n gawr, yn amddiffynnwr anorchfygol, eofn yn sefyll fel craig yn erbyn lluoedd Asia; a Goldstein – er gwaetha'i unigrwydd, ei ddiymadferth-wch a hyd yn oed yr amheuaeth ynghylch ei fodolaeth – fel rhyw ddewin sinistr, yn fygythiad i strwythur gwareiddiad yn rhinwedd ei lais yn unig.

Roedd hi hyd yn oed yn bosib, ar adegau, llywio eich casineb i'r naill gyfeiriad neu'r llall, drwy ddewis. Yn sydyn, gyda'r math hynny o ymdrech dreisgar y mae rhywun yn ei ddefnyddio i ddeffro o hunllef, llwyddodd Winston i drosglwyddo ei gasineb o'r wyneb ar y sgrîn i'r ferch y tu ôl iddo gyda'r gwallt tywyll. Fflachiodd gweledigaethau byw, prydferth drwy ei feddwl. Byddai'n ei thrywanu i farwolaeth gyda phastwn rwber. Byddai'n ei chlymu'n noeth i bostyn a'i saethu'n llawn o saethau, fel Sebastian Sant. Byddai'n ei threisio ac yn torri ei gwddf ar union eiliad ei anterth. At hynny, yn well nag o'r blaen, sylweddolodd *pam* ei fod yn ei chasáu hi gymaint. Roedd yn ei chasáu gan ei bod hi'n ifanc ac yn hardd ac yn ddi-ryw, oherwydd bod arno eisiau rhannu gwely â hi ac am na fyddai byth yn cael gwneud hynny, oherwydd o amgylch ei chanol hyfryd melys, oedd fel petai'n gofyn i chi roi eich braich arno, nid oedd dim byd ond y gwregys coch ffiaidd hwnnw, yr arwydd o ddiweirdeb ymosodol.

Cyrhaeddodd y Casineb ei anterth. Trodd llais Goldstein yn frefu dafad go iawn, ac am eiliad trodd yr wyneb yn wyneb dafad. Yna ymdoddodd yr wyneb dafadaidd a throi'n ffurf milwr Ewrasiaidd yn ymdeithio, yn anferth ac arswydus, ei beirianddryll yn rhuo, ac yntau wedyn bron iawn yn llamu allan o'r sgrîn tuag atynt, yn ddigon i wneud i rai o'r bobl yn y rhes flaen neidio'n ôl yn eu seddi. Ond yn yr un eiliad, gan dynnu ochenaid o ryddhad gan bawb, ymdoddodd y ffigwr hwn a throi'n wyneb y Brawd Mawr, ei wallt a'i fwstas du, yn llawn o nerth ac o ddirgelwch llonydd, ac mor fawr fel ei fod bron iawn yn llenwi'r sgrîn i gyd. Ni chlywai neb eiriau'r Brawd Mawr. Dim ond ambell air cadarnhaol oeddynt, y math o eiriau sy'n cael eu traddodi ar ganol brwydr, amhosib gwahaniaethu rhwng y naill a'r llall ond eto'n rhoi hyder i'r dorf dim ond o'u hynganu. Yna pylodd wyneb y Brawd Mawr drachefn, ac yn ei le roedd tri slogan y Blaid mewn priflythrennau bras:

> *RHYFEL YW HEDDWCH*
> *RHYDDID YW CAETHIWED*
> *ANWYBODAETH YW NERTH*

Ond roedd wyneb y Brawd Mawr fel petai'n parhau am sawl eiliad ar y sgrîn, fel petai'r argraff yr oedd wedi'i gael ar lygaid y dorf yn rhy bwerus iddo ddiflannu'n syth. Roedd y fenyw fach â gwallt brown wedi taflu'i hun dros gefn y gadair o'i blaen. Estynnodd ei breichiau tua'r sgrîn gan yngan yn grynedig rywbeth oedd yn swnio fel "Fy Ngwaredwr!" Yna fe gladdodd ei hwyneb yn ei dwylo. Roedd hi'n gweddïo, yn ôl pob golwg.

Yr eiliad nesaf dechreuodd y dorf gyfan lafarganu, yn araf, yn isel, ac yn gyson, "B-M!...B-M!" – drosodd a throsodd, yn araf iawn, gyda saib hir rhwng y 'B' a'r 'M' – sŵn trymaidd, murmuraidd, yn gyntefig a rhywsut yn ymosodol, yn hawdd dychmygu stampio traed noeth a churo drymiau'n gyfeiliant iddo. Parhaodd hyn am efallai am gymaint â thri deg eiliad. Clywyd y llafargan hon yn aml mewn adegau o emosiwn dwys. Yn rhannol roedd hi'n fath o emyn yn clodfori doethineb a mawredd y Brawd Mawr, ond yn fwy na hynny roedd hi'n weithred o hunan-hypnosis: boddi'r ymwybyddiaeth yn fwriadol drwy sŵn rhythmig. Aeth perfeddion Winston yn oer. Nid oedd modd osgoi bod yn rhan o'r gwylltineb cyffredinol yn ystod y Casineb Dwy Funud, ond byddai'n arswydo bob tro wrth y llafargan is-ddynol hon, "B-M!...B-M!". Ymunodd â'r lleill wrth gwrs: amhosib fyddai peidio â gwneud. Ymateb greddfol oedd anwybyddu'ch teimladau, rheoli'ch wyneb, a gwneud yr hyn yr oedd pawb arall yn ei wneud. Ond roedd cyfnod o ambell eiliad lle gallai golwg ei lygaid, efallai, fod wedi'i fradychu. A'r adeg hynny'n union oedd hi pan ddigwyddodd y peth pwysig – a chymryd bod rhywbeth, mewn gwirionedd, wedi digwydd o gwbl.

Am eiliad, cyfarfu ei lygaid yntau â llygaid O'Brien. Roedd hwnnw wedi sefyll. Roedd wedi tynnu ei sbectol ac roedd wrthi'n eu gosod ar ei drwyn drachefn, yn ôl ei arfer. Ond bu hanner eiliad pan gyfarfu eu llygaid, ac am yr union eiliad honno gwyddai Winston – do, fe *wyddai!* – fod O'Brien yn meddwl yr un peth yn union ag ef. Roedd neges ddigamsyniol wedi'i chyfnewid rhyngddynt. Roedd fel petai meddyliau'r ddau wedi agor a bod y syniadau'n llifo o un i'r llall drwy eu llygaid. "Rydw i gyda thi," meddai O'Brien, fel petai. "Rydw i' gwybod yn union beth wyt ti'n ei deimlo. Rydw i'n gwybod pob dim am dy ddirmyg, dy gasineb, dy ffieidd-dod tuag at hyn oll. Ond paid â phoeni: rydw i ar dy ochr di!" Ac yna diflannodd y fflach o wybyddiaeth, ac roedd wyneb O'Brien yr un mor ddifynegiant â phawb arall.

Dyna'r cwbl, ac roedd eisoes yn ansicr a oedd y peth wedi digwydd o gwbl. Ni fyddai'r fath bethau byth yn digwydd ddwywaith. Y cwbl a wnaent fyddai cadw'r gred, neu'r gobaith, yn fyw ynddo bod eraill heblaw ef ei hun yn elynion i'r Blaid. Efallai bod y sibrydion am gynllwynion cyfrinachol enfawr yn wir wedi'r cyfan – efallai bod y Frawdoliaeth yn bodoli go iawn! Er gwaetha'r arestio, y cyffesiadau a'r dienyddio diddiwedd, roedd hi'n amhosib bod yn sicr nad oedd y Frawdoliaeth yn ddim ond chwedl. Credai ynddi weithiau, ac weithiau ddim. Doedd dim tystiolaeth, dim ond ambell gipolwg a allai olygu unrhyw beth, neu ddim byd: ambell air wedi'i glywed ar ddamwain, mân sgriblo aneglur ar waliau tai bach – unwaith, hyd yn oed, wrth i ddau ddieithryn gwrdd, symudiad bach gyda'r dwylo: arwydd o gydnabyddiaeth, o bosib. Dyfalu oedd y cwbl: mwy na thebyg roedd wedi dychmygu pob dim. Roedd wedi dychwelyd i'w giwbicl heb edrych ar O'Brien eto. Prin y croesodd ei feddwl ceisio cysylltu ag O'Brien eto. Byddai hynny'n eithriadol o beryglus, hyd yn oed petai'n gwybod sut. Am eiliad, dwy eiliad efallai, roeddynt wedi cyfnewid golwg amwys, a dyna ddiwedd y peth. Ond roedd hyd yn oed hynny'n ddigwyddiad cofiadwy yn yr unigedd diddiwedd roedd rhaid byw ynddo.

Deffrodd Winston o'i fyfyrio ac eisteddodd i fyny'n syth. Bytheiriodd. Roedd y jin yn codi o'i stumog.

Canolbwyntiodd ei lygaid ar y dudalen eto. Sylweddolodd wedyn ei fod wedi bod yn ysgrifennu o hyd wrth eistedd yn myfyrio ar ei atgofion, bron fel petai'n peth awtomatig. A bellach nid yn yr un hen lawysgrifen fân, chwithig ag o'r blaen. Roedd ei bin wedi llithro'n rhugl dros y papur esmwyth ac wedi ysgrifennu, mewn llythrennau bras taclus –

I LAWR Â'R BRAWD MAWR
I LAWR Â'R BRAWD MAWR
I LAWR Â'R BRAWD MAWR
I LAWR Â'R BRAWD MAWR
I LAWR Â'R BRAWD MAWR

eto ac eto, gan lenwi hanner tudalen.

Ni allai beidio â theimlo pwl o banig ar ei waethaf. Roedd hynny'n absŵrd, gan mai prin fod ysgrifennu'r geiriau penodol hynny'n fwy peryglus na'r ffaith iddo agor y dyddiadur yn y lle cyntaf; ond am eiliad teimlodd awydd rhwygo allan y tudalennau roedd wedi'u defnyddio a rhoi'r gorau i'r holl beth.

Ni wnaeth hynny, fodd bynnag, oherwydd gwyddai na fyddai hynny'n dda i ddim. Ni fyddai ysgrifennu I LAWR Â'R BRAWD MAWR, neu beidio â gwneud hynny, yn gwneud unrhyw wahaniaeth. Petai'n parhau i gadw'r dyddiadur, neu'n peidio â gwneud: ni fyddai hynny'n gwneud gwahaniaeth. Byddai'r Heddlu Meddwl yn ei ddal y naill ffordd neu'r llall. Roedd eisoes wedi cyflawni – a byddai wedi'i chyflawni, hyd yn oed pe na bai erioed wedi rhoi pin ar bapur – y drosedd hanfodol honno oedd yn cynnwys pob trosedd arall o fewn iddi. Trosmeddwl oedd eu henw arni. Nid oedd Trosmeddwl yn rhywbeth y gellid ei guddio am byth. Hwyrach y byddwch chi'n eu hosgoi am gyfnod, blynyddoedd hyd yn oed, ond roeddynt yn sicr o'ch dal chi yn y pen draw.

Gyda'r nos yn wastad – byddai'r arestio'n digwydd gyda'r nos, heb eithriad. Y rhwygo sydyn o'ch cwsg, y llaw garw'n ysgwyd eich ysgwydd, y goleuadau llachar yn eich llygaid, y cylch o wynebau geirwon o amgylch y gwely. Ym mwyafrif helaeth yr achosion ni fyddai achos llys, na'r un adroddiad am yr arestio. Byddai pobl yn diflannu, dros nos bob tro, a dyna hi. Byddai'ch enw'n cael ei dynnu oddi ar bob cofrestr, byddai pob cofnod o bopeth a wnaethpwyd gennych chi erioed yn cael ei ddileu, eich bodolaeth wedi'i wadu ac wedyn ei anghofio. Byddech chi'n cael eich diddymu, eich difodi: *Tarthu* oedd y gair arferol.

Cydiodd math o hysteria ynddo am eiliad. Mewn ysgrifen frysiog, flêr, ysgrifennodd:

nawn nhw saethu fi sdim ots nawn nhw saethu fi yng nhgefn fy ngwddf sdim ots i lawr â'r brawd mawr maen nhw wastad yn saethu chi yng nghefn eich gwddf sdim ots i lawr â'r brawd mawr —

Eisteddodd yn ôl yn ei gadair, wedi cywilyddio braidd, a rhoddodd yr ysgrifbin i lawr. Yr eiliad nesaf neidiodd mewn braw. Roedd rhywun yn curo'r drws.

Dyma nhw yn barod! Yn llonydd fel llygoden, eisteddai'n gobeithio'n ofer y byddai pwy bynnag oedd yno'n rhoi'r gorau wedi un cynnig. Ond na, dyma guro eto. Oedi fyddai'r peth gwaethaf oll i'w wneud. Roedd ei galon yn curo fel drwm, ond mwy na thebyg roedd ei wyneb, wedi hen arfer, yn hollol ddifynegiant. Cododd a symudodd yn drymaidd i'r drws.

Pennod 2

Wrth iddo roi'i law ar ddolen y drws sylwodd Winston ei fod wedi gadael y dyddiadur ar agor ar y bwrdd. Roedd *I LAWR Â'R BRAWD MAWR* wedi'i ysgrifennu drosto i gyd, mewn llythrennau breision bron digon mawr i'w darllen o ochr pellha'r ystafell. Roedd hynny'n beth eithriadol o wirion i fod wedi'i wneud. Ond, er gwaetha'i fraw, sylweddolodd iddo wneud gan na fuasai arno eisiau difetha'r papur lliw hufen drwy gau'r llyfr a'r inc yn wlyb.

Daliodd ei anadl ac agorodd y drws. Daeth ton gynnes o ryddhad drosto ar unwaith. Yno'n sefyll roedd menyw ddi-liw a diobaith ei golwg, â gwallt tuswaidd ac wyneb crychog.

"O, gymrawd," meddai mewn llais difywyd, cwynfanllyd braidd, "ro'n i'n meddwl i mi'ch clywed chi'n dod mewn. Ydych chi'n meddwl y gallech chi ddod draw i gael golwg ar sinc ein cegin? Mae e wedi'i dagu ac – "

Mrs. Parsons oedd hi, gwraig un o'i gymdogion ar yr un llawr (Byddai 'Mrs' wedi'i anghymeradwyo braidd gan y Blaid – roeddech chi i fod i alw "cymrawd" ar bawb – ond roedd dyn yn ei ddefnyddio o reddf gyda rhai merched). Menyw tua thri deg oed oedd hi, ond â golwg rhywun hŷn o lawer. Rhoddai'r argraff fod ganddi lwch yng nghrychau ei hwyneb. Dilynodd Winston hi ar hyd y cyntedd. Byddai gwaith trwsio llawrydd fel hwn yn boen beunyddiol bron. Hen fflatiau oedd Plasau Buddugoliaeth, wedi'u hadeiladu yn 1930 neu tua'r adeg hynny, a bellach yn mynd â'u pen iddynt. Roedd y plastr ar y nenfydau a'r waliau'n dadfeilio o hyd, y pibau'n gollwng bob tro y rhewai'n ddigon caled, y to'n gollwng bob tro y byddai'n bwrw eira, a'r gwresogi'n rhedeg ar hanner stêm pan nad oedd wedi'i ddiffodd yn llwyr er mwyn arbed tanwydd. Os nad oedd modd trwsio rhywbeth eich hunain, byddai'n rhaid cael cymeradwyaeth pwyllgorau pellennig fyddai'n tueddu i rwystro hyd yn oed trwsio ffenest am hyd at ddwy flynedd.

"Dim ond â Tom oddi cartref mae hyn," meddai Mrs. Parsons yn niwlog.

Roedd fflat y Parsons yn fwy nag un Winston, ac a rhyw naws gwahanol i'w llwydni. Roedd golwg guriedig, sathredig i bopeth, fel petai ryw anifail mawr treisgar newydd ymweld â'r lle. Roedd y llawr wedi'i orchuddio â phetheuach chwaraeon – ffyn hoci, menig bocsio, pêl droed fflat, pâr o siorts chwyslyd wedi'u troi tu chwith – ac ar y bwrdd roedd yna liaws o lestri budr ac o werslyfrau llipa.

Ar y waliau roedd baneri coch Cynghrair yr Ifanc a'r Ysbiwyr, a phoster maint llawn o'r Brawd Mawr. Roedd yno'r un arogl cabaets arferol oedd yn treiddio'r holl adeilad, ond drwyddo deuai arogl cryfach chwys, chwys rhywun roeddech chi'n gwybod ar unwaith nad oeddynt yn bresennol, er mai anodd fyddai dweud pam y gwyddech chi hynny. Mewn ystafell arall roedd rhywun yn defnyddio crib a darn o bapur tŷ bach i gyd-chwarae'r â'r gerddoriaeth filwrol oedd yn dal i ddod o'r telisgrîn.

"Y plant," meddai Mrs. Parsons, gan fwrw golwg lled-ofnus ar y drws. "Dydyn nhw ddim wedi bod allan heddiw. Ac wrth gwrs — "

Peth cyffredin fyddai iddi beidio â siarad ar ganol brawddeg. Roedd y sinc yn llawn bron i'w ochrau o ddŵr gwyrdd afiach oedd yn drewi'n waeth fyth o gabaets. Penliniodd Winston i archwilio plyg y beipen. Roedd yn gas ganddo ddefnyddio'i ddwylo, ac roedd yn gas ganddo blygu i lawr, fyddai heb os yn gwneud iddo besychu. Gwyliodd Mrs. Parsons yn ddiymadferth.

"Petai Tom yma byddai'n trwsio'r peth ar unwaith, wrth gwrs," meddai. "Mae'n hoff iawn ganddo bethau felly. Un da iawn gyda'i ddwylo yw Tom."

Un o gyd-weithwyr Winston yng Ngweinyddiaeth y Gwir oedd Parsons. Dyn tew er yn ddigon bywiog, ond yn barlysol o ddiddeall: swp o frwdfrydedd ynfytaidd — un o'r slafiaid di-gwestiwn, llwyr ymroddedig hynny y dibynnai sefydlogrwydd y Blaid arnynt fwy hyd yn oed nag ar yr Heddlu Meddwl. Yn dri deg pump oed ac yn groes i'w ewyllys cafodd ei daflu allan o Gynghrair yr Ifanc, a hyd yn oed cyn graddio i Gynghrair yr Ifanc roedd wedi llwyddo i aros gyda'r Ysbiwyr am flwyddyn yn hirach na'r oed statudol. Un isradd oedd ei swydd gyda'r Weinyddiaeth, un lle nad oedd galw am ryw lawer o ddeallusrwydd, ond serch hynny roedd yn ddyn blaenllaw ar y Pwyllgor Chwaraeon a'r holl bwyllgorau eraill a weithiai i drefnu teithiau cerdded cymunedol, ardystiadau digymell, cynlluniau arbed, a gweithgareddau gwirfoddol yn gyffredinol. Byddai'n hoff o roi gwybod i chi, wrth ysmygu ei getyn yn dawel ond yn falch, sut yr oedd wedi bod yn bresennol yn y Ganolfan Gymunedol bob noswaith am bedair blynedd bellach. Dilynai arogl chwyslyd cryf ef i bobman, math o destament isymwybodol i brysurdeb ei fywyd, gan aros ar ei ôl hyd yn oed wedi iddo adael.

"Oes gennych chi sbaner?" meddai Winston, gan fyseddu'r nyten ar y biben.

"Sbaner," meddai Mrs. Parsons, fel petai wedi troi'n fwydyn yn sydyn. "Wn i ddim. Hwyrach bod y plant — "

Daeth twrw esgidiau a rhu arall gyda'r grib wrth i'r plant ruthro i'r ystafell fyw. Daeth Mrs. Parsons â'r sbaner. Gollyngodd

Winston y dŵr o'r biben, a thynnu'r swp o wallt dynol oedd wedi'i dagu er gwaetha'i ffieidd-dod. Glanhaodd ei fysedd orau y gallai yn nŵr oer y tap, a dychwelyd i'r ystafell arall.

"Dwylo i fyny!" gwaeddodd llais cras.

Roedd bachgen naw mlwydd oed golygus a garw ei olwg wedi ymddangos o'r tu ôl i'r bwrdd i'w fygwth â thegan-ddryll awtomatig; gwnaeth ei chwaer, tua dwyflwydd yn iau nag ef, yr un ystum gyda darn bach o bren. Gwisgai'r ddau y siorts gleision, crysau llwydion a'r sgarffiau cochion a ddynodai eu haelodaeth o'r Ysbiwyr. Cododd Winston ei ddwylo uwch ei ben, ond gan deimlo'n anniddig: roedd agwedd y bachgen mor ymosodol fel ei bod hi'n amlwg ei bod hi'n fwy na gêm.

"Bradwr wyt ti!" gwaeddodd y bachgen. "Troseddwr meddwl! Ysbïwr Ewrasaidd! Mi wna'i dy saethu, dy droi'n anwedd, dy anfon i'r cloddfeydd halen!"

Yn sydyn roedd y ddau'n dawnsio o'i gwmpas, gan weiddi, "Bradwr!" a "Troseddwr meddwl!", y ferch fach yn dynwared pob ystum o du ei brawd. Roedd hi'n frawychus braidd, fel chwarae teigrod bach fydd yn tyfu'n ddyn-fwytawyr cyn pen dim. Roedd math o ffyrnigrwydd craff yn llygaid y bachgen, awydd amlwg i daro neu i gicio Winston, ac ymwybyddiaeth ei fod bron iawn yn ddigon mawr i wneud hynny. Peth da nad un go iawn oedd y dryll yn ei law, meddyliodd Winston.

Edrychodd Mrs. Parsons yn nerfus o Winston i'r plant ac yn ôl. Yng ngolau'r ystafell fyw, sylweddolodd â diddordeb *fod* yna lwch go iawn yng nghrychau ei hwyneb.

"Maen nhw mor swnllyd," meddai. "Maen nhw'n siomedig gan na fu modd iddynt fynd i weld y crogi, dyna i gyd. Rydw i'n rhy brysur i fynd â nhw, a bydd Tom ddim wedi dychwelyd o'r gwaith o fewn pryd."

"Pam na chawn ni weld y crogi?" rhuodd y bachgen yn ei lais enfawr.

"Eisie gweld y crogi! Eisie gweld y crogi!" llefai'r ferch fach, yn dawnsio o hyd.

Cofiodd Winston bod disgwyl crogi carcharorion Ewrasiaidd yn y Parc y noson honno, rhai a fu'n euog o droseddau rhyfel. Digwyddai hyn tua unwaith bob mis, ac roedd yn sioe boblogaidd. Roedd plant o hyd yn mynnu cael mynd i'w weld. Ffarweliodd â Mrs. Parsons a cherddodd tua'r drws. Ond cyn iddo fynd chwe cham ar hyd y cyntedd, tarodd rhywbeth yn erbyn ei war, a theimlodd boen ofnadwy. Roedd hi fel petai gwifren chwilboeth wedi torri'i groen. Trodd yn ei unfan mewn pryd i weld Mrs. Parsons yn llusgo'i mab yn ôl i'r fflat wrth iddo roi catapwlt yn ei boced.

"Goldstein!" bloeddiodd y bachgen wrth i'r drws gau ar ei ôl. Ond yr hyn drawodd Winston fwyaf oedd yr olwg ofnus, ddiymadferth ar wyneb llwyd y fenyw.

Yn ôl yn ei fflat, camodd yn gyflym heibio'r telisgrîn ac eistedd wrth y bwrdd drachefn, yn rhwbio'i war o hyd. Roedd y gerddoriaeth o'r telisgrîn wedi peidio. Yn ei lle roedd llais milwrol cwta'n darllen, gyda math o bleser creulon, disgrifiad o arfau'r Morgaer oedd newydd ollwng ei angor rhwng Gwlad yr Iâ ac Ynysoedd Ffaro.

Rhaid bod bywyd y fenyw druan yn llawn ofn gyda'r fath blant, meddyliodd. Blwyddyn neu ddau eto a byddant yn ei gwylio hi, dydd a nos, am yr arwydd lleiaf o anuniongrededd. Y dyddiau hyn roedd plant yn ofnadwy i gyd, bron. Y peth gwaethaf oedd y ffordd roedd sefydliadau fel yr Ysbiwyr yn eu troi'n anwariaid bach, ac eto'n llwyddo i wneud hynny heb roi'r un awydd iddynt wrthryfela yn erbyn disgyblaeth y Blaid. I'r gwrthwyneb: roeddynt yn addoli'r Blaid a phopeth yn gysylltiedig â hi. Y caneuon, y gorymdeithiau, y baneri, y teithiau, yr ymarfer gyda gynnau ffug, y bloeddio sloganau, addoli'r Brawd Mawr – roedd y cyfan fel math o gêm fawr ogoneddus iddynt. Roedd eu ffyrnigrwydd i gyd wedi'i droi tuag allan, yn erbyn gelynion y Wladwriaeth, yn erbyn estronwyr, bradwyr, terfysgwyr, troseddwyr meddwl. Roedd hi'n gyffredin, yn normal bron, i bobl dros eu deg ar hugain ofni eu plant eu hunain. Ac nid heb reswm, oherwydd prin yr âi wythnos heibio pan na fyddai'r *Faner* yn cynnwys rhyw baragraff yn disgrifio sut y bu i ryw lechgi bach – "arwr o blentyn" oedd yr ymadrodd a ddefnyddid yn gyffredinol wedi clustfeinio, clywed rhyw sylw amheus, ac achwyn ar ei rieni i'r Heddlu Meddwl.

Roedd brathiad y catapwlt wedi peidio. Cododd ei ysgrifbin yn wangalon, gan feddwl tybed a allai feddwl am rywbeth arall i'w gofnodi yn y dyddiadur ai peidio. Yn sydyn, dechreuodd feddwl am O'Brien eto.

Flynyddoedd yn ôl – sawl un? Saith blynedd, rhaid ei bod hi – cawsai freuddwyd ei fod yn croesi ystafell hollol dywyll. Roedd rhywun yn eistedd ar un ochr iddo, a dwedodd hwnnw wrth iddo fynd heibio: "Byddwn yn cwrdd lle nad oes tywyllwch." Fe'i dwedwyd yn dawel iawn, bron yn hamddenol – datganiad, nid gorchymyn. Roedd wedi cerdded yn ei flaen, heb aros. Y peth rhyfedd oedd na chreodd y geiriau ryw lawer o argraff arno ar y pryd, yn y freuddwyd. Dim ond yn ddiweddarach dechreuasant araf deimlo'n arwyddocaol. Ni allai cofio bellach ai cyn ynteu ar ôl y freuddwyd hon y gwelodd O'Brien am y tro cyntaf, ac ni allai gofio chwaith pryd oedd y tro cyntaf iddo sylweddoli mai llais O'Brien a glywodd yn ei freuddwyd. Serch hynny, roedd y cysylltiad wedi'i wneud. O'Brien oedd wedi siarad ag ef, o'r tywyllwch.

Ni fuasai Winston erioed yn sicr – hyd yn oed wedi fflachio'i lygaid y bore hwnnw, roedd hi'n amhosib bod yn sicr – fod O'Brien yn gyfaill, nac yn elyn chwaith. Rywsut, doedd hynny ddim yn bwysig. Roedd cyswllt dealltwriaeth rhyngddynt, rhywbeth pwysicach na hoffter na phleidioldeb. "Byddwn yn cwrdd lle nad oes tywyllwch", roedd wedi'i ddweud. Ni wyddai Winston beth oedd ystyr hynny, dim ond y byddai'n dod yn wir, ryw ffordd neu'i gilydd.

Peidiodd y llais o'r telisgrîn. Seiniodd utgorn, yn glir ac yn brydferth, i darfu ar lonyddwch yr awyr myglyd. Parhaodd y llais, yn gras:

"Sylw! Eich sylw, os gwelwch yn dda! Mae newyddion brys newydd gyrraedd yr eiliad hon o ffrynt Malabar. Mae ein lluoedd yn Ne'r India newydd ennill buddugoliaeth ysgubol. Fe'm hawdurdodwyd i ddweud y gall yr ymgyrch rydym nawr yn eich hysbysu yn ei chylch dod â'r rhyfel o fewn pellter mesuradwy i'w ddiwedd. Dyma'r newyddion – "

Newyddion drwg, meddyliodd Winston. Ac, yn ddigon gwir, yn dilyn disgrifiad gwaedlyd o fyddin Ewrasiaidd yn cael ei difa'n llwyr, gyda niferoedd anghredadwy wedi'u lladd neu eu carcharu, daeth y cyhoeddiad y byddai'r dogn siocled yn lleihau o ddeg gram ar hugain i ugain, yn dechrau'r wythnos nesaf.

Bytheiriodd Winston eto. Roedd effaith y jin yn pallu, gan adael teimlad fflat. Yn ddi-rybudd – i ddathlu'r fuddugoliaeth efallai, neu i leddfu atgof y siocled coll – dechreuodd y telisgrîn chware "Dros Oceania, gymrawd dyrchafwn gri" yn uchel. Roedd disgwyl i bawb sefyll. Fodd bynnag, roedd o'r golwg tra'n eistedd yno.

Dilynwyd "Dros Oceania, gymrawd dyrchafwn gri" gan gerddoriaeth ysgafnach. Cerddodd Winston draw at y ffenest, gan gadw ei gefn i'r telisgrîn. Roedd hi'n oer ac yn glir tu allan o hyd. Rywle'n bell i ffwrdd ffrwydrodd roced-fom gyda rhu isel, atseiniol. Roedd tua dau neu dri deg ohonynt yn cwympo ar Lundain bob wythnos ar hyn o bryd.

Yn y stryd, chwythodd y poster yn ôl ac ymlaen yn y gwynt, gyda'r gair *sosbryd* yn ymddangos ac yn diflannu drachefn. Sosbryd. Egwyddorion sanctaidd Sosbryd. Newyddiaith, daufeddwl, cyfnewidioldeb y gorffennol. Teimlai fel petai'n crwydro fforestydd gwymon y môr, ar goll mewn byd anghenfilaidd lle mai ef ei hun oedd yr anghenfil. Roedd ar ei ben ei hun. Roedd y gorffennol yn farw, y dyfodol yn annirnadwy. Pa sicrwydd oedd ganddo fod cymaint ag un bod dynol byw ar ei ochr ef? A pha

ffordd o wybod na fyddai teyrnasiad y Blaid yn parhau *am byth?*
Megis mewn ateb i'w gwestiynau, daeth y sloganau ar wyneb gwyn
Gweinyddiaeth y Gwir yn ôl ato:

> *RHYFEL YW HEDDWCH*
> *RHYDDID YW CAETHIWED*
> *ANWYBODAETH YW NERTH*

Estynnodd ddarn dau-ddeg-pump sent o'i boced. Yno, hefyd,
mewn llythrennau bychan ond clir, roedd yr un sloganau, ac ar ochr
arall y darn arian roedd pen y Brawd Mawr. Byddai'r llygaid yn eich
dilyn hyd yn oed o'r darn arian. Ar arian, stampiau, cloriau llyfrau,
baneri, posteri, ac ar becyn sigarennau – ymhobman. Y llygaid yn
eich gwylio o hyd, a'r llais yn eich amgylchynu. Boed ynghwsg neu
ar ddihun, yn gweithio neu'n bwyta, dan do neu'r tu allan, yn y bath
neu yn y gwely – doedd mo'u dianc. Doedd dim byd yn eiddo i
chi'ch hun heblaw'r ychydig gentimetrau ciwb y tu mewn i'ch
penglog.

Roedd yr haul wedi symud, a heb olau'n tywynnu arnynt bellach
edrychai ffenestri lu Gweinyddiaeth y Gwir mor brudd â thyllau
saethu castell. Syrthiodd ei galon wrth syllu ar y pyramid enfawr
hwnnw. Roedd yn rhy gryf, byddai'n amhosib ei gipio. Ni fyddai
mil o roced-fomiau'n ddigon i'w falu'n ddarnau. I bwy, meddyliodd
eto, oedd yn ysgrifennu'r dyddiadur? I'r dyfodol, i'r gorffennol – i
oes a allai fod yn ddychmygol. Ac o'i flaen nid oedd marwolaeth,
ond difodiant. Byddai'r dyddiadur yn troi'n llwch, ac yntau'n
anwedd. Dim ond yr Heddlu Meddwl fyddai'n darllen yr hyn
ysgrifennodd ynddo, cyn ei ddileu o fodolaeth ac o'r cof. Sut oedd
ymbil ar y dyfodol pan nad oedd modd i ddim byd ohonoch chi'ch
hun oroesi, dim cymaint â gair anhysbys ar ddarn o bapur hyd yn
oed?

Un deg pedwar o'r gloch, meddai'r telisgrîn. Rhaid iddo adael
ymhen deg munud. Roedd yn rhaid iddo fod yn ôl yn y gwaith
erbyn un deg pedwar tri deg.

Yn rhyfedd ddigon, roedd canu'r cloc wedi codi ei galon.
Ysbryd unig ydoedd, yn dweud gwir na fyddai neb byth yn ei
glywed. Ond dim ond iddo'i ddweud, mewn rhyw ffordd aneglur,
byddai parhad. Nid drwy i neb eich clywed, ond drwy i chi aros yn
gall, dyna sut i barhau'r ddynoliaeth. Dychwelodd i'r bwrdd,
dipiodd ei ysgrifbin, ac ysgrifennodd:

I'r dyfodol neu'r gorffennol, i amser pan mae'r meddwl yn
rhydd, pan fo dynion yn wahanol i'w gilydd a dim yn byw ar eu
pennau eu hunain – i amser pan mae'r gwirionedd yn bodoli a phan

nad oes modd dadwneud yr hyn sydd: o oes unffurfiaeth, o oes unigedd, o oes y Brawd Mawr, o oes daufeddwl – henffych!

Roedd eisoes yn farw, meddyliodd. Teimlodd mai dim ond nawr, ac yntau wedi dechrau gallu ystyried ei feddyliau, roedd wedi cymryd y cam tyngedfennol. Mae canlyniadau pob gweithred ynghlwm yn y weithred ei hun. Ysgrifennodd:

Nid peth sy'n arwain at farwolaeth yw trosmeddwl: trosmeddwl *yw* marwolaeth.

Ac yntau bellach wedi cydnabod ei hun fel dyn marw, roedd hi'n bwysig iddo aros yn fyw gyhyd â phosib. Roedd staeniau inc ar ddau fys ei law dde. Dyna'r union fath o fanylyn y gallai eich bradychu. Byddai rhyw selogyn busneslyd yn y Weinyddiaeth (menyw, siŵr o fod: rhywun fel y fenyw fach â gwallt brown neu'r ferch â gwallt tywyll o'r Adran Ffuglen) yn dechrau meddwl tybed pam buodd yntau'n ysgrifennu yn ystod yr egwyl ginio, pam oedd wedi defnyddio ysgrifbin henffasiwn, *beth* fuodd yn ei ysgrifennu – ac wedyn byddai'n gwneud awgrym i rywun priodol. Aeth i'r ystafell ymolchi, a sgrwbio'r inc ymaith yn ofalus iawn gyda'r sebon grudiog brown fyddai'n sgathru'ch croen fel papur tywod, ac felly'n addas iawn at y diben hwn.

Dychwelodd y dyddiadur i'r drâr. Oferedd llwyr fyddai hyd yn oed dychmygu ei guddio, ond o leiaf gallai wybod a oedd ei fodolaeth wedi'i ddarganfod ai peidio. Byddai gwelltyn ar ymylon y tudalennau'n rhy amlwg. Gyda phen ei fys, cododd ddarn bychan o lwch gwyn y byddai'n gallu'i adnabod yn ddiweddarach a'i roi ar gornel y clawr, lle byddai'n sicr o gwympo petai rhywun yn symud y llyfr.

Pennod 3

Roedd Winston yn breuddwydio am ei fam.

Deg neu un ar ddeg mlwydd oed oedd e, mae'n rhaid, pan ddiflannodd ei fam. Menyw dal, gerflunaidd oedd hi, braidd yn dawel, ei symudiadau'n araf a'i gwallt yn olau ac yn odidog. Roedd ei atgofion am ei dad yn llai eglur: tywyll a thenau, yn gwisgo dillad tywyll taclus (cofiai Winston yn enwedig y gwadnau tenau iawn oedd gan esgidiau ei dad) a sbectol. Debyg i'r ddau ohonynt gael eu llyncu gan un o ddiarddeliadau mawr cyntaf y pumdegau.

Yr eiliad hon roedd ei fam yn eistedd yn rhywle'n ddwfn oddi tano, ei chwaer ifanc yn ei breichiau. Ni allai gofio'i chwaer o gwbl, dim ond yn faban bychan, eiddil, yn ddistaw o hyd, â ganddi lygaid mawr, gwyliadwrus. Syllai'r ddwy i fyny ato. Roeddynt mewn rhyw le tanddaearol islaw – gwaelod ffynnon efallai, neu fedd dwfn iawn – ond rhywle oedd, er ei fod eisoes yn ddwfn, yn symud yn is o hyd. Roeddynt mewn salŵn llong oedd wrthi'n suddo, yn edrych i fyny arno drwy'r dŵr tywyll. Roedd awyr o hyd yn y salŵn, ac roedd modd iddynt ei weld ac i yntau eu gweld nhw, ond roeddynt yn suddo o hyd, i lawr, lawr i'r dyfroedd gwyrddion fyddai'n sicr o'u cuddio o bob golwg am byth ymhen eiliadau. Roedd yntau yn y golau a'r awyr tra'u bod hwythau'n cael eu sugno i lawr i farwolaeth, ac roeddynt yno oherwydd ei fod ef yma. Gwyddai hynny a gwyddent hwy, a gwelai hynny yn eu hwynebau. Doedd dim cerydd ynddynt, nac yn eu calonnau chwaith, dim ond y sicrwydd bod yn rhaid iddynt farw er mwyn iddo ef fyw, a bod hynny'n rhan o drefn anochel pethau.

Ni allai gofio beth oedd wedi digwydd, ond gwyddai yn ei freuddwyd bod bywydau ei fam a'i chwaer wedi'u haberthu mewn rhyw ffordd er ei fwyn ef. Un o'r breuddwydion hynny oedd hi sydd, er bod iddynt holl nodweddion breuddwyd, yn barhad o'ch bywyd gwybyddol: trwyddynt mae dyn yn dod yn ymwybodol o ffeithiau ac o syniadau sy'n aros yn newydd ac yn werthfawr wedi iddo ddeffro. Yr hyn a darodd Winston nawr oedd bod marwolaeth ei fam, bron i dri deg o flynyddoedd yn ôl, wedi bod yn drasig ac yn drist mewn ffordd nad oedd bellach yn bosib. Gwelai bellach fod trasiedi'n rhywbeth oedd yn perthyn i'r oes a fu, oes pan oedd cyfrinachedd, cariad a chyfeillgarwch dal i fod, a phan oedd aelodau teulu'n sefyll gyda'i gilydd heb angen gwybod pam. Roedd ei gof am ei fam yn loes ar ei galon oherwydd iddi farw yn dal i'w garu ef, er bod yntau'n rhy ifanc a rhy hunanol i'w charu yn ei dro, a'i bod hi rywsut – ni allai gofio sut yn union – wedi aberthu'i hun dros deyrngarwch oedd yn gyfrinachol ac yn ddigyfnewid. Roedd yn amlwg na allai'r fath beth ddigwydd heddiw. Roedd yna ofn, casineb a phoen heddiw, ond dim urddas emosiwn, dim gofid dwfn na chymhleth. Roedd fel petai'n gweld hyn oll yn llygaid mawr ei fam a'i chwaer, yn syllu i fyny arno drwy'r dŵr gwyrdd, yn ddwfn, ddwfn, ac yn dal i suddo.

Yn sydyn roedd yn sefyll ar wair byr, meddal ar noswaith o haf a phelydrau lletraws yr haul isel yn euro'r ddaear. Roedd y dirwedd hon yn ymddangos mor gyffredin yn ei freuddwydion fel nad oedd yn hollol sicr iddo'i gweld yn y byd go iawn erioed ai peidio. Yn effro, rhoddai'r Wlad Hud yn enw arni. Hen borfa'n llawn cwningod oedd hi, â llwybr traed yn crwydro ar ei thraws, ac ambell dwmpath gwahadden yma a thraw. Yn y gwrych anniben ar ochr bella'r cae roedd canghennau'r llwyfenni'n siglo'n ysgafn yn yr awel, eu dail yn siffrwd ryw ychydig mewn toreithiau dwys, fel gwallt merched. Rhywle'n agos, o'i olwg, roedd yna nant glir, araf lle nofiai darsod yn y pyllau dan ganghennau'r helyg.

Roedd y ferch â'r gwallt tywyll yn dod tuag atynt dros y cae. Fel petai ag un symudiad, tynnodd ei dillad a'u taflu'n ddirmygus o'r neilltu. Roedd ei chorff yn wyn ac yn esmwyth, ond ni chododd hynny unrhyw chwant ynddo; yn wir, prin iddo edrych. Yr hyn a'i gorchfygodd yr eiliad honno oedd ei edmygedd o'r ffordd y bu iddi daflu ei dillad ymaith. Yn osgeiddig a di-hid, roedd yr ystum fel petai'n difa holl ddiwylliant, difa holl ffordd o feddwl, fel petai modd ysgubo'r Brawd Mawr a'r Heddlu Meddwl i ebargofiant â dim ond un symudiad ardderchog o'r fraich. Rhywbeth arall yn perthyn i'r oes a fu oedd yr ystum hwnnw. Deffrodd Winston, y gair "Shakespeare" ar ei wefusau.

Roedd y telisgrîn yn chwibanu'n uchel ac yn arteithiol, un nodyn hir am dri deg eiliad. Dim saith un deg pump, amser deffro i weithwyr swyddfa. Llusgodd Winston ei gorff o'r gwely – yn noeth, gan na châi aelod o'r Blaid Allanol ddim ond 3,000 o gwponau dillad y flwyddyn, ac roedd set o ddillad nos yn 600 – a gafael mewn singled llipa a phâr o siorts oedd yn gorwedd ar gadair. Byddai'r Ymarfer Corff yn dechrau ymhen tair munud. Yr eiliad nesaf daeth pwl o besychu caled a'i blygu ar ei hanner, fel y byddai'n digwydd bron yn ddieithriad wrth iddo ddeffro. Gwagiwyd ei ysgyfaint mor llwyr fel y bu'n rhaid iddo orwedd ar ei gefn a dal ei wynt sawl tro cyn iddo allu dechrau anadlu eto. Roedd ei wythiennau wedi chwyddo dan ymdrech y peswch, a'r wlser chwyddedig wedi dechrau'i gosi.

"Grŵp Tri Deg i Bedwar Deg!" cyfarthodd llais benywaidd llym. "Grŵp Tri Deg i Bedwar Deg! I'ch safleoedd, os gwelwch yn dda. Tri degau i bedwar degau!"

Neidiodd Winston ar ei draed o flaen y telisgrîn, lle'r oedd delwedd merch lled ifanc eisoes wedi ymddangos, yn denau ond yn gyhyrog, yn gwisgo tiwnig ac esgidiau campfa.

"Plygu ac estyn breichie!" cyfarthodd y fenyw. "Dilynwch fi. *Un*, dau, tri, pedwar! *Un*, dau, tri, pedwar! Dewch 'mlân, gymrodorion, rhowch bach o fywyd ynddi! *Un*, dau, tri, pedwar! *Un*, dau, tri, pedwar..."

Nid oedd poen ei beswch wedi llwyr yrru o ben Winston yr argraff gawsai ei freuddwyd arno, a ddychwelodd rywfaint gyda symudiadau rhythmig yr ymarfer corff. Wrth i'w freichiau saethu'n ôl ac ymlaen yn fecanyddol, ag yntau'n gwisgo'r wên o fwynhad penderfynol a ystyrid yn briodol yn ystod yr Ymarfer Corff, roedd yn brwydro i gofio'i ffordd yn ôl i gyfnod aneglur ei blentyndod cynnar. Roedd hi'n anodd eithriadol. Roedd popeth yn pylu tu hwnt i ddiwedd y pum degau. Heb unrhyw gofnodion allanol i gyfeirio atynt, collid hyd yn oed min amlinell eich bywyd eich hun. Byddech yn cofio digwyddiadau o bwys nad oeddynt, mwy na thebyg, wedi digwydd mewn gwirionedd, ac yn cofio manylion digwyddiadau heb allu eu hail-deimlo, ac roedd yna gyfnodau hir gweigion na allech chi ddweud dim byd amdanynt. Roedd popeth yn wahanol yr adeg hynny. Roedd hyd yn oed enwau gwledydd a'u siapiau ar y map yn wahanol. Nid Maes Glanio Un oedd enw'r wlad yn y dyddiau hynny, er enghraifft: Lloegr oedd yr enw arni, neu Brydain, er iddo deimlo'n lled sicr mai Llundain fu Llundain erioed.

Ni allai Winston gofio ag unrhyw sicrwydd gyfnod pan na fu ei wlad yn ymladd rhyfel, ond mae'n debyg bod yna gyfnod eitha hir o heddwch yn ystod ei blentyndod, oherwydd un o'i atgofion cynharaf oedd am gyrch awyr oedd yn hollol annisgwyl gan bawb. Hwyrach mai'r adeg hynny y cwympodd y bom atomig ar Colchester. Nid y cyrch ei hun roedd yn ei gofio, ond llaw ei dad yn gafael yn ei law ef wrth iddynt ruthro i lawr, lawr i rywle'n ddwfn o dan y ddaear, gan droi o hyd o amgylch grisiau tro oedd yn atseinio dan ei draed, ac a flinodd gymaint ar ei goesau yn y pen draw nes iddo ddechrau llefain, a bu'n rhaid iddynt gael seibiant a gorffwys. Roedd ei fam, yn ei dull araf, breuddwydiol, yn eu dilyn, ymhell ar eu holau. Roedd hi'n cario ei chwaer fach — neu efallai dim ond bwndel o flancedi oedd hi: nid oedd yn sicr a oedd ei chwaer wedi'i geni erbyn hynny ai peidio. O'r diwedd, cyrhaeddant le swnllyd, prysur; gorsaf y trên tanddaearol, sylweddolodd.

Roedd meini'r llawr wedi'u gorchuddio gan bobl yn eistedd, a phobl eraill yn eistedd ar fynciau o fetel wedi'u pacio'n dynn, un ar ben y llall. Cafodd Winston a'i rieni le i'w hunain ar y llawr, a gerllaw roedd yna hen ŵr a hen wraig yn eistedd gyda'i gilydd ar fync. Gwisgai'r hen ŵr siwt dywyll weddol dda, a chap o liain du uwchben ei wallt, oedd yn wyn iawn: roedd ei wyneb yn goch, a'i lygaid gleision yn llawn o ddagrau. Aroglai'n gryf o jin. Roedd y stwff fel petai'n dianc o'i groen yn lle chwys, a gellid meddwl bod y dagrau a lifai o'i lygaid yn jin pur. Ond er ei fod yn feddw braidd roedd yn amlwg ei fod hefyd dan ryw wir drallod hollol annioddefol. Yn ei ffordd blentynnaidd ei hun, sylweddolodd Winston fod rhywbeth erchyll newydd ddigwydd, rhywbeth tu hwnt i faddeuant ac na fyddai modd ei unioni, byth. Teimlai rywsut ei fod yn gwybod beth, hefyd. Roedd rhywun roedd yr hen ŵr yn ei garu – wyres fach, efallai – wedi'i lladd. Bob ychydig funudau byddai'r hen ŵr yn dweud drachefn:

"Dylen ni ddim 'di trysto nhw. Wedes i, dô, Mam, nage fe? Dyna be' gewch chi o'u trysto nhw. Wedes i hynny o hyd. Ddylen ni 'riôd 'di trysto'r diawled."

Ond bellach ni allai Winston gofio pa ddiawled na ddylen nhw wedi'u trysto.

Ers tua'r adeg hynny, bu'r rhyfel yn llythrennol barhaus, er, a bod yn gywir, nid yr un rhyfel oedd hi bob tro. Am nifer o fisoedd yn ystod ei blentyndod mi fuodd yna frwydro dryslyd ar strydoedd Llundain ei hun, a gallai gofio rhywfaint ohono'n fanwl. Ond byddai amlinellu hanes yr holl gyfnod, a dweud pwy yn union fu'n ymladd yn erbyn pwy ar unrhyw adeg benodol, wedi bod yn hollol amhosib, oherwydd nid oedd yna unrhyw gofnod ysgrifenedig, na gair ar lafar, yn sôn am unrhyw ryfel oni bai am yr un presennol. Ar hyn o bryd, er enghraifft, yn 1984 (os 1984 oedd hi), roedd Oceania'n rhyfela yn erbyn Ewrasia ac wedi cynghreirio â Dwyrasia. Ni fyddai neb yn cyfaddef, nac yn gyhoeddus nac yn breifat, fod y tair ymerodraeth erioed wedi'u grwpio'n wahanol i hyn. Mewn gwirionedd, gwyddai Winston yn iawn mai dim ond pedair blynedd oedd hi ers i Oceania gynghreirio ag Ewrasia i ymladd yn erbyn Dwyrasia. Ond nid oedd hynny'n ddim byd ond dernyn o wybodaeth gyfrwys yr oedd yn digwydd bod ganddo oherwydd nad oedd ei gof dan reolaeth lwyr. Yn swyddogol nid oedd unrhyw newid cynghreiriaid wedi digwydd erioed. Roedd Oceania'n rhyfela gyda Ewrasia: felly, roedd hi'n dilyn bod Oceania wedi bod yn rhyfela yn erbyn Ewrasia erioed. Gelyn y dydd fyddai cynrychiolydd drygioni perffaith bob tro, ac o ganlyniad, byddai unrhyw fath o gytundeb ag ef yn amhosib, naill ai yn y gorffennol neu'r dyfodol.

Y peth arswydus, meddyliodd am y milfed tro wrth iddo wthio'i ysgwyddau'n boenus tuag yn ôl (gyda'u dwylo wrth eu hochrau, roeddynt wrthi'n symud eu cyrff mewn cylchoedd o'r canol, ymarfer oedd i fod i wneud lles i gyhyrau'r cefn) – y peth arswydus oedd y gallai'r cyfan fod yn wir. Petai'r Blaid yn gallu estyn ei llaw i'r gorffennol a dweud am y digwyddiad hwn neu'r llall, *Ni Ddigwyddodd Hyn* – onid oedd hynny, siŵr iawn, yn beth mwy dychrynllyd na dim ond poen a marwolaeth?

Nid oedd Oceania erioed wedi cynghreirio ag Ewrasia, meddai'r Blaid. Gwyddai ef, Winston Smith, fod Oceania wedi bod mewn cynghrair ag Ewrasia mor ddiweddar â phedair blynedd yn ôl. Ond ym mha le oedd y wybodaeth honno'n bodoli? Dim ond yn ei ymwybyddiaeth ef ei hun, fyddai'n cael ei ddifa'n ddigon buan, heb os. A phe bai pawb arall yn derbyn y celwydd hwnnw, yn ôl gorchymyn y Blaid – petai pob cofnod yn dweud yr un peth – yna deuai'r celwydd yn rhan o hanes, ac yn rhan o'r gwir. "Mae'r sawl sy'n rheoli'r gorffennol," chwedl slogan y Blaid, "yn rheoli'r dyfodol: mae'r sawl sy'n rheoli'r presennol yn rheoli'r gorffennol." Ac eto, nid oedd y gorffennol wedi newid erioed, er ei fod, wrth natur, yn gyfnewidiol. Beth bynnag oedd yn wir nawr fuodd yn wir erioed, a fyddai'n wir byth. Peth syml iawn oedd hi. Y cwbl oedd ei angen oedd cyfres ddiddiwedd o fuddugoliaethau dros eich cof eich hun. "Rheoli realiti", dyna'r enw arni: neu yn y Newyddiaith, "daufeddwl".

"Ymlaciwch!" gorchmynnodd y gyfarwyddes, ychydig yn fwy caredig.

Suddodd breichiau Winston at ei ochrau, ac ail-lenwodd ei ysgyfaint yn araf. Llithrodd ei feddwl i fyd dryslyd daufeddwl. I wybod heb wybod; i fod yn llwyr ymwybodol o'r gwir wrth ddweud celwydd gofalus; i arddel dau safbwynt ar yr un pryd a'r naill yn canslo'r llall, a gwybod eu bod ill dau'n gwrth-ddweud ei gilydd ac eto eu credu ill dau; defnyddio rhesymeg yn erbyn rhesymeg; gwrth-ddweud moeseg tra'n ei hawlio; credu bod democratiaeth yn amhosib ac mai'r Blaid oedd ceidwaid democratiaeth; anghofio beth bynnag roedd angen ei anghofio ac wedyn ei ddwyn i gof yn ôl y galw, wedyn ei anghofio eto'n syth; ac yn anad dim, dilyn yr un broses gyda'r broses ei hun. Dyna gyfrwyster pennaf y peth: bod yn fwriadol anymwybodol, ac wedyn dod yn anymwybodol drachefn o'r weithred hypnosis yr oeddech chi newydd ei chyflawni. Rhaid oedd defnyddio daufeddwl hyd yn oed i ddeall y gair "daufeddwl".

Roedd y gyfarwyddes yn mynnu eu sylw eto. "Gadewch i ni weld pwy sy'n gallu cyrraedd bysedd ei draed!" meddai'n frwdfrydig. "Drosodd o'r canol, os gwelwch yn dda, gymrodorion. *Un*-dau! *Un*-dau!..."

Roedd yn gas gan Winston yr ymarfer hon a fyddai'n gwneud i boenau saethu'r holl ffordd o'i sodlau i'w ben ôl, gan arwain yn aml at bwl arall o besychu. Diflannodd naws lled-bleserus ei fyfyrio. Nid wedi'i newid yn unig oedd y gorffennol, sylweddolodd, ond roedd wedi'i ddifa. Sut oedd cydnabod hyd yn oed y ffeithiau mwyaf amlwg heb gofnod o unrhyw fath y tu allan i'ch cof eich hun? Ceisiodd feddwl ym mha flwyddyn yr oedd wedi clywed crybwyll y Brawd Mawr am y tro cyntaf. Rhaid bod hynny wedi bod ryw dro'n ystod y chwedegau, ond roedd hi'n amhosib gwybod i sicrwydd. Yn ôl hanesion y Blaid, wrth gwrs, y Brawd Mawr fu arweinydd a cheidwad y Chwyldro ers ei ddyddiau cyntaf un. Roedd ei orchestion wedi symud yn araf yn ôl mewn amser nes eu bod eisoes wedi cyrraedd byd anhygoel y pedwar degau a'r tri degau, pan oedd y cyfalafwyr yn eu hetiau silindr rhyfedd yn dal i farchogaeth drwy strydoedd Llundain mewn ceir mawr disglair, neu gerbydau ac iddynt ochrau gwydr. Doedd dim ffordd o wybod faint o'r chwedl oedd yn wir a faint oedd wedi'i ddyfeisio. Ni allai Winston gofio hyd yn oed pa bryd daeth y Blaid ei hun i fodolaeth. Nid oedd yn credu iddo glywed y gair Sosbryd cyn 1960, ond roedd hi'n bosib ei fod ar lafar yn gynharach na hynny ar ei ffurf yn yr Heniaith – sef "Sosialaeth Brydeinig". Ymdoddai pob dim i'r niwl. Weithiau, mae'n wir, roedd modd gweld bod rhai pethau'n sicr yn gelwydd. Nid oedd hi'n wir mai'r Blaid a ddyfeisiodd awyrennau, er enghraifft, fel yr honnai llyfrau hanes y Blaid. Gallai gofio awyrennau ers blynyddoedd cynharaf ei blentyndod. Ond roedd hi'n amhosib profi dim byd. Ni fyddai unrhyw dystiolaeth fyth. Ar un adeg yn unig yn ei fywyd bu ganddo brawf digamsyniol fod ffaith hanesyddol wedi'i ffugio. A'r adeg hynny –

"Smith!" sgrechiodd y llais croch o'r telisgrîn. "6079 Smith W.! Ie, CHI! Plygwch yn is, os gwelwch yn dda! Gallwch chi 'neud yn well na 'ny. Dych chi ddim yn 'neud ymdrech. Is! Is! GWELL, gymrawd! Nawr, ymlaciwch, bawb, a gwyliwch fi.'

Cododd chwys poeth yn sydyn dros gorff Winston i gyd. Parhaodd ei wyneb yn ddifynegiant. Rhaid peidio dangos braw! Rhaid peidio dangos anfodlonrwydd! Gallai un amrantiad fod yn ddigon i'ch bradychu. Safai'n gwylio wrth i'r gyfarwyddes godi ei breichiau uwch ei phen, ac – amhosib fyddai dweud iddi wneud y peth ag urddas, ond roedd hi'n hynod o daclus ac effeithlon – fe blygodd drosodd i roi cymal cyntaf ei bysedd o dan fysedd ei thraed.

"*Dyna ni*, gymrodorion! *Dyna* sut rwy moyn y'ch gweld chi'n ei 'neud. Gwyliwch eto. Rwy'n dri deg naw ac mae gen i bedwar o blant. Gwyliwch." Plygodd drachefn. "'Shgwlwch fy ngliniau, *heb* 'u plygu. Gallwch chi gyd 'neud, gyda'r agwedd iawn," ychwanegodd wrth ymsythu. "Gall unrhyw un dan bedwar deg pump gyffwrdd â bysedd ei draed yn ddigon hawdd. Allwn ni ddim gyd gael y fraint o ymladd yn y rheng flaen, ond gallwn ni gyd gadw'n ffit. Cofiwch ein bechgyn ar ffrynt Malabar! A'r morwyr yn y Morgaerau! Meddyliwch beth sydd rhaid iddyn *nhw* 'i ddioddef. Triwch eto. Dyna welliant, gymrawd, gwell o *lawer*," ychwanegodd yn galonogol wrth i Winston, gyda hyrddiad caled, lwyddo i gyffwrdd â bysedd ei draed heb blygu'i liniau, am y tro cyntaf ers blynyddoedd.

Pennod 4

Gydag ochenaid ddofn, anfwriadol nad oedd hyd yn oed agosatrwydd y telisgrîn yn ddigon i'w rwystro ar ddechrau diwrnod o waith, tynnodd Winston y llaisgrif tuag ato a chwythu'r llwch oddi ar ei cheg, a gwisgodd ei sbectol. Roedd pedwar silindr bach o bapur eisoes wedi cwympo o'r biben niwmatig ar ochr dde'i ddesg; fe'u dad-rholiodd a'u clipio at ei gilydd.

Roedd tair hollt yn waliau ei giwbicl. Ar ochr dde'r llaisgrif roedd piben fach niwmatig ar gyfer negeseuon ysgrifenedig; ar y chwith, un fwy ar gyfer papurau newydd; ac o fewn cyrraedd hawdd i fraich Winston ar y wal i'w ochr roedd hollt fawr siâp petryal gyda grât o wifren drosti. Ar gyfer sbwriel roedd yr olaf o'r rhain. Roedd miloedd neu ddegau o filoedd o holltau tebyg drwy'r adeilad, nid yn unig ym mhob ystafell ond ar hyd y coridorau bob hyn a hyn. Tyllau cof oedd y llysenw arnynt, am ryw reswm. Pan fo rhywun yn gwybod bod angen dinistrio ar unrhyw ddogfen, neu hyd yn oed wrth weld darn o bapur gwastraff yn rhywle, ymateb awtomatig bellach oedd codi grât y twll cof agosaf a'i daflu iddo, lle byddai cerrynt o aer cynnes yn ei ysgubo ymaith i'r ffwrneisi enfawr oedd wedi'u cuddio rywle ym mhellafion yr adeilad.

Astudiodd Winston y pedwar darn papur roedd newydd eu hagor. Ar bob un ohonynt roedd neges heb fod yn fwy nag ychydig o linellau o hyd, yn y jargon cwta hwnnw – nid Newyddiaith go iawn, ond yn llawn o eiriau Newyddiaith – a ddefnyddid at ddibenion mewnol y Weinyddiaeth. Eu cynnwys:

faner 17.3.84 camadrodd araith bm affrica unioni

faner 19.12.83 rhagolygon 3 yp 4ydd chwarter 83 cam-brintio gwirio rhifyn diweddaraf

faner 14.2.84 digonwein cameiriau siocled unioni

faner 3.12.83 adrodd bm dydddrefn deuplwsanda cyf anbersonau ailgofnodi llawnus cyfyny cynffeilio

Rhoddodd Winston y bedwaredd neges o'r neilltu, nid heb deimlo ychydig bach yn falch. Gwaith dyrys a chyfrifol fyddai hynny: gwell fyddai ei adael yn olaf. Materion digon cyffredin oedd y lleill er y byddai'r ail, hwyrach, yn gofyn am rywfaint o durio drwy restrau o ffigyrau digon undonog.

Deialodd Winston "ôl-rifynnau" ar y telisgrîn a gofynnodd am y rhifynnau priodol o'r *Faner*, a lithrodd o'r biben niwmatig ychydig funudau'n ddiweddarach. Roedd y negeseuon roedd wedi'u derbyn yn cyfeirio at erthyglau neu eitemau y credid bod angen eu newid mewn rhyw ffordd neu'i gilydd, neu, â defnyddio'r term swyddogol, eu hunioni. Er enghraifft, mae'n debyg bod y *Faner* ar yr ail ar bymtheg o Fawrth wedi adrodd bod y Brawd Mawr, yn ei araith y diwrnod blaenorol, wedi darogan y byddai ffrynt De India'n ddigon tawel, ond bod Ewrasia'n debygol o gychwyn ymosodiad yng Ngogledd Affrica cyn hir. Fel y bu hi, cychwynnodd Uwch-Reolwyr Ewrasia eu hymgyrch yn Ne India, a gadael llonydd i Ogledd Affrica. O ganlyniad roedd angen ailysgrifennu rhan o araith y Brawd Mawr, er mwyn dangos iddo ddarogan yr hyn oedd wedi digwydd mewn gwirionedd. Yn ogystal, ar y bedwaredd ar bymtheg o Ragfyr roedd y *Faner* wedi cyhoeddi rhagolygon allbwn swyddogol ystod o nwyddau amrywiol yn ystod pedwerydd chwarter 1983, oedd hefyd yn chweched chwarter y Nawfed Cynllun Tair Blynedd. Roedd rhifyn heddiw'n cynnwys adroddiad ar yr allbwn mewn gwirionedd, yr hwn a ddangosai fod y rhagolygon, heb eithriad, yn hollol anghywir. Gorchwyl Winston oedd unioni'r ffigyrau swyddogol drwy wneud iddynt gytuno â'r rhai diweddarach. O ran y drydedd neges, mater digon syml oedd honno y byddai'n gallu ei gywiro mewn ychydig funudau. Mor ddiweddar â mis Chwefror roedd y Weinyddiaeth Gyfoeth wedi gwarantu ("addewid gyfansawdd" oedd y geiriau swyddogol) na fyddai'r dogn siocled yn cael ei leihau yn ystod 1984. Mewn gwirionedd, fel y gwyddai Winston, byddai'r dogn siocled yn lleihau o dri deg gram i ddau ddeg ar ddiwedd yr wythnos. Y cwbl oedd angen ei wneud oedd cyfnewid yr addewid wreiddiol am rybudd y gallai fod angen lleihau'r dogn yn ystod mis Ebrill.

Wrth iddo ddelio â'r negeseuon fesul un, atododd Winston ei gywiriadau i'r copi priodol o'r *Faner* a'u gwthio i'r bibell niwmatig. Wedyn, gydag ystum oedd mor agos â phosib i reddf anymwybodol, cywasgodd y neges wreiddiol ac unrhyw nodiadau a wnaethpwyd ganddo a'u gollwng i'r twll cof, i'r fflamau eu llyncu.

Ni wyddai'n fanwl beth yn union oedd yn digwydd yn y labyrinth anweledig hwnnw ym mhen pellaf y pibellau niwmatig, ond gwyddai'n fras. Cyn gynted ag oedd yr holl gywiriadau oedd eu hangen mewn unrhyw rifyn penodol o'r *Faner* wedi'u casglu a'u coladu, byddai'r rhifyn yn cael ei ailargraffu, y copi gwreiddiol yn cael ei ddinistrio, a'r copi cywiriedig newydd yn cymryd ei lle. Digwyddai'r broses hon o newidiadau parhaus nid yn unig i bapurau newydd, ond i lyfrau, cyfnodolion, pamffledi, posteri, llyfrynnau, ffilmiau, traciau sain, cartwnau, lluniau – pob math o lenyddiaeth neu ddogfennaeth y gellid tybio bod iddi unrhyw bwys gwleidyddol neu ideolegol. Fesul diwrnod, bron iawn fesul munud, diweddarid y gorffennol. O ganlyniad roedd tystiolaeth i brofi bod popeth yr oedd y Blaid wedi'i ddarogan wedi dod yn wir, ac ni allai'r un darn o newyddion neu farn gael ei gofnodi os oedd mewn unrhyw wrthwynebiad i anghenion y dydd. Palimpsest oedd hanes y cawsai ei lanhau a'i ail-ysgrifennu o'r newydd yn union mor aml ag oedd angen. Wedi cwblhau'r weithred byddai'n amhosib profi bod unrhyw achos penodol o dwyll wedi digwydd. Unig ddyletswydd aelodau cyfadran fwyaf yr Adran Gofnodion, oedd yn fwy o lawer na'r un lle gweithiai Winston, oedd dwyn ynghyd pob un copi o bob llyfr, papur newydd neu ddogfen arall oedd wedi'i ddisodli ac yr oedd angen ei ddinistrio. Roedd hi'n bosib iawn bod rhifynnau o'r *Faner* yno gyda'u dyddiadau gwreiddiol er iddynt gael eu hailysgrifennu ddwsinau o weithiau oherwydd newidiadau gwleidyddol neu gam-ddarogan ar ran y Brawd Mawr. Ni fyddai unrhyw gopi yn bodoli i brofi hynny. Cawsai llyfrau, hefyd, eu tynnu'n ôl a'u hailysgrifennu eto ac eto, a'u cyhoeddi'n ddieithriad heb unrhyw gydnabyddiaeth eu bod wedi'u newid. Nid oedd hyd yn oed y cyfarwyddiadau a dderbyniai Winston, y byddai'n cael gwared arnynt ar unwaith wedi iddo orffen eu dilyn, yn cydnabod nac yn awgrymu bod unrhyw dwyll yn digwydd: byddent yn cyfeirio o hyd at wallau, camgymeriadau, cam-argraffiadau neu gam-ddyfyniadau roedd angen eu hunioni at ddibenion cywirdeb.

Ond a dweud y gwir, meddyliodd, wrth newid ffigyrau'r Weinyddiaeth Gyfoeth, nid oedd y peth *yn* dwyll hyd yn oed. Dim ond cyfnewid un darn o nonsens am un arall. Doedd dim perthynas gan y rhan fwyaf o'r deunydd ag unrhyw beth yn y byd go iawn, nid hyd yn oed y math hynny o berthynas sydd ynghlwm wrth gelwydd uniongyrchol. Bu'r ystadegau'r un mor ffantasïol ar eu ffurf wreiddiol ag yr oeddynt wedi eu hunioni. Yn aml iawn byddai disgwyl i chi eu dyfeisio yn eich pen. Er enghraifft roedd y Weinyddiaeth Gyfoeth wedi amcangyfrifo y byddid yn cynhyrchu 145 miliwn pâr o esgidiau yn ystod y chwarter. Nodwyd mai'r allbwn mewn gwirionedd fu 62 miliwn pâr. Wrth ailysgrifennu'r rhagamcan, fodd bynnag, lleihaodd Winston y ffigwr i 57 miliwn, er mwyn caniatáu'r honiadau arferol bod y cynnyrch wedi bod yn uwch na'r cwota. Beth bynnag am hynny, ni fyddai 62 miliwn yn ddim agosach i'r gwir na 57 miliwn, na 145 miliwn. Roedd hi'n debygol iawn nad oedd yr un pâr o gwbl wedi'i gynhyrchu. Yn debycach fyth, doedd neb yn gwybod faint oedd wedi'u cynhyrchu nac yn hidio chwaith. Y cwbl a wyddech oedd bod y papurau'n dweud bod niferoedd anhygoel o esgidiau wedi'u cynhyrchu tra bod rhyw hanner poblogaeth Oceania'n droednoeth. Ac felly'r oedd hi gyda phob math o ffeithiau oedd ar gofnod, boed yn fawr neu'n fach. Roedd popeth wedi diflannu mewn byd o gysgodion lle, yn y pendraw, troesai hyd yn oed y dyddiad a'r flwyddyn yn amwys.

Taflodd Winston olwg ar draws y cyntedd. Yn y ciwbicl cyfagos ar yr ochr draw roedd dyn bach manwl ei olwg o'r enw Tillotson, a chanddo ên dywyll, yn gweithio'n ddiwyd, papur newydd wedi'i blygu ar ei lin a'i geg yn agos iawn at geg y llaisgrif. Roedd rhywbeth amdano'n awgrymu ei fod yn ceisio cadw'r hyn yr oedd yn ei ddweud yn gyfrinach rhyngddo ef a'r telisgrîn. Cododd ei lygaid, a fflachiodd ei sbectol yn ymosodol i gyfeiriad Winston.

Prin oedd Winston yn adnabod Tillotson, a doedd ganddo ddim syniad ar beth oedd hwnnw'n gweithio. Anaml fyddai neb yn yr Adran Gofnodion yn trafod eu gwaith. Yn y neuadd hir, ddi-ffenest gyda'i rhes ddwbl o giwbiclau a'i siffrwd papur a murmur y lleisiau'n llenwi'u llaisgrifau, roedd cymaint â dwsin o bobl nad oedd Winston hyd yn oed yn gwybod eu henwau, er iddo'u gweld bob dydd yn rhuthro yma a thraw yn y cynteddau neu'n ystumio adeg y Casineb Dwy Funud. Gwyddai bod y fenyw fach â gwallt golau yn gweithio'n galed bob dydd yn y ciwbicl nesaf yn gwneud dim byd ond chwilio'r wasg i gael hyd i enwau'r bobl hynny oedd wedi'u tarthu, ac felly'n cael eu hystyried yn bobl na fodolodd erioed. Roedd hyn yn ddigon addas ar un olwg, gan fod ei gŵr hithau wedi'i darthu ychydig flynyddoedd ynghynt. Ychydig giwbiclau ymhellach ymlaen roedd creadur mwyn, difflach, breuddwydiol o'r enw Ampleforth, gyda chlustiau eithriadol o flewog a thalent ryfeddol am drin mydr ac odl, wrthi'n cynhyrchu fersiynau carbwl − *testunau awdurdodol* oedd yr enwau swyddogol arnynt − o gerddi a ddaethai'n annerbyniol yn ideolegol, ond yr oeddynt i'w cadw yn y blodeugerddi am ba reswm bynnag. A dim ond un isadran oedd y neuadd hon, gyda rhyw bum deg o weithwyr mwy neu lai, un gell, fel petai, yng nghymhlethdod enfawr yr Adran Gofnodion. Tu hwnt, uwchben, islaw, roedd heidiau o weithwyr eraill yn gweithio swyddi annirnadwy o bwysig. Roedd y gweisg enfawr gyda'u his-olygyddion, eu harbenigwyr argraffwaith, a'u stiwdios gyda'u holl betheuach cymhleth er mwyn ffugio lluniau. Roedd yr Adran Raglenni gyda'i pheirianwyr, ei chynhyrchwyr, a'i thimau o actorion, a ddewisid yn arbennig oherwydd eu medr yn efelychu lleisiau amrywiol. Roedd byddinoedd lawer o glercod cyfeirio, eu gwaith, yn ddim ond rhestru llyfrau a chofnodion yr oedd hi'n amser eu tynnu'n ôl. Roedd yr archifau enfawr lle cedid y dogfennau wedi eu hunioni, a'r ffwrnesi cudd lle dinistrid y copïau gwreiddiol. Ac yn rhywle, yn ddigon anhysbys, roedd yr ymenyddiau hynny oedd wrthi'n cyfarwyddo a chydlynu'r holl ymdrech ac yn gosod y polisïau hynny a'i gwnâi'n angenrheidiol cadw'r tamaid bach hwn o'r gorffennol, newid a ffugio'r llall, a dileu bodolaeth y trydydd yn llwyr.

Ac nid oedd yr Adran Gofnodion ei hun wedi'r cyfan yn ddim ond un gangen o Weinyddiaeth y Gwir: nid ail-greu'r gorffennol oedd ei phrif swyddogaeth ond yn hytrach sicrhau bod gan ddinasyddion Oceania gyflenwad parhaus o bapurau newydd, ffilmiau, gwerslyfrau, rhaglenni telisgrîn, dramâu a nofelau ac ynddynt bob math o wybodaeth, o gyfarwyddiadau, neu o adloniant y gellid eu dychmygu, o delyneg i draethawd biolegol, o lyfr sillafu plentyn i eiriadur Newyddiaith. Ac nid yn unig roedd angen i'r Weinyddiaeth ddarparu ar gyfer anghenion amrywiol y Blaid, ond roedd rhaid iddi ailadrodd yr holl broses ar lefel is er budd y proletariat. Roedd yna gyfres gyfan o adrannau gwahanol yn ymdrin â llenyddiaeth, cerddoriaeth, dramâu ac adloniant yn gyffredinol ar gyfer y cyhoedd. Yno fe gynhyrchid sothach o bapurau newydd heb bron ddim byd ynddynt heblaw chwaraeon, torcyfraith, ac astroleg; nofeligau anghredadwy a werthid am ambell sent, ffilmiau'n gorlifo o ryw a thrais; a chaneuon dagreuol wedi'u cyfansoddi'n hollol fecanyddol ar fath o galeidosgôp a enwid yn bennilliadur. Roedd hyd yn oed isadran gyfan — Adborn oedd ei henw yn y Newyddiaith — wrthi'n cynhyrchu'r radd isaf o bornograffi, a anfonid allan mewn pecynnau caeedig ac nad oedd gan unrhyw aelod o'r Blaid, heblaw'r rhai a weithiai arno, yr hawl i edrych arno.

Roedd tair neges arall wedi llithro o'r biben niwmatig wrth i Winston weithio, ond materion syml oeddynt ac roedd eisoes wedi'u taflu i'r twll cof cyn i'r Casineb Dwy Funud darfu arno. Ar ôl y Casineb dychwelodd i'w giwbicl, estyn y geiriadur Newyddiaith o'r silff, gwthio y llaisgrif o'r neilltu, glanhau ei sbectol a dechrau ar brif dasg y bore.

Ei waith oedd pleser fwyaf bywyd Winston. Roedd y rhan fwyaf ohono'n ddigon diflas, ond ynghlwm wrtho hefyd roedd ambell dasg mor ddyrys a chymhleth bod modd ymgolli ynddynt, fel petaent yn broblemau mathemategol dyfnion — darnau o dwyll hynod astrus, heb ddim byd ynddynt i'ch llywio heblaw eich dealltwriaeth o egwyddorion Sosbryd a'ch syniad chithau o'r hyn roedd ar y Blaid eisiau i chi ei ddweud. Un da ar bethau felly oedd Winston. Ambell dro cawsai hyd yn oed erthyglau arweiniol y *Faner*, oedd wedi'u hysgrifennu'n gyfan gwbl yn y Newyddiaith, eu hymddiried iddo i'w cywiro. Agorodd y neges yr oedd wedi'i rhoi o'r neilltu'n gynharach. Meddai'r neges:

faner 3.12.83 adrodd bm dydddrefn deuplwsanda cyf

anbersonau ailgofnodi llawnus cyfyny cynffeilio

Yn yr Heniaith (neu'r Gymraeg) gellid cyfieithu hyn fel a ganlyn:

Mae'r adroddiad ar Orchymyn Dyddiol y Brawd Mawr yn y *Faner* ar 3ydd Rhagfyr 1983 yn hynod anfoddhaol ac yn cyfeirio at bobl nad ydynt yn bodoli. Ail-ysgrifennwch yr erthygl gyfan a chyflwynwch eich drafft gerbron awdurdod uwch cyn ei roi ar gofnod.

Darllenodd Winston yr erthygl dan sylw. Ymddangosai mai prif destun Gorchymyn Dyddiol y Brawd Mawr ar y diwrnod dan sylw oedd clodfori gwaith sefydliad o'r enw CSiM a ddarparai sigarennau a phethau eraill i'r morwyr ar y Morgaerau. Roedd y Brawd Withers, aelod blaenllaw o'r Blaid Fewnol, yn destun clod arbennig, ac wedi'i ddyrchafu i Ail Ddosbarth yr Urdd Haeddiant Amlwg.

Dri mis yn ddiweddarach, cawsai CSiM ei ddiddymu'n sydyn, ac nid oedd unrhyw reswm wedi'i roi. Gellid cymryd yn ganiataol bod Withers a'i gyfeillion bellach wedi'u hanghymeradwyo, ond ni fu unrhyw adroddiad ynghylch y mater yn y Wasg nac ar y telisgrîn. Roedd hynny i'w ddisgwyl, oherwydd ei bod hi'n anghyffredin i droseddwyr gwleidyddol wynebu achos llys na hyd yn oed cael eu cyhuddo'n gyhoeddus. Pethau arbennig oedd y diarddeliadau mawr, lle câi miloedd o fradwyr a throseddwyr meddwl eu barnu mewn llysoedd cyhoeddus, a chyffesu eu troseddau cyn cael eu dienyddio. Dim ond bob ychydig flynyddoedd y digwyddai'r rheiny. Yn amlach o lawer dim ond diflannu'n sydyn byddai'r sawl oedd wedi tramgwyddo'r Blaid mewn rhyw ffordd, ac ni chlywai neb amdanynt byth eto. Ni cheid byth gymaint â'r awgrym lleiaf ynghylch beth oedd wedi digwydd iddynt. Gall fod rhai ohonynt yn fyw o hyd. Heb gyfri ei rieni roedd rhyw dri deg o bobl roedd Winston yn eu hadnabod yn bersonol wedi diflannu ar ryw adeg neu'i gilydd.

Rhwbiodd Winston ei drwyn yn ysgafn gyda chlip papur. Yn y ciwbicl cyfagos roedd y Brawd Tillotson yn dal i blygu'n ddirgelaidd dros ei laisgrif. Cododd ei ben am eiliad, ei sbectol yn fflachio'n ymosodol unwaith eto. Tybed a oedd y Brawd Tillotson ar ganol yr union un dasg ag yr oedd yntau, meddyliodd Winston. Roedd hynny'n berffaith bosib. Ni fyddai gwaith mor ddyrys byth yn cael ei roi i unigolyn: ar y llaw arall, byddai'i gynnig i bwyllgor yn golygu cydnabod y ffugio'n agored. Hwyrach bod gymaint â dwsin wrthi'n gweithio'r eiliad honno ar fersiynau amgen o'r hyn roedd y Brawd Mawr wedi'i ddweud mewn gwirionedd. Ac yn fuan byddai rhyw bennaeth-ymennydd yn y Blaid Fewnol yn dethol y fersiwn hwn neu'r llall, ei ail-adolygu a chychwyn y broses o groesgyfeirio cymhleth y byddai'n rhaid ei chwblhau cyn i'r celwydd dethol ddod yn rhan o'r cofnod parhaol, ac felly'n wirionedd.

Ni wyddai Winston beth fuodd trosedd Withers. Llygredd, hwyrach, neu fwnglera. Hwyrach mai dim ond cael gwared oedd y Brawd Mawr ar ddirprwy oedd wedi dod yn rhy boblogaidd. Efallai bod Withers neu rywun agos ato wedi'i amau o dueddiadau cyfeiliornus. Neu efallai – a mwyaf tebyg – roedd y peth wedi digwydd dim ond am fod diarddeliadau ac anweddu'n rhan angenrheidiol o fecanwaith llywodraeth. Yr unig awgrym ynghylch y gwir oedd y geiriau "cyf anbersonau", oedd yn awgrymu bod Withers eisoes yn farw. Ni ellid cymryd hyn yn ganiataol wedi i rywun gael ei arestio. Weithiau caent eu rhyddhau a chaniateid iddynt fyw'n rhydd am gymaint â blwyddyn neu ddwy cyn cael eu dienyddio. Ac ambell dro byddai rhyw unigolyn roeddech chi'n credu ei fod wedi hen farw yn ailymddangos, fel ysbryd, mewn llys cyhoeddus er mwyn tystio yn erbyn cannoedd o bobl eraill cyn diflannu, am byth y tro hwn. Roedd Withers, fodd bynnag, eisoes yn *anberson*. Nid oedd yn bodoli: nid oedd wedi bodoli erioed. Penderfynodd Winston na fyddai newid llif araith y Brawd Mawr i gyfeiriad amgen yn gwneud y tro. Gwell fyddai ei newid fel ei bod hi'n ymdrin â rhywbeth heb unrhyw gysylltiad â'i thestun gwreiddiol.

Gallai gyfnewid yr araith am rywbeth digon cyffredin fel cyhuddo bradwyr a throseddwyr meddwl, ond byddai hynny ychydig yn rhy amlwg; tra bod perygl y gallai gymhlethu'r cofnodion yn ormodol petai'n dyfeisio buddugoliaeth ar y ffrynt, neu ryw or-gynhyrchu anhygoel dan y Nawfed Cynllun Tair Blynedd. Yr hyn roedd ei angen oedd darn o ffantasi pur. Yn sydyn, fel petai'n barod am yr union ddiben hwnnw, cofiodd am y Cymrawd Ogilvy, a fu farw'n ddiweddar mewn brwydr dan ryw amgylchiadau arwrol neu'i gilydd. Roedd yna adegau weithiau pan fyddai'r Brawd Mawr yn defnyddio ei Orchymyn Dyddiol i goffáu rhyw aelod cyffredin, diymhongar o'r Blaid yr oedd ei fywyd a'i farwolaeth yn esiampl i eraill ei dilyn. Heddiw, fe allai goffáu'r Cymrawd Ogilvy. Mewn gwirionedd ni fodolasai'r Cymrawd Ogilvy erioed, ond byddai ychydig linellau o brint ac ambell ffotograff ffug yn rhoi bodolaeth iddo cyn pen fawr o dro.

Meddyliodd Winston am eiliad, yna estynnodd y llaisgrif tuag ato a dechreuodd lefaru yn arddull cyfarwydd y Brawd Mawr: yn filwrol ac yn bedantig ar yr un pryd, ac yn ddigon hawdd i'w ddynwared oherwydd ei arfer o ofyn cwestiynau ac wedyn eu hateb ar unwaith ("Pa wers sydd i'w dysgu o hyn, gymrodorion? Y wers – sydd hefyd yn un o egwyddorion sylfaenol Sosbryd – bod," ac ati, ac ati).

Yn dair oed roedd y Cymrawd Ogilvy wedi gwrthod pob tegan heblaw drwm, peirianddryll, a hofrennydd. Yn chwech oed roedd wedi ymaelodi â'r Ysbiwyr – blwyddyn yn gynnar, gan y bu iddynt ymlacio'r rheolau oherwydd yr amgylchiadau arbennig – ac roedd yn arweinydd gyda'r rheiny erbyn ei naw oed. Yn un ar ddeg roedd wedi riportio'i ewythr i'r Heddlu Meddwl ar ôl clywed hwnnw'n cael sgwrs ac ynddi dueddiadau troseddol, yn ei farn ef. Yn ddwy ar bymtheg bu'n drefnydd cylch gyda Chynghrair yr Ifanc yn Erbyn Rhyw. Yn bedair ar bymtheg roedd wedi dylunio bom llaw a fabwysiadwyd gan y Weinyddiaeth Hedd ac a oedd, adeg ei brawf cyntaf, wedi lladd tri deg un o garcharorion Ewrasiaidd mewn un ffrwydrad. Yn dair ar hugain bu farw ar faes y gad. Â jetiau'r gelyn yn ei erlid wrth hedfan uwchben y Cefnfor Indiaidd gyda negeseuon pwysig a chyfrinachol, roedd wedi neidio o'i hofrennydd i mewn i ddŵr dwfn, y negeseuon dan ei gesail ac yn gafael yn ei beirianddryll er mwyn iddo suddo – marwolaeth, meddai'r Brawd Mawr, nad oedd modd ei dychmygu heb eiddigedd. Ychwanegodd y Brawd Mawr ambell sylwad ynghylch purdeb bywyd y Cymrawd Ogilvy ac unplygrwydd ei feddwl. Roedd yn llwyr ymwrthodwr ac nid oedd yn ysmygu, nid oedd ganddo unrhyw adloniannau heblaw awr yn y gampfa bob dydd, ac roedd wedi tyngu i aros yn ddibriod gan ei fod yn credu bod bywyd priodasol a gofal teuluol yn anghydnaws â bywyd o ddyletswydd dau ddeg pedwar awr. Unig destun pob ymddiddan o'i eiddo fyddai egwyddorion Sosbryd, ac nid oedd ganddo'r un amcan bywyd heblaw trechu'r gelyn Ewrasaidd ac erlid pob ysbïwr, terfysgwr, troseddwr meddwl, a bradwyr yn gyffredinol.

Petrusodd Winston a ddylai wobrwyo'r Cymrawd Ogilvy drwy ei wneud yn aelod o'r Urdd Haeddiant Amlwg: yn y diwedd penderfynodd yn erbyn hynny oherwydd y croesgyfeirio dibwrpas y byddai hynny'n galw amdano.

Unwaith eto, tarodd olwg ar ei gystadleuydd yn y ciwbcl arall. Rywsut gwyddai â sicrwydd bod Tillotson wrthi'n gweithio ar yr union un gorchwyl ag yntau. Nid oedd unrhyw ffordd o wybod pa ysgrif fyddai'n cael ei fabwysiadu, ond teimlai'n argyhoeddedig mai ei un ef ei hun fyddai. Er nad oedd wedi'i ddychmygu hyd yn oed awr yn ôl, roedd y Cymrawd Ogilvy bellach yn ffaith. Tarodd ben Winston mai peth rhyfedd oedd bod modd creu dynion meirw, ond nid rhai byw. Ni fu'r Cymrawd Ogilvy yn bodoli erioed yn y presennol, ond bodolai, bellach, yn y gorffennol, ac wedi anghofio'r weithred o dwyll a'i creodd, byddai'n bodoli yn yr un modd, a gyda'r un dystiolaeth, â Siarlymaen neu Iwl Cesar.

Pennod 5

Dan nenfwd isel y cantîn, ymhell o dan y ddaear, herciodd y ciw am ginio'n araf yn ei flaen. Roedd yr ystafell eisoes yn llawn, ac yn fyddarol o swnllyd. Llifai ager y cawl drwy'r grât uwchben y cownter, er nad oedd ei arogl sur metelaidd ddim yn ddigon cryf i lwyr orchfygu tarth y Jin Buddugoliaeth. Roedd bar bach ym mhen pellaf yr ystafell, twll yn y wal mewn gwirionedd, lle gellid prynu joch mawr o jin am ddeg sent.

"Yr union ŵr roeddwn i'n chwilio amdano," meddai llais y tu ôl i Winston.

Trodd. Ei gyfaill Syme oedd yno, a weithiai yn yr Adran Ymchwil. Efallai nad "cyfaill" oedd y gair priodol. Nid oedd gan ddyn gyfeillion y dyddiau hyn, dim ond cymrodyr: ond roedd cymdeithasu â rhai brodyr yn fwy pleserus nag eraill. Ieithegydd oedd Syme, arbenigwr ar y Newyddiaith. A dweud y gwir roedd yn un o'r tîm enfawr o arbenigwyr oedd wrthi ar hyn o bryd yn paratoi Unfed Argraffiad ar Ddeg Geiriadur y Newyddiaith. Roedd yn greadur bychan, llai na Winston, gyda gwallt tywyll a llygaid mawr, chwyddedig, yn ddigalon a dirmygus ar yr un pryd, oedd rywsut fel petaent yn archwilio'ch wyneb yn agos wrth iddo siarad â chi.

"Roeddwn i eisiau gofyn i ti os oedd gennyt ti lafnau rasel," meddai.

"Dim un!" meddai Winston, â rhyw frys euog. "Rydw i wedi edrych ymhobman. Dydyn nhw ddim yn bodoli bellach."

Roedd pobl yn gofyn o hyd am lafnau rasel. Mewn gwirionedd roedd ganddo ddau ohonynt wrth gefn. Roeddynt yn brin iawn, ers misoedd bellach. Ar unrhyw adeg benodol byddai yna ryw eitem angenrheidiol na allai siopau'r Blaid ei darparu. Weithiau botymau, weithiau edafedd, neu garrai; ar hyn o bryd llafnau rasel oedd yn brin. Dim ond drwy chwilio'n lled-ddirgel ar y farchnad "rydd" roedd modd cael gafael arnynt, os hynny. "Rydw i'n defnyddio'r un llafn ers chwe wythnos," meddai wedyn. Celwydd.

Herciodd y ciw yn ei flaen unwaith eto. Wedi iddynt aros, trodd eto i wynebu Syme. Estynnodd y ddau ohonynt hambwrdd metel seimllyd o bentwr ym mhen y cownter.

"Est ti i weld y carcharorion yn cael eu crogi ddoe?" gofynnodd Syme.

"Roeddwn i'n gweithio," meddai Winston yn ddi-hid. "Mi wna i'u gweld yn y fflics, debyg."

"Digon diflas mewn cymhariaeth," meddai Syme.

Archwiliodd wyneb Winston â'i lygaid cellweirus. "Rwy'n dy nabod di," meddai'r llygaid hynny; "Rwy'n gweld trwot ti. Mi wn i'n iawn pam na est ti i weld y carcharorion hynny'n cael eu crogi." Mewn ffordd wybyddol, roedd Syme yn wenwynig o uniongred. Byddai'n sôn gyda boddhad chwantus, annymunol am gyrchoedd hofrenyddion ar bentrefi'r gelyn, am achosion llys a chyffesiadau troseddwyr meddwl, a'r dienyddiadau yn selerau'r Weinyddiaeth Gariad. Wrth ymddiddan ag ef rhaid oedd tynnu ei sylw oddi ar bynciau o'r fath a'i glymu, os gellid, wrth fanion y Newyddiaith, testun y siaradai'n awdurdodol ac yn ddiddorol yn ei gylch. Trodd Winston ei ben ychydig er mwyn osgoi'r llygaid mawr tywyll.

"Roedd hi'n grogi da," meddai Syme yn hiraethus. "Mae'n sbwylio'r peth pan maen nhw'n clymu eu traed. Rwy'n hoffi'u gweld nhw'n cicio. A gorau oll, yn y pen draw, y tafod yn sticio allan, yn las – glas llachar. Y manylyn bach hwnnw sy'n apelio ata i."

"Nesa', plîs!' bloeddiodd y prôl yn y ffedog wen gyda'r llwy fawr.

Gwthiodd Winston a Syme eu hambyrddau o dan y grât. Gollyngwyd y cinio swyddogol yn gyflym ar y naill a'r llall – padell fetel o gawl llwyd-binc, crystyn o fara, ciwb o gaws, mygiad o Goffi Buddugoliaeth heb laeth, ac un dabled o sacarin.

"Dacw fwrdd draw yno, dan y telisgrîn," meddai Syme. "Fe gawn ni jin yr un ar y ffordd draw."

Gweinwyd y jin iddynt mewn mygiau o grochenwaith heb handlenni. Ymwthiodd y ddau eu ffordd yn ôl drwy'r ystafell orlawn i ddadbacio'u hambyrddau ar wyneb metel y bwrdd. Roedd rhywun wedi gadael pwll o gawl ar ei gornel, llanast hylifol ffiaidd â golwg cyfog arno. Cododd Winston ei fyg o Jin ac oedi am eiliad i ymwroli cyn llyncu'r stwff olewllyd. Wedi amrantu'r dagrau o'i lygaid, sylweddolodd yn sydyn ei fod ar lwgu. Dechreuodd lyncu llwyeidiau o'r cawl, a gynhwysai, ymysg ei slwtsh, giwbiau o rywbeth sbyngaidd meddal pinc a fu unwaith, mwy na thebyg, yn gig o ryw fath wedi'i brosesu. Ni siaradodd y naill na'r llall air nes iddynt wacáu eu llestri. O'r bwrdd ar ei law chwith, ac ychydig y tu ôl iddo, gallai Winston glywed rhywun yn parablu'n gyflym a pharhaus, clebar llym yn ymdebygu i hwyaden yn cwacio gan dorri drwy ddwndwr cyffredinol yr ystafell.

"Sut hwyl sydd ar y Geiriadur?" meddai Winston, gan godi ei lais uwchben y sŵn.

"Gwaith araf," meddai Syme. "Rydw i wrthi ar yr ansoddeiriau. Mae'n ddiddorol eithriadol."

Ymlawenhaodd ar unwaith wedi crybwyll y Newyddiaith. Gwthiodd ei lestr o'r neilltu, cododd ei grystyn bara ag un o'i ddwylo cain a'i gaws â'r llall, a phwyso ymlaen uwchben y bwrdd er mwyn cael siarad heb weiddi.

"Y fersiwn awdurdodol yw'r Unfed Argraffiad ar Ddeg," meddai. "Rydyn ni'n rhoi i'r iaith ei ffurf terfynol – y ffurf fydd arni pan na fydd neb yn siarad unrhyw beth arall. Wedi i ni orffen bydd yn rhaid i bobl fel ti ei dysgu hi o'r dechrau drachefn. Hwyrach dy fod di o'r farn mai'n prif swyddogaeth yw dyfeisio geiriau. Dim o gwbl! Rydyn ni'n difa geiriau – ugeiniau ohonynt, cannoedd, bob diwrnod. Rydyn ni'n tocio'r iaith i'w hanfodion. Ni fydd un gair yn yr Unfed Argraffiad ar Ddeg wedi darfod cyn y flwyddyn 2050."

Brathodd ei fara'n awchus gan lyncu ambell lond ceg, yna aeth yn ei flaen gyda math o angerdd pedantig. Roedd ei wyneb tywyll wedi troi'n fywiog a'i lygaid wedi colli eu naws dirmygus a throi bron yn freuddwydiol.

"Peth prydferth yw hi, difa geiriau. Wrth gwrs, yn y berfau ac ansoddeiriau mae'r gwastraff mawr, ond mae cannoedd o enwau nad oes mo'u hangen chwaith. Nid dim ond y geiriau cyfystyr, ond y geiriau croes hefyd. Wedi'r cyfan, pa raid am air nad yw ond y gwrthwyneb i ryw air arall? Mae gwrthwyneb gair ynghlwm yn y gair ei hun. Cymrwch 'da', er enghraifft. Â gair fel 'da', pa raid am air fel 'drwg'? Bydd 'anda' yn gwneud y tro – yn well, gan ei bod hi'n wrthwyneb union, yr hwn nad yw'r llall. Ac eto, os am fersiwn cryfach o 'da', pa synnwyr sydd mewn cyfres o eiriau amwys da-i-ddim fel 'ardderchog' a 'gwych' a'r lleill? Bydd 'plwsda' yn gwneud y tro, neu 'deuplwsda' os am rywbeth cryfach eto. Rydym ni'n defnyddio'r ffurfiau hyn yn barod wrth gwrs. Ond yn fersiwn terfynol y Newyddiaith bydd dim byd arall. Yn y pendraw bydd modd cyfleu'r holl gysyniad o dda a drwg â dim ond chwe gair – dim ond un, mewn gwirionedd. Onid wyt ti'n gweld harddwch hynny, Winston? Syniad y B.M. oedd hi'n wreiddiol, wrth gwrs," ychwanegodd, fel petai'n atodiad.

Daeth math o frwdfrydedd gwag dros wyneb Winston wedi crybwyll y Brawd Mawr. Serch hynny roedd Syme yn synhwyro rhywfaint o ddiffyg brwdfrydedd.

"Dwyt ti ddim yn gwerthfawrogi'r Newyddiaith go iawn, Winston," meddai, bron yn ddigalon. "Hyd yn oed wrth ei hysgrifennu rwyt ti'n dal i feddwl yn nhermau'r Heniaith. Rydw i wedi gweld ambell un o'r darnau hynny rwyt ti'n eu hysgrifennu yn y *Faner*. Maen nhw'n ddigon da, ond cyfieithiadau ydyn nhw. Byddai'n well gen ti yn dy galon gadw at yr Heniaith, a'i holl amwysedd ac ystyron dibwrpas. Dwyt ti ddim yn gwerthfawrogi harddwch difa geiriau. Wyddost ti mai'r Newyddiaith yw'r unig iaith yn y byd y mae ei geirfa'n crebachu bob blwyddyn?"

Gwyddai Winston hynny, wrth gwrs. Gwenodd, yn gydymdeimladol, gobeithiodd: nid oedd yn ymddiried digon ynddo'i hun i ddweud dim. Brathodd Syme ddarn arall oddi ar y bara tywyll, ei gnoi am ychydig, wedyn aeth yn ei flaen:

"Onid wyt ti'n gweld mai holl fwriad y Newyddiaith yw crebachu amrediad meddwl? Yn y pen draw byddwn yn gwneud trosmeddwl yn llythrennol amhosib, gan na fydd yna unrhyw eiriau i'w cyfleu. Bydd modd cyfleu pob cysyniad y gall fod ei angen fyth gydag un gair yn unig, â'i ystyr wedi'i ddiffinio'n union, a phob ystyr amgen wedi'i ddifa a'i anghofio. Yn yr Unfed Argraffiad ar Ddeg, rydym eisoes yn agos i'r nod hwnnw. Ond bydd y broses yn dal i barhau ymhell ar ôl fy marwolaeth i, a dy farwolaeth di. Llai a llai o eiriau bob blwyddyn, ac ystod ymwybyddiaeth yn mynd ychydig yn llai o hyd. Hyd yn oed nawr, wrth gwrs, does dim rheswm nac esgus dros gyflawni trosmeddwl. Cwestiwn syml o hunanddisgyblaeth yw hynny, o reoli realiti. Ond yn y pen draw ni fydd angen hyd yn oed hynny. Bydd y Chwyldro'n gyflawn pan fo'r iaith wedi'i pherffeithio. Y Newyddiaith yw Sosbryd a Sosbryd yw'r Newyddiaith," ychwanegodd gyda math o fodlondeb ysbrydol. "Feddyliaist ti erioed, Winston, erbyn y flwyddyn 2050 fan bellaf un, na fydd un bod dynol yn fyw fyddai'n gallu deall trafodaeth fel yr un yr ydym ni'n ei chael ar hyn o bryd?"

"Heblaw – " dechreuodd Winston yn ddrwgdybus, ond peidiodd.

Roedd y geiriau "heblaw'r prolau" ar flaen ei dafod, ond ni fentrodd eu hynganu gan nad oedd yn hollol sicr na fyddai'r sylwad mewn rhyw ffordd yn anuniongred. Roedd Syme, fodd bynnag, wedi dyfalu beth oedd ar fin ei ddweud.

"Nid bodau dynol mo'r prolau," meddai'n ddi-hid. "Erbyn 2025 – yn gynharach, mwy na thebyg – bydd pob gwir ddealltwriaeth o'r Heniaith wedi diflannu. Bydd holl lenyddiaeth y gorffennol wedi'i difa. Y Mabinogi, Shakespeare, Dafydd ap Gwilym – mewn fersiynau Newyddiaith yn unig y byddant yn bodoli, nid dim ond wedi'u newid yn rhywbeth gwahanol, ond wedi'u newid yn rhywbeth sydd y gwrthwyneb i'r hyn y buont o'r blaen. Bydd llenyddiaeth y Blaid yn newid hyd yn oed. Hyd yn oed y sloganau. Sut fyddai modd cael arwyddair fel "rhyddid yw caethiwed" â chysyniad rhyddid wedi'i ddiddymu? Bydd tymer meddwl yn hollol wahanol. A dweud y gwir ni fydd pobl yn meddwl, nid fel maen nhw'n ei wneud ar hyn o bryd. Ystyr uniongrededd yw peidio â meddwl – peidio bod ag angen meddwl.

Anymwybyddiaeth yw uniongrededd."

Ryw ddydd yn fuan, meddyliodd Winston yn sydyn argyhoeddedig, bydd Syme yn cael ei darthu. Mae'n rhy ddeallus. Mae'n gweld yn rhy glir ac yn siarad yn rhy blaen. Dydy'r Blaid ddim yn hoffi pobl felly. Bydd e'n diflannu ryw ddiwrnod. Mae ei ffawd i'w weld yn ei wyneb.

Roedd Winston wedi gorffen ei fara caws. Trodd ychydig i'r ochr yn ei gadair er mwyn yfed ei goffi. Ar y bwrdd i'r chwith roedd y dyn gyda'r llais cras yn dal i siarad yn ddi-baid. Roedd dynes ifanc, ei ysgrifennydd efallai, yn eistedd ac yn gwrando arno â'i chefn tuag at Winston. Roedd hi'n cytuno'n eiddgar â phob dim yn ôl y golwg. Ambell dro daliai Winston ryw sylwad megis "Rydych chi'n iawn, rydw i'n cytuno â chi," mewn llais ifanc benywaidd, braidd yn wirion. Ond ni pheidiodd y llais arall o gwbl, hyd yn oed pan siaradai'r ferch.. Adnabu Winston y dyn o'i olwg, er na wyddai ddim byd amdano heblaw bod ganddo ryw swydd bwysig yn yr Adran Ffuglen. Roedd yn ddyn o dua thri deg oed, gyda gwddf cyhyrog a cheg fawr, fywiog. Roedd ei ben yn pwyso ychydig tuag yn ôl, ac oherwydd yr ongl daliai ei sbectol y golau fel ei bod i'w gweld i Winston fel dau gylch gwyn yn hytrach na llygaid. Y peth braidd yn ddychrynllyd amdano oedd ei bod hi bron iawn yn amhosib amgyffred unrhyw air unigol o'r llif parhaus a ddeuai o'i geg. Unwaith yn unig daliodd Winston rywbeth – "trechu Goldsteiniaeth yn hollol ac yn derfynol" – ddaeth allan yn gyflym iawn, fel petai'n un darn cyfan, fel llinell o deip wedi'i gastio'n gyflawn. Dim ond sŵn oedd y gweddill, cwac-cwac-cwac. Ac eto, er nad oedd modd clywed beth yn union roedd y dyn yn ei ddweud, doedd dim amheuaeth ynghylch ei natur gyffredinol. Hwyrach ei fod yn condemnio Goldstein ac yn mynnu mesurau llymach yn erbyn troseddwyr meddwl a therfysgwyr, neu efallai ei fod yn gresynu ynghylch troseddau rhyfel y fyddin Ewrasaidd, neu efallai ei fod yn canmol y Brawd Mawr neu arwyr ffrynt Malabar – doedd dim gwahaniaeth. Beth bynnag oedd hi gallwch fod yn hollol sicr bod pob un gair ohoni'n uniongrededd pur, yn Sosbryd pur. Wrth iddo wylio'r wyneb di-lygad â'i ên yn symud yn gyflym i fyny ac i lawr, cafodd Winston deimlad rhyfedd nad bod dynol go iawn oedd hwn o gwbl ond rhyw fath o ddymi. Nid ymennydd y dyn oedd yn siarad, ond yn hytrach ei lwnc. Geiriau oedd yr hyn a ddôi allan ohono, ond nid siarad yng ngwir ystyr y gair: sŵn diarwybod oedd hi, fel hwyaden yn cwacio.

Roedd Syme wedi bod yn ddistaw am ennyd, ac wrthi'n llunio patrymau yn y pwll cawl gyda'i lwy. Daliai'r llais o'r bwrdd arall i gwacio, yn hawdd clywed er gwaetha'r twrw o'u cwmpas.

"Mae yna air yn y Newyddiaith," meddai Syme, "Wn i ddim os wyt ti'n gyfarwydd ag ef: *Hwyadiaith*, cwacio fel hwyaden. Un o'r geiriau diddorol hynny yw e ac iddo ddau ystyr sydd y gwrthwyneb i'w gilydd. Wrth ddisgrifio gelyn, mae'n sarhad; wrth ddisgrifio'r sawl y cytunir ag ef, mae'n gymeradwyaeth."

Heb os, meddyliodd Winston eto, caiff Syme ei darthu. Roedd hynny'n achos tristwch, mewn ffordd, er ei fod yn gwybod yn iawn bod Syme yn ei gasáu ac er nad oedd yn rhy hoff ohono'i hun yn ei dro, ac er bod Syme yn berffaith abl i achwyn arno a'i gyhuddo o drosedd meddwl petai'n gweld unrhyw reswm o gwbl dros wneud hynny. Roedd rhywbeth o'i le ar Syme, rywsut. Roedd rhywbeth yn eisiau ynddo: gochelgarwch, arwahanrwydd, diogelwch yr analluog. Ni ellid dweud ei fod yn anuniongred. Credai yn egwyddorion Sosbryd, molai'r Brawd Mawr, dathlai'r Buddugoliaethau, casâi'r hereticiaid; nid dim ond yn ddidwyll ond gyda math o sêl ddi-ildio ac ymwybyddiaeth lwyr na ddeuai aelodau cyffredin y Blaid ar eu cyfyl. Eto i gyd roedd rhyw naws amheus yn ei gylch o hyd. Byddai'n dweud pethau byddai'n gwell iddo beidio, roedd wedi darllen gormod, âi'n rhy aml i Gaffi'r Gastanwydden, cyrchfan y peintwyr a'r cerddorion. Nid oedd unrhyw gyfraith, dim hyd yn oed un anysgrifenedig, yn erbyn mynd i Gaffi'r Gastanwydden; eto i gyd roedd y lle'n anffortunus rywsut. Yno fyddai hen arweinwyr anhygred y Blaid yn arfer ymgynnull cyn cael eu hysgubo o'r neilltu am y tro olaf. Dwedid bod Goldstein ei hun wedi'i weld yno ambell dro, flynyddoedd maith yn ôl. Roedd hi'n ddigon hawdd rhagweld tynged Syme. Eto, y gwir oedd y byddai Syme yn ei fradychu i'r Heddlu Meddwl mewn amrantiad petai'n amgyffred safbwyntiau cyfrinachol Winston am gymaint â thair eiliad. Byddai unrhyw un arall yn gwneud yr un fath o ran hynny: ond Syme yn fwy na'r mwyafrif. Doedd bod yn selog ddim yn ddigon. Anymwybyddiaeth oedd uniongrededd.

Edrychodd Syme i fyny. "Dyma Parsons," meddai.

Roedd rhywbeth yn ei lais fel petai'n atodi, "*y ffŵl felltith.*" Yn wir, roedd Parsons, cyd-denant Winston ym Mhlasau Buddugoliaeth, wrthi'n croesi'r ystafell — dyn boliog, canolig ei faint gyda gwallt golau ac wyneb fel broga. Yn dri deg pump oed roedd eisoes yn magu bloneg yn ei wddf a'i ganol, ond symudai'n chwim a bachgennaidd. Roedd ei ymddangosiad cyffredinol yn debyg i fachgen bach wedi tyfu'n fawr, cymaint felly fel ei bod hi'n amhosib peidio meddwl amdano'n gwisgo siorts glas, crys llwyd a gyddfliain goch yr Ysbiwyr er ei fod mewn gwirionedd yn gwisgo'r oferôl safonol. Wrth feddwl amdano, y ddelwedd bob tro fyddai pengliniau panylog a llewys torchedig uwchben breichiau tewion.

Yn wir, byddai Parsons yn dewis siorts bob tro pan gâi esgus i'w gwisgo i daith gerdded gymunedol neu ryw weithgaredd corfforol arall. Cyfarchodd y ddau ohonynt gyda "S'mae, s'mae!" siriol, ac eisteddodd wrth y bwrdd, arogl chwys cryf yn ei ganlyn. Roedd ei wyneb pinc yn frith o leithder. Roedd ei gynneddf chwysu yn ddiarhebol. Yn y Ganolfan Gymunedol roedd modd gwybod bob tro pan oedd wedi bod yn chwarae tenis bwrdd oherwydd mor llaith oedd handlen y bat. Roedd Syme wedi estyn stribed o bapur â cholofn hir o eiriau arno, ac wrthi'n ei astudio a'i feiro rhwng ei fysedd.

"Shgl'wch arno'n gweithio'n galed dros ei ginio," meddai Parsons, gan benelino Winston. "Un da di o', ynte? Bedi hwnna sy gin ti fanna, 'rhen goes? Rwbath rhy glyfar o lawar i mi, debyg. Smith, 'rhen goes, ro'n i isio' siarad hefo chdi, a dyma pham. Y tanysgrifiad ti 'di anghofio'i roi i mi."

"Pa danysgrifiad?" meddai Winston, gan ymbalfalu'n awtomatig am ei arian. Rhaid oedd clustnodi tua chwarter o'ch cyflog ar gyfer tanysgrifiadau gwirfoddol, cymaint ohonynt fel ei bod hi'n anodd cadw cofnod ohonynt.

"Ar gyfer Wythnos y Casineb. Wyddost ti – y gronfa fesul tŷ. Fi 'di trysorydd ein bloc. Da'n ni'n gneud ymdrach fawr – isio rhoi sioe fach go lew. Coelia di fi, nid fy mai i fydd hi os nad oes gin 'rhen Blasau Buddugoliaeth y casgliad mwya o faneri yn y stryd. Dwy ddoler ddaru chdi addo."

Chwiliodd Winston am y ddau nodyn plygedig budr a'u hestyn i Parsons, a'u cofnododd mewn llyfr nodiadau bach yn llawysgrifen daclus yr anllythrennog.

"Gyda llaw, 'rhen goes," meddai, "Glywis i i'r gwalch bach fynd amdanat ti efo'i gatapwlt ddoe. Mi gafodd gweir go dda gin i am y peth. Â deud y gwir ddudish i wrtho fo y baswn i'n mynd â fo oddi arno fo tasa fo'n gneud eto."

"Rwy'n credu'i fod e'n siomedig braidd na chafodd fynd i'r dienyddio," meddai Winston.

"A, wel – hynny ydi, mae'i galon yn y lle iawn, felly, ynte? Gweilch bach drygionus ydan nhw ill dau, ond sôn am frwd! Y cwbl maen nhw'n sôn am ydi'r Ysbiwyr, a'r rhyfal, wrth gwrs. Wyddost di be naeth yr hogan fach acw Sadwrn dwytha', pan oedd ei sgwad yn cerddad ochra Berkhamsted? Gafodd hi gin ddwy hogan arall i fynd hefo hi, ei miglo hi o'r daith gerddad, a threulio'r pnawn ar ei hyd yn dilyn dyn diarth. Am ddwyawr ddaru nhw'i ddilyn o, drwy'r coed, ac wedyn, yn Amersham, rhoeson nhw fo i'r patrôl."

"I beth wnaethon nhw hynny?" meddai Winston mewn braw.

Aeth Parsons yn ei flaen yn falch:

"Naeth yr hogan cw'n siŵr ei fod yn ryw fath o asiant i'r gelyn – ella dath o i lawr gyda pharasiwt, neu rwbath. Ond dyma'r peth, 'rhen goes. Wyddost ti be dynnodd ei sylw hi ato fo'n y lle cynta'? Welodd 'i fod o'n gwisgo math o sgidia' rhyfadd – ddudodd hi na welodd hi erioed neb arall yn gwisgo sgidiau fela. Siawns na tramorwr oedd o felly. Reit glyfar o hogan fach saith oed, ynte?"

"Beth ddigwyddodd i'r dyn?" gofynnodd Winston.

"Ah, dwn i ddim, wrth gwrs. Ond synnwn i ddim na – " Ystuymiodd Parsons fel petai'n anelu reiffl esgus, a chliciodd ei dafod i'r ergyd.

"Gwych," meddai Syme yn ddifeddwl heb dynnu'i lygaid oddi ar ei bapur.

"Hwyrach na allwn ni fforddio mentro," cytunodd Winston yn gydwybodol.

"Mae 'na ryfal, yndoes?" meddai Parsons.

Megis i gadarnhau'r datganiad hwn, daeth cân utgorn o'r telisgrîn yn union uwch eu pennau. Fodd bynnag, nid buddugoliaeth filwrol oedd hi'r tro hwn, dim ond datganiad gan y Weinyddiaeth Gyfoeth.

"Gymrodyr!" daeth llais brwd, ifanc. "Eich sylw, Gymrodyr! Mae gennym newyddion gorfoleddus i chi. Rydym wedi ennill y frwydr gynnyrch! Mae'r adroddiadau diweddaraf o ran cynnyrch nwyddau o bob math yn dangos bod ansawdd bywyd wedi codi nid llai nag 20 y cant dros y flwyddyn ddiwethaf. Ar hyd a lled Oceania y bore hwn bu gweithwyr yn gadael ei ffatrïoedd a'u swyddfeydd yn ddigymell i orymdeithio drwy'r strydoedd, eu baneri'n datgan eu diolchgarwch i'r Brawd Mawr am y bywyd newydd llon y mae ei arweinyddiaeth ddoeth wedi'i ennill ar ein cyfer. Dyma rai o'r ystadegau. Bwydydd – "

Ailadroddwyd yr ymadrodd "bywyd newydd llon" sawl gwaith. Un o ffefrynnau diweddar y Weinyddiaeth Gyfoeth oedd hwnnw. Ei sylw wedi'i ddal gan yr utgorn, eisteddai Parsons yn gwrando gyda math o dirif-ddwyster syn, math o ddiflastod goleuedig. Roedd yr ystadegau'n drech nag ef, ond gwyddai eu bod yn achos llawenydd rywfodd neu'i gilydd. Estynnodd getyn enfawr budr, eisoes yn hanner llawn o dybaco llosg. A'r dogn yn ddim ond 100 gram o dybaco'r wythnos, anaml byddai modd llenwi cetyn yn llawn. Ysmygai Winston Sigarét Buddugoliaeth, wedi'i dal ar wastad yn ofalus. Nid oedd y dogn newydd yn dechrau tan yfory, a dim ond pedair sigarét oedd ganddo'n weddill. Caeodd ei glustiau i'r synau eraill am eiliad i wrando ar yr hyn a lifai o'r telisgrîn. Yn ôl y sôn bu gorymdeithiau i ddiolch i'r Brawd Mawr am gynyddu'r dogn siocled wythnosol i ugain gram hyd yn oed. A dim ond ddoe, cofiodd, daeth y cyhoeddiad fod y dogn wedi'i *leihau* i ugain gram. Oedd hi'n bosib iddynt lyncu hynny wedi dim ond dau ddeg pedwar awr? Oedd, ac fe'i llyncwyd. Llyncodd Parsons hynny'n hawdd, â thwpdra anifeilaidd. Llyncodd y creadur di-lygad wrth y bwrdd arall yn ffanaticaidd, yn danbaid, gydag awch ffyrnig i hela, cyhuddo a tharthu'r sawl a feiddiai awgrymu i'r dogn fod yn dri deg gram yr wythnos flaenorol. Llyncodd Syme hefyd — mewn rhyw ffordd fwy cymhleth, drwy daufeddwl, llyncodd Syme. Ai ganddo ef yn *unig* felly oedd unrhyw allu i gofio?

Daliai'r ystadegau anhygoel i lifo o'r telisgrîn. O gymharu â'r llynedd roedd yna ragor o fwyd, rhagor o ddillad, rhagor o dai, rhagor o ddodrefn, rhagor o sosbannau, rhagor o danwydd, rhagor o longau, rhagor o hofrenyddion, rhagor o lyfrau, rhagor o blant — rhagor o bopeth heblaw afiechyd, trosedd a gwallgofrwydd. Fesul blwyddyn a fesul munud, roedd pawb a phopeth yn llamu'n gyflym tuag i fyny. Fel y gwnaethai Syme yn gynharach roedd Winston wedi codi ei lwy ac wrthi'n troi'r grefi gwelw a orchuddiai'r bwrdd, gan dynnu stribyn hir ohono i batrwm. Myfyriodd yn atgas ar natur gorfforol bywyd. Ai fel hyn y bu erioed? Oedd bwyd yn blasu fel hyn erioed? Edrychodd o amgylch y cantîn. Ystafell isel, orlawn, ei waliau'n fudr wedi cyffwrdd cyrff aneirif; byrddau a chadeiriau o fetel crychlyd, mor agos i'w gilydd fel eich bod yn eistedd gyda'ch breichiau'n cyffwrdd eich gilydd; llwyau plygedig, hambyrddau crwm, mygiau gwyn garw; pob arwyneb yn seimllyd, budreddi ym mhob hollt a thwll; ac arogl sur cymysgedd o jin gwael, coffi gwael, cawl metelaidd, a dillad budr. Byddai'ch stumog a'ch croen yn protestio o hyd rywsut, gyda rhyw deimlad eich bod chi wedi'ch twyllo o rywbeth fu gennych hawl iddo unwaith. Gwir na allai gofio unrhyw beth rhy wahanol. Ni allai gofio unrhyw adeg yn glir pan fuodd yna ddigon i'w fwyta, pan nad oedd eich sanau a'ch dillad isaf yn llawn tyllau, pan nad oedd y dodrefn yn garpiog a sigledig, yr ystafelloedd yn oer, trenau'r tiwb yn orlawn, y cartrefi'n dadfeilio, y bara'n dywyll, y te'n brin, blas dychrynllyd ar y coffi, y sigarennau'n annigonol — dim byd yn rhad a dim digonedd o ddim heblaw jin synthetig. Ac er ei bod hi'n mynd yn waeth wrth gwrs wrth i'ch corff heneiddio, onid oedd hi'n arwydd nad hyn oedd trefn naturiol pethau os oedd eich calon yn clafychu at y diffyg a'r budreddi, y gaeafau diddiwedd, gludiogrwydd eich sanau, y lifftiau nad oedd byth yn gweithio, y dŵr oer, y sebon garw, y sigarennau'n datgymalu, a holl flasau cas y bwyd? Pam dylai hyn oll deimlo mor anghysurus heblaw bod gennych ryw fath o atgof etifeddol a ddwedai wrthych fod pethau ryw dro wedi bod fel arall?

Edrychodd o amgylch y cantîn eto. Roedd bron pawb yn hyll a byddai pawb wedi bod yn hyll hyd yn oed petaent yn gwisgo rhywbeth heblaw'r oferôl glas safonol. Yn eistedd wrth fwrdd ar ei ben ei hun ym mhen draw'r ystafell roedd dyn bach rhyfedd o debyg i chwilen yn yfed paned o goffi, ei lygaid bach yn chwilio'r ystafell yn ddrwgdybus o'r naill ochr i'r llall. O beidio ag edrych o'ch cwmpas, mor hawdd, meddyliai Winston, fyddai credu bod ffurfiau corfforol delfrydol y Blaid – llanciau cyhyrog tal a'r merched mawr eu mynwesau, eu gwallt yn olau, lliw haul ar eu croen a'u natur yn fywiog a di-hid – yn bodoli go iawn, neu hyd yn oed yn gyffredin. Ond hyd y gallai farnu, mewn gwirionedd roedd mwyafrif poblogaeth Maes Glanio Un yn fach, yn dywyll ac yn druenus. Peth rhyfedd mor gyffredin oedd y chwilen-ddynion hynny yn y Gweinyddiaethau: dynion bach cwta'n magu bloneg yn gynnar iawn yn eu bywydau, yn sgrialu o gwmpas yn chwim, gydag wynebau tew, difynegiant, a llygaid bychain. Debyg bod y fath ddynion yn ffynnu dan oruchafiaeth y Blaid.

Daeth cyhoeddiad y Weinyddiaeth Gyfoeth i ben gyda chaniad arall ar yr utgorn, ac yn ei le daeth rhyw gerddoriaeth wichlyd. Roedd toreth yr ystadegau wedi ysbrydoli Parsons mewn rhyw ffordd amhenodol. Tynnodd ei getyn o'i geg.

"Mae'r Weinyddiaeth Gyfoeth wedi gneud yn o lew 'leni, heb os," meddai gan ysgwyd ei ben yn wybodus. "Gyda llaw, Smith 'rhen goes, does gin ti ddim llafnau rasel y gallet ti eu rhoi i mi nac oes?"

"Dim un," meddai Winston. "Rydw i wedi bod yn defnyddio'r un llafn fy hunan ers chwe wythnos."

"O iawn – gwerth gofyn, 'rhen goes."

"Mae'n flin gen i," meddai Winston.

Roedd cwacio'r llais o'r bwrdd arall wedi peidio am ychydig yn ystod datganiad y Weinyddiaeth; ond bellach dechreuodd drachefn mor uchel ag erioed. Am ryw reswm cafodd Winston ei hun yn meddwl am Mrs. Parsons, gyda'i gwallt tenau a'r llwch yng nghrychau ei hwyneb. Ymhen dwy flynedd byddai'r plant yna wedi ei dwyn hi gerbron yr Heddlu Meddwl. Byddai Mrs. Parsons yn cael ei tharthu. Byddai Syme yn cael ei darthu. Byddai Winston yn cael ei darthu. Byddai O'Brien yn cael ei darthu. Fodd bynnag, ni fyddai Parsons yn cael ei darthu byth. Ni fyddai'r creadur di-lygad hwnnw â llais hwyaden yn cael ei darthu. Ni fyddai'r chwilen-ddynion bach hynny a sgrialai mor chwim drwy goridorau aneirif y Gweinyddiaethau yn cael eu tarthu chwaith. A'r ferch gyda'r gwallt tywyll, y ferch o'r Adran Ffuglen – ni fyddai hithau'n cael ei tharthu chwaith. Teimlai'i fod yn gwybod rywsut wrth reddf pwy fyddai'n goroesi a phwy fyddai'n marw, er nad oedd hi'n hawdd dweud beth yn union oedd angen ar rywun er mwyn goroesi.

Yr eiliad honno cafodd ei rwygo o'i fyfyrdod yn sydyn. Roedd y ferch wrth y bwrdd nesaf wedi troi o gwmpas, ac roedd hi'n edrych arno. Y ferch gyda'r gwallt tywyll. Edrychai arno megis o'r ochr, ond gyda dwyster rhyfedd i'w llygaid. Yr eiliad iddi ddal ei lygaid edrychodd i ffwrdd drachefn.

Dechreuodd cefn Winston chwysu. Saethodd ing o ofn dychrynllyd drwyddo. Diflannodd bron ar unwaith, ond gadawodd yn ei ôl fath o anesmwythder annifyr. Pam oedd hi'n ei wylio? Pam oedd hi'n ei ddilyn o gwmpas? Yn anffodus, ni allai cofio a oedd hi wrth y bwrdd yn barod pan gyrhaeddodd yntau, neu a oedd hi wedi cyrraedd ar ôl hynny. Beth bynnag, ddoe, yn ystod y Casineb Dwy Funud, roedd hi wedi eistedd yn union y tu ôl iddo er nad oedd arni angen amlwg gwneud hynny. Ei gwir amcan, debyg iawn, oedd gwrando arno i wneud yn siŵr ei fod yn bloeddio'n ddigon uchel.

Dychwelodd ei feddwl blaenorol: hwyrach nad aelod o'r Heddlu Meddwl ei hun oedd hi, ond wedyn, yr ysbïwr amatur oedd yr un mwyaf peryglus oll. Ni wyddai am ba hyd y buodd hi'n edrych arno, ond gallasai fod cymaint â phum munud, a bosib na fuasai ei ymddangosiad yntau dan reolaeth lwyr yn ystod y cyfnod hwnnw. Roedd hi'n eithriadol o beryglus gadael i'ch meddwl grwydro pan oeddech chi mewn unrhyw le cyhoeddus, neu o fewn cyrraedd telisgrîn. Gallai'r peth lleiaf eich bradychu. Tic anymwybodol, golwg bryderus, arfer o siarad â'ch hunan – unrhyw beth allai awgrymu an-normalrwydd, fod gennych rywbeth i'w guddio. Beth bynnag am hynny roedd mynegiant wyneb amhriodol (edrych yn anghrediniol pan gyhoeddid Buddugoliaeth, er enghraifft) yn dramgwydd ynddo'i hun, ac un y gellid ei gosbi. Roedd gair amdano yn y Newyddiaith hyd yn oed: *trospryd* oedd yr enw arno.

Roedd y ferch wedi troi ei chefn arno drachefn. Efallai nad oedd hi'n ei ddilyn wedi'r cyfan, efallai mai dim ond cyd-ddigwyddiad oedd iddi eistedd mor agos ato ddau ddiwrnod yn olynol. Roedd ei sigarét wedi diffodd, ac fe'i gosododd hi'n ofalus ar ymyl y bwrdd. Byddai'n ei gorffen ar ôl gwaith, a bwrw ei fod yn gallu cadw'r tybaco ynddi. Debyg iawn mai ysbïwr i'r Heddlu Meddwl oedd hi wrth y bwrdd nesaf, a byddai ef mwy na thebyg yn selerau'r Weinyddiaeth Gariad ymhen tri diwrnod, ond rhaid peidio gwastraffu hanner sigarét. Roedd Syme wedi plygu'i bapur a'i ddychwelyd i'w boced. Roedd Parsons wedi dechrau siarad eto.

"Ddudish i wrtha chdi, 'rhen goes," meddai gan chwerthin dros goes ei getyn, "am y tro cyneuodd y plantos acw dân yn sgert yr hen ddynas yn y farchnad, achos welson nhw hi'n lapio selsig mewn poster o'r B. M.? Sleifion nhw'r tu ôl iddi a'i rhoi ar dân efo bocs o fatsys. Ei llosgi'n o arw, glywis i. Cnafon bach, ynte? Ond selog, selog! Maen nhw'n 'u dysgu nhw i'r dim efo'r 'Sbiwyr dyddia' yma – yn well nag yn f'oes i, hyd yn oed. Be feddyliech chi ydi'r peth diweddara y duthon nhw adra hefo fo? Cyrn clustia, i wrando wrth dylla clo! Daeth yr eneth fach ag un adra'r noson o'r blaen – roddodd hi gynnig arno fo ar ddrws y lolfa, a chlywad dwywaith gymint nac efo'i chlust, medde hi. Dim ond tegan ydi o, wsti. Eto i gyd, mae'n eu rhoi nhw ar y trywydd iawn, tydi?"

Yr eiliad honno daeth chwiban uchel llwm o'r telisgrîn. Y signal i ddychwelyd i'r gwaith. Neidiodd y tri ar eu traed i ymuno yn yr ymwthio gerbron y llifftiau, a chwympodd gweddill y tybaco o sigarét Winston.

Pennod 6

Ysgrifennodd Winston yn ei ddyddiadur:

Dair blynedd yn ôl oedd hi. Noswaith dywyll, mewn stryd gefn, gul, ger un o'r gorsafoedd rheilffordd mawr. Roedd hi'n sefyll yn agos i ddrws yn y wal, dan olau stryd nad oedd yn goleuo ryw lawer. Roedd ganddi wyneb ifanc, wedi'i baentio'n drwchus iawn. Y colur apeliodd ataf fi, gwyn-deb y peth, fel mwgwd, a'r gwefusau coch llachar. Fydd merched y Blaid ddim yn paentio'u hwynebau. Doedd neb arall yn y stryd, a doedd dim telisgrînau. Dwy ddoler, meddai hi. Fe —

Am ychydig, roedd hi'n rhy anodd mynd yn ei flaen. Caeodd ei lygaid a gwasgu'i fysedd yn eu herbyn mewn ymdrech i wasgu'r olygfa oedd yn ailadrodd ynddo o'i feddwl. Daeth awydd, bron iawn yn drech nag ef, bloeddio cyfres o bethau ffiaidd yn uchel. Neu fel arall i fwrw ei ben yn erbyn y wal, cicio'r bwrdd drosodd a lluchio'r potyn inc drwy'r ffenestr — unrhyw beth digon treisgar neu swnllyd neu boenus i ddileu'r atgof oedd yn ei boenydio gymaint.

Y gelyn pennaf, sylweddolodd, oedd eich system nerfol eich hun. Gallai'r tensiwn y tu mewn i chi echdorri unrhyw bryd a throi'n symptom gweledol fyddai'n ddigon i'ch bradychu. Meddyliodd am ddyn yr oedd wedi'i basio yn y stryd ychydig wythnosau'n ôl; gŵr digon cyffredin ei olwg, aelod o'r Blaid rhwng tri deg pump a phedwar deg oed, yn gymharol dal a thenau, ac yn dal cas dogfennau. Roeddynt o fewn ychydig fetrau i'w gilydd pan, yn sydyn, gwingodd wyneb y dyn am eiliad. Digwyddodd eto pan oeddynt ar fynd heibio i'w gilydd: dim mwy na rhyw blwc neu gryndod sydyn, fel caead camera, ond yn amlwg yn arfer ganddo. Cofiodd feddwl ar y pryd: mae hi ar ben arno, druan. A'r hyn oedd yn frawychus am y peth oedd bod y weithred yn hollol ddiarwybod, debyg iawn. Y perygl mwyaf oll fyddai i chi siarad wrth i chi gysgu. Doedd dim ffordd o amddiffyn eich hun rhag hynny, hyd y gwelai.

Anadlodd yn ddwfn, ac ailgydio yn yr ysgrifbin:

Fe'i dilynais i hi drwy'r drws ac ar draws buarth cefn i gegin mewn seler. Roedd gwely yn erbyn y wal, a lamp ar y bwrdd, wedi'i gynnau, ond ei droi'n isel. Fe —

Roedd ei wrychyn wedi' godi. Buasai'n dda ganddo allu poeri. Ar yr un pryd â'i fod yn meddwl am y fenyw yn y gegin seler meddyliodd am Katharine, ei wraig. Roedd Winston yn briod — bu'n briod, o leiaf: roedd yn briod o hyd mwy na thebyg: o leiaf doedd ei wraig, hyd y gwyddai, ddim yn farw. Roedd fel petai'n anadlu arogl cynnes, myglyd y gegin seler unwaith eto: cyfuniad o bryfed a dillad budr a phersawr brathog, rhad; ond yn ddengar, serch hynny, gan na fyddai'r un fenyw yn y Blaid yn gwisgo persawr, neu o leiaf roedd hi'n amhosib dychmygu eu bod. Dim ond y prolau fyddai'n gwneud. Roedd ei arogl, yn ei feddwl, yn hollol ynghlwm â rhyw.

Yr adeg honno oedd ei lithriad cyntaf mewn rhyw ddwy flwyddyn, mwy neu lai. Roedd ymweld â phuteiniaid yn waharddedig, wrth gwrs, ond un o'r rheolau hynny oedd e y gellid ei dorri bob hyn a hyn petaech chi'n ddigon dewr. Peth peryglus i'w wneud oedd hynny, ond heb fod yn berygl bywyd. Petai chi'n cael eich dal gyda phutain gallech ddisgwyl pum mlynedd mewn gwersyll llafur: dim mwy na hynny, a chithau heb gyflawni unrhyw drosedd arall. Ac roedd hi'n beth digon hawdd i'w wneud, dim ond i chi osgoi cael eich dal. Roedd yr ardaloedd tlawd yn orlawn â merched yn barod i werthu eu cyrff. Gellid prynu rhai ohonynt â chyn lleied â photel o jin, nad oedd y prolau i fod i'w yfed. Gellid hyd yn oed dadlau fod y Blaid yn annog puteindra, gan ei fod yn cynnig ffordd o fynegi greddfau nad oedd modd eu rhwystro'n llwyr. Nid oedd anlladrwydd o fawr bwys, dim ond iddo fod yn gyfrinachol a di-lawenydd, a gyda merched o ddosbarth israddol, dirmygedig. Roedd llacrwydd moesol rhwng aelodau'r Blaid, ar y llaw arall, yn anfaddeuol. Serch hynny – er ei fod yn rhywbeth a gyffesid yn aml iawn gan y sawl a gyhuddid yn ystod y diarddeliadau mawr – roedd hi'n anodd dychmygu rhywbeth o'r fath yn digwydd mewn gwirionedd.

Y bwriad amlwg oedd rhwystro dynion a merched rhag ffurfio unrhyw deyrngarwch nad oedd dan reolaeth y Blaid. Ond y gwir fwriad, y bwriad cudd, oedd gwaredu pob elfen o bleser o'r weithred rywiol. Nid cariad oedd y gelyn ond yn hytrach erotiaeth, o fewn priodasau yn ogystal â'r tu allan iddynt. Byddai'n rhaid i briodas rhwng aelodau o'r Blaid gael ei chymeradwyo gan bwyllgor, a benodid at yr union bwrpas hwnnw, ac er na chawsai'r egwyddor hwn ei ddatgan yn agored – gwrthodid caniatâd bob tro petai'r pâr yn dangos unrhyw awgrym o atyniad corfforol tuag at ei gilydd. Yr unig gyfiawnhad ar gyfer priodi a gydnabyddid oedd atgenhedlu, er mwyn creu plant i wasanaethu'r Blaid. Dylid ystyried cyfathrach rywiol fel math o fân lawdriniaeth ychydig yn ffiaidd – megis enema. Unwaith eto, nid oedd hyn yn rhywbeth a gydnabyddid yn agored, ond serch hynny câi ei fwrw i ben pob aelod o'r Blaid, gan ddechrau yn ei blentyndod. Roedd hyd yn oed sefydliadau fel Cynghrair yr Ifanc yn Erbyn Rhyw, a argymhellai anweddogaeth lwyr, i ddynion a merched fel ei gilydd. Câi plant eu hesgor drwy semenu artiffisial (*semart*, yn y Newyddiaith) a'u magu mewn sefydliadau cyhoeddus. Nid oedd hyn, gwyddai Winston, wedi'i fwriadu i'w gymryd o ddifrif go iawn, ond eto gweddai'n dda at syniadaeth gyffredinol y Blaid. Bwriad y Blaid oedd lladd yr awydd rhywiol, neu, pe na bai hynny'n bosib, ei wyrdroi a'i bardduo. Ni wyddai ef pam yn union fod pethau felly, ond eto i gyd teimlai'n naturiol rywsut iddynt fod. Ac ar ran y merched, bu ymdrechion y Blaid yn llwyddiannus ar y cyfan.

Meddyliodd am Katharine eto. Rhaid ei bod hi ryw naw, deg – bron un ar ddeg o flynyddoedd ers iddynt ymwahanu. Peth rhyfedd mor anaml y meddyliai amdani. Ambell dro byddai'n anghofio iddo fod yn briod o gwbl, am ddyddiau bwy'i gilydd. Dim ond rhyw bymtheg mis y buon nhw gyda'i gilydd. Nid oedd y Blaid yn caniatáu ysgariad, ond roedd ymwahanu'n dderbyniol iawn, pan nad oedd yna blant.

Merch dal oedd Katharine a'i gwallt yn olau, yn syth iawn a chanddi ddull urddasol o symud o gwmpas. Roedd ei hwyneb yn drawiadol ac eryraidd, a gellid bron wedi'i alw'n wyneb bonheddig nes i chi sylweddoli nad oedd y nesaf peth i ddim y tu ôl iddo. Yn gynnar iawn yn y briodas roedd yntau wedi penderfynu – er efallai nad oedd hyn ddim ond am ei fod yn ei hadnabod hi'n well na'r rhan fwyaf o bobl – mai ei meddwl hi oedd, yn ddieithriad, yr un mwyaf analluog, di-chwaeth, a gwag iddo adnabod erioed. Nid oedd yna unrhyw feddwl yn ei phen nad oedd yn slogan, ac nid oedd unrhyw dwpdra, dim un o gwbl, nad oedd hi'n fodlon ei lyncu petai'r Blaid yn ei roi iddi. "Y trac sain ar ddeudroed" oedd ei lysenw cyfrinachol arni yn ei feddwl ei hun. Ond eto i gyd gallai fod wedi dioddef cyd-fyw â hi oni bai am un peth yn unig – rhyw.

Gyda'i fod yn ei chyffwrdd roedd hi fel petai'n gwingo ac ymstiffio. Roedd ei chofleidio hi fel cofleidio delw o bren. A'r peth rhyfedd oedd ei bod hi fel petai'n ei wthio oddi wrthi gyda'i holl nerth hyd yn oed pan oedd hi'n cydio'n dynn ynddo. Roedd rhywbeth yng nghadernid ei chyhyrau'n cyfleu hynny rywsut. Byddai'n gorwedd yno, ei llygaid ar gau, heb ei wrthwynebu na'i gynorthwyo, dim ond ei *dderbyn*. Roedd hi'n eithriadol o chwithig, ac ymhen fawr o dro yn erchyll. Ond hyd yn oed wedyn gallai fod wedi dioddef cyd-fyw â hi petai modd iddynt gytuno i aros yn anghydweddog. Ond, yn rhyfedd ddigon, Katharine a wrthodai hyn. Rhaid iddynt, meddai hi, gael plentyn, petaent yn gallu. Felly parhaodd y perfformio, unwaith yr wythnos, yn rheolaidd, pan nad oedd hi'n amhosib. Byddai'n ei atgoffa amdano hyd yn oed, gyda'r bore, rhywbeth roedd yn rhaid ei wneud yn ddiweddarach y noson honno, rhywbeth roedd rhaid peidio â'i anghofio. Roedd ganddi ddau enw ar ei gyfer. "Creu baban" oedd un, a'r llall oedd "ein dyletswydd i'r Blaid" (ie, dyna'i hunion eiriau hi). Yn fuan iawn dechreuodd edrych ymlaen at y diwrnod penodedig gyda theimlad tebyg i arswyd. Ond yn ffodus, ni fu plentyn, ac o'r diwedd cytunodd hi i roi'r gorau, ac ymwahanodd y ddau'n fuan wedyn.

Ochneidiodd Winston yn dawel. Cododd ei bin unwaith eto ac ysgrifennodd:

Taflodd ei hun yn ôl ar y gwely ac, ar unwaith, heb unrhyw ragarweiniad ac yn y fordd fwyaf garw, atgas y gellid ei ddychmygu, cododd ei sgert. Fe –

Gwelodd ei hun yn sefyll yno yng ngolau gwan y lamp, arogl y pryfed a'r persawr rhad yn ei drwyn, â theimlad o orchfygaeth a chasineb yn gymysg ag atgofion o gorff gwyn Katharine, wedi'i rewi am byth gan rym hypnotig y Blaid. Pam bod yn rhaid iddi fod fel hyn bob tro? Pam na allai gael merch iddo'i hun yn lle'r ymgiprys budr yma bob ychydig flynyddoedd? Ond roedd hi bron yn amhosib dychmygu carwriaeth go iawn. Roedd merched y Blaid i gyd yr un fath. Roedd diweirdeb yn llifo'r un mor ddwfn ynddynt â'u teyrngarwch i'r Blaid. Drwy gyflyru'r ifainc yn ofalus, drwy gemau a dŵr oer, a thrwy'r sothach hynny a ddrilid i mewn iddynt yn yr ysgol, gyda'r Ysbiwyr a Chynghrair yr Ifanc, drwy ddarlithoedd, gorymdeithiau, caneuon, sloganau a cherddoriaeth filwrol, gyrrid y reddf naturiol ohonynt. Dwedai ei resymeg wrtho fod yn rhaid bod eithriadau, ond nid oedd ei galon yn credu hynny. Roeddynt oll yn anorchfygol, yn union fel roedd y Blaid wedi bwriadu iddynt fod. A'r hyn roedd arno eisiau, yn fwy hyd yn oed na chael ei garu, oedd dymchwel mur y moesgarwch hwnnw, hyd yn oed am unwaith yn unig yn ei holl fywyd. Roedd y weithred rywiol, o'i chwblhau'n llwyddiannus, yn ffurf ar wrthryfel. Roedd chwant rhywiol yn drosmeddwl. Petai wedi gallu gwneud hynny erioed, byddai hyd yn oed deffro rhywioldeb Katharine yn fath o hud-ddenu, er ei bod hi'n wraig iddo.

Ond roedd angen iddo gofnodi gweddill y stori. Ysgrifennodd:

Troais y lamp yn uwch. Pan welais i hi yn y golau –

Wedi'r tywyllwch bu hyd yn oed golau gwan y lamp paraffin yn llachar iawn yn ei lygaid. Gwelsai'r fenyw'n iawn am y tro cyntaf. Roedd wedi cymryd cam tuag ati ac wedyn peidio, yn llawn o chwant ac o ddychryn. Roedd yn boenus o ymwybodol pa mor beryglus oedd ei fod yno. Roedd hi'n berffaith bosib y byddai'r patrolau'n ei ddal ar y ffordd allan; o ran hynny efallai eu bod yn aros y tu allan i'r drws yr eiliad hon. Petai'n gadael heb hyd yn oed gwblhau'r weithred roedd wedi mynd yno i'w gwneud – !

Rhaid oedd ei chofnodi, rhaid oedd ei chyffesu. Yr hyn a sylweddolasai'n sydyn yng ngolau'r lamp oedd bod y fenyw'n *hen*. Roedd y paent wedi'i blastro mor drwchus ar ei hwyneb fel ei bod hi'n edrych fel pe ti'n gallu cracio fel mwgwd cardfwrdd. Roedd stribedi o wyn yn ei gwallt, ond y manylyn erchyll oedd bod ei cheg wedi agor rywfaint, gan ddangos dim ond düwch fel ogof. Doedd dim dannedd ganddi o gwbl.

Ysgrifennodd yn frysiog, mewn llawysgrif flêr:

Pan welais i hi yn y goleuni roedd hi'n fenyw weddol hen, pum deg oed o leiaf. Ond fe wnes i serch hynny.

Gwasgodd ei fysedd yn erbyn ei lygaid eto. Roedd wedi'i chofnodi o'r diwedd, ond nid oedd hynny wedi gwneud unrhyw wahaniaeth. Nid oedd y therapi wedi gweithio. Roedd yr awydd i weiddi rhegfeydd hyll nerth esgyrn ei ben mor gryf ag erioed.

Pennod 7

"Os oes gobaith," ysgrifennodd Winston, "gyda'r prolau mae i'w gael."

Oes oedd yna obaith, *rhaid* mai yno'r oedd, gyda'r prolau, gan mai yno'n unig, ymhlith eu rhengoedd anghofiedig lu, 85 y cant o boblogaeth Oceania, y byddai modd casglu'r grym at ei gilydd fyddai'i angen i ddinistrio'r Blaid. Byddai chwyldro o'r tu mewn i'r Blaid yn amhosib. Nid oedd unrhyw ffordd i'w gelynion ymgasglu na hyd yn oed adnabod ei gilydd – gan gymryd wrth gwrs bod ganddi unrhyw elynion mewn gwirionedd. Hyd yn oed petai'r Frawdoliaeth chwedlonol yn bodoli – posibilrwydd, waeth pa mor fychan – amhosib oedd dychmygu sut gallai ei haelodau fyth ddod at ei gilydd yn fwy neu ddau neu dri ar y tro. Rhywbeth yn y llygaid oedd gwrthryfel, neu yng ngoslef y llais, ambell air wedi'i sibrwd ar y mwyaf. Ond petaent yn sylweddoli eu nerth, ni fyddai angen i'r prolau cyd-gynllwynio. Y cwbl fyddai angen arnynt fyddai codi ac ysgwyd eu hunain, fel ceffyl yn gwaredu clêr. Petaent yn dewis gwneud, gallent ffrwydro'r Blaid yn ddarnau mân erbyn y bore. Onid oeddynt yn sicr o wneud hynny, yn hwyr neu'n hwyrach? Ac eto – !

Cofiodd sut y bu iddo gerdded stryd brysur unwaith a chlywed twrw sydyn, cannoedd o leisiau'n gweiddi, lleisiau merched, yn ffrwydro o ryw stryd fach ddi-nod ychydig bellter o'i flaen. Llef fawr anorchfygol o ddicter ac o anobaith, "O-o-o-o!" dwfn, uchel, yn atseinio fel cloch yn diasbedain. Neidiodd ei galon i'w geg. Cofiodd feddwl: mae hi wedi dechrau! Reiat! Mae'r prolau'n torri'n rhydd o'r diwedd! Pan gyrhaeddodd y man gwelodd dorf o ddau neu dri chant o ferched yn tyrru o gwmpas stondinau marchnad stryd, eu hwynebau mor drist â theithwyr yn wynebu angau ar long yn suddo. Ond yn sydyn torrodd yr anobaith cyffredinol yn llu o ddadleuon unigol aneirif. Roedd un o'r stondinau, yn ôl pob golwg, wedi bod yn gwerthu sosbannau tin. Pethau digon tila a rhad oeddynt, ond roedd hi'n anodd cael gafael ar unrhyw fath o gyfarpar coginio. Y tro hwn roedd y cyflenwad wedi peidio'n annisgwyl. Roedd y merched llwyddiannus gyda'u sosbannau wrthi'n ceisio dianc dan bob math o wthio a bygwth, tra bod dwsinau o'r lleill wedi cronni o gwmpas y stondin ac yn cyhuddo'r perchennog o ffafriaeth ac o gadw rhagor o sosbannau wrth gefn. Bu echdoriad newydd o floeddio. Roedd dwy ferch chwyddedig, un ohonynt â'i gwallt yn rhydd, wedi gafael yn yr un sosban ac wrthi'n ceisio'i rhwygo oddi ar y llall. Tynnodd y ddwy am eiliad, ac wedyn daeth yr handlen yn rhydd. Fe wyliodd Winston yn llawn dirmyg. Ac eto, am eiliad, y pŵer hwnnw, bron iawn yn ddychrynllyd, llef ychydig gannoedd o leisiau'n unig! Pam na allent weiddi fel hynny am unrhyw beth o bwys?

Ysgrifennodd:

Wnân nhw ddim gwrthryfela nes iddyn nhw ddod yn ymwybodol, a rhaid iddynt wrthryfela cyn iddynt allu dod yn ymwybodol.

Gallasai hynny, meddyliodd, fod yn ddyfyniad bron iawn o un o werslyfrau'r Blaid. Honnai'r Blaid, wrth gwrs, iddynt ryddhau'r prolau o'u caethiwed. Cyn y Chwyldro roedd y cyfalafwyr wedi eu gorthrymu'n enbyd, eu llwgu a'u chwipio, gorfodid merched i weithio yn y pyllau glo (roedd hynny'n dal i ddigwydd mewn gwirionedd), gwerthid plant chwech oed i'r ffatrïoedd. Ond ar yr un pryd, yn unol ag Egwyddorion daufeddwl, dysgai'r Blaid fod y prolau'n fodau israddol wrth eu natur ac roedd rhaid eu cadw dan y fawd, fel anifeiliaid, drwy weithredu ambell reol syml. Mewn gwirionedd ychydig a wyddai llawer amdanynt o gwbl. Dim ond ar ychydig oedd angen gwybod. Dim ond iddynt barhau i weithio ac i epilio, nid oedd unrhyw bwys o gwbl i'w gweithgareddau eraill. Caent eu gollwng yn rhydd, fel gwartheg ar wastadeddau'r Ariannin, ac roeddynt wedi dychwelyd i fodd o fyw oedd megis yn naturiol iddynt, math o batrwm hynafol. Caent eu geni, eu magu yn y cwteri, aent i'r gwaith yn ddeuddeg oed, aent drwy gyfnod blodeuo byr o harddwch a rhywioldeb cyn priodi'n ugain oed, bod yn ganol oed yn ddeg ar hugain, a marw, gan mwyaf, erbyn chwe deg oed. Llennid eu meddyliau hyd eu gorwelion â gwaith corfforol trwm, gofalu am eu cartrefi a'u plant, dadleuon dibwys â'u cymdogion, ffilmiau, pêl-droed, cwrw ac, yn anad dim, gamblo. Digon hawdd oedd eu cadw dan reolaeth. Symudai ambell asiant o'r Heddlu Meddwl yn eu plith o hyd yn lledaenu sibrydion ffug ac yn gwneud cofnod o'r ambell unigolyn allai fynd ymlaen i greu trafferth; ond ni wneid unrhyw ymdrech i'w trwytho yn syniadaeth y Blaid. Nid peth dymunol fyddai hi i'r prolau feddu ar unrhyw dueddiadau gwleidyddol cryf. Y cwbl a ofynnid ganddynt oedd ychydig o wladgarwch cyntefig y gellid apelio ato'n ôl y galw er mwyn gwneud iddynt dderbyn oriau gwaith hirach, neu ddognau llai. A hyd yn oed pan aent yn anniddig, rhywbeth fyddai'n digwydd o dro i dro, ni fyddai'r anniddigrwydd hynny'n arwain i unman oherwydd heb syniadau cyffredinol nid oedd modd troi'r anniddigrwydd at unrhyw beth heblaw rhyw fân gwynion penodol, digon tila.

Byddai'r drygau mawrion yn dianc eu sylw heb eithriad. Nid oedd gan fwyafrif helaeth y prolau telisgrînau yn eu tai hyd yn oed. Ychydig iawn fyddai hyd yn oed yr heddlu sifil yn amharu ynddynt. Roedd troseddu o bob math yn mynd ymlaen yn Llundain, byd-o-fewn-byd o ladron, twyllwyr, puteiniaid, gwerthwyr cyffuriau a llwgr-fasnachwyr o bob math; ond gan fod hyn oll yn digwydd ymysg y prolau nid ystyrid bod unrhyw bwys i ddim ohono. Caent rwydd hynt i ddilyn eu trefniadau hynafol wrth ymdrin ag unrhyw fater moesol. Doedd dim disgwyl iddynt fabwysiadu piwritaniaeth rywiol y Blaid. Ni chosbid anniweirdeb, ac roedd modd ysgaru. A dweud y gwir cawsent addoli ac arddel crefydd hyd yn oed, petaent wedi dangos y mymryn lleiaf o angen neu eisiau gwneud hynny. Roeddynt islaw pob amheuaeth. Yn ôl slogan y Blaid: "Mae gan brolau ac anifeiliaid eu rhyddid."

Estynnodd Winston ei law i grafu ei wlser yn ofalus. Roedd wedi dechrau cosi eto. Dro ar ôl tro, deuai dyn yn ôl at y ffaith honno ei bod hi'n amhosib gwybod sut beth, mewn gwirionedd, fu bywyd cyn y Chwyldro. Estynnodd gopi o werslyfr hanes i blant yr oedd wedi'i fenthyg gan Mrs. Parsons, a dechreuodd drawsgrifio rhan ohono i'r dyddiadur:

Yn yr hen ddyddiau (meddai'r llyfr), cyn y Chwyldro gogoneddus, nid oedd Llundain yn brydferth fel y ddinas sy'n gyfarwydd i ni heddiw. Lle tywyll, budr, digalon oedd hi lle nad oedd gan neb ddigon i fwyta a lle nad oedd gan gannoedd a miloedd o'r tlodion esgidiau, na hyd yn oed to i gysgu oddi tano. Bu rhaid i blant o'r un oed â chithau weithio deuddeg awr bob dydd ar ran meistri creulon fyddai'n eu chwipio â fflangellau petaent yn gweithio'n rhy araf, a rhoi dim ond bara sych a dŵr iddynt i'w fwyta ac yfed. Ond ymhlith yr holl dlodi dychrynllyd yma roedd ambell dŷ mawr prydferth a dynion cyfoethog yn byw ynddynt, â chymaint â thri deg o wasanaethyddion ynddynt i weini arnynt. Yr enw ar y dynion cyfoethog yma oedd Cyfalafwyr. Dynion tew, hyll oeddynt ag wynebau creulon, fel yr un yn y llun gyferbyn. Edrychwch ar ei got ddu hir – ffrog-cot oedd yr enw arni – a'i het sgleiniog ryfedd yr un siâp â phibell stof – het silc oedd enw honno. Gwisg y Cyfalafwyr oedd hon, ac nid oedd gan neb arall hawl i'w gwisgo. Roedd y Cyfalafwyr yn berchen ar bopeth yn y byd, a phawb arall yn gaethweision iddynt. Nhw oedd yn berchen ar yr holl dir, yr holl dai, yr holl ffatrïoedd a'r holl arian. Petai rywun yn anufuddhau iddynt gallent gael eu taflu i'r carchar, neu golli eu swydd a'u llwgu i farwolaeth. Pan oedd person cyffredin yn siarad gyda chyfalafwr rhaid oedd iddo gynffonni a moesymgrymu iddo, tynnu ei het a'i alw'n "Syr". Enw pennaeth y cyfalafwyr oedd y Brenin, ac –

Ond fe wyddai'r gweddill yn iawn. Byddai sôn am yr esgobion yn eu gynau, y barnwyr yn eu ermin, y pilwri, y stociau, y fflangellau, Gwledd yr Arglwydd Faer, a'r arfer o gusanu bysedd traed y Pab. Roedd rhywbeth hefyd o'r enw'r *Jus Primae Noctis*, na fyddai'n debyg o gael ei grybwyll mewn gwerslyfr i blant. Yn ôl y gyfraith hon roedd gan bob cyfalafwr yr hawl i gysgu gydag unrhyw ferch oedd yn gweithio yn un o'i ffatrïoedd.

Sut oedd modd dweud faint o hyn oedd yn gelwydd? Efallai ei *bod* hi'n wir fod dyn cyffredin, ar gyfartaledd, yn well nawr nag y bu cyn y Chwyldro. Yr unig dystiolaeth i'r gwrthwyneb oedd y brotest ddistaw honno yn eich esgyrn eich hun, y teimlad greddfol bod amgylchiadau eich bywyd yn annioddefol, a bod rhaid felly eu bod wedi bod yn wahanol ar ryw adeg. Sylweddolodd yn sydyn nad creulondeb nac ansicrwydd oedd nodwedd amlycaf bywyd modern, ond ei lymder, ei fudreddi, ei lesgedd. O edrych o gwmpas roedd hi'n amlwg nid yn unig nad oedd bywyd yn ymdebygu o gwbl i'r celwyddau hynny a lifai'n ddi-baid o'r telisgrînau'n ond dim chwaith i'r ddelfryd honno roedd y Blaid yn ymdrechu tuag ati o hyd. Hyd yn oed i aelod o'r Blaid pethau niwtral a di-wleidyddol oedd llawer agwedd ar ei fywyd: mater o lafurio mewn swyddi diflas, o frwydro am le ar y Tiwb, o drwsio sanau, o fegera am dabled sacarin, ac o gasglu pennau eich sigarennau. Roedd delfryd y Blaid yn rhywbeth enfawr, brawychus a disglair – byd o ddur ac o goncrit, o beiriannau anghenfilaidd ac arfau dychrynllyd – cenedl o ryfelwyr ac eithafwyr, yn gorymdeithio'n berffaith unffurf, pawb yn meddwl yr un meddyliau ac yn gweiddi'r un sloganau, yn dal i weithio, i ymladd, i ennill, i erlid – tri chan miliwn o bobl ag un wyneb yn unig ganddynt. Ond y gwirionedd oedd dinasoedd budr, pydredig lle llusgai'r bobl lwglyd eu traed yma ac acw mewn esgidiau carpiog, yn byw mewn tai tyllog ynghanol arogl parhaus bresych a thai bach. Daeth gweledigaeth o Lundain i'w ben, adfail enfawr, dinas o filiwn o finiau sbwriel, yn gymysg â delwedd o Mrs. Parsons, menyw ag wyneb crychiog a gwallt blêr yn ymbalfalu'n aneffeithiol gyda rhywbeth oedd wedi tagu'i sinc.

Estynnodd i lawr i grafu'i ffêr eto. Ymosodai'r telisgrînau ar eich clustiau ddydd a nos gydag ystadegau'n profi bod gan bobl heddiw ragor o fwyd, rhagor o ddillad, tai gwell, adloniant gwell – eu bod yn byw'n hirach, yn gweithio llai, eu bod yn fwy, yn iachach, yn gryfach, yn llawenach, yn fwy deallus, ac wedi cael addysg well na hanner can mlynedd yn ôl. Roedd hi'n hollol amhosib profi neu wirio gair ohoni. Honnai'r Blaid, er enghraifft, bod 40 y cant o'r oedolion ymysg y prolau'n llythrennog: dim ond 15 y cant fu'n llythrennog cyn y Chwyldro, medden nhw. Honnai'r blaid mai dim ond 160 bob mil oedd cyfradd y marwolaethau ymysg plant ifanc, a'i bod hi'n 300 cyn y Chwyldro – ac yn y blaen. Roedd hi fel hafaliad, ond â'r naill ochr a'r llall iddo'n anhysbys. Bosib iawn bod pob un gair yn y llyfrau hanes yn ffantasi pur, hyd yn oed y pethau hynny roedd dyn yn eu derbyn yn ddi-gwestiwn. Hyd y gwyddai ef ni fodolasai erioed y fath gyfraith â *Jus Primae Noctis*, na'r fath greadur â chyfalafwr, na'r fath ddilledyn â het silc.

Roedd popeth yn diflannu yn y niwl. Dilëwyd y gorffennol, anghofiwyd y dileu, daeth celwydd yn wirionedd. Unwaith yn unig fu ganddo yn ei feddiant dystiolaeth glir, gadarn, ddigamsyniol bod rhywbeth wedi'i ffugio – *ar ôl* y weithred: hynny oedd y peth pwysig. Roedd hi ganddo yn ei fysedd, am gyhyd â thri deg eiliad. Mae'n rhaid mai 1973 oedd hi – tua'r amser roedd wedi gwahanu oddi wrth Katharine, beth bynnag. Ond saith neu wyth mlynedd yn gynharach na hynny oedd y dyddiad perthnasol mewn gwirionedd.

Yng nghanol y chwedegau dechreuodd yr hanes go iawn, cyfnod y diarddeliadau mawr lle cafwyd gwared ar holl arweinwyr gwreiddiol y Chwyldro unwaith ac am byth. Erbyn 1970 doedd dim un ohonynt ar ôl, heblaw am y Brawd Mawr ei hun. Erbyn yr adeg hynny roedd y lleill i gyd wedi'u cael yn euog o fod yn fradwyr ac yn wrth-chwyldrowyr. Roedd Goldstein wedi ffoi ac yn cuddio yn rhywle, ond o ran y lleill, er bod ambell un wedi diflannu'n sydyn, cawsai'r mwyafrif eu dienyddio wedi cyfaddef eu troseddau mewn llysoedd cyhoeddus mawreddog. Ymhlith y goroeswyr olaf oedd tri dyn o'r enw Jones, Aaronson a Rutherford. Rhaid mai yn 1965 oedd hi pan arestiwyd y tri. Fel byddai'n digwydd yn aml, roeddynt wedi diflannu am flwyddyn neu ragor ac ni wyddai neb a oeddynt yn fyw neu'n farw cyn iddynt ailymddangos yn sydyn a chyffesu eu troseddau yn ôl y drefn arferol. Roedd y rhain yn cynnwys cyd-gynllwynio â'r gelyn (Ewrasia'r adeg hynny hefyd), lladrata arian cyhoeddus, llofruddio nifer o aelodau teyrngar y Blaid, amrywiaeth o gynlluniau yn erbyn y Brawd Mawr a oedd, debyg, yn dyddio o'r cyfnod cyn dechrau'r Chwyldro hyd yn oed, a therfysgaeth yn arwain at farwolaeth cannodd o filoedd o bobl. Wedi iddynt gyffesu hyn oll, maddeuwyd iddynt eu holl droseddau. Gadawyd iddynt ail-ymuno â'r Blaid a derbyn swyddi ag iddynt deitlau pwysig er eu bod, mewn gwirionedd, yn ddigon segur. Roedd pob un o'r tri wedi ysgrifennu erthyglau hirion yn y *Faner* yn dadansoddi rhesymeg eu bradwriaeth ac yn addo gwneud yn iawn amdani.

Ychydig amser ar ôl iddynt gael eu rhyddhau roedd Winston hyd yn oed wedi eu gweld, yng Nghaffi'r Gastanwydden. Cofiodd y syndod dychrynllyd hwnnw a deimlodd wrth eu gwylio drwy gil ei lygaid. Dynion yn hŷn o lawer nag yntau oeddynt, creiriau o'r oes a fu, goroeswyr olaf dyddiau arwrol y Blaid, bron iawn. Roedd rhyw awgrym o ramant yr ymdrech gudd a'r Rhyfel Cartref yn eu cylch o hyd. Hyd yn oed yr adeg hynny roedd ffeithiau a dyddiadau'n prysur fynd yn gymysg, ond teimlai rywfodd ei fod yn gwybod eu henwau hwythau flynyddoedd lawer cyn iddo wybod am y Brawd Mawr. Ond beth bynnag am hynny roeddynt bellach yn herwyr, yn elynion, yn waharddedig, wedi'u tynghedu heb os i ddiflannu ymhen blwyddyn neu ddwy ar y mwyaf. Ni fyddai neb yn dianc yn y pendraw wedi iddo fod yn nwylo'r Heddlu Meddwl unwaith. Cyrff meirw oeddynt, yn aros eu dychwelyd i'r fynwent.

Doedd neb yn eistedd ar y byrddau gerllaw. Peth annoeth fyddai cael eich gweld hyd yn oed yn yr un rhan o'r dref. Roeddynt yn eistedd yno mewn tawelwch, gwydrau o jin blas clof – diod arbennig y caffi – o'u blaenau. O'r tri, golwg Rutherford gafodd yr argraff fwyaf ar Winston. Bu'n gartwnydd enwog ar un adeg, ei luniau ciaidd yn gymorth wrth gynhyrfu'r farn boblogaidd cyn ac yn ystod y Chwyldro. Hyd yn oed nawr, bob hyn a hyn, roedd ei gartwnau'n dal i ymddangos yn y *Faner*. Efelychiadau o'i arddull gynnar oeddynt bellach, yn farwaidd rywsut, ac yn methu argyhoeddi. Câi'r un hen ddeunydd ei ailgylchu dro ar ôl tro – slymiau, plant newynog, brwydrau yn y stryd, cyfalafwyr mewn hetiau silc – hyd yn oed yn y ffosydd byddai'r cyfalafwyr yn gwisgo'i hetiau silc, mewn ymdrech diddiwedd a diobaith i ddal gafael ar y gorffennol. Roedd yn anghenfil o ddyn, gyda mwng mawr o wallt llwyd seimllyd, ei wyneb yn grychiog a chodog a chanddo wefusau trwchus Affricanaidd. Rhaid ei fod wedi bod yn eithriadol o gryf ar un adeg; ond bellach roedd ei gorff enfawr yn mynd yn folgrwm, yn llipa, yn cwympo i bob cyfeiriad. Roedd e fel petai'n datgymalu o'ch blaen, fel mynydd yn dadfeilio.

Un deg pump o'r gloch oedd hi, amser digon unig. Ni allai Winston gofio bellach am ba reswm y bu yn y caffi'r adeg honno. Roedd y lle bron iawn yn wag. Diferai cerddoriaeth wichlyd o'r telisgrînau. Eisteddai'r tri dyn yn eu cornel bron yn hollol llonydd, heb yngan yr un gair. Daeth y gweinydd â gwydrau newydd o jin heb i neb ofyn iddo. Roedd bwrdd gwyddbwyll ar y bwrdd gerllaw, y darnau wedi'u gosod yn barod ond heb neb yn chwarae. Ac wedyn, am gyfanswm o ryw hanner munud efallai, digwyddodd rhywbeth i'r telisgrînau. Newidiodd yr alaw oedd yn chwarae a newidiodd naws y gerddoriaeth hefyd. Roedd rhyw naws – ond peth anodd iawn i'w disgrifio oedd hi. Rhyw nodyn rhyfedd; cryg, brefog, gwawdlyd: nodyn melyn, i feddwl Winston. Ac wedyn dechreuodd llais o'r telisgrîn ganu:

> *Dan y gastanwydden fry*
> *Fe'th gwerthais i, fe'm gwerthaist ti:*
> *Dyna nhw, a dyma ni*
> *Dan y gastanwydden fry.*

Ni symudodd y tri mo'r un fymryn. Ond pan edrychodd Winston ar wyneb crychlyd Rutherford eto, sylwodd bod ei lygaid yn llawn dagrau. Ac am y tro cyntaf, gydag ias, ac eto heb wybod *at beth* oedd yr ias, sylwodd bod trwynau Aaronson a Rutherford ill dau wedi'u torri.

Ychydig yn ddiweddarach arestiwyd y tri drachefn. Yn ôl y sôn roeddynt wedi ail-ddechrau'r cynllwynio yn syth ar ôl cael eu rhyddhau. Yn y llys am yr eildro, cyffeswyd yr holl hen droseddau drachefn, gyda thoreth o rai newydd. Wedyn cawsant eu dienyddio, ac fe gofnodwyd eu tynged yn hanesion y Blaid fel rhybudd i eraill. Tua phum mlynedd yn ddiweddarach, yn 1973, roedd Winston wrthi'n dad-rholio casgliad o ddogfennau oedd newydd gwympo o'r tiwb niwmatig a glanio ar ei ddesg pan gafodd hyd i ddarn o bapur oedd, mae'n debyg, wedi cael ei osod gyda'r lleill ac yna'i anghofio'n llwyr. Sylweddolodd bwysigrwydd y ddogfen yn union wedi iddo'i gwastadu ar ei ddesg. Hanner tudalen wedi'i rwygo o'r *Faner* tua deng mlynedd yn gynharach oedd hi – hanner uchaf y dudalen, a'r dyddiad arni – ac roedd hi'n cynnwys llun o wahoddedigion ryw ddigwyddiad ar ran y Blaid yn Efrog Newydd. Yn flaenllaw yng nghanol y grŵp roedd Jones, Aaronson a Rutherford. Doedd dim modd eu camgymryd; ac roedd eu henwau yno yn yr eglurhad ar y gwaelod beth bynnag.

Y pwynt oedd bod y tri wedi cyffesu ddwywaith yn y llys iddynt fod ar dir Ewrasia'r dyddiad hwnnw. Roeddynt wedi hedfan o faes awyr cyfrinachol yng Nghanada i fan cyfarfod rywle yn Siberia, ac wedi cyd-gynllwynio yno gydag aelodau o Staff Cyffredinol Ewrasia, ac wedi rhannu cyfrinachau milwrol pwysig. Roedd y dyddiad wedi aros yng nghof Winston oherwydd ei fod, drwy gyd-ddigwyddiad llwyr, yn galan haf; ond rhaid bod yr hanes wedi'i gofnodi mewn nifer fawr o fannau gwahanol. Dim ond un casgliad oedd yn bosib: roedd y cyffesiadau'n gelwydd.

Nid oedd hynny ynddo'i hun yn ddarganfyddiad wrth gwrs. Nid oedd Winston wedi dychmygu hyd yn oed ar y pryd bod y sawl a gafodd eu difa yn y diarddeliadau wedi cyflawni'r troseddau roeddynt wedi'u cyhuddo ohonynt mewn gwirionedd. Ond dyma brawf digamsyniol: darn bychan o'r gorffennol coll, fel asgwrn ffosil yn ymddangos yn yr haen anghywir, ac felly'n tanseilio damcaniaeth eolegol gyfan. Byddai'n ddigon i chwythu'r Blaid i ddarnau petai modd ei gyhoeddi i'r byd rywsut, ac i bobl werthfawrogi ei arwyddocâd.

Roedd Winston wedi parhau gyda'i waith. Cyn gynted ag y gwelodd y llun, a sylweddoli beth oedd ei arwyddocâd, rhoddodd ddarn arall o bapur ar ei ben. Yn ffodus roedd gan y llun ei ben ar i waered o safbwynt y telisgrîn pan oedd wedi'i dad-rholio.

Rhoddodd ei lyfr nodiadau ar ei lin a gwthio ei gadair tuag yn ôl, er mwyn bod mor bell â phosib o'r telisgrîn. Peth digon hawdd oedd cadw eich wyneb yn ddigynnwrf, a chydag ymdrech roedd modd rheoli'ch anadlu hyd yn oed; ond nid oedd modd rheoli curiad eich calon, ac roedd y telisgrîn yn llawn ddigon sensitif i'w synhwyro. Arhosodd am yr hyn a farnai oedd yn ddeg munud, gan ofni o hyd y byddai rhyw ddamwain – awel sydyn yn chwythu dros ei ddesg, er enghraifft – yn ei fradychu. Yna, heb ei ddatguddio eto, gollyngodd y llun i'r twll cof, ynghyd â sawl darn papur gwastraff arall. Ymhen rhyw funud efallai fyddai'n ddim ond ulw.

Deg, un ar ddeg o flynyddoedd yn ôl oedd hynny. Heddiw, mwy na thebyg, byddai wedi cadw'r llun. Peth rhyfedd oedd hi fod y ffaith iddo'i ddal yn ei fysedd yn gwneud gwahaniaeth rywsut, hyd yn oed nawr, pan nad oedd y llun ei hun, mwy na'r digwyddiad roedd yn gofnod ohono, yn ddim ond atgof. Tybed a oedd gafael y Blaid ar y gorffennol yn wannach, meddyliodd, dim ond am fod darn o dystiolaeth nad oedd yn bodoli bellach *wedi* bodoli *unwaith*?

Ond heddiw, hyd yn oed petai modd ei atgyfodi rywsut o'r llwch, efallai na fyddai'r llun hyd yn oed yn ddigon o dystiolaeth. Pan gafodd hyd iddo roedd rhyfel Oceania ac Ewrasia eisoes wedi peidio, a rhaid felly mai i asiantwyr Dwyrasia roedd y tri wedi bradychu eu gwlad. Bu newidiadau eraill ers hynny – dau, dri, ni allai gofio faint ohonynt. Roedd hi'n debygol iawn bod y cyffesiadau wedi'u hail-ysgrifennu a'u hail-ysgrifennu drachefn fel nad oedd unrhyw berthnasedd o gwbl i'r ffeithiau a'r dyddiadau gwreiddiol. Nid yn unig roedd y gorffennol yn gallu newid: roedd yn dal i newid o hyd. Y peth mwyaf hunllefus i'w dyb ef oedd y ffaith nad oedd erioed wedi deall yn glir beth oedd y rheswm dros yr holl ffugio. Roedd mantais uniongyrchol ffugio'r gorffennol yn ddigon amlwg, ond y cymhelliad yn y pen draw yn parhau'n ddirgelwch. Cododd yr ysgrifbin drachefn ac ysgrifennodd:

Dwi'n deall SUT: dwi ddim yn deall PAM.

Tybed, meddyliodd, ai ef ei hun oedd yn wallgof? Roedd wedi meddwl hynny sawl gwaith. Efallai mai bod yn lleiafrif o un oedd bod yn wallgofddyn. Ystyr gwallgofrwydd ar un adeg oedd credu bod y ddaear yn cylchynu'r haul; gwallgofrwydd heddiw oedd credu nad oedd modd newid y gorffennol. Efallai mai ef *yn unig* gredai hynny, ac os felly, rhaid ei fod yn wallgof. Ond nid oedd meddwl y gallai fod yn wallgof yn achos pryder mawr iddo: yr arswyd oedd meddwl mai ef, efallai, oedd yn cyfeiliorni.

Cododd y llyfr hanes i blant ac edrychodd ar y llun o'r Brawd Mawr ar y clawr. Syllodd y llygaid hypnotig i fyw ei lygaid yntau. Roedd hi fel petai rhyw nerth anorchfygol yn gwasgu i lawr arnoch chi – rhywbeth yn torri i mewn i'ch pen i roi clusten i'ch ymennydd, gan eich brawychu nes i chi roi'r gorau i'ch credoau, a'ch perswadio, bron iawn, i wadu tystiolaeth eich synhwyrau. Yn y pen draw byddai'r Blaid yn datgan bod dau a dau yn gwneud pump, a byddai'n rhaid i chi gredu hynny. Roedd hi'n anochel y byddent yn dadlau hynny, yn hwyr neu'n hwyrach: roedd rhesymeg eu safbwynt yn gofyn iddynt wneud. Nid yn unig roedd eu hathroniaeth yn gwadu dilysrwydd profiad yr unigolyn, ond hefyd bodolaeth realiti allanol. Yr heresi yn anad yr un oedd synnwyr cyffredin. A'r peth arswydus oedd nid y ffaith y byddent yn eich lladd am feddwl fel arall, ond y posibilrwydd mai nhw oedd yn llygad eu lle. Achos sut, wedi'r cyfan, y gwyddom ni fod dau a dau'n gwneud pedwar? Neu fod disgyrchiant yn gweithio? Neu nad oes modd newid y gorffennol? Os mai yn y meddwl yn unig mae'r gorffennol a'r byd allanol yn bodoli ill dau, ac os oes modd rheoli'r meddwl ei hun, beth wedyn?

Ond na! Caledodd ei wroldeb yn sydyn, megis ohono'i hun. Er nad oedd unrhyw gysylltiad amlwg, daethai wyneb O'Brien i'w feddwl yn sydyn. Gwyddai'n fwy sicr nag o'r blaen fod O'Brien ar ei ochr ef. Ar gyfer O'Brien roedd yn ysgrifennu'r dyddiadur – *at* O'Brien: roedd fel llythyr diderfyn na ddarllenai neb fyth, ond roedd wedi'i ysgrifennu at unigolyn penodol, ac iddo natur neilltuol oherwydd y ffaith honno.

Dysgai'r Blaid ddyn i wrthod tystiolaeth ei lygaid a'i glustiau. Dyna'u gorchymyn terfynol, mwyaf hanfodol. O feddwl hyn, digalonnodd: y grym enfawr oedd yn ei erbyn, y ffaith y byddai unrhyw un o ddeallusion y Blaid yn ei drechu'n hawdd mewn dadl, gyda dadleuon cynnil na fyddai'n gallu'u deall heb sôn am eu hateb. Ac eto, ef oedd yn iawn! Nhw oedd yn methu, ac yntau'n iawn. Rhaid oedd amddiffyn yr amlwg, y gwirion a'r gwir. Mae gwirebau'n wir: dalied at hynny! Mae'r byd corfforol yn bodoli, a'i gyfreithiau'n gyson. Mae cerrig yn galed, dŵr yn wlyb, mae gwrthrych heb ei gynnal yn disgyn tua chanol y ddaear. Gan deimlo rywsut ei fod yn siarad ag O'Brien, a'i fod hefyd yn amlinellu acsiom hanfodol bwysig, ysgrifennodd:

Rhyddid yw'r rhyddid i ddweud bod dau a dau'n gwneud pedwar. O ganiatáu hynny, mae popeth arall yn dilyn.

Pennod 8

Deuai arogl coffi – coffi go iawn, nid Coffi Buddugoliaeth – i'r stryd o rywle ym mhen tramwyfa. Arhosodd Winston yn ddiarwybod. Am ddwy eiliad efallai roedd yn ôl ym myd lled-angof ei blentyndod. Yna caeodd drws gyda chlep, gan ddiffodd yr arogl yr un mor sydyn â phetai hi'n sŵn.

Roedd wedi cerdded nifer o gilomedrau ar hyd palmentydd ac roedd ei wlser chwyddedig yn gwynio. Dyma'r eildro mewn tair wythnos iddo fethu noswaith yn y Ganolfan Gymunedol: peth digon byrbwyll i'w wneud, oherwydd yn ddi-os byddai rhywun rhywle'n cadw llygad barcud ar eich presenoldeb yn y Ganolfan. Mewn egwyddor nid oedd gan aelod o'r Blaid amser rhydd, ac ni fyddai fyth ar ei ben ei hun heblaw yn y gwely. Pan nad oedd yn gweithio, yn bwyta neu'n cysgu, cymerid yn ganiataol ei fod yn cymryd rhan mewn rhyw fath o ddifyrrwch cymunedol. Peth peryglus braidd oedd gwneud unrhyw beth i awgrymu eich bod yn hoff o fod ar eich pen eich hun, hyd yn oed mynd am dro. Roedd enw ar hyn yn y Newyddiaith: *hunfyw*, sef unigoliaeth, hynodrwydd a gwreiddioldeb. Ond wrth iddo adael y Weinyddiaeth heno roedd awyr fwyn mis Ebrill yn ei hudo. Roedd yr wybren yn las cynhesach nag yr oedd wedi'i gweld hi'r flwyddyn honno, ac yn sydyn roedd meddwl am noswaith hir, swnllyd yn y Ganolfan – y gemau annifyr blinderus, y darlithoedd, ffug-gyfeillgarwch y jin – yn annioddefol. Ar fympwy, cerddodd heibio'r arhosfan bws ac ymaith i grwydro labyrinth Llundain, tua'r de i ddechrau, yna'r dwyrain, wedyn i'r gogledd eto, gan ymgolli yn y strydoedd anghyfarwydd heb drafferthu ryw lawer i ba gyfeiriad yr âi.

"Os oes gobaith," roedd wedi ysgrifennu yn y dyddiadur, "gyda'r prolau mae i'w gael." Deuai'r geiriau yn ôl ato o hyd, fel rhyw fath o wirionedd cyfrin, ac ar yr un pryd yn hollol wirion. Roedd e rywle yn y slymiau brown annelwig i'r gogledd a'r dwyrain o'r hyn a fu unwaith yn orsaf Pancras Sant. Roedd yn cerdded ar hyd stryd goblog o dai deulawr, eu drysau tolciog yn agor yn syth ar y palmant a rywsut yn dwyn tyllau llygod mawr i'r cof. Roedd pyllau o ddŵr budr yma a thraw ymysg y coblau. Llifai pobl ddi-ri i mewn ac allan o'r drysau tywyll ac i lawr yr aleau cul ar ddwy ochr y stryd. Merched yn eu blodau, minlliw wedi'i blastro'n anfedrus o amgylch eu cegau; llanciau'n rhedeg ar eu holau; menywod chwyddedig yn rhoncian gan ddangos sut olwg fyddai ar y merched ymhen deng mlynedd; hen greaduriaid crwm yn baglu yn eu blaenau'n aflgam; a phlant troednoeth mewn carpiau'n chwarae yn y pyllau ac yn rhedeg i bob cyfeiriad pan weiddai eu mamau arnynt. Roedd efallai ·rhyw chwarter o ffenestri'r stryd wedi'u torri a'u byrddio. Ni thalai'r rhan fwyaf o'r bobl unrhyw sylw i Winston; llygadai ambell un ef â chwilfrydedd gofalus. Roedd dau fenyw anghenfilaidd yn siarad ger un o'r drysau, eu breichiau cochion wedi'u plygu ar draws eu ffedogau. Daliodd Winston dameidiau o'u hymddiddan wrth iddo agosáu.

"'Ie,' wedes i wrthi, 'un peth yw hynny,' wedes i. 'Ond petai ti yn yr un lle â minne 'sat ti di neud yr un peth â minne. Peth hawdd 'di beirniadu,' wedes i, 'ond smo' gin ti'r un brobleme â be sy' 'da fi'."

"A," meddai'r llall, "'na fe, nagywe. Na jest fel ma' hi."

Peidiodd y lleisiau croch yn sydyn. Craffodd y menywod arno mewn distawrwydd ymosodol wrth iddo'u pasio. Ond eto nid ymosodol, nid yn union; dim ond math o ochelgarwch, stiffrwydd sydyn, fel petai rhyw anifail dieithr yn mynd heibio. Go brin bod oferôl glas y Blaid i'w weld yn aml ar stryd fel hon. Yn wir, peth annoeth fyddai cael eich gweld mewn lle o'r fath heblaw bod gennych fusnes penodol yno. Gallai'r patrolau'ch stopio petaech chi'n cwrdd ag un. "Gaf i weld eich papurau, gymrawd? Beth ydych chi'n ei wneud yma? Faint o'r gloch wnaethoch chi adael eich lle gwaith? Ai dyma'ch ffordd arferol adref?" – ac ati. Doedd dim rheolau yn erbyn dilyn llwybr gwahanol adref: ond roedd hi'n ddigon i dynnu sylw'r Heddlu Meddwl atoch petaent yn clywed amdani.

Yn sydyn roedd y stryd yn llawn cynnwrf. Roedd pobl yn bloeddio rhybuddion o bob cyfeiriad ac yn neidio drwy'r drysau fel cwningod i'w tyllau. Neidiodd menyw ifanc allan o ddrws ychydig o flaen Winston, gafael mewn plentyn bychan oedd yn chwarae mewn pwll gan lapio'i ffedog o'i gwmpas a llamu yn ôl drachefn mewn un symudiad chwim. Yr un eiliad daeth dyn mewn siwt ddu grychlyd allan o ale a rhedeg tuag at Winston gan gyfeirio at yr awyr.

"Stemar!" gwaeddodd. "Gan bwyll, capten! Bang uwchben! Lawr â chi, glou!"

"Stemar" oedd llysenw'r prolau ar roced-fomiau am ryw reswm. Taflodd Winston ei hun i'r ddaear ar unwaith. Pan fo un o'r prolau'n rhoi rhybudd o'r fath roedd bron yn sicr o fod yn llygad ei le. Roedd hi fel petai ganddynt ryw reddf a roddai wybod iddynt ychydig eiliadau o flaen llaw pan fyddai roced ar y ffordd, er eu bod, medden nhw, yn gyflymach na sain. Plethodd Winston ei freichiau uwch ei ben. Daeth rhu mor uchel oedd fel petai'n gwneud i'r palmant ymchwyddo; glaniodd cawod o fân ddarnau o rywbeth ysgafn ar ei gefn. Pan gododd ar ei draed cafodd fod darnau o wydr o ffenest gerllaw wedi'i orchuddio.

Cerddodd yn ei flaen. Roedd y bom wedi dinistrio grŵp o dai rhyw 200 metr ymhellach i fyny'r stryd. Codai piler o fwg du i'r awyr, ac oddi tano roedd cwmwl o lwch plaster, ac eisoes torf o bobl yn ymgasglu yn yr adfeilion. Roedd pentwr bach o blaster yn gorwedd ar y palmant o'i flaen a gwelai stribyn coch llachar ar ei ganol. Wedi iddo fynd yn nes ato gwelodd mai llaw ddynol oedd hi, wedi'i rhwygo ymaith wrth yr arddwrn. Heblaw'r stwmp gwaedlyd roedd y llaw yn hollol wyn fel bod arni olwg cast plaster.

Ciciodd y peth i'r gwter, ac wedyn, i osgoi'r dorf, aeth i lawr stryd fach ar y dde. Ymhen tri neu bedwar munud roedd y tu hwnt i'r ardal yr effeithiodd y bom arni, ac roedd holl fywyd aflan y strydoedd yn mynd rhagddo fel pe na bai dim byd wedi digwydd. Roedd hi'n agosáu at ddau ddeg o'r gloch, ac roedd ffeuau yfed y prolau ("tafarndai" oedd eu henw arnynt) yn orlawn. Agorai a chaeai eu drysau rhydd budr yn barhaus, ac allan ohonynt deuai arogl piso, blawd llif a chwrw sur. Mewn cornel a ffurfiwyd gan flaen tŷ a estynnai allan i'r stryd safai tri o ddynion yn agos iawn at ei gilydd, yr un yn y canol yn dal papur newydd a'r ddau arall yn ei astudio dros ei ysgwydd. Hyd yn oed cyn ei fod yn ddigon agos i weld eu hwynebau gallai Winston weld diddordeb ym mhob agwedd ar eu cyrff. Roeddynt yn amlwg yn darllen rhyw newyddion o bwys. Roedd yntau ychydig gamau oddi wrthynt pan wahanodd y tri'n sydyn, a dechreuodd dau ohonynt ddadlau'n gas. Roedd hi ar fin mynd yn daro, yn ôl pob golwg.

"S'mo ti'n gallu gwrando ar be fi'n gweud? 'Wy'n gweud tho ti nawr, smo' dim rhif yn bennu â saith wedi ennill ers dros bedair mis ar ddeg!"

"Do, mi wnath!"

"Nage fe! Nôl adre ma 'da fi werth dwy flynedd o nhw lawr ar ddarn o bapur. Wy'n 'u cofnodi nhw fel cloc. Ac wy'n gweud tho ti nawr, smo dim rhif yn bennu â saith – "

"Do, ma saith *wedi* ennill! 'Llwn i bron iawn â gweud y rhif i ti. Pedwar dim saith odd 'i ddiwedd e. Chwefror – ail wthnos Chwefror."

"Chwefror dy din di! Mae e gyd 'da fi lawr ar ddu a gwyn. A creda ti fi, 'sdim rhif – "

"O rowch y gore iddi!" meddai'r trydydd dyn.

Y Loteri oedd testun eu sgwrs. Wedi iddo fynd rhyw dri deg metr, edrychodd Winston yn ôl atynt. Roeddynt yn dadlau o hyd, eu hwynebau bywiog yn frwd. Byddai'r Loteri'n talu gwobrau enfawr bob wythnos, yr unig ddigwyddiad cyhoeddus y byddai'r prolau'n talu sylw go iawn iddo. Y Loteri mwy na thebyg oedd prif reswm bywyd i rai miliynau o'r prolau – os nad yr unig un. Eu diléit oedd hi, eu ffolineb, eu hesmwythydd, eu symbylydd. Roedd rhai nad oedd prin yn gallu darllen nac ysgrifennu fel arall yn gallu cyflawni gorchestion rhifyddol a gwybyddol anhygoel pan y Loteri oedd dan sylw. Roedd dosbarth cyfan o ddynion enillai eu bara menyn drwy werthu systemau, rhagolygon, a swynion. Nid oedd a'i wnelo Winston ddim â'r Loteri – gwaith y Weinyddiaeth Gyfoeth oedd hi – ond gwyddai, fel pawb yn y Blaid, mai hollol ddychmygol oedd y gwobrau gan mwyaf. Dim ond symiau bychain gâi eu hennill mewn gwirionedd. Pobl ddychmygol oedd enillwyr y gwobrau mawr. Yn niffyg unrhyw wir gyfathrebu rhwng un rhan o Oceania a'r llall, peth digon hawdd i'w drefnu oedd hyn.

Ond os oedd yna obaith, yna gyda'r prolau roedd i'w gael. Rhaid oedd dal gafael yn hynny. O'i rhoi mewn geiriau roedd hi'n swnio'n ddigon rhesymol: dim ond o edrych ar y bodau dynol yn cerdded heibio i chi ar y stryd y troai'n fater o ffydd. Roedd y stryd roedd arno yn mynd i lawr llethr. Roedd ganddo ryw frith gof ei fod wedi bod yno o'r blaen, a bod yna stryd fawr heb fod yn bell. Daeth twrw lleisiau o rywle o'i flaen. Trodd y stryd yn sydyn cyn gorffen gyda rhes o risiau'n arwain i lawr at ale isel lle'r oedd ambell i stondin yn gwerthu llysiau llipa eu golwg. Yn sydyn cofiodd Winston ym mha le'r oedd. Roedd yr ale fach yn arwain at y stryd fawr, ac o droi eto, cwta bum munud o'r fan, roedd y siop hen bethau hwnnw lle prynodd y llyfr gwag, sef ei ddyddiadur, bellach. Ac mewn siop bapur gerllaw roedd wedi prynu ei ysgrifbin a'i inc.

Arhosodd am eiliad wrth ben y grisiau. Draw ar yr ochr arall roedd tafarn fach fudr, ei ffenestri'n edrych fel petaent wedi rhewi, ond dim ond llwch oedd hynny mewn gwirionedd. Agorodd dyn y drws ac aeth i mewn i'r dafarn; un hen iawn, yn gefngrwm ond yn ddigon chwim ei symudiadau, blew ei fwstas gwyn yn gwrychu o'i flaen fel teimlyddion cimwch. Wrth sefyll a'i wylio, sylweddolodd Winston fod yn rhaid bod yr hen ddyn, na allai fod yn iau nag wyth deg, eisoes yn ganol oed adeg y Chwyldro. Ef, ac ambell un arall tebyg iddo, oedd y cysylltiadau olaf â byd diflanedig cyfalafiaeth. Ychydig iawn o fewn y Blaid ei hun oedd wedi ffurfio'u syniadau cyn y Chwyldro. Rhoddodd diarddeliadau mawr y pum degau a'r chwe degau ben ar y genhedlaeth hŷn gan mwyaf, ac roedd yr ychydig a oroesodd wedi hen ildio'u meddyliau'n llwyr, drwy ofn os nad dim byd arall. Os oedd rhywun ar ôl fyddai'n gallu cynnig disgrifiad gwir o amodau byw ddechrau'r ganrif, rhaid mai prôl oedd. Yn sydyn daeth y rhan honno o'r llyfr hanes roedd wedi'i gopïo i'w ddyddiadur yn ôl i feddwl Winston, a daeth rhyw ysfa wallgof drosto. Byddai'n mynd i'r dafarn, a chael hyd i ryw ffordd o godi sgwrs â'r hen ddyn, a'i holi. "Sut fywyd oedd gen ti pan yn fachgen?" byddai'n gofyn. "Sut oedd pethau'r dyddiau hynny? Oedden nhw'n well nag yr ydyn nhw nawr, neu'n waeth?"

Yn frysiog, rhag ofn iddo ddechrau ofni, disgynnodd y grisiau a chroesi'r stryd gul. Gwallgofrwydd llwyr oedd y peth wrth gwrs. Fel gyda phopeth arall nid oedd unrhyw reol glir yn erbyn siarad â'r prolau na mynd i'w tafarndai, ond roedd yn beth yn llawer rhy anarferol i osgoi sylw. Petai'r patrolau'n ymddangos gallai bledio rhyw bwl o wendid, ond go brin y byddent yn ei gredu. Gwthiodd y drws ar agor ac ymosodwyd arno ar unwaith gan arogl gawslyd afiach cwrw sur. Wrth iddo ddod i mewn lleihaodd sŵn y lleisiau i tua hanner y lefel blaenorol. Gallai deimlo'r llygaid y tu ôl iddo ar ei oferôl glas. Peidiodd y gêm ddartiau oedd ar fynd ym mhen pellaf yr ystafell am gymaint â thri deg eiliad. Roedd yr hen ddyn roedd wedi'i ddilyn yn sefyll wrth y bar, yn cael rhyw fath o ddadl gyda'r tafarnwr, dyn ifanc mawr, tew â thrwyn crwm a breichiau anferth. Roedd grŵp o'r lleill yn sefyll o gwmpas yn gwylio â gwydrau'n eu dwylo.

"Ofynnis i'n ddigon cwrtais, yndo?" meddai'r hen ddyn, gan sgwario'i ysgwyddau yn ymosodol. "Da'ch chi'n deud nad os na'm pot peint yn yr holl dafarn felldith?"

"A be'n enw' uffarn *ydi* peint?" gofynnodd y tafarnwr, gan bwyso yn ei flaen, blaenau ei fysedd ar y cownter.

"Clywch hwn! Ma'n galw'i hun yn dafarnwr heb wbod bedi peint! Hanner chwart 'di peint, a ma' 'na bedwar chwart i'r galwyn. Mi fydd raid i mi ddysgu'r ABC i chdi nesa'."

"Glywis' i 'riôd amdanynt," meddai'r tafarnwr. "Litr a hanner litr, 'na beth sy' 'da ni. Dyna'r gwydre mynco ar y sillf o dy flân di."

"Dwi'n licio peint," mynnodd yr hen ddyn. "Sa chdi 'di medru tynnu peint i mi, digon hawdd. Do'dd dim o'r litr felldith gynnon ni ers talwm, pan o'n i'n ifanc."

"Pan oeddach chdi'n ifanc mi oeddan ni gyd yn byw'n y coed," meddai'r tafarnwr, gan daro golwg ar y cwsmeriaid eraill.

Bu chwerthin swnllyd, a diflannodd y chwithdod a achoswyd gan fynediad Winston – yn ôl pob golwg, o leiaf. Roedd wyneb yr hen ŵr wedi troi'n binc dan ei flewiach gwyn. Trodd ymaith, yn murmur dan ei anadl, a tharo yn erbyn Winston. Yn ysgafn, rhoddodd Winston ei law ar fraich yr hen ŵr.

"Gaf i brynu diod i chi?" meddai.

"Da'ch chi'n ŵr bonheddig," meddai'r hen ŵr, gan sythu ei ysgwyddau eto. Nid oedd i'w weld wedi sylwi ar oferôl glas

Winston. "Peint!" galwodd yn ymosodol ar y tafarnwr. "Peint mawr hyll."

Arllwysodd y tafarnwr ddau hanner-litr o gwrw brown tywyll i mewn i wydrau trwchus, wedi iddo'u rinsio mewn bwced dan y cownter. Cwrw oedd yr unig ddiod oedd ar gael yn nhafarndai'r prolau. Doedden nhw ddim yn cael yfed jin, i fod, er ei bod hi'n ddigon hawdd iddynt gael gafael arno mewn gwirionedd. Roedd y gêm ddartiau wedi ailddechrau, a'r twr o ddynion wrth y bar wedi dechrau trafod y loteri. Roedd presenoldeb Winston wedi'i anghofio am y tro, debyg. Roedd bwrdd ger y ffenest lle gallai yntau a'r hen ŵr sgwrsio heb i neb allu eu clywed. Roedd hi'n beth peryglus eithriadol i'w wneud, ond o leiaf doedd dim telisgrîn yn yr ystafell: gwneud yn siŵr o hynny oedd y peth cyntaf iddo'i wneud wrth ddod i mewn.

"Gall'sa fo di tynnu peint i mi," meddai'r hen ddyn dan rwgnach wrth eistedd i lawr tu ôl i'w wydr. "Dydi hannar litr ddim hannar digon. Dydi hi ddim yn llenwi'r gwanc. Ac ma litr cyfan yn ormod. Mi fydda i angan y lle chwech. Heb sôn am bris y peth."

"Rhaid eich bod chi wedi gweld newidiadau mawr ers oeddech chi'n ddyn ifanc," meddai Winston yn ofalus.

Aeth llygaid glas gwelw'r hen ŵr o'r bwrdd dartiau at y bar, ac o'r bar at ddrws y Dynion, fel petai'n disgwyl i'r newidiadau fod wedi digwydd oddi fewn i'r dafarn.

"Ro'dd y cwrw'n well," meddai o'r diwedd. "Ac yn rhatach! Ers talwm, ro'dd cwrw gwan – piso dryw o'dd ein henw arno fo – yn bedair ceiniog y peint. Cyn y rhyfal odd hynny, wrth gwrs."

"Pa ryfel oedd hwnnw?" gofynnodd Winston.

"Pob rhyfel," meddai'r dyn yn amhendant. Gafaelodd yn ei wydr, a sythodd ei ysgwyddau eto. "Iechyd da i chdi!"

Gwnaeth ei lwnc symudiad rhyfeddol o sydyn, a diflannodd y cwrw. Dychwelodd Winston at y bar a daeth yn ôl gyda dau hanner litr eto. Roedd yr hen ŵr, debyg, wedi anghofio'i ragfarn yn erbyn litrau cyfan.

"Rydych chi'n hŷn o lawer nag ydw i," meddai Winston. "Roeddech chi'n ŵr ifanc cyn i mi gael fy ngeni, mae'n rhaid. Rydych chi'n cofio'r hen ddyddiau, cyn y Chwyldro. Dydy pobl fy oedran i ddim yn gwybod dim am yr amseroedd hynny. Dim ond darllen amdanynt ydyn ni, a dydy'r hyn sydd yn y llyfrau ddim o reidrwydd yn wir. Hoffwn i gael clywed eich barn am hynny. Yn ôl y llyfrau hanes roedd bywyd cyn y Chwyldro'n dra gwahanol i fywyd heddiw. Roedd gorthrwm, annhegwch, a thlodi enbyd, gwaeth na dim byd y gallwn ni ddychmygu. Nid oedd gan y mwyafrif yma yn Llundain ddigon i'w fwyta ar unrhyw adeg yn eu bywydau. Doedd dim hyd yn oed esgidiau ar draed eu hanner nhw. Roeddynt yn gweithio deuddeg awr y dydd, gadael yr ysgol am naw, yn cysgu ddeg i bob ystafell. Ar yr un pryd roedd yna rai pobl, ychydig iawn ohonynt, dim ond ychydig filoedd – y Cyfalafwyr oedd yr enw arnynt – oedd yn gyfoethog ac yn bwerus iawn. Nhw oedd yn berchen ar bopeth oedd modd berchen arno. Roeddynt yn byw mewn tai mawr crand gyda thri deg o weision, yn gyrru o gwmpas mewn ceir modur a cherbydau pedwar ceffyl, yn yfed siampaen, ac yn gwisgo hetiau silc – "

Llonnodd yr hen ŵr yn sydyn.

"Hetia' silc!" meddai. "Rhyfadd i chdi sôn amdanyn nhw. Mi o'n i'n meddwl am hetia' silc ddoe, dwn i ddim pam. Dim ond meddwl, wldi, dwi'm di gweld het silc ers talwm iawn. Allan o ffasiwn yn llwyr ma' nhw. Tro dwytha' i mi wisgo un oedd yn angladd 'yn chwaer yng nghyfrath. Ac mi oedd hynna – wel, dwn i ddim, ond hannar can mlynadd, ma' rhaid. Dim ond wedi'i hurio odd hi wrth gwrs, dallt."

"Dydy'r hetiau silc ddim yn bwysig iawn," meddai Winston yn amyneddgar. "Y pwynt yw, y cyfalafwyr – nhw ac ambell gyfreithiwr ac offeiriad ac ati oedd yn gweithio gyda nhw – oedd arglwyddi'r byd. Roedd popeth yn bodoli er eu budd nhw. Eu caethweision oeddech chi – y bobl gyffredin, y gweithwyr. Roedden nhw'n gallu gwneud fel y mynnent gyda chi. Eich anfon i Ganada ar longau fel gwartheg. Cysgu gyda'ch merched, os oeddynt eisiau. Gorchymyn i chi gael eich chwipio gyda rhywbeth o'r enw cath naw cynffon. Rhaid oedd i chi dynnu'ch cap wrth fynd heibio iddynt. Roedd pob cyfalafwr yn mynd o gwmpas gyda thorf o gynffonwyr fyddai – "

Llonnodd yr hen ŵr drachefn.

"Cynffonwyr!" meddai. "Dyna air dwi heb ei glwad ers talwm byd. Cynffonwyr! Ma' hwnnw'n mynd â fi nôl, ydi siŵr. Dwy'n cofio – o, flynyddodd lawar yn ôl – mi o'n i'n arfar mynd i Hyde Park ar y Sul i glywad y dynion yn deud 'u deud. Byddin yr Iachawdwriaeth, Pabyddion, Iddewon, Indiaid – pob math. Ac mi 'odd yna un dyn – wel, fedrwn i ddim deud tha chdi be oedd ei enw fo, ond mi odd o'n siaradwr da, oedd wir. Dylsa chdi fod di glywad o! 'Cynffonwyr!' medda fo, 'Cynffonwyr y *bourgeoisie!* Llyfwyr tinau'r byddigions!' Parasitiaid – dyna un arall. Ac udfilod – udfilod, fe'u galwodd o nhw, saff i chdi. Wrth gwrs am y Blaid Lafur 'odd o'n sôn, dallt."

Teimlai Winston eu bod yn siarad o boptu'r gwrych.

"Yr hyn roeddwn i eisiau'i wybod oedd hyn," meddai. "Ydych chi'n teimlo bod gennych chi ragor o ryddid nawr nac yn y dyddiau hynny? Ydych chi'n cael eich trin fel bod dynol? Yn yr hen ddyddiau, y bobl gyfoethog, y bobl ar y brig – "

"Tŷ'r Arglwyddi," meddai'r hen ŵr yn atgoffaol.

"Tŷ'r Arglwyddi, os mynnwch chi. Yr hyn rwy'n ei ofyn yw, oedd y bobl hyn yn gallu'ch trin chi fel bod israddol, dim ond am eu bod nhw'n gyfoethog a chithau'n dlawd? A oedd rhaid, er enghraifft, i chi alw 'Syr' arnynt a thynnu eich cap wrth fynd heibio iddynt?"

Roedd yr hen ŵr i'w weld yn meddwl yn galed. Yfodd tua chwarter ei gwrw cyn ateb.

"Oedd," meddai. "Mi oeddan nhw'n lico i chi dynnu'ch cap. Dangos parch, wldi. Do'n i'm yn cytuno ag o'n hunan, ond mi wnes i hynny'n ddigon amal. Ella sa'ch chi'n deud bod raid i mi."

"Ac oedd hi'n beth cyffredin – dim ond dyfynnu'r hyn rydw i wedi'i ddarllen yn y llyfrau hanes ydw i – oedd hi'n beth cyffredin i'r bobl hyn a'u gweision eich gwthio chi oddi ar y palmant i'r gwter?"

"Mi wthiodd un ohonyn nhw fi unwaith," meddai'r hen ŵr. "Dwi'n 'i gofio fo fel tase hi ddoe. Noson y Ras Gychod – roeddan nhw'n uffar o stwrllyd adag y Ras Gychod – a dyma fi'n taro yn erbyn un hogyn ar Rodfa Shaftesbury. Gŵr bynheddig iawn odd o – crys ffurfiol, het silc, top-cot ddu. Mi odd o'n cerddad igam ogam dros y pafin, a dyma fi'n taro yn ei erbyn o, ar ddamwain. Dyma fo'n deud, 'Dach chi ddim yn edrach lle dach chi'n mynd?' me fo. Me fi, 'Ti'n meddwl ma chdi pia'r pafin?'. Me fo, 'Mi dynna i dy ben di oddi ar dy sgwydda os ei di'n hy efo fi.' Me fi, 'Ti'n chwil ulw. Mi ddangosa' i chdi pwy di pwy mewn hannar munud,' me fi. A choelie chdi fawr, dyma fo'n rhoi'i law ar 'y mrest a rhoi sgwd i mi, dan fŷs ond y dim. Wel, mi o'n i'n ifanc dyddia hynny, ac mi' o'n i'n barod i roi'r farwol iddo fo, ond – "

Dechreuodd Winston anobeithio. Nid oedd cof yr hen ŵr yn ddim ond tomen sbwriel o fanylion. Gellid ei holi drwy'r dydd heb gael unrhyw wir wybodaeth. Gallai hanesion y Blaid fod yn wir, mewn ffordd: gallent fod yn wir yn gyfan gwbl hyd yn oed. Gwnaeth un ymdrech olaf.

"Efallai mod i heb egluro fy hun yn iawn," meddai. "Yr hyn rwy'n ceisio'i ddweud yw hyn. Rydych chi'n fyw ers tro; wedi byw hanner eich oes cyn y Chwyldro. Yn 1925, er enghraifft, roeddech chi eisoes yn oedolyn. Fasech chi'n dweud, yn ôl eich atgofion chi, bod bywyd yn 1925 yn well na heddiw, ynteu'n waeth? Petai modd i chi ddewis, fase'n well gennych chi fyw'r adeg hynny, ynteu heddiw?"

Syllodd yr hen ŵr yn fyfyriol ar y bwrdd dartiau. Gorffennodd ei gwrw, yn arafach nag o'r blaen. Pan siaradodd, roedd hynny â thinc goddefgar, athronyddol, fel petai'r cwrw wedi'i dirioni.

"Dwi'n gwbod be dach chi'n disgwyl i mi ddeud," meddai. "Dach chi'n disgwyl i mi ddeud y baswn i'n licio bod yn ifanc eto. Fasa llawar yn deud 'sa nhw'n lico bod yn ifanc, tasa chdi'n gofyn iddyn nhw. Ma gynnoch chi'ch iechyd a'ch nerth pan dach chi'n ifanc. Pan dach chi'n cyradd f'oes i da chi'n giami byth a hefyd. Dwi'n diodda'n danbad yn 'yn nhraed i, ac ma 'mhledran yn uffernol. Chwe neu saith gwaith y nos dwi'n codi o 'ngwely. Ar y llaw arall ma' na fanteision mawr mewn bod yn hen ŵr. Does gynnoch chi mo'r un poena. Fuom i 'rioed yn un am y merchad, a peth da di hynny. Heb gal merch ers bron i ddeng mlynadd ar hugian, coelia ne beidio. Na'u hisio nhw chwaith."

Eisteddodd Winston yn ôl yn erbyn sil y ffenest. Roedd hyn yn wastraff amser. Roedd ar fin prynu rhagor o gwrw pan gododd yr hen ŵr yn sydyn a shifflo'n gyflym i'r pisdy drewllyd ar ymyl yr ystafell. Roedd yr hanner litr ychwanegol eisoes yn gwneud ei waith. Eisteddodd Winston am funud neu ddau'n syllu at ei wydr gwag, a phrin iddo sylwi pan aeth ei draed ag ef allan i'r stryd eto. Ymhen ugain mlynedd meddyliodd, fan bellaf, byddai'r cwestiwn enfawr, syml, "Oedd bywyd yn well cyn y Chwyldro nag yw e heddiw?' wedi peidio â bod yn un y gellid ei ateb. Ond mewn ffordd roedd hi'n amhosib ei ateb hyd yn oed nawr, gan na allai goroeswyr gwasgaredig y cynfyd gymharu'r naill oes â'r llall. Roeddynt yn cofio cant a mil o bethau diwerth: dadl â chydweithiwr, chwilio am bwmp beic, yr olwg ar wyneb chwaer oedd wedi hen farw, y llwch yn troelli un bore gwyntog saith deg o flynyddoedd yn ôl: ond roedd y ffeithiau perthnasol wedi mynd o'u cof. Roeddynt fel y morgrugyn, sy'n gweld pethau bychain ond nid y pethau mawr. A phan oedd atgofion yn methu a chofnodion ysgrifenedig wedi'u ffugio – pan ddigwyddai hynny, rhaid oedd derbyn honiad y Blaid eu bod wedi gwella cyflwr y ddynoliaeth, gan nad oedd, a gan na allai fod fyth eto, unrhyw safon i fesur yr honiad yn ei erbyn.

Yr eiliad honno torrwyd cadwyn ei feddyliau'n sydyn. Arhosodd ac edrych i fyny. Roedd mewn stryd gul gydag ambell siop fach dywyll yma a thraw rhwng y tai. Yn syth uwchben crogai tair pêl fetel fudr, a fu yn ôl eu golwg yn euraidd ryw dro. Roedd y lle'n gyfarwydd. Wrth gwrs! Roedd yn sefyll y tu allan i'r siop hen bethau lle prynodd y dyddiadur.

Saethodd ofn drwyddo. Peth digon byrbwyll i'w wneud oedd prynu'r llyfr yn y lle cyntaf, ac roedd wedi tyngu llw na fyddai'n mynd ar gyfyl y lle eto. Ac eto'r union eiliad iddo adael i'w feddyliau grwydro, roedd ei draed wedi'i arwain yn ôl yma ohonynt eu hunain.

Er mwyn ceisio osgoi yr union fympwyon hunanddinistriol hyn y cychwynnodd y dyddiadur yn y lle cyntaf. Ar yr un pryd sylwodd fod y siop ar agor o hyd er ei bod hi'n ddau ddeg un o'r gloch. Gan ystyried y byddai'n tynnu llai o sylw ato'i hun dan do nag yn sefyllian ar y palmant, camodd i mewn drwy'r drws. Petai rywun yn ei holi, gallai ddweud yn ddigon credadwy ei fod wrthi'n chwilio am raseli.

Roedd y siopwr newydd gynnau lamp olew a roddai arogl aflan ond cyfeillgar. Roedd yn ddyn o ryw chwe deg oed efallai, yn egwan a chrwm, gyda thrwyn hir, caredig, a llygaid mwyn wedi'u chwyddo gan sbectol drwchus. Roedd ei wallt bron iawn yn wyn ond ei aeliau trwchus yn ddu o hyd. Rhoesai ei sbectol, ei symudiadau mwyn, ffwdanus, a'r ffaith ei fod yn gwisgo hen siaced o felfed du ryw naws gwybodus iddo, fel petai'n rhyw fath o lenor, neu'n gerddor efallai. Roedd ei lais yn fwyn, fel petai wedi pylu, a siaradai lai o lediaith na'r rhan fwyaf o brolau.

"Roeddwn i'n eich adnabod chi ar y palmant," meddai ar unwaith. "Chi yw'r gŵr bonheddig brynodd yr albwm cofrodd hwnnw, un y ferch. Darn o bapur prydferth oedd hwnnw, ia wir. Gwrymiog lliw hufen, dyna oedd yr enw arno. Does dim papur o'r fath wedi'i wneud ers – ŵ, rhyw bum deg o flynyddoedd hwyrach." Syllodd ar Winston dros ei sbectol. "Oes yna rywbeth arbennig y gallwn i ei wneud i chi? Neu ai dim ond edrych oeddech chi?"

"Dim ond digwydd taro heibio oeddwn i," meddai Winston yn annelwig. "Dim ond taro heibio wnes i. Dydw i ddim yn chwilio am unrhyw beth benodol."

"Gorau'n y byd," meddai'r siopwr, "dwi ddim yn meddwl y gallwn i fod wedi'ch bodloni chi." Gwnaeth ystum o ymddiheuriad gyda'i law. "Fe welwch chi sut mae hi; siop wag, fel petai. Rhyngon ni'n dau, mae'r fasnach hen bethau bron iawn â dod i ben. Dim galw, a dim stoc chwaith. Dodrefn, porslen, gwydr – popeth wedi'i dorri erbyn hyn. Ac wrth gwrs mae'r metel i gyd wedi'i doddi i lawr erbyn hyn. Mae'n flynyddoedd lawer ers i mi weld canhwyllbren bres."

Mewn gwirionedd roedd y siop yn anghyfforddus o orlawn, ond prin oedd unrhyw beth o gwbl ynddi o unrhyw werth. Ychydig iawn o le oedd ar y llawr gan fod fframiau lluniau aneirif wedi'u pentyrru yn erbyn y waliau. Roedd hambyrddau o nytiau a bolltau, hen geingiau, cyllyll poced wedi torri, oriorau afloyw nad oeddynt hyd yn oed yn esgus gweithio, a rhyw sbwriel amrywiol arall. Dim ond ar un bwrdd bach yn y gornel roedd yna gasgliad o fân betheuach – bocsys snisin lliwgar, broestys agat, a phethau felly – a edrychai fel y gallai fod rhywbeth diddorol yn eu plith. Wrth i

Winston grwydro tua'r bwrdd daliodd rywbeth crwn, esmwyth ei sylw, yn tywynnu'n fwyn yng ngolau'r lamp. Fe'i cododd.

Darn trwm o wydr oedd yno, yn grwn ar un ochr ac yn wastad ar yr ochr arall, bron iawn yn hemisffer. Roedd rhyw feddalwch, fel glaw, yn lliw ac yng ngwead y gwydr. Ar ei ganol, wedi'i chwyddo gan yr wyneb crwn, roedd yna rywbeth pinc, rhyfedd, cymhleth, a ymdebygai i rosyn neu seren fôr.

"Beth yw hwnna?" gofynnodd Winston, yn syfrdan.

"Cwrel, dyna beth ydi o," meddai'r hen ddyn. "Rhaid ei fod wedi dod o'r Cefnfor Indiaidd. Roedden nhw'n arfer ei osod yn y gwydr. Chafodd hwnnw mo'i wneud lai na chanrif yn ôl. Mae hwn yn hŷn na hynny, yn ôl ei golwg."

"Mae'n hardd iawn," meddai Winston.

"Mae'n hardd iawn," meddai'r llall yn werthfawrogol. "Ond does dim llawer fase'n dweud hynny'r dyddiau hyn." Pesychodd. "Rŵan, petai digwydd bod arnoch eisiau'i brynu, byddai'n costio pedair doler. Dwi'n cofio adeg pan fyddai'r fath beth wedi bod yn werth wyth punt, ac roedd wyth punt yn – wel, fedra'i mo'i weithio allan, ond roedd yn llawer iawn. Ond pwy sy'n hidio am hen greiriau'r dyddiau hyn – hyd yn oed yr ychydig rai sy'n weddill?"

Talodd Winston y pedwar doler ar unwaith a rhoi'r peth gwerthfawr yn ei boced. Nid ei harddwch fel y cyfryw a apeliai ato ond y naws oedd ynghlwm wrtho, naws oes wahanol iawn i'r presennol. Nid oedd y gwydr meddal, fel glaw, yn debyg i unrhyw wydr yr oedd wedi'i weld erioed o'r blaen. Roedd y peth yn fwy deniadol fyth am nad oedd defnydd amlwg iddo, er ei fod hwyrach wedi'i fwriadu i fod yn bwysau papur yn wreiddiol. Roedd yn drwm iawn ond yn ffodus nid oedd ymchwydd ei boced yn rhy fawr. Peth rhyfedd, peryglus hyd yn oed, i fod ym meddiant aelod o'r Blaid. Roedd unrhyw beth hen, unrhyw beth hardd o ran hynny, yn amheus rywsut. Siriolodd yr hen ŵr gryn dipyn wedi iddo dderbyn y pedair doler. Sylweddolodd Winston y byddai wedi derbyn tair, neu hyd yn oed dwy.

"Mae ystafell arall fyny grisiau allai fod o ddiddordeb i chi," meddai. "Does dim llawer yno. Dim ond ambell beth. Bydd angen golau os ydyn ni'n mynd yno."

Cyneuodd lamp arall ac, ei gefn yn grwm, arweiniodd Winston yn araf i fyny'r grisiau serth, treuliedig ac ar hyd cyntedd bychan i mewn i ystafell nad oedd yn edrych allan i'r stryd ond yn hytrach ar iard coblog a choedwig o simddeoedd. Roedd yr ystafell wedi'i dodrefnu, sylwodd Winston, fel petai wedi'i bwriadu i rywun fyw ynddi. Roedd stribed o garped ar y llawr, llun neu ddau ar y waliau, a chadair freichiau ddofn foethus wedi'i gosod wrth y lle tân. Ar y silff ben tân ticiai cloc gwydr hen ffasiwn gydag wyneb deuddeg awr. O dan y ffenest, gan gymryd bron i chwarter o'r lle yn yr ystafell, roedd yna wely enfawr, y fatres arni o hyd.

"Yma roedden ni'n byw nes i fy ngwraig farw," meddai'r hen ŵr, bron fel petai'n ymddiheuro am y peth. "Dwi'n gwerthu'r dodrefn, fesul dipyn. Dyna i chi wely mahogani hardd iawn, neu o leia mi fyddai petai modd cael y pryfed allan ohono. Ond hwyrach y byddai braidd yn drwsgl i chi."

Daliai'r hen ŵr y lamp yn uchel er mwyn goleuo'r ystafell gyfan, ac yn y golau gwan cynnes roedd y lle'n edrych yn rhyfedd o groesawgar a braf. Daeth i feddwl Winston mai peth digon hawdd fyddai rhentu'r ystafell am ychydig ddoleri'r wythnos, petai'n meiddio gwneud. Syniad gwyllt, amhosib oedd hynny, peth i'w ddiystyru ar unwaith; ond roedd yr ystafell wedi deffro rhyw fath o hiraeth ynddo, rhyw atgof am ei gyndeidiau. Teimlai rywsut ei fod yn gwybod yn union sut beth oedd eistedd mewn ystafell fel hon, mewn cadair freichiau o flaen y tân gyda'ch traed ar y ffendar a thegell yn berwi; ar eich pen eich hun, yn hollol ddiogel, heb neb yn eich gwylio, dim llais yn eich dilyn, dim sŵn heblaw canu'r tegell a thic-toc cyfeillgar y cloc.

"Does dim telisgrîn!" murmurodd, yn anorfod.

"A," meddai'r hen ŵr, "fu gen i erioed un o'r rheiny. Rhy ddrud. A rhywsut theimlais i erioed mo'r angen. Rŵan, dyna i chi fwrdd giât-goes hardd yn y gornel. Wrth gwrs base angen rhoi colfachau newydd arno, petai chi eisiau ei agor."

Roedd hen gwpwrdd llyfrau yn y gornel arall, ac roedd Winston eisoes wedi symud tuag ato. Dim ond sothach oedd ynddo. Bu'r chwilio a dinistrio llyfrau'r un mor drylwyr ym mharthau'r prolau ag ym mhobman arall. Roedd hi'n bur annhebyg bod yna lyfr wedi'i argraffu cyn 1960 unman yn Oceania. A'r lamp yn ei law o hyd, safai'r hen ŵr o flaen llun mewn ffrâm o bren rhosyn ar y wal yr ochr arall i'r lle tân.

"Rŵan, petai chi'n digwydd ymddiddori mewn hen brintiau o gwbl..." dechreuodd yn betrus.

Daeth Winston draw i archwilio'r llun. Hen engrafiad dur o adeilad hirgrwn oedd e, gyda ffenestri hirsgwar, a thŵr bach yn y blaen. Roedd rheiliau'n amgylchynu'r adeilad, a rhywbeth yn debyg i gerflun y tu ôl iddo. Syllodd Winston ar y llun am ychydig eiliadau. Roedd rhywbeth lled gyfarwydd amdano, er na allai gofio'r cerflun.

"Mae'r fffrâm yn sownd i'r wal," meddai'r hen ŵr, "ond siawns y gallwn i ei ddadsgriwio."

"Rwy'n adnabod yr adeilad hwnnw," meddai Winston o'r diwedd. "Adfail yw e bellach. Mae yng nghanol y stryd y tu allan i'r

Palas Cyfiawnder."

"Dyna fe. Y tu allan i'r Llysoedd Barn. Cafodd ei fomio yn – ŵ, blynyddoedd lawer yn ôl rŵan. Eglwys oedd e ar un adeg, St. Clement Danes oedd ei henw." Gwenodd, fel petai'n ymddiheuro am ddweud rhywbeth braidd yn wirion, ac ychwanegodd, "Oren a lemwn, meddai clychau Llanglemwnt!"

"Beth yw hynny?" meddai Winston.

"O – 'Oren a lemwn, meddai clychau Llan-Glemwnt.' Hen rigwm oedd gennym ni pan oeddwn i'n hogyn bach. Dwi ddim yn cofio'r gweddill, ond rwy'n cofio'r diwedd: 'Yma daw gannwyll i oleuo'ch gwely, yma daw bwyell i dorri eich pen chi!' Math o ddawns oedd hi. Bydden nhw'n dal eu breichiau allan i chi gerdded oddi tanynt, ac yna pan ddeuent at 'Yma daw bwyell i dorri eich pen chi' deuai eu breichiau i lawr i'ch dal. Enwau'r eglwysi oedd hi, dyna i gyd. Roedd holl eglwysi Llundain ynddi – y prif rai, beth bynnag."

Tybed i ba ganrif roedd yr eglwys yn perthyn, meddyliodd Winston. Peth anodd oedd dweud beth oedd oed adeilad yn Llundain. Honnid yn ddiamod bod unrhyw beth mawr ac urddasol wedi'i adeiladu wedi'r Chwyldro, dim ond iddo fod yn gymharol newydd ei olwg, a thraddodid unrhyw beth oedd yn amlwg yn hŷn na hynny i ryw gyfnod annelwig o'r enw'r Oesoedd Canol. Deallid yn gyffredinol nad oedd canrifoedd cyfalafiaeth wedi cynhyrchu dim byd o unrhyw werth. Amhosib oedd dysgu hanes o edrych ar bensaernïaeth rhagor nag wrth ddarllen llyfrau. Cerfluniau, arysgrifau, cofgolofnau, enwau strydoedd – roedd unrhyw beth a allai fod wedi taflu unrhyw oleuni ar y gorffennol wedi'i newid.

"Wyddwn i erioed mai eglwys oedd hi," meddai.

"Mae llawer iawn ohonyn nhw ar ôl, a dweud y gwir," meddai'r hen ŵr, "er eu bod nhw'n cael eu defnyddio at ddibenion eraill bellach. Rŵan, sut oedd yr hen rigwm hwnnw'n mynd? A! Dyna fo!

'Oren a lemwn, meddai clychau Llanglemwnt, Ble mae fy arian, meddai clychau Llan-Fartan...' dyna ni, dyna'r cwbl dwi'n ei gofio."

"Ym mhle oedd Llanfartan?" meddai Winston.

"Eglwys Martin Sant? Mae honno'n sefyll o hyd. Mae hi yn Sgwâr y Fuddugoliaeth, wrth ymyl y galeri lluniau. Adeilad gyda math o gyntedd trionglog a phileri yn y blaen, a set fawr o risiau."

Gwyddai Winston yn iawn am y lle. Amgueddfa oedd hi ar gyfer amrywiaeth o arddangosfeydd propoganda – modelau o roced-fomiau a Morgaerau, dioramâu cwyr yn dangos troseddau'r gelyn ac ati.

"St Martin's-in-the-Fields oedd yr enw arni," ychwanegodd yr hen ŵr, "er nad wyf yn cofio unrhyw gaeau'n agos ati."

Ni phrynodd Winston mo'r llun. Byddai wedi bod yn beth mwy anghydweddol hyd yn oed na'r pwysau papur gwydr, ac yn amhosib ei gludo adref heb ei dynnu o'i ffrâm. Serch hynny, arhosodd am rai munudau eto i sgwrsio â'r hen ŵr. Dysgodd, yn groes i'r hyn y byddai dyn yn ei gymryd o'r arysgrif uwchben blaen y siop, nad Weeks oedd ei enw, ond Charrington. Roedd Mr. Charrington, cafodd wybod, yn ŵr gweddw chwe deg tri oed, ac wedi byw yn y siop ers tri deg o flynyddoedd. Roedd wedi hen fwriadu newid yr enw uwchben y ffenest, ond rywsut nid oedd erioed wedi dechrau arni. Yr holl amser yr oeddynt yn siarad rhedai brith gof o'r rhigwm drwy ben Winston o hyd. Oren a lemwn, meddai clychau Llan-Glemwnt, Ble mae fy arian, meddai clychau Llan-Fartan! Rhyfedd, ond o'i adrodd wrthoch eich hun caech y syniad eich bod yn clywed clychau go iawn, clychau rhyw Lundain coll oedd eto'n bodoli o hyd yn rhywle, o'r neilltu ac yn anghofiedig. Roedd fel petai'n eu clywed, un tŵr ar ôl y llall, yn canu'n groch. Eto ni allai cofio iddo glywed clychau eglwys yn canu erioed mewn gwirionedd.

Gwnaeth ei esgusodion i Mr. Charrington ac aeth i lawr y grisiau ar ei ben ei hun, fel na fyddai'r hen ŵr yn ei weld yn bwrw cipdrem ar y stryd cyn camu allan drwy'r drws. Roedd eisoes wedi penderfynu y byddai, ar ôl egwyl addas – mis, dyweder – yn mentro ymweld â'r siop drachefn. Hwyrach nad oedd hynny'n fwy peryglus na cholli noswaith yn y Ganolfan. Y peth gwirioneddol ffôl oedd dychwelyd yma yn y lle cyntaf, wedi iddo brynu'r dyddiadur a heb wybod a oedd modd ymddiried yn y siopwr ai peidio. Ta waeth – !

Byddai, meddyliodd eto, byddai'n dychwelyd. Byddai'n prynu rhyw ddarnau eraill o sbwriel hardd. Byddai'n prynu'r engrafiad o St. Clement Danes, ei dynnu o'i ffrâm, a'i gario adref wedi'i guddio dan siaced ei oferôl. Byddai'n tyrchu gweddill y rhigwm o gof Mr. Charrington. Fflachiodd hyd yn oed prosiect gwallgof rhentu'r ystafell drwy ei ben eto. Am ryw bum eiliad efallai gwnaeth ei lawenydd ef yn ddiofal, a chamodd allan i'r palmant heb gymaint ag edrych drwy'r ffenest gyntaf. Roedd wedi dechrau mwmian hyd yn oed, gan fyrfyfyrio'r alaw.

Oren a lemwn, meddai clychau Llan-Glemwnt, Ble mae fy arian, meddai –

Yn sydyn, rhewodd ei galon a throdd ei goluddion yn ddŵr. Roedd rhywun mewn oferôl glas yn agosáu, ar y palmant, llai na deg metr i ffwrdd. Y ferch o'r Adran Ffuglen oedd hi, y ferch gyda'r gwallt tywyll. Roedd hi'n dechrau tywyllu, ond digon hawdd oedd ei hadnabod. Edrychodd yn syth i'w wyneb, yna cerdded yn ei blaen fel pe na bai wedi'i weld o gwbl.

Am ychydig eiliadau roedd Winston wedi'i barlysu. Yna trodd

i'r dde a cherdded i ffwrdd, heb sylweddoli am dipyn ei fod wedi cychwyn i'r cyfeiriad anghywir. Dyna un cwestiwn wedi'i ateb, beth bynnag. Doedd dim amheuaeth ei fod dan wyliadwriaeth y ferch. Rhaid ei bod hi wedi'i ddilyn yno gan ei bod hi'n hollol amhosib y byddai wedi digwydd bod yn crwydro'r un stryd gefn ddiddim ag yntau ar yr un noswaith, gilomedrau lawer o unrhyw ardal lle'r oedd aelodau'r Blaid yn byw. Byddai hynny'n ormod o gyd-ddigwyddiad. Cwestiwn amherthnasol mewn gwirionedd oedd ai asiant o'r Heddlu Meddwl oedd hi neu ddim ond ysbïwr amatur yn dilyn hynt ei huniongrededd. Digon oedd ei bod hi'n ei wylio. Mwy na thebyg roedd hi wedi'i weld yn mynd i'r dafarn hefyd.

Un bengaead oedd y stryd. Arhosodd Winston i sefyll am ychydig eiliadau i feddwl, heb lawer o syniad beth i'w wneud, yna trodd ac aeth yn ôl i'r cyfeiriad y daethai ohono. Wrth iddo droi, daeth y syniad i'w ben mai dim ond rhyw dair munud yn ôl roedd y ferch wedi mynd heibio iddo, a phetai'n rhedeg gallai ei dal hi fwy na thebyg. Gallai ei dilyn nes eu bod mewn rhyw fan tawel ac yna torri'i phen â charreg o'r stryd. Byddai'r darn o wydr yn ei boced yn ddigon trwm. Ond cefnodd ar y syniad ar unwaith, oherwydd roedd cymaint â meddwl am ymdrech gorfforol yn annioddefol. Ni allai redeg na tharo ergyd. Roedd hi'n ifanc ac yn heini yn ogystal, ac yn sicr o'i hamddiffyn ei hun. Meddyliodd hefyd am frysio i'r Ganolfan Gymunedol ac aros yno nes i'r lle gau fel bod ganddo alibi am o leiaf rhan o'r noswaith. Ond roedd hynny hefyd yn amhosib. Roedd llesgedd peryglus wedi cydio ynddo. Y cwbl roedd arno'i eisiau oedd dychwelyd adref yn gyflym ac yna eistedd i lawr mewn tawelwch.

Erbyn iddo gyrraedd y fflat eto roedd hi wedi dau ddeg dau o'r gloch. Byddai'r goleuadau'n cael eu diffodd yn ganolog am ddau ddeg tri tri deg. Aeth i'r gegin a llyncu bron llond cwpan de o Jin Buddugoliaeth. Yna aeth i'r bwrdd yn ei gilfach, eistedd i lawr, ac estyn y dyddiadur o'r drâr. Ond nid agorodd ef ar unwaith. O'r telisgrîn deuai sŵn llais benywaidd aflafar yn canu cân wladgarol. Syllodd ar glawr hardd y llyfr, yn ceisio'n ofer i gadw'r llais o'i feddyliau.

Byddent yn dod amdanoch chi gyda'r hwyr, gyda'r hwyr yn ddieithriad. Y peth priodol i'w wneud oedd lladd eich hun yn gyntaf. Heb os, byddai rhai'n gwneud hynny. Rhaid mai hunanladdiadau oedd llawer o'r diflaniadau mewn gwirionedd. Ond roedd angen dewrder rhyfygus i'ch lladd eich hun mewn byd lle roedd hi'n hollol amhosib cael gafael ar dryll nac unrhyw fath o wenwyn cyflym a dibynadwy. Mor ddiwerth gan fodau byw, meddyliodd yn syn, oedd poen ac ofn: bradwriaeth yw rhewi'r corff ar yr union adeg pan fo galw am ymdrech arbennig. Gallai fod wedi sicrhau distawrwydd y ferch â gwallt tywyll petai wedi gweithredu'n ddigon cyflym: ond oherwydd y perygl enbyd roedd wedi colli pob gallu i weithredu. Nid yn erbyn gelyn allanol mae dyn yn brwydro mewn argyfwng, meddyliodd, ond yn erbyn ei gorff ei hun. Hyd yn oed nawr, er gwaetha'r jin, roedd y boen yn ei fola'n ei rwystro rhag rhoi trefn ar ei feddyliau. Yr un fath roedd hi, meddyliodd, mewn pob sefyllfa sy'n ymddangosiadol arwrol neu'n drasig. Ar faes y gad, yn y siambr arteithio, ar long yn suddo: aiff yr achos y mae dyn yn brwydro drosto'n angof bob tro oherwydd bod ei gorff yn chwyddo nes llenwi'r bydysawd cyfan. Hyd yn oed pan nad yw ofn neu boen wedi'i barlysu mae ei fywyd yn frwydr barhaus o eiliad i eiliad yn erbyn llwgu, rhewi, neu flinder, yn erbyn stumog dost neu'r ddannodd.

Agorodd y dyddiadur. Roedd hi'n bwysig ysgrifennu rhywbeth. Roedd y fenyw ar y telisgrîn wedi dechrau cân newydd. Roedd ei llais fel petai'n torri i'w ymennydd fel darn o wydr. Ceisiodd feddwl am O'Brien, yr hwn yr oedd yn ysgrifennu'r dyddiadur iddo, neu ato, ond yn lle hynny dechreuodd feddwl am y pethau fyddai'n digwydd iddo wedi i'r Heddlu Meddwl ei gipio. Byddai cael eich lladd ar unwaith yn iawn. Roedd marw i'w ddisgwyl. Ond cyn i chi farw (ni siaradai neb am bethau o'r fath, ac eto gwyddai pawb amdanynt) roedd rhaid dilyn y drefn a chyffesu: yr ymgreinio ar y llawr, yr erfyn am drugaredd, crac yr esgyrn yn torri, y dannedd yn chwalu, a'r clytiau o wallt gwaedlyd.

Pam bod yn rhaid dioddef hynny oll, a'r diwedd yr un fath bob tro? Pam nad oedd modd torri'ch bywyd ychydig ddyddiau neu wythnosau'n fyr? Ni fyddai neb yn dianc, nac yn peidio â chyffesu. Cyn gynted â bod dyn wedi cwblhau trosmeddwl roedd hi'n hollol sicr y byddai, yn hwyr neu'n hwyrach, yn farw. Pam, felly, roedd rhaid i'r erchylltra hwnnw, nad oedd yn newid dim byd, ddigwydd yn y dyfodol?

Ceisiodd, â rhagor o lwyddiant nag o'r blaen, i feddwl am O'Brien. "Byddwn yn cwrdd lle nad oes tywyllwch,": dyna fu geiriau O'Brien wrtho. Gwyddai beth oedd ystyr hynny, neu o leiaf credai ei fod. Y man lle nad oedd tywyllwch oedd dyfodol y dychymyg, na fyddai dyn yn ei weld, ond yr oedd modd ei rannu rywsut dim ond drwy wybod amdano. Ond gyda llais y telisgrîn yn ymosod ar ei glustiau, amhosib oedd dilyn trywydd y meddyliau hyn ymhellach. Rhoddodd sigarét yn ei geg. Bron ar unwaith, cwympodd hanner y tybaco allan a glaniodd ar ei dafod, llwch chwerw oedd yn anodd ei boeri allan. Daeth wyneb y Brawd Mawr i'w feddwl, gan gymryd lle un O'Brien. Yn union fel y gwnaethai ychydig ddiwrnodau ynghynt, estynnodd ddarn arian o'i boced ac edrych arno. Syllodd yr wyneb tuag ato, yn ddwys, yn dawel, yn amddiffynnol; ond pa fath o wên oedd yn cuddio yno o dan y mwstas du? Fel cloch eglwys yn canu'n farwaidd, daeth y geiriau ato mewn ymateb:

RHYFEL YW HEDDWCH
RHYDDID YW CAETHIWED
ANWYBODAETH YW NERTH

RHAN DAU

Pennod 1

Roedd y bore ar ei ganol, a Winston wedi gadael y ciwbicl er mwyn mynd i'r tŷ bach.

Deuai ffigwr unig tuag ato o ben arall y cyntedd hir, golau. Y ferch gyda'r gwallt tywyll. Roedd hi'n bedwar diwrnod ers y noson honno pan gyfarfu hi'r tu allan i'r siop hen bethau. Wrth iddi agosáu gwelodd fod ei braich dde mewn sling nad oedd modd ei weld o bell gan ei fod yr un lliw â'i hoferôl. Hwyrach ei bod hi wedi brifo'i llaw wrth wthio un o'r caleidosgôpau mawr hynny y byddai plotiau'r nofelau'n cael eu "drafftio" arnynt. Damwain ddigon cyffredin oedd hynny yn yr Adran Ffuglen.

Roedd rhyw bedwar metr rhyngddynt pan faglodd y ferch a chwympo bron iawn yn fflat i'r llawr. Llefodd yn uchel mewn poen. Rhaid ei bod hi wedi cwympo ar ei braich glwyfedig. Oedodd Winston. Roedd y ferch wedi codi ar ei phengliniau. Troesai ei hwyneb yn lliw melyn llaethog, a'i cheg yn sefyll allan yn gochach nag erioed. Roedd ei llygaid wedi'u hoelio ar ei lygaid ef, golwg erfyniol ynddynt yn debycach i ofn na phoen.

Deffrodd emosiwn rhyfedd yng nghalon Winston. O'i flaen roedd gelyn oedd yn ceisio'i ladd: o'i flaen, hefyd, roedd bod dynol, mewn poen, wedi torri asgwrn hwyrach. Roedd eisoes wedi camu yn ei flaen yn reddfol er mwyn ei chynorthwyo. Pan welodd hi'n cwympo ar y fraich glwyfedig, roedd fel petai'n teimlo'r boen yn ei gorff ei hun.

"Dy'ch chi wedi brifo?" meddai.

"Dydy o'n ddim byd. 'Mraich i. Fydd hi'n iawn ymhen munud."

Siaradai fel petai ei chalon yn crynu. Doedd dim dwywaith nad oedd wedi troi'n welw iawn.

"Dy'ch chi heb dorri dim byd?"

"Naddo, dwi'n iawn. Tamaid o boen am eiliad, dyna i gyd."

Estynnodd ei llaw rydd ato, ac fe'i helpodd hi i fyny. Roedd rhywfaint o'i lliw wedi dychwelyd, ac edrychai'n well o lawer.

"Dydi o'n ddim byd," meddai drachefn. "Ychydig o ergyd i'm harddwrn, dyna i gyd. Diolch, gymrawd!"

A gyda hynny aeth yn ei blaen i'r un cyfeiriad, mor gyflym â phetai'n wirioneddol yn ddim byd. Rhaid bod yr holl beth drosodd o fewn rhyw hanner munud. Roedd peidio â gadael i'w deimladau ymddangos yn ei wyneb yn arfer oedd wedi troi'n reddf, a beth bynnag, roeddynt yn sefyll yn syth o flaen telisgrîn pan ddigwyddodd y peth. Serch hynny roedd wedi'i chael hi'n anodd iawn peidio ag edrych yn syn oherwydd yn ystod yr ychydig eiliadau wrth iddo'i helpu at ei thraed roedd y ferch wedi rhoi rhywbeth yn ei law. Yn ddi-os gwnaethai hynny'n fwriadol. Rhywbeth bach fflat oedd e. Wrth iddo basio drwy ddrws y tŷ bach fe'i trosglwyddodd i'w boced a'i deimlo â blaenau ei fysedd. Darn bach o bapur, wedi'i blygu'n sgwâr.

Wrth sefyll o flaen yr wrinal llwyddodd, ar ôl ei fyseddu rhywfaint ymhellach, i'w ddad-blygu. Yn amlwg roedd rhaid bod neges o ryw fath wedi'i ysgrifennu arno. Am eiliad fe'i temtiwyd i fynd ag ef i un o'r tai bach a'i ddarllen ar unwaith. Ond gwyddai'n iawn mai ffolineb pur fyddai hynny. Doedd dim unman lle gallech chi fod yn fwy sicr bod y telisgrînau'n cael eu gwylio'n barhaus.

Aeth yn ôl i'w giwbicl ac eistedd, gan daflu'r darn papur yn hamddenol i blith y papurau eraill ar y ddesg, gwisgo ei sbectol a thynnu'r llaisgrif tuag ato. "Pum munud," meddai wrtho'i hun, "pum munud o leiaf!" Roedd ei galon yn curo'n frawychus o swnllyd. Yn ffodus rhywbeth digon cyffredin roedd y darn o waith roedd ar ei ganol, cywiro rhestr hir o ystadegau, peth nad oedd yn galw am dalu sylw agos.

Beth bynnag oedd wedi'i ysgrifennu ar y darn papur rhaid bod iddo ryw ystyr wleidyddol. Hyd y gwelai roedd yna ddau bosibilrwydd. Y cyntaf, a'r mwyaf tebyg o bell ffordd, oedd mai asiant i'r Heddlu Meddwl oedd y ferch, yn union fel yr oedd wedi'i ofni. Ni wyddai pam byddai'r Heddlu Meddwl yn dewis danfon eu negeseuon felly, ond hwyrach bod ganddynt eu rhesymau. Gallai'r neges ar y papur fod yn fygythiad, yn orchymyn i fynd i rywle neu i'w ladd ei hun, neu'n fagl o ryw fath. Ond roedd yna bosibilrwydd arall, gwylltach, a godai i'w ben o hyd, er gwaetha'i ymdrechion ofer i'w wthio o'i feddwl. Sef hyn: nad o'r Heddlu Meddwl y daethai'r neges o gwbl, ond yn hytrach o ryw fath o sefydliad cyfrinachol. Efallai bod y Frawdoliaeth yn bodoli wedi'r cyfan! A'r ferch yn rhan ohoni, efallai! Roedd y syniad yn wirion, mae'n debyg, ond roedd wedi llenwi'i feddwl cyn gynted ag y teimlodd y papur yn ei law. Dim ond ychydig funudau'n ddiweddarach y meddyliodd am yr esboniad arall, tebycach. A hyd yn oed nawr, er bod ei synnwyr yn dweud wrtho mai angau oedd ystyr fwyaf tebygol y neges — — serch hynny, ni chredai hynny, a pharhaodd y gobaith afresymegol hwn, a dyrnai ei galon, fel iddo'i chael hi'n anodd iawn rhwystro ei lais rhag crynu wrth fwmian y ffigyrau i'r llaisgrif.

Casglodd y gwaith cyflawnedig at ei gilydd a'i osod yn y tiwb niwmatig. Roedd hi'n wyth munud bellach. Ailunionodd ei sbectol, ochneidio, ac estyn y pentwr nesaf o waith tuag ato, y darn papur ar ei ben. Llyfnodd y papur. Wedi'i ysgrifennu arno, mewn llawysgrifen fras, oedd y geiriau:

RWY'N DY GARU DI

Am ychydig eiliadau roedd yn rhy syn hyd yn oed i daflu'r peth peryglus i'r twll cof. Pan wnaeth hynny, ac er ei fod yn gwybod yn iawn pa mor beryglus fyddai dangos gormod o ddiddordeb, ni allai'i rwystro'i hun rhag darllen y papur drachefn yn gyntaf er mwyn gwneud yn siŵr bod y geiriau yno mewn gwirionedd.

Cafodd ei waith yn anodd iawn am weddill y bore. Yr hyn oedd yn waeth fyth na gorfod canolbwyntio'i feddwl ar gyfres o fân dasgau oedd angen cuddio'i aflonyddwch rhag y telisgrîn. Teimlai fel petai tân yn llosgi yn ei berfedd. Roedd ei ginio yn y cantîn poeth, prysur, swnllyd yn artaith. Roedd wedi gobeithio cael ychydig o lonydd yn ystod yr awr ginio, ond gwaetha'r modd eisteddodd yr hurtyn hwnnw Parsons wrth ei ymyl, gan siarad yn ddi-baid am y paratoadau ar gyfer Wythnos y Casineb, arogl ei chwys bron iawn yn drech nag arogl metelaidd y cawl. Roedd yn neilltuol o frwdfrydig am fodel papier-maché o ben y Brawd Mawr, dau fetr o led, roedd catrawd ei ferch o'r Ysbiwyr wrthi'n ei lunio at yr achlysur. Y peth a godai wrychyn Winston oedd mai prin oedd yn gallu clywed llais Parsons uwchben yr holl sŵn, ac roedd rhaid iddo ofyn yn ddi-baid iddo ailadrodd ei sylwadau gwrthun. Unwaith yn unig gafodd cip ar y ferch, yn eistedd wrth fwrdd gyda dwy ferch arall ym mhen draw'r ystafell. Nid oedd hi'n edrych fel petai hi wedi'i weld, ac nid edrychodd yntau tuag ati eto.

Roedd y prynhawn yn haws. Yn union wedi cinio cyrhaeddodd darn o waith astrus, cymhleth fyddai'n gofyn ganddo dreulio nifer o oriau a rhoi popeth arall o'r neilltu. Ffugio cyfres o adroddiadau cynnyrch a gyhoeddwyd dwy flynedd ynghynt oedd y gwaith, a gwneud hynny mewn ffordd fyddai'n adlewyrchu'n wael ar aelod blaenllaw o'r Blaid Fewnol oedd bellach dan ryw amheuaeth. Rhagorai Winston ar y math yma o waith, a llwyddodd i gadw ei feddwl oddi ar y ferch yn gyfan gwbl am dros ddwy awr. Yna cofiodd yr olwg ar ei hwyneb drachefn, ac wrth wneud hynny daeth awydd annioddefol o gryf drosto i fod ar ei ben ei hun. Byddai'n amhosib i'w feddwl brosesu'r datblygiad newydd hwn nes cael bod ar ei ben ei hun. Heno oedd un o'i nosweithiau yn y Ganolfan Gymunedol. Llowciodd bryd diflas arall yn y cantîn cyn rhuthro draw i'r Ganolfan i ymuno yn ffwlbri difrifol "sesiwn drafod", chwarae dwy gêm o dennis bwrdd, llyncu sawl gwydraid o jin, ac eistedd am hanner awr i wrando ar ddarlith yn dwyn yr enw "Sosbryd mewn perthynas â Gwyddbwyll". Gwingai ei enaid mewn diflastod, ond y tro hwn ni theimlasai'r un awydd hepgor ei noswaith yn y Ganolfan. Roedd y geiriau RWY'N DY GARU DI wedi deffro awydd byw ynddo, a bellach roedd mân-fentro o'r fath yn teimlo'n hurt. Dim ond wedi dau ddeg tri o'r gloch, ag yntau adref yn y gwely – yn y tywyllwch, lle roeddech chi'n ddiogel hyd yn oed rhag y telisgrîn dim ond i chi aros yn ddistaw – y cafodd gyfle i drefnu ei feddyliau.

Problem ymarferol oedd hi roedd rhaid ei datrys: sut i gysylltu â'r ferch a threfnu cyfarfod. Nid ystyriodd bellach y posibilrwydd ei bod hi'n gosod rhyw fath o fagl iddo. Gwyddai na allai hynny fod yn wir oherwydd y pryder digamsyniol yn ei hwyneb wrth iddi roi'r neges iddo. Roedd hi wedi dychryn drwyddi, yn amlwg, a hynny wrth reswm. Ni tharodd ei ben chwaith gwrthod ei hymdrech i'w ddenu. Dim ond ychydig nosweithiau ynghynt buasai'n ystyried chwalu ei phenglog â charreg, ond doedd hynny ddim o bwys bellach. Meddyliodd am ei chorff noeth, ifanc, fel y bu yn ei freuddwyd. Roedd wedi cymryd mai ffŵl oedd hi, fel y lleill, ei phen yn llawn o gelwydd a chasineb a'i pherfedd yn llawn iâ. Daeth math o dwymyn drosto o feddwl y gallai ei cholli, y gallai'r corff gwyn ifanc hwnnw lithro oddi wrtho! Yr hyn a ofnai fwy na dim byd arall oedd, yn syml iawn, y gallai hi newid ei meddwl pe na bai yntau'n cysylltu â hi, a hynny'n gyflym. Ond roedd trafferthion ymarferol trefnu cyfarfod yn enfawr. Roedd hi fel ceisio cymryd eich tro wrth chwarae gwyddbwyll ond â chithau eisoes dan warchae. Gallech droi i unrhyw gyfeiriad, ac yno byddai'r telisgrîn o'ch blaen. A dweud y gwir roedd wedi meddwl am bob dull posib o gyfathrebu â hi o fewn pum munud iddo ddarllen y neges; ond bellach, a chanddo amser i feddwl, ystyriodd y dulliau fesul un fel petai'n gosod rhes o declynnau ar fwrdd.

Roedd hi'n amlwg na fyddai modd iddynt gyfathrebu eto fel y gwnaethant y bore hwnnw. Petai hi'n gweithio yn yr Adran Gofnodion buasai'n gymharol syml hwyrach, ond brith syniad oedd ganddo ynghylch lle yn union o fewn yr adeilad yr oedd yr Adran Ffuglen, a doedd ganddo ddim esgus dros fynd yno. Petai'n gwybod ym mhle'r oedd hi'n byw, a pha bryd y byddai'n gadael y gwaith, gallasai drefnu rhyw ffordd i gwrdd â hi ar ei ffordd adref; ond ni fyddai'n ddiogel iddo'i dilyn hi adref, gan y byddai hynny'n golygu loetran y tu allan i'r Weinyddiaeth, peth oedd yn sicr o ddenu sylw. Ac anfon llythyr? Amhosibl. Câi pob llythyr ei agor cyn cyrraedd ei dderbynnydd, trefn nad oedd hyd yn oed yn gyfrinachol. Ychydig iawn o bobl fyddai'n ysgrifennu llythyrau o gwbl, a dweud y gwir. Ar gyfer y negeseuon hynny roedd angen eu hanfon o bryd i'w gilydd roedd cardiau post printiedig ar gael, rhestrau hir o ymadroddion arnynt, a'r cwbl oedd rhaid ei wneud oedd rhoi croes yn erbyn y rhai amherthnasol. Beth bynnag, ni wyddai beth oedd enw'r ferch, heb sôn am ei chyfeiriad. O'r diwedd, daeth i'r casgliad mai'r lle mwyaf diogel oedd y cantîn. Petai hi ar fwrdd ar ei phen ei hun, rywle yng nghanol yr ystafell heb fod yn rhy agos i'r telisgrînau, a digon o dwrw sgyrsiau eraill o'u cwmpas – petai modd bodloni'r holl bethau hyn am, dyweder, dri deg eiliad, hwyrach y byddai modd iddynt gyfnewid ambell air.

Am wythnos wedi hyn roedd ei fywyd fel breuddwyd anniddig. Drannoeth nid ymddangosodd y ferch yn y cantîn nes bod yntau ar adael, y chwiban wedi'i chwythu eisoes. Debyg ei bod hi wedi'i symud i sifft diweddarach. Aethant heibio heb edrych ar ei gilydd. Y diwrnod wedyn roedd hi yn y cantîn yr un amser ag arfer, ond gyda thair o ferched eraill ac yn union o dan delisgrîn. Am dridiau erchyll wedi hynny nid ymddangosodd o gwbl. Roedd ei holl feddwl a'i gorff fel petaent yn dioddef rhyw fath o sensitifrwydd enbyd, math o dryloywder, oedd yn gwneud pob symudiad, pob sŵn, pob cyswllt, pob gair roedd yn rhaid iddo'i ddweud neu wrando arno yn boen enbyd. Ni allai ddianc rhag ei feddyliau amdani, hyd yn oed wrth gysgu. Ni chyffyrddodd â'r dyddiadur yn ystod y dyddiau hynny. Os oedd unrhyw ryddhad o gwbl ei waith oedd hwnnw, lle gallai anghofio'i hun weithiau am gymaint â deg munud ar y tro. Nid oedd ganddo syniad o fath yn y byd beth oedd wedi digwydd iddi. Nid oedd unrhyw ymholiad y gallai ei wneud. Efallai ei bod hi wedi'i tharthu, neu ei lladd ei hun, neu ei throsglwyddo i ben arall Oceania: gwaethaf a thebycaf oll, efallai mai dim ond wedi newid ei meddwl oedd hi a phenderfynu ei osgoi.

Drannoeth dacw hi eto. Roedd y sling ar ei braich wedi diflannu, a phlastr bellach ar ei harddwrn. Cymaint oedd ei ryddhad o'i gweld hi eto fel na allai wrthsefyll y demtasiwn i syllu'n uniongyrchol arni am rai eiliadau. Y diwrnod wedyn bu bron iawn iddo lwyddo i gael gair â hi. Pan ddaeth i'r cantîn roedd hi'n eistedd wrth fwrdd ymhell o'r wal, ac ar ei phen ei hun. Roedd hi'n gynnar, a'r lle'n ymhell o fod yn llawn. Bob yn dipyn symudodd y ciw yn ei flaen nes bod Winston bron iawn wrth y cownter, wedyn bu rhaid iddo aros dwy funud oherwydd bod rhywun o'i flaen yn cwyno nad oedd wedi cael ei dabled sacarin. Ond roedd y ferch ar ei phen ei hun o hyd erbyn i Winston gael ei hambwrdd a dechrau cerdded tuag at ei bwrdd. Cerddodd yn hamddenol tuag ati, ei lygaid yn chwilio am rywle i eistedd wrth ryw fwrdd y tu hwnt iddi. Roedd hi ryw dri metr oddi wrtho efallai. Byddai dwy eiliad eto'n ddigon. Yna galwodd llais y tu ôl iddo, "Smith!" Ceisiodd esgus ei fod heb glywed. "Smith!" meddai'r llais eto, yn uwch y tro hwn. Doedd dim dewis. Trodd. Roedd gŵr ifanc penfelyn o'r enw Wilsher a chanddo wyneb gwirion – prin oedd yn ei adnabod – yn ei wahodd â gwên i eistedd wrth ei fwrdd. Byddai gwrthod yn anniogel. Wedi i rywun ei adnabod ef, ni allai wedyn fynd i eistedd wrth fwrdd gyda merch ar ei phen ei hun. Byddai'r peth yn rhy amlwg. Eisteddodd â gwên gyfeillgar. Tywynnodd yr wyneb melyn gwirion. Dychmygodd Winston ei hun yn chwalu'r wyneb â chaib. Ychydig funudau'n ddiweddarach roedd bwrdd y ferch yn llawn.

Ond rhaid ei bod hi wedi'i weld yn dod tuag ati, ac efallai byddai'n deall. Y diwrnod canlynol aeth ati i gyrraedd yn gynnar. Yn siŵr ddigon, dyna hi wrth fwrdd yn yr un lle, mwy neu lai, ar ei phen ei hun eto. Yn syth o'i flaen yn y ciw roedd dyn bach, chwim, chwilenaidd a wyneb gwastad a llygaid bychain amheus. Wrth i Winston droi o'r cownter gwelodd fod y dyn bach yn anelu'n syth am fwrdd y ferch. Suddodd ei galon eto. Roedd lle gwag wrth fwrdd ychydig bellter i ffwrdd, ond roedd rhywbeth ynghylch pryd a gwedd y dyn yn awgrymu y byddai'n poeni digon ynghylch ei gysur ei hun i ddewis y bwrdd mwyaf gwag. Ei galon yn rhewi, dilynodd Winston ef. Heb gael y ferch ar ei phen ei hun, ni thyciai dim. Yr eiliad nesaf daeth clec enfawr. Roedd y dyn bach yn sgrialu ar ei bedwar, ei hambwrdd wedi'i daflu ymaith, dwy afon o gawl ac o goffi'n llifo dros y llawr. Cododd ar ei draed â golwg fygythiol at Winston, yn amlwg yn amau'i fod wedi'i faglu. Ond roedd popeth yn iawn. Pum eiliad yn ddiweddarach, ei galon yn taranu, roedd Winston yn eistedd wrth fwrdd y ferch.

Nid edrychodd arni. Dadbaciodd ei hambwrdd a dechrau bwyta. Roedd hi'n hollbwysig eu bod yn siarad ar unwaith, cyn i neb arall ddod, ond daethai ofn mawr drosto. Roedd hi'n wythnos ers iddi rannu ei neges. Byddai wedi newid ei meddwl, rhaid ei bod hi wedi newid ei meddwl! Byddai'n amhosib i beth fel hyn lwyddo; nid oedd pethau felly'n digwydd mewn gwirionedd. Gallasai fethu â siarad yn gyfan gwbl oni bai iddo, yr union eiliad honno, weld Ampleforth, y bardd â'r clustiau blewog yn troedio'n llipa drwy'r ystafell gyda hambwrdd yn chwilio am rywle i gael eistedd. Roedd Ampleforth yn gydymaith i Winston yn ei ddull amhenodol ei hun, a byddai'n sicr o eistedd i lawr wrth y bwrdd petai'n ei weld. Hwyrach bod gan ganddo ryw funud i weithredu. Roedd Winston a'r ferch ill dau'n dal i fwyta: math o gawl tenau o ffa gwynion. Dechreuodd Winston siarad, mewn murmur isel. Nid edrychodd y naill na'r llall i fyny; dim ond dal i lowcio'r cawl tenau, dyfrllyd i'w cegau, gan gyfnewid yr ychydig eiriau angenrheidiol mewn lleisiau isel, digynnwrf.

"Pryd wyt ti'n gadael gwaith?"

"Un deg wyth tri deg."

"Lle gawn ni gwrdd?"

"Sgwâr y Fuddugoliaeth, wrth ymyl y gofeb."

"Mae'r lle'n llawn telisgriniau."

"Does dim ots os oes yna dorf."

"Signal?"

"Na. Paid dod ata i nes i ti fy ngweld ymysg grŵp o bobl. A phaid edrych arna i. Aros rhywle'n yn f'ymyl i, dyna i gyd."

"Pryd?"

"Un deg naw o'r gloch."

"Iawn."

Roedd Ampleforth wedi methu gweld Winston ac wedi eistedd wrth fwrdd arall. Ni siaradodd y ddau eto, ac mor bell ag oedd hynny'n bosib i ddau'n eistedd gyferbyn â'i gilydd wrth yr un bwrdd, nid edrychodd y naill ar y llall. Gorffennodd y ferch ei chinio'n gyflym a diflannu, tra arhosodd Winston i ysmygu sigarét.

Cyrhaeddodd Winston Sgwâr y Fuddugoliaeth cyn pryd. Troediodd o amgylch gwaelod y golofn rychiog enfawr, lle safai cerflun y Brawd Mawr yn syllu tua'r de ar yr awyr lle trechodd awyrennau Ewrasia (awyrennau Dwyrasia fuasent ychydig flynyddoedd yn ôl) ym Mrwydr Maes Glanio Un. O'i flaen yn y stryd roedd cerflun marchog oedd i fod i gynrychioli Oliver Cromwell. Pum munud wedi, a'r ferch heb gyrraedd fyth. Unwaith eto cydiodd yr ofn erchyll yn Winston. Doedd hi ddim yn dod, roedd hi wedi newid ei meddwl! Cerddodd yn araf at ochr ogleddol y sgwâr a chael rhyw fath o bleser llwyd o adnabod Eglwys Martin Sant, yr oedd ei chlychau, pan fu ganddi glychau, yn canu "Ble mae fy arian?" Yna gwelodd y ferch yn sefyll wrth waelod y gofeb, yn darllen neu'n esgus darllen poster a droellai o amgylch y golofn. Nid oedd hi'n ddiogel mynd yn agos ati nes bod rhagor o bobl wedi ymgynnull. Roedd telisgriniau ymhobman o amgylch y talogfaen. Ond yr eiliad honno daeth cynnwrf o weiddi a rhuthr o gerbydau trymion rywle draw i'r chwith. Yn sydyn iawn roedd pawb i'w gweld yn rhuthro ar draws y sgwâr. Llamodd y ferch yn ystwyth heibio i'r llewod wrth waelod y gofeb i ymuno â'r rhuthr. Dilynodd Winston. Wrth iddo redeg, clywodd ryw floeddio'n dweud mai confoi o garcharorion Ewrasaidd oedd yn mynd heibio.

Eisoes roedd torf drwchus o bobl yn cau ymyl ddeheuol y sgwâr. Roedd Winston fel arfer y math o berson fyddai yn tynnu at ymylon unrhyw fath o sgrym neu gythrwfl, ond y tro hwn gwthiodd, bwriodd a gweithiodd ei ffordd yn ei flaen i galon y dorf. Wedyn roedd o fewn cyrraedd braich i'r ferch, ond roedd prôl enfawr ar ei ffordd a menyw bron yr un mor fawr, ei wraig, hwyrach, yn ffurfio mur cadarn o gnawd gyda'i gilydd. Gwingodd Winston ei ffordd tua'r ochr, a gydag un hwrdd ymosodol llwyddodd i yrru ei ysgwydd rhyngddynt. Teimlodd am eiliad fel petai ei berfedd yn cael ei falu'n stwnsh rhwng y cluniau cyhyrog, ond wedyn roedd trwodd, ychydig yn chwyslyd. Roedd yn sefyll wrth ochr y ferch. Roeddynt ysgwydd yn ysgwydd, ill dau'n syllu'n syth o'u blaenau.

Roedd llinell hir o dryciau'n mynd heibio'n araf i lawr y stryd, pob un â gwarchodwyr yn sefyll ym mhob cornel gydag wynebau prennaidd a pheirianddrylliau. Eisteddai dynion bach melyn yn y tryciau mewn gwisgoedd gwyrdd budr, wedi'u pacio'n glòs at ei gilydd. Syllai eu hwynebau trist, dwyreiniol allan dros ochrau'r tryciau yn hollol ddideimlad. Bob hyn a hyn wrth i'r tryciau ysgwyd deuai clanc-clanc metelaidd: roedd y carcharorion i gyd mewn cadwynau. Aeth tryc ar ôl tryc heibio, pob un yn llawn wynebau digalon. Gwyddai Winston eu bod yno, ond dim ond yn fratiog roedd yn eu gweld. Roedd ysgwydd y ferch, a'i braich yr holl ffordd i lawr i'w phenelin, wedi'u gwthio yn erbyn ei un ef. Roedd ei boch bron digon agos iddo allu teimlo'i wres. Ar unwaith dechreuodd hithau lywio'r sefyllfa yn union fel y gwnaeth yn y cantîn. Dechreuodd siarad yn yr un llais difynegiant ag o'r blaen, dim ond murmur, bron heb symud ei gwefusau hyd yn oed, wedi'i foddi'n hawdd gan ddwndwr y lleisiau a tharanu'r tryciau.

"Wyt ti'n fy nghlywed i?"

"Ydw."

"Allet ti gael prynhawn dydd Sul yn rhydd?"

"Gallwn."

"Gwranda'n ofalus ta. Fydd rhaid i ti gofio hyn i gyd. Dos i orsaf Paddington – "

Gyda manylder milwrol a synnai Winston, amlinellodd y trywydd roedd hi'n disgwyl iddo'i ddilyn. Taith hanner awr ar y trên; troi i'r chwith y tu allan i'r orsaf; dau gilometr ar hyd yr heol; giât gyda'i far uchaf wedi mynd; llwybr drwy gae; lôn laswelltog; llwybr rhwng llwyni; a choeden farw'n fwsogl i gyd. Roedd hi fel petai map ganddi yn ei phen. "Fedri di gofio hynny i gyd?" murmurodd eto o'r diwedd.

"Gallaf."

"I'r chwith, wedyn i'r dde, wedyn i'r chwith eto. Ac mae'r giât heb ei far uchaf."

"Iawn. Pryd?"

"Tuag un deg pump. Efallai bydd rhaid i ti aros. Byddaf innau'n cyrraedd ar lwybr gwahanol. Wyt ti'n siŵr dy fod di'n cofio popeth?"

"Ydw."

"Ffwrdd â thi felly, nerth dy draed."

Doedd dim angen iddi ddweud hynny wrtho. Ond ni allent ddianc y dorf am y tro. Roedd y tryciau'n dal i fynd heibio, y bobl yn dal i syllu'n gegrwth. Bu ambell fŵ a melltith ar y dechrau, ond dim ond gan aelodau'r Blaid ymhlith y dorf, ac fe beidiodd hynny'n ddigon buan. Chwilfrydedd digon diniwed oedd ymateb y mwyafrif. Creaduriaid rhyfedd oedd tramorwyr, boed o Ewrasia neu Ddwyrasia. Gwelai neb mohonynt heblaw fel carcharorion, a dim ond cipolwg byr hyd yn oed wedyn. Ni wyddai neb beth fyddai'n digwydd iddynt, heblaw'r ambell un gâi ei grogi fel troseddwr rhyfel: dim ond diflannu byddai'r lleill, i wersylloedd llafur, gellid tybio. Roedd yr wynebau Asiaidd crwn bellach wedi troi'n wynebau mwy Ewropeaidd eu golwg, budr, barfog a blinedig. Syllai llygaid i lygaid Winston dros ruddiau briwiedig, weithiau â dwyster rhyfedd, cyn edrych i ffwrdd drachefn. Roedd y confoi'n tynnu i'w derfyn. Yn y tryc olaf gwelodd hen ddyn, ei wyneb yn llwyn o wallt brithlwyd, yn sefyll i fyny a'i arddyrnau wedi'u croesi o'i flaen, fel petai wedi arfer â'u cael wedi'u clymu. Roedd hi bron yn bryd i Winston a'r ferch wahanu. Ond ar yr eiliad olaf, â'r dorf yn dal i'w hamgylchynu, ymbalfalodd hi am ei law a'i wasgu am ychydig eiliadau.

Llai na deg eiliad oedd hi, mae'n rhaid, ac eto teimlai fel amser hir a'u dwylo ynghyd. Cafodd amser i ddysgu pob manylyn o'i llaw ar ei gof. Archwiliodd y bysedd hirion, yr ewinedd twt, y gledr roedd gwaith wedi'i throi'n arw a chaled, a'r cnawd esmwyth dan ei harddwrn. O hynny ymlaen gallasai adnabod y llaw wrth ei golwg, wedi iddo'i theimlo y tro hwn. Yr union eiliad honno sylweddolodd nad oedd yn gwybod pa liw oedd llygaid y ferch. Brown, mwy na thebyg, ond roedd gan bobl â gwallt tywyll lygaid gleision weithiau. Buasai'n ffolineb llwyr troi ei ben i edrych arni. Eu dwylo ynghyd, yn anweledig dan wasgu'r holl gyrff, syllodd y ddau o'u blaenau, ac yn hytrach na llygaid y ferch, llygaid yr hen garcharor a syllai'n drist ar Winston o'u nyth o wallt.

Pennod 2

Pigodd Winston ei ffordd ar hyd y lôn dan gysgod a golau bob yn ail, yn camu allan i byllau aur ble bynnag roedd bwlch yn y canghennau uwchben. Roedd y ddaear dan y coed o'i flaen ar y chwith dan orchudd gwlith o glychau'r gog. Roedd yr awyr fel petai'n cusanu'ch croen. Yr ail o Fai oedd hi. O rywle'n ddyfnach yng nghalon y coed deuai llafargan colomennod cadwynog.

Roedd ychydig yn gynnar. Ni chawsai drafferth yn y byd ar y daith, ac roedd hi mor amlwg fod y ferch yn brofiadol fel nad oedd ganddo'r un ofn fyddai ganddo fel arfer. Cymerai'n ganiataol y gallai ymddiried ynddi i gael hyd i le diogel. Yn gyffredinol doedd hi ddim yn bosib cymryd eich bod chi'n ddiogelach yng nghefn gwlad nag yn Llundain. Doedd dim telisgriniau, wrth gwrs, ond serch hynny roedd perygl o hyd y byddai meicroffonau cudd yn eich clywed ac yn adnabod eich llais; beth bynnag, peth anhawdd oedd teithio ar eich pen eich hun heb ddenu sylw. Nid oedd angen cymeradwyo'ch pasbort am daith o lai na 100 cilometr, ond byddai patrolau'n llechu yng ngorsafoedd y rheilffordd weithiau fyddai'n craffu ar bapurau unrhyw aelod o'r Blaid y caent hyd iddo yno, ac yn gofyn cwestiynau anghyfleus. Nid oedd yr un patrôl wedi ymddangos, fodd bynnag, ac ar y daith gerdded o'r orsaf roedd wedi gwneud yn siŵr nad oedd neb yn ei ddilyn drwy edrych yn ôl bob hyn a hyn. Roedd y trên yn llawn prolau mewn hwyliau da, fel petaent ar wyliau, oherwydd y tywydd hafaidd. Roedd y cerbyd y teithiodd ynddo a'i seddi pren yn llawn i'w hymylon gan un teulu enfawr, o hen fam-gu wedi colli'i dannedd hyd at fabi mis oed, ar eu ffordd i dreulio'r prynhawn gyda'u "teulu estynedig" yng nghefn gwlad, ac, fel iddynt esbonio'n hollol agored i Winston, er mwyn cael gafael ar damaid o fenyn ar y farchnad ddu.

Lledodd y lôn, ac ymhen tipyn cyrhaeddodd y llwybr y soniodd y ferch amdani, dim ond trac gwartheg rhwng y llwyni mewn gwirionedd. Doedd ganddo ddim oriawr, ond doedd bosib ei bod hi eto'n un deg pump. Roedd y clychau'r gog mor drwchus dan draed fel mai amhosib oedd peidio sathru arnynt. Penliniodd a dechrau pigo rhai, yn rhannol er mwyn cael rhywbeth i'w wneud, ond hefyd oherwydd rhyw syniad annelwig y byddai'n dda o beth cael blodau i'w cynnig i'r ferch wedi iddynt gwrdd. Roedd ganddo dusw mawr ohonynt ac roedd wrthi'n sawro'u arogl melys ysgafn pan glywodd sŵn y tu ôl iddo a rhewodd ar unwaith: yn ddi-os, troed rhywun yn camu ar frigau. Daliodd i bigo clychau'r gog. Dyna'r peth gorau i'w wneud. Gallai fod y ferch yno, neu rywun hwyrach wedi'i ddilyn wedi'r cyfan. Byddai edrych i weld yn arwydd o'i euogrwydd. Pigodd un eto ac un eto. Glaniodd llaw ysgafn ar ei ysgwydd.

Edrychodd i fyny. Y ferch oedd hi. Siglodd ei phen, rhybudd, debyg, y dylai gadw'n ddistaw, cyn gwthio'r llwyni o'r neilltu a'i arwain yn gyflym ar hyd y trac cul i mewn i'r goedwig. Roedd hi'n amlwg wedi bod y ffordd yma o'r blaen, oherwydd gwyddai'n union lle'r oedd y ddaear yn gorsiog. Dilynodd Winston, yn dal i afael yn y blodau. Ei deimlad cyntaf oedd rhyddhad, ond wrth iddo wylio'r corff cryf, ystwyth yn symud o'i flaen, a'r sgarff goch oedd yn union ddigon tynn i arddangos ei chluniau lluniaidd, teimlai'n ymwybodol iawn o'i israddoldeb ef ei hun mewn cymhariaeth. Hyd yn oed nawr, meddyliodd, byddai hi fwy na thebyg yn cilio rhagddo wedi'r cyfan, unwaith iddi ei weld. Roedd melyster yr aer a glesni'r dail yn ei ddychryn. Roedd heulwen Mai ar y daith o'r orsaf eisoes wedi gwneud iddo deimlo'n fudr ac yn welw, creadur dan do, llwch huddyglyd Llundain yn llenwi tyllau ei groen. Tarodd ei ben nad oedd hithau, debyg, wedi'i weld o'r blaen yn yr awyr agored liw dydd. Daethant at y goeden farw y soniodd hithau amdani gynt. Neidiodd y ferch drosti a gwthio drwy'r llwyni, er nad oedd agoriad o fath yn y byd i'w weld. Wedi iddo'i dilyn, cafodd Winston eu bod mewn llannerch naturiol, bryncyn bychan o wair wedi'i amgylchynu'n gyfan gwbl gan goed ifanc oedd yn ei gau i mewn yn llwyr. Arhosodd y ferch, a throdd ar ei sawdl.

"Dyma ni," meddai.

Roedd Winston yn ei hwynebu hi ychydig gamau i ffwrdd. Ni feiddiai symud yn nes, ddim eto.

"Doeddwn i ddim eisiau dweud dim byd ar y lôn," meddai, "rhag ofn bod yna feicroffon wedi'i guddio yno. Dwi ddim yn meddwl bod 'na, ond gall fod. Mae perygl o hyd i un o'r moch yna adnabod eich llais. Dan ni'n iawn yma."

Nid oedd ganddo'r hyder eto i gymryd yr un cam tuag ati. "Rydyn ni'n iawn yma?" ail-adroddodd, yn hurt.

"Ydan. Yli'r coed." Onwydd bach oeddynt, wedi'u torri i lawr rywbryd ac wedi tyfu eto'n goedwig o bolion, dim un ohonynt yn fwy trwchus nag arddwrn. "Does dim byd yma'n ddigon mawr i guddio meicroffon ynddo. Dwi 'di bod yma o'r blaen, beth bynnag."

Dim ond rhyw fân siarad oedd hyn. Bellach roedd wedi llwyddo i symud yn nes ati. Safai hithau o'i flaen yn syth iawn, gwên fymryn yn eironig ar ei hwyneb, fel petai hi'n synnu at mor araf oedd ei ymateb yntau. Roedd y clychau'r gog ar wasgar ar y ddaear.

Roeddynt wedi cwympo ohonynt eu hunain, rywsut. Gafaelodd yn ei llaw.

"Fasech chi'n fy nghredu," meddai, "nad oeddwn i'n gwybod pa liw oedd eich llygaid chi, tan yr eiliad hon?" Brown, sylwodd, brown eitha golau, a'u haeliau'n dywyll. "O weld sut un ydw i mewn gwirionedd, ydych chi'n gallu edrych arnaf o hyd?"

"Ydw'n hawdd."

"Rwy'n dri deg naw mlwydd oed. Mae gen i wraig na alla'i gael gwared arni. Mae gen i wythiennau chwyddedig. Mae gen i bump o ddannedd ffug."

"S'dim ots gen i," meddai'r ferch.

Yr eiliad nesaf roedd hi yn ei freichiau, ac roedd hi'n anodd dweud gweithred pwy fuodd hwnnw. Ar y cychwyn ni allai deimlo dim byd o gwbl heblaw anghredinedd pur. Roedd y corff ifanc yn gwthio'n erbyn ei gorff ef, yr holl wallt tywyll yn ei wyneb, ac oedd! Hi oedd wedi troi ei hwyneb tuag i fyny ac roedd yntau'n cusanu'r geg goch lydan. Roedd hi wedi lapio'i breichiau am ei wddf, ac yn ei alw'n gariad, hyfryd, f'anwylyd. Roedd wedi'i thynnu hi i lawr ar y ddaear, a hithau'n hollol ufudd, gallasai wneud fel y mynnai â hi. Ond y gwir oedd na allai ei gorff deimlo dim byd heblaw'r cyffwrdd syml. Y cwbl a deimlai oedd anghredinedd, a balchder. Roedd yn falch bod hyn yn digwydd, ond ni allai deimlo unrhyw chwant corfforol. Roedd hi'n rhy fuan, a'i hieuenctid a'i harddwch wedi'i ddychryn, roedd wedi arfer gormod â byw heb ferched – ni wyddai pam. Cododd y ferch a thynnu un o'r blodau gleision o'i gwallt. Pwysodd yn ei erbyn, gan roi ei braich am ei ganol.

"Paid â phoeni, cariad. Does dim brys. Mae gynnon ni drwy'r pnawn. Yn'tydy hon yn guddfan arbennig? Ges i hyd i'r lle wedi i mi fynd ar goll unwaith ar daith gerdded gymunedol. Petai rhywun yn dod, fedrech chi eu clywed nhw gan metr i ffwrdd."

"Beth yw dy enw di?" gofynnodd Winston.

"Julia. Dwi'n gwbod dy enw di. Winston – Winston Smith."

"Sut gwyddost ti hynny?"

"Hwyrach 'mod i'n fwy o giamstar na chditha ar gael hyd i betha, cariad. Dwad i mi, be oedd dy farn di amdana'i cyn i mi basio'r neges yna i ti'r diwrnod hwnnw?"

Ni theimlodd unrhyw demtasiwn i ddweud celwydd wrthi. Math o offrwm cariad oedd hi, hyd yn oed: dechrau drwy rannu'r gwaethaf.

"Roeddwn i'n dy gasáu di'n llwyr," meddai. "Roeddwn i eisiau dy dreisio di ac wedyn dy lofruddio wedyn. Bythefnos yn ôl meddyliais o ddifri am chwalu dy ben â charreg. Os oes rhaid i ti wybod, roeddwn i'n cymryd bod nelo ti rywbeth â'r Heddlu

Meddwl."

Chwarddodd y ferch yn falch, yn amlwg yn gweld hyn yn deyrnged i'w chuddwisg a'i medrau actio.

"Nid yr Heddlu Meddwl! Ddaru chdi ddim meddwl hynny go iawn?"

"Wel, nid hynny'n union hwyrach. Ond ar dy olwg di – dim ond am dy fod di'n ifanc a ffres ac iach, rwyt ti'n deall – roeddwn i'n meddwl mai mwy na thebyg – "

"Roeddet ti'n meddwl mai aelod da o'r Blaid oeddwn i. Yn bur fy ngair a'm gweithred. Baneri, gorymdeithia, slogana, gema, teithia cymunedol ac ati. Ac roeddet ti'n meddwl, petawn i'n cael chwarter cyfle, y baswn i'n dy fradychu di fel troseddwr meddwl a'th arwain i dy farwolaeth?"

"Oeddwn, rhywbeth felly. Fel hynny mae llawer iawn o ferched, wyddost ti."

"Hwn sy' ar fai," meddai, gan rwygo sash ysgarlad Cynghrair yr Ifanc yn Erbyn Rhyw oddi arni a'i daflu i goeden. Yna, fel petai cyffwrdd â'i chanol wedi'i hatgoffa hi o rywbeth, ymbalfalodd ym mhoced ei hoferôl ac estyn slab bach o siocled. Torrodd hi ef mewn hanner a rhoi un o'r darnau i Winston. Hyd yn oed cyn iddo'i gymryd gwyddai ar ei arogl fod hwn yn siocled anarferol iawn. Roedd yn dywyll ac yn sgleiniog ac wedi'i lapio mewn papur arian. Stwff brown gwelw brau oedd siocled fel arfer, yn blasu fwy na dim byd arall fel mwg tân mewn tomen sbwriel. Ond rywbryd o'r blaen roedd wedi blasu siocled fel y darn roddodd hithau iddo. Roedd yr arogl cyntaf wedi deffro rhyw atgof na allai ei ddwyn i gof yn llawn, ond gwyddai ei fod yn bwerus ac yn anghysurus.

"O ble gest ti hwn?" meddai.

"Y farchnad ddu," meddai'n ddi-hid. "A dweud y gwir, un o'r merched hynny *ydw* i, yn ôl pob golwg o leiaf. Dwi'n giamstar ar chwaraeon. Roeddwn i'n Arweinydd gyda'r Ysbiwyr. Dwi'n gwirfoddoli tair noswaith yr wythnos efo Cynghrair yr Ifanc yn Erbyn Rhyw. Oriau, oriau lawer dwi wedi'u treulio'n gludo'u nonsens dros Lundain ben baladr. Yn y gorymdeithiau, fi sy'n cario un pen y faner fawr, bob tro. Dwi'n llawen o hyd a byth yn ddiog. Rhaid i chi floeddio gyda'r dorf, dyna 'marn i. Dyna'r unig ffordd o fod yn ddiogel."

"Rwyt ti'n ifanc iawn," meddai. "Deg neu bymtheng mlynedd yn iau na minnau. Beth yn y byd wyt ti'n gweld i dy ddenu mewn dyn fel fi?"

"Rhywbeth yn dy wyneb. Meddwl y baswn i'n mentro. Un da ydw i ar weld pobl sydd ddim yn perthyn. Roeddwn i'n gwybod ar unwaith dy fod di yn eu herbyn *Nhw*."

Nhw, debyg, oedd y Blaid, a'r Blaid Fewnol yn enwedig, y siaradai hithau amdanynt â chasineb gwawdlyd agored wnâi i Winston deimlo'n anesmwyth, er y gwyddai eu bod yn ddiogel yno, os oeddynt yn ddiogel yn unman o gwbl. Rhywbeth a'i synnodd amdani oedd mor arw oedd ei hiaith hi. Nid oedd aelodau'r Blaid i fod i regi, ac anaml iawn y byddai Winston ei hun yn gwneud o gwbl, nid ar goedd, beth bynnag. Ond yn ôl pob golwg ni allai Julia grybwyll y Blaid, a'r Blaid Fewnol yn enwedig, heb ddefnyddio'r math hwnnw o eiriau y byddwch chi'n eu gweld fel arfer mewn paent ar waliau strydoedd gefn. Nid nad oedd hynny at ddant Winston. Symptom arall oedd hwn o'i gwrthryfel yn erbyn y Blaid a'i holl weithiau, a theimlai rywsut yn naturiol ac yn iach, fel tisian ceffyl sy'n gwynto gwair pwdr. Roeddynt wedi gadael y llannerch ac yn crwydro unwaith eto drwy'r cysgodion brith, eu breichiau am ei gilydd pryd bynnag oedd y llwybr yn ddigon llydan iddynt gerdded ochr yn ochr. Sylweddolodd gymaint yn feddalach oedd ei chorff heb y sgarff. Ni siaradodd y naill na'r llall yn uwch na sibrydiad. Gwell oedd bod yn ddistaw, meddai Julia, y tu allan i'r llannerch. Daethant wedyn at gwr y goedwig fach. Rhwystrodd Julia ef rhag mynd ymhellach.

"Paid â mynd i fannau agored. Ella bod rhywun yn gwylio. Rydan ni'n iawn, dim ond o aros tu ôl i'r canghenna."

Roeddynt yn sefyll yng nghysgod y llwyni cyll. Roedd yr heulwen, er gwaetha'i ffiltro drwy'r holl ddail, yn boeth o hyd ar eu hwynebau. Syllodd Winston allan i'r cae tu hwnt, a daeth syndod araf, rhyfedd, drosto. Roedd y lle yma'n gyfarwydd iddo. Hen borfa garw o laswellt byr, gyda llwybr yn crwydro ar ei draws ac ambell dwmpath twrch daear yma a thraw. Ysgydwai'r awel ganghennau'r llwyfenni yn y gwrych blêr ar yr ochr draw, y matiau trwchus o ddail fel gwallt merched yn siffrwd. Rhywle gerllaw, o'r golwg, siawns nad oedd yna nant gyda phyllau gwyrddion â brwyniaid yn nofio ynddynt?

"Oes yna nant rhywle'n agos?" sibrydodd.

"Oes, mae yna nant. Draw ar gwr y cae nesa mae hi. Mae 'na bysgod ynddi, rhai mawr hefyd. Fedrwch chi'u gweld nhw'n gorwedd yn y pylla dan y coed helyg, yn chwifio'u cynffona."

"Gwlad Hud – bron iawn," murmurodd.

"Gwlad Hud?"

"Twt, dim byd... Rhyw wlad wy wedi ei gweld weithiau, mewn breuddwyd."

"Yli!" sibrydodd Julia.

Roedd bronfraith wedi glanio ar gangen ryw bum metr i ffwrdd, bron iawn ar lefel eu hwynebau. Hwyrach nad oedd hi wedi'u gweld. Roedd yr aderyn yn yr haul, ac yntau yn y cysgod. Lledaenodd ei adenydd, eu rhoi o'r neilltu'n ofalus drachefn, moesymgrymu am eiliad, fel petai'n talu gwrogaeth i'r haul, ac wedyn rhyddhaodd doreth o gân. Roedd y sŵn yn frawychus yn nistawrwydd y prynhawn. Cydiodd Winston a Julia yn ei gilydd, wedi'u cyfareddu. Aeth y gân yn ei blaen, funud ar ôl munud, ac amrywiaethau rhyfeddol, heb ailadrodd gymaint ag unwaith, bron fel petai'r aderyn yn dangos ei ddoniau'n fwriadol. Weithiau byddai'n peidio am ychydig eiliadau, ymestyn ei adenydd a'u gosod eto, wedyn pwffio'i frest fach frith a chanu eto. Gwyliodd Winston â rhyw fath o barch amhenodol. I bwy, i beth, oedd yr aderyn hwn yn canu? Nid oedd ganddo'r un cymar na chystadleuwr yn ei wylio. Beth felly wnâi iddo eistedd wrth gwr y goedwig unig ac arllwys ei doreth o gerddoriaeth i ddim byd? Tybed oedd yna feicroffon wedi'i guddio gerllaw wedi'r cyfan? Dim ond mewn sibrydion isel roeddynt wedi siarad, ac ni fyddai'n gallu clywed beth oeddynt wedi'i ddweud, ond byddai'n clywed y fronfraith yn iawn. Efallai, ym mhen arall y llinell, roedd rhyw chiwilen-ddyn bach yn gwrando'n astud – yn gwrando ar y gân. Ond maes o law gyrrodd toreth y gerddoriaeth bopeth arall o'i feddwl. Roedd hi fel petai'n fath o hylif yn arllwys drosto, gan gymysgu â'r heulwen oedd yn ffiltro drwy'r dail. Peidiodd â meddwl, a dim ond teimlo. Roedd corff y ferch yn ei fraich yn feddal ac yn gynnes. Tynnodd hi ato fel bod eu bronnau'n cyffwrdd, ei chorff fel petai'n ymdoddi i'w gorff ef. Ble bynnag yr aeth ei ddwylo byddai popeth yn ildio, fel dŵr. Roedd eu cegau'n glynu yn ei gilydd; roedd hi'n wahanol iawn i'w cusanau caled gynt. Pan wahanodd eu hwynebau eto, ochneidiodd y ddau'n ddwfn. Dychrynodd yr aderyn a hedfan ymaith yn swnllyd.

Rhoddodd Winston ei wefusau wrth ei chlust. "Nawr," sibrydodd.

"Ddim yma," atebodd hithau. "Tyrd yn ôl i'r guddfan. Mae'n fwy diogel."

Yn gyflym, ambell frigyn yn torri dan draed, aethant yn ôl i'r llannerch. Gyda'u bod yn ôl y tu mewn i'r cylch o goed ifanc, trodd a'i wynebu. Roeddynt ill dau'n anadlu'n gyflym, ond roedd y wên wedi dychwelyd i gorneli ei cheg. Syllodd arno am eiliad, cyn gafael yn sip ei hoferôl. Ac, oedd! Roedd hi'n debyg iawn i'w freuddwyd. Bron mor gyflym ag yr oedd wedi'i dychmygu hi'n gwneud, roedd hi wedi rhwygo'i dillad oddi arni, a phan daflodd hi nhw o'r neilltu gwnaeth â'r un ystum mawreddog hwnnw, fel petai'n difa gwareiddiad cyfan. Tywynnodd ei chorff gwyn yng ngolau'r haul. Ond am eiliad nid edrychodd ar ei chorff; roedd ei lygaid wedi'u hoelio gan y wyneb brych a'i gil-wên ddewr. Pen-liniodd i lawr o'i blaen a chymryd ei dwylo yn ei dwylo ef.

"Wyt ti wedi gwneud hyn o'r blaen?"

"Wrth gwrs. Ganwaith – wel, ugeiniau o weithiau, beth bynnag."

"Gydag aelodau o'r Blaid?"

"Ia, aelodau o'r Blaid bob tro."

"Aelodau o'r Blaid Fewnol?"

"Nid efo'r moch yna, na. Ond mae 'na ddigon fasa'n gwneud, o gael y cyfle. Dydyn nhw ddim hanner mor bur ag y maen nhw'n cogio bod."

Llamodd ei galon. Ugeiniau o weithiau roedd hi wedi'i wneud: hoffai petai hi'n gannoedd – miloedd. Byddai unrhyw beth i awgrymu llygredd bob tro'n ei lenwi â gobaith gwyllt. Pwy a ŵyr, efallai bod y Blaid yn bwdr dan yr wyneb, yr holl sôn am ddygnwch ac ymwrthod yn ddim byd ond celwydd i guddio drygioni. Petai'n gallu rhoi'r gwahanglwyf neu siffilis i'r cwbl lot ohonynt, byddai'n falch o wneud! Unrhyw beth i bydru, i wanhau, i danseilio! Tynnodd hi i lawr fel eu bod yn wynebu ei gilydd.

"Gwranda. Mwya o ddynion rwyt ti wedi'u cael, mwya'n y byd rwy'n dy garu di. Wyt ti'n deall hynny?"

"Ydw, yn berffaith."

"Gas gen i burdeb, gas gen i ddaioni! Dydw i ddim eisiau i unrhyw rinwedd fodoli'n unman. Dwi eisiau i bawb fod yn llwgr ym mêr eu hesgyrn."

"Wel, ddylwn i dy siwtio di'n iawn, cariad. Dwi'n llwgr i'r carn."

"Rwyt ti'n hoffi hyn? Nid dim ond fi dwi'n ei olygu: y weithred ynddo'i hun?"

"Rwy'n dotio ati."

Hynny roedd arno eisiau'i glywed, yn fwy na dim byd arall. Nid dim ond cariad at un person ond yr angerdd anifeilaidd, y chwant syml diwahaniaeth: hynny oedd y grym fyddai'n rhwygo'r Blaid yn ddarnau. Gwthiodd hi i'r llawr, i blith y clychau'r gog ar chwâl. Ni chafodd unrhyw drafferth y tro hwn. Maes o law arafodd eu hanadlu i'w gyflymder arferol drachefn, a mewn math o ddiniweidrwydd braf cwympodd y ddau oddi ar ei gilydd. Roedd yr haul fel petai wedi mynd yn boethach. Roeddynt ill dau'n gysglyd. Estynnodd am yr oferôl anghofiedig a'u dynnu drosti. Bron ar unwaith cwympodd y ddau i gysgu am tua hanner awr.

Winston ddeffrodd gyntaf. Eisteddodd i fyny a gwylio'r wyneb brychlyd, yn dal i gysgu'n braf, â chledr ei llaw'n obennydd iddi. Oni bai am ei cheg, ni fyddech chi wedi'i galw hi'n brydferth. Roedd yna linell neu ddwy o gwmpas ei llygaid, o graffu. Roedd y gwallt tywyll byr yn eithriadol o drwchus a meddal. Meddyliodd wedyn na wyddai fyth beth oedd ei chyfenw na ble oedd ei chartref.

Roedd gweld y corff ifanc, cryf bellach yn cysgu'n ddiniwed wedi deffro ymdeimlad tosturiol, amddiffynnol ynddo. Ond ni ddychwelodd yn llwyr y tynerwch difeddwl hwnnw yr oedd wedi'i deimlo dan y gollen, wrth i'r fronfraith ganu. Tynnodd yr oferôl o'r neilltu ac astudio ei hochr wen esmwyth. Yn yr hen ddyddiau, meddyliodd, byddai dyn yn edrych ar gorff merch a gweld ei bod hi'n ddeniadol, a dyna oedd diwedd y peth. Ond y dyddiau hyn doedd dim cariad pur na chwant pur chwaith. Doedd dim un emosiwn yn bur, gan fod popeth yn gymysg ag ofn a chasineb. Brwydr fu eu cofleidio, anterth eu caru'n fuddugoliaeth. Ergyd fuodd hi yn erbyn y Blaid. Gweithred wleidyddol oedd hi.

Pennod 3

"Gallwn ddod yn ôl yma, rywdro eto," meddai Julia. "Fel arfer mae'n ddiogel defnyddio unrhyw guddfan ryw ddwywaith. Ond nid am fis neu ddau eto, wrth gwrs."

Roedd ei hagwedd wedi newid yn syth ar ôl iddi ddeffro. Aethai'n wyliadwrus, yn broffesiynol; gwisgodd amdani, clymu'r sgarff ysgarlad am ei chanol eto, a dechrau trefnu manylion y daith adref. Teimlai'n berffaith naturiol gadael hyn iddi hi. Roedd hi'n amlwg ei bod yn meddu ar gyfrwyster ymarferol na feddai Winston arno, ac roedd ganddi hefyd wybodaeth drylwyr o'r cefn gwlad o amgylch Llundain yn sgil teithiau cerdded cymunedol aneirif. Rhoddodd lwybr iddo oedd yn dra gwahanol i'r un roedd yntau wedi'i ddilyn wrth ddod, a fyddai'n ei arwain at orsaf drenau wahanol. "Paid byth â mynd adref yr un ffordd ag yr est ti allan," meddai, fel petai'n datgan rhyw egwyddor gyffredinol o bwys. Hi fyddai'n gadael yn gyntaf, ac roedd Winston wedyn i aros hanner awr cyn ei dilyn hi.

Roedd hi wedi enwi man lle gallent gwrdd ar ôl gwaith, gyda'r hwyr ymhen pedwar diwrnod. Stryd yn un o'r ardaloedd tlawd, lle'r oedd yna farchnad agored fyddai fel arfer yn brysur ac yn swnllyd. Byddai hithau'n loetran ymysg y stondinau, gan esgus chwilio am gareiau neu edau. Petai hi o'r farn eu bod yn ddiogel byddai'n chwythu ei thrwyn wrth iddo agosáu; fel arall roedd yntau i gerdded heibio heb ei chydnabod. Ond gyda lwc, yng nghanol y dorf, byddai'n ddiogel iddynt siarad am ryw chwarter awr a threfnu cyfarfod arall.

"A rhaid i mi fynd rŵan," meddai cyn gynted ag oedd ganddo ef ei gyfarwyddiadau ar gof. "Dwi i fod nôl am un deg naw tri deg. Rhaid i mi roi dwy awr o fy amser i Gynghrair yr Ifanc yn Erbyn Rhyw, dosbarthu llyfrynna neu rywbeth. Mae'n boen, yntydi? Brwsia fi i lawr, wnei di? Oes 'na friga yn fy ngwallt? Wyt ti'n siŵr? Hwyl fawr felly, cariad, hwyl fawr!"

Taflodd ei hun i'w freichiau, ei gusanu bron iawn yn ymosodol, ac eiliad yn ddiweddarach gwthiodd ei ffordd drwy'r coed ifanc a diflannu i'r goedwig heb fawr ddim sŵn. Hyd yn oed nawr, ni wyddai ei chyfenw na'i chyfeiriad chwaith. Doedd hynny ddim o unrhyw bwys fodd bynnag, gan mai amhosib oedd dychmygu cwrdd dan do na chyfnewid unrhyw fath o negeseuon ysgrifenedig.

Fel mae'n digwydd, nid aethant fyth wedyn yn ôl i'r llannerch yn y goedwig. Dim ond unwaith eto drwy gydol mis Mai y llwyddodd y ddau i gwrdd ac i garu. Mewn cuddfan arall y gwyddai Julia amdani oedd hynny, clochdwr eglwys adfeiliedig mewn rhan o'r wlad oedd bron iawn yn hollol wag wedi i fom atomig gwympo yno dri deng mlynedd ynghynt. Lle da i guddio wedi i chi gyrraedd, ond roedd y cyrraedd yn beryglus dros ben. Dim ond ar y strydoedd fu modd iddynt gwrdd fel arall, mewn man gwahanol bob noswaith, a byth am fwy na hanner awr ar y tro. Yn y stryd roedd modd iddynt siarad fel arfer, o leiaf rywfaint. Wrth grwydro'r palmentydd prysur, heb fod ochr yn ochr a heb fyth edrych ar ei gilydd, cynhalient sgwrs ryfedd, fratiog, yn cynnau a diffodd fel golau goleudy, yn distewi'n sydyn wrth weld gwisg aelod o'r Blaid neu delisgrîn, cyn ailddechrau funudau'n ddiweddarach ar ganol brawddeg cyn gorffen yn sydyn wrth iddynt ymwahanu wedi cyrraedd y man penodedig, dim ond i ailddechrau bron iawn heb gyflwyniad y diwrnod wedyn. Roedd Julia i'w gweld wedi hen arfer â'r math yma o sgwrs: "siarad cyfrannol" oedd ei henw arni. Synnai Winston hefyd mor dda oedd hi ar siarad heb symud ei gwefusau. Unwaith yn unig mewn bron i fis o gyfarfodydd gyda'r hwyr roeddynt wedi llwyddo i gusanu ei gilydd. Roeddynt yn cerdded stryd fach mewn tawelwch (ni fyddai Julia'n dweud gair os nad oeddynt ar y prif strydoedd) pan ddaeth rhu byddarol, hyrddiodd y ddaear, a thywyllodd yr awyr, a chafodd Winston ei fod yn gorwedd ar ei ochr, yn friwiau i gyd ac yn llawn ofn. Rhaid bod roced-fom wedi glanio gerllaw. Yn sydyn daeth yn ymwybodol o wyneb Julia ychydig sentimetrau o'i wyneb ef, yn wyn fel ysbryd, yn wyn fel y galchen. Roedd hyd yn oed ei gwefusau yn wyn. Roedd hi'n farw! Daliodd hi'n glòs a chael ei fod yn cusanu wyneb cynnes, byw. Ond roedd rhyw bowdr yn rhwystro'i wefusau. Roedd haen drwchus o blastr wedi gorchuddio wynebau'r ddau ohonynt.

Rhai nosweithiau byddent yn cyrraedd eu man cyfarfod ac wedyn yn gorfod cerdded heibio'i gilydd heb arwydd, gan fod patrôl newydd ymddangos ar y gornel neu hofrennydd yn hofran uwchben. Hyd yn oed petai hi'n llai peryglus, byddai'n anodd serch hynny iddynt gael amser i gwrdd. Chwe deg awr oedd i wythnos waith Winston, roedd un Julia'n hirach fyth, ac roedd eu diwrnodiau rhydd yn amrywio'n ôl pwysau gwaith, heb gyd-ddigwydd yn aml. Prin fyddai gan Julia gymaint â noswaith yn gyfan gwbl rydd, beth bynnag. Treuliai amser anhygoel yn mynychu darlithoedd ac ardystiadau, yn dosbarthu llyfrynnau Cynghrair yr Ifanc yn Erbyn Rhyw, yn paratoi baneri ar gyfer Wythnos y Casineb, yn casglu ar gyfer yr ymgyrch gynilo, a gweithgareddau tebyg. Talai hyn oll, meddai hi: dyma'i chuddliw. O gadw'r rheolau bychain, roedd modd torri'r rhai mawr. Llwyddodd hyd yn oed i argyhoeddi Winston i forgeisio noswaith eto fyth drwy wirfoddoli ar gyfer y gwaith rhan-amser yn y ffatri arfau, y byddai aelodau pybyr o'r Blaid yn ei wneud. Felly unwaith yr wythnos treuliai Winston bedair awr gyda'r hwyr mewn diflastod parlysol yn sgriwio darnau bach o fetel wrth ei gilydd, rhannau o ffiwsys bomiau, debyg, mewn gweithdy drafftiog, tywyll, a churo'r morthwylion yn cymysgu'n ddigalon â cherddoriaeth y telisgrînau.

Yn eu cyfarfod yn y clochdwr, cawsant gyfle i lenwi'r bylchau yn eu sgyrsiau bratiog. Roedd hi'n brynhawn crasboeth. Roedd yr awyr yn y siambr fach sgwâr uwchben y clychau'n gynnes ac yn farwaidd, ac arogl y baw colomennod bron iawn yn drech na nhw. Eisteddodd y ddau yno am oriau ar y llawr ymysg y llwch a'r brigau, y naill neu'r llall yn codi bob hyn a hyn i edrych drwy'r agennau saethu i wneud yn siŵr nad oedd neb yn dod.

Roedd Julia'n ddau ddeg chwech oed. Roedd hi'n byw mewn hostel gyda thri deg o ferched eraill ("Yn nrewdod merched o hyd! Gas gen i ferched!" ategodd Julia), ac yn gweithio, yn unol â'i ragdybiaeth ef, ar y peiriannau ysgrifennu nofelau yn yr Adran Ffuglen. Roedd hi'n mwynhau ei gwaith, sef, gan mwyaf, cynnal a thrwsio modur trydan pwerus ond astrus. Doedd hi "ddim yn glyfar", ond yn hoff o ddefnyddio ei dwylo ac yn teimlo'n gartrefol gyda pheiriannau. Gallai ddisgrifio holl broses cyfansoddi nofel, o'r cyfarwyddiad cyffredinol gan y Pwyllgor Cynllunio hyd at ddiwygiadau terfynol y Tîm Ail-Ysgrifennu. Ond nid oedd ganddi ddiddordeb yn y llyfrau eu hunain. Doedd hi "ddim yn rhy hoff o ddarllen," meddai hi. Nwydd arall oedd llyfrau roedd yn rhaid eu cynhyrchu, fel jam neu garai esgidiau.

Ni allai gofio dim byd cyn y chwedegau cynnar a'r unig berson y gallai ei gofio oedd wedi sôn yn fynych am y dyddiau cyn y Chwyldro oedd taid iddi, a ddiflannodd pan oedd hithau'n wyth oed. Yn yr ysgol bu'n gapten ar y tîm hoci, ac roedd wedi ennill y tlws gymnasteg ddwy flynedd yn olynol. Bu'n arweinydd gyda'r Ysbiwyr ac yn ysgrifennydd cangen yng Nghynghrair yr Ifanc cyn ymuno â Chynghrair yr Ifanc yn Erbyn Rhyw. Bu ei chymeriad yn ddilychwyn erioed. Roedd hi hyd yn oed wedi'i dethol (arwydd digamsyniol bod gan rywun enw da) i weithio yn Adborn, yr isadran honno o'r Adran Ffuglen a gynhyrchai bornograffi rhad i'w ddosbarthu ymysg y prolau. Llysenw'r adran ymhlith y rhai a weithiai yno oedd yr Adran Fudreddi, meddai. Buodd yno am flwyddyn yn cynorthwyo cynyrchiadau mewn pecynnau caeedig gyda theitlau fel "Straeon Chwip Din" neu "Noson yn yr Ysgol Ferched", i'w prynu'n llechwraidd gan brolau ifainc dan yr argraff eu bod yn prynu rhywbeth anghyfreithlon.

"Sut lyfrau ydyn nhw?" gofynnodd Winston yn chwilfrydig.

"O, sothach ofnadwy. Maen nhw'n ddiflas, mewn gwirionedd. Dim ond chwe phlot gwahanol sydd, er eu bod nhw'n eu cyfnewid rywfaint. Dim ond ar y caleidosgopau oeddwn i, cofia. Fuom i erioed yn rhan o'r Tîm Ail-Ysgrifennu. Dwi ddim yn ddigon o lenor, cariad — ddim hyd yn oed i hynny."

Cafodd ar ddeall, er mawr syndod iddo, mai merched oedd holl weithwyr Adborn, heblaw penaethiaid yr adrannau. Y ddamcaniaeth oedd y byddai dynion, â'u chwantau rhywiol yn anoddach eu rheoli nag eiddo'r merched, yn fwy agored i gael eu llygru gan y budreddi a driniai'r adran.

"Dydyn nhw ddim hyd yn oed yn hoffi cael merched priod yno," meddai Julia. "Mae disgwyl i ferched fod mor bur, bob tro. Ond dydw i ddim, beth bynnag am hynny."

Cawsai ei chariad cyntaf yn un ar bymtheg oed, gydag aelod o'r Blaid chwe deg oed a'i lladdodd ei hunan wedyn er mwyn osgoi cael ei arestio. "A da o beth fu hynny," meddai Julia, "neu fel arall byddai wedi rhoi f'enw i iddyn nhw wrth gyffesu." Bu nifer eto ers hynny. Roedd bywyd, yn ei golwg hi, yn ddigon syml. Roedd arnoch chithau eisiau amser da; roedd arnyn "nhw", sef y Blaid, eisiau eich rhwystro rhag ei gael; felly rhaid oedd torri'r rheolau orau y gallech. Yn ôl pob golwg, roedd hi'n ei hystyried hi'n beth yr un mor naturiol eu bod "nhw" eisiau rhwystro eich pleser ag i chithau fod eisiau osgoi cael eich dal ganddynt. Roedd yn gas ganddi'r Blaid a byddai'n dweud hynny yn y geiriau mwyaf cras, ond nid oedd ganddi unrhyw feirniadaeth gyffredinol ohoni. Nid oedd ganddi'r un diddordeb yn nysgedigaeth y Blaid heblaw pan fyddai'n effeithio ar ei bywyd hi. Sylwodd Winston na fyddai hi'n defnyddio unrhyw eiriau o'r Newyddiaith heblaw'r rhai oedd yn cael eu defnyddio'n gyffredin. Nid oedd wedi clywed am y Frawdoliaeth erioed, a gwrthododd gredu y gallai'r fath beth fodoli. Byddai unrhyw fath o wrthryfel trefnus yn erbyn y Blaid yn sicr o fethu, ac felly, yn ei thyb hi, yn ddwl. Y peth clyfar i'w wneud oedd torri'r rheolau ar yr un pryd ag aros yn fyw. Tybed, meddyliodd Winston, faint yn rhagor oedd fel hithau ymhlith y genhedlaeth ifanc: pobl a fagwyd ym myd y Chwyldro, heb wybod fel arall erioed, yn derbyn y Blaid fel y derbynient yr awyr: fel rhywbeth nad oedd modd ei newid, heb wrthdaro yn erbyn ei hawdurdod ond yn syml iawn yn ei hosgoi, fel mae cwningen yn osgoi ci.

Ni soniodd y ddau am briodi. Roedd hynny'n bosibilrwydd rhy fychan i fod yn werth ei ystyried. Amhosib fyddai dychmygu'r un pwyllgor fyddai'n cymeradwyo priodas o'r fath hyd yn oed petai modd cael gwared rywsut ar Katharine, gwraig Winston. Roedd hi'n anobeithiol, hyd yn oed fel rhywbeth i freuddwydio amdano.

"Sut un oedd hi, dy wraig?" gofynnodd Julia.

"Roedd hi – wyt t'n gyfarwydd â'r gair hwnnw yn y Newyddiaith, *dadfeddwlus?* Sef uniongred wrth reddf, heb allu meddwl am yr un peth drwg?"

"Nac ydw, chlywais i erioed mo'r gair, ond dwi'n ddigon cyfarwydd â phobol felly."

Dechreuodd adrodd stori ei fywyd priodasol iddi, ond yn rhyfedd ddigon roedd hi i'w gweld yn gwybod yr hanfodion yn barod. Bron fel petai hi wedi'i weld neu'i deimlo ei hun, gallai Julia ddisgrifio stiffrwydd corff Katharine bob tro iddo'i chyffwrdd hi, y ffordd yr oedd hi fel petai'n dal i'w wthio i ffwrdd â'i holl nerth hyd yn oed pan oedd ei breichiau'n dynn o'i amgylch. Ni châi unrhyw ahawster sôn am y fath bethau gyda Julia: beth bynnag, roedd Katharine wedi hen beidio â bod yn atgof poenus a bellach yn un nad oedd ond yn aflednais.

"Gallwn fod wedi diodde'r cwbl heblaw am un peth," meddai. Soniodd wrthi am y seremoni fach oeraidd roedd Katharine wedi'i gorfodi arno, yr un nos bob wythnos. "Roedd y peth yn gas ganddi, ond doedd dim byd fyddai'n ei rhwystro hi rhag ei wneud. Wnei di fyth ddyfalu beth oedd hi'n galw'r peth."

"Ein dyletswydd i'r Blaid," meddai Julia ar unwaith.

"Sut ar y ddaear wyddost ti hynny?"

"Es i i'r ysgol hefyd, cariad. Maen nhw'n trafod rhyw unwaith y mis wedi i chi droi'n un ar bymtheg. Ac yn y Mudiad Ieuenctid. Maen nhw'n eich trochi chi ynddo fo am flynyddoedd. Debyg bod o'n gweithio mewn llawer achos. Ond does wybod, wrth gwrs; mae pobl mor rhagrithiol."

Dechreuodd ymhelaethu ar y pwnc. Gyda Julia, deuai popeth yn ôl at ei rhywioldeb hi ei hun. Gallai fod yn graff iawn bob tro byddai hyn yn codi mewn unrhyw ffordd. Yn wahanol i Winston roedd hi wedi deall gwir ystyr piwritaniaeth rywiol y Blaid. Yn un peth, roedd yr ysfa rywiol yn creu byd iddynt eu hunain y tu hwnt i reolaeth y Blaid, ac felly roedd rhaid ei dinistrio, os oedd modd. Ond yn bwysicach na hynny oedd y ffaith bod diffyg rhyw yn achos hysteria, oedd yn beth dymunol oherwydd gellid ei droi'n rhyfelgarwch a chariad at yr arweinydd. Dyma ei heglurhad hi:

"Wrth garu 'dach chi'n disbyddu'ch holl nerth ac egni; ac yna'n teimlo'n hapus, ac yn malio dim am ddim byd. Mae'n gas ganddyn nhw i chi deimlo felly. Maen nhw isio i chi fod yn llawn egni o hyd. Yr holl orymdeithio yma, i fyny ac i lawr, a bloeddio a chwifio baneri – dim ond rhyw wedi suro ydi'r cwbl. A chithau'n hapus

ynoch chi'ch hun, pa reswm fasa na i gyffroi ynghylch y Brawd
Mawr a'r Cynlluniau Tair Blynedd a'r Casineb Dwy Funud a
gweddill eu rwtsh gwirion?"

Gwir iawn hynny, meddyliodd Winston. Roedd cysylltiad
uniongyrchol ac agos rhwng diweirdeb ac uniongrededd
gwleidyddol. Sut arall byddai modd cynnal yr ofn, y casineb a'r
hygoeledd gwirion hynny roedd ar y Blaid eu hangen yn ei haelodau,
os nad drwy fygu rhyw reddf bwerus a'i defnyddio hi fel tanwydd
ar eu cyfer? Roedd yr ysfa rywiol yn beryglus i'r Blaid, ac felly roedd
hi wedi'i throi'n ddŵr i'w melin ei hun. Gwnaent rywbeth tebyg
gyda greddf rhieni o ran eu plant. Nid oedd modd diddymu'r teulu,
ac yn wir, câi rhieni eu hannog i hoffi eu plant, yn y dull hen ffasiwn,
bron iawn. Câi'r plant, ar y llaw arall, eu troi yn erbyn eu rhieni'n
fwriadol a'u dysgu i ysbïo arnynt a rhoi gwybod am bob cam oddi
ar lwybr uniondeb. Estyniad o'r Heddlu Meddwl oedd y teulu
bellach, i bob pwrpas. Dyfais oedd drwy'r hon yr oedd modd
amgylchynu pob dyn bob awr o'r dydd a'r nos â bradwyr oedd yn
ei adnabod yn dda.

Dychwelodd ei feddwl yn sydyn at Katharine. Byddai
Katharine wedi'i fradychu i'r Heddlu Meddwl heb os, pe na bai hi'n
rhy analluog i sylweddoli mor anuniongred oedd ei deimladau ef.
Ond yr hyn a ddygodd hi i'w gof yr eiliad honno mewn gwirionedd
oedd gwres tanbaid y prynhawn, oedd wedi codi chwys ar ei dalcen.
Dechreuodd adrodd wrth Julia helynt rhywbeth ddigwyddodd,
neu'n hytrach rhywbeth na ddigwyddodd, ar brynhawn haf poeth
arall un ar ddeg o flynyddoedd ynghynt.

Roedd hi'n dri neu bedwar mis ers iddynt briodi. Roeddynt
wedi mynd ar goll ar daith gerdded gymunedol rywle yn Swydd
Caint. Dim ond rhyw ddau funud oedd hi ers iddynt gael eu gadael
ar ôl gan y lleill, ond roeddynt wedi dilyn tro chwith a chael eu
hunain wrth ymyl hen chwarel sialc. Rhaid ei bod hi'n gwymp o
ryw ddeg neu ugain metr dros y dibyn i'r creigiau ar y gwaelod. Nid
oedd neb arall yno i allu gofyn iddynt pa ffordd i fynd. Cyn gynted
ag y sylweddolodd eu bod ar goll aethai Katharine yn hynod
anesmwyth. Teimlai rywsut fel petai'n gwneud rhywbeth o'i le dim
ond o fod ar wahân i'r dorf o gerddwyr swnllyd. Roedd arni eisiau
rhuthro'n ôl o ble ddaethant a dechrau chwilio i'r cyfeiriad arall.
Ond yr eiliad honno sylwodd Winston ar ambell sbrigyn o
drewynyn yn tyfu yng nghraciau'r clogwyn oddi tanynt. Roedd un
ohonynt yn ddeuliw, magenta a choch fel bricsen, yn ôl pob golwg
yn tyfu o'r un gwreiddyn. Nid oedd wedi gweld dim byd o'r fath
erioed, a galwodd ar Katharine i ddod draw i edrych arno.

"Edrych, Katharine! Edrych ar y blodau acw. Y rheiny draw ger y gwaelod. Wyt ti'n gweld sut maen nhw'n ddau liw gwahanol?"

Roedd hithau eisoes wedi troi i fynd, ond serch hynny daeth yn ei hôl am ychydig eiliadau petrus. Aeth mor bell hyd yn oed â phwyso allan dros ymyl y clogwyn i edrych lle'r oedd yntau'n pwyntio. Roedd yn sefyll ychydig y tu ôl iddi, a rhoddodd ei law ar ei chanol i'w sadio. Yr eiliad honno sylweddolodd yn sydyn eu bod ar eu pennau eu hunain yn llwyr. Nid oedd un bod dynol arall yn unman, dim un ddeilen yn symud, dim hyd yn oed aderyn yn effro. Rhaid mai bychan iawn oedd y perygl bod meicroffon cudd gerllaw yn y fath le, a hyd yn oed petai un, dim ond sŵn fyddai'n ei synhwyro. Yr awr boethaf, fwyaf cysglyd o'r prynhawn oedd hi. Tywynnai'r haul i lawr arnynt, y chwys yn cosi ei wyneb. A meddyliodd yn sydyn...

"Pam na roddaist ti hwb go lew iddi?" meddai Julia. "Faswn innau wedi gwneud."

"Baset, cariad, mi faset ti. Baswn innau hefyd, petawn i'r un person yr adeg honno ag ydw i nawr. Neu hwyrach na fyddwn — wn i ddim."

"Ydi'n edifar gen ti?"

"Ydy. Ar y cyfan, mae'n edifar gen i na wnes i hynny."

Roeddynt yn eistedd ochr yn ochr ar y llawr llychlyd. Fe'i tynnodd hi'n nes ato. Gorffwysai ei phen ar ei ysgwydd, arogl braf ei gwallt yn drech na baw'r colomennod. Roedd hi'n ifanc iawn, meddyliodd, ac yn dal i ddisgwyl rhywbeth gan fywyd; nid oedd hi'n sylweddoli nad yw gwthio rhywun anghyfleus dros glogwyn yn datrys dim byd mewn gwirionedd.

"Ond fyddai hynny ddim wedi gwneud unrhyw wahaniaeth," meddai.

"Pam mae'n edifar gen ti felly?"

"Dim ond gan fod yn well gen i wneud rhywbeth na pheidio â gwneud dim. Does dim ennill ar y gêm hon rydyn ni'n ei chwarae. Dim ond bod rhai ffyrdd o fethu y well na'i gilydd, dyna i gyd."

Teimlodd ei hysgwyddau hi'n gwingo mewn anghydfod. Byddai'n anghytuno ag ef bob tro y dywedai bethau o'r fath. Ni fyddai hithau'n derbyn bod sicrwydd trechu'r unigolyn yn un o gyfreithiau natur. Mewn ffordd roedd hithau'n sylweddoli hefyd mai marw oedd ei thynged, y byddai'r Heddlu Meddwl yn ei dal hi a'i lladd yn hwyr neu'n hwyrach, ond roedd rhan arall o'i meddwl yn dal i gredu bod modd rywsut llunio byd dirgel lle'r oedd modd i chi fyw yn ôl eich mympwy. Y cwbl oedd angen oedd i chi fod yn lwcus, yn gyfrwys ac yn ddewr. Ni sylweddolai nad oedd y fath beth â hapusrwydd yn bod, mai'r unig fuddugoliaeth oedd yn y dyfodol pell, ymhell ar ôl eich marwolaeth chi, mai gwell oedd meddwl amdanoch eich hun fel un o'r meirw o foment eich ymwrthod â'r Blaid.

"Ni yw'r meirw," meddai yntau.

"Dydyn ni ddim yn farw eto," meddai Julia'n rhyddieithol.

"Ddim yn gorfforol. Chwe mis, blwyddyn – pum mlynedd, o bosib. Mae arnaf ofn marw. Rwyt ti'n ifanc, ac felly'n ei ofni mwy na minnau, debyg. Wrth reswm mi wnawn ni geisio osgoi hynny gyhyd â phosib. Ond does dim gwahaniaeth yn y pen draw. Tra bo dynion yn ddynion o hyd, yr un peth yw byw a marw."

"O, lol botes! Pa un fasai'n well gen ti gysgu efo hi, minnau neu sgerbwd? Dwyt ti ddim yn mwynhau byw? Dwyt ti ddim yn hoffi teimlo: dyma fi, dyma fy llaw, dyma fy nghoes, dwi'n real, dwi'n solet, dwi'n fyw! Dwyt ti ddim yn hoffi *hyn?*"

Trodd yn ei hunfan a gwasgodd ei mynwes yn ei erbyn. Gallai deimlo'i bronnau, yn aeddfed ond yn gadarn, drwy ei hoferôl. Roedd ei chorff fel petai'n arllwys rhywfaint o'i hieuenctid a'i bywyd i'w gorff ef.

"Ydw, rwy'n hoffi hyn," meddai,

"Dim rhagor o sôn am farw felly. A gwranda rŵan, cariad, rhaid i ni benderfynu ar y tro nesaf i ni gwrdd. Man a man i ni fynd yn ôl i'r lle yn y goedwig. Rydyn ni wedi aros cryn amser. Ond rhaid i ti ddilyn llwybr gwahanol yno'r tro yma. Dwi wedi cynllunio'r holl beth. Rhaid i ti fynd ar y trên – ond 'drycha, fe ddangosa i ti."

Ac yn ei dull ymarferol casglodd sgwâr bach o lwch ynghyd, a gan ddefnyddio brigyn o nyth colomen dechreuodd ddarlunio map ar y llawr.

Pennod 4

Edrychodd Winston ar yr ystafell fach lom uwchben siop Mr. Charrington. Yn ymyl y ffenest roedd y gwely enfawr wedi'i wneud yn dwt, gyda blancedi carpiog a gobennydd heb orchudd. Ar y silff ben tân ticiai'r cloc hen ffasiwn o hyd, a'i wyneb deuddeg awr. Yn y gornel ar y bwrdd giât-goes roedd y pwysau papur brynodd y tro diwethaf iddo fod yno, yn disgleirio'n wan yn y gwyll.

Yn y ffendar roedd yna stôf olew dolciog o dun, sosban, a dwy gwpan, a ddarparwyd gan Mr. Charrington. Cyneuodd Winston y fflam a gosod sosban o ddŵr i ferwi. Roedd wedi dod ag amlen yn llawn Coffi Buddugoliaeth a thabledi sacarin. Un deg saith dau ddeg meddai dwylo'r cloc: un deg naw dau ddeg oedd hi mewn gwirionedd. Byddai hi'n cyrraedd am un deg naw tri deg.

Ffolineb, ffolineb, meddai ei galon o hyd: ffolineb ymwybodol, rhemp a hunanddinistriol. O'r holl droseddau y gallai aelod o'r Blaid ei chyflawni hon oedd yr un lleiaf hawdd ei chuddio. A dweud y gwir daeth y syniad iddo gyntaf ar ffurf gweledigaeth, o adlewyrchiad y pwysau papur gwydr yn wyneb y bwrdd giât-goes. Fel roedd wedi'i ragweld ni chafodd unrhyw drafferth yn rhentu'r ystafell gan Mr. Charrington. Roedd yn amlwg yn falch o'r ychydig ddoleri y byddai'n eu hennill iddo. Nid edrychai fel petai wedi'i frawychu ac nid aeth yn sarhaus chwaith wedi cael gwybod yn glir bod ar Winston eisiau'r ystafell er mwyn cynnal carwriaeth. Yn lle hynny, syllodd i'r pellter gan siarad yn gyffredinol, ei ymagwedd mor ofalus nes rhoi'r argraff ei fod wedi pylu i'r cefndir rywfaint. Peth gwerthfawr iawn oedd cyfrinachedd, meddai. Roedd ar bawb eisiau rhywle i fod ar ei ben ei hun weithiau. A phan fo gan rywun le o'r fath, dim ond cwrteisi cyffredin fyddai i unrhyw un arall a wyddai amdano gadw'r wybodaeth honno iddo'i hun. Rhoddodd wybod, hyd yn oed, ac wrth ddweud roedd bron fel petai'n pylu o'r golwg yn llwyr, fod yna ddwy fynedfa i'r tŷ, un ohonynt drwy'r iard gefn, i ale'r tu hwnt.

Roedd rhywun yn canu o dan y ffenest. Tarodd Winston olwg allan, yn teimlo'n ddiogel y tu ôl i'r llen mwslin. Roedd haul Mehefin yn uchel o hyd, ac yn y buarth heulog islaw roedd anghenfil o ddynes, mor gadarn â cholofn Normanaidd â'i breichiau cochion cyhyrog a ffedog wedi'i chlymu o amgylch ei chanol, yn plygu a chodi yma a thraw rhwng twba golchi a llinyn i osod rhesaid o sgwariau gwynion i sychu – cewynnau babanod, sylweddolodd Winston. Pryd bynnag roedd ei cheg yn wag o begiau, canai'r ddynes mewn contralto nerthol:

> *Dim ond rhyw ffansi ddiobaith,*
> *Aeth heibio fel ton ar y lli,*
> *Ond golwg a roddodd, breuddwydion a dyfodd!*
> *A dygodd fy nhgalon i!*

Alaw oedd hi fuasai'n atseinio drwy Lundain ers wythnosau. Dim ond un o'r caneuon aneirif a gyhoeddwyd gan isadran o'r Adran Gerddoriaeth at ddefnydd y prolau. Cyfansoddid geiriau'r caneuon hyn heb unrhyw ymyrraeth ddynol o fath yn y byd, ar declyn o'r enw'r pennilliadur. Ac eto, canai'r ddynes mor dda nes ei bron iawn â throi'r sothach tila'n rhywbeth hardd. Gallai glywed y ddynes yn canu a'i hesgidiau'n crafu'r llechfeini, llefain y plant yn y stryd, a rhu dawel traffig rhywle yn y pellter; ac eto roedd rhyw dawelwch neilltuol i'r ystafell gan nad oedd ynddi delisgîn.

Ffolineb, ffolineb! meddyliodd drachefn. Amhosib fyddai dychmygu y byddai modd iddynt ddod yma am fwy nag ychydig wythnosau heb gael eu dal. Ond bu temtasiwn cael cuddfan fyddai'n eiddo iddyn nhw yn unig, dan do a gerllaw, yn drech na'r naill na'r llall ohonynt. Bu'n amhosib iddynt drefnu cyfarfod eto am gryn amser ar ôl eu hymweliad â'r clochdy. Roedd oriau gwaith wedi'u cynyddu'n sylweddol wrth iddynt agosáu at Wythnos y Casineb. Roedd honno dros fis i ffwrdd o hyd, ond roedd yr holl baratoadau cymhleth oedd ynghlwm â hi'n creu gwaith ychwanegol i bawb. O'r diwedd llwyddodd y ddau ohonynt i gael prynhawn rhydd ar yr un diwrnod. Roeddynt wedi cytuno i ddychwelyd i'r llannerch yn y goedwig. Cyfarfuant yn gyflym yn y stryd y noson o flaen llaw. Yn ôl ei arfer, prin yr edrychodd Winston ar Julia wrth iddynt ymlwybro tuag at ei gilydd yn y dorf, ond o'r cipolwg a gafodd roedd hi'n edrych yn welwach na'r arfer.

"Rhaid i ni roi'r gorau iddi," murmurodd cyn gynted ag y tybiodd ei bod hi'n ddiogel siarad. "I yfory, dwi'n meddwl."

"Be?"

"Prynhawn fory. Fedra i ddim dod."

"Pam ddim?"

"O, y rheswm arferol. Mae wedi dechrau'n gynnar y tro hwn."

Roedd yn enbyd o ddig am eiliad. Yn ystod mis eu cydnabod roedd natur ei serch tuag ati wedi newid. Fuodd yno fawr ddim o wir gnawdolrwydd ar y cychwyn. Gweithred o'u hewyllys yn unig fu'r tro cyntaf iddynt garu. Ond ar ôl yr eildro, roedd hi'n wahanol. Roedd arogl ei gwallt, blas ei cheg, teimlad ei chroen wedi treiddio iddo, neu i'r awyr o'i gwmpas. Roedd hi wedi bellach wedi dod yn anghenraid corfforol – nid dim ond yn beth roedd arno'i eisiau ond yn beth y teimlai fod ganddo hawl iddo. Pan ddwedodd hi nad oedd modd iddi ddod, teimlai yntau ei bod hi'n ei dwyllo. Ond yr union eiliad honno fe'u gwasgwyd at ei gilydd gan y dorf a chyffyrddodd eu dwylo ar ddamwain. Gwasgodd pennau ei fysedd yn gyflym, gweithred oedd fel petai'n gwahodd anwyldeb yn hytrach na chwant. Trawodd ei ben fod siom, mae'n debyg, yn beth arferol, rheolaidd gyda merch mor unigryw â hon; a meddiannwyd ef yn sydyn gan dynerwch dwfn nad oedd wedi'i deimlo tuag ati o'r blaen. Dymunai iddynt allu bod yn bâr priod ers deng mlynedd. Dymunai allu cerdded y strydoedd gyda hi yn union fel roeddynt yn ei wneud ond yn agored a heb ofn, yn mân sgwrsio a phrynu hyn a'r llall i'r tŷ. Dymunai yn fwy na dim gael iddynt ryw le i fod ar eu pennau eu hunain heb deimlo eu bod yn gorfod caru bob tro iddynt gwrdd. Nid yr eiliad honno'n union y cafodd y syniad o rentu ystafell Mr. Charrington, ond rywbryd y diwrnod wedyn. Pan awgrymodd y peth i Julia roedd hithau wedi cytuno â pharodrwydd annisgwyl. Roeddynt yn gwybod ill dau mai gwallgofrwydd oedd y peth. Roedd hi fel cymryd cam bwriadol tua'r bedd. Wrth eistedd yno ar ymyl y gwely meddyliodd eto am selerau'r Weinyddiaeth Gariad. Rhyfedd sut roedd yr arswyd anochel hwnnw'n mynd a dod o'r meddwl. Dyna fe, wedi'i osod yn y dyfodol, yn rhagflaenu marwolaeth cyn sicred â bod 99 yn dod cyn 100. Doedd mo'i osgoi, ac eto gallai dyn ei ohirio efallai; ond eto yn lle hynny, bob hyn a hyn, drwy weithred fwriadol, ymwybodol, roedd dyn yn dewis lleihau'r amser cyn iddo ddigwydd.

Yr eiliad honno daeth cam cyflym ar y grisiau. Rhuthrodd Julia i'r ystafell. Roedd ganddi fag offer o gynfas brown garw, fel y rhai roedd wedi'i gweld hi'n eu cludo yn ôl ac ymlaen yn y Weinyddiaeth ambell dro. Dechreuodd ei chofleidio hi, ond torrodd hi oddi wrtho ar frys braidd, yn rhannol oherwydd ei bod hi'n dal i gydio yn y bag offer.

"Hanner munud," meddai. "Gad i mi ddangos i ti be sy gen i. Ddoist ti â rhywfaint o'r Coffi Buddugoliaeth afiach 'na? Ro'n i'n meddwl. Gei di'i daflu fo, fydd arnon ni mo'i angen. Yli."

Syrthiodd ar ei phengliniau, agor y bag ac arllwys ohono ambell i sbaner a sgriwdreifer a lenwai'r rhan uchaf ohono. Oddi tanynt roedd nifer o bacedi papur taclus. Roedd teimlad rhyfedd ac eto cyfarwydd i'r paced cyntaf y pasiodd at Winston. Roedd yn llawn o ryw sylwedd trwm, tywodlyd a ildiai i'w fysedd.

"Nid siwgr yw hwn?" meddai.

"Siwgr go iawn. Nid sacarin, siwgr. A dyma dorth o fara – bara

gwyn go iawn, nid y stwff cyffredin felltith – a photiad bach o jam.
A dyma dun o lefrith – ond yli! Dyma'r un dwi'n wir falch ohono.
Bu raid i mi lapio darn o sach amdano, achos – "

Ond doedd dim rhaid dweud wrtho pam y bu iddi wneud
hynny. Roedd yr arogl eisoes yn llenwi'r ystafell, arogl coeth cynnes
oedd fel petai'n ei gyrraedd o'i blentyndod cynnar, ond eto un y
byddai'n cwrdd ag ef bob hyn a hyn hyd yn oed nawr, yn chwythu
ar hyd coridor cyn i ddrws gau'n glep, neu'n ymwasgaru'n rhyfedd
ar stryd brysur, i'w arogli am eiliad, cyn iddo ddiflannu drachefn.

"Coffi," meddai dan ei wynt, "coffi go iawn."

"Coffi'r Blaid Fewnol. Mae cilo cyfan yma," meddai.

"Sut gest ti afael ar hyn i gyd?"

"O'r Blaid Fewnol mae o i gyd. Does dim byd nad oes gan y
moch 'na, dim byd. Ond wrth gwrs mae gweinyddion a gweision a
phobol yn cipio petha, ac – yli, mi ges i becyn bach o de hefyd."

Roedd Winston yn ei gwrcwd wrth ei hochr. Rhwygodd gornel
o'r pecyn ar agor.

"Te go iawn. Nid dail mwyar duon."

"Mae 'na lawer o de wedi bod o gwmpas yn ddiweddar. Maen
nhw wedi goresgyn India, neu rywbeth," meddai hi'n ddifater.
"Ond gwranda, cariad. Dwi isio'i ti droi dy gefn arna i am dri
munud. Dos i ista'r ochor draw i'r gwely. Paid mynd yn rhy agos at
y ffenest. A phaid â throi rownd nes i mi ddeud."

Syllodd Winston yn synfyfyriol drwy'r llen mwslin. I lawr yn yr
iard roedd y fenyw â'r breichiau cochion yn dal i orymdeithio yn ôl
ac ymlaen o'r twba golchi at y llinell. Estynnodd ddau beg eto o'i
cheg gan ganu'n angerddol:

> *Do's meddyg fel amsar, medda' nhw,*
> *Ac anghofio'n ddewis bob tro;*
> *Ond gwên a deigryn, ers llawar blwyddyn,*
> *Sy'n gyrru fy nghalon o'i cho'!*

Debyg bod ganddi bob gair gwirion o'r gân rwtshlyd ar ei chof.
Nofiai ei llais drwy awyr melys yr haf, yn soniarus iawn, ac â rhyw
dristwch llawen y tu ôl iddo. Rhoddai'r argraff y byddai wedi bod
yn berffaith fodlon, petai'r noswaith o Fehefin yn ddiddiwedd a'r
pentwr o ddillad yn ddiwaelod, aros yno am fil o flynyddoedd, yn
pegio cewynnau a chanu sothach. Trawodd y ffaith ryfedd arno'n
sydyn nad oedd erioed wedi clywed aelod o'r Blaid yn canu'n
ddigymell ar ei ben ei hun. Byddai hynny wedi teimlo braidd yn
anuniongred hyd yn oed, yn hynodrwydd peryglus, fel siarad
gyda'ch hunan. Efallai mai dim ond gan y rhai oedd ar fin llwgu

roedd unrhyw beth i ganu amdano.

"Gei di droi rownd rŵan," meddai Julia.

Trodd, ac am eiliad bu bron iddo fethu â'i hadnabod. Yr hyn yr oedd wedi'i ddisgwyl oedd ei gweld hi'n noethlymun. Ond doedd hi ddim yn noeth. Roedd y newid a ddigwyddasai'n destun llawer mwy o syndod na hynny. Roedd hi wedi paentio'i hwyneb.

Rhaid ei bod hi wedi sleifio i ryw siop yn y mannau proletaraidd a phrynu casgliad o golur o bob math. Roedd ei gwefusau'n goch dwfn, a'i gruddiau; ei thrwyn wedi'i bowdro; roedd hyd yn oed rhywbeth dan ei llygaid a'i gwnâi'n fwy llachar. Doedd dim llawer o fedr i'r gwaith, ond nid oedd safonau Winston yn uchel o ran pethau felly. Nid oedd erioed wedi gweld na hyd yn oed dychmygu merch o'r Blaid â cholur ar ei hwyneb. Roedd y gwellhad o ran ei golwg yn ddigon i'w synnu. Dim ond ambell awgrym o liw yn y mannau iawn ac roedd hi nid yn unig yn harddach o lawer ond, yn anad dim, yn fwy merchetaidd. Dim ond ategu at hynny wnâi ei gwallt byr a'r oferôl bachgennaidd. Wrth iddo'i chofleidio yn ei freichiau llenwyd ei ffrwynau gan don o fioledau synthetig. Cofiodd hanner tywyllwch cegin danddaearol, a cheg anferthol merch arall. Roedd hi wedi defnyddio'n union yr un persawr; ond ar hyn o bryd doedd hynny ddim yn teimlo'n bwysig.

"Persawr, hefyd!" meddai.

"Ia cariad, persawr hefyd. A wyddost ti be dwi'n mynd i'w neud nesa? Dwi'n mynd i gael gafael ar ffrog go iawn o rywle a'i gwisgo yn lle'r trowsus felltith yma. Dwi'n mynd i wisgo sanau sidan a sodlau uchel! Yn yr ystafell hon mi ydw i'n mynd i fod yn ddynas yn lle'n gymrawd o'r Blaid."

Tynnodd y ddau amdanynt yn frysiog cyn dringo i'r gwely mahogani enfawr. Dyma'r tro cyntaf iddo dynnu amdano'n noethlymyn o'i blaen. Cyn hyn bu'n cywilyddio gormod yn ei gorff gwelw disylwedd, gyda'i wythiennau chwyddedig ar ei fferau a'r man tywyll uwchben ei sawdl. Doedd dim lleiniau ar y gwely ond roedd y blanced yn denau ac yn esmwyth, ac fe'u synnwyd ill dau gan faint a meddalwch y gwely. "Hwyrach ei fod o'n llawn o bryfed, ond be di'r ots?" meddai Julia. Welech chi fyth wely dwbl y dyddiau hyn, heblaw yng nghhartrefi'r prolau. Roedd Winston wedi cysgu mewn un ambell dro pan oedd yn fachgen: ni fu Julia mewn un erioed o'r blaen, hyd y cofiai hi.

Maes o law cysgodd y ddau am dipyn. Pan ddeffrodd Winston roedd bysedd y cloc wedi cripio bron hyd at naw. Ni symudodd, gan fod Julia'n cysgu gyda'i phen ar ei fraich. Roedd y rhan fwyaf o'i cholur bellach ar ei wyneb yntau neu'r gobennydd, ond roedd ychydig o rudd yno o hyd i ddangos harddwch ei gruddiau. Wrth i'r haul suddo yn yr awyr deuai pelydryn o olau ar draws troed y gwely i oleuo'r lle tân, lle'r oedd y dŵr yn y sosban yn berwi'n ffyrnig. I lawr yn yr iard roedd y fenyw wedi peidio â chanu, ond o'r pellter deuai lleisiau plant yn gweiddi yn y stryd. Tybed, meddyliodd, a fu gorwedd mewn gwely fel hyn yn brofiad cyffredin erioed yn y gorffennol diddymiedig – yn yr haf gyda'r hwyr, dyn a merch heb ddillad, yn caru yn ôl eu dymuniad, yn sgwrsio am beth bynnag a fynnent, heb deimlo'r un cymhelliad dros godi, dim ond gorwedd a gwrando ar sŵn yr hedd tu allan? Doedd bosib bod adeg wedi bod erioed pan oedd peth or fath yn teimlo'n ddigon cyffredin? Deffrodd Julia, rhwbio'i llygaid a chodi ar ei phen-glin i edrych ar y stôf olew.

"Mae hanner y dŵr yna wedi'i berwi'n sych," meddai. "Mi goda i a gwneud llymaid o goffi 'mhen munud. Mae gynnon ni awr. Faint o'r gloch maen nhw'n diffodd y goleuadau yn dy fflatia di?"

"Dau ddeg tri tri deg

"Dau ddeg tri yn yr hostel. Ond rhaid i chi ddod mewn cyn hynny, achos – Hei! Dos o' na'r creadur budr!"

Hyrddiodd yn y gwely'n sydyn, gafael mewn esgid o'r llawr a'i anfon i'r gornel gydag ystum bachgennaidd â'i llaw, yn union fel y gwelodd Winston hi'n taflu'r geiriadur at Goldstein y bore hwnnw yn ystod y Casineb Dwy Funud.

"Beth oedd 'na?" meddai'n syn.

"Llygoden fawr. Fe'i gwelais i hi'n gwthio'i thrwyn hyll allan o'r wensgot. Mae 'na dwll yno. Rois i fraw iddi, beth bynnag."

"Llygod mawr!" murmurodd Winston. "Yn y stafell hon!"

"Maen nhw ymhobman," meddai Julia'n ddigyffro wrth orwedd i lawr drachefn. "Mae gynnon ni rai yn y gegin yn yr hostel hyd yn oed. Mae rhannau o Lundain yn berwi ohonyn nhw. Wyddost di eu bod nhw'n ymosod ar blant? Yndan, maen nhw. Mewn rhai o'r strydoedd dydy'r merched ddim yn meiddio gadael baban ar ei ben ei hun am gymaint â dwy funud. Y rhai brown enfawr sy wrthi. A'r peth gwaethaf ydi bod y cnafon bob tro'n – "

"NA, PAID!" meddai Winston, ei lygaid ynghau'n dynn.

"Cariad! Rwyt ti'n wyn fel y galchan. Be sy? Ydyn nhw'n codi myll arnat ti?"

"O holl erchyllterau'r byd – llygoden fawr!"

Gwasgodd ei chorff tuag ato a lapio'i breichiau a'i choesau amdano, fel petai'n ceisio'i dawelu â chynhesrwydd ei chorff. Ni agorodd ei lygaid ar unwaith. Am ychydig eiliadau cawsai'r teimlad ei fod yn ôl mewn hunllef roedd wedi'i chael bob hyn a hyn ar hyd ei oes. Yr un oedd yr hunllef bob tro. Roedd yn sefyll o flaen llen o dywyllwch, a'r tu hwnt i'r llen roedd rhywbeth annioddefol, rhywbeth rhy ddychrynllyd i'w wynebu. Ei argraff fwyaf o'r freuddwyd bob tro oedd hunan-dwyll, oherwydd gwyddai mewn gwirionedd beth oedd tu ôl i'r llen tywyll. Gydag ymdrech farwol, fel rhwygo ymaith rhan o'i ymennydd ei hun, gallai hyd yn oed fod wedi llusgo'r peth allan i'r golau. Byddai'n deffro bob tro heb ddarganfod beth oedd hi: ond roedd hi'n gysylltiedig rywsut â'r hyn y bu Julia'n ei ddweud pan dorrodd ef ar ei thraws.

"Mae'n flin gen i," meddai. "Rwy'n iawn. Dwi ddim yn hoffi llygod mawr, dyna i gyd."

"Paid â phoeni cariad, fydd dim o'r cnafon budr i'w cael yma. Mi lenwa i'r twll efo darn o hen sach cyn i ni fynd. A'r tro nesa down ni yma mi ddo i â 'chydig o blastr i'w lenwi o'n iawn."

Roedd yr eiliad arswydus du eisoes wedi hanner fynd dros gof. Gan deimlo rhywfaint o gywilydd, eisteddodd i fyny yn erbyn pen y gwely. Cododd Julia o'r gwely, gwisgo ei hoferôl, a gwneud y coffi. Roedd yr arogl o'r sosban mor gryf a mor gyffrous nes iddynt gau'r ffenest rhag ofn i neb o'r tu allan sylwi arnynt a mynd yn chwilfrydig. Gwell hyd yn oed yn na blas y coffi oedd ei naws sidanaidd ar ei dafod, diolch i'r siwgr, rhywbeth roedd Winston bron ag anghofio wedi blynyddoedd o sacarin. Un llaw yn ei phoced a darn o fara jam yn y llall, rhodiodd Julia'r ystafell, yn syllu'n llawn diddordeb ar y silffoedd llyfrau, esbonio'r ffordd orau i drwsio'r bwrdd giât-goes, eistedd yn drwm yn y gadair freichiau garpiog i weld pa mor gyfforddus oedd honno, ac archwilio'r cloc deuddeg awr gwallgof â rhyw fath o ddifyrrwch goddefgar. Aeth â'r pwysau papur gwydr draw i'r gwely i gael golwg well arno yn y golau. Fe'i tynnodd o'i llaw, wedi'i gyfareddu, fel bob tro, gan olwg y gwydr, oedd yn feddal, fel glaw.

"Beth ydi o, wyt ti'n meddwl?" meddai Julia.

"Dwi ddim yn credu'i fod e'n ddim byd – hynny yw, dwi ddim yn meddwl y bu unrhyw bwrpas iddo erioed. Dyna dwi'n hoffi amdano. Darn bach o hanes maen nhw wedi anghofio'i newid. Neges o ganrif yn ôl, petai rywun yn gallu'i darllen."

"A'r llun acw – " nodiodd ei phen tua'r engrafiad ar y wal bellaf " – canrif oed ydi hwnna?"

"Mwy na hynny. Dwy ganrif, hwyrach. Pwy a ŵyr? Mae'n amhosib cael gwybod oed dim byd y dyddiau hyn."

Aeth hithau draw i edrych arno. "Dyma lle frathodd y gnawas honno'i thrwyn allan," meddai, gan wthio'r wensgot yn syth o dan y llun. "Be di'r lle yma? Dwi wedi'i weld o o'r blaen yn rhywle."

"Eglwys yw hi, neu dyna roedd hi'n arfer bod. Llan-Glemwnt Danes oedd ei henw." Daeth yr odl fach yr oedd Mr. Charrington wedi'i ddysgu iddo i'w ben, ac ychwanegodd, yn hanner hiraethus,

"Oren a lemwn, meddai clychau Llan-Glemwnt!"

Er mawr syndod iddo, gorffennodd hithau'r linell:

"'Ble mae fy arian, meddai clychau Llan-Fartan, Amser i dalu, meddai clychau'r Hen Feili' – fedra'i ddim cofio'r gweddill ar ôl hynny. Ond dwi'n cofio'r diwedd beth bynnag. 'Yma daw gannwyll i oleuo'ch gwely, yma daw bwyell i dorri eich pen chi'!"

Roedd hi fel dau hanner cyfrinair. Ond rhaid bod yna linell eto ar ôl "clychau'r Hen Feili." Efallai y byddai modd cael hyd iddo yng nghof Mr. Charrington, o roi'r awgrymiadau priodol iddo.

"Pwy ddysgodd hwnna i ti?" meddai.

"Fy nhaid. Roedd o'n arfer ei adrodd i mi pan oeddwn i'n ferch fach. Gafodd o'i darthu pan oeddwn i'n wyth – mi ddiflannodd, beth bynnag. Tybed be oedd lemwn," meddai wedyn yn ddidaro. "Dwi wedi gweld orena. Math o ffrwyth melyn crwn efo croen trwchus."

"Dwi'n cofio lemwnau," meddai Winston. "Pethe digon cyffredin oedden nhw yn y pumdegau. Roedden nhw mor sur eu bod nhw'n rhoi'r dincod i chi, dim ond o'u harogl."

"Fentra i fod yna bryfaid y tu ôl i'r llun yna," meddai Julia. "Mi dynna i o oddi ar y wal rywbryd a'i llna'n iawn. Debyg bod hi bron yn bryd i ni adael. Rhaid i mi ddechrau golchi'r stwff yma oddi arna. Hen stryffig! Fe ga' i'r minlliw oddi ar dy wyneb di wedyn."

Chododd Winston ddim am ychydig funudau eto. Roedd yr ystafell yn tywyllu. Trodd drosodd tua'r golau a gorwedd gan syllu ar wydr y pwysau papur. Nid y darn bach o gwrel oedd yn ddi-ben-draw o ddiddorol ond y tu mewn i'r gwydr ei hun. Roedd rhyw ddyfnder mawr iddo, ac eto roedd bron mor dryloyw â'r awyr. Roedd bron fel petai yr awyr *oedd* wyneb y gwydr, byd bychan cyfan y tu mewn i'w atmosffer. Teimlai y gallai fynd i mewn iddo rywsut, a'i *fod* y tu mewn iddo mewn gwirionedd, gyda'r gwely mahogani a'r bwrdd giât-goes, a'r cloc a'r engrafiad a'r pwysau papur ei hun. Y pwysau papur oedd yr ystafell, a'r cwrel oedd bywyd Julia a'i fywyd yntau, wedi'u osod mewn rhyw fath o dragwyddoldeb ar ganol y crisial.

Pennod 5

Roedd Syme wedi diflannu. Daeth bore pan nad oedd yn y gwaith: gwnaed sylwadau ar ei absenoldeb gan ambell un difeddwl. Drannoeth soniodd neb amdano. Ar y trydydd diwrnod aeth Winston i rag-ystafell yr Adran Gofnodion er mwyn edrych ar yr hysbysfwrdd. Un o'r hysbysiadau oedd rhestr brintiedig o aelodau'r Pwyllgor Gwyddbwyll, y bu Syme yn un ohonynt. Edrychai'n union fel y gwnaethai gynt – doedd dim byd wedi'i groesi allan – ac eithrio'i bod un enw'n fyrrach. Roedd hynny'n ddigon. Roedd Syme wedi peidio â bod: ni fuasai'n bod erioed.

Roedd y tywydd yn boeth fel ffwrn. Y tu mewn i labrinth y Weinyddiaeth yr un fath o hyd oedd tymheredd yr ystafelloedd di-ffenest aer-dymeredig, ond y tu allan roedd y palmentydd yn llosgi'r traed, ac roedd drewdod y Tiwb ar yr adegau prysuraf yn annioddefol. Roedd y paratoadau ar gyfer Wythnos y Casineb ar eu hanterth, a staff pob un o'r Gweinyddiaethau'n gweithio oriau tros ben. Roedd yna orymdeithiau milwrol a sifil, cyfarfodydd, darlithoedd, gweithiau cwyr, arddangosfeydd, ffilmiau, a darllediadau telisgrîn i'w trefnu; roedd stondinau i'w gosod, corffddelwau i'w codi, sloganau i'w bathu, caneuon i'w cyfansoddi, sibrydion i'w lledaenu, a lluniau i'w ffugio. Gorchmynnwyd tîm Julia yn yr Adran Ffuglen i roi'r gorau i nofelau a bellach roeddynt yn rhuthro i gwblhau cyfres o bamffledi am erchyllterau'r gelyn. Yn ogystal â'i waith arferol treuliai Winston gyfnodau hir bob dydd yn gwirio hen ffeiliau o'r *Faner* er mwyn altro ac ychwanegu at eitemau newyddion a ddyfynnid mewn areithiau. A thorfeydd swnllyd o brolau'n crwydro'r strydoedd yn hwyr y nos, roedd naws ryfeddol o dwymynol i'r ddinas. Glaniai'r roced-fomiau'n amlach nag erioed, ac ambell dro byddai ffrwydradau enfawr yn y pellter na allai neb eu hesbonio ac oedd yn destun pob math o ddamcaniaethau a sibrydion gwyllt.

Roedd y dôn newydd fyddai'n gyfeiliant i Wythnos y Casineb eisoes wedi'i chyfansoddi (Cân y Casineb oedd ei henw), ac i'w chlywed o hyd ar y telisgrînau. Roedd iddi rythm cyntefig, bloeddiadol nad oedd yn rhyw gerddorol iawn, er ei bod hi'n debyg iawn i guro drwm. Â channoedd o leisiau'n ei chanu i gyfeiliant traed yn gorymdeithio, roedd hi'n arswydus. Roedd y prolau'n hoff ohoni, ac yn y strydoedd ganol nos roedd hi'n cystadlu â *Dim ond rhyw ffansi ddiobaith*, oedd yn dal i fod yn boblogaidd. Roedd plant y

Parsons yn ei chanu bob awr o'r dydd a'r nos ar grib a darn o bapur tŷ bach. Roedd hi'n annioddefol. Roedd nosweithiau Winston yn brysurach nag erioed. Dan drefniadaeth Parsons roedd grwpiau o wirfoddolwyr wrthi'n paratoi'r stryd ar gyfer Wythnos y Casineb gan bwytho baneri, paentio posteri, codi polion ar y toeau, a'u peryglu eu hunain wrth daflu gwifrau yn ôl ac ymlaen uwchben y stryd er mwyn crogi rhubanau arnynt. Ymffrostiai Parsons y byddai cymaint â phedwar cant o fetrau o rubanau a baneri ar ddangos ym Mhlasau Buddugoliaeth yn unig. Roedd yn ei elfen, yn hapus fel y gog. Roedd y gwres a'r gwaith corfforol wedi rhoi esgus iddo wisgo'i siorts a chrys agored gyda'r hwyr. Roedd ymhobman, yn gwthio, tynnu, llifo, morthwylio, yn byrfyfyrio, yn ysgogi pawb gyda'i erfyniadau cymrodorol, ac, o bob rhan o'i gorff, yn rhyddhau llif diddiwedd o chwys llosgiadol ei arogl.

Roedd poster newydd wedi ymddangos yn sydyn dros Lundain o'i phen i'w chwr. Doedd dim testun, dim ond ffurf anghenfilaidd milwr o Ewrasiad tair neu bedwar metr o uchder yn camu yn ei flaen mewn esgidiau anferth a'i wyneb Mongolaidd yn ddi-ystum, peirianddryll wrth ei glun. Waeth o ba ongl yr edrychech ar y poster, roedd blaen y gwn enfawr fel petai'n pwyntio tuag atoch. Roedd y peth wedi'i blastro ar bob man gwag o bob wal, mwy ohonynt hyd yn oed na'r lluniau o'r Brawd Mawr. Roedd y prolau, fyddai fel arfer yn ddigon di-hid ynghylch y rhyfel, wrthi'n cael eu chwipio i mewn i un o'u hysbeidiau gwladgarol gorffwyll. Fel petaent yn cydseinio â'r hwyl gyffredinol, buasai'r roced-fomiau yn lladd rhagor o bobl nag arfer. Glaniodd un ar sinema brysur yn Stepney gan gladdu cannoedd lawer o bobl yn yr adfeilion. Daeth holl boblogaeth y cyffiniau allan i angladd hir, wasgaredig a barodd oriau ac oedd, mewn gwirionedd, yn achos rhagor eto o ddigofaint. Glaniodd bom arall ar ddarn o dir gwastraff a ddefnyddid fel lle chwarae, gan chwythu sawl dwsin o blant yn yfflon. Roedd rhagor o orymdeithiau dig, llosgwyd delwau o Goldstein, rhwygwyd cannoedd o'r posteri o'r milwr Ewrasaidd oddi ar y waliau a'u hychwanegu at y fflamau, ac ysbeiliwyd nifer o siopau yn yr anrhefn; wedyn lledaenodd y syniad bod ysbiwyr yn llywio'r bomiau drwy donau radio, a rhoddwyd tŷ hen bâr priod oedd dan amheuaeth o fod yn dramorwyr ar dân, gan dagu'r ddau yn y mwg.

Pan gawsant y cyfle gorweddai Julia ac Winston ochr yn ochr ar wely noeth dan y ffenest agored yn yr ystafell uwchben siop Mr. Charrington, heb ddillad, os dim ond oherwydd y gwres. Ni ddychwelodd y llygoden fawr, ond roedd y pryfed wedi lluosogi'n enbyd yn y gwres. Doedd dim ots. Yn fudr neu'n lân, roedd yr ystafell yn baradwys. Cyn gynted ag y cyrhaeddent byddent yn taflu pupur o'r farchnad ddu ymhobman, tynnu amdanynt, a charu yn eu chwys, cyn cwympo i gysgu, dim ond i ddeffro a chael bod y pryfed wedi ailymgynnull ac yn paratoi i ymosod eto.

Pedwar, pump, chwech, saith gwaith cwrddodd y ddau ym mis Mehefin. Roedd Winston wedi rhoi'r gorau i yfed jin bob awr o'r dydd. Roedd angen hynny fel petai wedi mynd. Roedd wedi magu pwysau, roedd ei wlser chwyddedig wedi tawelu gan adael dim ond marc brown ar y croen uwchben ei ffêr, a'i ffitiau pesychu gyda'r bore wedi peidio. Doedd proses byw ddim yn annioddefol bellach, ac ni theimlai awydd tynnu wynebau ar y telisgrîn na melltithio popeth ar goedd. Nawr bod ganddynt guddfan ddiogel, cartref bron iawn, doedd hi ddim hyd yn oed yn beth anodd mai dim ond yn anaml y gallai'r ddau gwrdd, ac am ychydig oriau ar y tro. Yr hyn oedd yn bwysig oedd bod yr ystafell uwchben y siop hen bethau yno. Roedd gwybod ei bod hi yno, heb ei halogi, bron cystal â bod yno. Roedd yr ystafell yn fyd, yn boced o'r gorffennol lle gallai creaduriaid darfodedig gerdded. Creadur darfodedig arall oedd Mr. Charrington, meddyliodd Winston. Byddai fel arfer yn aros i sgwrsio â Mr. Charrington am funud neu ddau cyn dringo'r grisiau. Yn ôl pob golwg anaml, os o gwbl, yr âi'r hen ddyn allan; ac ar yr un pryd prin fod ganddo unrhyw gwsmeriaid. Bodolai fel ysbryd rhwng y siop fechan dywyll a chegin gefn llai fyth lle byddai'n hwylio ei brydau ac a gynhwysai, ynghyd â phethau eraill, hen ramoffon anhygoel o hynafol â chorn enfawr. Roedd i'w weld yn falch o'r cyfle i sgwrsio. Yn crwydro yma a thraw ymhlith ei stoc diwerth, gyda'i drwyn hir, ei sbectol drwchus a'i ysgwyddau crwm yn y siaced felfed, rhoddai'r argraff mai mwy o gasglwr nag o siopwr fuasai erioed. Gyda math o gysgod brwdfrydedd byddai'n byseddu hwn a'r llall – caead potel o lestr, caead toredig blwch snisin wedi'i baentio, loced aur ffug ac ynddi damaid o wallt baban wedi hen farw – ni fyddai'n gofyn i Winston brynu dim byd, dim ond ei edmygu. Roedd sgwrsio ag ef fel gwrando ar hen flwch cerdd blinedig yn tincian. Roedd wedi llusgo rhagor o fân ddarnau o hwiangerddi anghofiedig o gyrion ei gof. Roedd un am o' bach ag wyneb purddu, un arall am fochyn bach ar stôl, un eto fyth am aderyn y bwn. "Meddwl yr o'n i y gallech fod â diddordeb," meddai, gan chwerthin yn ddilornus bob tro y byddai'n dwyn rhyw ddernyn bach newydd i gof. Ond ni allai fyth gofio mwy nag ambell linell o unrhyw hwiangerdd.

Gwyddai'r naill a'r llall – mewn ffordd, roedd hi ar eu meddyliau o hyd – na allai hyn oll bara'n hir. Roedd adegau pan oedd gwiredd eu marwolaeth i'w deimlo bron mor gadarn â'r gwely y gorweddent arno, a byddent yn cydio yn ei gilydd â math o gnawdolrwydd dibris, fel eneidiau melltigedig yn gafael yn y mymryn olaf o bleser ychydig funudau cyn canu'r gloch. Ond roedd adegau hefyd pan fu modd iddynt esgus bod hyn nid yn unig yn ddiogel ond yn barhaol. Teimlai'r ddau na allent ddod i unrhyw niwed cyn belled â'u bod yn yr ystafell hon. Anodd a pheryglus oedd ei chyrraedd hi, ond roedd yr ystafell ei hun yn noddfa ddiogel. Roedd hi fel pan syllodd Winston i galon y pwysau papur, gan deimlo y byddai'n bosib cyrraedd y tu mewn i'r byd hwnnw o wydr, ac y byddai amser, unwaith yr oeddech chi yno, yn sefyll yn llonydd. Byddai'r ddau'n ildio'n aml i freuddwydion am ddianc. Byddai eu lwc yn parhau am byth, a byddai modd iddynt barhau gyda'u cynllwyn, fel hyn, am weddill eu bywydau. Neu byddai Katharine yn marw, ac Winston a Julia'n llwyddo i briodi rywsut drwy gynllunio'n ofalus. Neu byddai'r ddau'n cyflawni hunanladdiad gyda'i gilydd. Neu ddiflannu, newid eu golwg y tu hwnt i bob adnabod, dysgu siarad ag acenion proletaraidd, cael swyddi mewn ffatri a byw eu bywydau mewn rhyw stryd gefn heb i neb sylwi arnynt. Nonsens oedd y cwbl, gwyddai'r ddau'n iawn. Doedd dim dianc mewn gwirionedd. Hunanladdiad oedd yr unig gynllun dichonadwy, ac nid oeddynt yn bwriadu hynny mewn gwirionedd. Math o reddf anorchfygol oedd dal ymlaen o ddydd i ddydd ac o wythnos i wythnos, a chynnal presennol nad oedd iddo ddyfodol, yn union fel y bydd yr ysgyfaint yn dal i dynnu anadl tra bo aer i'w gael.

Siaradent weithiau, hefyd, am wrthryfela'n fwriadol yn erbyn y Blaid, ond heb unrhyw syniad o gwbl sut i gymryd y cam cyntaf. Hyd yn oed a bwrw bod ffantasi'r Frawdoliaeth yn bodoli mewn gwirionedd, yr anhawster o hyd oedd cael mynd ati. Dwedodd wrthi am yr agosatrwydd rhyfedd hwnnw oedd, neu allai fod, rhyngddo ef ac O'Brien, ac am yr ysfa a deimlai weithiau i gerdded at O'Brien a datgan ei fod ef, Winston, yn elyn i'r Blaid, a mynnu ei gymorth. Yn rhyfedd ddigon, ni welai hi fod hyn yn beth mor hollol fyrbwyll â hynny i'w wneud. Hen arfer ganddi oedd barnu pobl yn ôl eu hwynebau, a theimlai'n naturiol iddi y byddai Winston yn credu y gallai ymddiried yn O'Brien yn seiliedig ar un cipolwg ar ei lygaid. At hynny roedd hi'n ei chymryd yn ganiataol fod pawb yn dirgel-gasáu'r Blaid mewn gwirionedd, neu bron pawb, ac y byddent yn torri'r rheolau petaent yn ystyried bod gwneud hynny'n ddiogel. Ond nid oedd hi'n fodlon credu bod gwrthsafiad eang, trefnus yn bodoli, neu'n gallu bodoli. Dim ond hen botes oedd yr hanesion am Goldstein a'i fyddin danddaearol a ddyfeisiwyd gan y Blaid at ei dibenion ei hun, meddai hi, a rhaid oedd esgus credu ynddynt. Ar adegau aneirif, yn raliau'r Blaid a mewn gwrthdystiadau heb eu trefnu, roedd hithau wedi gweiddi nerth ei llais am ddienyddio hwn neu'r llall nad oedd hi erioed wedi clywed ei enw, am droseddau honedig nad oedd yn credu fymryn eu bod wedi digwydd o gwbl. Yn ystod y llysoedd cyhoeddus roedd hi wedi cyfrannu fel un o gatrodau Cynghrair yr Ifanc, yn amgylchynu'r llysoedd o fore gwyn tan nos yn llafarganu, "Lladdwch y bradwyr!" Yn ystod y Casineb Dwy Funud byddai heb eithriad yn bwrw ei llid ar Goldstein gyda mwy o sŵn na neb arall. Ac eto dim ond y syniad mwyaf niwlog oedd ganddi o bwy oedd Goldstein a pha egwyddorion yr oedd i fod i'w cynrychioli. Roedd hi wedi'i magu ar ôl y Chwyldro ac yn rhy ifanc i gofio brwydrau ideolegol y pumdegau a'r chwedegau. Roedd y fath beth â mudiad gwleidyddol annibynnol y tu hwnt i'w dychymyg hi: beth bynnag, roedd y Blaid yn anorchfygol. Byddai'n bodoli am byth, a heb newid. Yr unig ffordd o wrthryfela yn ei herbyn oedd anufuddhau'n ddirgel neu, ar y gorau, drwy weithredoedd unigol o drais megis llofruddio rhywun neu ffrwydro rhywbeth.

Ar ambell wedd roedd hi'n fwy craff na Winston, ac yn llawer llai agored i bropaganda'r Blaid. Un tro, pan ddigwyddodd yntau sôn am y rhyfel yn erbyn Ewrasia rywdro, fe'i synnodd ef drwy ddatgan yn ddi-hid nad oedd y rhyfel yn bodoli, yn ei barn hi. Llywodraeth Oceania ei hun, mwy na thebyg, oedd yn lansio'r roced-fomiau a gwympai ar Lundain bob dydd, "dim ond i gadw pobl i ofni." Syniad oedd hwn nad oedd erioed wedi taro ei feddwl o'r blaen. Cododd cenfigen o fath ynddo drwy ddweud hefyd mai iddi hi, y peth anoddaf am y Casineb Dwy Funud oedd peidio â chwerthin. Serch hynny ni fyddai hi'n amau dysgeidiaethau'r Blaid oni bai eu bod mewn rhyw ffordd yn effeithio ar ei bywyd hi ei hun. Yn aml, roedd hi'n barod i dderbyn y fytholeg swyddogol, dim ond oherwydd nad oedd y gwahaniaeth rhwng gwir ac anwir o bwys yn ei thyb hi. Credai, er enghraifft, a hithau wedi dysgu felly yn yr ysgol, mai'r Blaid a ddyfeisiodd awyrennau (Cofiai Winston o'i amser ef ei hun yn yr ysgol, ddiwedd y pumdegau, mai dim ond yr hofrennydd yr hawliai'r Blaid ei bod hi wedi'i ddyfeisio; ddeuddeng mlynedd yn ddiweddarach, a Julia yn yr ysgol, roedd hi eisoes yn hawlio'r awyren; cenhedlaeth eto a byddai'n hawlio'r peiriant ager). A phan ddwedodd wrthi fod awyrennau yn bodoli cyn ei eni ef, ac ymhell cyn y Chwyldro, ni welai fod hynny o unrhyw ddiddordeb. Pa wahaniaeth pwy oedd wedi dyfeisio awyrennau? Synnwyd ef fwy fyth o ddarganfod yn sgil rhyw sylwad siawns nad oedd hi'n cofio bod Oceania, bedair blynedd ynghynt, yn rhyfela yn erbyn Dwyrasia a bod heddwch ag Ewrasia. Gwir ei bod hi'n ystyried mai twyll oedd y rhyfel i gyd: ond mae'n debyg nad oedd hi hyd yn oed wedi sylweddoli pan newidiodd enw'r gelyn. "Roeddwn i'n meddwl ein bod ni'n ymladd yn erbyn Ewrasia erioed," meddai'n niwlog. Cododd hynny ofn arno, braidd. Cawsai awyrennau eu dyfeisio flynyddoedd lawer cyn ei geni, ond dim ond bedair blynedd yn ôl y bu'r newid o ran y rhyfel, ymhell ar ôl iddi ddod i oed. Dadleuodd y peth â hi am ryw chwarter awr efallai. Yn y diwedd llwyddodd i orfodi ei chof yn ddigon pell yn ôl iddi allu rhyw led-gofio mai Dwyrasia ac nid Ewrasia fu'r gelyn ar un adeg. Serch hynny, roedd yn dal i'w tharo'n beth digon dibwys. "Bedi'r ots?" meddai'n ddiamynedd. "Un rhyfel felltith ar ôl y llall ydi hi o hyd, a does neb yn gwbod nad ydi'r newyddion i gyd yn gelwydd beth bynnag."

Soniai wrthi weithiau am yr Adran Gofnodion ac am y ffugiadau digywilydd roedd yntau'n eu cyflawni yno. Nid oedd y fath bethau i'w gweld yn codi braw arni. Ni theimlai hi'r gwacter hwnnw'n agor dan ei thraed wrth feddwl am gelwyddau'n troi'n wirioneddau. Adroddodd hanes Jones, Aaronson a Rutherford, a'r darn bach tyngedfennol hwnnw o bapur yr oedd wedi'i ddal rhwng ei fysedd. Ni chafodd lawer o argraff arni. A dweud y gwir, ar y cychwyn nid oedd hi'n deall byrdwn yr hanes.

"Ai cyfeillion i ti oedden nhw?" meddai.

"Na, doeddwn i erioed wedi'u hadnabod. Aelodau o'r Blaid Fewnol oeddynt. Beth bynnag, roedden nhw'n hŷn o lawer na minnau. Perthyn i'r hen ddyddiau oeddynt, cyn y Chwyldro. Prin roeddwn i'n eu hadnabod o edrych arnynt."

"Beth oedd 'na i'w boeni amdano felly? Mae pobol yn cael eu lladd bob dydd, yntydyn?"

Ceisiodd gael ganddi ddeall. "Achos arbennig oedd hwn. Nid dim ond mater o ladd rhywun. Wyt ti'n sylweddoli bod y gorffennol, yn dechrau o ddoe ymlaen, bellach wedi'i ddiddymu? Os ydi'n goroesi o gwbl dim ond mewn ambell wrthrych solet heb eiriau ynghlwm wrtho mae hynny, fel y darn o wydr yna. Eisoes wyddom ni agos i ddim am y Chwyldro a'r blynyddoedd cyn y Chwyldro. Mae pob cofnod wedi'i ddinistrio neu ei ffugio, pob llyfr wedi'i ailysgrifennu, pob llun wedi'i ailbeintio, pob cerflun a stryd ac adeilad wedi'i ailenwi, pob dyddiad wedi'i altro. Ac mae'r broses honno'n parhau bob dydd a phob munud. Mae Hanes wedi peidio. Does dim byd yn bodoli heblaw presennol diddiwedd lle mae'r Blaid wastad yn iawn. Dwi'n gwybod, wrth gwrs, bod y gorffennol wedi'i ffugio, ond allwn i fyth brofi hynny, hyd yn oed pan fi oedd yr un wnaeth y ffugio. Wedi gwneud y peth, does dim tystiolaeth fyth. Yn fy nghof mae'r unig dystiolaeth, a dydw i ddim yn gwybod i unrhyw sicrwydd fod yr un bod dynol arall yn rhannu fy atgofion. Dim ond yr un tro hwnnw, ar hyd fy oes, fu gen i dystiolaeth gadarn go iawn ar ôl y weithred – blynyddoedd wedyn."

"A be oedd hynny'n dda ?"

"Yn dda i ddim, oherwydd mi deflais i'r peth i ffwrdd ychydig funudau wedyn. Ond petai'r peth yn digwydd eto heddiw, baswn i'n ei gadw."

"Wel, faswn i ddim!" meddai Julia. "Dwi'n ddigon parod i fentro, ond dim ond er mwyn rhywbeth gwerthfawr, nid hen ddarna o bapur newydd. Be fasat ti wedi'i medru'i wneud efo'r peth hyd yn oed pebai ti wedi'i gadw o?"

"Dim llawer, hwyrach. Ond tystiolaeth oedd hi. Gallai fod wedi plannu ambell amheuaeth yma a thraw, petawn i'n meiddio'i ddangos i rywun. Debyg nad oes modd newid dim byd yn ein hoes ni. Ond gallaf ddychmygu clymau bach chwyldroadol yn ymddangos yma a thraw – grwpiau bach o bobl yn dod ynghyd, ac yn araf dyfu, a gadael ambell gofnod ar ôl hyd yn oed, er mwyn i'r genhedlaeth nesaf barhau o'r man y gorffennwn ni."

"Does gen i ddim diddordeb yn y genhedlaeth nesa, cariad. *Ni* sy'n fy niddori i."

"Dim ond o'r canol i lawr wyt ti'n wrthryfelwr," meddai wrthi.

Ystyriai hi fod hyn yn ardderchog o ddoniol, ac fe daflodd ei breichiau amdano mewn boddhad.

Nid oedd gan Julia'r mymryn lleiaf o ddiddordeb yng ngoblygiadau dysgedigaeth y Blaid. Bob tro y dechreuai sôn am egwyddorion Sosbryd, daufeddwl, newidadwyedd y gorffennol, a gwadu realiti gwrthrychol, neu ddefnyddio unrhyw eiriau o'r Newyddiaith, byddai'n diflasu ac yn drysu gan ddweud na fyddai'n talu sylw i bethau felly. A chithau'n gwybod mai sothach oedd y cwbl, beth dalai poeni amdano? Gwyddai pryd oedd disgwyl iddi floeddio mewn cymeradwyaeth neu fel arall, a dyna'r cwbl oedd angen. Roedd ganddi allu syfrdanol cwympo i gysgu petai'n parhau i drafod pethau o'r fath. Un o'r bobl hynny oedd hi sy'n gallu cysgu unrhyw adeg o'r dydd a mewn unrhyw sefyllfa. Wrth sgwrsio â hi, sylweddolodd Winston mor hawdd oedd cyfleu argraff o uniongrededd heb feddu ar unrhyw grap o gwbl ar beth oedd ystyr uniongrededd. Mewn ffordd, roedd byd-olwg y Blaid yn treiddio'n fwyaf llwyddiannus i'r bobl hynny na allai ei ddeall. Roedd modd gwneud iddynt dderbyn yr ymyriadau mwyaf amlwg o ran y gwirionedd, gan nad oeddynt yn gwerthfawrogi mor enfawr oedd yr hyn a ddisgwylid ganddynt, na chwaith yn ymddiddori ddigon mewn digwyddiadau cyhoeddus i sylweddoli beth oedd yn digwydd. Drwy ddiffyg dealltwriaeth, cadwent eu pwyll. Dim ond llyncu popeth a wnaent, heb i'r hyn a lyncwyd wneud unrhyw niwed iddynt gan na fyddai'n gadael dim byd ar ei hôl, yn yr un ffordd ag y gall darn o rawn fynd drwy gorff aderyn heb ei dreulio.

Pennod 6

O'r diwedd, roedd wedi digwydd. Roedd y neges hir-ddisgwyliedig wedi cyrraedd. Teimlai'i fel petai'n aros i hyn ddigwydd ers bore'i oes.

Cerdded ar hyd y coridor hir yn y Weinyddiaeth yr oedd ac ar fin cyrraedd y man lle rhoesai Julia'r nodyn yn ei law pan ddaeth yn ymwybodol bod rhywun mwy o faint nag ef yn cerdded yn union y tu ôl iddo. Rhoddodd y dyn, pwy bynnag oedd, beswch bychan, yn rhagarweiniad, debyg, i sgwrs. Arhosodd Winston yn y fan a throi ar ei sawdl. O'Brien oedd yno.

O'r diwedd roeddynt wyneb yn wyneb, ac eto'i unig ysfa oedd rhedeg. Roedd ei galon yn llamu'n wyllt. Ni fyddai wedi gallu siarad. Fodd bynnag, roedd O'Brien wedi dal i symud yn ei flaen, gan roi llaw gyfeillgar am eiliad ar fraich Winston, fel bod y ddau'n cerdded ochr yn ochr. Dechreuodd siarad â'r cwrteisi pruddaidd rhyfedd hwnnw oedd mor wahanol i'r rhan fwyaf o aelodau'r Blaid Fewnol.

"Roeddwn i'n gobeithio cael cyfle i gael gair â thi," meddai. "Roeddwn i'n darllen un o dy erthyglau ar y Newyddiaith yn *Y Faner* pwy ddiwrnod. Mae gen ti ddiddordeb ysgolheigaidd yn y Newyddiaith, yn ôl a ddeallaf?"

Roedd rhywfaint o afael Winston arno'i hun wedi adfer. "Prin fod modd ei alw'n ysgolheigaidd," meddai. "Amatur ydw i. Nid fy mhwnc i yw hi mewn gwirionedd. Dydw i erioed wedi ymwneud o gwbl â ffurfiant swyddogol yr iaith."

"Ond rwyt ti'n ei hysgrifennu mor dda," meddai O'Brien. "Nid fy marn innau'n unig yw hynny. Roeddwn i'n trafod hynny'n ddiweddar gyda chyfaill i ti sy'n arbenigwr, yn sicr. Alla i ddim dwyn ei enw i'm cof ar y funud."

Unwaith eto llamodd calon Winston yn boenus. Ni allai hyn fod yn ddim byd arall ond cyfeiriad at Syme. Ond nid yn unig roedd Syme wedi marw, roedd wedi'i ddiddymu, yn anberson. Buasai cyfeiriad agored o fath yn y byd ato yn berygl bywyd. Roedd hi'n amlwg bod sylwad O'Brien wedi'i fwriadu i fod yn fath o signal, o gyfrinair. Drwy rannu gweithred fechan o drosmeddwl troesai yntau'r ddau ohonynt yn gyd-gynllwynwyr. Daliodd y ddau i rodio'n araf ar hyd y coridor, ond wedyn oedodd O'Brien. Â'r cyfeillgarwch rhyfedd, enillgar hwnnw y llwyddai bob tro i'w gyfleu â'r ystum, unionodd ei sbectol ar ei drwyn. Yna aeth yn ei flaen:

"Yr hyn roeddwn i eisiau'i ddweud mewn gwirionedd oedd i

mi sylwi i ti ddefnyddio dau air yn dy erthygl sydd bellach wedi darfod o'r tir. Ond dim ond yn ddiweddar iawn fu hynny. Wyt ti wedi gweld degfed argraffiad Geiriadur y Newyddiaith?"

"Naddo," meddai Winston. "Doeddwn i ddim yn meddwl ei fod wedi'i gyhoeddi eto. Rydyn ni'n dal i ddefnyddio'r nawfed yn yr Adran Gofnodion."

"Nid oes disgwyl gweld cyhoeddi'r degfed am rai misoedd eto, o'r hyn dwi'n ei ddeall. Ond mae rhai copïau wedi'u cylchredeg o flaen llaw. Mae gen i un ohonynt. Hwyrach y byddai gen ti ddiddordeb mewn cael golwg arno?"

"Yn fawr iawn," meddai Winston, gan ddeall cyfeiriad y drafodaeth ar unwaith.

"Mae rhai o'r datblygiadau newydd yn hynod ddyfeisgar. Y lleihad yn nifer y berfau – hynny fydd yn apelio'n arbennig atat ti, i'm tyb i. Gad i mi weld, a ddylwn i anfon negesydd atat ti gyda'r geiriadur? Ond rydw i'n sicr o anghofio pethau felly, gwaetha'r modd. Efallai caret ti ddod draw i'm fflat i'w gasglu, rywbryd sy'n gyfleus? Aros funud. Rhoddaf y cyfeiriad i ti."

Roeddynt yn sefyll yn union o flaen telisgrîn. Â'i feddwl ymhell braidd, ymbalfalodd O'Brien yn nau o'i bocedi ac wedyn estyn llyfr nodiadau bach lledr, a phin inc aur. Yn union o flaen y telisgrîn, ar y fath ongl fel y byddai modd i unrhyw un oedd yn gwylio o ben arall yr offeryn ddarllen yr hyn yr oedd yn ei ysgrifennu, sgriblodd gyfeiriad, cyn rhwygo'r dudalen allan a'i rhoi i Winston.

"Rydw i gartre gyda'r hwyr fel arfer," meddai. "Os nad, rhydd fy ngwas y geiriadur i ti."

Diflannodd, gan adael Winston yn dal y dernyn o bapur, nad oedd angen ei guddio'r tro hwn. Serch hynny, dysgodd yr hyn oedd arno ar ei gof, ac ychydig oriau wedyn fe'i gollyngodd i'r twll cof gyda llwyth o bapurau eraill.

Munud neu ddau ar y mwyaf fu hyd eu sgwrs. Nid oedd dim ond un ystyr posib i'r cyfnewid. Roedd wedi'i ddyfeisio yn ffordd i O'Brien gael rhannu ei gyfeiriad â Winston. Rhaid oedd gwneud hyn, gan nad oedd modd cael hyd i gartref neb heb ei holi'n uniongyrchol. Doedd dim cyfeiriadur o unrhyw fath. "Os oes arnat ti eisiau fy ngweld i, dyma lle'r ydw i," oedd neges O'Brien iddo. Efallai byddai neges wedi'i chuddio rywle yn y geiriadur hyd yn oed. Beth bynnag am hynny, roedd un peth yn sicr. Roedd y cynllwyn hwnnw yr oedd Winston wedi breuddwydio amdano'n bodoli, ac roedd yntau wedi cyrraedd ei gyrion.

Gwyddai y byddai'n ufuddhau i orchymyn O'Brien yn hwyr neu'n hwyrach. Yfory efallai, neu ddim ond ar ôl oedi'n hir – ni wyddai. Rhoi proses ar waith oedd wedi dechrau flynyddoedd yn ôl oedd hyn. Y cam cyntaf oedd meddyliau cyfrinachol, anfwriadol, yr ail oedd dechrau'r dyddiadur. Roedd wedi symud o feddwl i eiriau, a bellach o eiriau i weithredu. Y cam olaf oedd rhywbeth fyddai'n digwydd yn y Weinyddiaeth Gariad. Roedd wedi derbyn hynny. Roedd y diwedd ynghlwm yn y dechrau. Ond roedd yn arswydus: neu, a bod yn gywir, roedd fel rhagflas ar farwolaeth, fel bod ychydig yn llai byw. Hyd yn oed wrth iddo sgwrsio ag O'Brien, pan sylweddolodd ystyr y geiriau'n llawn, daeth cryndod oer drosto. Teimlai fel petai'n camu i leithder bedd, ac nid oedd fawr gwell o wybod o'r dechrau fod y bedd yno ac yn aros amdano.

Pennod 7

Deffrodd Winston, ei lygaid yn llawn dagrau. Rholiodd Julia'n gysglyd wrth ei ochr, gan furmur rhywbeth: "Beth sy'n bod?" o bosib.

"Breuddwydiais – " dechreuodd, yna peidiodd. Peth rhy gymhleth oedd e i'w gyfleu mewn geiriau. Roedd y freuddwyd ei hun, ac wedyn atgof ynghlwm â hi oedd wedi nofio i'w feddwl yn yr ychydig eiliadau hynny wedi iddo ddeffro.

Gorweddodd yn ôl, ei lygaid ar gau, yn dal i ymdrochi yn awyrgylch y freuddwyd. Roedd yn freuddwyd eang a disglair: ei fywyd cyfan fel petai'n ymestyn allan o'i flaen fel cefn gwlad ar noswaith o haf wedi'r glaw. Roedd y cyfan yn digwydd oddi mewn i'r pwysau papur gwydr, ond wyneb y gwydr oedd yr awyr, a'r tu mewn iddo roedd popeth wedi'i oleuo â golau clir, meddal, fel y gallai weld ymhell. Deallai'r freuddwyd hefyd – yn wir, hwn oedd y freuddwyd mewn ffordd – yn yr ystum braich hwnnw o eiddo'i fam, ac a wnaed tri deg o flynyddoedd yn ddiweddarach gan y fenyw Iddewig yn y ffilm newyddion, yn ceisio cysgodi'r bachgen bach rhag y bwledi, cyn i'r hofrennydd chwythu'r ddau'n ddarnau mân.

"Wyddost ti," meddai, "mai tan yr eiliad hon roeddwn i'n credu mai fi a lofruddiodd fy mam?"

"Pam llofruddiaist ti hi?" gofynnodd Julia, rhwng cwsg ac effro.

"Nid fi a'i llofruddiodd. Nid yn gorfforol."

Yn y freuddwyd roedd wedi cofio'r golwg olaf a gafodd ar ei fam, ac o fewn ychydig eiliadau iddo ddeffro roedd y gyfres o ddigwyddiadau bychain o'i gwmpas wedi dychwelyd i'w gof. Rhaid ei fod wedi gwthio'r atgof allan o'i gof yn fwriadol am flynyddoedd. Nid oedd yn sicr o'r dyddiad, ond rhaid ei fod yn ddeg oed o leiaf, deuddeg o bosib, pan ddigwyddodd.

Roedd ei dad wedi diflannu peth amser ynghynt, er na allai gofio faint. Cofiai amgylchiadau swnllyd, aflonydd yr oes yn well: pawb yn mynd i banig bob hyn a hyn yn sgil y cyrchoedd awyr a'r llochesau yng ngorsafoedd y Tiwb, rwbel ymhobman, y datganiadau annealladwy ar bosteri ar gornel pob stryd, yr heidiau o lanciau mewn crysau unlliw, y ciwiau enfawr y tu allan i'r poptai, sŵn peiriannau saethu yn y pellter bob hyn a hyn – ac yn anad dim, y ffaith na fyddai byth digon i'w fwyta. Cofiai dreulio prynhawniau hir gyda bechgyn eraill yn archwilio biniau a thomenni sbwriel, yn casglu toriadau cabaets, pilion tatws, tameidiau o grystyn bara hyd yn oed yr oedd yn rhaid glanhau'r lludw oddi arnynt yn ofalus; cofiai hefyd aros am y tryciau mewn mannau penodol ar eu llwybrau, tryciau yn cludo bwyd i wartheg, ac a fyddai weithiau, wrth iddynt yrru dros y rhannau o'r heolydd oedd wedi'u difrodi, yn gollwng ambell ddarn o gacen braster.

Pan ddiflannodd ei dad, ni ddangosodd ei fam unrhyw syndod amlwg na'r un tristwch enbyd, ond newidiodd yn sydyn serch hynny. Roedd fel petai wedi colli'i hysbryd yn llwyr. Roedd hi'n amlwg hyd yn oed i Winston ei bod hi'n aros am rywbeth y gwyddai fod rhaid iddo ddigwydd. Gwnâi bopeth roedd rhaid iddi'i wneud – coginio, glanhau, trwsio, twtio'r gwely, sgubo'r llawr, tynnu'r llwch o'r silff ben tân – ond yn araf iawn, ac yn rhyfedd iawn heb unrhyw symud diangen, fel model pren arlunydd yn symud ohono'i hun. Roedd ei chorff mawr lluniaidd fel petai'n dychwelyd yn naturiol at lonyddwch. Am oriau hir byddai'n eistedd ar y gwely bron iawn heb symud, yn magu ei chwaer fach, plentyn bychan, gwan, hynod dawel ddwy neu dair oed, ei hwyneb mor denau ei bod yn debyg i epa. Weithiau, er yn anaml iawn, byddai'n rhoi ei breichiau am Winston a'i wasgu ati hi am ysbaid hir, heb ddweud dim byd. Gwyddai, er gwaethaf ei ieuenctid a'i hunanoldeb, fod hyn yn gysylltiedig rywfodd â'r hyn oedd ar fin digwydd ond na fyddai neb yn sôn amdano.

Cofiai'r ystafell honno lle buont yn byw, lle tywyll, drewllyd, â gwely ac iddo garthen wen fel petai'n llenwi ei hanner hi. Roedd cylch nwy yn y ffendar, silff ar gyfer bwyd, ac ar y landin y tu allan roedd sinc o lestr brown, yn cael ei rannu rhwng sawl ystafell. Cofiai gorff cerflunaidd ei fam yn plygu uwchben y cylch nwy i droi rhywbeth mewn sosban. Yn fwy na dim byd arall cofiai'r eisiau bwyd parhaus, a'r brwydrau ffyrnig, aflan bob amser bwyd. Byddai'n cwyno wrth ei fam, eto ac eto: pam nad oedd yna ragor o fwyd? Byddai'n gweiddi a strancio (cofiai dôn ei lais hyd yn oed, oedd yn dechrau torri cyn pryd ac ambell dro'n troi'n wrol hyd yn oed), neu fel arall byddai'n ceisio sicrhau mwy na'i gyfran â thrueni dagreuol. Roedd ei fam yn berffaith fodlon rhoi mwy na'i gyfran iddo. Cymerai hi'n ganiataol mai ef, "y bachgen", oedd â'r hawl i'r gyfran fwyaf; ond waeth faint a roddai iddo byddai'n gofyn am ragor bob tro. Bob pryd o fwyd byddai'n erfyn arno i beidio â bod yn hunanol ac i gofio bod ei chwaer fach yn sâl ac eisiau bwyd hefyd, ond thalai hi ddim. Byddai'n llefain yn ddig petai'n tynnu'r llwy yn ôl, byddai'n ceisio cipio'r sosban a'r llwy o'i dwylo, a gafael mewn darnau mân oddi ar blât ei chwaer. Gwyddai'n iawn fod y lleill yn llwgu o'r herwydd, ond doedd ganddo mo'r help; teimlai hyd yn oed fod ganddo hawl i wneud felly. Roedd chwant swnllyd ei fola'n gyfiawnhad. Rhwng prydau, pe na bai ei fam yn ei wylio fel barcud, byddai'n dwyn o hyd o'r storfa dila o fwyd ar y silff.

Un diwrnod dyrannwyd dogn siocled. Roedd hi'n wythnosau, yn fisoedd ers y dyraniad diwethaf. Gallai gofio'r tamaid bychan gwerthfawr hwnnw'n glir iawn. Bar dwy owns oedd e (ownsiau oedd hi o hyd yr adeg yna) rhwng y tri ohonynt. Dylid fod wedi ei rannu'n dair rhan gyfartal, wrth reswm. Ond yn sydyn, fel petai'n gwrando ar rywun arall, clywodd Winston ei hun yn mynnu mewn llais uchel tarannaidd mai ef ddylai gael y cwbl. Dywedodd ei fam wrtho am beidio â bod yn farus. Bu dadl hir, gwynfanllyd wedyn, a aeth o gwmpas ac o gwmpas eto, gyda bloeddio, nadu, dagrau, dweud y drefn, bargeinio. Edrychai ei chwaer fechan arno â llygaid mawr, trist dros ysgwydd ei mam, yn gafael ynddi â'i ddwy fraich yr un fath yn union â chyw mwnci. Yn y pen draw torrodd ei fam tri chwarter y siocled a'i roi i Winston, gan roi'r chwarter arall i'w chwaer. Cymrodd y ferch fach y siocled a syllu arno'n dwp, heb wybod beth oedd e hwyrach. Safodd Winston yn ei gwylio hi am eiliad. Yna â naid gyflym roedd wedi cipio'r darn siocled o law ei chwaer ac yn ffoi am y drws.

"Winston, Winston!" galwodd ei fam ar ei ôl. "Dere nôl! Rho siocled dy chwaer yn ôl iddi!"

Arhosodd, ond nid aeth yn ei ôl. Syllai llygaid pryderus ei fam ar ei wyneb ef. Hyd yn oed a'i fod yn meddwl am y peth, ni wyddai pa beth oedd ar fin ddigwydd. Roedd ei chwaer, yn deall bod rhywbeth wedi'i ddwyn oddi arni, wedi dechrau wylo'n wan. Rhoddodd ei fam ei braich am y plentyn a gwasgu ei hwyneb at ei bron. Roedd rhywbeth yn y ffordd y gwnaeth hynny a ddwedai wrth Winston bod ei chwaer yn mynd i farw. Trodd a ffoi i lawr y grisiau, y siocled yn troi'n ludiog yn ei law.

Ni welodd ei fam byth eto. Wedi iddo lowcio'r siocled teimlai rywfaint o gywilydd, a chrwydrodd y strydoedd am ychydig oriau nes bod arno ddigon o eisiau bwyd i'w yrru'n ôl adref. Pan gyrhaeddodd roedd ei fam wedi diflannu. Roedd pethau felly eisoes yn dod yn gyffredin yr adeg hynny. Nid aethpwyd â dim byd o'r ystafell heblaw ei fam a'i chwaer. Nid oeddynt wedi mynd ag unrhyw ddillad, dim hyd yn oed cot ei fam. Hyd heddiw ni wyddai i unrhyw sicrwydd fod ei fam wedi marw. Roedd hi'n berffaith bosib mai dim ond cael ei hanfon i wersyll llafur a fu. Efallai bod ei chwaer wedi'i rhoi fel Winston ei hun yn un o'r gwersylloedd ar gyfer plant digartref (Canolfannau Diwygio oedd yr enw arnynt) oedd wedi'u sefydlu o ganlyniad i'r rhyfel cartref, neu efallai ei bod hi wedi'i hanfon i'r gwersyll llafur gyda'i fam, neu dim ond wedi'i gadael yn rhywle neu'i gilydd i farw.

Roedd y freuddwyd yn fyw yn ei feddwl o hyd, yn enwedig yr ystum gorchuddiol, amddiffynnol hwnnw gyda'r fraich oedd rywsut yn cynnwys holl ystyr y freuddwyd ynddo'i hun. Aeth ei feddwl yn ôl i'r freuddwyd arall y cafodd ddwy fis yn ôl. Yn union yr un ffordd ag yr oedd hi wedi eistedd ar y gwely pyglyd gwyn, a'r plentyn yn gafael ynddi, roedd wedi eistedd yn y llong o dan y dŵr, ymhell oddi tano ef, ac yn mynd yn ddyfnach bob munud, ond eto'n syllu i fyny arno o hyd drwy'r dŵr tywyll.

Adroddodd stori diflaniad ei fam i Julia. Heb agor ei llygaid, trodd hithau drosodd i chwilio am le mwy cyfforddus i orwedd.

"Roeddet ti'n fochyn bach cas yn y dyddiau hynny, debyg," meddai'n fyngus. "Moch yw plant, bob un."

"Oeddwn. Ond pwynt y stori mewn gwirionedd – "

Roedd yn amlwg ar ei hanadlu ei bod hi'n mynd i gysgu eto. Buasai'n dda ganddo gael sôn eto am ei fam. Nid oedd yn credu, o'r hyn y gallai gofio amdani, ei bod yn ddynes anghyffredin, heb sôn am ddeallus; ac eto roedd ganddi ryw fath o foneddigeiddrwydd, rhyw fath o burdeb, a hynny'n syml iawn am ei bod hi'n atebol i safonau oedd yn rhai preifat. Ei theimladau hi ei hun oedd ei theimladau, a doedd mo'u newid o'r tu allan. Ni fyddai hithau wedi meddwl erioed bod gweithred ddieffaith yn un ddibwrpas o'r herwydd. Os oeddech chi'n caru rhywun, roeddech chi'n ei garu, a phan nad oedd gennych chi ddim byd arall i'w roi, roeddech chi'n rhoi eich cariad iddo. A'r siocled i gyd wedi mynd, roedd ei fam wedi cofleidio'i phlentyn. Nid oedd hynny'n dda i ddim, yn newid dim, ddim yn creu rhagor o siocled, nac yn osgoi marwolaeth y plentyn na'i marwolaeth hi ei hun; ond yn ôl pob tebyg hynny, iddi hi, oedd y peth naturiol i'w wneud. Roedd y ffoadur yn y cwch hefyd wedi amddiffyn y bachgen bach gyda'i braich nad oedd yn fwy o werth yn erbyn y bwledi na darn o bapur. Y peth dychrynllyd roedd y Blaid wedi'i wneud oedd eich perswadio chi fod greddfau syml, teimladau syml, yn ddibwys, wrth fynd â phob awdurdod dros y byd materol oddi arnoch ar yr un pryd. A chithau yng ngafael y Blaid, doedd dim gwahaniaeth o gwbl beth oeddech chi'n ei deimlo neu ddim yn ei deimlo, neu beth oeddech chi'n ei wneud neu'n peidio â'i wneud. Byddech chi'n diflannu beth bynnag, a chlywai neb amdanoch chi na'ch gweithredoedd byth eto. Cael eich codi'n llwyr o lif hanes fyddech chi. Ac eto i bobl dim ond dwy genhedlaeth yn ôl fuasai hyn i'w weld yn hollbwysig, gan nad oedden nhw'n ceisio altro hanes. Ymlyniadau preifat oedd yn eu llywio, ac nid oeddynt yn eu hamau. Perthynas rhwng unigolion oedd y peth pwysig, a gallai i gweithred hollol di-rym – cofleidiad, deigryn, gair yng nghlust gŵr ar farw – ddwyn gwerth ynddi'i hun. Tarodd ei ben yn sydyn bod y prolau wedi parhau yn y cyflwr hwn. Nid oeddynt yn deyrngar i blaid na gwlad na syniad, dim ond i'w gilydd. Am y tro cyntaf yn ei fywyd nid oedd yn casáu'r prolau nac yn meddwl amdanynt dim ond fel rhyw fath o rym segur fyddai ryw ddydd yn bywiogi ac yn adfer y byd. Roedd y prolau wedi parhau'n ddynol. Nid oedd eu calonnau nhw wedi'u caledu. Roeddynt wedi cadw eu gafael ar yr emosiynau cyntefig hynny y bu'n rhaid iddo ef eu dysgu o'r newydd drwy ymdrech fwriadol. Ac wrth feddwl hyn cofiodd, heb berthnasedd amlwg, sut y bu iddo weld llaw ddynol ar y palmant ychydig wythnosau ynghynt a'i chicio i'r gwter fel petai'n ddim ond coesyn cabaets.

"Mae'r prolau'n fodau dynol," meddai ar goedd. "Dydyn ni ddim yn ddynol."

"Pam ddim?" gofynnodd Julia, oedd wedi deffro eto.

Meddyliodd am ysbaid. "Ydy hi wedi taro dy ben di erioed," meddai, "mai'r peth gorau i ni'n dau fyddai i ni gerdded allan oddi yma cyn bod hi'n rhy hwyr a pheidio â gweld ein gilydd byth eto?"

"Ydi, cariad, mae hynny wedi fy nharo, sawl gwaith. Ond wna'i ddim, serch hynny."

"Rydyn ni wedi bod yn lwcus," meddai, "ond all y peth ddim para'n llawer hirach. Rwyt ti'n ifanc. Mae arnat ti olwg normal a diniwed. O gadw draw rhag pobl fel fi, gallet ti gadw'n fyw am ryw bum deg mlynedd eto."

"Na. Dwi wedi meddwl am hynny i gyd. Dwi'n mynd i wneud beth bynnag wyt ti'n ei wneud. A phaid â digalonni. Dwi'n dipyn o giamstar ar aros yn fyw."

"Hwyrach bod gennym ni chwe mis eto gyda'n gilydd – blwyddyn – does dim ffordd o wybod. Rydyn ni'n sicr o gael ein gwahanu yn y pen draw. Wyt ti'n sylweddoli mor hollol unig fyddwn ni? Unwaith iddyn nhw gael gafael ynom ni fydd dim byd, dim byd o gwbl, y gall y naill na'r llall ohonom ni'i wneud er mwyn y llall. Os ydw i'n cyffesu, byddn nhw'n dy saethu, ac os ydw i'n gwrthod cyffesu, fe saethan nhw ti beth bynnag. Does dim byd y gallwn i'i wneud na'i ddweud, neu beidio â dweud, fydd yn gohirio dy ladd di am bum munud. Chawn ni ddim hyd yn oed gwybod os yw'r llall yn fyw neu'n farw. Byddwn ni wedi'n hamddifadu'n llwyr o unrhyw fath o rym. Yr unig beth sy'n bwysig yw na ddylen ni ddim bradychu ein gilydd, er na all hyd yn oed hynny wneud gronyn o wahaniaeth."

"Os mai cyffesu'r wyt ti'n ei feddwl," meddai hi, "yna mi wnawn ni hynny'n siŵr ddigon. Mae pawb yn cyffesu yn y pendraw.

Does mo'r help. Maen nhw'n eich arteithio."

"Nid cyffesu roeddwn i'n ei olygu. Dydy cyffesu ddim yn fradwriaeth. Dydy'r hyn dych chi'n ei ddweud neu'n ei wneud ddim o bwys: dim ond teimladau sydd o bwys. Petai modd iddyn nhw wneud i mi beidio â dy garu di – dyna fyddai'r fradwriaeth eithaf."

Meddyliodd hithau am hyn. "Allen nhw ddim gwneud hynny," meddai o'r diwedd. "Dyna'r un peth na allan nhw mo'i wneud. Mi allan nhw 'neud i chi ddweud unrhyw beth – *unrhyw beth* – ond allan nhw ddim 'neud i chi gredu. Allan nhw ddim mynd y tu mewn i chi."

"Na," meddai, rywfaint yn fwy gobeithiol, "na; mae hynny'n ddigon gwir. Allan nhw ddim mynd y tu mewn i chi. Os allwch chi ddal i *deimlo* bod aros yn ddynol yn werth rhywbeth, hyd yn oed pan na all canlyniad o fath yn y byd ddeillio o hynny, dych chi wedi'u curo nhw."

Meddyliodd am y telisgrîn gyda'i glustiau digwsg. Gallent eich gwylio chi, nos a dydd, ond petaech chi'n aros yn gall, roedd modd eu trechu nhw er hynny. Er gwaethaf eu holl glyfrwch doedden nhw erioed wedi meistroli'r gyfrinach o wybod beth oedd ar feddwl bod dynol arall. Hwyrach bod hynny'n llai gwir, fodd bynnag, â chithau yn eu gafael. Wyddai neb beth yn union a ddigwyddai'r tu mewn i'r Weinyddiaeth Gariad, ond roedd hi'n ddigon posib dyfalu: artaith, cyffuriau, teclynnau cywrain i fesur ymatebion eich nerfau, eich blino'n araf drwy atal cwsg, unigedd, a holi a stilio parhaus. Ni fyddai modd cuddio ffeithiau, yn sicr. Roedd modd eu darganfod drwy ymholiadau, neu eu rhwygo allan ohonoch chi drwy artaith. Ond beth os nad aros yn fyw oedd yr amcan, ond aros yn ddynol, pa wahaniaeth yn y pen draw? Doedd dim modd iddynt newid eich teimladau: o ran hynny doedd dim modd eu newid nhw eich hunain, hyd yn oed petai arnoch chi eisiau gwneud hynny. Gallent dynnu pob manylyn bychan o bopeth i chi ei wneud neu ei ddweud neu ei feddwl erioed allan ohonoch; ond roedd y galon tu mewn yn anorchfygol, a'i natur yn anhysbys hyd yn oed i chi'ch hun.

Pennod 8

Llwyddiant, llwyddiant o'r diwedd!

Roeddynt yn sefyll mewn ystafell hir, a'i golau'n isel. Murmur isel yn unig ddeuai o'r telisgrîn; roedd coethder y carped glas tywyll yn rhoi'r argraff eich bod chi'n cerdded ar felfed. Ym mhen draw'r ystafell eisteddai O'Brien wrth fwrdd o dan lamp ac iddo gysgod gwyrdd, pentyrrau o bapur y naill ochr a'r llall iddo. Ni thrafferthodd edrych i fyny pan ddaeth y gwas â Julia a Winston i'r ystafell.

Roedd Winston yn amau a fyddai'n gallu siarad ai peidio, gan gymaint y fyrnai ei galon. Llwyddiant, llwyddiant o'r diwedd, dyna'r cwbl allai feddwl. Peth byrbwyll oedd dod yma o gwbl, a ffolineb pur oedd cyrraedd gyda'i gilydd; er eu bod wedi dod o gyfeiriadau gwahanol a heb gwrdd nes iddynt gyrraedd carreg drws O'Brien. Ond roedd gofyn ymdrech ddewr hyd yn oed i fynd i mewn i'r fath le. Ar adegau prin iawn yn unig y byddai neb yn gweld y tu mewn i drigfannau'r Blaid Fewnol, na hyd yn oed yn mynd ar gyfyl y rhan honno o'r dref lle'r oeddynt yn byw. Roedd holl awyrgylch y bloc enfawr o fflatiau, coethder ac ehangder popeth, arogl anghyfarwydd bwyd da a thybaco da, y llifftiau hynod ddistaw a chyflym yn llithro i fyny ac i lawr, y gweision yn eu siacedi gwynion yn rhuthro yma a thraw – roedd popeth yn codi ofn ar ddyn. Er bod ganddo esgus da dros ddod, ofnai bob cam y byddai gwarchodwr mewn lifrau du'n dod i'r fei yn sydyn ar y gornel, mynnu cael gweld ei bapurau, a'i orchymyn i fynd oddi yno. Roedd gwas O'Brien, fodd bynnag, wedi gadael iddynt ddod i mewn ill dau heb betruso. Gŵr bach â gwallt tywyll mewn siaced wen, ei wyneb siâp diemwnt yn hollol ddifynegiant. Arweiniodd nhw i lawr coridor â charped meddal, papur wal lliw hufen a phaneli gwynion, a phopeth yn berffaith lân. Codai hynny hefyd ofn ar Winston. Ni allai gofio gweld coridor erioed nad oedd ei waliau'n fudr yn sgil eu cyffwrdd gan gyrff dynol.

Roedd gan O'Brien ddarn o bapur rhwng ei fysedd ac yn ei astudio'n fanwl yn ôl pob golwg. Roedd golwg bwerus a deallus ar ei wyneb trymaidd, oedd wedi'i blygu fel bod modd gweld llinell ei drwyn. Eisteddodd heb symud am ryw ugain eiliad. Yna gafaelodd yn y llaisgrif a chyfarth neges yn llediaith dechnegol y Gweinyddiaethau.

"Eitemau un coma pump coma saith cymeradwywyd llawnus

stop awgrym ynghlwm eitem chwech deuplws gwirion bron trosmeddwl canslo stop anbarhau adeiladus cyncael amcangyfrifon costau plwsol peiriannau stop diwedd neges.”

Cododd o’i gadair yn bwyllog a dod tuag atynt ar draws y carped, a fygai sŵn ei gamau. Roedd fel petai rhywfaint o’r agwedd swyddogol wedi mynd o’i wedd wedi gorffen â’r Newyddiaith, ond roedd ei wedd yn bruddach na’r arfer, fel petai’n anfodlon eu bod wedi tarfu arno. Daeth cywilydd digon cyffredin dros Winston ar ben yr arswyd roedd eisoes yn ei deimlo. Tarodd ei ben yn sydyn ei bod hi’n berffaith bosib ei fod wedi gwneud camgymeriad gwirion. Pa dystiolaeth oedd ganddo mewn gwirionedd bod O’Brien yn gynlluniwr gwleidyddol o fath yn y byd? Dim byd ond golwg benodol ar ei lygaid ac un sylwad amwys ei ystyr: ar wahân i hynny dim ond dychmygion cyfrinachol Winston ei hun, ar sail breuddwyd. Bellach nid oedd modd iddo gilio gan esgus mai er mwyn benthyg y geiriadur yr oedd wedi dod, oherwydd os felly amhosib fyddai esbonio presenoldeb Julia. Wrth i O’Brien gerdded heibio’r telisgrîn roedd i’w weld fel petai rywbeth wedi taro’i ben. Oedodd, trodd i’r ochr, a gwasgu dolen ar y wal. Daeth clec sydyn. Roedd y llais wedi peidio.

Gwnaeth Julia sŵn bychan, math o wichio syn. Hyd yn oed ar ganol ei banig, synnwyd Winston ormod i allu dal ei dafod.

“Dych chi’n gallu’i ddiffodd e!” meddai.

“Ydyn,” meddai O’Brien, “fe allwn ni’i ddiffodd. Mae gennym ni’r fraint o wneud hynny.”

Roedd yn sefyll gyferbyn â nhw bellach. Safai yn ei gadernid uwchben y ddau ohonynt, yr olwg ar ei wyneb mor amhosib i’w ddarllen ag erioed. Braidd yn llym ei olwg, roedd yn aros i Winston ddweud rhywbeth, ond beth? Hyd yn oed nawr dichon nad oedd yn ddim ond gŵr prysur yn meddwl yn ddig tybed pam yn union yr oeddynt wedi tarfu arno. Ni ddwedodd neb air. Roedd distawrwydd yr ystafell yn farwaidd wedi diffodd y telisgrîn. Aeth yr eiliadau heibio, pob un ohonynt yn enfawr. Daliai Winston i syllu i lygaid O’Brien, er iddo gael cryn drafferth. Ac wedyn ildiodd yr olwg lem yn sydyn a newid i’r hyn a allasai fod yn ddechrau gwên. Unionodd ei sbectol â’r ystum neilltuol hwnnw o’i eiddo’i hun.

“Ddylwn i ddweud e, neu wyt ti am wneud?” meddai.

“Mi wna i,” meddai Winston yn ddigon buan. “Mae’r peth yna wedi’i ddiffodd, go iawn?”

“Ydy, mae popeth wedi’i ddiffodd. Rydyn ni ar ein pennau’n hunain.”

“Rydyn ni wedi dod yma oherwydd – ”

Arhosodd, wedi sylweddoli am y tro cyntaf mor aneglur oedd

ei amcanion ef ei hun. Gan nad oedd mewn gwirionedd yn gwybod pa fath o gymorth roedd yn disgwyl ei gael gan O'Brien, peth anodd oedd dweud pam yn union roedd wedi dod. Aeth yn ei flaen, yn ymwybodol bod ei eiriau'n swnio'n wan ac yn ymhongar ar yr un pryd:

"Rydyn ni'n credu bod yma ryw fath o gynllwyn, rhyw fath o sefydliad cyfrinachol yn gweithio yn erbyn y Blaid, a'ch bod chithau ynghlwm ag ef. Rydyn ni eisiau ymuno â'r cynllwyn a chyfrannu iddo. Rydyn ni'n elynion i'r Blaid. Dydyn ni ddim yn credu yn egwyddorion Sosbryd. Rydyn ni'n droseddwyr-meddwl. Rydyn ni hefyd yn odinebwyr. Rwy'n dweud hynny gan fod arnom eisiau rhoi'n hunain ar eich trugaredd. Os oes arnoch chi eisiau i ni amlygu ein troseddau mewn rhyw ffordd arall, rydyn ni'n barod i wneud hynny."

Arhosodd a syllu dros ei ysgwydd, yn synhwyro rywsut bod y drws wedi agor. Yn siŵr ddigon, roedd y gwas bach melynbryd wedi dod i mewn heb guro'r drws. Sylwodd Winston fod ganddo hambwrdd ag arno gostrel a gwydrau.

"Un ohonom ni yw Martin," meddai O'Brien yn ddidaro. "Dere â'r gwydrau yma, Martin. Rho nhw ar y ford gron. Oes gennym ni ddigon o gadeiriau? Man a man i ni eistedd a siarad yn ddigon cysurus. Dere â chadair i ti dy hun, Martin. Busnes yw hyn. Fe gei di beidio â bod yn was am y deg munud nesaf."

Eisteddodd y gŵr bach, yn hollol hamddenol ac eto â rhyw agwedd gwasaidd o hyd, fel bwtler yn mwynhau rhyw fraint bersonol. Gwyliodd Winston ef drwy gil ei lygad. Tarodd ei ben fod y dyn yn actio rhan bob eiliad o'i fywyd, a'i fod yn ystyried rhoi'r gorau i'w bersonoliaeth ffug yn rhy beryglus, hyd yn oed am eiliad. Gafaelodd O'Brien yng ngwddw'r gostrel a llenwodd y gwydrau â hylif coch tywyll. Deffrodd frith gof yn Winston am rywbeth welsai amser maith yn ôl ar ochr adeilad – goleuadau trydan ar ffurf potel enfawr, oedd i'w gweld yn codi a disgyn ac arllwys eu cynnwys i wydr. O syllu arno o uwchben roedd y stwff bron iawn yn ddu, ond yn y gostrel disgleiriai fel rhuddem. Roedd arno arogl sur-felys. Gwelodd Julia'n codi ei gwydr a'i synhwyro â chwilfrydedd amlwg.

"Gwin yw hwn," meddai O'Brien gyda gwên fach. "Hwyrach eich bod wedi darllen amdano mewn llyfrau. Ychydig iawn ohono sy'n cyrraedd y Blaid Allanol, mae arna'i ofn." Aeth ei wyneb yn brudd eto, a chododd ei wydr: "Dwi o'r farn y byddai'n briodol i ni ddechrau â llwncdestun. I'n harweinydd: I Emmanuel Goldstein."

Cododd Winston ei wydr, yn ddigon brwd. Roedd wedi darllen a breuddwydio am win. Fel y pwysau papur gwydr neu odlau hanner anghofiedig Mr. Charrington, peth ydoedd a berthynai i'r gorffennol diflanedig rhamantaidd, yr oes a fu, fel yr oedd yn hoff o'i galw yng nghyfrinachedd ei feddyliau. Am ryw reswm roedd wedi dychmygu erioed bod gan win flas eithriadol o felys, fel jam mwyar duon, a bod ei effaith feddwol yn taro ar unwaith. Mewn gwirionedd, wedi iddo'i lyncu, roedd y stwff yn dra siomedig. Y gwir oedd mai prin y gallai'i flasu o gwbl wedi blynyddoedd o jin. Rhoddodd y gwydr gwag i lawr.

"Mae Goldstein yn bodoli go iawn felly?" meddai.

"Ydy, mae'n bodoli, ac mae'n fyw. Ym mha le, dydw i ddim yn gwybod."

"A'r cynllwyn – y sefydliad? Ydy e'n bodoli go iawn? Nid dim ond dyfais yr Heddlu Meddwl?"

"Na, mae'n bodoli. Y Frawdoliaeth, yw'r enw arno. Fyddwch chi byth yn dysgu llawer mwy am y Frawdoliaeth na'i bod hi'n bodoli a'ch bod chi'n rhan ohoni. Ond dychwelaf at hynny maes o law." Edrychodd ar ei oriawr. "Peth annoeth, hyd yn oed i aelodau'r Blaid Fewnol, yw diffodd y telisgrîn am fwy na hanner awr. Ddylech chi ddim fod wedi dod yma gyda'ch gilydd, a bydd yn rhaid i chi adael ar wahân. Tithau, gymrawd" – plygodd ei ben i gyfeiriad Julia – "fydd yn gadael gyntaf. Mae gennym ni ryw ugain munud. Byddwch yn deall bod yn rhaid i mi ddechrau drwy ofyn ambell gwestiwn penodol. Mewn termau cyffredinol, beth ydych chi'n fodlon ei wneud?"

"Unrhyw beth allwn ni," meddai Winston.

Roedd O'Brien wedi troi ychydig yn ei gadair fel ei fod yn wynebu Winston. Roedd bron yn anwybyddu Julia, fel petai'n cymryd yn ganiataol bod Winston yn gallu siarad ar ei rhan hi. Caeodd ei amrannau dros ei lygaid am eiliad. Dechreuodd ofyn ei gwestiynau mewn llais isel, digynnwrf, fel petai hyn yn rhan o'r drefn, yn fath o gyffes ffydd, a'i fod yn gwybod y rhan fwyaf o'r atebion eisoes.

"Ydych chi'n fodlon rhoi eich bywydau?"

"Ydyn."

"Ac yn fodlon llofruddio?"

"Ydyn."

"I gwblhau gweithredoedd terfysgol all arwain at farwolaeth cannoedd o bobl ddiniwed?"

"Ydyn."

"Bradychu eich gwlad i bwerau estron?"

"Ydyn."

"Rydych chi'n fodlon twyllo, ffugio, blacmelio, llygru meddyliau plant, dosbarthu cyffuriau caethiwus, annog puteindra, lledaenu clefydau rhywiol – gwneud unrhyw beth sy'n debygol o gyfrannu at wangalonni'r boblogaeth a thrwy hynny lleihau pŵer y Blaid?"

"Ydyn."

"Petai hi, er enghraifft, o fudd i ni rywsut i chi daflu asid sylffwrig i wyneb plentyn – ydych chi'n fodlon gwneud hynny?"

"Ydyn."

"Rydych chi'n fodlon colli'ch hunaniaeth a byw gweddill eich bywyd fel gwas neu lafurwr?"

"Ydyn."

"Rydych chi'n fodlon cyflawni hunanladdiad, os a phryd y gofynnwn ni i chi wneud hynny?"

"Ydyn."

"Rydych chi'n fodlon, ill dau, gwahanu a pheidio â gweld eich gilydd byth eto?"

"Na!" torrodd Julia ar ei draws.

Teimlai Winston fel petai hydoedd wedi mynd heibio cyn iddo yntau ateb. Am gyfnod roedd fel petai'n methu siarad. Roedd ei dafod yn gweithio'n ddistaw i ffurfio dechrau un gair, wedyn y llall, drosodd a throsodd. Nes iddo'i ddweud, ni wyddai pa air oedd ar fin ei dweud. "Nac ydw," meddai, o'r diwedd.

"Da iawn am ddweud hynny," meddai O'Brien. "Rhaid i ni gael gwybod popeth."

Trodd tuag at Julia a gofyn mewn llais ac iddo rywfaint mwy o deimlad:

"Wyt ti'n deall y gall fod yn rhaid iddo fyw fel person gwahanol, a chymryd ei fod yn byw o gwbl? Gall fod yn rhaid i ni roi hunaniaeth newydd iddo. Ei wyneb, ei symudiadau, siâp ei ddwylo, lliw ei wallt – gall ei lais hyd yn oed newid. A gall fod angen i ti dy hun ddod yn berson gwahanol. Gall ein llawfeddygon newid pobl tu hwnt i bob adnabod. Mae'n rhaid gwneud hynny weithiau. Weithiau rhaid torri coes neu fraich i ffwrdd."

Methodd Winston â rhwystro'i hun rhag bwrw cipolwg eto ar wyneb tramoraidd Martin. Doedd dim creithiau hyd y gwelai. Roedd Julia wedi gwelwi, fel bod ei brychni'n dangos yn glir, ond fe wynebodd O'Brien yn ddewr. Dywedodd dan ei gwynt rywbeth oedd i'w weld yn gydsyniad.

"Da iawn. Dyna hynny wedi'i setlo."

Roedd blwch arian llawn sigarennau ar y bwrdd. Â'i feddwl ymhell eto, gwthiodd O'Brien y blwch tuag at y lleill, cymryd un iddo'i hun, yna codi a dechrau troedio'n araf yn ôl ac ymlaen, fel petai'n gallu meddwl yn well ar ei draed. Sigarennau da iawn oeddynt, rhai trwchus a llawn, a'u papur yn anghyfarwydd o sidanaidd. Edrychodd O'Brien ar ei oriawr unwaith eto.

"Gwell i ti ddychwelyd i dy bantri, Martin," meddai. "Fe ddof i yn ôl ymhen chwarter awr. Craffa ar wynebau'r cymrodyr hyn cyn i ti fynd. Mi fyddi di'n eu gweld nhw eto. Efallai na fyddaf innau."

Yn union fel y gwnaethant wrth y drws blaen, ysgubodd llygaid tywyll y dyn bach dros eu hwynebau. Doedd dim un awgrym o gyfeillgarwch ynddo. Roedd yn cadw eu hwynebau ar gof, ond doedd ganddo ddim diddordeb ynddynt, nid yn ôl pob golwg o leiaf. Efallai na allai wyneb synthetig newid ei agwedd, meddyliodd Winston. Heb siarad na rhoi unrhyw fath o gyfarchiad, gadawodd Martin gan gau'r drws yn dawel ar ei ôl. Roedd O'Brien yn dal i droedio'n ôl ac ymlaen, un llaw ym mhoced ei oferôl du, y llall yn dal ei sigarét.

"Rydych chi'n deall," meddai, "mai yn y tywyllwch y byddwch chi'n brwydro. Byddwch yn y tywyllwch o hyd. Byddwch yn derbyn eich gorchmynion ac yn ufuddhau iddynt, heb wybod pam. Nes ymlaen byddaf yn anfon llyfr atoch chi fydd yn dysgu i chi wir natur y gymdeithas hon, a'r strategaeth y byddwn yn ei defnyddio i'w dinistrio. Wedi i chi ddarllen y llyfr, byddwch yn aelodau llawn o'r Frawdoliaeth. Ond ni chewch chi fyth wybod dim byd o gwbl heblaw amcanion cyffredinol ein brwydr a thasgau uniongyrchol y foment. Gallaf eich sicrhau bod y Frawdoliaeth yn bodoli, ond ni allaf ddweud wrthych ai cant o aelodau sydd iddi, ynteu deg miliwn. Ni fydd eich gwybodaeth bersonol fyth yn ddigon i ddweud bod iddi gynifer â dwsin o aelodau. Bydd gennych chi dri neu bedwar o gysylltiadau, fydd yn newid o bryd i'w gilydd wrth iddynt ddiflannu. Gan mai hwn oedd eich cyswllt cyntaf, byddwn yn ei gadw. Pan fyddwch yn derbyn gorchmynion, gen i y daw'r rheiny. Os daw'r angen i ni gyfathrebu â chi, drwy Martin fydd hynny. Pan gewch chi eich dal o'r diwedd, byddwch yn cyffesu. Mae hynny'n anochel. Ond ni fydd gennych chi lawer iawn i'w gyffesu, heblaw am eich gweithgarwch chi eich hun. Ni fydd modd i chi fradychu mwy na llond llaw o bobl ddibwys. Mae'n debyg na fyddwch chi'n fy mradychu i hyd yn oed. Hwyrach y byddaf wedi marw erbyn hynny, neu wedi dod yn rhywun gwahanol, a chanddo wyneb gwahanol."

Daliodd ymlaen i symud yn ôl ac ymlaen ar y carped meddal. Er gwaethaf maint sylweddol ei gorff roedd gosgeiddrwydd rhyfeddol i'w symudiadau. Mynegai hynny hyd yn oed wrth stwffio'i law i'w boced, neu wrth drin sigarét. Yn fwy hyd yn oed na chryfder rhoddai argraff o hyder a dealltwriaeth, gydag elfen o eironi hefyd. Waeth pa mor ddidwyll yr oedd, nid oedd ganddo fymryn o'r unfrydedd hwnnw sy'n nodweddi'r eithafwr. Pan soniai am lofruddiaeth, hunanladdiad, clefydau rhywiol, torri coesau, a newid wynebau, roedd rhyw gellwair yn ei lais. "Does dim osgoi hyn," roedd ei lais fel petai'n dweud; "rhaid i ni wneud hyn, a hynny'n ddiysgog. Ond nid dyma beth fyddwn ni'n ei wneud pan fo bywyd yn werth ei fyw unwaith eto." Daeth ton o edmygedd, bron iawn addoliad, at O'Brien dros Winston. Roedd dirgelwch Goldstein wedi'i anghofio, am y tro. Wrth edrych ar ysgwyddau pwerus O'Brien a'i wyneb pŵl, mor hyll ac eto mor waraidd, amhosib oedd ei ddychmygu'n cael ei drechu. Nid oedd unrhyw strategaeth fyddai'n drech nag ef, nac unrhyw berygl na allai ei ragweld. Yn ôl pob golwg roedd wedi creu argraff ar Julia hyd yn oed. Roedd hi wedi gadael i'w sigarét ddiffodd ac yn gwrando'n astud arno. Aeth O'Brien yn ei flaen:

"Hwyrach eich bod wedi clywed sibrydion am fodolaeth y Frawdoliaeth. Byddwch wedi ffurfio'ch syniadau eich hun ohoni, debyg. Mwy na thebyg dychmygoch chi fyd cuddiedig enfawr o gynllwynwyr, yn cyfarfod yn gyfrinachol mewn selerau, sgriblo negeseuon ar waliau, a chyfarch ei gilydd â chyfrineiriau neu ystumiau llaw arbennig. Does dim byd o'r fath yn bodoli. Does gan aelodau'r Frawdoliaeth ddim ffordd o'u hadnabod ei gilydd, ac yn wir mae'n amhosib i'r un ohonynt wybod pwy yw mwy nag ambell un o'r lleill. Ni allai Goldstein ei hun, petai'n cwympo i ddwylo'r Heddlu Meddwl, roi rhestr gyflawn yr aelodaeth iddynt, nac unrhyw wybodaeth fyddai'n eu harwain at restr o'r fath. Does dim rhestr. Mae diddymu'r Frawdoliaeth yn amhosib, gan nad yw'n sefydliad yn yr ystyr cyffredin. Nid oes dim yn ei dal at ei gilydd heblaw syniad, syniad sy'n anorchfygol. Fydd gennych chi ddim byd i'ch cynnal heblaw'r syniad hwnnw. Chewch chi ddim cyfeillgarwch nac anogaeth. Yn y pen draw, pan gewch chi eich dal, chewch chi ddim cymorth. Dydyn ni ddim yn estyn cymorth i'n haelodau. Ar y mwyaf, pan fo'n hollol hanfodol bod rhywun yn ddistaw, mae modd ambell dro i ni smyglo llafn rasal i gell carcharor. Bydd rhaid i chi ymgodymu â byw heb ganlyniadau a heb obaith. Byddwch yn gweithio am gyfnod, cael eich dal, cyffesu, ac wedyn marw. Dyna'r unig ganlyniadau y gwelwch chi fyth. Does dim hyd yn oed y posibilrwydd lleiaf y bydd unrhyw fath o newid y mae modd ei weld yn digwydd yn ystod ein hoes ni. Ni yw'r meirw. Yn y dyfodol mae ein hunig wir fywyd. Llwch ac esgyrn fydd ein rhan ni ynddo. Ond does wybod yn y byd pa mor bell yw'r dyfodol hwnnw. Gall fod yn fil o flynyddoedd. Nid oes dim byd yn bosib ar hyn o bryd heblaw lledaenu callineb, fesul tipyn bach. Nid oes modd i ni weithredu ar y cyd. Y cwbl y gallwn ni ei wneud yw lledaenu ein gwybodaeth tuag allan, o un unigolyn i'r llall, fesul genhedlaeth. Yn wyneb yr Heddlu Meddwl, does dim ffordd arall."

Arhosodd, ac edrych ar ei oriawr am y drydedd waith.

"Mae hi bron yn amser i ti fynd, gymrawd," meddai wrth Julia. "Aros. Mae'r gostrel yn hanner llawn o hyd."

Llenwodd y gwydrau a chodi ei wydr yntau, gerfydd ei goesyn.

"I beth y tro hwn?" meddai, yr un dinc eironig yn ei lais o hyd. "I ddryswch yr Heddlu Meddwl? I farwolaeth y Brawd Mawr? I'r ddynoliaeth? I'r dyfodol?"

"I'r gorffennol," meddai Winston.

"Mae'r gorffennol yn bwysicach," cytunodd O'Brien yn brudd.

Gwacawyd y gwydrau, ac eiliad yn ddiweddarach cododd Julia i fynd. Estynnodd O'Brien flwch bach o ben cwpwrdd a rhoddodd dabled wen gwastad iddi, gan ddweud wrthi am ei rhoi ar ei thafod. Roedd hi'n bwysig, meddai, gadael heb arogl gwin arnoch: roedd gweinwyr y llifftiau'n graff. Cyn gynted ag y caeodd y drws y tu ôl iddi roedd O'Brien fel petai wedi anghofio amdani'n llwyr. Camodd i fyny ac i lawr unwaith eto, wedyn arhosodd.

"Mae yna fanylion i'w trafod," meddai. "Rwy'n cymryd bod gen ti ryw fath o guddfan?"

Esboniodd Winston am yr ystafell uwchben siop Mr. Charrington.

"Bydd hynny'n iawn am y tro. Fe drefnwn ni rywbeth amgen i chi'n ddiweddarach. Mae'n bwysig newid eich cuddfan yn aml. Yn y cyfamser, fe anfonaf gopi o'r *Llyfr*" – roedd hyd yn oed O'Brien, sylwodd Winston, yn ynganu'r geiriau fel petaent mewn llythrennau italig – "Llyfr Goldstein, hynny yw, cyn gynted â phosib. Gall fod ychydig ddyddiau eto cyn i mi allu cael gafael ar un ohonynt. Nid oes llawer ohonynt, fel y gallwch ddisgwyl. Mae'r Heddlu Meddwl yn cael hydd iddynt ac yn eu dinistrio bron cyn gynted ag yr ydyn ni'n eu hargraffu. Ond does dim ots am hynny. Mae'r Llyfr yn annistrwyadwy. Petai'r copi olaf wedi mynd, gallem ei atgynhyrchu, air am air bron iawn. Wyt ti'n mynd â chês i'r gwaith?"

"Ydw, fel arfer."

"Sut olwg sydd arno?"

"Du, a digon di-raen. Mae ganddo ddau strap."

"Du, dau strap, digon di-raen – da iawn. Ryw ddiwrnod yn y dyfodol gweddol agos – ni allaf roi diwrnod penodol i ti – bydd un o'r negeseuon ymhlith dy waith yn y bore yn cynnwys gair wedi'i gam-argraffu, a bydd rhaid i ti ofyn am ailargraffiad. Y diwrnod canlynol byddi di'n mynd i'r gwaith heb dy gês. Rywbryd yn ystod y dydd, yn y stryd, bydd dyn yn cyffwrdd â dy fraich ac yn dweud, 'Rwy'n meddwl eich bod wedi gollwng eich cês.' Bydd yr un mae'n ei roi i ti yn cynnwys copi o lyfr Goldstein. Byddi di'n ei ddychwelyd ymhen pedwar diwrnod ar ddeg."

Roeddynt yn ddistaw am eiliad.

"Mae dwy funud eto cyn bod angen i ti fynd," meddai O'Brien. "Byddwn yn cwrdd eto – os cwrddwn ni o gwbl – "

Edrychodd Winston i fyny ato. "Lle nad oes tywyllwch?" meddai'n betrus.

Amneidiodd O'Brien ei ben, heb ddangos unrhyw syndod. "Lle nad oes tywyllwch," meddai, fel petai wedi adnabod y cyfeiriad. "Ac yn y cyfamser, oes rhywbeth yr hoffet ti ei ddweud cyn gadael? Unrhyw neges? Unrhyw gwestiwn?"

Meddyliodd Winston. Ni allai feddwl am unrhyw gwestiwn arall roedd arno eisiau'i ofyn: roedd arno lai fyth o eisiau lleisio unrhyw gyffredinedd aruchel. Yn hytrach na gofyn dim byd oedd yn gysylltiedig ag O'Brien na'r Frawdoliaeth, daeth rhyw ddelwedd gyfansawdd i'w ben o'r ystafell wely dywyll honno lle treuliasai ei fam ei diwrnodau olaf, a'r ystafell fach uwchben siop Mr. Charrington, a'r pwysau papur gwydr, a'r engrafiad yn ei ffrâm o bren rhosyn. Ar fympwy fel petai, gofynnodd:

"Glywsoch chi hen rigwm erioed sy'n dechrau, 'Oren a lemwn, meddai clychau Llan-Glemwnt'?"

Amneidiodd O'Brien unwaith eto. Gyda math o gwrteisi difrifol, cwblhaodd y rhigwm:

> *"Oren a lemwn, meddai clychau Llan-Glemwnt,*
> *Ble mae fy arian, meddai clychau Llan-Fartan,*
> *Amser i dalu, meddai clychau'r Hen Feili,*
> *Pan gaf yr arian, meddai clychau'r Ffos-lan."*

"Wyddech chi'r llinell olaf!" meddai Winston.

"Gwyddwn, mi wyddwn i'r llinell olaf. A nawr, yn anffodus, mae'n amser i ti fynd. Ond aros. Gwell i ti adael i mi roi un o'r tabledi yma i ti."

Wrth i Winston sefyll estynnodd O'Brien law. Gwasgodd ei afael cadarn esgyrn llaw Winston. Ar gyrraedd y drws edrychodd Winston yn ôl, ond roedd O'Brien fel petai eisoes yn gwthio hynny o'i feddwl. Roedd yn aros a'i law ar y ddolen i reoli'r telisgrîn. Y tu ôl iddo gallai Winston weld y bwrdd ysgrifennu gyda'i lamp werdd a'r llaisgrif a'r basgedi dyfnion yn llawn papurau. Roedd y mater ar ben. Ymhen tri deg eiliad, sylweddolodd, byddai'r ymyriad drosodd, ac O'Brien yn ôl yn gwneud ei waith pwysig ar ran y Blaid.

Pennod 9

Roedd Winston mor flinedig fe deimlai'n gelatinaidd. Gelatinaidd oedd y gair. Roedd wedi dod i'w ben ohono'i hun. Teimlai ei gorff nid yn unig yn wan fel jeli, ond yn dryloyw fel jeli hefyd. Teimlai y byddai modd iddo weld y golau trwy'i law, petai'n ei dal i fyny. Roedd yr holl waed a hylif wedi'i sugno o'i gorff gan ysbleddach enfawr o waith, gan adael dim ond adeiladwaith bregus o nerfau, esgyrn a chroen. Roedd popeth i'w weld yn fwy llachar a phob sŵn i'w glywed yn uwch. Roedd ei oferôl yn rhwbio'i ysgwyddau, y palmant yn cosi'i draed, ac roedd hyd yn oed cymaint ag agor a chau ei law yn ymdrech a wnâi i'w esgyrn wichian.

Roedd wedi gweithio dros naw deg awr mewn pum diwrnod. Roedd pawb arall yn y Weinyddiaeth wedi gwneud yr un fath. Nawr roedd y cwbl drosodd, a doedd ganddo ddim byd i'w wneud o gwbl, dim gwaith o unrhyw fath i'r Blaid o gwbl, tan y bore trannoeth. Roedd ganddo chwe awr i'w treulio yn y guddfan a naw eto yn ei wely ei hun. Yn araf bach, yn heulwen fwyn y prynhawn, cerddai ar hyd stryd byglyd tua siop Mr. Charrington, gan gadw un llygad ar agor am y patrolau, ond serch hynny'n teimlo'n sicr rywsut nad oedd perygl i neb ymyrryd er y gwyddai bod hynny'n hollol afresymegol. Curai'r cês trwm yn erbyn ei ben-glin bob cam, gan ogleisio croen ei goes. Y tu mewn iddo roedd y llyfr, oedd bellach yn ei feddiant ers chwe diwrnod ond nad oedd eto wedi'i agor, na hyd yn oed edrych arno.

Ar chweched diwrnod Wythnos y Casineb, wedi'r holl orymdeithio, areithio, gweiddi, canu, baneri, posteri, ffilmiau, cwyrddelwau, curo drymiau a chanu utgyrn, sŵn traed yn cydgamu, olwynion treigl y tanciau, rhuo awyrennau lu, saethu canonau — wedi chwe diwrnod o hyn oll, â'r orgasm fawr yn nesáu at ei anterth a'r casineb cyffredinol at Ewrasia wedi berwi nes troi'n ddeliriwm mor gryf fel y byddai'r dorf yn sicr wedi rhwygo'n ddarnau mân y 2,000 o garcharorion Ewrasaidd oedd i gael eu dienyddio'n gyhoeddus ar ddiwrnod olaf y dathlu petaent wedi gallu cael gafael arnynt — ar yr union eiliad hon, daeth cyhoeddiad nad oedd Oceania, wedi'r cyfan, yn rhyfela yn erbyn Ewrasia. Roedd Oceania'n ymladd ei rhyfel yn erbyn Dwyrasia. Roedd Ewrasia ac Oceania'n gynghreiriaid.

Wrth gwrs, ni ddaeth unrhyw gyfaddefiad bod unrhyw newid wedi digwydd. Yn syml ddigon, daeth yn hysbys, a hynny'n eithriadol o sydyn ac ymhobman ar yr un pryd, mai Dwyrasia ac nid Ewrasia oedd y gelyn. Roedd Winston wrthi'n mynychu gorymdaith mewn un o sgwariau canolog Llundain ar yr eiliad pan ddigwyddodd. Roedd hi'n hwyr gyda'r nos, a goleuadau trydan mawr yn goleuo'r wynebau gwynion a'r baneri cochion. Roedd miloedd lawer o bobl yn llenwi'r sgwâr, gan gynnwys bloc o ryw fil o blant ysgol yng ngwisgoedd yr Ysbiwyr. Roedd dyn bach tenau gyda breichiau hirion a phenglog moel mawr ac arni ambell locsyn seimllyd o hyd wrthi'n aflonyddu'r dorf o lwyfan oedd yn frith o faneri cochion. Ellyll bach creulon ei olwg, casineb yn crychu'i wyneb a'i gorff, gafaelai yng ngwddf y meicroffon ag un llaw tra bod y llall, un enfawr ar ben braich esgyrnog, yn crafangu'r awyr uwch ei ben yn fygythiol. Yn llais metelaidd yr uwch-seinydd rhestrai gatalog diddiwedd o droseddau, llofruddiaethau, rheibiau, trais, arteithio carcharorion, bomio sifiliaid, celwyddau, ymosodiadau di-gyfiawnhad, tor-gytundebau ac ati. Roedd hi bron â bod yn amhosib gwrando arno a pheidio â chael eich argyhoeddi, ac wedyn eich cynddeiriogi. Pob ychydig eiliadau byrlymai dicter y dorf a boddid llais y siaradwr gan ru bwystfilaidd di-reolaeth a ddeuai o filoedd o lynciau ar y cyd. Y gwaethaf oll oedd gweiddi'r plant. Bu'r araith yn mynd rhagddi ers rhyw ugain munud pan ruthrodd negesydd i'r llwyfan a rhoi dernyn o bapur yn llaw'r siaradwr. Fe'i ddad-blygodd a'i ddarllen heb atal llif ei araith. Newidiodd ddim yn ei lais na'i osgo, nac o ran cynnwys yr hyn a ddywedai ond yn sydyn ddigon roedd yr enwau'n wahanol. Heb i neb ddweud gair, aeth ton o ddealltwriaeth drwy'r dorf. Rhwng Oceania a Dwyrasia roedd y rhyfel! Bu cynnwrf enbyd eiliad wedyn. Roedd yr holl faneri a phosteri oedd wedi addurno'r sgwâr yn anghywir! Roedd yr wynebau anghywir ar gynifer â hanner ohonynt. Terfysgaeth, mae'n rhaid! Gwaith asiantau Goldstein! Cafwyd egwyl derfysglyd i rwygo posteri o'r waliau, a rhwygo baneri'n dipiau a'u sathru dan draed. Roedd gweithgarwch yr Ysbiwyr yn dringo'r toeau a thorri'r baneri o'r simneiau yn anhygoel. Ond roedd y cwbl drosodd ymhen dwy neu dair munud. Drwy'r holl amser roedd y siaradwr – yn dal i afael yn dynn yn y meicroffon, ei ysgwyddau wedi'u plygu, ei law arall yn dal i grafangu'r awyr – wedi parhau â'i araith heb doriad. Ymhen munud roedd y rhuadau anifeilaidd yn ebychu o'r dorf unwaith eto. Aeth y Casineb yn ei flaen yn union fel o'r blaen, dim ond bod ei darged wedi newid.

O edrych yn ôl, y peth syfrdanol i dyb Winston oedd bod y siaradwr wedi newid o un llinell i'r llall ar ganol ei frawddeg, nid yn unig heb oedi o fath yn y byd, ond heb hyd yn oed dorri ar ei gystrawen. Ond bu pethau eraill ar ei feddwl ar y pryd. Yr union eiliad honno o anrhefn pan rwygwyd y posteri i lawr pan tapiodd dyn na welodd mo'i wyneb ar ei ysgwydd gan ddweud, "Esgusodwch fi, rwy'n meddwl eich bod wedi gollwng eich cês." Cymrodd yntau'r cês yn ddidaro, heb ddweud gair. Gwyddai y byddai'n ddiwrnodau cyn iddo gael cyfle i edrych arno. Cyn gynted ag yr oedd yr orymdaith drosodd aeth yn syth at Weinyddiaeth y Gwir, er ei bod hi bellach bron yn ddau ddeg tri o'r gloch. Roedd holl staff y Weinyddiaeth wedi gwneud yr un peth. Prin bod angen y gorchmynion hynny a'i galwent i ddychwelyd i'w gwaith, oedd eisoes yn dod o'r telisgrînau.

Roedd hi'n rhyfel rhwng Oceania a Dwyrasia: yn erbn Dwyrasia y bu'r rhyfel erioed. Roedd rhan sylweddol o lenyddiaeth wleidyddol y pum mlynedd ddiwethaf felly'n annilys bellach. Rhaid oedd cywiro adroddiadau a chofnodion o bob math, papurau newydd, llyfrau, pamffledi, ffilmiau, traciau sain, lluniau – a hynny ar frys. Er na ddaeth yr un cyfarwyddiad roedd hi'n hysbys bod penaethiaid yr Adran yn bwriadu na fyddai'r un cyfeiriad at y rhyfel ag Ewrasia, na'r cynghrair â Dwyrasia, yn bodoli yn unman ymhen wythnos. Roedd y gwaith yn anorthrech, a chymaint mwy felly oherwydd na ellid cyfeirio at y prosesau oedd ynghlwm ag ef yn ôl eu gwir enwau. Gweithiodd pawb yn yr Adran Gofnodion deunaw awr yn y pedwar ar hugain, a dau ysbaid o ddwy neu dair awr o gwsg. Daethpwyd â matresi i fyny o'r selerau a'u gosod ym mhob coridor: roedd brechdanau i'w bwyta a Choffi Buddugoliaeth a ddeuai ar drolïau wedi'u gwthio gan weinyddwyr y cantîn. Ceisiai Winston adael ei ddesg yn glir cyn iddo fynd am un o'i ysbeidiau o gwsg, ond pob tro y dychwelai, ei lygaid yn ludiog a'i gyhyrau'n boen drostynt, gwnâi hynny i ganfod bod cawod arall o silindrau papur wedi gorchuddio'r ddesg fel eira, gan hanner gladdu'r llaisgrif a gorlifo i'r llawr, fel mai'r dasg gyntaf iddo bob tro oedd gwneud pentwr digon taclus ohonynt er mwyn gallu gweithio o gwbl. Y peth gwaethaf oll oedd nad oedd y gwaith o reidrwydd yn hollol fecanyddol, dim o gwbl. Digon yn aml fyddai dim ond cyfnewid un enw am y llall, ond byddai angen gofal a dychymyg ar unrhyw fath o adroddiad manwl. Roedd galw am wybodaeth ddaearyddol sylweddol wrth drosglwyddo'r rhyfel o un rhan o'r byd i'r llall.

Erbyn y trydydd diwrnod roedd ei lygaid yn brifo'n enbyd ac roedd angen iddo lanhau ei sbectol bob ychydig funudau. Roedd hi fel brwydro â rhyw dasg gorfforol arteithiol, rhywbeth nad oedd gennych mo'r hawl i'w wrthod ac eto rhywbeth roeddech chi'n niwrotig o awyddus i'w gwblhau. Cyn belled ag y bu ganddo unrhyw amser i gofio'r peth nid oedd y ffaith bod pob gair i'r llaisgrif a phob marc gyda'i ysgrifbin yn gelwydd bwriadol yn ei boeni. Poenai gymaint â neb arall yn yr Adran ynghylch perffeithrwydd y ffugio. Ar fore'r chweched diwrnod dechreuodd llif y silindrau arafu. Am gymaint â hanner awr ni ddaeth dim byd o'r tiwb; wedyn un silindr eto, wedyn dim. Roedd y gwaith yn tawelu ymhobman tua'r un pryd. Aeth ochenaid ddofn a chyfrinachol, megis, drwy'r holl adran. Roedd gorchest wedi'i chyflawni na fyddai modd ei chrybwyll byth. Roedd hi bellach yn amhosib i unrhyw fod dynol gael gafael ar unrhyw fath o dystiolaeth ddogfennol i brofi bod y rhyfel rhwng Oceania ac Ewrasia wedi digwydd erioed. Am un deg dau o'r gloch daeth cyhoeddiad annisgwyl bod gan holl weithwyr y Weinyddiaeth ganiatâd i fynd adref tan y bore trannoeth. Aeth Winston adref – yn dal i gario'r cês a'r Llyfr ynddo, oedd wedi aros rhwng ei draed wrth iddo weithio ac o dan ei gorff wrth iddo gysgu – eilliodd, a bu bron iddo gwympo i gysgu yn ei fath, er bod y dŵr yn llugoer ar y gorau.

A'i gymalau'n gwichio bron iawn yn gnawdol, dringodd y grisiau uwchben siop Mr. Charrington. Roedd yn flinedig, ond nid yn gysglyd bellach. Agorodd y ffenest, cyneuodd y stôf olew fach fudr a rhoddodd sosban o ddŵr arni i wneud coffi. Byddai Julia'n cyrraedd yn y man: yn y cyfamser, roedd ganddo'r llyfr. Eisteddodd yn y gadair freichiau flêr a datod strapiau'r cês.

Cyfrol ddu drwchus, wedi'i rhwymo'n amaturaidd, heb nac enw na theitl ar y clawr. Roedd golwg anghyson braidd ar y print hefyd. Roedd ymylau'r tudalennau wedi treulio, a hawdd iawn oedd eu torri ar ddamwain, fel petai'r llyfr wedi'i fodio gan ddwylo lawer. Meddai'r teitl ar y dudalen gyntaf:

CYDBERCHNOGAETH OLIGARCHAIDD
MEWN EGWYDDOR AC AR WAITH
gan Emmanuel Goldstein

Dechreuodd Winston ddarllen:

Pennod I
Anwybodaeth yw Nerth

Ers dechrau pob cofnod, ac, mae'n debyg, ers diwedd yr Oes Neolithig, mae yna dri gwahanol fath o bobl yn y byd: yr Uchel, y Canol, a'r Isel. Maent wedi'u hisddosbarthu drwy wahanol ddulliau lawer, wedi cael enwau aneirif, ac mae cydbwysedd eu niferoedd, yn ogystal â'u hagweddau tuag at ei gilydd, wedi amrywio o oes i oes: ond nid yw strwythur hanfodol cymdeithas wedi newid erioed.

Hyd yn oed yn dilyn chwyldroadau enfawr a newidiadau terfynol eu golwg mae'r un patrwm wedi dychwelyd bob tro, yn yr un ffordd ag y bydd geirosgop yn dychwelyd i gydbwysedd bob tro waeth pa mor bell y gwthir ef i'r naill ochr neu'r llall.

Amhosib yw cysoni amcanion y grwpiau hyn...

Peidiodd Winston â darllen, yn bennaf er mwyn gwerthfawrogi'r ffaith ei fod yn darllen, a hynny'n gysurus a diogel. Roedd ar ei ben ei hun: dim telisgrîn, neb yn gwrando wrth dwll y clo, a heb deimlo nac yn nerfus nac angen edrych dros ei ysgwydd na chuddio'r dudalen â'i law. Roedd awel haf felys yn cosi'i foch. Daeth sŵn plant yn gweiddi rywle ymhell: yn yr ystafell ei hun nid oedd dim sŵn heblaw llais pryfetaidd y cloc. Gwthiodd ei hun yn ddyfnach i'r gadair freichiau a rhoi ei draed ar y ffendar. Gwynfyd, tragwyddoldeb oedd hi. Yn sydyn, fel y gwna dyn weithiau gyda llyfr y mae'n gwybod y bydd, yn y pendraw, yn ei ddarllen ac yn ei ailddarllen bob gair, agorodd ef mewn man gwahanol a chael ei hun yn syllu ar Bennod III. Darllenodd yn ei flaen:

Pennod III
Rhyfel yw Heddwch
Roedd modd rhagweld rhannu'r byd yn dair gwladwriaeth fawr cyn canol yr ugeinfed ganrif, ac yn wir, hynny'n union a wnaeth rhai. Wedi amsugno Ewrop gan Rwsia a'r Ymerodraeth Brydeinig gan yr Unol Daleithiau roedd dwy o'r tair gwladwriaeth sy'n bodoli bellach, Ewrasia ac Oceania, yn bodoli eisoes. Dim ond wedi degawd eto o ymladd dryslyd y daeth y drydedd, Dwyrasia, i fodolaeth fel uned ynddi'i hun. Mae'r ffiniau rhwng y tair uwchwladwriaeth yn fympwyol mewn rhai mannau, ac mewn mannau eraill maent yn newid yn unol â hynt rhyfeloedd, ond yn gyffredinol maent yn dilyn llinellau daearyddol. Ewrasia yw holl ran ogleddol cyfandiroedd Ewrop ac Asia, o Bortiwgal hyd at Gulfor Bering. Tiriogaethau Oceania yw De a Gogledd America, ynysoedd yr Iwerydd gan gynnwys Ynysoedd Prydain, Awstralia, a deheubarth Affrica. Mae Dwyrasia'n llai na'r lleill a'i ffin orllewinol yn llai clir, ond mae'n cynnwys Tseina a'r gwledydd hynny i'r de ohoni, ynysoedd Siapan a rhannau sylweddol o Fantswria, Mongolia a Thibet sydd serch hynny'n newid dwylo'n aml.

Yn y naill gyfuniad neu'r llall mae'r tair uwchwladwriaeth yma'n ymladd rhyfel parhaus yn erbyn ei gilydd, ac felly maent yn ei wneud ers pum mlynedd ar hugain. Fodd bynnag, bellach nid yr ymdrech enbyd, ddinistriol a fu yn ystod degawdau cyntaf yr Ugeinfed Ganrif mo rhyfel. Bellach ymladd ac iddo amcanion cyfyngedig yw rhyfel, rhwng ochrau na all ddinistrio ei gilydd, heb unrhyw reswm materol mewn gwirionedd dros ymladd, a heb fod rhyngddynt unrhyw wahaniaethau go iawn o ran syniadaeth. Nid dweud mo hyn fod y ffordd y caiff rhyfel ei ymladd, neu'r agweddau tuag ato, bellach yn llai treisgar nac yn fwy boneddigaidd. I'r gwrthwyneb: mae hysteria rhyfel yn barhaus ac ymhobman ym mhob gwlad, a phan fyddant wedi'u cyflawni gan eich gwlad eich hunain yn hytrach na'r gelyn ystyrir mai gweithredoedd digon cyffredin, clodwiw hyd yn oed, yw pethau fel treisio merched, ysbeilio, lladd plant, caethiwo poblogaethau cyfan, a dialedd o bob math yn erbyn carcharorion sy'n ymestyn hyd yn oed at eu berwi neu eu claddu'n fyw. Ond yn yr ystyr corfforol niferoedd bychain sy'n ymladd rhyfeloedd, y mwyafrif ohonynt yn arbenigwyr, a chymharol fach yw'r colledion. Mae'r brwydrau, pan fônt yn digwydd, yn digwydd ar y ffiniau amwys hynny na all dynion cyffredin ond dyfalu lle'n union ydynt, neu o gwmpas y Morgaerau sy'n gwarchod y mannau strategol ar lwybrau llongau. Unig ystyr rhyfel i ganolfannau gwareiddiad yw prinder nwyddau parhaus, a thwrw roced-fom bob hyn a hyn gan achosi ychydig ugeiniau o farwolaethau ar y mwyaf. Mae cymeriad rhyfel wedi newid yn ei hanfod. A bod yn gywir, mae trefn pwysigrwydd y rhesymau sydd dros ymladd rhyfel wedi newid. Mae'r cymhellion hynny oedd eisoes yn bresennol i raddau bach adeg rhyfeloedd mawr yr Ugeinfed Ganrif bellach wedi dod yn flaenaf, wedi'u cydnabod, ac yn bethau y gweithredir arnynt yn ymwybodol ac yn fwriadol.

I ddeall natur y rhyfel presennol – oherwydd yr un rhyfel sydd ohoni o hyd, serch pob llanw a thrai – rhaid deall yn gyntaf ei bod hi'n amhosib iddo fod yn derfynol. Ni fyddai modd i'r un o'r uwchwladwriaethau gael ei choncro'n llwyr hyd yn oed petai'r ddwy arall yn cydweithio i'r diben hwnnw. Mae eu pŵer yn rhy gyfartal, a'u hamddiffynfeydd naturiol yn rhy anorchfygol. Mae tiroedd enfawr Ewrasia'n sicrhau ei diogelwch hi, lled yr Iwerydd a'r Môr Tawel sy'n amddiffyn Oceania, a nifer a gweithgarwch ei thrigolion yw cryfder Dwyrasia. Yn ail, nid oes unrhyw reswm dros ymladd bellach, mewn ystyr materol. Yn dilyn sefydlu economïau hunangynhwysol, a'r holl gynhyrchu a threuliant yn fewnol yn unig, daeth diwedd ar yr ymdrechfa am farchnadoedd fu'n brif achos rhai o ryfeloedd y gorffennol; ac nid yw cystadlu am adnoddau crai bellach yn fater o einioes chwaith. Beth bynnag, gan mor enfawr yw pob un o'r tair uwchwladwriaeth mae modd iddynt gyflenwi bron bopeth sydd angen arnynt o'r tu mewn i'w ffiniau eu hunain. I'r graddau bod ganddo bwrpas economaidd uniongyrchol, rhyfel dros lafur sydd ohoni. Heb fyth ddod yn diriogaeth barhaol i'r un ohonynt, rhwng ffiniau'r uwchwladwriaethau mae bras betryal â'i gorneli yn Tangier, Brazzaville, Darwin a Hong Kong, a'r tu mewn i'r ardal hon mae tuag un rhan o bump o boblogaeth y byd yn byw. Er mwyn meddiannau'r rhanbarthau hyn a'u poblogaethau mawr mae'r tair yn ymladd o hyd, ynghyd ag iâ'r gogledd. Yn ymarferol, nid yw'r un ohonynt byth yn rheoli'r ardal hon yn gyfan gwbl. Mae rhannau ohoni'n newid dwylo o hyd, a chyfleoedd i gipio un rhan neu'r llall drwy fradwriaeth annisgwyl sy'n esbonio'r holl gynghreirio diddiwedd.

Mae'r rhanbarthau hyn oll yn cynnwys mwynau gwerthfawr, ac yn rhai ohonynt mae adnoddau llysieuol fel rwber mae'n rhaid eu cynhyrchu mewn rhannau oerach o'r byd drwy ddulliau artiffisial cymharol gostus. Ond yn anad dim mae ynddynt stoc ddiddiwedd o lafur rhad. Pa bŵer bynnag sy'n rheoli canolbarth Affrica, neu wledydd y Dwyrain Canol, neu ddeheubarth India, neu ynysoedd Indonesia, y pŵer hwnnw sy'n rheoli hefyd ugeiniau neu gannoedd o filiynau o weithwyr caled, rhad. Mae trigolion y rhanbarthau hyn, a'u statws fel caethweision fwy neu lai'n gydnabyddedig, yn newid dwylo o hyd o un concwerwr i'r llall ac yn cael eu disbyddu fel hyn a hyn o lo neu olew fel rhan o'r frwydr barhaus i greu rhagor o arfau, i gipio rhagor o dir, a rheoli rhagor o lafur, er mwyn cael cynhyrchu rhagor o arfau, i gipio rhagor o dir, ac yn y blaen, am byth. Pwysig yw nodi nad yw'r brwydro byth mewn gwirionedd yn symud y tu hwnt i ymylon y rhanbarthau hyn. Mae ffiniau Ewrasia'n llifo yn ôl ac ymlaen rhwng basn y Congo ac arfordir gogleddol Môr y Canoldir; mae ynysoedd Cefnforoedd India a'r Môr Tawel yn newid dwylo o hyd rhwng Oceania a Dwyrasia; ym Mongolia mae'r ffin rhwng Ewrasia a Dwyrasia yn newid o hyd; ac o amgylch Pegwn y Gogledd mae'r tair ohonynt yn hawlio tiriogaethau enfawr sydd, mewn gwirionedd, heb drigolion a heb eu harchwilio chwaith: ond yr un fath fwy neu lai yw'r cydbwysedd grym o hyd, ac nid yw'r tiriogaethau hynny sy'n ffurfio craidd pob uwchwladwriaeth byth yn syrthio i ddwylo'r gelyn. Nid yw llafur pobloedd ecsbloetiedig y cyhydedd mewn gwirionedd yn angenrheidiol i economi'r byd. Dydyn nhw ddim yn ychwanegu at gyfoeth y ddaear, oherwydd caiff popeth maen nhw'n ei gynhyrchu ei ddefnyddio ar gyfer rhyfel, ac unig bwrpas rhyfel yw bod mewn safle gwell i allu ymladd rhyfel eto fyth. Mae'r bobloedd caeth yn galluogi cynnydd yng nghyflymder a ffyrnigrwydd y rhyfel. Ond pe na baent yn bodoli, ni fyddai strwythur cymdeithasol y byd, na'r prosesau a ddefnyddir i'w gynnal, yn hanfodol wahanol.

Prif bwrpas rhyfel heddiw (yn unol ag egwyddorion *daufeddwl*, mae'r ymenyddiau hynny sy'n llywio'r Blaid Fewnol yn cydnabod y pwrpas hwn ac yn peidio â'i gydnabod ar yr un pryd) yw disbyddu cynnyrch y peiriant mewn ffordd nad yw'n gwella safonau cyffredinol byw. Byth ers diwedd y bedwaredd ganrif ar bymtheg, mae beth i'w wneud â chynnyrch dros ben yn broblem dan wyneb cymdeithasau diwydiannol. Mae'n amlwg nad yw'r broblem hon yn un ddifrifol ar hyn o bryd, a dim ond cyfran fach o'r hil ddynol â digon i'w fwyta hyd yn oed, ac nid oedd rhaid iddi erioed ddod yn broblem ddifrifol hyd yn oed pe na bai prosesau dinistrio artiffisial wrth waith. Un llwm, llwglyd, ac adfeiliedig yw ein byd ni heddiw o'i gymharu â'r byd a fodolai cyn 1914, a mwy fyth felly o'i gymharu â'r dyfodol yr oedd pobl yr adeg honno yn disgwyl oedd yn eu haros. Yn rhan o'i ymwybyddiaeth o'r byd, roedd gan bron i bob un unigolyn llythrennog ar ddechrau'r ugeinfed ganrif weledigaeth o'r dyfodol yn adeg anghredadwy o gyfoethog, cysurus, trefnus ac effeithlon – byd disglair antiseptig o wydr a dur a choncrit – gwyn fel yr eira. Roedd gwyddoniaeth a thechnoleg yn datblygu'n frawychus o gyflym a pheth digon naturiol oedd cymryd yn ganiataol y byddent yn parhau i wneud. Ni ddigwyddodd hyn, yn rhannol oherwydd y tlodi a achoswyd gan gyfres hir o ryfeloedd a chwyldroadau, ac yn rhannol oherwydd bod cynnydd gwyddonol a thechnolegol yn dibynnu ar arferion meddwl empeiraidd na allent oroesi mewn cymdeithas dan reolaeth lem. Ar y cyfan mae byd heddiw'n fwy cyntefig nag yr oedd hanner can mlynedd yn ôl. Mae rhai ardaloedd anial wedi gweld cynnydd, a rhai dyfeisiadau newydd wedi'u datblygu, pob un ohonynt yn gysylltiedig mewn rhyw ffordd â rhyfel neu ysbio. Ond i bob pwrpas mae arbrofi a dyfeisgarwch wedi peidio, ac nid yw'r byd wedi gwella'n iawn erioed yn dilyn rhyfel atomig y pumdegau. Serch hynny mae'r peryglon hynny yno o hyd gan eu bod yn rhan gynhenid o'r peiriant. Ers ymddangosiad cynta'r peiriant roedd hi'n eglur i bawb â'r gallu i feddwl bod yr angen am flinwaith dynol, ac felly i raddau helaeth yr angen am anghydraddoldeb dynol, wedi diflannu. Petai'r peiriant yn cael ei defnyddio'n fwriadol at y diben hynny byddai modd diddymu diffyg bwyd, gorweithio, budreddi, anllythrennedd a salwch o fewn ychydig genedlaethau. A mewn gwirionedd, heb ei ddefnyddio at hynny o gwbl ond yn hytrach drwy fath o broses awtomatig – drwy gynhyrchu'r fath gyfoeth nad oedd modd weithiau peidio â'i dosbarthu – cododd y peiriant safonau byw'r ddynoliaeth ar fyfartaledd yn sylweddol dros gyfnod o tua hanner can mlynedd ar ddiwedd y bedwaredd ganrif ar bymtheg a dechrau'r ugeinfed.

Ond roedd hi'n glir hefyd bod cynnydd cyffredinol mewn cyfoeth yn bygwth dinistrio – yn wir, mewn ffordd, dyna *fyddai* dinistr – pob cymdeithas hierarchaidd. Mewn byd lle'r oedd pob

dyn yn gweithio oriau byr, a chanddo ddigon i'w fwyta, yn byw
mewn tŷ ac iddo ystafell ymolchi ac oergell, a chanddo gar neu hyd
yn oed awyren: mewn byd o'r fath byddai'r math mwyaf amlwg o
anghydraddoldeb, a'r pwysicaf efallai, wedi diflannu eisoes. Petai'r
sefyllfa'n dod yn un gyffredinol, ni fyddai i gyfoeth unrhyw
neilltuoldeb. Hwyrach bod modd dychmygu cymdeithas â'i *chyfoeth*,
o ran eiddo personol a mwynderau, wedi'i rannu'n gyfartal, ond â'i
phŵer yn aros yn nwylo cyfran fechan freintiedig o'r boblogaeth.
Ond mewn gwirionedd ni allai'r fath gymdeithas aros yn sefydlog
am yn hir. Fel ag yr oedd hi roedd tlodi wedi gwneud cyfran fawr
o'r ddynoliaeth yn hurt; ond petai bawb yn mwynhau hamdden a
diogelwch byddent yn troi'n llythrennog ac yn dysgu meddwl
drostynt eu hunain; ac wedi iddynt wneud hynny, yn hwyr neu'n
hwyrach byddent yn sylweddoli nad oedd unrhyw bwrpas i'r
lleiafrif breintiedig ac yn eu taflu o'r neilltu. Tlodi ac anwybodaeth
oedd unig gynsail posib cymdeithas hierarchaidd yn yr hir dymor.
Nid oedd dychwelyd i'r gorffennol amaethyddol, fel y dymunai rhai
ei wneud ar ddechrau'r ugeinfed ganrif, yn ateb ymarferol. Byddai
hynny'n nofio yn erbyn llif y mecanwaith oedd eisoes yn hanner
greddf drwy'r byd i gyd bron, a beth bynnag, byddai unrhyw wlad
a arhosai'n ddiwydiannol gyntefig yn gwbl ddiymadferth mewn
ystyr milwrol ac yn sicr o ddod dan fawd, naill ai'n uniongyrchol
neu'n anuniongyrchol, y gystadleuaeth fwy datblygedig.

Ni fyddai ceisio cadw'r lliaws yn dlawd drwy osod cyfyngiadau
ar gynhyrchu nwyddau yn ateb boddhaol chwaith. Digwyddodd
hyn lawer tro yn ystod cyfnod olaf cyfalafiaeth, rhwng 1920 ac 1940,
mwy neu lai. Gadawyd i economïau llawer o wledydd farweiddio,
aeth tir ffrwythlon yn segur, peidiwyd ag ychwanegu at gyfarpar
cyfalafol, a rhwystrwyd blociau enfawr o'r boblogaeth rhag
gweithio a'u cadw'n hanner byw drwy elusengarwch y Wladwriaeth.
Ond canlyniad hyn hefyd oedd gwendid milwrol, a gan fod y fath
galedi'n amlwg yn ddiangen roedd yn rhwym o arwain at
wrthwynebiad. Y broblem oedd sut i gadw olwynion diwydiant yn
troi heb gynyddu cyfoeth go iawn y byd. Rhaid oedd cynhyrchu
nwyddau heb eu dosbarthu. Ac, yn ymarferol, yr unig ffordd o
sicrhau hyn oedd drwy ryfel parhaus.

Dinistr yw rhyfel yn ei hanfod, nid dinistr bywydau dynol o
reidrwydd, ond cynnyrch llafur dynol. Modd yw rhyfel o chwalu'n
deilchion, neu ddisbyddu yn yr atmosffer, neu suddo yn nyfnder y
môr y deunyddiau hynny y gellid eu defnyddio fel arall i wneud y
lliaws yn rhy gysurus, ac felly, yn yr hir dymor, yn rhy alluog. Hyd
yn oed pan na chaiff arfau eu dinistrio mae eu creu yn ffordd
gyfleus o ddisbyddu llafur dynol heb gynhyrchu dim y gellir ei

ddefnyddio. Ynghlwm mewn Morgaer, er enghraifft, mae digon o lafur i adeiladu cannoedd o longau nwyddau. Yn y pendraw caiff y Forgaer ei sgrapio wedi iddi fynd yn rhy hen, heb iddi wneud unrhyw fath o les materol i neb yn y byd, a thrwy ymdrech enfawr arall, adeiledir Morgaer newydd. Mewn egwyddor mae'r ymdrech o ran y rhyfel wedi'i fwriadu er mwyn defnyddio popeth sy'n weddill ar ôl bodloni anghenion hanfodol y boblogaeth. Yn ymarferol caiff anghenion y boblogaeth eu tan-hystyried o hyd, a'r canlyniad yw bod diffyg parhaol hanner y pethau hynny sydd mor bwysig i fywyd; ond ystyrir hyn yn fantais. Polisi bwriadol ydyw i gadw hyd yn oed y grwpiau breintiedig ar drothwy caledi, gan fod sefyllfa o annigonedd cyffredinol yn gwneud breintiau bychain gymaint â hynny'n bwysicach, ac felly'n cynyddu'r gwahaniaeth rhwng un grŵp a'r llall. O'i fesur yn erbyn safonau dechrau'r ugeinfed ganrif, mae hyd yn oed aelod o'r Blaid Fewnol yn byw bywyd llym, llafurus. Serch hynny mae'r ychydig foethau hynny mae'n eu mwynhau – ei fflat mawr cysurus, dillad sy'n teimlo'n well, bwyd, diod a thybaco gwell, gwas neu ddau, a'i gar preifat neu hofrennydd – yn ei osod mewn byd hollol wahanol i aelodau'r Blaid Allanol, ac mae eu mantais hwythau'n debyg o'u cymharu â'r lliaws mawr hynny a elwir yn "brolau". Mae'r dymer gymdeithasol yn debyg i ddinas dan warchae, lle'r gwahaniaeth rhwng cyfoeth a thlodi yw darn o gig ceffyl. Ac eto i gyd mae'r ymwybyddiaeth bod yna ryfel, ac felly perygl, yn golygu bod rhoi'r holl grym yn nwylo grŵp bychan yn teimlo'n beth naturiol, ac angenrheidiol os oes eisiau goroesi.

Mae rhyfel, fel y dangosir, yn cyflawni'r dinistr angenrheidiol hyn, ond mewn ffordd sy'n seicolegol dderbyniol. Digon syml mewn egwyddor fyddai gwastraffu llafur y byd sydd dros ben drwy adeiladu temlau a phyramidiau, drwy gloddio tyllau a'u llenwi drachefn, neu hyd yn oed drwy gynhyrchu pentyrrau enfawr o nwyddau dim ond i'w rhoi ar dân. Ond dim ond cynsail economaidd cymdeithas hierarchaidd fyddai hynny'n ei ddarparu, nid y cynsail emosiynol. Nid ysbryd a hyder y lliaws yw'r peth hanfodol yma – oni bai eu bod yn dal i weithio, nid yw eu hagwedd hwythau'n bwysig – ond ysbryd y Blaid ei hun. Disgwylir i hyd yn oed aelod mwyaf darostyngedig y Blaid fod yn gymwys, yn weithgar, ac, o fewn cyfyngiadau eithaf cul, yn ddeallus. Ond disgwylir hefyd iddo fod yn eithafwr hygoelus ac anwybodus, ac i'w feddwl fod, yn anad dim, yn llawn ofn, casineb, addoliad, a dathlu buddugoliaethus. Mewn geiriau eraill, disgwylir iddo feddu ar feddylfryd addas i ryfel. Does dim ots a yw'r rhyfel yn digwydd mewn gwirionedd, a gan nad yw buddugoliaeth go iawn yn bosib, does dim ots a yw'r rhyfel yn mynd yn dda ynteu'n wael chwaith. Y cwbl sydd angen yw i'r wlad fod mewn cyflwr rhyfel. Mae'r rhaniad meddwl hwn y mae'r Blaid yn gofyn gan ei haelodau, ac sy'n haws i'w gyflawni mewn awyrgylch rhyfel, bellach yn bodoli ymron bob un, ond mae'n fwyfwy amlwg po uchaf y bo rhywun yn hierarchaeth y blaid. Yn y Blaid Fewnol yn fwy nag unman arall mae'r hysteria ynghylch y rhyfel a'r casineb tuag at y gelyn gryfaf. Yn rhinwedd ei swydd weinyddol, daw hi'n aml iawn yn angenrheidiol i aelod o'r Blaid Fewnol wybod bod yr eitem hon o newyddion neu'r llall yn gelwydd, ac yn aml bydd yn ymwybodol bod y rhyfel i gyd yn ddiangen a naill ai ddim yn digwydd neu fel arall yn cael ei ymladd at ddibenion gwahanol iawn i'r rhai cyhoeddus: ond digon hawdd yw diddymu'r fath wybodaeth drwy dechnegau *daufeddwl*. Yn y cyfamser nid oes yr un aelod o'r Blaid Fewnol sy'n simsanu am un eiliad o ran ei gred gyfriniol fod y rhyfel yn digwydd, a'i fod yn sicr o orffen mewn buddugoliaeth, ac ymestyn goruchafiaeth ddiamheuol Oceania dros y byd i gyd.

Mae'r gred hon yn y fuddugoliaeth i ddod yn erthygl ffydd i holl aelodau'r Blaid Fewnol. Fe ddaw naill ai drwy feddiannu mwy a mwy o dir nes rheoli cyfran anorchfygol o'r byd, neu fel arall drwy ddarganfod rhyw arf newydd nad oes modd ei atal. Mae'r ymchwil barhaus am arfau newydd yn parhau o hyd, a hon mewn gwirionedd yw un o'r ychydig weithgareddau sydd ar ôl lle caiff yr ymennydd ymchwilgar, dyfeisgar unrhyw fath o fynegiant allanol. Yn Oceania heddiw, mae Gwyddoniaeth, yn yr hen ystyr, bron iawn wedi peidio. Does dim gair am "Wyddoniaeth" yn y Newyddiaith. Mae'r dull meddwl empeiraidd, sef cynsail holl gyraeddiadau gwyddonol y Gorllewin, yn groes i egwyddorion mwyaf creiddiol Sosbryd. A chynnydd technolegol hyd yn oed yn digwydd dim ond pan fo rhyw fodd i ddefnyddio'i gynhyrchion er mwyn lleihau rhyddid dynol. Mae'r byd naill ai'n sefyll yn llonydd neu'n symud tuag yn ôl yn holl feysydd defnyddiol datblygiad. Ceffylau sy'n tynnu'r erydr yn y caeau a pheiriannau sy'n ysgrifennu llyfrau. Ond yn y meysydd sydd o'r pwys mwyaf – hynny yw, rhyfel ac ysbïo – mae'r dull empeiraidd yn gymeradwy o hyd, neu o leiaf yn cael ei oddef. Dau amcan y Blaid yw goresgyn pob rhan o'r byd a diffodd am byth bob cynneddf meddwl yn annibynnol. O ganlyniad mae yna ddwy broblem fawr y mae ar y Blaid eisiau eu datrys. Y cyntaf yw sut mae cael gwybod, yn groes i'w ewyllys ef, beth mae bod dynol arall yn ei feddwl; yr ail yw sut i ladd cannoedd o filiynau o bobl mewn ychydig eiliadau heb rybudd. Y rhain yw testun hynny o ymchwil wyddonol sy'n dal i ddigwydd. Mae gwyddonydd heddiw naill a'i groes rhwng seicolegydd a chwilyswr, yn astudio'n fanwl ystyr ystumiau'r wyneb a'r dwylo a thonau'r llais, wrth brofi gallu cyffuriau, sioc-driniaethau, hypnosis a phoenydio corfforol i ddarganfod y gwir; neu fel arall mae'n gemegydd, yn ffisegydd neu'n fiolegydd â'i unig ddiddordeb yn y canghennau hynny o'i faes sy'n berthnasol at ladd pobl eraill. Yn labordai enfawr y Weinyddiaeth Hedd, ac yng ngorsafoedd arbrofol fforestydd Brasil, neu yn anialwch Awstralia, neu ar ynysoedd unig yr Antarctig, mae'r arbenigwyr wrthi'n gweithio'n ddiorffwys. Dim ond cynllunio logisteg rhyfeloedd y dyfodol mae rhai'n ei wneud. Mae eraill wrthi'n dyfeisio roced-fomiau mwy byth, ffrwydradau mwy pwerus, a phlatiau arfog cryfach. Maes eraill yw nwyau gwenwynig newydd, neu wenwynau toddadwy y bydd modd eu cynhyrchu yn y fath cyfeintiau er mwyn gallu lladd llystyfiant cyfandiroedd cyfan, neu straeniau newydd o glefydau sy'n drech na phob gwrthgorff. Mae rhagor eto'n brysur yn ceisio creu cerbyd all durio dan y ddaear fel llong danfor yn y dŵr, neu awyren all hedfan heb fwy o angen dychwelyd adref na llong hwylio. Mae rhagor eto fyth yn archwilio posibiliadau mwy dieithr megis ffocysu pelydrau'r haul drwy wydrau enfawr yn y gofod, neu greu daeargrynfeydd neu donnau mawr drwy drin gwres y ddaear ei hun.

Nid yw'r un o'r prosiectau hyn byth yn dod yn agos at gael ei gwireddu, fodd bynnag, ac nid yw'r un o'r tair uwchwladwriaeth byth yn achub y blaen ar y lleill yn sylweddol. Y peth rhyfedd yw bod ganddynt ill tair arf eisoes, sef y bom atomig, sy'n fwy pwerus na'r un o'r arfau mae eu hymchwiliadau presennol yn debygol o'i ddarganfod. Er bod y Blaid, yn ôl ei harfer, yn honni mai hi a'u dyfeisiodd, ymddangosodd bomiau atomig mor gynnar â'r mil naw pedwardegau, a chawsant eu defnyddio ar raddfa fawr am y tro cyntaf tua deng mlynedd yn ddiweddarach. Yr adeg hynny gollyngwyd rhai cannoedd o fomiau ar ganolfannau diwydiannol, gan mwyaf yn Rwsia, Gorllewin Ewrop, a Gogledd America. Effaith hynny oedd darbwyllo dosbarth arweiniol pob gwlad y byddai ychydig yn rhagor o fomiau atomig yn ben ar y gymdeithas ddynol drefnus, a diwedd felly ar eu pŵer hwy eu hunain. Byth ers hynny, er na lofnodwyd nac awgrymu unrhyw gytundeb ffurfiol, ni ollyngwyd rhagor o fomiau. Mae'r tri phŵer serch hynny'n parhau i gynhyrchu bomiau atomig a'u cadw nes daw'r cyfle arbennig hwnnw mae pob un ohonynt yn credu y daw ymhen hir a hwyr. Yn y cyfamser mae dulliau rhyfel yn parhau'r un fath fwy neu lai ers tri deg neu bedwar deg o flynyddoedd. Mae rhagor o ddefnydd o hofrenyddion nag o'r blaen, mae awyrennau bomio wedi'u disodli i raddau helaeth gan daflegrau hunanyredig, ac mae'r llong ryfel symudadwy, fregus wedi ildio i'r Forgaer sydd bron yn amhosib ei suddo; ond ar wahân i hynny ychydig iawn o ddatblygiad sydd wedi bod. Mae tanciau, llongau tanfor, perianddrylliau, reifflau a grenadau hyd yn oed yn dal i gael eu defnyddio. Ac er gwaethaf y cyflafanau diddiwedd yn y Wasg ac ar y telisgrînau, ni chafwyd erioed wedyn frwydrau llym rhyfeloedd y gorffennol lle lleddid cannoedd o filoedd neu hyd yn oed miliynau o ddynion o fewn ychydig wythnosau.

Nid yw'r un o'r tair uwchwladwriaeth byth yn rhoi cynnig ar unrhyw dacteg os oes perygl iddynt gael eu trechu mewn ffordd ddifrifol os aiff pethau o chwith. Pan ddaw unrhyw ymgyrch sylweddol, yna daw hwnnw'n amlach na pheidio ar ffurf ymosodiad annisgwyl yn erbyn cynghreiriad. Yr un yw'r strategaeth mae pob un o'r tri phŵer yn ei dilyn, neu'n esgus iddynt eu hunain eu bod yn ei dilyn. Y cynllun yw hyn: drwy gyfuniad o ymladd, bargeinio ac ambell fradwriaeth yn y lle a'r amser iawn, byddent yn dod i feddu ar gyfres o ganolfannau grym milwrol sy'n amgylchynu un o'r gwladwriaethau eraill yn llwyr, cyn llofnodi cytundeb cyfeillgarwch â'r wladwriaeth honno ac aros ar dermau heddychlon â nhw am nifer o flynyddoedd er mwyn rhoi pob amheuaeth o'r neilltu. Yn ystod yr amser hwn bydd modd llwytho'r rocedi â'r bomiau atomig a'u gosod ym mhob un o'r mannau strategol, cyn, o'r diwedd, eu lansio ar unwaith, gydag effaith mor gyfan gwbl ddinistriol fel bod ymateb o unrhyw fath yn amhosib. Bydd hi'n bryd wedyn llofnodi cytundeb cyfeillgarwch â'r pŵer sydd ar ôl, mewn paratoad ar gyfer ymosodiad arall. Afraid dweud nad yw'r cynllun hwn yn ddim ond breuddwyd, amhosib i'w gwireddu. Ar wahân i hynny, nid oes ymladd yn digwydd oni bai am yn y rhannau hynny o'r byd o amgylch y Cyhydedd a Phegwn y Gogledd: ni fydd ymosodiadau'n digwydd ar diriogaeth y gelyn. Hyn sy'n esbonio'r ffaith bod y ffiniau rhwng yr uwch-wladwriaethau'n hollol fympwyol mewn rhai mannau. A hwythau'n rhan o Ewrop yn ddaearyddol, er enghraifft, gallai Ewrasia goncro Ynysoedd Prydain yn weddol hawdd, neu fel arall gallai Oceania ymestyn ei ffiniau hi i'r afon Rhein neu hyd yn oed y Fistwla. Ond byddai hynny'n groes i'r egwyddor honno mae pob un ohonynt yn ei dilyn er nad ydynt erioed wedi cytuno arni'n ffurfiol, sef uniondeb diwylliannol. Petai Oceania'n llwyddo i goncro'r ardaloedd hynny a alwyd ar un adeg yn Ffrainc a'r Almaen, byddai angen wedyn naill ai difa'r holl drigolion, tasg eithriadol anodd a chymhleth, neu fel arall cymhathu poblogaeth o tua chan miliwn fyddai, o ran eu datblygiad technolegol, ar fwy neu lai'r un lefel ag Oceania. Yr un yw problem pob un o'r tair uwchwladwriaeth. Rhan hollol angenrheidiol o'u strwythurau yw nad oes neb yn dod i gyswllt â thramorwr, oni bai ei fod yn garcharor neu'n gaethwas du, a hyd yn oed wedyn dim ond i raddau cyfyngedig. Mae hyd yn oed cynghreiriad swyddogol y foment yn destun amheuaeth o'r radd fwyaf. Ar wahân i garcharorion rhyfel ni fydd dinesydd cyffredin Oceania'n cael gweld dinesydd o Ewrasia na Ddwyrasia, ac mae siarad ieithoedd tramor wedi'i wahardd. Petai'n cael cwrdd â thramorwr byddai'n darganfod ei fod yn greadur tebyg iddo ef ei hun, ac mai celwydd felly yw'r rhan fwyaf o'r hyn mae wedi'i ddysgu amdanynt. Byddai hynny'n torri sêl y byd caeedig y mae'n byw ynddo, a byddai peryg gweld anweddu'r ofn, y casineb a'r hunangyfiawnder y mae ei fodlondeb yn dibynnu arnynt. Mae pob ochr felly'n sylweddoli, waeth pa mor aml y gall Persia, yr Aifft, Jaffa neu Seilon gyfnewid dwylo, rhaid i ddim byd heblaw bomiau groesi'r prif ffiniau.

O dan hyn mae ffaith arall nad oes neb yn ei gydnabod yn agored, ond y mae pob un yn ei ddeall ac yn gweithredu'n unol â hynny: sef bod ansawdd bywyd ym mhob un o'r tair uwchwladwriaeth yr un fath. Sosbryd yw enw'r athroniaeth drechaf yn Oceania, yn Ewrasia Neo-Bolsiefaeth yw hi, ac yn Nwyrasia mae ganddi enw Tsieniaidd a gyfieithir fel arfer fel Angau-Addoliad, ond y byddai'n gywirach ei galw'n Hunanddileu. Ni chaiff dinesydd Oceania wybod dim am egwyddorion y ddwy athroniaeth arall, ond caiff ei ddysgu i'w casáu fel gwaradwyddau barbaraidd sy'n groes i bob moesoldeb ac i synnwyr cyffredin. Prin yw'r gwahaniaethau rhwng y tair athroniaeth mewn gwirionedd, ac nid oes dim gwahaniaeth o gwbl o ran y systemau cymdeithasol sy'n cael eu cefnogi ganddynt. Yr un strwythur pyramidaidd a geir ym mhob man, yr un addoliad arweinydd hanner duwiol, yr un economi sy'n bodoli drwy ryfel parhaus ac ar ei gyfer. Mae'n dilyn felly nid yn unig na all yr un o'r tair uwchwladwriaeth goncro ei gilydd, ond na fyddai'r un ohonynt yn elwa o wneud hynny. I'r gwrthwyneb: â hwythau'n parhau i ryfela yn erbyn ei gilydd, maen nhw'n cynnal ei gilydd, fel tair ysgub gwenith yn pwyso yn erbyn ei gilydd. Ac, fel arfer, mae'r grwpiau sy'n eu harwain ill tair yn ymwybodol ac yn gyfan gwbl anymwybodol o'r hyn maen nhw'n ei wneud, a hynny ar yr un pryd. Concro'r byd i gyd yw pwrpas eu bywydau, ond maen nhw'n gwybod hefyd fod angen i'r rhyfel barhau am byth, heb fuddugoliaeth. Yn y cyfamser, mae'r ffaith nad *oes* unrhyw berygl yn rhoi lle i wadu realiti, rhywbeth sy'n nodwedd neilltuol yn Sosbryd a'r systemau meddwl eraill. Yma mae'n rhaid ailddweud yr hyn a ddwedwyd eisoes, sef bod rhyfel, drwy ddod yn barhaus, wedi newid ei natur yn ei hanfod.

Mewn oesoedd a fu, bu rhyfel, bron iawn o ran ei ddiffiniad, yn rhywbeth fyddai'n dod i ben yn hwyr neu'n hwyrach, fel arfer mewn buddugoliaeth neu drechiad digamsyniol. Yn y gorffennol hefyd rhyfel oedd un o'r prif ddulliau y cedwid cymdeithasau dynol mewn cysylltiad â realiti corfforol. Mae pob rheolwr ym mhob oes wedi ceisio gorfodi gweledigaeth gau o'r byd ar ei ddilynwyr, ond ni allai'r un ohonynt fforddio eu darbwyllo ynghylch gwirionedd unrhyw rith petai'n hynny'n amharu ar effeithlonrwydd milwrol. Â gorchfygiad yn golygu colli annibyniaeth, neu ryw ganlyniad cyffredinol annymunol arall, rhaid oedd rhagofalu o ddifri yn ei erbyn. Amhosib yw anwybyddu ffeithiau corfforol. Mewn athronyddiaeth, crefydd, moeseg, neu wleidyddiaeth, gall dau a dau fod yn bump, ond wrth ddylunio gwn neu awyren rhaid iddynt fod yn bedwar. Byddai cenhedloedd aneffeithiol yn cael eu trechu ymhen hir a hwyr, heb eithriad, a'r frwydr dros effeithlonrwydd yn andwyol i bob rhith. At hynny, er mwyn bod yn effeithlon rhaid oedd gallu dysgu gwersi'r gorffennol, a golygai hynny feddu ar syniad gweddol gywir o'r hyn oedd wedi digwydd yn y gorffennol. Bu papurau newydd a llyfrau hanes yn bleidiol ac unllygeidiog erioed, wrth gwrs, ond byddai ffugio fel sy'n digwydd heddiw'n amhosib. Rhyfel oedd diogelwch sicr callineb ac o safbwynt y dosbarth arweinyddol rhyfel, debyg, oedd ei ddiogelwch pwysicaf. Gellid ennill neu golli rhyfeloedd, ond ni allai'r un dosbarth arweinyddol fod yn gyfan gwbl anghyfrifol.

Ond pan fo rhyfel yn llythrennol barhaus, mae'n peidio â bod yn berygl. Pan fo rhyfel yn barhaus nid oes y fath beth ag angen milwrol. Gall cynnydd technolegol ddod i ben a gellir anwybyddu neu wadu'r ffeithiau mwyaf amlwg. Fel rydym eisoes wedi'i weld, mae ymchwil y gellir ei galw'n "wyddonol" yn dal i ddigwydd at ddibenion rhyfelgar, ond math o freuddwydio ydy'r fath weithgarwch yn y bôn, ac nid yw'n bwysig ei fod yn methu cyflawni'r un o'i amcanion. Bellach nid oes angen effeithlonrwydd, nid hyd yn oed effeithlonrwydd milwrol. Nid oes dim yn Oceania sy'n effeithlon, heblaw am yr Heddlu Meddwl. Gan nad yw'n bosib gorchfygu'r un o'r uwch-wladwriaethau, mae pob un ohonynt i bob pwrpas yn fydysawd annibynnol, y tu mewn i'r hwn y mae modd gwyrdroi unrhyw feddwl neu resymeg, a hynny'n berffaith ddiogel. Drwy anghenion bob dydd bywyd y daw'r unig bwysau o du realiti – angen bwyta ac yfed, angen cysgod a dillad, angen peidio â llyncu gwenwyn neu gamu drwy ffenestri uchel, ac ati. Mae gwahaniaeth o hyd rhwng bywyd a marwolaeth, rhwng pleser corfforol a phoen, ond dyna i gyd. Heb unrhyw gysylltiad â'r byd allanol na'r gorffennol, mae dinesydd Oceania fel petai'n nofio yn y gofod rhwng y sêr, heb ffordd o wybod i ba gyfeiriad mae i fyny neu i lawr. Mae rheolaeth arweinwyr dros wladwriaeth o'r fath yn llwyr, fel na allai rheolaeth y Ffaroaid na'r Cesariaid fod. Rhaid iddynt rwystro eu dilynwyr rhag marw o newyn mewn niferoedd anghyfleus, a rhaid i'w technegau milwrol aros mor ddiraen ag eiddo'r gystadleuaeth; ond wedi iddynt fodloni'r gofynion sylfaenol hyn mae ganddynt rwydd hynt i newid realiti yn ôl eu dymuniad.

Dim ond twyll yw'r rhyfel felly, o'i farnu yn ôl safonau rhyfeloedd y gorffennol. Mae'n debyg i'r brwydrau hynny rhwng anifeiliaid pori, eu cyrn wedi'u gosod ar y fath ongl i sicrhau nad ydynt yn niweidio'i gilydd go iawn. Ond er bod yn afreal, nid yw'n ddibwrpas. Mae'n disbyddu'r adnoddau dros ben, ac yn fodd i gynnal yr awyrgylch seicolegol hwnnw sydd ei angen ar gymdeithas hierarchaidd. Mae rhyfel bellach, fel y gwelwn, yn fater cyfan gwbl fewnol. Yn y gorffennol, byddai arweinwyr pob gwlad, er eu bod efallai'n cydnabod eu diddordebau cyffredin ac felly'n gosod cyfyngiadau ar ddinistr rhyfel, yn ymladd yn erbyn ei gilydd, a byddai'r rhai buddugol yn sicr o ysbeilio'r sawl a drechwyd. Erbyn heddiw nid ydynt yn ymladd yn erbyn ei gilydd o gwbl. Rhwng y grwpiau arweinyddol a'u deiliaid mae'r rhyfel, a phwrpas y rhyfel yw cadw strwythur cymdeithas yn gyfan, yn hytrach na chipio tiriogaeth neu rwystro hynny. Mae'r gair ei hunan "rhyfel", felly'n gamarweiniol bellach. Hwyrach y byddai'n gywir dweud bod rhyfel, drwy ddod yn barhaus, wedi peidio â bod. Mae'r pwysau neilltuol hwnnw y rhoddai rhyfel ar y ddynoliaeth rhwng yr Oes Neolithig a'r Ugeinfed Ganrif gynnar wedi diflannu, ac yn ei le bellach mae rhywbeth gwahanol iawn. Yr un fyddai'r effaith yn union petai'r tair uwchwladwriaeth, yn hytrach nag ymladd yn erbyn ei gilydd, yn cytuno i fyw mewn heddwch heb darfu ar ffiniau ei gilydd. Os felly byddai pob un yn dal i fod yn fydysawd hunangynhwysol, yn rhydd am byth rhag dylanwad sobreiddiol perygl o'r tu allan. Byddai heddwch gwirioneddol barhaus yr un fath â rhyfel parhaus. Er nad yw mwyafrif helaeth aelodau'r Blaid yn deall ei ystyr ond mewn ystyr mwy arwynebol, dyma wir ystyr slogan y Blaid: *RHYFEL YW HEDDWCH.*

Peidiodd Winston â darllen am eiliad. Rywle ymhell, bell i ffwrdd, taranodd roced-fom. Nid oedd y teimlad hyfryd o fod ar ei ben ei hun gyda'r llyfr gwaharddedig, mewn ystafell heb delisgrîn, wedi disbyddu. Gallai deimlo'i unigedd a'i ddiogelwch yn gorfforol, wedi'u cymysgu rywsut â blinder ei gorff, meddalrwydd y gadair, teimlad yr awel wan o'r ffenest ar ei foch. Roedd y llyfr wedi'i gyfareddu, neu, a bod yn fwy union gywir, roedd wedi'i gysuro. Mewn ffordd nid oedd y llyfr wedi dysgu dim byd iddo oedd yn newydd, ond roedd hynny'n rhan o'i apêl. Roedd y llyfr yn dweud yr hyn y byddai ef ei hun wedi'i ddweud petai modd iddo roi trefn ar ei feddyliau gwasgaredig. Cynnyrch meddwl tebyg i'w eiddo ef oedd y llyfr, ond un cymaint mwy pwerus, mwy systematig, llai ofnus. Y llyfrau gorau, sylweddolodd, yw'r rhai hynny sy'n dweud rhywbeth wrthoch chi sydd eisoes yn hysbys i chi. Roedd newydd droi'n ôl at Bennod I pan glywodd sŵn Julia ar y grisiau, a chododd o'i gadair i'w cyfarfod. Gollyngodd ei bag offer brown ar y llawr a thaflu ei hun i'w freichiau. Roedd hi dros wythnos ers iddynt weld ei gilydd.

"Mae'r Llyfr gen i," meddai wrth iddynt ddatglymu ei gilydd.

"O, mae o gen ti? Go dda," meddai, heb lawer o ddiddordeb, a bron ar unwaith penliniodd i lawr wrth ochr y stôf i wneud y coffi.

Ni chodwyd y pwnc eto nes eu bod yn y gwely ers hanner awr. Roedd hi'n noswaith ddigon oer i gyfiawnhau tynnu'r cwrlid drostynt. O'r tu allan islaw deuai sŵn cyfarwydd canu ac esgidiau'n sgathru'r palmentydd. Roedd y fenyw gadarn honno â'r breichiau coch a welodd Winston y tro cyntaf bron iawn yn rhan o ddodrefn yr iard. Ni fyddai'r un awr liw dydd pan nad oedd hi'n gorymdeithio yn ôl ac ymlaen rhwng y twb a'r llinell golchi, yn canu'n nerthol o hyd oni bai ei bod hi wedi gagio'i cheg â phegiau dillad. Roedd Julia wedi gwneud ei hun yn gyfforddus ar ei hochr ac yn ôl pob golwg roedd hi eisoes ar fin cysgu. Estynnodd ef am y llyfr, oedd yn gorwedd ar y llawr, ac eistedd i fyny gan bwyso ar gefn y gwely.

"Rhaid i ni ei ddarllen," meddai. "Ti hefyd. Rhaid i bob aelod o'r Frawdoliaeth ei ddarllen."

"Darllena di fo," meddai hi, ei llygaid ar gau. "Dallena fo'n uchel. Dyna'r ffordd orau. Wedyn fe gei di'i esbonio fo i mi wrth i ti fynd ymlaen."

Chwech, meddai bysedd y cloc; un deg wyth, hynny yw. Roedd ganddynt ryw dri neu bedwar awr o'u blaenau. Pwysodd y llyfr yn erbyn ei bengliniau a dechrau darllen.

Pennod I
Anwybodaeth yw Nerth

Ers dechrau pob cofnod, ac, mae'n debyg, ers diwedd yr Oes Neolithig, mae yna dri gwahanol fath o bobl yn y byd: yr Uchel, y Canol, a'r Isel. Maent wedi'u hisddosbarthu drwy wahanol ddulliau lawer, wedi cael enwau aneirif, ac mae cydbwysedd eu niferoedd, yn ogystal â'u hagweddau tuag at ei gilydd, wedi amrywio o oes i oes: ond nid yw strwythur hanfodol cymdeithas wedi newid erioed. Hyd yn oed yn dilyn chwyldroadau enfawr a newidiadau terfynol eu golwg mae'r un patrwm wedi dychwelyd bob tro, yn yr un ffordd ag y bydd geirosgop yn dychwelyd i gydbwysedd bob tro waeth pa mor bell y gwthir ef i'r naill ochr neu'r llall.

"Julia, wyt ti'n effro?" gofynnodd Winston.
"Ydw cariad, dwi'n gwrando. Dos yn dy flaen. Mae'n wych."
Parhaodd i ddarllen:

Amhosib yw cysoni amcanion y grwpiau hyn. Amcan y grŵp Uchel yw aros lle maen nhw. Amcan y Canol yw cyfnewid lle â'r Uchel. Amcan yr Isel, pan fo ganddynt amcan — oherwydd nodwedd gyffredin ymhlith yr Isel yw bod eu tlodi a'u llafur yn ormod o ormes arnynt iddynt allu bod yn fwy na'n ysbeidiol ymwybodol o unrhyw beth y tu hwnt i'w bywydau cyffredin — yw dileu pob gwahaniaeth a chreu cymdeithas lle mae pawb yn gyfartal. Drwy gydol hanes, felly, mae brwydr sydd yr un fath o hyd yn ei hanfod yn ailadrodd, dro ar ôl tro. Am gyfnodau hir ymddengys bod gafael yr Uchel ar rym yn gadarn, ond yn hwyr neu'n hwyrach daw amser pan fyddant yn colli naill ai eu ffydd ynddynt eu hunain neu'u gallu i lywodraethu'n effeithlon, neu'r ddau. Daw'r Canol wedyn i'w dymchwel, sy'n cymell yr Isel i ymuno yn y frwydr dan esgus eu bod yn ymladd dros ryddid a chyfiawnder. Cyn gynted ag y gwireddant eu hamcan, bydd y Canol wedyn yn gwthio'r Isel yn ôl i'w caethiwed unwaith eto, a throi'n Uchel newydd eu hunain. Wedyn bydd Canol newydd yn ymrannu oddi ar un o'r grwpiau eraill, neu'r ddau ohonynt, ac mae'r frwydr yn dechrau unwaith eto. Yr Isel yw'r unig grŵp o'r tri grŵp nad ydynt byth yn gwireddu eu hamcanion, hyd yn oed dros dro. Gorddweud fyddai honni nad oes unrhyw gynnydd o natur faterol wedi digwydd dros hanes. Hyd yn oed heddiw, mewn cyfnod o ddirywiad, mae sefyllfa gorfforol y bod dynol cyffredin yn well ar gyfartaledd nag y bu hi ychydig ganrifoedd yn ôl. Ond nid yw cynnydd mewn cyfoeth, nid yw meddalu agweddau, ac nid yw'r un diwygiad na chwyldro erioed wedi dod â chydraddoldeb dynol filimetr yn agosach. O safbwynt yr Isel, nid yw'r un newid hanesyddol erioed wedi golygu llawer mwy na newid yn enw eu meistri.

Erbyn diwedd y bedwaredd ganrif ar bymtheg daethai ailadrodd parhaus y patrwm hwn yn amlwg i lawer iawn o arsylwyr. O ganlyniad dechreuodd carfanau o feddylwyr ddadlau bod hanes yn broses gylchol, a honni eu bod yn gallu dangos bod anghydraddoldeb yn ddeddf bywyd ddigyfnewid. Roedd rhai, wrth gwrs, yn credu hyn erioed, ond bellach daeth newid sylweddol yn null cyflwyno'r syniad hwn. Yn y gorffennol rhan o ddysgeidiaeth yr Uchel yn benodol oedd bod angen strwythur hierarchaidd i gymdeithas. Hierarchaeth fu pregeth brenhinoedd ac uchelwyr a'r offeiriaid a'r cyfreithwyr ac ati oedd yn barasitiaid arnynt, wedi'i meddalu fel arfer gan addewidion ad-daliadau mewn byd dychmygol y tu draw i'r bedd. Cyn belled â'u bod yn dal i ymladd dros rym a dylanwad, arddelai'r Canol dermau fel rhyddid, cyfiawnder a brawdoliaeth. Bellach, fodd bynnag, dechreuwyd sôn am frawdoliaeth ddynol gan bobl nad oedd eto'n arwain eu gwledydd, ond oedd yn gobeithio gwneud hynny cyn hir. Yn y gorffennol roedd y Canol wedi cynnal chwyldroadau yn enw cydraddoldeb dim ond i sefydlu unbennaeth o'r newydd cyn gynted ag y ddisodlent yr hen un. Roedd y grwpiau Canol newydd hyn mewn gwirionedd yn datgan eu hunbennaeth o flaen llaw. Roedd Sosialaeth, damcaniaeth a ymddangosodd ddechrau'r bedwaredd ganrif ar bymtheg ac oedd yn ddolen olaf cadwyn meddwl a ymestynnai'r holl ffordd yn ôl at wrthryfeloedd caethweision y byd clasurol, yn amlwg iawn wedi'i heintio gan Iwtopiaeth oesau cynharach. Ond daeth y cefnu ar egwyddorion rhyddid a chydraddoldeb yn fwyfwy amlwg ym mhob amrywiaeth newydd ar Sosialaeth a ymddangosodd o tua 1900 ymlaen. Amcan bwriadol y mudiadau newydd hynny a ymddangosodd ym mlynyddoedd canol y ganrif – Sosbryd yn Oceania, Neo-Bolsiefaeth yn Ewrasia, ac Angau-Addoliad (a defnyddio'r enw cyffredin) – oedd cynyddu *diffyg* rhyddid ac *ang*hydraddoldeb. Tyfodd y mudiadau newydd hyn o'r hen rai wrth gwrs, ac roeddynt yn tueddu i gadw'r un enwau, ac, mewn enw yn unig, yr un syniadaeth. Ond pwrpas pob un ohonynt oedd rhwystro cynnydd a rhewi hanes ar un adeg benodol. Roedd sigl cyfarwydd y pendil i ddigwydd un tro eto, ac wedyn peidio. Yn ôl y drefn arferol byddai'r Uchel yn cael eu disodli gan y Canol, fyddai'n dod yn Uchel newydd; ond y tro hwn, drwy strategaeth fwriadol, byddai modd i'r Uchel gadw eu gafael yn barhaol.

Daeth y dysgeidiaethau newydd i fod yn rhannol oherwydd crynhoad gwybodaeth hanesyddol, a thwf y synnwyr hanesyddiaethol, nad oedd prin wedi bodoli o gwbl cyn y bedwaredd ganrif ar bymtheg. Roedd symud cylchol hanes bellach yn amgyffredadwy, neu'n ymddangos felly; ac os oedd modd ei amgyffred, roedd modd ei newid. Ond yr egwyddor graidd islaw hyn oll oedd bod cydraddoldeb dyn, mor gynnar â dechrau'r ugeinfed ganrif, wedi dod yn dechnegol bosib. Gwir, nid oedd dynion yn gydradd o ran eu galluoedd cynhenid, ac oedd, rhaid oedd arbenigo swyddogaethau mewn ffordd a ffafriai rai unigolion ar draul eraill; ond nid oedd bellach unrhyw angen go iawn am wahaniaethau dosbarth na gwahaniaethau mawr o ran cyfoeth. Mewn cyfnodau cynharach, nid yn unig roedd gwahaniaethau dosbarth yn anochel, ond yn ddymunol. Anghydraddoldeb oedd pris gwareiddiad. Yn dilyn datblygiad cynhyrchu peiriannol, fodd bynnag, roedd pethau'n wahanol. Hyd yn oed os oedd angen o hyd i fodau dynol wneud gwahanol fathau o waith, nid oedd hi'n angenrheidiol bellach iddynt fyw ar lefelau gwahanol i'w gilydd yn gymdeithasol nac yn economaidd. O safbwynt y grwpiau newydd hyn oedd ar fin cael gafael ar rym, felly, nid delfryd i'w deisyfu oedd cydraddoldeb ond perygl i'w osgoi. Mewn oesau mwy cyntefig, pan nad oedd cymdeithas gyfiawn a heddychlon mewn gwirionedd yn bosib, gweddol hawdd oedd credu ynddi. Roedd y syniad o baradwys ddaearol lle byddai dynion yn cyd-fyw fel brodyr, heb gyfreithiau a heb lafur caled, yn aflonyddu ar y dychymyg dynol ers miloedd o flynyddoedd. Ac roedd gan y weledigaeth hon rywfaint o afael hyd yn oed ar y grwpiau hynny oedd yn elwa'n uniongyrchol ar bob newid hanesyddol. Roedd etifeddion y chwyldroadau Ffrengig, Seisnig ac Americanaidd yn credu o leiaf rywfaint yn eu geiriau eu hunain ynghylch hawliau dyn, rhyddid barn, cydraddoldeb o flaen y gyfraith, ac ati, a hyd yn oed yn gadael iddynt ddylanwadu rywfaint ar eu hymddygiad. Ond erbyn pedwerydd degawd yr ugeinfed ganrif roedd holl brif ffrydiau meddwl gwleidyddol yn awdurdodaidd. Llwyddwyd i ddwyn anfri ar y baradwys fydol ar yr union adeg pan ddaeth hi'n wirioneddol bosib. Roedd pob damcaniaeth wleidyddol newydd, beth bynnag oedd ei henw, yn arwain yn ôl at hierarchaeth a disgyblaeth. Ac yn sgil yr ymgaledu cyffredinol hwnnw ar agweddau a ddechreuodd tua 1930, daeth arferion oedd wedi'u hen daflu o'r neilltu, mewn rhai achosion ers canrifoedd – carcharu heb dreial, defnyddio carcharorion rhyfel yn gaethweision, dienyddiadau cyhoeddus, sicrhau cyffesiadau drwy arteithio, defnyddio gwystlon, a chaethgludo poblogaethau cyfan – nid yn unig yn gyffredin unwaith eto, ond yn bethau a oddefid, ac a amddiffynnid hyd yn oed, gan bobl a ystyriai eu hunain yn oleuedig a blaengar.

Dim ond wedi degawd o ryfeloedd cenedlaethol, rhyfeloedd cartref, chwyldroadau a gwrthchwyldroadau ym mhob rhan o'r byd yr ymddangosodd Sosbryd a'r lleill fel damcaniaethau gwleidyddol cyflawn. Ond roeddynt wedi'u rhagarwyddo gan y systemau amrywiol hynny y cyfeirir atynt fel arfer fel rhai totalitaraidd a ymddangosodd yn gynharach yn yr un ganrif, ac roedd amlinell gyffredinol y byd fyddai'n ymddangos yr ochr draw i'r anrhefn yn amlwg ers peth amser. Roedd hi'r un mor amlwg pa fath o bobl fyddai'n rheoli'r fath fyd. Biwrocratiaid, gwyddonwyr, technegwyr, trefnwyr undebau llafur, arbenigwyr cyhoeddusrwydd, cymdeithasegwyr, athrawon, newyddiaduron neu wleidyddion proffesiynol oedd mwyafrif yr aristocratiaid newydd. Roedd y bobl yma, a'u gwreiddiau yn y dosbarth canol cyflogedig ac yn haenau uchaf y dosbarth gweithiol, wedi'u ffurfio a'u dwyn ynghyd gan fyd anial y diwydiannau monopoli a llywodraeth ganolog. O'u cymharu â'u gwrthwynebwyr yn y gorffennol, roeddynt yn llai ariangar, wedi'u temtio'n llai gan foethau, a chanddynt ragor o chwant am bŵer ar ei ffurf bur, ac, yn anad dim, roeddynt yn fwy ymwybodol o'r hyn yr oeddynt yn ei wneud, ac yn fwy awyddus i chwalu pob gwrthwynebiad. Y gwahaniaeth olaf hwn oedd bwysicaf oll. Gwangalon ac aneffeithlon fu holl unbenaethau'r gorffennol o'u cymharu â'r drefn heddiw. Roedd y grwpiau arweinyddol wedi'u heintio o leiaf rywfaint ym mhob achos gan syniadau rhyddfrydol, ac yn dal i fod yn fodlon gadael i rywrai ddianc; mewn gweithredoedd amlwg, agored yn unig yr ymddiddorent, ac nid oedd ganddynt ddiddordeb yn yr hyn roedd eu deiliaid yn ei feddwl. Roedd hyd yn oed Eglwys Gatholig y Canol Oesoedd yn oddefgar yn ôl safonau cyfoes. Rhan o'r rheswm am hyn oedd y ffaith nad oedd yr un o lywodraethau'r gorffennol yn gallu cadw ei dinasyddion dan wyliadwriaeth barhaus. Wedi dyfeisio print, fodd bynnag, haws oedd dylanwadu ar y farn gyhoeddus, ac aethpwyd â'r broses ymhellach fyth gan ffilm a radio. Gydag ymddangosiad y teledu, a'r datblygiad technolegol a'i gwnaeth yn bosib derbyn ac anfon gwybodaeth â'r un offeryn ar yr un pryd, daeth bywyd preifat i ben. Roedd modd cadw pob dinesydd, neu o leiaf pob un oedd yn ddigon pwysig i drafferthu ei wylio, dan lygaid yr heddlu ac yn sŵn y propaganda swyddogol am ddau ddeg pedwar awr bob diwrnod, a gwahardd pob dull cyfathrebu arall. Am y tro cyntaf, roedd hi'n bosib gorfodi nid yn unig ufudd-dod llwyr i ewyllys y Wladwriaeth, ond unfrydedd barn llwyr ar bob pwnc.

Wedi cyfnod chwyldroadol y pumdegau a'r chwedegau ailffurfiodd cymdeithas, fel pob tro, yn Uchel, Canol ac Isel newydd. Ond yn wahanol i bob un o'i ragflaenwyr nid dilyn ei reddf yn unig roedd y grŵp Uchel newydd hwn, ond yn hytrach gwyddai'n union beth oedd angen ei wneud i ddiogelu'i safle. Sylweddolwyd ers cryn amser mai cydberchnogaeth yw'r unig sylfaen gadarn ar gyfer oligarchiaeth. Mwyaf hawdd yw amddiffyn cyfoeth a breintiau pan fyddant yn eiddo ar y cyd. Ystyr y "diddymu eiddo preifat" a ddigwyddodd yn ystod blynyddoedd canol y ganrif oed bod eiddo, mewn gwirionedd, wedi'i grynhoi mewn llai o lawer o ddwylo nag o'r blaen: ond y gwahaniaeth mawr oedd bod y perchnogion newydd yn grŵp yn hytrach nac yn dorf o unigolion. Nid yw'r un aelod o'r Blaid yn berchen ar ddim byd fel unigolyn, heblaw am fân eiddo personol. Ar y cyd, mae'r Blaid yn berchen ar bopeth yn Oceania, gan mai hi sy'n rheoli popeth, a hi sy'n defnyddio'r cynhyrchion yn ôl ei dymuniad. Yn ystod y blynyddoedd hynny wedi'r Chwyldro llwyddodd i gamu i'r sefyllfa hon bron iawn heb unrhyw wrthwynebiad, gan fod yr holl broses wedi'i chyflwyno fel gweithred o gyfunoli. Y rhagdybiaeth erioed oedd y byddai Sosialaeth yn dilyn wedi difeddiannu'r dosbarth cyfalafol, ac ni allai neb ddadlau nad oedd y cyfalafwyr wedi'u difeddiannu. Ffatrïoedd, cloddfeydd, tir, tai, trafnidiaeth — aethpwyd â phopeth oddi arnynt: a gan nad oedd y pethau hyn bellach yn eiddo preifat, roedd hi'n dilyn bod yn rhaid iddynt fod yn eiddo cyhoeddus. Mae Sosbryd, a dyfodd allan o'r mudiad Sosialaidd cynharach ac a etifeddodd ei holl eirfa, mewn gwirionedd wedi cwblhau prif eitem y rhaglen Sosialaidd: a'r canlyniad, a ragwelwyd ac a fwriadwyd o flaen llaw, oedd gwneud anghydraddoldeb economaidd yn barhaol.

Ond mae gwreiddiau problemau cynnal cymdeithas hierarchaidd yn ddyfnach na hyn. Dim ond pedair ffordd wahanol o golli'r rheolaeth honno sydd gan grŵp sy'n rheoli. Naill ai caiff ei goncro o'r tu allan, neu mae'n llywodraethu mor aneffeithlon fel ei fod yn gyrru'r lliaws i wrthryfela, neu mae'n gadael i grŵp Canol cryf ac anfodlon dod i reolaeth, neu mae'n colli ei hunanhyder a'i barodrwydd ei hun i lywodraethu. Nid yw'r achosion hyn yn annibynnol, ac fel rheol mae pob un ohonynt yn bresennol i ryw raddau. Petai modd i ddosbarth arweinyddol warchod yn erbyn pob un ohonynt, byddai'n aros mewn grym yn barhaol. Yn y pen draw, y ffactor pwysicaf yw agwedd meddwl y dosbarth arweinyddol ei hun.

Wedi canol y ganrif bresennol, roedd y perygl cyntaf mewn gwirionedd wedi diflannu. Mae pob un o'r tri phŵer sydd bellach wedi rhannu'r byd rhyngddynt i bob pwrpas yn anorchfygol; dim ond drwy newidiadau demograffig araf fyddai modd i'r un ohonynt ddod yn orchfygol, a gallai llywodraeth bwerus osgoi hynny'n ddigon hawdd. Damcaniaethol yn unig yw'r ail berygl hefyd. Nid yw'r lliaws byth yn gwrthryfela ohonynt eu hunain, na chwaith am eu bod dan orthrwm yn unig. Mewn gwirionedd, cyn belled ag y mae modd eu rhwystro rhag gallu cymharu eu sefyllfa â dim byd arall, ni fyddant byth yn dod i wybod eu bod dan orthrwm. Roedd problemau economaidd mynych y gorffennol yn hollol ddiangen a bellach wedi'u gwahardd yn llwyr, ond mae ysigiadau eraill cymaint bob tamaid yn gallu digwydd, ac yn digwydd, heb unrhyw ganlyniadau gwleidyddol, oherwydd nad oes yna unrhyw ffordd o fynegi anniddigrwydd. Mae problem gor-gynhyrchu, sydd yn rhan gynhenid o'n cymdeithas ers datblygiad peiriannau, yn un sydd wedi'i ddatrys drwy ddull rhyfel parhaus (gweler Pennod III), sy'n ddefnyddiol hefyd er mwyn cadw'r cyhoedd yn teimlo cynddeiriogrwydd gelyniaethus dymunol. O safbwynt ein rheolwyr presennol, felly, yr unig beryglon go iawn yw ymddangosiad grŵp newydd o bobl alluog heb ddigon o waith sydd â chwant am bŵer, a thwf rhyddfrydiaeth ac amheuaeth oddi mewn i'w rhengoedd eu hunain. Gan hynny, problem addysg yw hi. Rhaid tylino ymwybyddiaeth y grŵp arweinyddol yn barhaus, a hefyd ymwybyddiaeth y grŵp gweithredol mwy sy'n eistedd yn union islaw. Dim ond dylanwadu'n negyddol ar ymwybyddiaeth y lliaws sydd angen.

Ar sail y cefndir hwn, gallai dyn ddisgrifio strwythur cyffredinol cymdeithas Oceania hyd yn oed pe na bai eisoes yn gyfarwydd ag ef. Ar frig y pyramid mae'r Brawd Mawr. Mae'r Brawd Mawr yn ddi-fai ac yn hollalluog. Delir mai ei arweinyddiaeth a'i ysbrydoliaeth ef sy'n gyfrifol yn uniongyrchol am bob llwyddiant, pob gorchest, pob buddugoliaeth, pob darganfyddiad gwyddonol, pob gwybodaeth, pob doethineb, pob hapusrwydd, a phob rhinwedd. Nid oes neb erioed wedi gweld y Brawd Mawr. Mae'n wyneb ar y muriau, yn llais ar y telisgrîn. Gallwn fod yn gymharol sicr na fydd yn marw byth, ac mae eisoes cryn dipyn o ansicrwydd ynghylch dyddiad ei eni. Y Brawd Mawr yw dewis wyneb y Blaid ar y byd. Ei bwrpas yw bod yn ganolbwynt cariad, ofn ac addoliad, emosiynau sy'n haws eu teimlo tuag at unigolyn na sefydliad. O dan y Brawd Mawr daw'r Blaid Fewnol. Rhyw chwe miliwn yw nifer ei haelodau, neu rywfaint llai na dau y cant o boblogaeth Oceania. Islaw'r Blaid fewnol mae'r Blaid Allanol, ac os mai ymennydd y wladwriaeth yw'r Blaid Fewnol yna'i dwylo hi yw'r Blaid Allanol. Islaw mae'r lliaws mud yr ydym fel arfer yn cyfeirio atynt fel "y prolau", rhyw 85 y cant o'r boblogaeth hwyrach. Yn nhermau ein model blaenorol, y prolau yw'r Isel: nid yw caethwas-boblogaethau rhanbarthau'r cyhydedd, sy'n cyfnewid o hyd o'r naill goncwerwr i'r llall, yn rhan barhaol nac angenrheidiol o'r strwythur.

Mewn egwyddor, nid yw aelodaeth o'r tri grŵp yma'n rhywbeth a etifeddir. Nid yw plentyn aelodau'r Blaid Fewnol wedi'i eni i fod yn aelod o'r Blaid Fewnol, nid mewn egwyddor o leiaf. Drwy arholiad y daw mynediad i'r naill gangen neu'r llall o'r Blaid, wedi'i sefyll yn un deg chwech oed. Nid oes yna wahaniaethu chwaith ar sail hil, nac unrhyw uchafiaeth amlwg un rhanbarth dros un arall. Mae Iddewon, Duon ac Americanwyr o waed brodorol pur i'w cael ymhlith rhengoedd uchaf y Blaid, a daw gweinyddwyr ardal yn ddieithriad o blith trigolion yr ardal honno. Nid oes un rhan o Oceania lle mae'r trigolion yn teimlo eu bod yn boblogaeth drefedigaethol, wedi'u rheoli o brifddinas bellennig. Nid oes gan Oceania brifddinas, ac ni all neb ddweud ym mha le yn union mae ei phennaeth (mewn enw) yn byw. Ac eithrio'r ffaith mai Saesneg yw ei phrif *lingua franca* a'r Newyddiaith yw ei hiaith swyddogol, nid yw'r wladwriaeth wedi'i chanoli o gwbl. Nid perthynas trwy waed sy'n cadw ei rheolwyr ynghyd, ond ymglymiad at ddysgeidiaeth gyffredin. Mae'n wir mai un haenedig yw ein cymdeithas – un haenedig iawn – a hynny ar seiliau'r hyn sydd fel petai, ar yr olwg gyntaf, yn etifeddiaeth. Mae llawer llai o symud yn ôl ac ymlaen rhwng y gwahanol grwpiau nag a ddigwyddai o dan gyfalafiaeth, neu hyd yn oed yn yr oes gynddiwydiannol. Mae rhywfaint o gyfnewid yn digwydd rhwng canghennau'r Blaid, ond dim ond digon i sicrhau bod y gwan yn cael eu gwahardd o'r Blaid Fewnol, ac i roi lle i aelodau uchelgeisiol o'r Blaid Allanol godi fel nad ydynt yn troi'n beryglus. Yn ymarferol, ni chaniateir i brolau raddio a dod yn aelodau o'r Blaid. Caiff y mwyaf galluog ohonynt, y rhai hynny a allai, o bosib, ddod yn ganolbwynt anniddigrwydd, eu darganfod gan yr Heddlu Meddwl a'u diddymu. Ond nid yw'r gyfundrefn hon o anghenraid yn un barhaol, na chwaith yn fater o egwyddor. Nid dosbarth cymdeithasol mo'r Blaid yn hen ystyr y gair. Nid trosglwyddo pŵer i'w phlant, fel y cyfryw, yw ei bwriad hi; a phe na bai unrhyw ffordd arall o gadw'r mwyaf galluog ar y brig, mi fyddai'n berffaith fodlon recriwtio cenhedlaeth gyfan o blith y proletariat. Yn ystod y blynyddoedd pwysig hynny gwnaeth y ffaith nad oedd y Blaid yn gorff etifeddol lawer iawn i leddfu'r gwrthwynebiad iddi. Roedd y Sosialydd o'r math hŷn, oedd wedi'i hyfforddi i frwydro yn erbyn rhywbeth o'r enw "braint dosbarth", yn ei chymryd yn ganiataol na allai rywbeth fod yn barhaus os nad oedd wedi'i etifeddu. Nid oedd yn gweld nad oes rhaid i barhad oligarchiaeth fod yn un corfforol, ac nid oedodd chwaith i fyfyrio ar y ffaith mai byrhoedlog fu pob aristocratiaeth etifeddol, tra bod sefydliadau mabwysiadol fel yr Eglwys Gatholig yn parhau, mewn rhai achosion, ers cannoedd neu filoedd o flynyddoedd. Nid etifeddiaeth deuluol, o'r tad i'r mab, yw hanfod rheolaeth oligarchaidd, ond parhad byd-olwg a ffordd o fyw penodol a orfodir ar y byw gan y meirw. Mae grŵp arweinyddol yn parhau i fod yn grŵp arweinyddol cyn belled ag y mae'n gallu dewis pwy fydd ei etifeddion. Nid ym mharhad gwaed mae diddordeb y Blaid, ond ei pharhad hi ei hun. Nid gan *bwy* mae'r pŵer sy'n bwysig, cyn belled â bod y strwythur hierarchaidd yn parhau'r un fath o hyd.

Gwir bwrpas pob un o gredoau, arferion, chwaethau, emosiynau a meddyliau nodweddiadol ein hoes yw cynnal y dirgelwch sydd ynghlwm wrth y Blaid a'i gweithredoedd, a rhwystro neb rhag gweld gwir natur cymdeithas yr oes sydd ohoni. Nid yw gwrthryfel corfforol, nac unrhyw fath o symudiad cychwynnol tuag at wrthryfel, yn bosib ar hyn o bryd. Nid oes dim byd i'w ofni o du'r proletariaid. O adael llonydd iddynt, byddant yn parhau o genhedlaeth i genhedlaeth ac o ganrif i ganrif yn gweithio, yn epilio, ac yn marw, nid yn unig heb deimlo unrhyw wir awydd gwrthryfela ond heb allu dirnad o gwbl y gallai'r byd fod yn wahanol i'r hyn yw. Yr unig ffordd iddynt ddod yn fwy peryglus fyddai petai cynnydd technoleg ddiwydiannol yn galw am roi gwell addysg iddynt; ond, gan nad yw cystadleuaeth filwrol na masnachol bellach yn bwysig, mae lefel addysg y boblogaeth yn lleihau yn hytrach nag yn gwella. Ystyrir mai cwbl ddifater yw barn y lliaws, y naill ffordd neu'r llall. Mae'n bosib rhoi rhyddid meddwl llwyr iddynt, gan nad oes ganddynt gynneddf meddwl. Mewn aelod o'r Blaid, fodd bynnag, ni ellir goddef hyd yn oed y gwyriad barn lleiaf ynghylch y testun mwyaf dibwys.

Mae aelod o'r Blaid yn byw drwy gydol ei oes dan lygaid yr Heddlu Meddwl. Hyd yn oed pan fo ar ei ben ei hun, ni all fod yn sicr ei fod ar ei ben ei hun. Ble bynnag y bo, ynghwsg neu'n effro, yn gweithio neu'n gorffwyso, yn ei fath neu yn ei wely, gellir ei arolygu, a hynny heb yn wybod iddo fod neb yn ei arolygu. Nid oes yr un o'i weithredoedd yn ddifater. Ei gyfeillgarwch, ei hamdden, ei ymddygiad tuag at ei wraig a'i blant, golwg ar ei wyneb pan fydd ar ei ben ei hun, y geiriau mae'n eu murmur yn ei gwsg, hyd yn oed symudiadau neilltuol ei gorff: mae pob un yn destun archwilio agos. Nid yn unig y mae pob gwir gamymddygiad yn sicr o gael ei ganfod, ond hefyd pob ecsentrigrwydd, waeth pa mor fach, pob newid arfer, a phob ystum nerfus ac iddo'r siawns leiaf o fod yn argoel ymryson mewnol. Nid oes ganddo ryddid dewis, mewn unrhyw gyfeiriad. Nid yw ei weithredoedd, ar y llaw arall, wedi'u llywio gan gyfraith na chôd ymddygiad ffurfiol o unrhyw fath. Nid oes cyfraith yn Oceania. Gall meddyliau neu weithredoedd, wedi'u canfod, fod yn sicr o arwain at farwolaeth, ond nid ydynt wedi'u gwahardd yn ffurfiol, ac nid yw'r diarddeliadau, arestio, poenydio, carcharu a tharthu di-ddiwedd yn gosb am unrhyw drosedd sydd wedi'i chyflawni go iawn: dim ond dileu unigolion a allai, o bosib, droseddu rywbryd yn y dyfodol. Rhaid i aelod o'r Blaid feddu nid yn unig ar y farn iawn, ond y greddfau iawn. Mae llawer o'r agweddau a ddisgwylir ganddo a'r pethau y disgwylir iddo'u credu yn bethau na chânt fyth eu datgan yn glir, ac yn wir, na ellid eu datgan heb amlygu'r gwrthddywediadau hynny sy'n rhan annatod o Sosbryd. Os yw'n berson naturiol uniongred (rhywun *dafeddwlol*, yn y Newyddiaith), bydd yn gwybod heb angen meddwl beth yw'r gred iawn neu'r emosiwn i'w ddymuno ym mhob amgylchiad. Ond beth bynnag am hynny mae ei hyfforddiant meddwl cynhwysfawr, sy'n digwydd yn ystod ei blentyndod ac yn troi o gwmpas y geiriau Newyddiaith *trostop*, *dugwyn* a *daufeddwl*, yn ei wneud yn anfodlon ac yn analluog i feddwl yn rhy ddwfn ynghylch unrhyw bwnc.

Disgwylir i aelod o'r Blaid beidio â chael unrhyw emosiynau personol nac unrhyw orffwys o'i frwdfrydedd. Disgwylir iddo fyw mewn cyflwr o wylltineb yn sgil ei gasineb tuag at elynion tramor a bradwyr mewnol, ei orfoledd ynghylch Buddugoliaethau, a'i hunanddarostyngiad gerbron nerth a doethineb y Blaid. Caiff pob anfodlonrwydd ynghylch ei fywyd llwm, annigonol ei droi'n fwriadol tuag allan a'i ddisbyddu drwy ddyfeisiau fel y Casineb Dwy Funud, a chaiff pob myfyrdod a chanddo unrhyw obaith arwain at agwedd amheuol neu wrthryfelgar ei ladd o flaen llaw gan y ddisgyblaeth fewnol honno a roddir iddo'n blentyn. Yn y Newyddiaith, *trostop* yw cam cyntaf a symlaf y ddisgyblaeth hon, ac mae modd ei ddysgu hyd yn oed i blant ifanc. Ystyr *trostop* yw gallu aros, megis drwy reddf, ar drothwy unrhyw feddwl peryglus. Ynghlwm wrth y cysyniad mae y gallu i beidio deall trosiadau, peidio sylwi ar wallau rhesymegol, peidio deall y dadleuon symlaf os ydynt yn wrthwynebus i Sosbryd, a chael unrhyw drywydd meddwl a allai arwain i gyfeiriad hereticaidd yn ddiflas neu'n wrthun. Mewn byr o eiriau, twpdra amddiffynnol yw *trostop*. Ond dydy twpdra ddim yn ddigon. I'r gwrthwyneb, mae uniongrededd yn yr ystyr llawn yn mynnu rheolaeth yr un mor llwyr dros eich prosesau meddwl ag sydd gan ystumiwr mewn syrcas dros ei gorff ei hun. Mae cymdeithas Oceanaidd yn seiliedig, yn y pendraw, ar y gred fod y Brawd Mawr yn hollalluog a bod y Blaid yn anffaeledig. Ond gan nad yw'r Brawd Mawr yn hollalluog mewn gwirionedd, na'r Blaid yn anffaeledig, mae gofyn hyblygrwydd diflino bob munud awr wrth drin ffeithiau. Y gair allweddol yna yw *dugwyn*. Yr un fath â chymaint o eiriau yn y Newyddiaith, mae dau ystyr gwrthgyferbyniol i'r gair hwn. Wrth gyfeirio at wrthwynebydd, mae'n golygu'r arfer ymhongar o honni bod du yn wyn, yn wyneb y ffeithiau moel. Wrth gyfeirio at aelod o'r Blaid, mae'n golygu parodrwydd teyrngar i ddweud bod du yn wyn pan fo disgyblaeth Bleidiol yn mynnu hynny. Ond mae'n golygu hefyd gallu *credu* bod du yn wyn, a rhagor, *gwybod* bod du yn wyn, ac anghofio'ch bod chi erioed wedi credu fel arall. Mae hyn yn galw am newid y gorffennol yn barhaus, sy'n bosib oherwydd y system meddwl hwnnw sydd mewn gwirionedd yn cofleidio'r gweddill i gyd, ac y cyfeirir ato yn y Newyddiaith fel *daufeddwl*.

Mae angen newid y gorffennol am ddau reswm, un ohonynt yn ategol ac felly'n rhagofalus, fel petai. Y rheswm ategol hwn yw bod aelod o'r Blaid, fel y proletariad, yn goddef ei gyflwr ar hyn o bryd heddiw yn rhannol gan nad oes ganddo unrhyw beth i'w gymharu ag ef. Rhaid torri pob cyswllt rhyngddo a'r gorffennol, yn union fel y mae'n rhaid torri pob cyswllt rhyngddo a gwledydd tramor, gan fod angen iddo gredu bod ei fywyd yn well na bywyd ei hynafiaid a bod moethau materol ar gyfartaledd yn cynyddu o hyd. Ond y rheswm pwysicaf o bell ffordd dros newid y gorffennol yw angen diogelu anffaeledigrwydd y Blaid. Nid yn unig mae angen i areithiau, ystadegau a chofnodion o bob math gael eu diweddaru o hyd er mwyn dangos bod pob un o ragolygon y Blaid yn gywir ym mhob un achos. Rhaid gwneud hefyd gan nad oes modd cyfaddef unrhyw fath o newid mewn dysgeidiaeth neu aliniad gwleidyddol. Mae newid meddwl, neu hyd yn oed newid polisi, yn gyfaddefiad gwendid. Os mai, er enghraifft, Ewrasia neu Dwyraisa (pa un bynnag) yw'r gelyn heddiw, rhaid mai'r wlad honno fu'r gelyn erioed. Ac os yw'r ffeithiau'n dweud fel arall rhaid newid y ffeithiau. Caiff hanes, felly, ei ailysgrifennu o hyd. Mae'r ffugio parhaus hwn o ddydd i ddydd gan Weinyddiaeth y Gwir yr un mor angenrheidiol i gadernid y gyfundrefn ag yw gwaith gormesu ac ysbïo'r Weinyddiaeth Gariad.

Newidadwyedd y gorffennol yw'r egwyddor wrth graidd Sosbryd. Y ddadl yw nad oes gan ddigwyddiadau'r gorffennol fodolaeth wrthrychol: dim ond mewn cofnodion ysgrifenedig ac atgofion dynol. Y gorffennol yw'r hyn y cytunir arno rhwng y cofnodion a'r atgofion. A gan fod y Blaid yn rheoli pob cofnod yn llwyr ac yn rheoli ymenyddiau ei haelodau'r un mor llwyr, mae'n dilyn mai'r gorffennol yw beth bynnag mae'r Blaid yn dewis iddo fod. Mae'n dilyn hefyd – er bod y gorffennol yn newidadwy – nad yw'r gorffennol erioed wedi newid. Oherwydd wedi ei ail-greu ar ba ffurf bynnag mae gofyn iddo'i fagu ar y pryd, y fersiwn newydd hon *yw*'r gorffennol, ac ni fuodd erioed unrhyw orffennol arall. Mae hyn yn dal yn wir hyd yn oed, fel sy'n digwydd yn aml, pan ddaw angen newid yr un digwyddiad y tu hwnt i adnabod sawl gwaith y flwyddyn. Y Blaid sy'n meddu ar y gwirionedd llwyr o hyd, a chan ei fod yn wirionedd llwyr, wrth reswm ni allasai erioed fod amgen na'r hyn yw nawr. Fel y dangosir, mae rheoli'r gorffennol yn dibynnu'n bennaf oll ar hyfforddi'r cof. Gweithred fecanyddol yn unig yw sicrhau bod cofnodion ysgrifenedig yn cytuno ag uniongrededd y foment. Ond mae angen hefyd *cofio* bod digwyddiadau wedi digwydd yn y ffordd iawn. Ac os daw angen ad-drefnu atgofion neu newid cofnodion ysgrifenedig, rhaid hefyd *anghofio* bod hynny wedi'i wneud. Mae modd dysgu gwneud hyn yr un fath ag unrhyw dechneg feddyliol arall. Mae'r mwyafrif o aelodau'r Blaid yn ei dysgu, yn sicr pob un ohonynt sy'n ddeallus yn ogystal ag yn uniongred. Y term digon onest amdano yn yr Heniaith yw "rheoli realiti". *Daufeddwl* ydyw yn y Newyddiaith, er bod *daufeddwl* yn cynnwys llawer o bethau eraill hefyd.

Ystyr *daufeddwl* yw gallu dal dau beth gwahanol sy'n gwrth-ddweud ei gilydd yn eich meddwl, a'u credu a'u derbyn ill dau. Fe ŵyr deallusyn y Blaid i ba gyfeiriad i altro'i atgofion; fe ŵyr felly ei fod yn chwarae triciau â'r gwirionedd; ond drwy *ddaufeddwl* mae'n bodloni'i hun nad yw'r gwirionedd wedi'i wrth-ddweud. Rhaid i'r broses fod yn ymwybodol, neu ni fyddai modd ei gyflawni'n ddigon manwl gywir, ond rhaid iddo fod yn isymwybodol hefyd, neu byddai'n codi teimlad o ffugio ac felly o euogrwydd. Mae *daufeddwl* wrth graidd Sosbryd, gan mai gweithred hanfodol y Blaid yw twyllo'n fwriadol wrth gadw'r cadernid bwriad hwnnw sy'n galw am onestrwydd llwyr. Dweud celwyddau yn fwriadol ar yr un pryd â chredu'n ddidwyll ynddynt, anghofio unrhyw ffaith sydd wedi dod yn anghyfleus, ac wedyn, pan fo angen gwneud, ei dynnu'n ôl am ba bynnag hyd y bo angen, gwadu bodolaeth realiti gwrthrychol wrth addasu ymddygiad i'r union realiti hwnnw sydd wedi'i wadu – mae hyn oll yn hollol angenrheidiol. Rhaid arfer *daufeddwl* hyd yn oed wrth ddefnyddio'r gair *daufeddwl*. O ddefnyddio'r gair mae dyn yn cyfaddef ei fod yn altro'r gwirionedd; trwy *ddaufeddwl* unwaith eto mae dyn yn anghofio hynny; ac yn y blaen am byth, a'r celwydd un naid o flaen y gwir bob tro. Yn y pen draw, drwy ddefnyddio *daufeddwl* mae'r Blaid wedi llwyddo i gadw hanes yn ei le – a, hyd y gwyddom, gall barhau i wneud hynny am filoedd o flynyddoedd eto.

Collodd pob oligarchiaeth flaenorol ei grym naill ai oherwydd iddi esgyrnu neu oherwydd iddi feddalu. Aeth naill ai'n dwp ac yn drahaus, a methu â newid mewn ymateb i amgylchiadau newydd felly cael ei dymchwel; neu fel arall aeth yn rhyddfrydol ac yn wangalon, gan wneud consesiynau yn lle defnyddio grym, ac unwaith eto, cael ei dymchwel. Hynny yw, fe'u dymchwelwyd pob un, naill ai drwy ymwybyddiaeth neu anymwybyddiaeth. Cyrhaeddiad mawr y Blaid yw ei bod wedi creu system meddwl lle mae modd i'r ddau gyflwr gydfodoli. Nid oes unrhyw sail ddeallusol arall fuasai'n rhoi lle i oruchafiaeth y Blaid ddod yn barhaol. Os am reoli, a pharhau i reoli, rhaid gallu gwthio eich ymwybyddiaeth o'r gwirionedd o'r neilltu. Cyfrinach rheolaeth yw cyfuno'r gred yn eich anffaeledigrwydd eich hun â gallu dysgu oddi ar gamgymeriadau'r gorffennol.

Afraid dweud mai ymarferwyr mwyaf cynnil *daufeddwl* yw'r rheiny a ddyfeisiodd *ddaufeddwl* ac sy'n gwybod ei bod hi'n system enfawr o dwyllo gwybyddol. Yn ein cymdeithas ni, y rhai hynny sydd yn gwybod orau beth sy'n digwydd yw'r rhai hefyd sydd bellaf o weld y byd fel y mae. Yn gyffredinol, mwyaf y ddealltwriaeth, po fwyaf y twyll; y mwyaf deallus, y lleiaf call. Dangosydd clir o hyn yw'r ffordd y mae hysteria'r rhyfel yn dwysáu wrth i chi ddringo'n gymdeithasol. Y rhai sydd fwyaf rhesymegol eu hagwedd tuag at y rhyfel yw pobloedd orthrymedig y tiriogaethau dadleuol. I'r bobl hyn nid yw'r rhyfel yn ddim ond trychineb parhaus sy'n rhuthro yn ôl ac ymlaen drostynt fel tonnau enfawr. Nid oes ganddynt unrhyw ddiddordeb mewn pwy sy'n ennill a phwy sy'n colli. Maent yn ymwybodol nad yw newid rheolaeth yn golygu dim byd heblaw y byddant yn gwneud yr un gwaith ag o'r blaen ar gyfer meistri newydd, fydd yn eu trin yr un fath â'r hen rai. Dim ond yn ysbeidiol mae'r gweithwyr hynny a elwir "y prolau" – sydd fymryn bach yn fwy ffodus – yn ymwybodol o'r rhyfel. Pan fo angen gwneud mae modd eu chwipio i ffyrnigrwydd ofn a chasineb, ond o adael llonydd iddynt gallant anghofio am gyfnodau hir fod y rhyfel yn digwydd o gwbl. Yn rhengoedd y Blaid, ac yn bennaf oll y Blaid Fewnol, fe gewch hyd i wir frwdfrydedd dros y rhyfel. Mae'r gred fwyaf pybyr yng nghoncwest y byd i'w chael yn y rhai hynny sy'n gwybod ei fod yn amhosib. Y cysylltiad rhyfedd hwn rhwng pethau gwrthgyferbyniol – gwybodaeth ac anwybodaeth, sinigiaeth a sêl – yw un o nodweddion pennaf cymdeithas Oceania. Mae'r syniadaeth swyddogol yn llawn o bethau gwrthgyferbyniol hyd yn oed pan nad oes unrhyw reswm ymarferol drostynt. Mae'r Blaid felly'n gwrthod ac yn ffieiddio pob un o egwyddorion gwreiddiol y mudiad Sosialaidd, ac yn dewis gwneud hynny yn enw Sosialaeth. Mae'n pregethu dirmyg tuag at y dosbarth gweithiol sy'n hollol ddigynsail dros y canrifoedd, wrth wisgo'i haelodau mewn dillad a wisgid ar un adeg gan lafurwyr yn unig, ac am yr union reswm hwnnw. Mae'n tanseilio cydgefnogaeth teuluol wrth alw enw ar ei arweinydd sy'n apêl uniongyrchol at deyrngarwch teuluol. Mae hyd yn oed enwau'r pedair Gweinyddiaeth sy'n ein llywodraethu ni yn dangos math o hyfdra yn y ffordd maen nhw'n gwrthdroi ffeithiau yn fwriadol. Mae'r Weinyddiaeth Hedd yn ymdrin â rhyfel, Gweinyddiaeth y Gwir â chelwydd, y Weinyddiaeth Gariad ag artaith a'r Weinyddiaeth Gyfoeth â llwgu. Nid damweiniol mo'r gwrthgyferbyniadau hyn, nac yn ganlyniadau rhyw ragrith cyffredin: achosion bwriadol o *ddaufeddwl* ydynt. Dim ond drwy unioni gwrthgyferbyniadau y mae modd dal gafael ar rym yn barhaol. Ni fyddai unrhyw fodd arall i dorri'r cylch hynafol. Os oes gofyn osgoi cydraddoldeb dynol am byth – os oes gofyn i'r Uchel, fel rydym wedi'u galw, gadw eu lle yn barhaol – rhaid i'r cyflwr gwybyddol cyffredinol fod yn fath o wallgofrwydd dan reolaeth.

Ond mae un cwestiwn rydym bron iawn wedi'i anwybyddu hyd yn hyn. Y cwestiwn hwnnw yw: *Pam* osgoi cydraddoldeb dynol? Gan ei chymryd yn ganiataol bod mecanwaith y broses wedi'i ddisgrifio'n gywir, beth yw cymhelliad yr ymdrech enfawr, gynlluniedig, fwriadol hon i gadw hanes yn llonydd, ei rewi ar un adeg neilltuol?

Dyma felly'r gyfrinach ganolog. Fel y gwelsom eisoes, mae cyfrinachedd y Blaid, a'r Blaid Fewnol yn anad dim, yn dibynnu ar *ddaufeddwl*. Ond yn ddyfnach na hyn mae'r cymhelliad gwreiddiol, y reddf honno nad yw'n cael ei chwestiynu byth, ac a arweiniodd at feddiannu grym ac a ddaeth â *daufeddwl*, yr Heddlu Meddwl, rhyfel barhaus, a'r holl betheuach arall i fodolaeth wedi hynny. Y cymhelliad hwn mewn gwirionedd yw...

Daeth Winston yn ymwybodol o dawelwch, yn y ffordd hynny mae dyn yn dod yn ymwybodol o sŵn newydd. Roedd yn ymddangos iddo fod Julia yn hollol lonydd ers cryn amser. Roedd hi'n gorwedd ar ei hochr, yn noeth o'i chanol i fyny, ei boch yn gorffwyso ar ei llaw ac un cudyn tywyll o'i gwallt yn llifo dros ei llygaid. Codai a chwympai ei mynwes yn araf a rheolaidd.

"Julia."

Dim ateb.

"Julia, wyt ti'n effro?"

Dim ateb. Roedd hi'n cysgu. Caeodd y llyfr, ei roi'n ofalus ar y llawr, gorweddodd i lawr, a thynnu'r gorchudd drostynt ill dau.

Nid oedd eto, meddyliodd, wedi dysgu'r gyfrinach bennaf. Deallai *sut;* nid oedd yn deall *pam*. Nid oedd Pennod I, ddim mwy na Phennod III, wedi dweud unrhyw beth wrtho nad oedd eisoes yn ei wybod, dim ond rhoi trefn ar yr wybodaeth oedd ganddo'n barod. Ond wedi ei ddarllen gwyddai'n well nag o'r blaen nad oedd yn wallgof. Nid oedd bod yn lleiafrif, ddim hyd yn oed yn lleiafrif o un, yn eich gwneud chi'n wallgof. Roedd gwir ac roedd anwir, a phetaech chi'n dal eich gafael yn y gwir, hyd yn oed yn erbyn yr holl fyd, doeddech chi ddim yn wallgof. Wrth iddo fachlud daeth pelydryn melyn o'r haul i mewn drwy'r ffenest i oleuo'r gobennydd. Caeodd ei lygaid. Rhoddai'r haul ar ei wyneb a chorff esmwyth y ferch yn cyffwrdd ei gorff e deimlad cryf, cysglyd, hyderus iddo. Roedd yn ddiogel, roedd popeth yn iawn. Cwympodd i gysgu'n murmur, "Dydy callineb ddim yn ystadegol," gan deimlo bod rhyw ddoethineb dwfn ynghlwm wrth y datganiad.

*　　　　*　　　　*

Pan ddeffrodd, roedd hynny â'r teimlad ei fod yn cysgu ers hydoedd, ond o daflu golwg ar y cloc hen ffasiwn gwyddai nad oedd hi ond yn ddau ddeg tri deg. Gorweddai rhwng cwsg ac effro am ychydig; yna dechreuodd y canu nerthol arferol godi o'r iard islaw.

> *Dim ond rhyw ffansi ddiobaith,*
>   *Aeth heibio fel ton ar y lli,*
> *Ond golwg a roddodd, breuddwydion a dyfodd!*
>   *A dygodd fy nhgalon i!*

Debyg bod y gân siwgrllyd wedi llwyddo i gynnal ei phoblogrwydd. Roedd hi i'w chlywed o hyd ymhobman. Roedd hi wedi goroesi Cân y Casineb. Deffrwyd Julia gan y sŵn, ac ymestynnodd yn foethus cyn codi o'r gwely.

"Mae arna'i eisiau bwyd," meddai. "Beth am i ni wneud rhagor o goffi. Daria! Mae'r stôf wedi diffodd a'r dŵr yn oer." Cododd y stôf a'i ysgwyd. "Does dim olew ynddo fo."

"Hwyrach y cawn ni rywfaint gan 'rhen Charrington."

"Y peth rhyfedd ydi, wnes i'n siŵr ei fod o'n llawn. Dwi'n mynd i wisgo amdanaf," ychwanegodd Julia. "Mae i'w chlwed yn oerach nag o'r blaen."

Cododd Winston hefyd a gwisgo amdano. Canodd y llais diflino yn ei flaen:

> *Do's meddyg fel amsar, medda' nhw,*
>   *Ac anghofio'n ddewis bob tro;*
> *Ond gwên a deigryn, ers llawar blwyddyn,*
>   *Sy'n gyrru fy nghalon o'i cho'!*

Wrth iddo glymu gwregys ei oferôl ymlwybrodd draw at y ffenest. Rhaid bod yr haul wedi machlud y tu ôl i'r tai; nid oedd yn tywynnu ar yr iard bellach. Roedd y palmant yn wlyb fel petai wedi'i olchi, a'r awyr yn teimlo fel petai wedi'i olchi hefyd, mor ffres a gwelw oedd y glesni rhwng y simneiau. Cerddai'r fenyw yn ôl ac ymlaen yn ddiflino, yn corcio a dadgorcio'i cheg, canu a distewi, pegio'r cewynnau, a rhagor a rhagor eto. Tybed, meddyliodd Winston, ai hyn oedd ei gwaith hi, neu ai dim ond caethwas rhyw ugain neu ddeg ar hugain o wyrion oedd hi? Daeth Julia i sefyll wrth ei ochr; gyda'i gilydd syllodd y ddau i lawr ar y ffigwr cadarn â math o gyfaredd. Wrth iddo wylio'r fenyw yn ei dull nodweddiadol, ei breichiau trwchus yn estyn i fyny at y lein ddillad, ei phen ôl mawr ceffylaidd pwerus yn gwthio allan, sylweddolodd am y tro cyntaf ei bod hi'n brydferth. Nid oedd wedi meddwl o'r blaen y gallai corff menyw bum deg oed, wedi'i chwyddo'n anghenfilaidd gan feichiogaethau aneirif ac yna'i galedu a'i arwhau gan waith nes ei fod yn arw fel hen feipen, fod yn brydferth. Ond mi oedd, ac wedi'r cyfan, meddyliodd, pam lai? Yr un oedd y berthynas rhwng y corff cadarn hwn, yn ddiamlinell, fel bloc o wenithfaen, a'i groen coch craflyd, a chorff merch; â'r berthynas rhwng egroesen a rhosyn. Pam dylid ystyried y ffrwyth yn israddol i'r blodyn?

"Mae hi'n brydferth," murmurodd.

"Rhaid bod hi'n fetr o led ar ei chanol, yn hawdd," meddai Julia.

"Dyna'i math hi o brydferthwch," meddai Winston.

Roedd ei fraich yn amgylchynu canol ystwyth Julia'n hawdd. O'i chalon i'w phen-glin, roedd ei hochr hi yn erbyn ei ochr e. Ni ddeuai'r un plentyn o'u cyrff, byth. Dyna'r un peth na fyddai byth modd iddynt wneud. Dim ond drwy eiriau, o un meddwl i'r llall, fyddai modd iddynt drosglwyddo'r gyfrinach. Nid oedd gan y fenyw i lawr yno feddwl, dim ond breichiau cryf, calon gynnes, a chroth ffrwythlon. Faint o blant gafodd hi, tybed? Gallai fod yn bymtheg, yn hawdd. Roedd hi wedi cael ei blodeuo byr, blwyddyn efallai, o harddwch rhosynnaidd, ac wedyn chwyddo'n sydyn fel ffrwyth, a thyfu'n galed ac yn goch a garw, a byth ers hynny ei bywyd oedd golchi, sgrwbio, pwytho, coginio, ysgubo, gloywi, trwsio, sgrwbio, a golchi, i'w plant yn gyntaf ac wedyn ei hwyrion, dros ddeg ar hugain o flynyddoedd di-dor. Ac eto wedi hynny oll roedd hi'n dal i ganu. Roedd yr edmygedd cyfriniol a deimlai tuag ati'n gymysg rywsut â'r awyr gwelw, digwmwl, yn ymestyn draw y tu hwnt i'r simneiau i'r pellter maith. Peth rhyfedd oedd meddwl bod yr awyr yr un fath i bawb, yn Ewrasia neu Ddwyrasia fel ag yr oedd yma. A'r bobl o dan yr awyr yr un fath hefyd – ym mhobman, dros y byd i gyd, cannoedd o filoedd o filiynau o bobl yn union fel hyn, heb wybod am fodolaeth ei gilydd, wedi'u gwahanu gan furiau o gasineb a chelwydd, ac eto bron yn union yr un fath – pobl na ddysgodd feddwl erioed ond oedd serch hynny'n cadw yn eu calonnau a'u cyllau a'u cyhyrau y pŵer hwnnw fyddai ryw ddydd yn trawsnewid y byd. Os oedd yna obaith, gyda'r prolau roedd i'w gael! Heb fod eto wedi darllen hyd ddiwedd y Llyfr, gwyddai mai hynny, mae'n rhaid, fyddai neges Goldstein yn y diwedd. Eiddo'r prolau oedd y dyfodol. A allai fod yn sicr na fyddai'r byd y byddent yn ei adeiladu pan ddeuai eu dydd yr un mor rhyfedd iddo ef, Winston Smith, ag yr oedd byd y Blaid? Gallai, oherwydd o leiaf byddai'n fyd call. Pan fo cydraddoldeb, mae callineb yn bosib. Yn hwyr neu'n hwyrach byddai'n digwydd, byddai nerth yn troi'n ymwybyddiaeth. Roedd y prolau'n anfeidrol, amhosib oedd gwadu hynny wrth edrych ar y corff glew yn yr iard. Byddent yn deffro, yn y pen draw. A nes i hynny ddigwydd, hyd yn oed petai hi'n fil o flynyddoedd, byddent yn aros yn fyw er gwaethaf popeth, fel adar, yn etifeddu o gorff i gorff y bywiogrwydd hwnnw na rannai'r Blaid, ac na allai ei ladd.

"Wyt ti'n cofio," meddai, "y fronfraith honno a ganodd i ni, y diwrnod cyntaf hwnnw, ar gwr y goedwig?"

"Doedd hi ddim yn canu i ni," meddai Julia. "I blesio'i hun roedd hi'n canu. Ddim hynny, hyd yn oed. Dim ond canu."

Canai'r adar, canai'r prolau. Ond ni chanai'r Blaid. Drwy'r byd i gyd, yn Llundain ac Efrog Newydd, yn Affrica a Brasil, ac yn y gwledydd rhyfedd, gwaharddedig hynny y tu hwnt i'r ffiniau, yn strydoedd Paris a Berlin, ym mhentrefi paith diddiwedd Rwsia, ym marchnadoedd Tseina a Siapan – safai'r un ffigwr cadarn anorchfygol ymhobman, gwaith a phlant wedi'i droi'n anghenfilaidd, yn gweithio o'r crud i'r bedd ac eto'n dal i ganu. Byddai hil ymwybodol yn dod allan o'r llwynau nerthol hynny ryw ddydd. Rhaid iddo. Y meirw oeddech chi, eu heiddo nhw oedd y dyfodol. Ond roedd modd rhannu o'r dyfodol hwnnw petaech chi'n cadw'r meddwl yn fyw fel yr oedden nhw'n cadw'r corff, a throsglwyddo o law i law y ddysgeidiaeth ddirgel honno bod dau a dau yn gwneud pedwar.

"Ni yw'r meirw," meddai.

"Ni yw'r meirw," atseiniodd Julia'n ufudd.

"Chi yw'r meirw," meddai llais haearnaidd o'r tu ôl iddynt.

Gwahanodd y ddau â naid. Trodd perfedd Winston yn iâ. Gallai weld y gwyn yr holl ffordd o amgylch irisau llygaid Julia. Roedd ei hwyneb wedi troi'n felyn llaethog. Gwnaeth hyn i'r staen coch oedd ar ei gruddiau o hyd sefyll allan, fel petai'n hofran uwchben y croen oddi tanodd.

"Chi yw'r meirw," meddai'r llais haearnaidd eto.

"Tu ôl i'r llun," anadlodd Julia.

"Tu ôl i'r llun," meddai'r llais. "Arhoswch yn y fan a'r lle. Peidiwch â symud nes eich gorchymyn."

Dyma'r dechrau, dyma'r dechrau o'r diwedd! Nid oedd dim byd i'w wneud ond sefyll a syllu i lygaid ei gilydd. Ei heglu hi am eu bywydau, dianc o'r tŷ cyn ei bod hi'n rhy hwyr – ni feddyliodd yr un ohonynt am ddim byd felly. Amhosib fyddai dychmygu anufuddhau i'r llais haearnaidd o'r wal. Daeth clec, fel petai dolen wedi'i throi'n ôl, a thwrw gwydr yn torri. Roedd y llun wedi cwympo i'r llawr gan ddatgelu'r telisgrîn y tu ôl iddo.

"Maen nhw'n ein gweld ni rŵan," meddai Julia.

"Rydyn ni'n eich gweld chi rŵan," meddai'r llais. "Safwch yng nghanol yr ystafell. Gefn wrth gefn. Dwylo'r tu ôl i'ch pennau. Peidiwch â chyffwrdd eich gilydd."

Nid oeddynt yn cyffwrdd, ond rywsut teimlodd fel petai'n gallu synhwyro corff Julia'n crynu. Neu efallai mai dim ond ef ei hun yn crynu oedd hynny. Llwyddodd i rwystro'i ddannedd rhag clecian, ond roedd ei bengliniau y tu hwnt i bob rheolaeth. Daeth sŵn esgidiau'n sathru islaw, y tu mewn a'r tu allan. Roedd yr iard yn llawn dynion a barnu wrth y sŵn. Roedd rhywbeth yn cael ei lusgo ar draws y meini. Roedd canu'r fenyw wedi peidio'n sydyn. Daeth twrw metelaidd hir, fel petai'r twba golchi wedi'i daflu o'r neilltu dros yr iard, ac wedyn cynnwrf o leisiau dig a ddaeth i ben â gwaedd o boen.

"Mae'r tŷ wedi'i amgylchynu," meddai Winston.

"Mae'r tŷ wedi'i amgylchynu," meddai'r llais.

Clywodd Julia'n clecio'i dannedd. "Man a man i ni ddweud hwyl fawr," meddai hi.

"Man a man i chi ddweud hwyl fawr," meddai'r llais. Ac yna torrodd llais gwahanol iawn ar draws, llais tenau, diwylliedig y tybiai Winston iddo'i glywed o'r blaen: "A gyda llaw, a ninnau yma bellach, 'Yma daw cannwyll i oleuo'ch gwely, yma daw bwyell i dorri eich pen chi'!"

Syrthiodd rywbeth yn glec ar y gwely y tu ôl i gefn Winston. Roedd pen ysgol wedi'i wthio drwy'r ffenest a'i chwalu yn ei ffrâm. Roedd rhywun yn dringo i mewn drwyddi. Daeth rhuthr traed trwm ar y grisiau. Roedd yr ystafell yn llawn o ddynion cadarn mewn gwisgoedd duon, sodlau haearn am eu traed a phastynau yn eu dwylo.

Nid oedd Winston yn crynu bellach. Prin bod ei lygaid hyd yn oed yn symud. Un peth yn unig oedd yn bwysig: cadw'n llonydd, cadw'n llonydd a pheidio â rhoi esgus iddyn nhw eich trywanu! Gyferbyn ag ef safai dyn a chanddo ên fel paffiwr, ei geg fawr mwy na chrych ynddi, ei fysedd yn chwarae'n feddylgar â'i bastwn Edrychodd Winston ym myw ei lygaid. Roedd y teimlad o fod yn noeth, eich dwylo y tu ôl i'ch pen a'ch wyneb a'ch corff yn hollol agored, bron yn annioddefol. Dangosodd y dyn flaen ei dafod gwyn, a llyfodd y man lle dylai fod ganddo wefusau, cyn symud yn ei flaen. Daeth trwst eto. Roedd rhywun wedi codi'r pwysau papur gwydr oddi ar y bwrdd a'i chwalu'n deilchion ar y pentan.

Rholiodd y darn o gwrel, crych pinc bychan fel rhosyn siwgr ar gacen, ar draws y mat. Mor fychan, meddyliodd Winston, mor fychan y buodd hi erioed! Daeth ebychiad a chnoc trwm o'r tu ôl iddo, a chiciodd rhywun ef ar ei sawdl gan bron iawn ei daflu i'r llawr. Roedd un o'r dynion wedi plannu ei ddwrn ym mherfedd Julia, gan ei phlygu hi ar ei hanner fel pren mesur poced. Roedd hi'n gwingo ar y llawr, yn ceisio anadlu. Ni feiddiai Winston droi'i ben gymaint â milimetr, ond weithiau daeth ei hwyneb gwelwlas, di-wynt, i'w olwg. Hyd yn oed yn ei ofn roedd fel petai'n gallu teimlo'i phoen hi yn ei gorff ei hun, y boen farwol honno oedd serch hynny'n eilradd i'r frwydr i adennill ei hanadl. Gwyddai sut deimlad oedd hi; y boen annioddefol, echrydus honno oedd yno o hyd ond nad oedd modd ei goddef eto, gan fod rhaid gallu anadlu cyn gwneud dim byd arall. Wedyn cododd dau o'r dynion hi gerfydd ei phengliniau a'i hysgwyddau, a'i chludo allan o'r ystafell fel sach. Cafodd Winston gipolwg ar ei hwyneb, ben i waered, melyn a chrychiog, ei llygaid ar gau, a'r coch ar ei gruddiau o hyd; wedyn ni welodd mohoni bellach.

Safai'n hollol stond. Doedd neb wedi'i fwrw eto. Dechreuodd meddyliau hedfan drwy'i ben ohonynt eu hunain, er eu bod yn teimlo'n hollol amherthnasol. Oeddynt wedi dal Mr. Charrington tybed? Tybed beth wnaethon nhw â'r fenyw yn yr iard? Sylweddolodd fod arno awydd cryf gwneud dŵr, peth a'i synnodd, gan iddo wneud dim ond dwyawr neu dair ynghynt. Sylweddolodd fod y cloc ar y pentan yn dweud naw, sef dau ddeg un. Ond roedd y golau i'w weld yn rhy gryf. Oni ddylai'r golau fod yn mynd erbyn dau ddeg un o'r gloch ar noswaith o Awst? Tybed ai camgymryd amser roeddynt wedi'r cyfan — wedi cysgu rownd y cloc a meddwl ei bod hi'n ddau ddeg tri deg a hithau mewn gwirionedd yn ddim wyth tri deg y bore wedyn. Ond ni feddyliodd ymhellach am hynny. Doedd hynny ddim yn bwysig.

Daeth cam arall, ysgafnach, yn y cyntedd. Daeth Mr. Charrington i'r ystafell. Newidiodd agwedd y dynion mewn du yn sydyn, gan droi'n fwy gofalus. Roedd rhywbeth wedi newid hefyd yn ymddangosiad Mr. Charrington. Glaniodd ei olygon ar ddarnau'r pwysau papur gwydr.

"Codwch y darnau yna," meddai'n ddig.

Plygodd un o'r dynion i'w ufuddhau. Roedd ei acen wedi diflannu; sylweddolodd Winston yn sydyn llais pwy oedd wedi'i glywed ychydig eiliadau ynghynt ar y telisgrîn. Roedd Mr. Charrington yn dal i wisgo'i hen siaced felfed, ond roedd ei wallt, a fu gynt bron yn wyn, wedi troi'n ddu. Nid oedd yn gwisgo'i sbectol chwaith. Bwriodd un olwg ddig ar Winston, fel petai i weld mai ef oedd y dyn iawn, ac wedyn ei anwybyddu'n llwyr. Roedd modd ei adnabod o hyd, ond roedd yn rhywun gwahanol. Roedd ei gorff wedi ymsythu, ac fel petai wedi tyfu'n fwy. Er mai dim ond newidiadau bychain a fu yn ei wyneb roeddynt serch hynny wedi'i drawsffurfio'n llwyr. Roedd yr aeliau duon yn llai trwchus, y crychau wedi mynd, llinellau'r wyneb fel petaent wedi altro; roedd hyd yn oed ei drwyn fel petai'n fyrrach. Roedd ganddo wyneb effro, oer dyn tua phymtheg ar hugain oed. Sylweddolodd Winston ei fod yn edrych am y tro cyntaf yn ei fywyd ar ddyn gan wybod bod hwnnw'n aelod o'r Heddlu Meddwl.

RHAN TRI

Pennod 1

Ni wyddai Winston ym mha le'r oedd. Rhywle yn y Weinyddiaeth Gariad, debyg, ond doedd dim ffordd o wybod i sicrwydd. Roedd mewn ystafell ddi-ffenestr ac iddi nenfwd uchel a waliau o borslen gwyn llachar. Roedd wedi'i llenwi gan olau oer lampau cudd, ac roedd sŵn murmur isel, cyson, rhywbeth a'i gwnelo â'r cyflenwad awyr, mae'n debyg. Rhedai mainc neu silff, prin digon llydan i eistedd arni, ar hyd y waliau i gyd heb fwlch heblaw ar gyfer y drws, ac yn y pen draw gyferbyn â'r drws, powlen tŷ bach heb sedd. Roedd pedair telisgrîn, un ym mhob wal.

Roedd poen yn ei fola. Roedd hi yno byth ers iddynt ei wthio i'r fan a'i yrru i ffwrdd. Ond roedd arno chwant bwyd hefyd, chwant aflan yn ei gnoi o'r tu mewn. Roedd hi'n ddau ddeg pedwar awr ers iddo fwyta, neu dri deg chwech efallai. Nid oedd yn gwybod, a siŵr o fod ni fyddai'n cael gwybod chwaith, ai'r bore ynteu'r hwyr oedd hi pan gafodd ei arestio. Nid oedd wedi bwyta ers hynny.

Eisteddai mor llonydd ag y gallai ar y fainc gul, ei ddwylo wedi'u plygu dros ei ben-glin. Roedd eisoes wedi dysgu eistedd yn llonydd. Petai chi'n symud yn ddirybudd byddent yn bloeddio arnoch chi o'r telisgrîn. Ond roedd y chwant bwyd yn tyfu ynddo. Yn anad dim byd roedd arno eisiau darn o fara. Roedd ganddo ryw syniad bod yna ambell friwsionyn ym mhoced ei oferôl. Roedd hi hyd yn oed yn bosib — tarodd hyn ei ben am fod rhywbeth i'w deimlo'n cosi ei goes o hyd — bod yna grystyn gweddol fawr yno. Yn y pendraw roedd y temtasiwn yn drech na'i ofn: llithrodd ei law i'w boced.

"Smith!" bloeddiodd llais o'r telisgrîn. "6079 Smith W.! Dwylo mas o'ch pocedi yn y celloedd!"

Eisteddodd eto, ei ddwylo wedi'u plygu dros ei ben-glin. Aethpwyd ag ef i rywle arall cyn dod ag ef yma, carchar cyffredin neu ddalfa dros dro a ddefnyddid gan y patrolau, mae'n rhaid. Ni wyddai pa mor hir y bu yno; rhai oriau'n sicr; heb glociau a heb olau dydd peth anodd oedd cyfri amser. Roedd hi'n lle swnllyd, drewllyd. Rhoesant ef mewn cell yn debyg i'r un roedd ynddi nawr, ond yn afiach o fudr ac yn llawn byth a hefyd o rhwng deg a phymtheg o bobl. Troseddwyr cyffredin oedd y mwyafrif ohonynt, ond roedd ambell garcharor gwleidyddol yn eu plith hefyd. Roedd wedi eistedd yn ddistaw yn erbyn y wal, cyrff budr yn ei benelino, ei ofn a'r boen yn ei fola'n ormod iddo dalu gormod o sylw i'w amgylchiadau, ond yn sylwi serch hynny ar y gwahaniaeth agwedd enfawr rhwng y carcharorion oedd yn aelodau o'r Blaid a'r gweddill. Roedd aelodau'r Blaid yn ddistaw ac ofnus bob tro, ond y troseddwyr cyffredin fel petaent yn hidio dim am neb. Byddent yn gweiddi ar y gwarchodwyr a'u hymladd yn ffyrnig wrth iddynt dynnu'u heiddo oddi arnynt, yn ysgrifennu geiriau anllad ar y llawr, yn bwyta bwyd iddynt ei smyglo i mewn mewn cuddfannau amrywiol yn eu dillad, a rhai hyd yn oed yn gweiddi dros y telisgrîn wrth i hwnnw geisio cadw trefn arnynt. Ar y llaw arall roedd rhai ohonynt fel petaent ar delerau da â'r gwarchodwyr, gan alw llysenwau arnynt, a cheisio dwyn perswâd arnynt i roi sigarennau iddynt drwy'r twll yn y drws. Yn eu tro roedd rhyw oddefgarwch yn y ffordd triniai'r gwarchodwyr y troseddwyr cyffredin, hyd yn oed pan fyddai gofyn iddynt eu trin yn arw. Roedd llawer o siarad am y gwersylloedd llafur roedd y disgwyliai rhan fwyaf y carcharorion gael eu hanfon iddynt. Roedd hi'n "iawn" yn y gwersylloedd, yn ôl y sôn, cyn belled ag y bo gennych chi gysylltiadau a'ch bod yn gwybod y drefn. Roedd llwgrwobrwyo, ffafriaeth, a thwyllo o bob math, roedd gwrywgydiaeth a phuteindra, a hyd yn oed alcohol anghyfreithlon wedi'i ddistyllu o datws. Dim ond y troseddwyr cyffredin fyddai'n cael swyddi cyfrifol, yn enwedig y gangsteriaid a'r llofruddwyr, oedd yn fath o aristocratiaeth. Gwaith y carcharorion gwleidyddol fyddai'r holl swyddi budr.

Roedd carcharorion o bob math yn mynd ac yn dod o hyd: masnachwyr cyffuriau a'r farchnad ddu, lladron, gwylliaid, diotwyr, puteiniaid. Roedd rhai o'r diotwyr mor dreisgar fel bod rhaid i'r carcharorion eraill gydweithio i'w trechu. Daeth pedwar o warchodwyr, un i bob cornel, â llanast enfawr o ddynes i mewn tua chwe deg oed, ei bronnau swmpus a'i gwallt trwchus ar draws ei dannedd gan ei strancio, ei chicio a'i gweiddi. Tynnwyd oddi arni'r esgidiau mawr y bu'n ceisio cicio'r gwarchodwyr â nhw, a'i thaflu hi i gôl Winston, gan bron â thorri esgyrn ei goesau. Haliodd y ddynes ei hun i fyny gan daflu "Ffycin bastads!" ar eu holau; yna, wedi sylwi ei bod hi'n eistedd ar rywbeth anwastad, llithrodd oddi ar lin Winston i'r fainc.

"Begio'ch pardwn cariad," meddai. "'Swn i ddim di ista arnoch chdi, dim ond i'r bygars 'yn rhoi i yno. Sgynnyn nhw ddim syniad sut i drin dynas, nac os?" Arhosodd, gan gyffwrdd â'i bron, a bytheirio. "Ddrwg gin i," meddai. "Dwi'n teimlo braidd yn bethma."

Pwysodd yn ei blaen a chwydu'n helaeth ar y llawr.

"'Na welliant," meddai, gan bwyso'n ôl, ei llygaid ar gau. "Pidwch 'i gadw fo'i mewn, dyna dwi'n deud. Gwell 'i chael hi allan tra'i bod hi'n ffres."

Dadebrodd a throi i gael golwg arall ar Winston, gan gymryd ffansi ato ar unwaith, yn ôl pob golwg. Rhoddodd ei braich anferth am ei ysgwydd a'i dynnu tuag ati, gan anadlu cwrw a chyfog i'w wyneb.

"Bedi di d'enw di, cariad?" meddai.

"Smith," meddai Winston.

"Smith?" meddai'r fenyw. "Na' ryfadd. Smith dwi hefyd. Hei," ychwanegodd mewn llais sentimental, "Ella na fi di dy fam di!"

Gallai fod yn fam iddo, meddyliodd Winston. Roedd hi mwy neu lai'r oed a'r maint iawn, ac roedd hi'n debyg bod pobl yn newid rhywfaint wedi ugain mlynedd mewn gwersyll llafur.

Nid oedd neb arall wedi torri gair ag ef. Roedd hi'n rhyfedd sut roedd y troseddwyr cyffredin yn anwybyddu carcharorion o'r Blaid. "Y Gwleidyddols," oedd eu henw arnynt, gyda math o ddirmyg di-ddiddordeb. Roedd y carcharorion oedd yn aelodau o'r Blaid fel petaent yn rhy ofnus i siarad â neb, yn enwedig ei gilydd. Dim ond unwaith, pan oedd dau aelod o'r Blaid, ill dwy'n ferched, wedi'u gwasgu'n dynn yn erbyn ei gilydd ar y fainc, clywodd ychydig eiriau wedi'u sibrwd ymhlith twrw'r lleisiau; ac yn enwedig rhyw sôn nad oedd yn ei ddeall am rywbeth o'r enw "ystafell un dim un".

Roedd hi'n rhyw ddwy awr neu dair ers iddynt ddod ag ef yma. Ni ddiflanasai'r poen mud yn ei fola, ond weithiau roedd yn well ac weithiau'n waeth, ac yntau'n gallu meddwl yn fwy neu'n llai o ganlyniad. Pan oedd ar ei waethaf ni allai feddwl am ddim byd heblaw'r poen ei hun, a'i awch bwyd. Pan fyddai'r poen yn well, byddai panig yn gafael ynddo. Roedd adegau pan oedd yn rhagweld yr hyn oedd i ddod, a hynny mor fyw fel bod ei galon yn carlamu ac yntau'n colli ei wynt. Gallai deimlo ergydion y pastynau ar ei benelinoedd a'r sodlau haearn ar ei grimogau; gwelodd ei hun yn erfyn am drugaredd ar y llawr, yn sgrechian drwy ddannedd toredig. Prin y meddyiodd am Julia o gwbl. Ni allai ganolbwyntio'i feddwl arni. Roedd yn ei charu ac ni fyddai'n ei bradychu hi; ond dim ond ffaith foel oedd honno, rhywbeth a wyddai fel y gwyddai reolau mathemateg. Ni allai deimlo'i gariad tuag ati, a phrin y meddyliodd o gwbl am beth oedd yn digwydd iddi. Meddyliodd yn amlach am O'Brien, a hynny â llygedyn o obaith. Efallai bod O'Brien yn gwybod ei fod wedi cael ei arestio. Ni fyddai'r Frawdoliaeth byth, roedd wedi dweud, yn ceisio achub ei haelodau. Ond roedd yna'r llafn rasal bach; byddent yn anfon hwnnw, os gallent. Byddai rhyw bum eiliad hwyrach cyn i'r gwarchodwr allu rhuthro i mewn i'r gell. Byddai'r llafn yn ei frathu, ei oerfel yn llosgi megis, a byddai'n torri'r bysedd oedd a'i ddaliai i'r asgwrn hefyd. Daeth popeth yn ôl i'w gorff sâl, a giliodd dan grynu rhag y boen lleiaf. Ni wyddai â sicrwydd y byddai'n defnyddio'r llafn rasal, hyd yn oed petai'n cael y cyfle. Y peth mwy naturiol oedd parhau i fodoli o eiliad i eiliad, derbyn deg munud o fywyd eto hyd yn oed gan wybod i sicrwydd llwyr fod artaith a phoen i ddod ar ei ddiwedd.

Ambell dro rhoddai gynnig ar gyfrifo nifer y briciau porslen yn waliau'r gell. Dylsai hynny fod yn hawdd, ond yn hwyr neu'n hwyrach byddai'n colli cyfrif bob tro. Yn amlach na hynny meddyliai am ble, tybed, y gallai fod, a pha awr o'r dydd oedd hi. Teimlai'n sicr ar un adeg ei bod hi'n olau dydd y tu allan, a'r eiliad nesaf yr un mor sicr ei bod hi fel y fagddu. Drwy reddf, gwyddai na fyddai'r goleuadau yma yn diffodd byth. Dyma oedd y man lle nad oedd tywyllwch; gwyddai nawr pam oedd O'Brien fel petai'n gwybod at beth yr oedd wedi cyfeirio. Nid oedd yr un ffenestr yn y Weinyddiaeth Gariad. Hwyrach fod ei gell yng nghrombil yr adeilad neu yn erbyn ei muriau allanol; gallai fod deg o loriau o dan y ddaear, neu ddeg ar hugain uwchben. Yn ei feddwl, symudodd o un man i'r llall, gan geisio dyfalu trwy'r teimladau yn ei gorff a oedd yn yr uchel yn yr awyr ynteu wedi'i gladdu ymhell o dan y ddaear.

Daeth sŵn traed yn brasgamu'r tu allan. Agorodd y drws dur â chlec. Camodd swyddog ifanc yn dwt drwy'r drws, ffigwr taclus mewn lifrau du oedd fel petai'n disgleirio drosto gan ledr llachar, ei wyneb syth ei bryd a gwedd fel mwgwd cwyr. Ystumiodd at y gwarchodwyr y tu allan i ddod â'u carcharor i mewn. Ymlusgodd y bardd Ampleforth i'r gell. Caeodd y drws yn glep drachefn.

Gwnaeth Ampleforth ryw symudiad ansicr neu ddau o'r naill ochr i'r llall, fel petai'n credu bod yna ryw ddrws arall y gallai fynd allan drwyddo, ac wedyn dechreuodd grwydro'n ôl ac ymlaen ar draws y gell. Nid oedd eto wedi sylweddoli bod Winston yno. Roedd ei lygaid petrus yn syllu ar y wal tua metr uwchlaw pen Winston. Roedd yn nhraed ei sanau, bysedd traed mawr budr yn pigo drwy'r tyllau ynddynt. Roedd heb eillio ers nifer o ddyddiau. Gorchuddiai barf gwrychog ei wyneb hyd at ei ruddiau, gan roi rhyw naws dihiryn iddo nad oedd yn cyd-fynd â'i ffrâm fawr wanllyd a'i symudiadau ar bigau'r drain.

Gorfododd Winston ei hun i ymysgwyd ychydig o'i flinder. Rhaid iddo siarad ag Ampleforth, er gwaetha'r bloeddio o du'r telisgrîn. Roedd hi'n bosib hyd yn oed mai gan Ampleforth fyddai'r llafn rasal.

"Ampleforth," meddai.

Ni ddaeth y floedd o'r telisgrîn. Arhosodd Ampleforth, braidd yn syn. Canolbwyntiodd ei lygaid yn araf ar Winston.

"A, Smith!" meddai. "Chithau hefyd!"

"Am beth wyt ti i mewn yma?"

"A dweud y gwir – " Eisteddodd i lawr yn chwithig ar y fainc gyferbyn â Winston. "Dim ond un drosedd sydd, onid e?" meddai.

"Ac wyt ti wedi'i chyflawni hi?"

"Do, yn ôl pob golwg."

Rhoddodd ei law ar ei dalcen a gwasgu ochrau ei ben am eiliad, fel petai'n ceisio cofio rhywbeth.

"Fel'na mae hi," meddai'n niwlog. "Rydw i wedi llwyddo i gofio un achos – achos posib. Annoethineb, yn sicr. Roedden ni'n cynhyrchu argraffiad awdurdodol o gerddi Kipling. Gadewais i'r gair 'God' aros yno ar ddiwedd y llinell. Doedd gen i mo'r help!" ychwanegodd, bron yn ddig, gan godi'i wyneb i edrych ar Winston. "Roedd hi'n amhosib newid y llinell. Yr odl oedd 'rod'. Wyddost ti mai dim ond deuddeg odl sydd i 'rod' yn yr iaith drwyddi draw? Roedd y peth yn troi a throsi yn fy mhen am ddyddiau. *Doedd* dim odl arall."

Newidiodd yr olwg ar ei wyneb. Diflannodd y dicter oddi arno ac am eiliad edrychai bron iawn yn falch. Tywynnodd math o wres deallusol drwy'r budreddi a'r gwallt blêr, llawenydd y crachysgolhaig sydd wedi darganfod rhyw ffaith hollol ddibwys.

"Wyt ti erioed wedi ystyried," meddai, "bod holl hanes barddoniaeth Saesneg wedi'i lywio gan y ffaith bod cyn lleied o odlau yn yr iaith honno?"

Na, nid oedd hynny erioed wedi taro pen Winston. Nid oedd yn ymddangos yn bwysig nac yn ddiddorol iawn chwaith, dan yr amgylchiadau.

"Wyt ti'n gwybod pa awr o'r dydd ydy hi?" gofynnodd.

Edrychodd Ampleforth yn syn eto. "Prin ydw i wedi meddwl amdani. Fe'm harestiwyd – ddeuddydd yn ôl – neu hwyrach dri." Cribodd ei lygaid y waliau, fel petai'n hanner disgwyl cael hyd i ffenest yn rhywle. "Does dim gwahaniaeth rhwng nos a dydd yn y lle hwn. Dydw i ddim yn gweld sut y gellir cyfrif amser."

Sgwrsiodd y ddau yn wasgarog am ychydig funudau, ac yna, heb reswm amlwg, daeth bloedd o'r telisgrîn yn mynnu tawelwch. Eisteddodd Winston yn ddistaw, ei ddwylo wedi plethu. Yn rhy fawr i eistedd yn gyfforddus ar y fainc gul, roedd Ampleforth yn aflonydd, gan droi o'r naill ochr i'r llall, yn gafael â'i ddwylo seimllyd mewn un pen-glin ac yna'r llall. Cyfarthodd y telisgrîn arno i gadw'n llonydd. Aeth yr amser heibio. Ugain munud, awr – roedd hi'n anodd dweud. Unwaith eto daeth sŵn esgidiau mawr y tu allan. Crebachodd coluddion Winston. Yn fuan, yn fuan iawn, ymhen pum munud efallai, neu efallai nawr, ystyr sŵn y traed fyddai mai ei dro e oedd hi.

Agorodd y drws. Camodd y swyddog ifanc â'r wyneb oeraidd i'r gell. Rhoddodd ystum fach â'i law tuag Ampleforth.

"Ystafell 101," meddai.

Brasgamodd Ampleforth allan yn chwithig rhwng y gwarchodwyr, ei wyneb yn amheus ond yn ddiddeall.

Aeth yr hyn a deimlai'n hydoedd heibio. Roedd y boen ym mola Winston wedi dychwelyd. Âi ei feddwl o gwmpas yn llipa eto ac eto ar yr un trywydd, fel pêl yn cwympo drachefn a thrachefn i'r un rhes o dyllau. Chwech o feddyliau'n unig oedd yn ei ben. Y boen yn ei fola; darn o fara; y gwaed a'r sgrechain; O'Brien; Julia; y llafn rasal. Daeth gwingiad arall yn ei goluddion, roedd yr esgidiau trymion yn agosáu. Agorodd y drws gan greu ton o awyr ddaeth ag arogl cryf chwys oer gyda hi. Daeth Parsons i mewn i'r gell. Roedd yn gwisgo siorts lliw caci a chrys-T.

Y tro hwn roedd syndod Winston yn ddigon iddo anghofio'i hun.

"*Ti*, yma!?" meddai.

Taflodd Parsons gipolwg ar Winston heb ynddo ddiddordeb na syndod chwaith, dim ond dioddefaint. Dechreuodd gerdded yn herciog i fyny ac i lawr, yn amlwg yn methu cadw'n llonydd. Bob tro y sythai ei bengliniau tew, roedd yn amlwg eu bod nhw'n crynu. Roedd golwg lygadrwth arno, fel petai'n methu â'i rwystro'i hun rhag syllu ar rywbeth ychydig bellter i ffwrdd.

"Am beth wyt ti yma?" meddai Winston.

"Trosmeddwl!" meddai Parsons, bron yn ei ddagrau. Roedd tinc ei lais yn awgrymu cyfaddefiad llwyr o'i euogrwydd ac, ar yr un pryd, arswyd anghrediniol bod y fath air yn gweddu iddo. Arhosodd o flaen Winston a dechrau erfyn arno'n frwd: "Dwyt ti ddim yn meddwl y gwnawn nhw dy saethu di, wyt ti, 'rhen goes? Gwnân nhw mo'ch saethu chi os nad ych chi wedi gwneud dim byd – dim ond meddwl, a does mo'r help am hynny? Maen nhw'n rhoi chwarae teg i chi, rwy'n gwybod hynny. O, dwi'n ymddiried yn hynny! Fyddan nhw'n gwybod fy hanes, on' byddan? Rwyt TI'N gwybod pa fath o ddyn oeddwn i. Ddim yn ddrwg, yn fy ffordd fy hun. Dim llawer yn fy mhen, wrth gwrs, ond yn frwd. Mi wnes i fy ngorau dros y Blaid, on'd do? Pum mlynedd ga' i, wyt ti'n meddwl? Neu ddeg hyd yn oed? Galle rhywun fel fi fod yn ddigon defnyddiol mewn gwersyll. Basen nhw ddim yn fy saethu am fynd ar gyfeiliorn ddim ond unwaith?"

"Wyt ti'n euog?" gofynnodd Winston.

"Wrth gwrs 'mod i'n euog!" llefodd Parsons gan syllu'n gynffonaidd ar y telisgrîn. "Dwyt ti ddim yn meddwl y byddai'r Blaid yn arestio dyn dieuog, wyt ti?" Aeth ei wyneb broga yn dawelach, hyd yn oed ychydig yn bregethwrol. "Peth erchyll yw trosmeddwl, 'rhen gyfaill," meddai'n ddoethinebus. "Mae'n llechwraidd. Gall ddal gafael ynoch chi heb i chi wybod hyd yn oed. Wyddost ti sut gafodd afael arna'i? Yn fy nghwsg! Ie, dyna'r gwir. Dyna fi, yn gweithio'n galed, yn gwneud fy rhan – heb wybod erioed fod dim byd o'i le yn fy meddwl o gwbl. A dyma fi'n dechrau siarad yn fy nghwsg. Wyddost ti beth glywson nhw fi'n dweud?"

Ymdawelodd ei lais, fel rhywun sy'n gorfod dweud rhywbeth anllad am resymau meddygol.

"'I lawr â'r Brawd Mawr!' Ie, dyna beth ddwedais i! Drosodd a throsodd, mae'n debyg. Rhyngom ni'n dau, 'rhen goes, dwi'n falch iddyn nhw 'nghael i cyn i'r peth fynd ymhellach. Wyddost ti beth fydda i'n dweud wrthyn nhw pan ddaw fy nhro i o flaen y fainc? 'Diolch', dwi'n mynd i'w ddweud, 'diolch am fy achub i cyn iddi fynd yn rhy hwyr'."

"Pwy gyhuddodd di?" meddai Winston.

"Fy merch fach i," meddai Parsons, gyda math o falchder digalon. "Roedd hi'n gwrando wrth dwll y clo. Clywodd hi beth oeddwn i'n ei ddweud, a rhedeg draw i'r patrôl y diwrnod wedyn. Eitha' da am lodes fach saith oed, nage fe? Dwi ddim yn grac wrthi am y peth. Dwi'n falch ohoni, gweud y gwir. Mae'n profi i mi'i magu hi yn y ffordd iawn, beth bynnag."

Gwnaeth ambell symudiad herciog arall i fyny ac i lawr, sawl gwaith, gan syllu'n awchus at y tŷ bach. Yna'n sydyn tynnodd ei siorts i lawr.

"Esgusodwch fi, 'rhen goes," meddai. "Does mo'r help. Yr aros yw e."

Stwffiodd ei ben ôl mawr i'r bowlen. Gorchuddiodd Winston ei wyneb â'i ddwylo.

"Smith!" bloeddiodd y llais o'r telisgrîn. "6079 Smith W.! Dwylo i lawr. Dim gorchuddio wynebau yn y celloedd."

Dadorchuddiodd Winston ei wyneb. Gwnaeth Parsons ddefnydd swnllyd a thoreithiog o'r tŷ bach. Cafwyd gwybod wedyn fod rhywbeth o'i le ar y plwg, ac roedd drewdod affwysol yn y gell am oriau wedyn.

Aethpwyd â Parsons ymaith. Daeth rhagor o garcharorion, ac aethant wedyn, ffawd pob un yn ddirgelwch. Anfonwyd un, menyw, i "Ystafell 101," a sylwodd Winston ei bod hi'n fel petai'n crebachu ac yn troi lliw pan glywodd y geiriau hynny. Daeth awr, petai hi'n fore pan ddaethpwyd ag ef yno, pan fyddai'n brynhawn; neu, os mai'r prynhawn roedd hi, yna rhaid ei bod hi'n ganol nos. Roedd chwech o garcharorion yn y gell, yn ddynion a merched. Eisteddai pob un yn hollol llonydd. Gyferbyn â Winston eisteddai gŵr a chanddo wyneb danheddog, di-ên, yn union fel rhyw fath o lygoden fawr ddiniwed. Roedd gwaelodion ei fochau mawr brith mor godog fel ei bod hi'n anodd peidio â chredu fod ganddo storfa fach o fwyd ynghadw ynddynt. Neidiai ei lygaid llwyd gwelw o'r naill wyneb i'r llall a throai draw eto'n gyflym bob tro y daliai lygaid neb.

Agorodd y drws, ac i mewn â charcharor ac iddo olwg a gododd ias ar Winston. Roedd golwg gyffredin, dlodaidd arno, gallasai fod yn beiriannydd neu'n dechnegydd o ryw fath. Ond y peth amdano a synnai Winston oedd teneuwch ei wyneb. Roedd fel penglog. Oherwydd ei deneuwch roedd y geg a'r llygaid i'w gweld yn anghymesur o fawr, a'r llygaid fel petaent yn llawn o ryw gasineb milain, anghymodlon tuag at rywun neu rywbeth.

Eisteddodd y dyn i lawr ar y fainc ychydig bellter oddi wrth Winston. Nid edrychodd Winston arno eto, ond roedd yr wyneb arteithiedig, penglogaidd yr un mor fyw yn ei feddwl â phetai'n syth o flaen ei lygaid. Sylweddolodd yn sydyn beth oedd o'i le. Roedd y dyn yn llwgu i farwolaeth. Aeth yr un meddwl fel petai bron ar unwaith drwy feddwl pawb yn y gell. Aeth ton o aflonyddwch ar hyd y fainc. Âi llygaid y gŵr heb ên yn ôl o hyd at y gŵr â'r wyneb penglogaidd, wedyn troi ymaith yn euog, cyn dychwelyd drachefn megis drwy atyniad di-droi'n-ôl. Wedyn dechreuodd wingo ar ei sedd. O'r diwedd cododd, ymbalfalu yn chwithig ar draws y gell, stwffio ei law i boced ei oferôl ac, yn swil, estyn crystyn seimllyd o fara i'r gŵr â'r wyneb penglogaidd.

Daeth rhu cynddeiriog, byddarol o'r telisgrîn. Neidiodd y gŵr heb ên i'r awyr mewn braw. Roedd y gŵr â'r wyneb penglogaidd wedi gwthio'i ddwylo'n gyflym y tu ôl i'w gefn, fel petai arno eisiau dangos i'r byd i gyd ei fod yn gwrthod yr anrheg.

"Bumstead!" rhuodd y llais. "2713 Bumstead J.! Gollyngwch y darn bara!"

Gollyngodd y gŵr heb ên y darn bara i'r llawr.

"Sefwch yn y fan a'r lle," meddai'r llais. "Wyneb i'r drws. Peidiwch â symud."

Ufuddhaodd y gŵr heb ên. Roedd ei fochau mawr cudynnog yn ysgwyd yn ddireolaeth. Agorodd y drws ag atsain fetelaidd. Wrth i'r swyddog ifanc ddod i mewn a chamu o'r ffordd, daeth o'r tu ôl iddo warchodwr byr, cadarn ei olwg a chanddo freichiau ac ysgwyddau enfawr. Safodd o flaen y gŵr heb ên, ac yna, pan ystumiodd y swyddog, rhoddodd ergyd ddychrynllyd, â holl bwysau'i gorff y tu ôl iddo, i geg y gŵr heb ên. Cymaint oedd nerth yr ergyd fel y bu bron iddo godi o'r llawr. Taflwyd ei gorff ar hyd y gell i daro yn erbyn gwaelod y tŷ bach. Gorweddodd am eiliad fel petai'n anymwybodol, y gwaed tywyll yn llifo o'i geg a'i drwyn. Daeth llefain neu wichian gwannaidd oddi wrtho, yn ddiarwybod, debyg. Yna rholiodd drosodd a chodi'i hun yn simsan ar ei bedwar. Mewn llif o waed a glafoer, daeth ddau hanner set o ddannedd gosod allan o'i geg.

Eisteddodd y carcharorion yn hollol lonydd, eu dwylo wedi'u croesi ar eu pengliniau. Dringodd y gŵr heb ên yn ôl i'w le. Roedd y cnawd ar un ochr ei wyneb yn tywyllu. Roedd ei geg wedi chwyddo'n lwmpyn di-ffurf lliw ceirios â thwll du ar ei ganol.

Bob hyn a hyn diferodd ychydig o waed ar frest ei oferôl. Daliai ei lygaid llwyd i neidio o un wyneb i'r llall, yn fwy euog ei olwg nag erioed, fel petai'n ceisio dirnad faint oedd y lleill yn ei gasáu yn dilyn ei gywilydd.

Agorodd y drws. Gyda symudiad bach ystumiodd y swyddog at y gŵr â'r wyneb penglog.

"Ystafell 101," meddai.

Roedd ebychiad a chynnwrf yn ymyl Winston. Roedd y gŵr wedi taflu'i hun at ei bengliniau ar y llawr, a'i ddwylo ynghyd.

"Gymrawd! Swyddog!" meddai. "'S'dim rhaid i chi fynd â fi yno. Nagw i wedi gweud popeth i chi'n barod? Be arall ych chi moyn 'i wybod? S'dim byd na fyddwn i'n cyffesu, dim byd! Jyst gwedwch be yw hi a mi na'i gyffesu ar unweth. Sgwennwch e lawr a na'i lofnodi – unrhyw beth! Ond nid 'stafell 101!"

"Ystafell 101," meddai'r swyddog.

Trodd wyneb y dyn, a fu eisoes yn welw iawn, yn lliw na fyddai Winston wedi credu ei fod yn bosib. Roedd yn ddigamsyniol, heb os, wedi troi'n wyrdd.

"Gewch chi neud unrhyw beth i mi!" gwaeddodd. "Dych chi'n fy llwgu ers wythnose. Gorffennwch y peth, gadwch i mi farw. Saethwch fi. Crogwch fi. Rhowch bum mlynedd ar hugen i mi. Ôs na rywun arall dych chi moyn i mi'i fradychu? Gwedwch pwy yw e a na'i ddweud unrhyw beth i chi. S'dim ots gen i bwy na be newch chi iddyn nhw. Mae gen i wraig a thri o blant. Dyw'r hyna ddim eto'n chwe blwydd oed. Gewch chi gymryd y cwbl a thorri'u gyddfe nhw o'm mlân i, a 'nai sefyll a gwylio. Ond nid stafell 101!"

"Ystafell 101," meddai'r swyddog.

Syllodd y dyn yn wyllt ar y carcharorion eraill, fel petai'n credu y gallai rywsut roi un ohonynt yn ei le ef. Glaniodd ei lygaid ar wyneb drylliedig y gŵr heb ên. Estynnodd fraich denau'n gyflym.

"'Na'r un y dylech chi fod yn siarad ag e, nid fi!" gweiddodd. "Glywsoch chi ddim be o'dd e'n dweud ar ôl iddyn nhw falu'i wyneb e. Rhowch gyfle i mi a gewch chi wybod y cwbl lot. FE di'r un sy'n erbyn y Blaid, nid fi." Camodd y gwarchodwyr yn eu blaenau. Cododd llais y dyn yn sgrech. "Glywsoch chi fe ddim!" meddai eto. "Âth rywbeth o'i le ar y telisgrîn. FE di'r un chi moyn. Cymwch e, ni fi!"

Roedd y ddau warchodwr cryf wedi plygu i afael yn ei freichiau. Ond yr eiliad honno taflodd ei hun ar hyd llawr y gell a gafael yn un o goesau haearn y fainc. Roedd wedi dechrau wylo'n ddieiriau, fel anifail. Gafaelodd y gwarchodwyr ynddo er mwyn ei dynnu'n rhydd, ond daliodd ymlaen â nerth rhyfeddol. Haliwyd arno am ryw ugain eiliad efallai. Eisteddai'r carcharorion yn dawel, eu dwylo ymhleth ar eu penliniau, yn syllu'n syth o'u blaenau. Peidiodd yr wylo; doedd gan y gŵr ddim gwynt ar ôl i ddim byd heblaw dal ei afael. Yna daeth llef o fath gwahanol. Roedd cic gan un o'r gwarchodwyr wedi torri bysedd un o'i ddwylo. Llusgwyd ef i'w draed.

"Ystafell 101," meddai'r swyddog.

Tywyswyd y gŵr oddi yno, yn cerdded yn ansad, ei ben i lawr, yn ymgeleddu ei law sathredig, pob gwrthryfel wedi diflannu ohono.

Aeth cryn amser heibio. Os oedd hi'n ganol nos pan dywyswyd y gŵr â'r wyneb penglog ymaith, roedd hi bellach yn fore; os oedd hi'n fore, roedd hi'n brynhawn. Roedd Winston ar ei ben ei hun, ers oriau. Cymaint oedd poen eistedd ar y fainc gul fel y codai a cherddai o gwmpas yn aml, heb i'r telisgrîn ei ddwrdio. Roedd y darn o fara'n gorwedd yno o hyd lle'r oedd y gŵr heb ên wedi'i ollwng. Ymdrech galed ar y cychwyn oedd peidio ag edrych arno, ond cyn bo hir roedd arno fwy o syched nag eisiau bwyd. Roedd blas drwg yn ei geg ludiog. Roedd sŵn y murmur peirianyddol a'r golau gwyn digyfnewid yn codi rhyw fath o lesgedd arno, teimlad o wacter yn ei ben. Byddai'n codi pan aeth y boen yn ei esgyrn yn drech nag ef, ac yna'n eistedd i lawr eto bron yn syth gan fod ei ben yn troi ormod iddo allu sefyll ar ei draed yn gadarn. Bob tro y câi reolaeth yn y byd ar ei deimladau corfforol, byddai'r ofn mawr yn dychwelyd. Meddyliai weithiau, â llai o obaith bob tro, am O'Brien a'r llafn rasal. Gellid tybio y gallai'r llafn gyrraedd wedi'i guddio yn ei fwyd, petai'n cael ei fwyd o byth. Meddyliodd am Julia hefyd, ond yn llai eglur. Rywle neu'i gilydd roedd hithau hefyd yn dioddef, efallai'n waeth nag ef. Hwyrach ei bod hi'n sgrechian mewn poen yr eiliad hon. Meddyliodd: "Petai modd i mi achub Julia drwy ddyblu fy mhoen fy hun, a faswn i'n gwneud hynny? Baswn." Ond dim ond penderfyniad gwybyddol oedd hynny, y daethai iddo ddim ond gan ei fod yn gwybod y dylai wneud hynny. Nid oedd yn ei deimlo. Doedd dim teimlo dim byd yn y lle hwn, heblaw poen, a disgwyl poen. A beth bynnag, a oedd modd, a chithau'n ei glywed go iawn, dymuno i'ch poen eich hun gynyddu mewn gwirionedd? Ond nid oedd modd ateb y fath gwestiwn eto.

Roedd sŵn traed trymion yn agosáu unwaith eto. Agorodd y drws. Daeth O'Brien i mewn.

Cododd Winston ar ei draed mewn braw. Mor annisgwyl oedd ei weld nes y gyrrodd bob gochelgarwch ohono. Am y tro cyntaf mewn blynyddoedd maith, anghofiodd am bresenoldeb y Telisgrîn.

"Fe gawson nhw chi hefyd!" llefodd.

"Fe gawson nhw fi amser maith yn ôl," meddai O'Brien gyda choegni tawel, edifeiriol bron. Camodd i'r ochr. O'r tu ôl iddo daeth gwarchodwr llydan a chanddo bastwn du hir yn ei law.

"Rwyt ti'n gwybod hynny, Winston," meddai O'Brien. "Paid â thwyllo dy hun. Roeddet ti'n gwybod hynny – rwyt ti'n ei wybod erioed."

Oedd, gwelai nawr, roedd yn ei wybod erioed. Ond doedd dim amser i feddwl am hynny. Ni allai edrych ar ddim byd ond am y pastwn yn llaw'r gwarchodwr. Gallai lanio'n unman: ar ei gorun, ar ei glust, ar ei ysgwydd, ar ei benelin –

Y penelin! Llithrodd i'w bengliniau, bron wedi'i barlysu, ei law arall yn gafael yn y benelin a drawyd. Roedd popeth wedi ffrwydro â golau melyn. Tu hwnt, tu hwnt i bob amgyffred y gallai un ergyd achosi'r fath boen! Cliriodd y golau ddigon iddo weld y ddau arall yn edrych i lawr arno. Roedd y gwarchodwr yn chwerthin am ben ei wingiadau. Dyna ateb un cwestiwn o leiaf. Amhosib, nid am reswm yn y byd, fyddai dymuno i boen gynyddu. Dim ond un peth ynghlwm â phoen oedd modd ei ddeisyfu: iddi beidio. Doedd dim byd yn y byd mor wael â phoen corfforol. Does dim arwyr, meddyliodd eto ac eto, dim arwyr yn wyneb poen, wrth iddo wingo ar y llawr yn ymbalfalu'n aneffeithiol ar ei fraich chwith anabl.

Pennod 2

Roedd yn gorwedd ar rywbeth a deimlai fel gwely cynfas, heblaw ei fod yn uwch oddi ar y ddaear, a'i fod ryw ffordd wedi'i glymu i lawr fel na allai symud. Roedd y golau a laniai ar ei wyneb yn teimlo'n gryfach na'r arfer. Roedd O'Brien yn sefyll wrth ei ochr ac yn syllu'n arno'n ddwys. Yr ochr arall iddo safai dyn mewn cot wen yn dal nodwydd hypodermig.

Hyd yn oed wedi i'w lygaid agor, dim ond yn araf y dechreuodd amgyffred yr hyn oedd o'i gwmpas. Roedd arno'r argraff ei fod wedi nofio i fyny i'r ystafell hon allan o ryw fyd tra gwahanol, math o fyd o dan dŵr ymhell islaw. Ni wyddai am ba hyd y bu yno yn y dyfroedd. Roedd heb weld na thywyllwch na golau dydd ers yr eiliad iddynt ei arestio. A beth bynnag, nid oedd ei atgofion yn ddifwlch. Ar adegau roedd ei ymwybyddiaeth, hyd yn oed yr ymwybyddiaeth sydd gan rywun wrth gysgu, wedi peidio'n llwyr â dechrau eto ar ôl egwyl o wacter llwyr. Ond nid oedd modd gwybod ai dyddiau, wythnosau neu ddim ond eiliadau fu'r egwyliau hyn.

Dechreuodd yr hunllef gyda'r ergyd gyntaf honno ar ei benelin. Sylweddolodd yn ddiweddarach mai math o ragarweiniad oedd y cwbl a ddigwyddodd wedyn, croesholi safonol roedd bron pob carcharor yn gorfod ei ddioddef. Roedd rhestr hir o droseddau – ysbio, terfysgaeth, pethau felly – roedd gofyn i bawb eu cyffesu fel mater o drefn. Ffurfioldeb syml oedd y cyffesiad, er bod yr artaith yn ddigon real. Ni allai gofio sawl gwaith iddo gael ei guro, nac am ba hyd y parhaodd y curo. Byddai pump neu chwech o ddynion mewn gwisgoedd duon yn ymosod arno ar y cyd bob tro. Dyrnau weithiau, weithiau pastynau, weithiau polion dur, weithiau sgidiau mawr. Ar adegau bu'n rholio ar y llawr, mor ddigywilydd ag anifail, yn gwingo'i gorff y naill ffordd neu'r llall mewn ymgais diddiwedd ac ofer i osgoi'r gic nesaf, ac felly dim ond yn gwahodd rhagor ohonynt, a rhagor eto fyth, yn ei asennau, ei fola, ei bengliniau, ei grimogau, yn ei afl, yn ei geilliau, ar yr asgwrn wrth waelod ei gefn. Roedd adegau pan aeth y peth ymlaen ac ymlaen nes iddo deimlo mai'r peth creulon, drwg, anfaddeuol oedd nid bod y gwarchodwyr yn dal i'w guro ond y ffaith na allai orfodi'i hun i lewygu. Roedd adegau pan nad oedd digon o wrhydri ynddo hyd yn oed i aros i'r curo dechrau cyn dechrau crefu am drugaredd, pan oedd golwg dwrn wedi'i dynnu'n ôl yn ddigon i wneud iddo gyffesu cyfres faith

o droseddau gwir a dychmygol. Ar adegau arall eraill dechreuai yn
benderfynol na fyddai'n cyffesu dim byd, a byddai'n rhaid gorfodi
pob gair allan rhwng ebychiadau o boen, ac ar adegau eraill
ymdrechai at fath o gyfaddawd egwan, gan ddweud wrtho'i hun,
"Mi wna'i gyffesu, ond dim eto. Rhaid i mi ddal ymlaen nes i'r boen
fod yn ormod. Tair, dwy gic eto, ac wedyn fe wna'i ddweud yr hyn
maen nhw eisiau'i glywed." Weithiau câi ei guro nes ei fod bron â
methu sefyll, wedyn câi ei daflu fel sach o datws ar lawr caled cell,
ei adael i ddadebru am ychydig oriau, cyn cael ei dynnu allan a'i
guro eto. Roedd cyfnodau hirach o ddadebru hefyd. Roedd ei atgof
o'r rheiny'n aneglur, gan iddo'u treulio gan mwyaf naill ai'n cysgu
neu fel arall yn bensyfrdan. Cofiodd gell ac ynddi wely o estyll pren,
math o silff ar y wal, a basn ymolchi tun, a phrydau o gawl poeth
ac weithiau coffi. Cofiai farbwr sarrug yn dod i grafu'i ên a
chneifio'i wallt, a dynion effeithlon, anghydymdeimladol mewn
cotiau gwynion yn mesur curiad ei galon, yn tapio ei atgyrchoedd,
edrych dan gloriau'i lygaid, rhedeg bysedd dros ei gorff yn arw wrth
chwilio am unrhyw esgyrn a dorrwyd, ac yn gwagio nodwyddau
amrywiol i'w fraich i wneud iddo gysgu.

Daeth y crasfeydd yn llai aml, a gan mwyaf yn ddim ond
bygythiad, uffern y gellid dychwelyd ato ar unrhyw adeg pe na bai
ei atebion yn dderbyniol. Nid llabystiau mewn gwisgoedd duon
oedd yn ei holi bellach ond gwybodusion o'r Blaid, dynion bach
crwn cyflym eu symudiadau a'u sbectol yn fflachio, a weithiai arno
fesul sifft dros gyfnodau'n para – yn ei dyb ef, er na allai fod yn sicr
– rhyw ddeg neu ddeuddeg awr yr un. Byddai'r rhain yn sicrhau ei
fod mewn rhywfaint o boen o hyd, ond nid ar boen y dibynnent
gan mwyaf. Curid ei wyneb, tynnid ei glustiau a'i wallt, gorfodid
iddo sefyll ar un goes, gwrthodid gadael iddo fynd i'r tŷ bach,
fflachid goleuadau llachar yn ei wyneb nes i'r dŵr lifo o'i lygaid;
ond pwrpas hyn oll oedd ei waradwyddo a dinistrio ynddo unrhyw
allu rhesymegu neu ddadlau. Eu prif arf oedd yr holi a stilio
didrugaredd aeth yn ei flaen ac yn ei flaen, un awr ar ôl y llall, gan
ei faglu, gosod maglau iddo, gwyrdroi popeth a ddywedai, ei
gyhuddo o gelwydd ac o ragrith bob cam nes iddo ddechrau crio a
hynny gymaint o ran cywilydd ag o ran blinder a nerfusrwydd.
Weithiau byddai'n crio rhyw chwe gwaith mewn un sesiwn. Gan
mwyaf byddent yn sgrechian arno, ei sarhau, a bygwth o hyd ei
ddychwelyd at y gwarchodwyr eto; ond ambell dro byddent yn
newid eu cân yn sydyn, yn ei alw'n Gymrawd, apelio ato yn enw
Sosbryd a'r Brawd Mawr, ac yn gofyn iddo'n drist a oedd ganddo
eto ddigon o deyrngarwch i'r Blaid yn weddill i gael ganddo
ddymuno dadwneud y drwg yr oedd wedi'i wneud. A'i nerfau

wedi'u rhwygo'n rhacs wedi oriau o holi, byddai hyd yn oed hyn yn ddigon i'w wneud yn ddagreuol. Yn y pen draw fe dorrwyd ef yn llwyrach gan y lleisiau blin hyn na gan esgidiau a dyrnau'r gwarchodwyr. Daeth yn ddim ond ceg i lefaru a llaw i lofnodi beth bynnag a ofynnid ganddo. Ei unig amcan oedd gweithio allan beth oedd disgwyl iddo'i gyffesu a'i gyffesu'n gyflym, cyn i'r bwlio ddechrau o'r newydd. Cyffesodd iddo lofruddio aelodau blaenllaw o'r Blaid, dosbarthu pamffledi chwyldroadol, dwyn o goffrau cyhoeddus, gwerthu cyfrinachau milwrol, a therfysgoedd o bob math. Cyffesodd iddo fod yn ysbïwr yn nhâl llywodraeth Dwyrasia ers cyn belled yn ôl â 1968. Cyffesodd ei fod yn grefyddol, yn gyfalafwr, ac yn rhywiol wyrdroëdig. Cyffesodd iddo lofruddio'i wraig, er y gwyddai, a rhaid bod yr holwyr yn gwybod hefyd, ei bod hi'n fyw. Cyffesodd ei fod yn cysylltu â Goldstein ers blynyddoedd ac yn aelod o sefydliad tanddaearol a'i aelodau'n cynnwys bron i bob un bod dynol iddo gwrdd ag ef erioed. Haws oedd cyffesu popeth a chyhuddo pawb. Wedi'r cyfan, mewn ffordd, roedd y cwbl yn wir. Roedd yn elyn i'r blaid: roedd hynny'n wir, ac yn llygaid y Blaid doedd dim gwahaniaeth rhwng meddwl a gweithredu.

Roedd atgofion eraill hefyd. Roedd ei gof amdanynt yn ddigyswllt, fel lluniau a düwch o'u cwmpas.

Roedd mewn cell a allasai fod yn dywyll neu'n olau, gan mai'r cwbl y gallai ei weld oedd pâr o lygaid. Yn agos gerllaw roedd rhyw fath o offeryn yn ticio'n araf a rheolaidd. Tyfai'r llygaid a mynd yn fwy llachar. Yn sydyn nofiodd i fyny o'i sedd, plymio i'r llygaid, a chael ei draflyncu.

Roedd wedi'i glymu i gadair dan oleuadau tanbaid, a deialau o'i gwmpas ymhobman. Roedd dyn mewn cot wen yn darllen y deialau. Daeth sŵn traed trwm o'r tu allan. Agorodd y drws â chlec fetelaidd atseiniol. I mewn â'r swyddog wyneb cwyr, dau warchodwr yn ei ddilyn.

"Ystafell 101," meddai'r swyddog.

Ni throdd y gŵr yn y got wen. Nid edrychodd ar Winston chwaith; dim ond edrych ar y deialau yr oedd.

Roedd yn rholio i lawr coridor enfawr, cilometr o led, yn llawn golau gogoneddus, euraidd, yn rhuo chwerthin ac yn cyffesu pob math o bethau nerth esgyrn ei ben. Cyffesodd bopeth, hyd yn oed y pethau hynny roedd wedi llwyddo i'w celu yn ystod yr arteithio. Roedd yn esbonio holl hanes ei fywyd i gynulleidfa oedd eisoes yn gyfarwydd ag ef. Roedd y gwarchodwyr yno, yr holwyr eraill, y dynion yn y cotiau gwyn, O'Brien, Julia, Mr. Charrington, pawb gyda'i gilydd yn rasio ar hyd y coridor ac yn bloeddio chwerthin.

Rywsut roedd rhywbeth erchyll a fu gynt i ddod wedi'i anghofio, a heb ddigwydd. Roedd popeth yn iawn, doedd dim rhagor o boen, roedd pob manylyn olaf o'i fywyd wedi'i ddatgelu, ei ddeall, a'i faddau.

Hanner cododd o'r gwely estyll, yn lledsicr iddo glywed llais O'Brien. Yr holl ffordd drwy'r holi, er na welai fyth mohono, roedd ganddo'r teimlad fod O'Brien yno wrth ei ochr, ychydig tu hwnt i'w olwg. O'Brien oedd yn cyfarwyddo popeth. Ef a orchmynnodd i'r gwarchodwyr ei guro ac ef a'u rhwystrodd rhag ei ladd. Ef a benderfynodd pryd oedd Winston i sgrechian mewn poen, pryd byddai'n cael gorffwys, pryd câi ei fwydo, pryd byddai'n cysgu, pryd byddai'r cyffuriau'n cael eu chwistrellu i'w fraich. Ef fyddai'n gofyn y cwestiynau ac yn awgrymu'r atebion. Ef oedd yr arteithiwr, ef oedd yr amddiffynnwr, yr holwr, y cyfaill. Ac unwaith – ni allai Winston gofio a ddigwyddodd hyn dan gwsg y cyffuriau, dan gwsg naturiol, neu hyd yn oed pan yn effro – clywodd lais yn ei glust: "Paid â phoeni, Winston; rwyt ti dan fy ngofal i. Ers saith blynedd rydw i'n dy warchod di. A nawr mae hi'n bryd newid. Fi yw dy waredwr, fi fydd yn dy berffeithio di." Nid oedd yn sicr ai llais O'Brien oedd e ai peidio; ond yr un llais ydoedd a ddwedasai wrtho, "Byddwn yn cwrdd lle nad oes tywyllwch," yn y freuddwyd arall honno saith mlynedd ynghynt.

Ni allai gofio i'r holi dod i unrhyw derfyn. Bu cyfnod o ddüwch ac wedyn roedd y gell, neu'r ystafell yr oedd ynddi nawr, wedi araf ddod i'r fei o'i gwmpas. Roedd bron iawn ar wastad ei gefn, ac ni allai symud. Roedd ei gorff wedi'i glymu i lawr ym mhob man angenrheidiol. Roedd rhywbeth yn gafael yng nghefn ei ben hyd yn oed. Roedd O'Brien yn edrych i lawr arno'n ddifrifol, a braidd yn drist. O edrych i fyny arno, roedd golwg arw a threuliedig ar ei wyneb, sachau dan ei lygaid a llinellau blinedig yn rhedeg o'i drwyn i'w ên. Roedd yn hŷn nag yr oedd Winston wedi meddwl; yn bedwar deg wyth hwyrach, neu bum deg. Dan ei law roedd deial â dolen ar ei ben a rhifau o'i gwmpas.

"Dwedais i," meddai O'Brien, "mai yma y byddwn ni'n cwrdd, petai hynny'n digwydd eto."

"Do," meddai Winston.

Heb unrhyw rybudd heblaw symudiad bychan ar ran llaw O'Brien, llenwyd ei gorff â thon o boen. Poen brawychus oedd e, gan na allai weld beth oedd yn digwydd, a theimlai fel petai ryw ddifrod marwol yn digwydd iddo. Ni wyddai a oedd y peth yn digwydd mewn gwirionedd neu ai rhyw effaith wedi'i greu'n electronig oedd y cwbl; ond teimlai fel petai rhywbeth wedi gafael ynddo ac yn ei wasgu i ryw ffurf wahanol, y cymalau'n araf gael eu rhwygo oddi wrth ei gilydd. Er bod y boen wedi codi chwys ar ei dalcen, gwaethaf oll oedd ofn bod ei asgwrn cefn ar fin torri'n ddau. Crensiodd ei ddannedd a chwythu yn galed drwy'i drwyn, gan geisio cadw'n ddistaw gyhyd ag y gallai.

"Mae arnat ti ofn," meddai O'Brien, wrth wylio'i wyneb, "bod rhywbeth ar dorri, unrhyw eiliad. Dy ofn arbennig yw mai dy asgwrn cefn fydd hi. Mae gen ti ddelwedd byw yn dy feddwl o'r esgyrn yn chwalu oddi wrth ei gilydd, a'r hylif nerfol yn diferu ohonynt. Dyna beth sydd ar dy feddwl, ondife Winston?"

Nid atebodd Winston. Tynnodd O'Brien y ddolen ar y deial yn ôl. Pylodd y don o boen, bron cyn gynted ag y daeth.

"Dyna bedwar deg," meddai O'Brien. "Fel y gweli di, mae'r rhifau ar y deial yn mynd i fyny at gant. A chofia di, os gweli di'n dda, drwy gydol ein sgwrs, ei bod hi o fewn fy ngallu i achosi poen i ti ar unrhyw adeg ac i ba raddau bynnag y dymunaf? Os wyt ti'n dweud unrhyw gelwyddau, neu'n ceisio osgoi ateb mewn unrhyw ffordd, neu hyd yn oed yn disgyn islaw lefel arferol dy ddeall, mi fyddi di'n llefain mewn poen, ar unwaith. Wyt ti'n deall hynny?"

"Ydw," meddau Winston.

Daeth agwedd O'Brien yn llai llym. Ailosododd ei sbectol yn feddyliol, a chymryd cam neu ddau i fyny ac i lawr. Pan siaradodd, roedd ei lais yn fwyn ac yn amyneddgar. Roedd megis meddyg, athro, offeiriad hyd yn oed, yn awyddus i esbonio a pherswadio yn hytrach na chosbi.

"Rydw i'n mynd i gryn drafferth gyda thithau, Winston," meddai, "gan dy fod di'n werth y drafferth. Rwyt ti'n gwybod yn berffaith iawn beth sydd o'i le arnat ti. Rwyt ti'n gwybod hynny ers blynyddoedd, er i ti frwydro yn erbyn y wybodaeth. Rwyt ti'n ddryslyd yn dy feddwl. Rwyt ti'n dioddef gan gof gwallus. Rwyt ti'n methu â chofio digwyddiadau go iawn ac wedi dy argyhoeddi dy hun dy fod yn cofio digwyddiadau eraill na ddigwyddodd. Drwy lwc, mae'r cyflwr yn welladwy. Nid wyt ti erioed wedi gwella dy hun ohono, am na welaist ti erioed yn dda wneud hynny. Roedd galw am ymdrech fach ar ran yr ewyllys nad oeddet ti'n barod i'w gwneud. Hyd yn oed nawr, mi wn i'n iawn dy fod di'n dal i afael yn dy afiechyd dan yr argraff mai rhinwedd yw hi. Gymrwn ni enghraifft. Yr eiliad hon, yn erbyn pwy mae rhyfel Oceania?"

"Pan ges i fy arestio, roedd Oceania a Dwyrasia yn rhyfela."

"Dwyrasia. Da iawn. A rhwng Oceania a Dwyrasia fu'r rhyfel erioed, onid e?"

Anadlodd Winston i mewn yn ddwfn. Agorodd ei geg i siarad, ond ni siaradodd. Ni allai dynnu ei lygaid oddi ar y deial.

"Y gwir, os gweli di'n dda, Winston. Dy wirionedd *di*. Beth wyt ti'n meddwl dy fod yn cofio."

"Rwy'n cofio, tan ryw wythnos cyn i mi gael fy arestio, nad oedden ni'n rhyfela yn erbyn Dwyrasia o gwbl. Roedden nhw'n gynghreiriaid i ni. Yn erbyn Ewrasia roedd y rhyfel. Pedair blynedd fu hyd y rhyfel hwnnw. Cyn hynny – "

Ag ystum â'i law gorchmynnodd O'Brien iddo dewi.

"Enghraifft arall," meddai. "Ychydig flynyddoedd yn ôl fe gest ti gamargraff ddifrifol iawn ei natur. Roeddet ti'n credu bod tri o ddynion, tri chynaelod o'r Blaid o'r enw Jones, Aaronson a Rutherford – dynion gafodd eu dienyddio am fradwriaeth a therfysg ar ôl cyffesu popeth yn llawn – yn ddieuog o'r troseddau y cyhuddwyd hwy ohonynt. Credaist ti dy fod di wedi gweld tystiolaeth ddogfennol, ddigamsyniol yn profi nad oedd eu cyffesiadau'n wir. Roedd yna lun y cest ti rithweledigaeth yn ei gylch. Roeddet ti'n credu i ti ei ddal yn dy ddwylo, go iawn. Llun heb fod yn annhebyg i hwn."

Roed darn petryal o bapur newydd wedi ymddangos rhwng bysedd O'Brien. Roedd o fewn golwg Winston am ryw bum eiliad efallai. Llun oedd e, a doedd dim dwywaith pa lun. Y llun oedd e. Copi arall oedd e o'r llun o Jones, Aaronson a Rutherford ym mharti'r Blaid yn Efrog Newydd, yr un roedd wedi digwydd dod ar ei draws un ar ddeg o flynyddoedd yn ôl ac wedi'i ddinistrio ar unwaith. Roedd o'i flaen am eiliad yn unig, cyn diflannu o'r golwg eto. Ond roedd wedi'i weld, doedd dim dwywaith, roedd wedi'i weld! Gwnaeth ymdrech boenus i ryddhau hanner ucha'i gorff. Ond roedd hi'n amhosib symud cymaint â sentimetr i unrhyw gyfeiriad. Roedd wedi anghofio'r deial hyd yn oed, am y tro. Y cwbl roedd arno'i eisiau oedd dal y llun yn ei fysedd eto, neu o leia cael edrych arno.

"Mae'n bodoli!" llefodd.

"Nac ydy," meddai O'Brien.

Camodd ar draws yr ystafell. Roedd twll cof yn y wal gyferbyn. Cododd O'Brien y grât. Tu hwnt i bob golwg, chwyrliodd y dernyn brau o bapur yn i ffwrdd ar gerrynt yr awyr cynnes; roedd yn diflannu mewn fflach o dân. Trodd O'Brien o'r wal.

"Llwch," meddai. "Nid hyd yn oed darnau mân. Llwch. Nid yw'n bodoli. Ni fodolodd erioed.

"Ond bodolodd! Mae'n bodoli! Mae e yn fy nghof. Dwi'n ei gofio. Rwyt ti'n ei gofio."

"Dydw i ddim yn ei gofio," meddai O'Brien.

Suddodd calon Winston. Daufeddwl oedd hynny. Roedd ganddo deimlad o ddiymadferthwch marw. Pe gallasai fod yn sicr bod O'Brien yn dweud celwydd, ni fyddai'r peth i'w deimlo'n bwysig. Ond roedd hi'n berffaith bosib bod O'Brien wedi anghofio'r llun mewn gwirionedd. Ac os felly, yna byddai eisoes wedi anghofio iddo wadu iddo'i gofio, ac anghofio ffaith yr anghofio. Sut gellid bod yn sicr mai dim ond tric oedd y peth? Efallai bod y dadleoliad meddwl gwallgof hwnnw'n wirioneddol bosib: meddwl hynny a'i trechai.

Roedd O'Brien yn edrych i lawr arno gyda golwg synfyfyriol. Roedd e'n debycach nag erioed i athro'n gwneud ymdrech gyda phlentyn ystyfnig ond addawol.

"Mae yna slogan gan y Blaid sy'n ymdrin â rheoli'r gorffennol," meddai. "Adrodd ef, os gweli di'n dda."

"'Mae'r sawl sy'n rheoli'r gorffennol yn rheoli'r dyfodol: mae'r sawl sy'n rheoli'r presennol yn rheoli'r gorffennol'," atebodd Winston yn ufudd.

"'Mae'r sawl sy'n rheoli'r presennol yn rheoli'r gorffennol'," meddai O'Brien, yn nodio'i ben yn araf mewn cymeradwyaeth. "Ai dy farn di, Winston, yw bod y gorffennol yn bodoli mewn gwirionedd?"

Unwaith eto daeth ymdeimlad o ddiymadferthwch dros Winston. Aeth ei lygaid i'r deial. Nid yn unig oedd yn ansicr ai "ydy" ynteu "nac ydy" oedd yr ateb fyddai'n ei gadw rhag poen; ni wyddai chwaith pa ateb y credai oedd yr un cywir mewn gwirionedd.

Gwenodd O'Brien wên fach. "Dwyt ti ddim yn fetaffisegydd, Winston," meddai. "Hyd yr eiliad hon doeddet ti erioed wedi ystyried beth yw ystyr bodolaeth. Fe roddaf y peth yn blaenach. Ydy'r gorffennol yn bodoli i'w gyffwrdd, yn y gofod yn rhywle? Oes yna le yn rhywle neu'i gilydd, byd o wrthrychau soled, lle mae'r gorffennol yn dal i ddigwydd?"

"Nac oes."

"Ym mhle mae'r gorffennol yn bodoli felly, os yw'n bodoli o gwbl?"

"Mewn cofnodion. Mae ar ddu a gwyn."

"Mewn cofnodion. Ac – ?"

"Yn y cof. Yn atgofion bodau dynol."

"Yn y cof. Iawn felly. Ni, y Blaid, sy'n rheoli pob cofnod, ac ni sy'n rheoli pob atgof. Ni felly sy'n rheoli'r gorffennol, onid e?"

"Ond sut gallwch chi rwystro pobl rhag cofio pethau?" llefodd Winston, unwaith eto'n anghofio'r deial am eiliad. "Mae'n ddiarwybod. Mae hi tu hwnt i'r hunan. Sut allwch chi reoli'r cof? Rydych chi heb reoli fy nghof i!"

Aeth agwedd O'Brien yn llym unwaith eto. Rhoddodd ei law ar y deial.

"I'r gwrthwyneb," meddai, "*Ti* sydd heb ei reoli. Dyna pam yr wyt ti yma. Rwyt ti yma oherwydd diffyg gwyleidd-dra, diffyg hunanddisgyblaeth. Nid oeddet ti am gyflawni'r weithred ymostyngar hwnnw sy'n bris aros yn gall. Gwell gennyt ti oedd bod yn wallgof, yn lleiafrif o un. Dim ond drwy ddisgyblaeth gall y meddwl weld realiti, Winston. Rwyt ti'n credu bod realiti'n rhywbeth gwrthrychol, allanol, sy'n bodoli ohono'i hun. Rwyt ti'n credu hefyd bod natur realiti yn amlwg ohono'i hun. Wrth dwyllo dy hun i feddwl dy fod di'n gweld rhywbeth, rwyt ti'n ei chymryd hi'n ganiataol bod pawb arall yn gweld yr un peth â thithau. Ond meddaf i wrthyt ti, Winston, nad yw'r gwirionedd yn allanol. Mae realiti'n bodoli y tu mewn i'r meddwl dynol, ac yn nunlle arall. Nid ym meddwl yr unigolyn, sy'n gallu gwneud camgymeriadau, a beth bynnag sy'n diflannu'n fuan: dim ond ym meddwl y Blaid, sy'n gynulliadol ac yn anfarwol. Beth bynnag mae'r Blaid yn dweud yw'r gwirionedd, yw'r gwirionedd. Mae'n amhosib gweld realiti heb edrych drwy lygaid y Blaid. Dyma'r ffaith sy'n rhaid i ti ei ddysgu o'r newydd, Winston. Mae'n galw am weithred hunanddinistriol, am ymdrech ewyllys. Rhaid i ti ddysgu bod yn wylaidd cyn i ti gallio."

Oedodd am ychydig eiliadau, fel petai'n rhoi cyfle i'w eiriau cael eu hargraff.

"Wyt ti'n cofio," aeth yn ei flaen, "i ti ysgrifennu yn dy ddyddiadur mai 'Rhyddid yw'r rhyddid i ddweud bod dau a dau'n gwneud pedwar'?"

"Ydw," meddau Winston.

Daliodd O'Brien ei law chwith i fyny, ei chefn tuag at Winston, ei fys bawd o'r golwg a'r pedwar bys yn syth.

"Sawl bys ydw i'n eu dal i fyny, Winston?"

"Pedwar."

"Ac os mai'r Blaid sy'n dweud nad pedwar sydd, ond pump – yna faint wedyn?"

"Pedwar."

Daeth ebychiad o boen ar ddiwedd y gair. Roedd nodwydd y deial wedi saethu i fyny i bum deg pump. Roedd Winston yn chwys diferol drosto. Rhuthrai'r awyr i'w ysgyfaint gan ddod allan eto mewn griddfannau dyfnion na allai eu rhwystro hyd yn oed drwy glensio'i ddannedd. Gwyliodd O'Brien, y pedwar bys wedi'u hestyn o hyd. Tynnodd y ddolen yn ôl. Y tro hwn dim ond ychydig y lleddfodd y boen.

"Sawl bys, Winston?"

"Pedwar."

Aeth y nodwydd at chwe deg.

"Sawl bys, Winston?"

"Pedwar! Pedwar! Beth arall alla'i ddweud? Pedwar!"

Rhaid bod y nodwydd wedi codi eto, ond nid edrychodd arno. Roedd y wyneb trwm, llym a'r pedwar bys yn llenwi'i olwg. Safai'r bysedd o flaen ei lygaid fel pileri, enfawr, aneglur, ac fel petaent yn dirgrynu, ond pedwar ohonynt, heb os.

"Sawl bys, Winston?"

"Pedwar! Peidiwch! Peidiwch! Sut allwch chi wneud hyn? Pedwar! Pedwar!"

"Sawl bys, Winston?"

"Pump! Pump! Pump!

"Nage, Winston, wnaiff hynny mo'r tro. Rwyt ti'n dweud celwydd. Rwyt ti'n meddwl o hyd mai pedwar sydd yno. Sawl bys, os gweli di'n dda?"

"Pedwar! Pump! Pedwar! Faint bynnag! Dim ond i chi beidio, i'r boen beidio!"

Yn sydyn roedd yn eistedd i fyny, braich O'Brien am ei ysgwyddau. Efallai iddo golli ymwybod am ychydig eiliadau. Roedd y clymau ddaliai ei gorff i lawr wedi'u llacio. Teimlai'n oer iawn, ac ni allai rwystro'i gorff na'i ddannedd rhag crynu, na'r dagrau rhag llithro i lawr ei fochau. Am ysbaid, gafaelodd yn O'Brien fel y buasai baban, gan gael rhyw gysur rhyfedd yn y fraich drom am ei ysgwyddau. Teimlai mai O'Brien oedd ei amddiffynnwr, fod y boen yn rhywbeth o'r tu allan, o ryw ffynhonnell wahanol, ac mai O'Brien fyddai'n ei achub rhagddo.

"Rwyt ti'n dysgu'n araf, Winston," meddai O'Brien yn fwyn.

"Sut alla'i beidio?" llefodd. "Sut alla'i beidio â gweld beth sydd o flaen fy llygaid? Mae dau a dau yn bedwar."

"Weithiau, Winston. Weithiau maen nhw'n bump. Weithiau maen nhw'n dri. Weithiau pob un ohonynt ar yr un pryd. Rhaid i ti wneud rhagor o ymdrech. Nid peth hawdd yw callio."

Rhoddodd Winston i orwedd ar y gwely. Tynhaodd gafael ei freichiau a'i goesau eto, ond roedd y boen wedi pylu a'r crynu wedi peidio, a'i adael yn oer ac yn wan. Amneidiodd O'Brien â'i ben ar y gŵr yn y got wen oedd yn sefyll yn llonydd drwy gydol popeth oedd wedi digwydd. Plygodd y gŵr yn y got wen i lawr ac edrych yn ofalus i lygaid Winston, teimlo ei bŷls, rhoi clust ar ei frest, tapio yma a thraw, ac wedyn edrych ar O'Brien a nodio ei ben.

"Eto," meddai O'Brien.

Llifodd y boen i gorff Winston. Rhaid bod y nodwydd ar saith deg, saith deg pump. Roedd wedi cau'i lygaid y tro hwn. Gwyddai bod y bysedd yno o hyd, a bod pedwar ohonynt o hyd. Yr unig beth pwysig oedd aros yn fyw rywsut nes i'r wingfa beidio. Ni wyddai bellach a oedd yn llefain ai peidio. Peidiodd y boen eto. Agorodd ei lygaid. Roedd O'Brien wedi tynnu'r ddolen yn ôl.

"Sawl bys, Winston?"

"Pedwar. Pedwar sy' 'na, debyg. Baswn i'n gweld pump, petawn i'n gallu. Rwy'n ceisio gweld pump."

"Beth wyt ti'i eisiau: fy argyhoeddi i mai pump rwyt ti'n eu gweld, neu eu gweld nhw go iawn?"

"Eu gweld nhw go iawn."

"Eto," meddai O'Brien.

Hwyrach bod y nodwydd ar wyth deg – naw deg. O bryd i'w gilydd ni allai Winston cofio pam oedd y boen yn digwydd. Y tu ôl i'w lygaid caeedig tynn roedd coedwig o fysedd fel petaent yn symud mewn rhyw fath o ddawns, yn gweu i mewn ac allan, yn diflannu'r tu ôl i'w gilydd ac yna'n dod i'r fei drachefn. Roedd yn ceisio'u cyfri, ond ni allai gofio pam. Y cwbl a wyddai oedd nad oedd modd eu cyfri, a bod hyn rywsut oherwydd y dryswch rhyfedd hynny rhwng pedwar a phump. Peidiodd y boen drachefn. Pan agorodd ei lygaid cafodd ei fod yn dal i weld yr un peth. Roedd bysedd aneirif, fel coed symudol, yn dal i lifo heibio i'r naill gyfeiriad a'r llall, yn croesi ac ailgroesi ei gilydd. Caeodd ei lygaid eto.

"Sawl bys ydw i'n eu dal i fyny, Winston?"

"Wn i ddim. Wn i ddim. Fydd hi'n ddigon amdana i os gwnewch chi hynny eto. Pedwar, pump, chwech – wn i ddim, wir."

"Dyna well," meddai O'Brien.

Llithrodd nodwydd i fraich Winston. Bron iawn yn y fan daeth gwres moethus drwy'i gorff i gyd. Roedd eisoes wedi hanner anghofio'r boen. Agorodd ei lygaid ac edrych i fyny ar O'Brien yn ddiolchgar. Pan welodd y wyneb trwm, crychog, mor hyll ac mor ddeallus, llamodd ei galon. Petasai'n gallu symud byddai wedi estyn llaw a'i rhoi ar fraich O'Brien. Nid oedd erioed wedi'i garu mor angerddol â'r eiliad honno, ac nid yn unig gan mai ef oedd wedi rhwystro'r boen. Roedd yr hen deimlad hwnnw wedi dychwelyd: y teimlad nad oedd ots mewn gwirionedd a oedd O'Brien yn gyfaill neu'n elyn. Roedd O'Brien yn rhywun y gallai siarad ag ef. Efallai nad eisiau i rywun ei garu oedd ar ddyn, ond rhywun i'w ddeall. Roedd O'Brien wedi'i arteithio bron iawn at fin gwallgofrwydd, ac yn fuan iawn, roedd hynny'n sicr, byddai'n ei anfon i'w farwolaeth. Doedd dim gwahaniaeth. Mewn rhyw ystyr ddyfnach na chyfeillgarwch, roeddynt yn adnabod ei gilydd: yn rhywle, er na fyddai'r geiriau eu hunain yn cael eu lleisio, roedd man lle gallai'r ddau gwrdd. Edrychai O'Brien i lawr arno â golwg oedd yn awgrymu bod yr un peth efallai'n mynd drwy ei feddwl yntau. Pan siaradodd eto roedd ei dôn yn hawddgar, yn sgwrsiol.

"Wyt ti'n gwybod lle wyt ti, Winston?" meddai.

"Wn i ddim. Rwy'n gallu dyfalu. Yn y Weinyddiaeth Gariad."

"Wyt ti'n gwybod ers faint wyt ti yma?"

"Wn i ddim. Dyddiau, wythnosau, misoedd – misoedd, dwi'n meddwl."

"A pham wyt ti'n meddwl ein bod ni'n dod â phobl yma?"

"I wneud iddynt gyffesu."

"Na, nid dyna pam. Rho gynnig arall."

"I'w cosbi."

"Nage!" gwaeddodd O'Brien. Roedd ei lais wedi newid yn llwyr, a'i wyneb yn sydyn wedi troi'n llym a hefyd yn daer. "Nage! Nid dim ond er mwyn i ti gyffesu, ac nid i dy gosbi di. Mi ddwedaf wrthyt ti pam wyt ti yma. Er mwyn dy wella di! I dy gallio di! Wyt ti'n deall, Winston, nad oes neb sy'n dod i'r lle hwn byth yn gadael ein gofal ni heb ei wella? Does gennym ni ddim diddordeb yn y troseddau gwirion hynny rwyt ti wedi'u cyflawni. Does gan y Blaid ddim diddordeb yn y weithred ei hun: y meddwl tu ôl iddi sy'n ein poeni ni. Nid dim ond dinistrio'n gelynion ydyn ni, rydyn ni'n eu newid nhw. Wyt ti'n deall beth yw ystyr hynny?

Roedd O'Brien yn plygu i lawr dros Winston. Roedd ei wyneb mor agos fel ei fod i'w weld yn enfawr, ac yn eithriadol hyll gan ei fod yn edrych arno o'r gwaelod i fyny. Roedd wedi'i lenwi hefyd â math o hwyl, o angerdd gwallgof. Suddodd calon Winston unwaith eto. Petai modd byddai wedi ildio'n ddyfnach i'r gwely. Teimlai'n sicr bod O'Brien ar fin troi'r deial eto, ac er hwyl yn unig. Yr eiliad nesaf fodd bynnag, trodd O'Brien ymaith. Camodd i fyny ac i lawr. Yna aeth yn ei flaen, ond yn llai brwd:

"Y peth cyntaf mae'n rhaid i ti ddeall yw nad oes i'r lle hwn unrhyw ferthyron. Rwyt ti wedi darllen am erlid crefyddol y gorffennol. Yn y Canol Oesoedd cafwyd y Chwil-lys. Methiant oedd hwnnw. Ei fwriad oedd cael gwared â phob heresi, ond yn y pendraw dim ond ei hysgogi hi a wnaeth. I bob heretig a losgwyd, daeth miloedd eto yn ei le. Pam hynny? Oherwydd i'r Chwil-lys ladd ei elynion yn gyhoeddus, a hynny tra'u bod yn dal i gredu: a dweud y gwir, fe'u lladdodd *oherwydd* eu bod yn dal i gredu. Roedd dynion yn marw gan nad oeddynt yn fodlon cefnu ar eu ffydd. Yn naturiol felly eiddo'r dioddefwr oedd yr holl orfoledd, ac eiddo'r chwil-lyswr a'i llosgai oedd y gwarth. Yn ddiweddarach, yn yr ugeinfed ganrif, roedd y totalitaraid – dyna'r enw arnynt. Roedd y Natsïaid yn yr Almaen a'r Comiwnyddion yn Rwsia. Aeth y Rwsiaid ar ôl hereticiaid yn greulonach na'r Chiwil-lys, dan gredu eu bod wedi dysgu o gamgymeriadau'r gorffennol; roeddynt yn gwybod, o leiaf, bod yn rhaid peidio â chreu merthyron. Cyn rhoi neb ar brawf yn gyhoeddus mewn achos llys, byddent yn mynd ati'n fwriadol i ddinistrio'u parch a'u hurddas. Byddent yn eu blino drwy artaith ac unigedd nes eu troi'n destun dirmyg, yn drueiniaid gwasaidd oedd yn barod i gyffesu popeth a roddid yn eu cegau, yn fodlon cyhuddo a sarhau'u hunain a'i gilydd gan ochel tu ôl i'w gilydd, a llefain yn ymbiliol am drugaredd. Ac eto ychydig flynyddoedd yn ddiweddarach digwyddodd yr un peth unwaith eto. Roedd y dynion meirw'n ferthyron, pob diraddiad wedi'i anghofio. A pham hynny unwaith eto? Yn gyntaf, oherwydd ei bod hi mor amlwg bod eu cyffesiadau'n rhai ffals, wedi'u gorfodi. Dydyn ni ddim yn gwneud y camgymeriad yna. Mae pob cyffesiad a wneir yma'n wir. Rydyn ni'n eu gwneud nhw'n wir. Ac yn bennaf oll dydyn ni ddim yn caniatáu i'r meirw godi yn ein herbyn. Rhaid i ti roi'r gorau i ddychmygu y bydd yr oesau i ddod yn achub dy gam, Winston. Fydd yr oesau i ddod ddim yn gwybod dim amdanat ti. Fe gei di dy godi'n llwyr allan o lif hanes. Fe drown ni ti'n nwy a dy arllwys i'r stratosffer. Fydd dim byd ar ôl ohonot ti, nid enw mewn rhestr, dim atgof mewn ymennydd byw. Fe gei di dy ddifa yn y gorffennol yn ogystal â'r dyfodol. Fyddi di erioed wedi bodoli."

Pam trafferthu fy arteithio i felly? meddyliodd Winston, yn chwerw. Peidiodd llif geiriau O'Brien, yn union fel petai Winston wedi lleisio'i feddwl ar goedd. Symudodd ei wyneb mawr hyll yn nes, gan gulhau'r llygaid ychydig.

"Rwyt ti eisiau gwybod," meddai, "pam ein bod ni'n trafferthu dy groesholi yn gyntaf, a ninnau'n bwriadu dy ddifa'n llwyr, fel na all dy eiriau na'th weithredoedd wneud y gwahaniaeth lleiaf? Hynny roeddet ti'n ei feddwl, onid e?"

"Ie," meddai Winston.

Rhoddodd O'Brien wên fach. "Gwall yn y patrwm wyt ti, Winston. Staen wyt ti mae'n rhaid ei olchi ymaith. Onid ydw i newydd ddweud wrthyt ti ein bod ni'n wahanol i erlidwyr y gorffennol? Dydy ufuddhau negyddol ddim yn ddigon i ni, na hyd yn oed yr ymostyngiad mwyaf taeogaidd. Pan wyt ti, o'r diwedd, yn ildio i ni, rhaid i hynny fod o'th ewyllys rhydd dy hun. Dydyn ni ddim yn difa'r heretic am iddo ein gwrthsefyll: dydyn ni ddim yn ei ddifa tra'i fod yn dal i'n gwrthsefyll. Rydyn ni'n ei droi, rydyn ni'n meddiannu ei feddwl mewnol, ei ailffurfio. Rydyn ni'n llosgi pob drwg a phob rhith allan ohono; rydyn ni'n ei wneud yn rhan o'n hochr ni, nid yn ymddangosiadol, ond yn wirioneddol, galon ac enaid. Rhaid iddo ddod yn un ohonom ni cyn i ni ei ladd. Mae'n anfaddeuol i ni adael i unrhyw feddwl gau fodoli yn unman yn y byd, waeth pa mor ddirgel neu dila. Ni allwn ganiatáu unrhyw wyriad, pan fo dyn ar farw. Yn yr hen ddyddiau byddai'r heretic yn cerdded i'r stanc yn heretic o hyd, yn dal i gyhoeddi ei heresi, yn ei dathlu. Gallai ysglyfaeth diarddeliadau mawr y Rwsiaid hyn yn oed gadw'i wrthryfel yn ei benglog ac yntau'n cerdded ar hyd y coridor i aros am y fwled. Ond rydyn ni'n perffeithio'r ymennydd cyn i ni ei chwythu'n ddarnau. Gorchymyn yr hen unbenaethau oedd "Na wna." Gorchymyn y totalitariaid oedd "Gwna." Ein gorchymyn ni yw *"Bydd."* Nid yw neb y down ni ag ef i'r lle yma byth yn sefyll yn ein herbyn. Caiff pawb ei olchi'n lân. Hyd yn oed y tri bradwr bach hynny yr oeddet ti'n credu unwaith eu bod yn ddieuog – Jones, Aaronson a Rutherford – yn y pendraw, fe dorron ni nhw. Roeddwn i'n rhan o'u croesholi nhw, fy hunan! Fe'u gwelais yn cael eu treulio'n araf, yn llefain, yn ymbil, yn wylo – ac yn y diwedd nid oherwydd poen neu ofn, ond edifeirwch. Dim ond cregyn o ddynion oeddynt erbyn i ni ddarfod â nhw. Doedd dim byd ar ôl ynddynt heblaw edifeirwch am yr hyn yr oeddynt wedi'i wneud, a chariad at y Brawd Mawr. Roedd eu cariad tuag ato'n beth annwyl i'w weld. Roedden nhw'n ein herfyn ni i'w saethu rhag blaen, fel bod modd iddynt farw â'u meddyliau'n lân o hyd."

Aethai ei lais bron yn freuddwydiol. Roedd y moliant, y brwdfrydedd gwallgof, yn ei wyneb o hyd. Dydy e ddim yn cymryd arno, meddyliodd Winston, nid rhagrithiwr mohono, mae'n credu pob gair mae'n ei ddweud. Y peth mwyaf gormesol oedd gwybod mor israddol oedd ei feddwl yntau o'i gymharu. Gwyliodd y corff trwm ond graslon yn cerdded yn ôl ac ymlaen, i mewn ac allan o'i olwg. Roedd O'Brien yn fod mwy nag ef, ym mhob ystyr. Nid oedd yr un syniad darodd ei ben erioed, nac a allai daro'i ben, nad oedd O'Brien yn ei wybod, ei astudio, a'i wrthod ers tro byd. Roedd holl feddwl Winston y *tu mewn* i'w feddwl ef. Ond os felly sut gallai O'Brien fod yn wallgof? Rhaid mai ef, Winston, oedd y gwallgofddyn. Safodd O'Brien yn stond, a syllu i lawr arno. Aethai ei lais yn llym unwaith eto.

"Paid â meddwl am funud y bydd modd i ti d'arbed dy hun, Winston, waeth pa mor llwyr wyt ti'n dy ddarostwng dy hunan i ni. Unwaith iddo fynd ar gyfeiliorn nid oes neb yn cael ei arbed, byth. A hyd yn oed os ydyn ni'n dewis gadael i ti fyw gweddill dy oes naturiol, ni fyddi di'n dianc rhagom. Mae'r hyn sy'n digwydd i ti yma am byth. Rhaid i ti ddeall hynny o'r cychwyn. Byddwn ni'n dy wasgu di i lawr i'r fan lle nad oes dim dychwelyd. Bydd pethau'n digwydd i ti na fydd modd i ti ddod at dy goed ar eu holau, nid petai ti'n byw am fil o flynyddoedd. Ni fyddi di eto'n gallu teimlo pethau fel bod dynol cyffredin. Bydd popeth y tu mewn i ti'n farw. Ni fyddi di eto'n gallu teimlo cariad, na chyfeillgarwch, na llawenydd, na chwerthin, na chwilfrydedd, na dewrder, na hunan-barch. Byddi di'n wag. Byddwn ni'n dy wasgu di'n wag, ac wedyn dy lenwi drachefn â ni ein hunain."

Tawodd ac amneidio ar y gŵr yn y got wen. Roedd Winston yn ymwybodol o ryw gyfarpar trwm yn cael ei wthio i'w le y tu ôl i'w ben. Roedd O'Brien wedi eistedd i lawr wrth ochr y gwely, fel bod ei wyneb bron iawn gyferbyn ag un Winston.

"Tair mil," meddai dros ysgwydd Winston i'r dyn yn y got wen.

Gafaelwyd yn dynn ym mhen Winston gan ddau badyn meddal, tamaid bach yn wlyb. Arswydodd. Roedd poen ar ddod, math newydd o boen. Rhoddodd O'Brien ei law ar un Winston, bron yn garedig, i'w dawelu.

"Bydd dim poen y tro hwn," meddai. "Dalia i edrych ym myw fy llygaid i."

Yr eiliad nesaf daeth ffrwydrad enfawr, neu'r hyn a deimlai fel ffrwydrad, er nad oedd hi'n amlwg bod sŵn o unrhyw fath. Yn sicr, roedd fflach o olau digon llachar i'ch dallu. Nid oedd Winston wedi'i frifo, dim ond wedi'i hoelio i'w le. Er ei fod eisoes ar ei gefn pan ddigwyddodd y peth, cafodd deimlad rhyfedd ei fod wedi'i fwrw i lawr. Roedd rhyw ergyd enfawr ond di-boen wedi'i lorio. Roedd rhywbeth wedi digwydd y tu mewn i'w ben hefyd. Wrth i'w olwg glirio cofiodd pwy oedd, a ble'r oedd, ac adnabu'r wyneb oedd yn syllu i'w wyneb ef; ond rywle neu'i gilydd roedd rhyw wacter, fel petai rhan o'i ymennydd wedi'i dynnu.

"Fydd hi ddim yn para," meddai O'Brien. "Edrycha i fy llygaid i. Yn erbyn pa wlad mae rhyfel Oceania?"

Meddyliodd Winston. Gwyddai beth oedd ystyr Oceania a'i fod yntau'n un o'i dinasyddion. Cofiai Ewrasia a Dwyrasia hefyd; ond ni wyddai pa rai ohonynt oedd yn rhyfela. A dweud y gwir ni wyddai am unrhyw ryfel.

"Dydw i ddim yn cofio."

"Oceania a Dwyrasia sy'n rhyfela. Wyt ti'n cofio hynny nawr?"

"Ydw."

"Oceania a Dwyrasia sy'n rhyfela erioed. Ers bore dy oes di, ers dechrau'r Blaid, ers dechrau hanes, mae'r rhyfel yn bod ac yn parhau, heb doriad, a'r un rhyfel bob tro. Wyt ti'n cofio hynny?"

"Ydw."

"Un ar ddeg o flynyddoedd yn ôl dyfeisiaist ti chwedl am dri o ddynion oedd wedi'u condemnio i farwolaeth am fradychu'r wlad. Ond mi wnest ti gymryd arnat weld darn o bapur oedd yn profi eu bod yn ddieuog. Nid oedd y fath ddarn o bapur yn bod erioed. Dy ddyfais di oedd e, ac wedyn dechreuaist ti gredu ynddo. Rwyt ti bellach yn cofio'r union eiliad hwnnw pan ddyfeisiaist ti'r darn papur. Wyt ti'n cofio hynny?"

"Ydw."

"Ychydig yn ôl daliais fysedd fy llaw i fyny yn dy olwg. Gwelaist ti bump bys. Wyt ti'n cofio hynny?"

"Ydw."

Daliodd O'Brien fysedd ei law chwith i fyny, ei fys bawd wedi'i guddio.

"Mae pump o fysedd yno. Wyt ti'n gweld pum bys?

"Ydw."

Ac fe'u gwelodd hefyd, am eiliad, cyn i dirwedd ei feddwl newid. Gwelodd bum bys, a doedd dim byd o'i le. Yna roedd popeth yn ôl i'r arfer, a'r hen ofn, y casineb a'r dryswch oll yn eu hôl. Ond bu ennyd – ni wyddai pa hyd, tri deg eiliad efallai – o sicrwydd llachar, pan oedd pob awgrym newydd o du O'Brien wedi llenwi rhan o'r gwacter a dod yn wirionedd llwyr, a phan allai dau a dau wedi bod yn dri'r un mor hawdd â phump, petai angen iddynt fod. Peidiodd cyn i O'Brien roi ei law i lawr; ond er na allai ail-fyw'r teimlad gallai ei gofio, fel mae dyn yn cofio profiad byw o ryw adeg o'i oes pan oedd, mewn gwirionedd, yn berson gwahanol.

"Rwyt ti'n gweld nawr," meddai O'Brien, "ei bod hi'n bosib, o leiaf."

"Ydw," meddau Winston.

Cododd O'Brien yn foddhaus. Draw i'r chwith gwelodd Winston y gŵr yn y got wen yn torri ffiol a thynnu sugnydd chwistrell yn ei ôl. Trodd O'Brien at Winston a gwenu. Yn ei hen ddull, bron iawn, ailosododd ei sbectol ar ei drwyn.

"Wyt ti'n cofio ysgrifennu yn dy ddyddiadur," meddai, "nad oedd hi o bwys os oeddwn i'n gyfaill neu'n elyn, gan fy mod i, o leiaf, yn berson fyddai'n dy ddeall di, ac y byddai modd siarad ag ef? Roeddet ti'n iawn. Rwy'n mwynhau siarad â thi. Mae dy feddwl yn apelio ata'i. Mae'n debyg i'm meddwl i fy hun, heblaw am y ffaith dy fod di'n wallgof. Cyn i ni ddod â'r sesiwn i ben fe gei di ofyn ambell gwestiwn i mi, os hoffet ti."

"Unrhyw gwestiwn?"

"Unrhyw beth." Gwelodd fod llygaid Winston ar y deial. "Mae wedi'i ddiffodd. Beth yw dy gwestiwn cyntaf?"

"Beth ydych chi wedi'i wneud â Julia?" meddai Winston.

Gwenodd O'Brien unwaith eto. "Fe fradychodd hi ti, Winston. Ar unwaith – yn ddiamod. Prin fy mod i erioed wedi gweld neb yn dod draw at ein hochr ni mor gyflym. Prin y byddi di'n ei hadnabod hi petai ti'n ei gweld hi. Mae ei holl wrthryfel, ei thwyll, ei hannoethineb, budreddi ei meddwl – mae popeth wedi'i losgi allan ohoni. Roedd hi'n dröedigaeth berffaith, yn achos enghreifftiol."

"Wnaethoch chi'i harteithio hi?"

Nid atebodd O'Brien y cwestiwn hwn. "Cwestiwn nesaf,"

meddai.

"Ydy'r Brawd Mawr yn bodoli?"

"Wrth gwrs ei fod. Mae'r Blaid yn bodoli. Y Brawd Mawr yw ymgorfforiad y Blaid."

"Ydy e'n bodoli yn yr un ffordd ag yr ydw'n i'n bodoli?"

"Dwyt ti ddim yn bodoli," meddai O'Brien.

Unwaith eto daeth ymdeimlad o ddiymadferthwch llwyr drosto. Gwyddai, neu fe allai ddychmygu, pa ddadleuon fyddai'n profi nad oedd yn bodoli; ond nonsens oeddynt, dim ond chwarae â geiriau. Onid oedd y datganiad, "Dwyt ti ddim yn bodoli," yn rhesymegol abswrd? Ond beth oedd diben dweud hynny? Crebachodd ei feddwl wrth iddo ddychmygu'r dadleuon di-ddadl, gwallgof y byddai O'Brien yn eu defnyddio i'w chwalu'n ddarnau mân.

"Rwy'n meddwl 'mod i'n bodoli," meddai'n flinedig. "Rwy'n ymwybodol o'm hunaniaeth. Cefais fy ngeni, a byddaf yn marw. Mae gen i freichiau a choesau. Rwy'n llenwi lle penodol yn y gofod. Mae'n amhosib i unrhyw wrthrych solid lenwi'r un lle ar yr un pryd. Ydy'r Brawd Mawr yn bodoli yn yr ystyr hwnnw?"

"Nid yw hynny o bwys. Mae'n bodoli."

"Fydd y Brawd Mawr farw fyth?"

"Na fydd debyg iawn. Sut gallai farw? Cwestiwn nesaf."

"Ydy'r Frawdoliaeth yn bodoli?"

"Chei di fyth wybod hynny, Winston. Os ydyn ni'n dewis i dy ryddhau di wedi i ni ddarfod â thi, ac os byddi byw i fod yn naw deg oed, chei di ddim gwybod ai Ydy ynteu Nac Ydy yw ateb y cwestiwn yna. Bydd hi'n ddirgelwch heb ei ateb yn dy feddwl, drwy gydol dy oes."

Gorweddodd Winston yn ddistaw. Cododd a gostyngodd ei frest ychydig yn gyflymach. Roedd heb eto ofyn y cwestiwn ddaeth i'w feddwl gyntaf. Rhaid oedd iddo'i ofyn, ac eto roedd ei dafod fel petai'n gwrthod ei yngan. Roedd cysgod chwerthin yn wyneb O'Brien. Roedd rhyw ddisgleirdeb eironig hyd yn oed i'w sbectol. Mae'n gwybod, meddyliodd Winston yn sydyn, mae'n gwybod beth dwi'n mynd i'w ofyn! O feddwl hynny ffrwydrodd y geiriau o'i geg:

"Beth sydd yn Ystafell 101?"

Ni newidiodd golwg O'Brien. Atebodd yn sychlyd:

"Rwyt ti'n gwybod beth sydd yn Ystafell 101, Winston. Mae pawb yn gwybod beth sydd yn Ystafell 101."

Cododd fys ar y gŵr yn y got wen. Roedd hi'n amlwg fod y sesiwn ar ben. Saethodd nodwydd i fraich Winston. Bron iawn ar unwaith, syrthiodd i drwmgwsg.

Pennod 3

"Tri cham sydd i dy ailintegreiddio," meddai O'Brien. "Mae dysgu, mae deall, ac mae derbyn. Mae hi'n bryd i ti ddechrau ar yr ail gam."

Fel pob tro, roedd Winston yn gorwedd ar wastad ei gefn. Ond yn ddiweddar roedd clymau'r rhaffau arno'n llacach. Roeddynt yn dal i'w glymu i'r gwely, ond gallai symud ei bengliniau rywfaint, symud ei ben o'r naill ochr i'r llall a chodi'i freichiau o'r penelin. Roedd y deial yn llai arswydus bellach, hefyd. Gallai osgoi'i boenau petai'n ddigon chwim ei feddwl: pan fyddai'n dangos twpdra fyddai O'Brien yn tynnu'r ddolen gan amlaf. Weithiau aent drwy sesiwn gyfan heb ddefnyddio'r deial. Ni allai gofio faint o sesiynau oedd wedi bod. Roedd y broses gyfan yn ymestyn allan dros gyfnod hir, amhenodol – wythnosau, o bosib – a gallai'r ysbeidiau rhwng y sesiynau fod yn ddyddiau ar brydiau, neu ddim ond awr neu ddau.

"Wrth i ti orwedd yno," meddai O'Brien, "rwyt ti wedi meddwl yn aml – hyd yn oed gofyn i mi – pam byddai'r Weinyddiaeth Gariad yn treulio cyhyd ac yn mynd i gymaint o drafferth gyda thi. A'r un cwestiwn yn y bôn oedd yn dy boeni di pan oeddet ti'n rhydd. Roeddet ti'n deall sut oedd y Gymdeithas yr oeddet ti'n byw ynddi'n gweithio, ond nid yr hyn oedd yn ei hysgogi hi. Wyt ti'n cofio ysgrifennu yn dy ddyddiadur, 'Dwi'n deall *sut:* dwi ddim yn deall *pam*'? Wrth feddwl am y "pam" y dechreuaist amau oeddet ti yn dy iawn bwyll. Rwyt ti wedi darllen y *Llyfr*, llyfr Goldstein, neu rannau ohono, o leiaf. A ddwedodd e ddim byd wrthot ti nad oeddet ti eisoes yn ei wybod?"

"Rwyt ti wedi'i ddarllen?" meddai Winston.

"Fi a'i hysgrifennodd. Hynny yw, roeddwn i'n rhan o'r cydweithio ar yr ysgrifennu. Does yr un llyfr yn cael ei gynhyrchu gan unigolyn, fel rwyt ti'n gwybod."

"Ydy hi'n wir, yr hyn mae'n ei ddweud?"

"Fel disgrifiad, ydy. Nonsens llwyr yw'r rhaglen mae'n ei gosod allan. Casglu gwybodaeth yn ddirgel – ymoleuo newydd yn lledaenu'n araf – ac yn y pen draw gwrthryfel ymysg y proletariat – a dymchwel teyrnasiad y Blaid. Gallet ti ragweld mai hynny fyddai'n ei ddweud. Nonsens llwyr yw'r cwbl. Ni fydd y proletariaid yn gwrthryfela, nid mewn mil o flynyddoedd neu filiwn. Does dim modd iddynt. Does dim angen i mi ddweud pam: rwyt ti'n gwybod yn barod. Os wyt ti erioed wedi coleddu rhyw freuddwydion am wrthryfel treisgar, rhaid i ti eu rhoi o'r neilltu. Nid oes unrhyw ffordd o ddymchwel y Blaid. Mae teyrnasiad y Blaid am byth. Rhaid i hynny fod yn fan cychwyn dy holl feddyliau."

Daeth yn nes at y gwely. "Am byth!" meddai eto. "A rhaid i ni ddychwelyd nawr at y cwestiynau hynny 'pam' a 'sut'. Rwyt ti'n deall yn iawn *sut* mae'r Blaid yn ei chadw'i hun mewn grym. Nawr, dywed, *pam* ydyn ni'n glynu wrth rym? Beth sy'n ein cymell ni? Pam byddai arnom ni eisiau grym? Dere, dywed," meddai pan arhosodd Winston yn fud.

Serch hynny ni ddwedodd Winston ddim byd am eiliad neu ddau. Roedd blinder mawr wedi'i lethu. Daethai'r llygedyn pŵl o frwdfrydedd gwallgof yn ôl i wyneb O'Brien . Gwyddai eisoes beth ddywedai O'Brien. Nad oedd ar y Blaid eisiau grym at ei dibenion hi ei hun, ond er lles y mwyafrif. Ei bod hi'n teyrnasu oherwydd bod dynion ar y cyfan yn llyfrgwn gweinion na allai oddef rhyddid na'r gwirionedd, a bod yn rhaid eu rheoli a'u twyllo'n systematig gan eraill oedd yn gryfach na hwy. Mai dewis y ddynoliaeth oedd rhwng rhyddid a llawenydd, a bod yn well gan y mwyafrif helaeth lawenydd. Mai'r Blaid oedd gwarchodwr bythol y gwan: sect oedd wedi ymroddi i wneud pethau drwg at ddibenion da, yn aberthu'i llawenydd ei hun er mwyn llawenydd eraill. Y peth erchyll, meddyliodd Winston, y peth erchyll oedd y byddai O'Brien yn credu hyn wrth ei ddweud. Roedd modd ei weld yn ei wyneb. Gwyddai O'Brien bob dim. Filwaith gwell na Winston, gwyddai beth oedd y byd mewn gwirionedd, am fryntni lliaws y ddynoliaeth, a'r celwydd a'r erchyllterau a ddefnyddiai'r Blaid i'w cadw nhw ynddo. Roedd wedi deall y cwbl, pwyso'r cwbl, a dod i'r un casgliad: roedd y diben, yn y pen draw, yn cyfiawnhau popeth. Beth sydd i'w wneud, meddyliodd Winston, yn erbyn y gwallgofddyn sy'n fwy deallus na chi'ch huna, sy'n rhoi gwrandawiad teg i'ch dadleuon ac yna'n dal yn wallgof beth bynnag?

"Rydych chi'n rheoli droson ni er ein lles ein hunain," meddai'n wan. "Rydych chi'n credu nad yw bodau dynol yn gallu llywodraethu drostynt eu hunain, ac felly – "

Amneidiodd, a bu bron iddo weiddi. Roedd gwayw wedi saethu drwy'i gorff. Roedd O'Brien wedi gwthio dolen y deial i fyny i dri deg pump.

"Twp, Winston, twp!" meddai. "Dylet ti wybod yn well na dweud rhywbeth gwirion felly."

Tynnodd y ddolen yn ôl ac aeth yn ei flaen:

"Nawr, rhoddaf i ti'r ateb i fy nghwestiwn. Sef hyn. Mae'r Blaid eisiau rheoli dim ond er mwyn rheoli. Nid oes gennym ddim diddordeb mewn lles eraill: dim ond mewn pŵer. Nid cyfoeth na moethau na hir oes na llawenydd: dim ond pŵer, pŵer pur. Cei di ddeall ystyr pŵer pur yn y man. Rydyn ni'n wahanol i oligarchiaethau'r gorffennol, gan ein bod ni'n gwybod beth rydyn ni'n ei wneud. Rhagrithwyr llwfr oedd y gweddill i gyd, hyd yn oed y rhai oedd i'w gweld yn debyg i ni. Daeth Natsïaid yr Almaen a Chomiwnyddion Rwsia yn agos iawn atom ni yn eu dulliau, ond fuon nhw erioed yn ddigon dewr i adnabod eu cymhelliannau, go iawn. Roeddynt yn cymryd arnynt, efallai hyd yn oed yn credu, mai dim ond yn anfodlon roeddynt wedi cipio grym, a hynny am gyfnod byr yn unig, a bod paradwys ar y gorwel lle byddai bodau dynol yn rhydd ac yn gyfartal. Dydyn ni ddim fel hynny. Rydyn ni'n gwybod nad yw neb sydd yn cipio grym byth yn bwriadu ei ildio wedyn. Nid dull yw pŵer ond diben. Nid er mwyn diogelu chwyldro y sefydlir unbennaeth: sefydlu unbennaeth yw diben y chwyldro yn y lle cyntaf. Diben erlid yw erlid. Diben artaith yw artaith. Diben pŵer yw pŵer. Wyt ti'n dechrau fy neall i bellach?"

Tarwyd Winston, fel roedd wedi'i daro o'r blaen, mor flinedig oedd wyneb O'Brien. Roedd yn wyneb cryf a chnawdol a garw, yn llawn o ddeall ac o fath o angerdd dan reolaeth na allai yntau, Winston, ei wrthsefyll; ond roedd yn flinedig. Roedd cudynnau dan ei lygaid, a chroen y gruddiau'n llac. Plygodd O'Brien drosto, gan ddod â'i wyneb yn nes yn fwriadol.

"Rwyt ti'n meddwl," meddai, "mor hen a blinedig yw fy wyneb. Rwyt ti'n meddwl fy mod i'n siarad o hyd am bŵer, ac eto'n methu rhwystro dirywiad fy nghorff fy hun hyd yn oed. Onid wyt ti'n deall, Winston, nad yw'r unigolyn yn ddim ond cell? Blinder y gell yw bywyd yr organeb. Wyt ti'n marw wedi i ti dorri dy ewinedd?"

Trodd ei gefn ar y gwely a dechrau rhodio i fyny ac i lawr unwaith eto, un llaw yn ei boced.

"Nyni yw offeiriaid pŵer," meddai. "Pŵer sy'n dduw. Ond o dy ran di, ar hyn o bryd, dim ond gair yw pŵer. Mae hi'n hen bryd i ti ddeall rhywfaint ar ystyr pŵer. Y peth cyntaf sy'n rhaid ei sylweddoli yw bod pŵer yn gyfunol. Dim ond i'r graddau y mae'n peidio â bod yn unigolyn y mae gan unigolyn bŵer. Rwyt ti'n gyfarwydd â slogan y Blaid: "Rhyddid yw Caethiwed." Sylweddolaist ti erioed fod modd ei wrthdroi? Caethiwed yw rhyddid. Ar ei ben ei hun – yn rhydd – caiff y bod dynol ei drechu bob tro. Rhaid i hynny fod, gan mai tynged pob bod dynol yw marw, sef y methiant mwyaf oll. Ond os gall ddarostwng ei hun yn llwyr, yn gyfan gwbl, os gall ddianc ei hunaniaeth, os gall ymgolli yn y Blaid fel mai ef *yw'r* Blaid, yna mae'n hollalluog ac yn anfarwol. Yr ail beth mae'n rhaid i ti sylweddoli yw mai grym dros fodau dynol yw pŵer. Dros y corff – ond yn anad dim, dros y meddwl.

Nid yw grym dros sylwedd – realiti allanol, fel y byddet ti'n ei alw – yn bwysig. Mae ein rheolaeth dros sylwedd eisoes yn llwyr."

Anwybyddodd Winston y deial am eiliad. Gwnaeth ymdrech daer i godi ar ei eistedd, heb lwyddo i wneud dim byd ond rhoi tro poenus i'w gorff.

"Ond sut gallwch chi reoli sylwedd?" ebychodd. "Dydych chi ddim hyd yn oed yn rheoli'r tymheredd na disgyrchiant. Ac wedyn mae afiechyd, poen, marwolaeth – "

Rhoddodd O'Brien daw arno ag ystum llaw. "Rydyn ni'n rheoli sylwedd gan mai ni sy'n rheoli'r meddwl. Yn y pen mae realiti. Mi ddysgi di, o dipyn i beth, Winston. Does dim byd na allwn ni ei wneud. Mynd yn anweledig, nofio yn yr awyr – unrhyw beth. Gallwn i nofio oddi ar y llawr hwn fel swigen sebon petai arnaf eisiau gwneud. Does arna i ddim eisiau gwneud, gan nad oes ar y Blaid eisiau hynny. Rhaid i ti roi'r gorau i'r hen syniadau hynny o'r bedwaredd ganrif ar bymtheg ynghylch deddfau Natur ac ati. Ni sy'n ysgrifennu deddfau Natur."

"Ond dydych chi ddim! Dydych chi ddim hyd yn oed yn feistri ar y blaned hon. Beth am Ewrasia a Dwyrasia? Heb eu concro nhw ydych chi fyth."

"Dydy hynny ddim yn bwysig. Fe goncrwn ni'r rheiny pan fyddwn ni'n dewis. Ac os na wnawn ni, beth yw'r ots? Gallwn ni gau drws bodolaeth arnynt. Oceania yw'r byd."

"Ond dim ond darn o lwch yw'r byd ei hun. Ac mae dyn yn bitw – yn ddiymadferth! Ers pryd mae'n bodoli? Am filiynau o flynyddoedd roedd y byd yn wag."

"Nonsens. Mae'r byd yr un oed â ninnau, dim diwrnod yn hŷn. Sut gallai fod yn hŷn? Does dim byd yn bodoli heblaw drwy ymwybyddiaeth ddynol."

"Ond mae'r creigiau'n llawn esgyrn anifeiliaid meirw – mamothiaid a mastodonau a madfallod enfawr fu yma ymhell cyn i neb glywed sôn am ddyn."

"Wyt ti wedi gweld yr esgyrn hynny erioed, Winston? Nac wyt debyg iawn. Fe'u dyfeisiwyd gan fiolegwyr y bedwaredd ganrif ar bymtheg. Doedd dim byd cyn y ddynoliaeth. Ar ôl y ddynoliaeth, petai modd iddi ddod i ben, ni fyddai dim byd. Nid oes dim byd y tu hwnt i'r ddynoliaeth."

"Ond mae'r holl fydysawd y tu hwnt i ni. Edrych ar y sêr! Mae rhai ohonyn nhw filiwn o flynyddoedd goleuni oddi wrthym ni. Maen nhw tu hwnt i'n cyrraedd am byth."

"Beth yw'r sêr?" meddai O'Brien yn ddi-hid. "Darnau bach o dân ychydig gilometrau i ffwrdd. Gallem ni eu cyrraedd nhw petai arnom eisiau. Neu fe allem ni eu dileu. Y byd yw canol y bydysawd.

Mae'r haul a'r sêr yn cylchynu o'i amgylch."

Gwingodd Winston eto. Y tro hwn ni ddywedodd ddim. Aeth O'Brien yn ei flaen fel petai'n ymateb i wrthwynebiad arall ar ran Winston:

"Wrth gwrs, at rai dibenion, dydy hynny oll ddim yn wir. Wrth i ni fforio'r cefnfor, neu ragweld eclips, mae'n aml iawn yn gyfleus i ni gymryd hi'n ganiataol bod y byd yn troi o gwmpas yr haul a bod y sêr filiynau ar filiynau o filltiroedd i ffwrdd. Ond pa ots am hynny? Wyt ti'n meddwl bod system astronomegol ddeuol y tu hwnt i ni? Gall fod y sêr yn agos neu'n bell, yn ôl y galw. Wyt ti'n meddwl bod hynny'n drech na'n mathemategwyr ni? Wyt ti wedi anghofio daufeddwl?"

Crebachodd Winston yn ôl ar y gwely. Beth bynnag a ddwedai, deuai'r ateb parod i'w fathru fel pastwn. Ac eto gwyddai, *gwyddai*, mai ef oedd yn iawn. Y gred nad oes dim byd y tu allan i'ch meddwl chi eich hun – mae'n rhaid bod yna ryw ffordd o ddangos nad oedd hynny'n wir? Onid oedd hi wedi'i hen ddangos fod hynny'n gyfeiliornus? Roedd hyd yn oed enw ar y peth, enw roedd wedi'i anghofio. Plyciodd gwên fach ar giliau bochau O'Brien wrth iddo edrych i lawr arno.

"Dwi wedi dweud wrthyt eisoes, Winston," meddai, "nad wyt ti ar dy orau gyda metaffiseg. Y gair rwyt ti'n chwilio amdano yw solipsiaeth. Ond rwyt ti'n camgymryd. Nid solipsiaeth mo hyn. Cyd-solipsiaeth, os lici di. Ond peth gwahanol yw hynny: y gwrthwyneb, a dweud y gwir. Ond crwydro yw hyn oll," meddai wedyn â thôn wahanol. "Y pŵer go iawn, y pŵer mae'n rhaid i ni frwydro drosto ddydd a nos: nid grym dros bethau yw hwnnw ond dros ddynion." Tawodd, ac unwaith eto mabwysiadodd agwedd yr ysgolfeistr yn holi disgybl addawol: "Sut mae un dyn yn dangos ei rym dros y llall, Winston?"

Meddyliodd Winston. "Drwy wneud iddo ddioddef," meddai.

"Yn union. Drwy wneud iddo ddioddef. Nid yw ufuddhau'n ddigon. Heblaw ei fod yn dioddef, sut gallwch chi fod yn sicr ei fod yn dilyn eich ewyllys chi, yn hytrach na'i ewyllys ei hun? Poenydio a darostwng eraill: dyna beth yw pŵer. Pŵer yw rhwygo'r meddwl dynol i ddarnau a'u rhoi yn ôl at ei gilydd ar ffurf newydd o'ch dewis chi eich hun. Wyt ti'n dechrau gweld, felly, pa fath o fyd rydyn ni'n ei greu? Dyma'r gwrthwyneb llwyr i Iwtopïau hedonistaidd, gwirion yr hen ddiwygwyr. Byd o ofn ac o dwyll ac o artaith, byd o sathru a chael eich sathru, byd fydd yn mynd yn *fwy* didrugaredd wrth iddo barhau i ddatblygu, nid yn llai felly. Cynnydd yn ein byd ni fydd cynnydd at ragor o boen. Honnai'r hen wareiddiadau mai cariad neu gyfiawnder oedd eu cynseiliau. Cynsail ein gwareiddiad ni yw casineb. Ni fydd unrhyw emosiynau yn ein byd ni heblaw ofn, llid, buddugoliaeth a hunan-ddarostyngiad. Byddwn yn dinistrio popeth arall – popeth. Eisoes rydym yn llwyddo i dorri i lawr rai o'r arferion meddwl hynny sydd yn goroesi ers cyn y Chwyldro. Rydyn ni wedi torri'r cysylltiadau rhwng plentyn a rhiant, rhwng dyn a dyn, a rhwng dyn a dynes. Nid oes neb bellach yn meiddio ymddiried mewn gwraig na phlentyn na chyfaill. Ond yn y dyfodol ni fydd gwragedd na ffrindiau. Mi fydd plant yn cael eu dwyn oddi ar eu mamau wedi eu geni, fel wyau oddi ar iâr. Byddwn yn difa'r reddf rywiol. Bydd atgenhedlu'n ffurfioldeb blynyddol yr un fath ag adnewyddu cerdyn dogn. Byddwn yn diddymu'r orgasm. Mae'n niwrolegwyr yn gweithio ar hynny ar hyn o bryd. Ni fydd teyrngarwch, heblaw teyrngarwch i'r Blaid. Ni fydd cariad, heblaw caru'r Brawd Mawr. Ni fydd chwerthin, heblaw chwerthin mewn Buddugoliaeth am ben y gelyn. Ni fydd celf, na llenyddiaeth, na gwyddoniaeth. Wedi i ni ddod yn hollalluog ni fydd angen gwyddoniaeth arnom eto. Ni fydd unrhyw wahaniaethu rhwng harddwch a hylltra. Ni fydd chwilfrydedd, dim mwynhau proses byw. Bydd pob pleser arall yn cael ei ddiddymu, rhag iddynt gystadlu â hi. Ond bythol – paid anghofio hyn, Winston – bythol fydd meddwod pŵer, yn tyfu ac yn mynd yn gynilach o hyd. Bob amser, bob ennyd awr, bydd gwefr Buddugoliaeth, a'r ymdeimlad o sathru ar elyn diymadferth. Os oes arnat ti eisiau delwedd o'r dyfodol, dychmyga esgid yn sefyll ar wyneb dyn – am byth."

Arhosodd fel petai'n disgwyl i Winston ddweud rhywbeth. Roedd Winston wedi ceisio cilio yn ôl i wyneb y gwely eto. Ni allai ddweud dim byd. Roedd ei galon fel petai wedi'i rhewi. Aeth O'Brien yn ei flaen:

"A chofia mai am byth y bydd hi. Bydd y wyneb yno o hyd i sathru arno. Bydd yr heretic, gelyn cymdeithas, yno o hyd, fel bod modd ei drechu a'i ddarostwng eto. Popeth rwyt ti wedi'i brofi ers dod i'n dwylo ni – bydd hynny oll yn parhau, ac yn waeth fyth. Yr ysbïo, y bradychu, yr arestiadau, yr arteithio, y dienyddio, y difa: ni fydd y rhain byth yn peidio. Byd o ofn fydd ein byd, llawn cymaint â byd o fuddugoliaeth. Po fwyaf pwerus y daw'r Blaid, lleiaf goddefol y bydd hi: po wanaf y gwrthwynebwyr, tynnaf y daw'r unbennaeth. Bydd Goldstein a'i heresïau'n byw am byth. Bob dydd, bob eiliad, cânt eu trechu, eu dirmygu, eu dilorni, a phoerir arnynt, ac eto byddant yn dal i fyw. Bydd y ddrama hon rydw i wedi'i chwarae gyda thi dros y saith blynedd diwethaf yn chwarae eto ac eto, cenhedlaeth ar ôl cenhedlaeth, ar ffurfiau mwyfwy cynnil o hyd. Bob tro bydd yr heretic yma o'n blaenau ar ein trugaredd, yn sgrechian mewn poen, wedi'i dorri, yn ddirmygadwy – ac yn y pen draw'n llwyr edifeiriol, wedi'i achub rhagddo ei hun, yn cropian at ein traed o'i wirfodd. Dyna'r byd rydyn ni'n ei baratoi, Winston. Byd o lwyddiant ar ôl llwyddiant, o fuddugoliaeth ar ôl buddugoliaeth: pwyso, pwyso, pwyso diddiwedd ar nerf pŵer. Gwelaf dy fod ti'n dechrau sylweddoli sut olwg fydd ar y byd hwn. Ond yn y pen draw mi fyddi di'n gwneud mwy na'i deall. Byddi di'n ei dderbyn, ei groesawu, ac yn dod yn rhan ohono."

Roedd Winston wedi dod at ei goed ddigon i siarad. "Allwch chi ddim!" meddai'n wannaidd.

"Beth wyt ti'n ei olygu wrth hynny, Winston?"

"Allwch chi ddim creu byd fel yr un rwyt ti newydd ei ddisgrifio. Mae'n freuddwyd. Mae'n amhosib."

"Pam?"

"Mae'n amhosib seilio gwareiddiad ar ofn a chasineb a chreulondeb. Ni fyddai'n gallu parhau."

"Pam lai?"

"Byddai dim bywyd iddo. Byddai'n datgymalu. Byddai'n dinistrio'i hun."

"Nonsens. Rwyt ti dan yr argraff bod casineb yn blino mwy na chariad. Pam ddylai fod? A phetai felly, pa wahaniaeth fyddai hynny'n ei wneud? Dywed ein bod ni'n dewis blino'n hunain yn gyflymach. Dywed ein bod ni'n cyflymu treigl bywyd dyn nes bod dynion yn fusgrell erbyn eu tri deg oed. Pa wahaniaeth wnâi hynny? Oni elli di ddeall nad marwolaeth mo marw'r unigolyn? Mae'r Blaid yn anfarwol."

Fel arfer, roedd y llais wedi curo Winston nes ei fod yn ddiymadferth. Yn fwy na hynny, poenai'n enbyd y byddai O'Brien yn troi'r deial eto petai'n dal i anghytuno. Ac eto ni allai ddal ei dafod. Yn eiddil, heb ddadleuon, heb ddim byd i'w gefnogi heblaw ei arswyd dieiriau tuag at yr hyn yr oedd O'Brien wedi'i ddweud, ymosododd eto.

"Dydw i ddim yn gwybod – does dim ots gen i. Byddwch chi'n methu rhywsut. Bydd rhywbeth yn eich trechu. Bydd bywyd yn eich trechu."

"Ni sy'n rheoli bywyd, Winston, ar bob un lefel. Rwyt ti'n dychmygu bod yna rywbeth o'r enw'r natur ddynol y bydd ein trefn yn wrthun iddi, ac y bydd yn troi yn ein herbyn. Ond ni sy'n creu'r natur ddynol. Nid oes terfynau ar hydrinedd dynion. Neu efallai dy fod wedi dychwelyd at dy hen syniad y bydd y proletariaid neu'r caethweision yn codi ac yn ein disodli. Anghofia fe. Maen nhw'n ddiymadferth, fel anifeiliaid. Y ddynoliaeth yw'r Blaid. Ar y tu allan mae'r lleill – yn amherthnasol."

"Does dim ots gen i. Yn y pen draw byddant yn eich trechu chi. Yn hwyr neu'n hwyrach mi wnân nhw eich gweld chi am yr hyn yr ydych chi, ac wedyn eich rhwygo'n ddarnau."

"Wyt ti'n gweld unrhyw dystiolaeth bod hynny'n digwydd? Neu unrhyw reswm dros ddisgwyl hynny?"

"Nac ydw. Rwy'n ei gredu. Rwy'n *gwybod* y byddwch chi'n methu. Mae rhywbeth yn y bydysawd – wn i ddim, rhyw ysbryd, rhyw egwyddor – na fyddwch chi byth yn drech nag ef."

"Wyt ti'n credu yn Nuw, Winston?"

"Nac ydw."

"Beth yw hi felly, yr egwyddor hon fydd yn ein trechu?"

"Wn i ddim. Ysbryd y Ddynoliaeth."

"Ac wyt ti'n ystyried dy hun yn ddyn?"

"Ydw."

"Os wyt ti'n ddyn, Winston, yna ti yw'r olaf un. Mae dy rywogaeth wedi darfod; ni yw etifeddwyr y ddaear. Wyt ti'n deall dy fod di'n unig? Rwyt ti tu allan i hanes, dwyt ti ddim yn bodoli." Newidiodd ei agwedd ac meddai wedyn, yn llymach: "Ac rwyt ti'n ystyried dy hun yn foesol well na ninnau, gyda'n celwydd a'n creulondeb?"

"Ydw, rwy'n ystyried fy hun yn well na hynny."

Ni ddwedodd O'Brien gair o'i ben. Roedd dau lais arall yn siarad. Yna sylweddolodd Winston mai ei lais ef ei hun oedd un ohonynt. Recordiad sain oedd hi o'r sgwrs gawsai ag O'Brien, y noson honno pan ymunodd â'r Frawdoliaeth. Clywodd ei hun yn addo twyllo, dwyn, ffugio, llofruddio, annog cyffuriau a phuteindra, lledaenu clefydau rhywiol, taflu asid i wyneb plentyn. Gwnaeth O'Brien ystum fach ddiamynedd, fel petai'n dweud mai prin oedd angen y prawf. Yna trodd ddolen a pheidiodd y lleisiau.

"Coda o'r gwely," meddai.

Roedd y clymau wedi dod yn rhydd. Gollyngodd Winston ei hun i'r llawr a chodi ar ei draed yn simsan.

"Ti yw'r dyn olaf," meddai O'Brien. "Ti yw gwarchodwr ysbryd y ddynoliaeth. Fe gei di weld sut un wyt ti. Tyn amdanat."

Tynnodd Winston ar y darn o linyn a ddaliai ei oferôl at ei gilydd. Roedd y sip wedi'i hen rwygo ohono. Ni allai gofio a fu un tro ers ei arestio pan dynnodd amdano'n llwyr. Dan yr oferôl roedd carpiau budr melynaidd yn genglau am ei gorff, er prin fod modd eu hadnabod yn weddillion ei ddillad isaf. Wrth iddo lithro i'r llawr gwelodd bod drych tairochrog ym mhen pellaf yr ystafell. Aeth tuag ato, yna arhosodd yn stond. Daethai llef ddiarwybod o'i enau.

"Dos yn dy flaen," meddai O'Brien. "Saf rhwng y drychau. Fe gei di weld dy olwg o'r ochr hefyd."

Roedd wedi aros gan fod arno ofn. Roedd creadur crwm, llwydaidd, fel sgerbwd yn dod tuag ato. Nid dim ond y ffaith ei fod yn gwybod mai ef ei hun oedd e a wnaeth y peth yn arswydus: roedd yr olwg ynddo'i hun yn wirioneddol frawychus. Symudodd yn nes at y gwydr. Roedd wyneb y creadur fel petai'n ymwthio allan, gan ei fod mor grwm. Wyneb carcharor truenus, ei dalcen crychlyd islaw croen moel ei gorun, ei drwyn yn gam, ac esgyrn ei ruddiau'n guriedig eu golwg dan lygaid ffyrnig, gochelgar. Roedd y bochau'n rhychog, ac roedd golwg enciledig ar y geg. Ei wyneb ef ei hun oedd e'n sicr, ond roedd wedi newid mwy nag yr oedd wedi newid oddi mewn. Byddai'r emosiynau oedd i'w gweld arno'n wahanol i'r rhai yr oedd yn eu teimlo. Roedd wedi dechrau colli'i wallt. Am yr eiliad gyntaf meddyliodd fod ei wallt wedi britho hefyd, ond dim ond y croen ar ben ei ben oedd yn llwyd. Ar wahân i'w ddwylo a chylch o'i wyneb, roedd ei gorff yn llwyd drosto, yn faw hynafol i gyd. Yma a thraw o dan y baw roedd creithiau cochion clwyfau, a ger ei ffêr roedd yr wlser chwyddedig yn llidiog ac yn enfawr, a'r croen arno'n pilio. Ond y peth gwirioneddol arswydus oedd gweld ei gorff mor denau. Roedd cawell yr asennau'n gul fel sgerbwd: roedd y croesau wedi crebachu fel bod y pengliniau'n lletach na'r cluniau. Gwelodd bellach at beth fu O'Brien yn cyfeirio wrth sôn am yr olwg o'r ochr. Roedd y tro yn yr asgwrn cefn yn syfrdanol. Roedd yr ysgwyddau tenau wedi plygu ymlaen gymaint fel bod ei frest wedi troi'n geudod, ac roedd yr wddf hir, main fel petai'n plygu ar ei hanner dan bwysau'r penglog. Ar amcan dywedasai mai dyma gorff dyn chwe deg oed yn dioddef gan ryw afiechyd adwythig.

"Rwyt ti wedi meddwl ambell dro," meddai O'Brien, "bod golwg hen a threuliedig ar fy wyneb – wyneb aelod o'r Blaid Fewnol. Beth yw dy feddwl o'th wyneb dy hun?"

Gafaelodd yn ysgwydd Winston a'i droi o gwmpas fel eu bod yn wynebu ei gilydd.

"Edrych ar dy olwg di!" meddai. "Edrych ar y baw aflan yma ar hyd dy gorff. Edrych ar y pydredd rhwng bysedd dy draed. Edrych ar y dolur afiach yna ar dy goes. Wyt ti'n sylweddoli dy fod di'n drewi fel gafr? Debyg nad wyt ti wedi sylwi ar hynny. Edrych mor denau wyt ti. Wyt ti'n gweld? Mae dy fraich yn ddigon tenau i mi'i chylchu â'm bys a'm bawd. Gallwn i dorri dy wddf fel moronen. Wyt ti'n gwybod dy fod di wedi colli dau ddeg pump o gilogramau ers dod yma? Mae dy wallt hyd yn oed yn dod allan fesul llond llaw. Edrych!" Gafaelodd ym mhen Winston a thynnu cudyn o wallt. "Agor dy geg. Naw, deg, un deg un o ddannedd ar ôl. Sawl un oedd gen ti pan ddest ti yma? Ac mae'r ychydig sydd gen ti ar ôl yn syrthio o dy ben. Edrych!”

Gyda'i fys a'i fawr cryf, gafaelodd yn un o'r ychydig ddannedd oedd gan Winston ar ôl ym mlaen ei geg. Saethodd poen drwy ên Winston. Roedd O'Brien wedi tynnu'r dant yn rhydd gerfydd ei wreiddiau. Fe'i taflodd ar draws y gell.

“Rwyt ti'n pydru,” meddai, “rwyt ti'n cwympo'n dipiau. Beth wyt ti? Sachaid o faw. Nawr tro i edrych yn y drych eto. Weli di'r peth yna sy'n dy wynebu? Dyna'r dyn olaf un. Os wyt ti'n ddynol, dyna'r ddynoliaeth. Gwisga amdanat.”

Ei symudiadau'n araf a stiff, dechreuodd Winston ymwisgo. Cyn nawr nid oedd fel petai wedi sylweddoli pa mor denau a gwan yr oedd. Dim ond un peth oedd yn ei feddwl: rhaid ei fod wedi bod yn y lle hwn ers mwy nag y tybiai. Yna'n sydyn, wrth iddo dynnu'r carpiau tila amdano, daeth ton o dosturi drosto ynghylch cyflwr truenus ei gorff. Cyn pen dim roedd wedi cwympo i lawr ar stôl fach wrth ochr y gwely a dechrau beichio crio. Roedd yn ymwybodol o'i hylltra, ei ddiffyg urddas, swp o esgyrn mewn dillad isaf ffiaidd yn eistedd yn llefain yn y golau gwyn llym: ond ni allai lai na gwneud. Rhoddodd O'Brien law ar ei ysgwydd, bron yn garedig.

“Fydd hi ddim yn para am byth,” meddai. “Fe gei di ddianc rhag y cwbl, pryd bynnag wyt ti'n dewis. Mae popeth yn dibynnu arnat ti dy hun.”

“Chi wnaeth hyn!” llefodd Winston. “Chi a roddodd fi yn y cyflwr hwn.”

“Na, Winston, ti dy hun wnaeth hyn i ti dy hun. Dyma beth dderbyniaist ti o sefyll yn erbyn y Blaid. Roedd y cwbl yno yn y weithred gyntaf. Nid oes dim byd wedi digwydd na ragwelaist ti mohono.”

Tawodd, ac yna aeth yn ei flaen:

“Rydyn ni wedi dy drechu di, Winston. Rydyn ni wedi dy dorri di'n deilchion. Rwyt ti wedi gweld sut olwg sydd ar dy gorff. Mae dy feddwl yn yr un cyflwr. Dwi ddim yn credu bod yna lawer o falchder ar ôl ynot ti. Rwyt ti wedi dy gicio a dy chwipio a dy sarhau, rwyt ti wedi sgrechain mewn poen, rwyt ti wedi rholio o gwmpas ar y llawr yn dy waed a dy gyfog dy hun. Rwyt ti wedi llefain am drugaredd, rwyt ti wedi bradychu pawb a phopeth. Wyt ti'n gallu meddwl am unrhyw anurddas rwyt ti heb ei brofi?”

Roedd Winston wedi peidio â llefain, er bod y dagrau'n dal i lifo o'i lygaid. Edrychodd i fyny ar O'Brien.

“Dwi heb fradychu Julia,” meddai.

Edrychodd O'Brien i lawr arno'n feddylgar. “Naddo,” meddai, “Naddo, mae hynny'n berffaith wir. Rwyt ti heb fradychu Julia.”

Llanwyd calon Winston unwaith eto gan yr edmygedd rhyfedd hwnnw oedd fel petai dim dinistrio arno. Mor ddeallus, meddyliodd, mor ddeallus! Roedd O'Brien bob gafael yn deall beth ddywedid wrtho. Byddai unrhyw un arall ar wyneb daear wedi ateb yn y fan ei fod *wedi* bradychu Julia. Wedi'r cyfan, beth oedd yno nad oeddynt wedi'i wasgu allan ohono dan yr holl artaith? Roedd wedi dweud popeth wrthynt y gwyddai amdani, ei harferion, ei chymeriad, ei bywyd blaenorol; roedd wedi cyffesu pob manylyn dibwys am yr hyn ddigwyddodd yn ystod pob un o'u cyfarfodydd, popeth roedd wedi'i ddweud wrthi a phopeth roedd hithau wedi'i ddweud wrtho yntau, eu prydau marchnad ddu, eu godinebau, eu cynlluniau niwlog yn erbyn y Blaid – popeth. Ac eto, yn yr ystyr hwnnw oedd yn ei fwriad wrth ddefnyddio'r gair, nid oedd wedi'i bradychu. Nid oedd wedi peidio â'i charu; roedd ei deimladau tuag ati wedi parhau'r un fath. Roedd O'Brien wedi gweld beth oedd ei ystyr heb angen iddo esbonio.

"Dwedwch," meddai, "pryd fydden nhw'n fy saethu i?"

"Gall fod yn beth amser," meddai O'Brien. "Achos anodd wyt ti. Ond dalia i gredu. Mae pawb yn gwella'n hwyr neu'n hwyrach. Yn y diwedd, byddwn ni'n dy saethu di."

Pennod 4

Teimlai'n well o lawer. Pesgai a chryfhau o ddydd i ddydd, os oedd hi'n iawn i sôn am ddyddiau.

Roedd y golau gwyn a sŵn y mwmian yr un fath ag erioed, ond roedd y gell ychydig yn fwy cysurus na'r lleill y buasai ynddynt. Roedd gobennydd a matres ar y gwely, a stôl i eistedd arni. Roeddynt wedi rhoi bath iddo, ac yn caniatáu iddo ymolchi'n weddol aml mewn basn tun. Roeddynt hyd yn oed yn rhoi dŵr cynnes iddo i wneud hynny. Rhoesent ddillad isaf newydd iddo, ac oferôl newydd glân. Rhoesent eli lliniarol ar ei wlser chwyddedig. Roeddynt wedi tynnu gweddillion ei ddannedd a rhoi set o ddannedd gosod newydd iddo.

Rhaid bod wythnosau neu fisoedd wedi mynd heibio. Buasai modd bellach iddo gadw cyfrif o dreigl amser, petai wedi teimlo unrhyw awydd gwneud hynny, gan ei fod yn cael prydau bwyd yn rheolaidd, yn ôl pob golwg. Ei amcangyfrif oedd ei fod yn cael tri phryd bob dau ddeg pedwar awr: meddyliai weithiau tybed ai liw nos neu liw dydd y digwyddai hynny. Roedd y bwyd yn annisgwyl o dda, a chig ar gael bob trydydd pryd. Un tro roedd hyd yn oed pecyn o sigarennau. Nid oedd ganddo fatsis, ond byddai'r gwarchodwr tawedog ddeuai â'r bwyd yn rhoi tân iddo. Y tro cyntaf iddo roi cynnig ar ysmygu cododd gyfog arno, ond daliodd ati, gan wneud i'r pecyn bara'n hir drwy gyfyngu'i hun i hanner sigarét gyda phob pryd bwyd.

Roeddynt wedi rhoi llechen wen iddo gyda phwt o bensel wedi'i chlymu i'r gornel. Ni wnaeth ddim byd â hi i ddechrau. Hyd yn oed pan nad oedd yn cysgu teimlai'n hollol farwaidd. Yn aml byddai'n gorwedd o un pryd i'r nesaf bron heb symud, weithiau'n cysgu, weithiau'n hanner effro ond yn synfyfyrio'n amwys, agor ei lygaid yn ormod o drafferth. Roedd wedi hen arfer â chysgu gyda golau llachar ar ei wyneb. Nid oedd hi fel petai'n gwneud gwahaniaeth, oni bai bod ei freuddwydion yn fwy cydlynol. Breuddwydiodd lawer iawn ar hyd y cyfnod hwn, breuddwydion hapus bob tro. Roedd yn y Wlad Hud, neu'n eistedd ymysg adfeilion enfawr gogoneddus yng ngolau'r haul, gyda'i fam, gyda Julia, gydag O'Brien – heb wneud dim byd, dim ond eistedd yn yr haul, yn sôn am bethau heddychlon. Am y breuddwydion hyn gan mwyaf yr oedd hynny o feddyliau a gâi pan oedd yn effro. Roedd fel petai wedi colli'r gynneddf i wneud unrhyw ymdrech feddyliol, nawr bod ysgogiad poen wedi mynd. Nid oedd wedi diflasu: nid oedd arno eisiau sgwrs na difyrrwch. Dim ond bod ar ei ben ei hun, heb gael ei guro na'i holi, â digon i'w fwyta, a bod yn lân drosto, ac roedd ar ben ei ddigon.

Fesul tipyn dechreuodd dreulio llai o amser yn cysgu, ond serch hynny ni theimlai unrhyw awydd i godi o'r gwely. Y cwbl roedd arno'i eisiau oedd gorwedd yn ddistaw a theimlo'r nerth yn dychwelyd i'w gorff. Byddai'n byseddu'i hun yma a thraw, i wneud yn siŵr nad rhith oedd bod ei gyhyrau'n mynd yn grynach a'i groen yn tynhau. O'r diwedd doedd dim dwywaith nad oedd yn tewychu; roedd ei gluniau bellach heb os yn lletach na'i bengliniau. Wedi hynny, yn gyndyn ar y cychwyn, dechreuodd ymarfer yn rheolaidd. Cyn hir gallai gerdded dri chilomedr, yn ôl mesur y gell, ac roedd ei ysgwyddau crwm yn ymsythu. Rhoddodd gynnig ar ymarferion mwy cymhleth, a synnu a chywilyddio o sylweddoli'r pethau na allai eu gwneud. Ni allai symud yn gyflymach na cherdded, ni allai ddal y stôl hyd braich, ni allai sefyll ar un goes heb gwympo. Aeth ar ei gwrcwd a chael bod modd iddo'i godi ei hun ar ei draed, ond nid heb boenau enbyd ar hyd ei goesau. Gorweddodd yn wastad ar ei fola a cheisio codi'i bwysau ar ei ddwylo. Doedd dim iws, ni allai ei godi ei hun gymaint â sentimetr. Ond wedi rhai dyddiau eto – rhai prydau bwyd eto – llwyddodd i wneud hyd yn oed hynny. Daeth adeg pan allai wneud chwe gwaith yn olynol. Dechreuodd ymfalchïo yn ei gorff, a choleddu'r gred ysbeidiol bod ei wyneb hefyd yn dechrau dychwelyd i'w hen bryd a gwedd. Dim ond pan ddigwyddai roi ei law ar ei ben moel y cofiai'r wyneb crychlyd, creithiog oedd wedi syllu yn ôl arno o'r drych.

Bywiogodd ei feddwl. Eisteddodd i lawr ar y gwely, ei gefn yn erbyn y wal a'r llechen ar ei bengliniau, ac aeth ati'n fwriadol i geisio ail-ddysgu'i hun.

Roedd wedi ildio, doedd dim dwywaith. Mewn gwirionedd, gallai weld bellach, bu'n barod i roi'r gorau iddi ymhell cyn iddo benderfynu gwneud hynny. Ers yr eiliad yr oedd y tu mewn i'r Weinyddiaeth Gariad – ac ie, hyd yn oed yn ystod y munudau hynny pan safai ef a Julia yn ddiymadferth wrth i'r llais haearnaidd o'r telisgrîn roi gorchmynion iddynt – roedd wedi amgyffred mor wamal, mor arwynebol fu ei ymdrech i osod ei hun yn erbyn pŵer y Blaid. Gwyddai bellach fod yr Heddlu Meddwl wedi bod yn ei wylio fel chwilen dan chwyddwydr ers saith mlynedd. Nid oedd unrhyw weithred gorfforol, dim un gair iddo ddweud ar goedd, nad oeddynt wedi sylwi arno, dim trywydd o'i feddwl na fu modd iddynt ei ddilyn. Roeddynt hyd yn oed wedi dychwelyd y darn bychan o lwch gwyn yn ofalus i glawr ei ddyddiadur. Roeddynt

wedi chwarae recordiadau iddo, dangos lluniau. Lluniau o Julia ac
ef oedd rhai ohonynt. Ie, hyd yn oed... Ni allai barhau i frwydro yn
erbyn y Blaid bellach. Beth bynnag, y Blaid oedd yn iawn. Rhaid ei
bod hi; sut gallai'r cyd-feddwl anfeidrol hwnnw gamgymryd? Yn ôl
pa safon allanol fyddai modd i chi fesur ei dyfarniadau? Roedd
callineb yn ystadegol. Dim ond mater oedd hi o ddysgu meddwl yn
yr un ffordd â nhw. Dim ond – !

Teimlai'r bensel yn drwchus ac yn drwsgl yn ei fysedd.
Dechreuodd daro ar bapur y meddyliau a ddeuai i'w ben. Y peth
cyntaf iddo'i ysgrifennu, mewn llythrennau breision, clogyrnaidd,
oedd:

RHYDDID YW CAETHIWED

Bron ar unwaith wedyn ysgrifennodd oddi tanodd:

MAE DAU A DAU YN BUMP

Ond wedyn daeth rhyw fath o fagl ar ei feddwl. Roedd ei feddwl
fel petai'n methu canolbwyntio, fel petai'n gwrthod cydnabod
rhywbeth. Gwyddai ei fod yn gwybod beth oedd yn dod nesaf, ond
am y tro ni allai gofio. Pan gofiodd o'r diwedd, dim ond drwy
resymu'n fwriadol beth roedd rhaid iddo ddod nesaf roedd hynny:
ni ddaeth y peth ar ei ben ei hun. Ysgrifennodd:

DUW YW PŴER

Derbyniodd bopeth. Roedd y gorffennol yn newidiadwy. Nid
oedd y gorffennol erioed wedi'i newid. Roedd Oceania yn rhyfela
yn erbyn Dwyrasia. Roedd Oceania a Dwyrasia yn rhyfela erioed.
Roedd Jones, Aaronson a Rutherford yn euog o'r troseddau hynny
y cawsant eu cyhuddo ohonynt. Nid oedd erioed wedi gweld y llun
a brofodd fel arall. Nid oedd hwnnw erioed wedi bodoli, wedi'i
ddyfeisio ydoedd. Cofiodd iddo gofio fel arall, ond atgofion ffug
oedd y rheiny, cynnyrch hunan-dwyll. Dyna hawdd oedd y cwbl!
Dim ond ildio oedd angen, a dilynai popeth wedyn. Roedd hi fel
nofio yn erbyn cerrynt oedd yn eich gwthio yn ôl waeth pa mor
galed y brwydrech yn ei erbyn, wedyn yn sydyn yn penderfynu troi
a dilyn y llif yn lle nofio'n ei erbyn. Nid oedd dim byd wedi newid
heblaw eich agwedd eich hun: yr un oedd y canlyniad anochel y
naill ffordd neu'r llall. Prin y gwyddai pam y gwrthryfelodd erioed.
Roedd popeth yn hawdd, ond –

Gallai unrhyw beth fod yn wir. Roedd deddfau Natur

bondigrybwyll yn nonsens. Roedd deddf disgyrchiant yn nonsens. "Petai arna i eisiau gwneud," dywedasai O'Brien, "gallwn i nofio oddi ar y llawr hwn fel swigen sebon." Roedd Winston yn deall bellach. "Os ydy'n *meddwl* ei fod yn nofio oddi ar y llawr, ac os ydw innau ar yr un pryd yn *meddwl* iddo wneud hynny, yna mae'r peth wedi digwydd." Yn sydyn, fel darn o long ddrylliedig yn codi'n sydyn i wyneb y dŵr, ffrwydrodd y meddwl i'w ben: "Ond dyw e ddim yn digwydd mewn gwirionedd. Ni sy'n meddwl. Mae'n rhith i gyd." Gwthiodd y meddwl yn ôl yn syth. Roedd y camsyniad yn amlwg. Roedd hynny'n cymryd yn ganiataol bod yna, rywle neu'i gilydd, y tu allan i'r hunan, fyd "go iawn" lle'r oedd pethau "go iawn" yn digwydd. Ond sut gallai'r fath fyd fodoli? Beth wyddem ni am ddim byd heblaw drwy'n meddyliau ein hunain? Yn y meddwl mae pob digwyddiad. Mae beth bynnag sy'n digwydd ym mhob meddwl yn digwydd go iawn.

Digon hawdd oedd iddo wrthod y camsyniad, ac nid oedd unrhyw berygl y byddai'n cael ei dwyllo ganddo. Sylweddolodd, serch hynny, na ddylai'r peth wedi dod i'w feddwl yn y lle cyntaf. Dylai'r meddwl ddatblygu man dall pryd bynnag y codai syniad peryglus ei ben. Dylai'r broses fod yn awtomatig, yn reddfol. *Trostop* oedd yr enw arni yn y Newyddiaith.

Aeth ati i ymarfer trostop. Ystyriodd ddatganiadau yn ei feddwl: "Mae'r Blaid yn dweud bod y byd yn fflat," "Mae'r Blaid yn dweud bod iâ'n drymach na dŵr", – ac yna ymarfer peidio â gweld neu beidio â deall y dadleuon fyddai'n gwrth-ddweud y gosodiadau hyn. Doedd hi ddim yn hawdd. Roedd gofyn galluoedd rhyfeddol o ran rhesymeg a byrfyfyrio. Roedd y problemau mathemategol a godid, er enghraifft, gan ddatganiad fel "mae dau a dau yn bump" tu hwnt i'w afael meddyliol. Roedd hynny'n galw hefyd am fath o hyblygrwydd meddwl, un eiliad gallu defnyddio rhesymeg yn y ffordd fwyaf ofalus a'r eiliad nesaf bod yn anymwybodol o wallau rhesymegol o'r math mwyaf bras. Roedd galw am dwpdra gymaint ag am ddeall, ac roedd hynny'r un mor anodd ei gyrraedd.

Drwy'r adeg, ag un rhan o'i feddwl, ceisiodd ddyfalu pryd câi ei saethu. "Mae popeth yn dibynnu arnat ti dy hun," dywedasai O'Brien; ond gwyddai nad oedd yr un weithred fwriadol fyddai'n dod â'r peth yn nes. Gallai fod ymhen deng munud, neu ymhen deng mlynedd. Efallai y byddent yn ei gadw am flynyddoedd mewn cell ar ei ben ei hun, efallai byddai'n cael ei anfon i wersyll llafur, efallai byddent yn ei ryddhau am gyfnod, fel y gwnaent weithiau. Roedd hi'n berffaith bosib y byddai holl ddrama ei arestio a'i groesholi'n cael ei hailberfformio drachefn o'r cychwyn cyn iddyn nhw ei saethu. Yr un peth sicr oedd na fyddai marwolaeth yn dod pan oeddech chi'n ei disgwyl. Y traddodiad – y traddodiad na fyddai neb yn sôn amdano, ond rywsut fe wyddech yn iawn er na chlywsoch chi hynny erioed – oedd mai o'r tu ôl y byddai'r saethu'n digwydd; yng nghefn y pen bob tro, heb rybudd, wrth i chi gerdded i lawr y coridor o un gell i'r llall.

Un diwrnod – ond nid "diwrnod" oedd y ffordd iawn o'i gyfleu; yr un mor debyg mai gefn nos oedd hi – syrthiodd i synfyfyrdod rhyfedd, braf. Roedd yn cerdded ar hyd y coridor, yn aros am y fwled. Gwyddai'i bod hi'n dod unrhyw eiliad. Roedd popeth wedi'i setlo, wedi'i esmwytho, wedi'i gysoni. Doedd dim rhagor o amheuon, dim rhagor o ddadlau, dim rhagor o boen nac o ofn. Roedd ei gorff yn iach ac yn gryf. Cerddai'n hamddenol, gan fwynhau symud gan deimlo ei fod yn cerdded yng ngolau'r haul. Nid oedd bellach yng nghoridorau gwynion y Weinyddiaeth Gariad, ond yn y coridor enfawr hwnnw dan olau'r haul, cilometr o led, roedd yn teimlo iddo fod ynddo'r adeg pan oedd y cyffuriau'n ei lethu. Roedd yn y Wlad Hud, yn dilyn y llwybr troed dros yr hen ffridd yn llawn cwningod. Gallai deimlo'r gwair byr meddal dan ei draed a'r heulwen fwyn ar ei wyneb. Yn ymyl y cae roedd y llwyfenni'n siglo'n ysgafn, a rhywle tu hwnt i hynny roedd yr afon lle'r oedd y darsod yn aros yn y pyllau gwyrddion dan yr helyg.

Yn sydyn eisteddodd i fyny mewn sioc ac arswyd. Roedd ei gefn yn chwysu. Roedd wedi clywed ei lais ei hun yn llefain ar goedd:

"Julia! Julia! Julia, 'nghariad! Julia!"

Llethwyd Winston am eiliad gan rith ei phresenoldeb. Roedd hi nid yn unig fel petai hi yno gydag ef, ond y tu mewn iddo. Roedd hi fel petai wedi ymdreiddio i'w groen. Yr eiliad honno roedd wedi'i charu hi'n fwy nag y gwnaeth erioed pan oeddynt gyda'i gilydd ac yn rhydd. A gwyddai hefyd rywsut ei bod hi'n dal yn fyw ac yno yn rhywle neu'i gilydd, a bod arni angen ei gymorth.

Gorweddodd yn ôl ar y gwely a cheisio ymdawelu. Beth oedd wedi'i wneud? Faint o flynyddoedd eto oedd wedi'u hychwanegu at ei gaethiwed drwy'r eiliad honno o wendid?

Ymhen eiliad arall clywai sŵn y traed trymion y tu allan i'r drws. Doedd bosib y byddent yn caniatáu'r fath ebychiad heb ei gosbi. Byddent yn gwybod bellach, pe na baent eisoes yn gwybod, ei fod yn torri'r cytundeb roedd wedi'i wneud â nhw. Roedd yn ufudd i'r Blaid, ac eto'n dal i gasáu'r Blaid. Yn yr hen ddyddiau roedd wedi cuddio meddwl hereticaidd dan gydymffurfiaeth ymddangosol. Bellach roedd wedi cymryd cam tuag yn ôl: yn ei feddwl roedd wedi ildio, ond dan obeithio cadw ei galon oddi mewn yn ddihalog. Gwyddai mai ef oedd ar fai, ond roedd yn well ganddo hynny. Byddent yn deall hynny – byddai O'Brien yn deall hynny. Roedd wedi cyffesu'r cyfan ag un llef wirion.

Byddai'n rhaid iddo ddechrau o'r dechrau unwaith eto. Gallai gymryd blynyddoedd. Rhedodd ei law dros ei wyneb, yn ceisio ymgyfarwyddo eto â'i ffurf newydd. Roedd rhychau dyfnion yn y bochau, esgyrn ei fochau i'w teimlo'n finiog, a'r trwyn yn fflat. At hynny roedd wedi cael set gyfan newydd o ddannedd ers y tro diwethaf iddo'i weld ei hun mewn drych. Nid peth hawdd oedd cadw eich wyneb yn ddifynegiant heb wybod sut olwg oedd ar eich wyneb. Beth bynnag, nid oedd rheoli'r wyneb ar ei ben ei hun yn ddigon. Am y tro cyntaf sylweddolodd bod yn rhaid cuddio cyfrinach oddi wrthych eich hun, os oeddech am ei chadw. Rhaid oedd gwybod ei bod hi yno o hyd, heb adael iddi darfu ar eich meddwl ar unrhyw ffurf y gellir rhoi enw arni. O hyn ymlaen nid yn unig oedd yn rhaid iddo feddwl yn iawn; rhaid oedd iddo deimlo'n iawn, a breuddwydio'n iawn. Ac ar hyd yr adeg roedd yn rhaid iddo roi'i gasineb dan glo ynddo fel pelen o sylwedd oedd yn rhan ohono'i hun ac eto ar wahân i'r gweddill ohono, fel math o syst.

Un diwrnod byddent yn penderfynu ei saethu. Doedd dim dweud pryd y digwyddai hynny, ond dylai fod modd dyfalu ychydig eiliadau o flaen llaw. O'r tu ôl byddai'n digwydd, wrth gerdded i lawr coridor. Byddai deg eiliad yn ddigon. Yn ystod yr adeg honno gallai'r byd tu mewn iddo droi â'i ben i waered. Ac yna'n sydyn, heb ddweud gair, heb fethu cam, heb i'r un llinell yn ei wyneb newid – yn sydyn byddai'r guddwisg wedi'i thaflu ymaith, a *bang!* byddai batris ei gasineb yn ffrwydro. Byddai casineb yn ei lenwi fel fflam enfawr yn rhuo. A bron iawn yr un eiliad *bang!* Deuai'r fwled, yn rhy hwyr, neu'n rhy fuan. Byddent wedi chwythu'i ymennydd yn yfflon cyn iddynt allu'i adfeddiannu. Byddai'r syniad hereticaidd yn mynd heb ei gosbi, heb iddo fod yn edifar amdano, o'u gafael am byth. Byddent wedi chwythu twll yn eu perffeithrwydd eu hunain. Marw ac yntau'n eu casáu; dyna oedd rhyddid.

Caeodd ei lygaid. Roedd hi'n anoddach na derbyn disgyblaeth feddyliol. Roedd hi'n fater o ymddarostwng, o'i ddifodi'i hun. Rhaid oedd iddo blymio i'r budreddi butraf. Beth oedd y peth mwyaf gwrthun, mwyaf cyfoglyd oll? Meddyliodd am y Brawd Mawr. Roedd y wyneb enfawr (gan ei fod wedi'i weld o hyd ar bosteri, bu'n fetr o led yn ei feddwl erioed), gyda'i fwstas du trwm a'r llygaid oedd yn eich dilyn yn ôl ac ymlaen, fel petai'n nofio ar ei feddwl ohono'i hun. Beth oedd e'n ei deimlo tuag at y Brawd Mawr mewn gwirionedd?

Daeth troediad trwm sgidiau mawr yn y coridor. Agorodd y drws dur â chlec. Cerddodd O'Brien i mewn i'r gell. Y tu ôl iddo roedd y swyddog wyneb cwyr a'r gwarchodwyr yn eu lifrau duon.

"Cod," meddai O'Brien. "Dere yma."

Safodd Winston gyferbyn ag ef. Gafaelodd O'Brien yn ysgwyddau Winston â'i ddwylo cryf a chraffu arno.

"Rwyt ti wedi meddwl ceisio fy nhwyllo," meddai. "Peth twp oedd hynny. Saf yn syth. Edrych ym myw fy llygaid."

Arhosodd, ac yna aeth yn ei flaen mewn llais mwynach:

"Rwyt ti'n gwella. Does fawr o ddim o'i le arnat ti'n ddeallusol. Dim ond yn emosiynol rwyt ti wedi methu gwneud cynnydd. Dywed, Winston – a chofia, dim celwydd: rwyt ti'n gwybod y byddaf yn gweld celwydd bob tro – dywed, beth yw dy deimladau mewn gwirionedd tuag at y Brawd Mawr?"

"Rwy'n ei gasáu."

"Rwyt ti'n ei gasáu. Da iawn. Felly mae'n bryd i ti gymryd y cam olaf. Rhaid i ti garu'r Brawd Mawr. Dydy ufuddhau iddo ddim yn ddigon: rhaid i ti ei garu."

Rhyddhaodd Winston gan roi hwb fach iddo i gyfeiriad y gwarchodwyr.

"Ystafell 101," meddai.

Pennod 5

Yn ystod pob cam o'i garchariad gwyddai Winston, neu rywsut credai ei fod yn gwybod, ym mha ran o'r adeilad di-ffenestr yr oedd ar y pryd. Roedd rhyw fân wahaniaethau ym mhwysedd yr aer, efallai. Dan y ddaear oedd y celloedd lle'r oedd y gwarchodwyr wedi'i guro o. Yn uchel rywle'n agos i'r to oedd yr ystafell lle'r oedd O'Brien wedi'i groesholi. Roedd y lle hwn yn fetrau lawer o dan y ddaear, mor ddwfn ag oedd modd mynd.

Roedd hi'n fwy na'r rhan fwyaf o'r celloedd y bu ynddynt hyd hynny. Ond prin ei fod yn sylwi ar y pethau o'i gwmpas. Yr unig beth sylwodd arno oedd bod dau fwrdd bach yn syth o'i flaen, y ddau dan liain o frethyn gwyrdd. Dim ond metr neu ddau i ffwrdd oedd un ohonynt, roedd y llall ymhellach i ffwrdd, yn agos i'r drws. Roedd wedi'i glymu'n unionsyth ar gadair, mor dynn fel na allai symud o gwbl, dim hyd yn oed ei ben. Roedd pad o ryw fath yn gwasgu cefn ei ben, gan ei orfodi i edrych yn syth o'i flaen.

Am eiliad roedd ar ei ben ei hun, yna agorodd y drws a daeth O'Brien i mewn.

"Gofynnaist i mi unwaith," meddai O'Brien, "beth oedd yn Ystafell 101. Dwedais i dy fod di'n gwybod yr ateb i hynny'n barod. Mae pawb yn gwybod yr ateb. Y peth sydd tu mewn i Ystafell 101 yw'r peth gwaethaf yn y byd."

Agorodd y drws eto. Daeth gwarchodwr i mewn â rhywbeth wedi'i wneud o wifren, blwch neu fasged o ryw fath. Fe'i rhoddodd i lawr ar y bwrdd pellaf. Roedd O'Brien yn sefyll fel na allai Winston weld beth oedd y rhywbeth hwnnw.

"Mae'r peth gwaethaf yn y byd," meddai O'Brien, "yn amrywio'n ôl yr unigolyn. Eich claddu'n fyw hwyrach, neu'ch llosgi i farwolaeth, neu'ch boddi, neu gael eich gwanu â stanc, neu bum deg o farwolaethau eraill. Wedyn mae'r achosion hynny lle mae'n beth ddigon dibwys, nad yw hyd yn oed yn farwol."

Roedd wedi symud rywfaint i'r ochr, fel bod gan Winston well olwg ar y peth oedd ar y bwrdd. Cawell wifren siâp petryal oedd hi, â handlen ar ei phen ei mwyn ei chario. Wedi'i osod ar ei blaen roedd rhywbeth tebyg i fwgwd cleddyfa, ei ochr ceugrwm tuag allan. Er ei bod hi ryw dri neu bedwar metr oddi wrtho, gallai weld bod y gawell wedi'i rhannu ar ei hyd yn ddwy ran, a bod creadur o ryw fath ym mhob un. Llygod mawr oeddynt.

"Yn dy achos di," meddai O'Brien, "digwydd bod, y peth

gwaethaf yn y byd yw llygod mawr.”

Roedd rhyw fath o gryndod rhagargoelus, ofn rhywbeth na wyddai beth ydoedd, wedi gafael yn Winston yr eiliad y gwelodd y gawell gyntaf. Ond yr eiliad hon daeth ystyr yr atodiad mwgwdaidd ar flaen y gawell yn glir yn sydyn. Teimlai ei goluddion fel petaent wedi troi’n ddŵr.

“Allwch chi ddim gwneud hynny!” llefodd mewn meinlais groch. “Allwch chi ddim, allwch chi ddim! Mae’n amhosib.”

“Wyt ti’n cofio,” meddai O’Brien, “yr eiliad o banig fyddai’n arfer dod yn dy freuddwydion? Roedd wal o dywyllwch o dy flaen, a sŵn rhuo yn dy glustiau. Roedd rhywbeth erchyll ar ochr arall y wal. Roeddet ti’n gwybod dy fod di’n gwybod beth oedd yno, ond feiddiet ti mo’i lusgo i olau dydd. Y llygod mawr oedd ar ochr arall y wal.”

“O’Brien!” meddai Winston, gan wneud ymdrech i reoli’i lais. “Dych chi’n gwybod nad oes angen hyn. Be ydych chi am i mi’i wneud?”

Nid atebodd O’Brien yn uniongyrchol. Pan siaradodd roedd hynny yn y dull ysgolfeistraidd hwnnw y byddai weithiau’n ei fabwysiadu. Edrychodd yn feddylgar i’r pellter, fel petai’n siarad â rhyw gynulleidfa rywle y tu ôl i gefn Winston.

“Ar ei phen ei hun,” meddai, “nid yw poen bob amser yn ddigon. Mae achosion pan fydd bod dynol yn gwrthsefyll poen, hyd yn oed nes ei farw. Ond mae gan bawb rywbeth nad oes modd iddynt ei ddioddef – rhywbeth nad oes modd hyd yn oed meddwl amdano. Dydy hi ddim yn fater o ddewrder neu lwfrdra. Os ydych chi’n cwympo o uchder, nid llwfrdra mo gafael mewn rhaff. Os ydych chi’n codi i’r lan o ddŵr dwfn, nid llwfrdra mo llenwi’ch ysgyfant ag aer. Greddf yw hi, nad oes modd ei dinistrio. Yr un peth yw hi o ran y llygod mawr. I ti, does mo’u dioddef. Math o bwysau ydyn nhw nad oes modd i ti’i wrthsefyll, hyd yn oed petai arnat ti eisiau. Mi wnei di’r hyn sydd angen.”

“Ond beth, beth yw hynny? Sut alla’i wneud heb wybod beth yw e?”

Cododd O’Brien y gawell a’i chludo draw i’r bwrdd nes. Yn ofalus, gosododd hi i lawr ar ben y lliain brethyn. Gallai Winston glywed y gwaed yn ei glustiau’n canu. Teimlai fel petai’n eistedd mewn unigedd llwyr. Roedd ar ganol rhyw wastadedd enfawr gwag, anialwch gwastad dan haul tanbaid, a phob sŵn yn ei gyrraedd o bellterau maith. Ac eto nid oedd y gawell gyda’r llygod mawr fwy na dau fetr oddi wrtho. Llygod anferth oeddynt. Roeddynt yn yr oed hwnnw pan fo trwyn llygoden fawr yn colli’i fin ac yn troi’n ffyrnig, a’i blew’n troi’n frown yn lle llwyd.

"Er mai cnofil yw'r llygoden fawr," meddai O'Brien, yn dal i gyfarch ei gynulleidfa anweledig, "mae'n gigysydd. Mi wyddost ti hynny. Siawns nad wyt wedi clywed sôn am y pethau hynny sy'n digwydd yn rhannau tlotaf y ddinas hon. Mewn rhai strydoedd dydy merched ddim yn meiddio gadael eu babanod ar eu pennau'u hunain yn y tŷ, ddim hyd yn oed am bum munud. Mae'r llygod yn sicr o ymosod. Cyn pen dim byddant wedi cnoi'r holl gig hyd at yr asgwrn. Byddant yn ymosod ar yr eiddil hefyd, neu'r sawl sydd ar farw. Mae nhw'n syfrdanol o graff o ran gwybod pan fo bod dynol yn ddiymadferth."

Daeth ffrwydrad o wichian o'r gawell. Roedd fel petai'n cyrraedd Winston o bell. Roedd y llygod yn ymladd; yn ceisio cyrraedd ei gilydd drwy'r rhaniad. Clywodd hefyd ruddfan dwfn yn llawn anobaith. Roedd hwnnw, hefyd, fel petai'n ei gyrraedd o'r tu allan iddo ef ei hun.

Cododd O'Brien y gawell, ac wrth iddo wneud hynny, gwasgodd rywbeth. Daeth clic sydyn. Rhoddodd Winston bob gewyn ar waith i ymryddhau o'r gadair. Roedd yn anobeithiol; roedd pob rhan ohono, hyd yn oed ei ben, wedi'i dal yn ei le. Symudodd O'Brien y gawell yn nes. Roedd lai na metr o wyneb Winston.

"Rydw i wedi gwasgu'r ddolen gyntaf," meddai O'Brien. "Rhaid i ti ddeall gwneuthuriad y gawell hon. Bydd y mwgwd yn mynd dros dy ben, heb adael unrhyw ffordd allan. Wedi i mi wasgi'r ddolen arall hwn, bydd caead y gawell yn llithro i fyny. Bydd y diawliaid llwglyd yma'n saethu allan fel bwledi. Welaist ti lygoden fawr yn llamu drwy'r awyr erioed? Byddant yn cythru ar dy wyneb ac yn dechrau tyllu'n syth i mewn iddo. Weithiau maen nhw'n dechrau â'r llygaid. Weithiau maen nhw'n tyllu trwy'r bochau i lowcio'r tafod."

Roedd y gawell yn agosáu; yn cau amdano. Clywodd Winston gyfres o sgrechiadau uchel oedd fel petaent yn dod o'r awyr uwch ei ben. Ond brwydrodd yn ffyrnig yn erbyn ei banig. Meddwl, meddwl, hyd yn oed ag un eiliad ar ôl – meddwl oedd ei unig obaith bellach. Yn sydyn llenwyd ei ffroenau ag arogl llwydaidd y diawliaid erchyll. Daeth pwl ffyrnig o gyfog y tu mewn iddo, a bu bron iddo golli ymwybod. Aethai popeth yn ddu. Am eiliad roedd yn wallgof, yn anifail yn sgrechian. Ac eto daeth o'r düwch yn gafael mewn un syniad. Roedd un ffordd, ac un yn unig, i'w achub ei hun. Rhaid rhoi rhyw fod dynol arall, *corff* rhywun arall, rhyngddo'i hun a'r llygod mawr.

Roedd cylch y mwgwd bellach yn ddigon mawr i'w rwystro rhag gweld dim byd arall. Roedd y caead weiren led dwy law o'i wyneb. Gwyddai'r llygod bellach beth oedd yn dod. Roedd un ohonynt yn llamu i fyny ac i lawr; safodd y llall, hen daid cennog o'r geuffos, ei ddwylo pinc ar y bariau, yn gwynto'r aer yn ffyrnig. Gallai Winston weld eu wisgers a'u dannedd melyn. Gafaelodd y panig du ynddo drachefn. Roedd yn ddiolwg, yn ddiymadferth, yn ddifeddwl.

"Cosb ddigon cyffredin oedd hi yn Ymerodraeth Tseina," meddai O'Brien, mor athroaidd ag erioed.

Roedd y mwgwd yn cau am ei wyneb. Cyffyrddodd y weiren â'i foch. Ac yna – na, nid rhyddhad, dim ond gobaith, dernyn bychan o obaith. Rhy hwyr, efallai'n rhy hwyr. Ond deallodd yn sydyn nad oedd dim ond UN person arall yn y byd yn grwn y gallai trosglwyddo'r gosb hon iddynt – UN corff y gallai'i roi rhyngddo ef a'r llygod mawr. Ac roedd yn gweiddi'n orffwyll, eto ac eto.

"Gwnewch e i Julia! Gwnewch e i Julia! Nid i fi! Julia! S'dim ots gen i be wnewch chi iddi! Llarpiwch ei hwyneb, hyd at fêr ei hesgyrn! Nid fi! Julia! Nid fi!"

Roedd yn cwympo tuag yn ôl, i ddyfnderoedd maith, oddi wrth y llygod mawr. Roedd wedi'i glymu i'r gadair o hyd, ond wedi cwympo drwy'r llawr, drwy waliau'r adeilad, drwy'r ddaear, drwy'r cefnforoedd, drwy'r atmosffer, i'r gofod, i'r gwagle rhwng y sêr – ymhellach, ymhellach, ymhellach o hyd o'r llygod mawr. Roedd yn flynyddoedd goleuni ymhell, ond dacw O'Brien yn sefyll wrth ei ochr o hyd. Roedd y weiren oer yn dal i gyffwrdd â'i foch. Ond drwy'r tywyllwch o'i gwmpas, clywodd glec fetelaidd arall, a gwyddai fod drws y gawell wedi cau yn hytrach nag agor.

Pennod 6

Roedd Caffi'r Gastanwydden bron yn wag. Deuai pelydryn o olau'r haul i mewn drwy'r ffenest i lanio ar fwrdd llychlyd. Un deg pump o'r gloch oedd hi, amser digon unig. Roedd cerddoriaeth wichlyd yn diferu o'r telisgrîniau.

Eisteddai Winston yn ei gornel arferol, yn syllu i waelod gwydr gwag. Bob yn hyn a hyn syllai i fyny ar wyneb enfawr a syllai arno o'r wal gyfagos. *MAE'R BRAWD MAWR YN EICH GWYLIO CHI*, meddai'r capsiwn. Heb yn ofyn, daeth gweinydd draw a llenwi ei wydr â Jin Buddugoliaeth, gan ysgwyd i mewn iddo ychydig ddiferion o botel arall â chwilsyn trwy'i chorc. Sacarin ac arno flas clofs, un o ryseitiau arbennig y caffi.

Roedd Winston yn gwrando ar y telisgrîn. Dim ond cerddoriaeth oedd yn dod allan ohono ar hyn o bryd, ond roedd posibilrwydd y byddai bwletin arbennig yn dod o'r Weinyddiaeth Hedd unrhyw funud. Roedd y newyddion o'r Ffrynt yn Affrica yn destun cryn bryder. Buasai'n poeni amdano drwy'r dydd. Roedd byddin Ewrasiaidd (roedd rhyfel rhwng Oceania ac Ewrasia; bu rhyfel rhwng Oceania ac Ewrasia erioed) yn symud tua'r de yn arswydus o gyflym. Ni chrybwyllodd y bwletin canol dydd unrhyw ardal benodol, ond roedd hi'n debyg bod aber yr afon Congo eisoes yn rhan o faes y gad. Roedd Brazzaville a Leopoldville mewn perygl. Nid oedd gofyn edrych ar y map i weld beth oedd ystyr hynny. Nid dim ond mater o golli canolbarth Affrica oedd hi: am y tro cyntaf ers dechrau'r rhyfel, roedd tiriogaeth Oceania ei hun dan fygythiad.

Cododd rhyw emosiwn gwyllt ynddo am eiliad cyn pylu eto: nid ofn yn union ond rhyw fath o gyffro amhenodol. Peidiodd â meddwl am y rhyfel. Y dyddiau hyn roedd yn ei chael hi'n amhosib canolbwyntio'i feddwl ar unrhyw bwnc penodol am fwy nag ychydig eiliadau. Cododd ei wydr a'i wagio ar ei dalcen. Fel y gwnâi bob tro, gwnaeth y jin iddo grynu a chododd gyfog arno. Roedd y stwff yn erchyll. Ni allai'r clofs a'r sacarin – oedd yn ddigon afiach o orfelys ar eu pennau'u hunain – guddio'r arogl fflat, olewllyd hwnnw; a'r peth gwaethaf oll oedd bod arogl jin, fyddai'n ei ddilyn ymhobman, dydd a nos, yn gyfan gwbl ynghlwm yn ei feddwl ag arogl –

Ni fyddai'n eu henwi, hyd yn oed yn ei feddwl, a chyn belled ag y gallai ni fyddai'n dwyn eu golwg i'w gof chwaith. Rhyw bethau oeddynt yr oedd yn lled-ymwybodol ohonynt, yn nofio rywle'n agos i'w wyneb, arogl yn ei ffroenau. Wrth i'r jin godi'r tu mewn iddo bytheiriodd drwy wefusau porffor. Roedd wedi magu bloneg ers iddynt ei ryddhau, ac wedi adennill ei hen liw – mwy na'i hadennill. Roedd ei wyneb wedi tewychu, roedd croen ei drwyn a'i ruddiau'n goch amrwd, a hyd yn oed ei ben moel yn binc rhy dywyll. Daeth gweinydd, unwaith eto'n ddiofyn, â'r bwrdd caws a rhifyn diweddaraf *y Faner*, y dudalen gyda'r pos gwyddbwyll wedi'i droi tuag i lawr. Yna, wedi gweld bod gwydr Winston yn wag, daeth â'r botel jin i'w lenwi. Doedd dim angen iddo ofyn am ddim byd. Roeddynt yn gyfarwydd â'i arferion. Roedd y bwrdd caws yn aros amdano o hyd, ei fwrdd yn y gornel wedi'i gadw o hyd; hyd yn oed pan oedd y lle'n llawn byddai ganddo'r bwrdd yno iddo' hun, gan nad oedd ar neb eisiau cael eu gweld yn eistedd yn rhy agos ato. Ni fyddai'n trafferthu cyfri nifer y diodydd. Yn dilyn rhyw drefn dibatrwm byddent yn dangos darn o bapur budr iddo, sef y bil, chwedl hwythau; ond roedd dan yr argraff na chodent byth y pris llawn arno. Ni fyddai dim gwahaniaeth petai hi fel arall. Roedd ganddo ddigonedd o arian y dyddiau hyn. Roedd ganddo swydd hyd yn oed, un segur, ei thâl yn uwch na'i hen un.

Peidiodd y gerddoriaeth o'r telisgrîn, wedi'i disodli gan lais. Cododd Winston ei ben i wrando. Nid bwletin o'r ffrynt oedd e, fodd bynnag. Dim ond datganiad cwta gan y Weinyddiaeth Gyfoeth. Roedd hi'n debyg bod cwota'r degfed Cynllun-Tair-Blynedd ar gyfer careiau esgidiau wedi'i ragori o 98 y cant yn y chwarter blaenorol.

Craffodd ar y broblem gwyddbwyll a gosod y darnau ar y bwrdd. Un astrus oedd hi, gyda dau farchog. "Tro gwyn, cau mewn dau." Gwyn sy'n cau bob tro, meddyliodd, â rhyw gyfriniaeth niwlog. Dyna'r drefn, bob tro, yn ddieithriad. Nid yw du wedi ennill yr un bos gwyddbwyll ers dechrau'r byd. Onid oedd hynny'n cynrychioli Buddugoliaeth anochel, dragwyddol y Da dros y Drwg? Syllodd y wyneb enfawr yn ôl arno, yn llawn o bŵer tawel. Gwyn sy'n cau bob tro.

Tawodd llais y telisgrîn am eiliad cyn ychwanegu mewn tôn gwahanol, llymach o lawer: "Fe'ch rhybuddir i ddisgwyl cyhoeddiad pwysig am un deg pump tri deg. Un deg pump tri deg! Mae'r newyddion hyn yn hanfodol bwysig. Gofalwch na fyddwch yn eu colli. Un deg pump tri deg!" Dechreuodd y gerddoriaeth glochaidd eto.

Curodd calon Winston. Dyna'r bwletin o'r ffrynt; gwyddai'n reddfol fod newyddion drwg ar ddod. Drwy'r dydd, â gwefrau bach o gyffro, buasai syniadau am fuddugoliaeth ysgubol yn Affrica yn mynd a dod o'i feddwl. Roedd fel petai'n gallu gweld y fyddin

Ewrasiaidd go iawn yn llifo fel ton dros y ffin ac yn arllwys i waelod Affrica fel morgrug. Pam na fuasai modd achub y blaen arnynt rywsut neu'i gilydd? Safai amlinell arfordir Gorllewin Affrica'n fyw yn ei feddwl. Cododd y marchog gwyn a'i symud ar draws y bwrdd. *Dyna'r* lle iawn. Hyd yn oed wrth iddo weld y lluoedd duon yn rhuthro tua'r de gwelai ryw lu arall, wedi'i gasglu rywfodd a'i blannu y tu ôl iddynt, gan eu hynysu ar dir a môr. Teimlai ei fod yn rhoi bodolaeth i'r llu arall yma dim ond drwy ddymuno iddo fodoli. Ond rhaid oedd gweithredu'n gyflym. Petaent yn llwyddo i reoli Affrica benbaladr, petaent yn rhoi meysydd awyr a hafanau i'w llongau tanfor ym Mhenrhyn Gobaith Da, byddai hynny'n rhannu Oceania yn ddau. Gallai olygu unrhyw beth: trechu Oceania, dymchwel cyffredinol, ailddyrannu'r byd, dinistrio'r Blaid! Anadlodd yn ddwfn. Dechreuodd cymysgedd anhygoel o deimladau – nid cymysgedd, yn union; yn hytrach haenau o deimlad ar ben ei gilydd, nad oedd modd dweud pa un ohonynt oedd y dyfnaf – ferwi'r tu mewn iddo.

Aeth y wingfa heibio. Rhoddodd y marchog gwyn yn ôl ei le, ond am y tro ni allai ymdawelu ddigon i ganolbwyntio go iawn ar y pos gwyddbwyll. Crwydrodd ei feddyliau drachefn. Bron yn ddiarwybod, ysgrifennodd rywbeth â'i fys yn y llwch ar y bwrdd:

2+2=5.

"Allen nhw ddim mynd y tu mewn i chi," roedd hi wedi'i ddweud. Ond mi oedden nhw'n gallu. "Mae'r hyn sy'n digwydd i ti yma yn digwydd *am byth*," roedd O'Brien wedi'i ddweud. Gwir y gair. Roedd rhai pethau, eich gweithredoedd eich hun, nad oedd modd dod drostynt. Roedd rhywbeth wedi'i ladd yn eich bron: ei losgi allan, wedi'i serio.

Roedd wedi'i gweld hi; siarad gyda hi hyd yn oed. Doedd dim perygl i'r peth. Gwyddai, megis drwy reddf, nad oedden nhw bellach yn cymryd odid ddim diddordeb ynddo. Gallasai drefnu cwrdd â hi unwaith eto, petai ar y naill neu'r llall ohonynt eisiau gwneud hynny. Damweiniol fu eu cyfarfod mewn gwirionedd. Yn y parc, ar ddiwrnod ffiaidd ym mis Mawrth, a'r pridd fel haearn a'r glaswellt i gyd fel petai'n farw a dim blagur i'w gweld yn unman heblaw ambell grocws oedd wedi gwthio i fyny dim ond i gael ei rwygo'n dipiau gan y gwynt. Bu'n rhuthro ar ei ffordd, ei ddwylo wedi sythu a'i lygaid yn dyfrio pan welodd hi, lai na deg metr oddi wrtho. Gwelodd ar unwaith ei bod hi wedi newid mewn rhyw ffordd annelwig. Bu bron iddynt fynd heibio i'w gilydd heb arwydd, yna trodd a'i dilyn hi, heb fod yn rhy frwd. Gwyddai nad oedd yna berygl ac na fyddai gan neb fymryn o ddiddordeb ynddo. Ni ddwedodd hi dim byd. Cerddodd ar osgo oddi wrtho ar draws y glaswellt fel petai'n ceisio cael gwared arno, yna roedd hi i'w gweld fel petai'n derbyn ei gael wrth ei hochr. Cyn pen dim roeddynt ar ganol clwstwr o lwyni carpiog heb ddail, yn dda i ddim i'w cuddio na'u hamddiffyn rhag y gwynt. Safodd y ddau. Roedd hi'n afiach o oer. Chwibanai'r gwynt drwy'r brigau ac ysgytio'r ambell grocws budr ei olwg. Rhoddodd ei fraich am ei chanol.

Doedd dim telisgrîn, ond rhaid bod yna feicroffonau cudd: beth bynnag, roeddynt yn y golwg. Doedd dim ots, doedd dim ots am ddim byd. Gallent fod wedi gorwedd ar y llawr a gwneud *hynny* petai arnynt eisiau gwneud. Rhewodd ei gnawd mewn arswyd wrth feddwl am y peth. Ymatebodd hithau ddim mymryn i afael ei fraich; dim hyd yn oed ceisio'i thynnu'i hun o'i afael. Gwyddai bellach beth oedd wedi newid ynddi. Roedd ei hwyneb yn fwy llwyd, ac roedd craith hir, wedi'i chuddio'n rhannol gan ei gwallt, ar draws ei thalcen a'i harlais; ond nid hynny oedd y newid. Roedd ei chanol wedi tewychu ac, mewn ffordd ryfedd, wedi caledu. Cofiodd iddo unwaith, ar ôl i roced-fom ffrwydro, helpu i lusgo corff allan o ryw adfail, a synnu nid yn unig at bwysau anhygoel y peth, ond hefyd ei fod mor galed ac anhylaw, a wnâi iddo deimlo fwy fel carreg na chnawd. Roedd yr un teimlad i'w chorff. Tarodd ei ben y byddai ei chroen i'w deimlo'n bur wahanol i fel y bu gynt.

Ni wnaeth ymdrech i'w chusanu, ac ni ddwedodd yr un ohonynt air. Wrth iddynt gerdded yn ôl ar draws y glaswellt, edrychodd hithau'n uniongyrchol arno am y tro cyntaf. Dim ond cipolwg, ond yn llawn dirmyg ac atgasedd. Tybed ai dim ond o'r gorffennol y deuai'r atgasedd, neu ai hefyd oherwydd chwyddo'i wyneb a'r dŵr y cadwai'r gwynt i'w wasgu o'i lygaid? Eisteddodd y ddau ar ddwy gadair haearn, ochr yn ochr ond heb fod yn rhy agos at ei gilydd. Gwelodd ei bod hi ar fin siarad. Symudodd ei hesgid glogyrnaidd ychydig sentimetrau i falu brigyn yn fwriadol. Roedd golwg letach ar ei thraed, sylwodd.

"Mi wnes i dy fradychu di," meddai hithau'n blaen.

"Mi wnes i dy fradychu di," meddai yntau.

Bwriodd olwg gyflym arall arno, yn llawn atgasedd.

"Weithiau," meddai, "maen nhw'n eich bygwth chi â rhywbeth nad oes mo'i wrthsefyll o, na hyd yn oed meddwl amdano. Ac wedyn dych chi'n dweud, 'Peidiwch â'i wneud i mi, gnewch o i rywun arall, gnewch o i hwn-a-hwn.' A chithau wedyn hwyrach yn cogio mai dim ond tric oedd o a dim ond er mwyn gwneud iddynt beidio y dwedoch chi hynny, nad oeddech chi'n ei feddwl o go iawn. Ond dydy hynny ddim yn wir. Pan mae'n digwydd, rydych chi *yn* ei feddwl o go iawn. Rydych chi'n meddwl nad oes dim ffordd arall o'ch achub eich hun, ac yn berffaith barod i achub eich hun felly. Mae arnoch chi chi *eisiau* iddo ddigwydd i'r llall. Does dim ots gennych chi beth sy'n digwydd iddyn nhw. Y cwbl sydd ar eich meddwl ydi chi'ch hun."

"Y cwbl sydd ar eich meddwl yw chi'ch hun," atseiniodd.

"Ac wedyn, dydych chi ddim yn teimlo 'run fath tuag at y person arall bellach."

"Nac ydych," meddai, "dydych chi ddim yn teimlo'r un fath."

Nid oedd dim byd arall i'w ddweud. Gwasgai'r gwynt eu hoferôlau tenau yn erbyn eu cyrff. Bron ar unwaith daeth hi'n chwithig eistedd yno heb ddweud gair: beth bynnag, roedd hi'n rhy oer i aros yn llonydd. Dwedodd hithau rywbeth am ddal y Tiwb a safodd i fynd.

"Rhaid i ni gwrdd eto," meddai yntau.

"Oes," meddai, "rhaid i ni gwrdd eto."

Dilynodd hi'n amhenderfynol am fyr o ffordd, hanner cam y tu ôl iddi. Ni siaradodd y ddau eto. Ni cheisiodd hi gael gwared arno'n union, dim ond cerdded yn ddigon cyflym i'w rwystro rhag dal i fyny â hi. Roedd wedi penderfynu y byddai'n ei dilyn hi cyn belled â gorsaf y Tiwb, ond yn sydyn teimlai'r broses o lusgo ar ei hôl yn yr oerfel yn ddibwrpas ac yn annioddefol.

Fei'i llethwyd gan awydd mynd, nid yn gymaint er mwyn dianc rhagddi ond er mwyn dychwelyd i Gaffi'r Gastanwydden, nad oedd erioed wedi teimlo mor ddeniadol â'r eiliad hon. Meddyliodd yn hiraethus am ei fwrdd yn y gornel, y papur newydd a'r bwrdd gwyddbwyll a'r jin yn llifo o hyd. Yn anad dim byddai'n gynnes yno. Yr eiliad nesaf, a hynny heb fod yn hollol ar ddamwain, gadawodd i dwr o bobl ei wahanu oddi wrthi. Gwnaeth ymdrech lugoer i ddal i fyny â hi, yna arafodd, trodd, a chychwyn i'r cyfeiriad arall. Ar ôl mynd hanner can metr edrychodd yn ôl. Nid oedd y stryd yn brysur ond eisoes ni allai ei gweld hi. Gallai fod wedi bod yn unrhyw un o ryw ddwsin o bobl yn prysuro drwy'r oerfel. Efallai na allai bellach adnabod ei chorff o'r tu ôl, a hwnnw'n stiffach ac yn dewach.

"Pan mae'n digwydd," dywedasai hi, "rydych chi'n ei feddwl o go iawn." Roedd yntau wedi'i feddwl go iawn. Nid dim ond wedi'i ddweud oedd e, ond wedi'i ddymuno. Roedd wedi dymuno mai hithau ac nid ef fyddai'n cael ei rhoi i'r –

Newidiodd rhywbeth yn y gerddoriaeth a ddiferai o'r telisgrîn. Daeth nodyn cryglyd, gwawdlyd, melyn iddi. Ac wedyn – efallai nad oedd hyn yn digwydd, dim ond atgof efallai oedd fel petai'n ei glywed – roedd llais yn canu:

> *Dan y gastanwydden fry*
> *Fe'th werthais i, fe'm gwerthaist ti –*

Daeth y dagrau i'w lygaid. Sylwodd un o'r gweinwyr fod ei wydr yn wag a daeth yn ei ôl gyda'r botel jin.

Cododd ei wydr a'i wynto. Gyda phob cegaid ohono âi'r stwff yn fwy atgas yn hytrach nac yn llai felly. Ond bellach dyma'r elfen y nofiai ynddi. Dyma'i fywyd, ei farwolaeth, a'i atgyfodiad. Jin fyddai'n ei suddo i syrthni bob nos, a jin fyddai'n ei ddadebru bob bore. Pan ddeffrai – peth na ddigwyddai yn aml cyn un deg un o'r gloch – ei lygaid yn ludiog a'i geg yn llosgi a'i gefn fel petai wedi'i dorri, ni allasai hyd yn oed godi oddi ar ei orwedd oni bai am y botel a'r gwpan de wedi'u gosod wrth erchwyn y gwely dros nos. Drwy oriau canol dydd eisteddai, ei wyneb farwaidd, y botel wrth law, yn gwrando ar y telisgrîn. O un deg pump hyd amser cau byddai'n rhan o ddodrefn Caffi'r Gastanwydden. Doedd neb yn poeni dim amdano bellach, nid oedd yr un chwiban i'w ddeffro na thelisgrîn i'w ddwrdio. Bob hyn a hyn, hwyrach rhyw ddwywaith yr wythnos, byddai'n mynd i swyddfa lychlyd, anghofiedig ei olwg yng Ngweinyddiaeth y Gwir i wneud ychydig o waith, neu'r hyn a elwid yn waith. Cawsai ei benodi i is-bwyllgor o is-bwyllgor oedd wedi codi oddi ar un o'r pwyllgorau di-rif hynny a ddeliai â man anawsterau ddaethai yn sgil llunio unfed argraffiad ar ddeg Geiriadur y Newyddiaith. Roeddynt wrthi'n cynhyrchu rhywbeth o'r enw Adroddiad Interim, ond ar beth yr union roeddynt yn adrodd nid oedd erioed wedi gweithio allan i sicrwydd. Rhywbeth yn ymwneud â phriodoldeb gosod atalnodau y tu mewn i gromfachau, neu tu allan iddynt. Roedd pedwar arall ar y pwyllgor, bob un ohonynt yn debyg iddo ef ei hun. Byddai diwrnodau pan fyddent yn ymgasglu dim ond i wahanu eto'n fuan iawn, gan gyfaddef yn hollol agored i'w gilydd nad oedd unrhyw beth mewn gwirionedd roedd angen ei wneud. Ond dro arall byddent yn mynd ati i gwblhau eu gwaith bron iawn yn frwdfrydig, gan wneud sioe fawr o fewnbynnu'r cofnodion ac o ddrafftio memoranda maith na fyddent byth yn eu gorffen – pan âi'r ddadl dros beth yn union oedd testun eu dadl yn eithriadol o gymhleth ac astrus, gyda dadlau cynnil dros ddiffiniadau, crwydradau rhethregol maith, a ffraeo, hyd yn oed bygythio dwyn yr achos gerbron awdurdod uwch. Ac yna'n sydyn âi'r enaid ohonynt, a byddent yn eistedd wrth y bwrdd yn syllu ar ei gilydd, eu llygaid yn farwaidd, fel ysbrydion yn pylu a diflannu yng ngolau'r wawr.

Tawodd y telisgrîn am eiliad. Cododd Winston ei ben unwaith eto. Y bwletin! Ond na, dim ond newid y gerddoriaeth roeddynt. Roedd ganddo fap o'r Affrig y tu ôl i'w amrannau. Diagram oedd symudiadau'r fyddin: saeth ddu yn rhwygo tuag i lawr, a saeth wen letraws tua'r dwyrain, dros gynffon y cyntaf. Fel petai'n chwilio am gysur, edrychodd i fyny ar y wyneb di-sigl yn y llun. Oedd hi'n bosib, tybed, nad oedd yr ail saeth hyd yn oed yn bodoli?

Pylodd ei ddiddordeb unwaith eto. Llyncodd lymaid arall o jin, cododd y marchog gwyn a'i symud yn betrus. Gwarchae. Ond yn amlwg nid dyna'r symudiad iawn, oherwydd –

Yn ddiofyn, daeth atgof i'w feddwl. Gwelodd ystafell wedi'i goleuo gan ganhwyllau a gwely anferth â charthen wen, ac yntau, bachgen naw neu ddeg oed, yn eistedd ar lawr, yn ysgwyd blwch dis ac yn chwerthin yn gynhyrfus. Roedd ei fam yn eistedd gyferbyn ag ef ac yn chwerthin hefyd.

Rhaid ei bod hi ryw fis cyn iddi ddiflannu. Adeg o gymodi oedd hi, pan oedd poen parhaus y chwant yn ei fola wedi'i anghofio a'i hen hoffter tuag ati wedi'i adfer am y tro. Cofiai'r diwrnod yn iawn, diwrnod o gurlaw, yn gwlychu at y croen, a dŵr yn llifo i lawr y ffenestri a'r golau tu mewn yn rhy bŵl i allu darllen. Daeth diflastod y ddau blentyn yn yr ystafell wely dywyll, gyfyng yn annioddefol. Roedd Winston yn cwyno ac yn grwgnach, gan fynnu bwyd yn ofer, a chynrhoni o amgylch yr ystafell gan dynnu popeth o'i le a chicio'r wensgot nes i'r cymdogion daro'r wal, a'r plentyn iau'n llefain bob hyn a hyn. Yn y pen draw meddai ei fam, "Nawr, bydd yn fachgen da, ac mi bryna i degan i ti. Tegan hyfryd – fyddi di'n dwli arno fe;" ac yna aeth allan i'r glaw i siop fach bob peth gerllaw oedd yn dal i fod ar agor weithiau, a daeth yn ôl gyda blwch cardbord ac ynddo set o Nadredd ac Ysgolion. Roedd yn dal i gofio arogl y cardbord llaith. Set ddigon sâl oedd hi. Roedd y bwrdd wedi'i dorri a gwneuthuriad y dis mor wael fel mai prin roeddynt yn gorwedd yn fflat ar eu hochrau. Edrychodd Winston ar y peth yn bwdlyd, heb ddiddordeb. Ond yna cyneuodd ei fam ddarn o gannwyll ac eisteddon nhw i lawr ar y llawr i chwarae. Yn fuan roedd yn llawn cyffro gwyllt ac yn bloeddio chwerthin wrth i'r botymau ddringo'n obeithiol i fyny'r ysgolion dim ond i lithro'n ôl i lawr y nadroedd drachefn, bron iawn i'r cychwyn eto. Chwaraeon nhw wyth gwaith, gan ennill pedwar yr un. Yn rhy ifanc i ddeall y gêm, rodd ei chwaer fechan wedi eistedd â gobennydd yn gefn iddi, yn chwerthin am fod y lleill yn chwerthin. Am brynhawn cyfan buont yn hapus gyda'i gilydd, fel y buont ym more'i oes.

Gwthiodd y ddelwedd o'i feddwl. Atgof ffug oedd e. Byddai atgofion ffug yn ei boeni o bryd i'w gilydd. Doedd dim ots amdanynt cyn belled â'ch bod yn chi eu hadnabod am beth oeddynt. Roedd rhai pethau wedi digwydd, ac eraill heb ddigwydd. Trodd yn ôl at y bwrdd gwyddbwyll a chodi'r marchog gwyn eto. Bron yr un eiliad fe gwympodd y marchog yn swnllyd yn ôl ar y bwrdd. Roedd wedi gwingo fel petai wedi'i wanu â phin.

Roedd caniad utgorn croch wedi torri drwy'r awyr. Y bwletin! Buddugoliaeth! Buddugoliaeth oedd hi bob tro pan ddaethai'r caniad utgorn ar ddechrau'r newyddion. Roedd yr holl gaffi fel petai dril trydan wedi'i redeg drwyddo. Roedd hyd yn oed y gweinyddwyr wedi aros i foeli'u clustiau.

Yn sgil caniad yr utgorn daethai cenllif o dwrw. Roedd llais cynhyrfus eisoes yn clebran o'r telisgrîn, ond hyd yn oed o'r cychwyn cyntaf roedd bron wedi ei foddi yn y rhu o fonllefau o'r tu allan. Roedd y newyddion wedi rhedeg ar hyd y strydoedd mewn chwinciad. Clywai ddigon o'r hyn ddeuai o'r telisgrîn i ddeall bod popeth wedi digwydd yn union fel y'i rhagwelsai: roedd llynges enfawr wedi ymgasglu'n ddirgel a tharo ergyd sydyn i'r gelyn o'r tu ôl, y saeth wen yn rhwygo drwy gynffon y saeth ddu. Gwthiai pytiau o frawddegau buddugoliaethus drwy'r twrw: "Symudiad strategol enfawr – cydlynu'n berffaith – trechu'n llwyr – hanner miliwn o garcharorion – lladd ysbryd y gelyn yn gelain – rheoli Affrica benbaladr – diwedd y rhyfel o fewn cyrraedd mesuradwy – Buddugoliaeth – y fuddugoliaeth fwyaf yn hanes y ddynoliaeth – Buddugoliaeth, Buddugoliaeth, Buddugoliaeth!"

Dan y bwrdd gwingai traed Winston ohonynt eu hunain. Nid oedd wedi codi o'i gadair, ond yn ei feddwl roedd yn rhedeg, yn rhedeg nerth esgyrn ei draed, gyda'r dorf y tu allan, yn byddaru'i hun â'i floeddio. Edrychodd i fyny eto ar y llun o'r Brawd Mawr. Y cawr rychwantai'r byd yn grwn! Y graig yr oedd tonnau Asia wedi'u hyrddio'u hunain yn ei erbyn, yn ofer! Meddyliodd sut, deng munud yn ôl – ie, deng munud yn unig – buasai eto'n anwadalu yn ei galon, a meddwl tybed ai buddugoliaeth ynteu curfa fyddai'r newyddion o'r ffrynt. A, nid dim ond byddin Ewrasiaidd a drengodd yr eiliad honno! Roedd llawer iawn ynddo wedi newid ers y diwrnod cyntaf hwnnw yn y Weinyddiaeth Gariad, ond nid oedd y newid terfynol, hanfodol, gwellhaol wedi digwydd eto, cyn y funud honno.

Roedd y llais o'r telisgrîn yn dal i bistyllio ei hanes carcharorion ac ysbail a chyflafan, ond roedd y gweiddi tu allan wedi distewi rywfaint. Roedd y gweinyddwyr yn dychwelyd i'w gwaith. Daeth un ohonynt draw gyda'r botel jin. Yn eistedd mewn breuddwyd braf, ni thalodd Winston sylw wrth i'w wydr gael ei ail-lenwi. Nid oedd yn rhedeg nac yn bloeddio bellach. Roedd yn ôl yn y Weinyddiaeth Gariad, popeth wedi'i faddau, ei enaid yn wyn fel yr eira. Roedd yn y doc cyhoeddus, yn cyffesu popeth, yn cyhuddo pawb. Roedd yn cerdded i lawr y coridor teils gwyn, gan deimlo'i fod yn cerdded yng ngolau'r haul, gwarchodwr â dryll y tu ôl iddo. Roedd y fwled hirddisgwyledig ar ei ffordd i'w ymennydd.

Edrychodd i fyny ar y wyneb enfawr. Buasai'n waith deugain mlynedd iddo ddysgu pa fath o wên oedd yn cuddio yno dan y mwstas tywyll. Gwae ei gamddealltwriaeth greulon, ddiangen! Gwae ei alltudiaeth ystyfnig, hunanol o'r fynwes gariadus! Llifodd dau ddeigryn jinllyd i lawr ochrau'i drwyn. Ond roedd hi'n iawn, roedd popeth yn iawn, roedd y frwydr drosodd. Roedd wedi ennill y fuddugoliaeth drosto'i hun. Roedd yn caru'r Brawd Mawr.

Y DIWEDD

Atodiad: Egwyddorion y Newyddiaith

Y Newyddiaith oedd iaith swyddogol Oceania ac fe'i dyfeisiwyd i fodloni anghenion syniadaethol Sosbryd, neu Sosialaeth Brydeinig. Yn y flwyddyn 1984 nid oedd neb eto'n defnyddio'r Newyddiaith yn unig er mwyn cyfathrebu, nac ar lafar nac ar ddu a gwyn. Defnyddid hi i ysgrifennu erthyglau blaen y *Faner*, ond *tour de force* oedd hyn a alwai am fedr arbenigwr. Y disgwyl oedd y byddai'r Newyddiaith wedi disodli'r Heniaith (neu Saesneg Safonol, fel y byddwn ninnau'n ei galw) erbyn y flwyddyn 2050. Yn y cyfamser daliai i ennill tir yn gyson, a phob un o aelodau'r Blaid yn tueddu i ddefnyddio geiriau a chystrawennau'r Newyddiaith fwyfwy yn eu hiaith pob dydd. Fersiwn darpariaethol oedd yr un a ddefnyddid yn 1984, wedi'i ymgorffori yn Nawfed a Degfed argraffiad Geiriadur y Newyddiaith, ac ynddi roedd nifer o eiriau diangen a ffurfiau hynafol gâi eu dileu'n ddiweddarach. Ein hystyriaeth bresennol yw'r fersiwn terfynol, perffaith, sef yr un a ymgorfforwyd yn Unfed Argraffiad ar Ddeg y Geiriadur.

Pwrpas y Newyddiaith oedd nid yn unig bod yn gyfrwng i gyfleu byd-olwg ac arferion meddyliol priodol selogion Sosbryd, ond gwneud unrhyw fath arall o feddwl yn amhosib. Y bwriad, wedi mabwysiadu'r Newyddiaith ac anghofio'r Heniaith unwaith ac am byth, oedd y byddai meddwl hereticaidd – hynny yw, meddwl yn groes i egwyddorion Sosbryd – yn llythrennol amhosib ei feddwl, o leiaf cyn belled ag y mae meddwl yn dibynnu ar eiriau. Roedd ei geirfa wedi'i llunio er mwyn cynnig ffordd union, ac yn aml iawn ffordd gynnil, o fynegi pob ystyr y gallai aelod o'r Blaid fwriadu'n iawn ei fynegi, gan eithrio pob ystyr amgen a hefyd pob posibiliad eu cyfleu drwy ddulliau anuniongyrchol. Gwnaethpwyd hyn yn rhannol drwy ddyfeisio geiriau newydd, ond yn bennaf drwy gael gwared ar eiriau annymunol a thrwy waredu o'r geiriau oedd ar ôl bob ystyr anuniongred, a phob ystyr eilradd cyn belled ag y bai modd gwneud hynny. Rhoddwn enghraifft: roedd y gair *rhydd* yn bodoli yn y Newyddiaith, ond dim ond mewn datganiadau fel, "Mae'r ci yn rhedeg yn rhydd" neu "Mae'r hoelen wedi dod yn rhydd" roedd modd ei defnyddio. Nid oedd modd ei ddefnyddio yn ei hen ystyron fel "yn wleidyddol rydd" neu'n "feddyliol rydd," gan nad oedd rhyddid gwleidyddol na meddyliol yn bodoli bellach, hyd yn oed yn gysyniadol; ac roeddynt felly o anghenraid yn ddienw. Ar wahân i gael gwared ar eiriau oedd yn amlwg yn hereticaidd, ystyrid lleihau geirfa'n ddiben ynddo'i hun, ac ni chaniateid i'r un gair oroesi os oedd modd cael gwared arno. Nid er mwyn ymestyn ystod meddwl y dyluniwyd y Newyddiaith ond er mwyn ei *chyfyngu*, ac roedd lleihau'r dewis geiriau i'r lleiafswm posib yn gyfraniad anuniongyrchol at hyn.

Seiliwyd y Newyddiaith ar yr iaith Saesneg fel yr ydym ni'n ei hadnabod hi heddiw, er mai prin y byddai llawer o frawddegau yn y Newyddiaith, hyd yn oed pan nad oeddynt yn cynnwys geiriau hollol newydd, yn ddealladwy i siaradwr Saesneg heddiw. Rhannwyd geiriau'r Newyddiaith yn dri dosbarth, sef geirfa A, geirfa B (a elwid hefyd yn eiriau cyfansawdd) a Geirfa C. Bydd hi'n haws trafod y tair ar wahân, ond byddwn yn ymdrin â nodweddion gramadegol yr iaith yn yr adran sy'n ymdrin â geirfa A, gan fod yr un rheolau'n berthnasol i bob un o'r tair Geirfa.

Geirfa A. Geirfa A oedd y geiriau hynny oedd yn angenrheidiol ar gyfer busnes pob dydd – ar gyfer pethau fel bwyta, yfed, gweithio, gwisgo, dringo grisiau, gyrru cerbydau, garddio, coginio, ac ati. Bron iawn ei holl gynnwys oedd geiriau sydd eisoes gennym fel *Taro, Rhedeg, Ci, Coeden, Siwgr, Tŷ, Cae* – ond o'u cymharu â geirfa Saesneg heddiw roedd nifer bach iawn ohonynt, a'u hystyron yn llawer mwy cyfyng. Bellach roedd pob amwysedd a gradd ystyr wedi'u gwaredu ohonynt. Cyn belled ag yr oedd hynny'n bosib nid oedd gair o'r dosbarth hwn yn y Newyddiaith yn fwy na sŵn stacato'n cyfleu UN ystyr hollol eglur. Buasai yn hollol amhosib defnyddio Geirfa A at ddibenion llenyddol neu ar gyfer trafodaeth wleidyddol neu athronyddol. Eu pwrpas oedd cyfleu meddyliau syml, penodol, y rhan fwyaf ohonynt yn ymwneud â gwrthrychau cadarn neu weithredoedd corfforol.

Roedd dau beth neilltuol ynghylch gramadeg y Newyddiaith. Y cyntaf oedd bod gwahanol rannau ymadrodd bron yn hollol gyfnewidiol. Roedd modd defnyddio unrhyw air yn yr iaith (mewn egwyddor roedd hyn yn wir hyd yn oed am eiriau hollol haniaethol fel *Os* a *Pryd*) naill ai fel berf, enw, ansoddair, neu adferf. Os oeddynt o'r un gwraidd ni fyddai byth unrhyw amrywiaeth rhwng ffurfiau'r ferf a'r enw, rheol oedd ynddi'i hun yn gwaredu nifer o ffurfiau hynafol. Nid oedd y gair *Creadigaeth*, er enghraifft, yn bodoli yn y newyddiaith. Roedd modd ei gyfleu â *Creu*, fyddai'n gwneud y tro yn ferf ac yn enw. Ni ddilynid unrhyw egwyddor etymolegol yma: mewn rhai achosion cedwid yr enw gwreiddiol, mewn eraill cedwid y ferf. Hyd yn oed pan oedd i enw a berf ystyr perthynol nad oedd yn gysylltiedig yn etymolegol, yn aml iawn byddai'r naill neu'r llall yn cael ei ddifa. Nid oedd, er enghraifft, air am *Cyllell*, gan fod yr enw-ferf *Torri* yn ei gyfleu'n ddigonol. Ffurfid ansoddeiriau drwy ychwanegu'r ôl-doddiad *-ol* at yr enw-ferf, ac adferfau drwy ychwanegu *-us*. Ystyr *cyflymol* er enghraifft oedd "chwim" a *cyflymus* oedd "yn gyflym." Cedwid rhai o'n hansoddeiriau cyfredol, fel *Da, Cryf, Mawr, Du, Meddal*, ond dim ond nifer fechan ohonynt. Nid oedd fawr o'u hangen gan fod modd cyfleu bron i unrhyw ystyr ansoddeiriol drwy ychwanegu *-ol* at enw-ferf. Ni chadwyd yr un o'n hadferfau cyfredol heblaw'r rhai oedd eisoes yn gorffen mewn *-us*. Roedd *-us* yn ddi-eithriad. Disodlwyd *Yn Dda*, er enghraifft, gan *Daus*.

Yn ogystal, roedd modd negyddu unrhyw air – eto, mewn egwyddor roedd hyn yn wir am bob gair yn yr iaith – drwy ychwanegu'r rhagddodiad *An-*, neu ei gryfhau ymhellach drwy ychwanegu *Plws-*, neu, am bwyslais cryfach fyth, *Deuplws*. Felly, er enghraifft, ystyr *Anoer* oedd "cynnes", tra bod *Plwsoer* a *Deuplwsoer* yn golygu, yn eu tro, "oer iawn" ac "oer eithriadol". Roedd hi'n bosib, fel yn Saesneg ac yn Gymraeg heddiw, addasu ystyr bron unrhyw air drwy atodiadau fel *Cyn-, Ôl-, Uwch-, Is-*, ac ati. Yn y fath ddulliau cafwyd bod modd lleihau geirfa'r iaith yn sylweddol iawn. O gofio'r gair *Da*, er enghraifft, nid oedd angen gair fel *Drwg*, gan fod modd cyfleu'r ystyr gystal bob tamaid – os nad yn well – ag *Anda*. Y cwbl roedd angen, pryd bynnag bod dau air yn ffurfio pâr cyfatebol gwrthwynebol, oedd penderfynu pa un ohonynt i'w waredu. Byddai modd disodli *Tywyll* er enghraifft ag *Angolau*, neu *Golau* ag *Andywyll*, yn ôl eich dymuniad.

Ail nodwedd neilltuol y Newyddiaith oedd ei chysondeb. Heblaw ambell eithriad a fanylir arnynt isod roedd ei holl ffurfiadau'n dilyn yr un rheolau. Ym mhob berf yr un oedd holl ffurfiau'r gorffennol a'r gorberffaith, a'r un oedd eu terfyniad sef - *odd*. Gorffennol *Dwyn* oedd *Dwynodd*, gorffennol *Meddwl* oedd *Meddwlodd*, ac ati drwy'r iaith i gyd, â phob ffurf amgen fel *Bu, Rhoes*, ac ati wedi'u difa. Crëid pob lluosog drwy ychwanegu *Au*. Lluosog *Dyn, Ychen, Coryn* oedd *Dynau, Ychenau, Corynau*. Diddymwyd cenedl enwau a'r mwyafrif helaeth o dreigladau, er y cadwyd rhai, a hynny'n annisgwyl efallai, er mwyn cytseinedd (gweler isod).

O ran rhagenwau, defnyddid y benywaidd *Hi* ar gyfer merch neu ddynes; *E* oedd popeth arall yn unigol a *Nhw* yn lluosog. Roedd y rhain yn dilyn eu hen arfer. Roedd ambell anghysondeb yn codi o angen siarad yn gyflym ac yn rhwydd. Ystyrid geiriau oedd yn anodd eu dweud, neu y gallent gael eu cam-glywed, yn eiriau drwg ynddynt eu hunain; ambell dro felly, er mwyn cytseinedd, ychwanegid llythrennau ychwanegol at air neu gadw hen ffurf. Ond gan mwyaf o ran Geirfa B y digwyddai hyn. Bydd y rheswm *pam* y rhoddwyd cymaint o bwysau ar ynganiad yn dod yn eglur maes o law.

Geirfa B. Cynnwys Geirfa B oedd geiriau wedi'u llunio'n fwriadol at ddibenion gwleidyddol: geiriau, hynny yw, nid yn unig ac iddynt ystyr wleidyddol ym mhob achos, ond a fwriedid at orfodi agwedd feddyliol ar y sawl a'u defnyddiai. Heb ddeall egwyddorion Sosbryd yn llawn anodd fyddai defnyddio'r geiriau hyn yn gywir. Mewn rhai achosion roedd modd eu cyfieithu i'r Heniaith, neu hyd yn oed i eiriau o Eirfa A, ond byddai hyn fel arfer yn gofyn aralleiriad hir, ac yn sicr o olygu colli rhai goblygiadau. Math o law-fer lafar oedd geiriau Geirfa B, yn aml yn cynnwys ystod cyfan o syniadau mewn ychydig sillau, ac eto ar yr un pryd yn fwy manwl gywir ac uniongyrchol nag iaith bob dydd.

Geiriau cyfansawdd oedd Geiriau B ym mhob achos (Roedd geiriau cyfansawdd fel *Llaisgrif* i'w cael wrth gwrs yng Ngeirfa A hefyd, ond dim ond talfyriadau cyfleus oedd y rhain nad oedd iddynt unrhyw elfen syniadaethol). Roeddynt wedi'u gwneud drwy gysylltu dau neu ragor o eiriau mewn ffordd ddigon hawdd ei hynganu. Byddai'r canlyniad yn enw-ferf ym mhob achos, ac yn rhedeg yn ôl y rheolau arferol. I roi enghraifft: y gair *Dafeddwl*, sef, yn fras, "uniongrededd", neu os oedd yn gweithredu fel berf, "meddwl mewn ffordd uniongred." Byddai hwn yn rhedeg fel a ganlyn: enw-ferf, *Dafeddwl*; gorffennol, *Dafeddwlodd*; ansoddair, *Dafeddwlol*; adferf, *Dafeddwlus*; enw berfol, *Dafeddwlwr*.

Nid oedd unrhyw gynllun etymolegol i Eirfa B. Gallai'r geiriau a ddefnyddid i'w creu fod yn unrhyw ran o ymadrodd, ac roedd modd eu gosod mewn unrhyw drefn a'u difetha mewn unrhyw ffordd fyddai'n ei gwneud hi'n hawdd eu hynganu wrth ddangos yn glir eu tarddiad. Yn y gair *Trosmeddwl*, er enghraifft, deuai'r *Meddwl* yn ail, ac yn *Meddlu* deuai yn gyntaf, ac yn yr ail achos roedd wedi colli'i ail sill. Oherwydd anhawster mawr sicrhau cytseinedd, roedd ffurfiau afreolaidd yn fwy cyffredin yng Ngeirfa B nag yng Ngeirfa A. Mewn egwyddor, fodd bynnag, gallai pob gair B redeg, a rhedeg yn yr un ffordd yn union.

Roedd i rai o eiriau B ystyr eithriadol o gynnil, a phrin fod modd i neb eu deall oedd heb eto feistroli'r iaith gyfan. Ystyriwch, er enghraifft, frawddeg ddigon enghreifftiol o erthygl yn y *Faner* fel "Henfeddwlau Anboldeim Sosbryd." Y dull mwyaf cryno y gellid cyfieithu hyn i'r Heniaith fyddai: "Ni all y rhai a ffurfiodd eu syniadau cyn y Chwyldro werthfawrogi egwyddorion Sosialaeth Brydeinig yn llawn." I ddechrau, er mwyn deall llawn ystyr y frawddeg o'r Newyddiaith uchod, rhaid wrth ddealltwriaeth glir o ystyr *Sosbryd*. Yn ogystal â hynny, dim ond rhywun oedd yn llawn ddeall Sosbryd fyddai'n gwerthfawrogi grym y gair *Boldeim*, oedd yn awgrymu derbyn llwyr, brwdfrydig a dall sy'n anodd ei ddychmygu heddiw; neu'r gair *Henfeddwl*, oedd ynghlwm â phob math o syniadau o ddrygioni ac anlladrwydd. Ond pwrpas arbennig rhai geiriau yn y Newyddiaith, *Henfeddwl* yn un ohonynt, oedd nid cyfleu ystyron yn gymaint â'u dinistrio. Câi ystyr y geiriau hyn – nad oedd ond ychydig iawn ohonynt, yn fwriadol – eu hymestyn nes iddynt gynnwys casgliadau cyfan o eiriau roedd modd eu dileu bellach, gan eu bod wedi'u cynnwys mewn un term cyfansawdd. Nid dyfeisio geiriau newydd oedd anhawster mwyaf Geiriadur y Newyddiaith, ond, wedi eu dyfeisio, bod yn sicr o'u hystyr: hynny yw, pa eiriau eraill a ganslwyd oherwydd eu bodolaeth.

Fel y gwelsom eisoes yn achos *Rhydd*, roedd rhai geiriau fu iddynt unwaith ystyr hereticaidd wedi'u cadw er cyfleustra, ond dim ond ar ôl gwaredu oddi wrthynt bob ystyr annymunol. Eu difa'n llwyr fu hanes llu o eiriau eraill megis *Anrhydedd, Cyfiawnder, Moesoldeb, Rhyngwladoldeb, Democratiaeth, Gwyddoniaeth, Crefydd*. Dyfeisiwyd ambell air hollgynhwysol ar eu cyfer, a thrwy hynny, eu dileu. Roedd pob gair yn ymwneud â chysyniadau fel rhyddid neu gydraddoldeb, er enghraifft, wedi'u cynnwys o fewn yr un gair, *trosmeddwl*, tra bod pob gair ynghlwm â gwrthrychedd a rhesymeg o fewn yr un gair *henfeddwl*. Buasai yn beryglus bod yn fwy penodol na hynny. Yr hyn oedd yn ddisgwyliedig gan aelodau o'r Blaid oedd agwedd tebyg i'r hen Iddew a wyddai, heb wybod fawr ddim arall, fod pob cenedl heblaw ei genedl ef yn addoli "gau dduwiau." Nid oedd angen iddo wybod mai Baal, Osiris, Moloch, Astaroth ac ati oedd enwau'r rhain: gorau po leiaf a wyddai amdanynt, o ran ei uniongrededd. Gwyddai am Jehofa ac am orchmynion Jehofa: gwyddai, felly, mai gau dduw oedd pob duw â chanddo enw neu nodweddion gwahanol. Yn yr un ffordd, fwy neu lai, gwyddai aelod o'r Blaid beth oedd ymddygiad cywir, ac mewn termau hollol amwys, cyffredinol, gwyddai fod yna wahanol ddulliau o wyro oddi wrtho. Roedd ei fywyd rhywiol, er enghraifft, wedi'i lywio'n llwyr gan ddau air yn y Newyddiaith sef *Trosryw* (anfoesoldeb rhywiol) a *Rhywda* (diweirdeb). Roedd *Trosryw* yn cynnwys pob tramgwydd rhywiol o unrhyw fath. Puteindra, godineb, gwrywgydiaeth, a gwyrdroadau eraill yn ogystal â chyfathrach gyffredin wedi'i pherfformio er mwyn y weithred. Nid oedd angen gwahaniaethu rhyngddynt, gan eu bod i gyd yr un mor gyfeiliornus, a dienyddiad yn gosb am bob un ohonynt mewn egwyddor. Yng Ngeirfa C, sef y termau gwyddonol a thechnolegol, gall fod angen rhoi enwau arbenigol ar rai gwyrdroadau rhywiol penodol, ond nid oedd angen y rheiny ar y dinesydd cyffredin. Gwyddai beth oedd ystyr *Rhywda* – hynny yw, cyfathrach gyffredin rhwng gŵr a gwraig, at ddiben cenhedlu plant yn unig, a heb bleser corfforol ar ran y ferch: *Trosryw* oedd popeth arall. Yn y Newyddiaith, prin oedd modd dilyn syniad hereticaidd ymhellach na'r syniad ei fod YN hereticaidd: nid oedd y geiriau angenrheidiol yn bodoli i'w drafod tu hwnt i hynny.

Nid oedd unrhyw air ideolegol niwtral yng Ngeirfa B. Mwytheiriau oedd llawer iawn ohonynt. Ystyr rhai geiriau, fel *Hwylfan* (gwersyll llafur gorfodol) neu *Heddwein* (y Weinyddiaeth Hedd, h.y. y Weinyddiaeth Ryfel) oedd y gwrthwyneb union i'r disgwyl. Roedd rhai geiriau, ar y llaw arall, yn dangos dealltwriaeth blaen a dirmygus o wir natur cymdeithas Oceania. Un esiampl oedd *Prolfwyd*, sef yr adloniant arwynebol, ysgafn a'r newyddion dibwrpas yr oedd y Blaid yn eu cynhyrchu i'r lliaws. Roedd geiriau eraill eto yn amwys, ac ystyr "da" o'u defnyddio mewn cysylltiad â'r Blaid ond "drwg" o sôn am ei gelynion. At hynny roedd nifer fawr o eiriau nad oedd, ar yr golwg gyntaf, i'w gweld yn ddim byd ond talfyriadau, ond oedd a'u blas syniadaethol yn codi nid o'u hystyr ond o'u strwythur.

Cyn belled â phosib, rhoddwyd pob gair ac iddo bwys gwleidyddol o unrhyw fath, neu y gallai fod iddo bwys gwleidyddol, yng Ngeirfa B. Roedd enw pob sefydliad, grŵp o bobl, dysgeidiaeth, gwlad, neu sefydliad, neu adeilad cyhoeddus, wedi'i docio i'r ffurf gyfarwydd: hynny yw, un gair hawdd ei ynganu gyda'r nifer leiaf posib o sillafau a fyddai'n cadw'r tarddiad gwreiddiol. Yng Ngweinyddiaeth y Gwir, er enghraifft, enw'r Adran Gofnodion lle'r oedd Winston Smith yn gweithio oedd *Adgof*, enw'r adran ffuglen oedd *Adffug*, *Adteli* oedd enw'r adran raglenni telisgrîn, ac ati. Nid arbed amser oedd unig bwrpas hyn. Hyd yn oed yn ystod degawdau cyntaf yr ugeinfed ganrif, bu geiriau cyfansawdd, talfyredig yn un o nodweddion yr iaith wleidyddol; a sylweddolwyd bod y tueddiad i ddefnyddio talfyriadau o'r fath yn fwyaf cyffredin mewn gwledydd a sefydliadau totalitaraidd. Roedd enghreifftiau'n cynnwys geiriau fel *Nazi*, *Gestapo*, *Comintern*, *Inprecorr*, *Agitprop*. Mabwysiadwyd yr arfer megis yn reddfol ar y dechrau, ond yn y Newyddiaith roedd pwrpas bwriadol iddi. Y gred oedd y byddid, wrth dalfyrru enw felly, yn ei gulhau ac yn newid ei ystyr yn gynnil drwy dorri ymaith yr ystyriaethau hynny fyddai fel arall ynghlwm ag ef. Mae'r geiriau *Communist International*, er enghraifft, yn dwyn i'r cof ddelwedd o frawdoliaeth ddynol gyfanfydol, baneri cochion, baricedau, Karl Marx, a Chomiwn Paris. Nid yw *Comintern*, ar y llaw arall, yn awgrymu dim byd ond sefydliad cyfrinachol ag iddo ddysgeidiaeth glir ei ffiniau. Mae'n cyfeirio at rywbeth bron mor hawdd ei adnabod, a bron mor gyfyng ei bwrpas, â chadair neu fwrdd. Mae *Comintern* yn air y mae modd ei ynganu bron heb feddwl, tra bod *Communist International* yn ymadrodd y mae'n rhaid i rywun feddwl drosto, am eiliad neu ddau o leiaf. Yn yr un ffordd, mae'r cysylltiadau a ddygir i'r cof gan air fel *Gwirwein* yn llai o lawer ac yn haws eu rheoli na *Gweinyddiaeth y Gwir*. Hyn sy'n esbonio nid yn unig yr arfer o dalfyrru lle bynnag gellid gwneud, ond hefyd y gofal a gymerid yn gwneud pob gair yn hawdd ei ynganu.

Yn y Newyddiaith, roedd cytseinedd yn bwysicach na phob ystyriaeth arall heblaw uniondeb ystyr. Aberthid cysondeb gramadegol iddo bob tro, pan ystyrid fod angen. A dyna'r agwedd iawn, oherwydd beth oedd ei angen, at ddibenion gwleidyddol yn anad dim, oedd geiriau byr, eu hystyr yn ddigamsyniol, modd eu hynganu'n gyflym gan ddwyn yr atseiniau lleiaf posib i gof y siaradwr. Roedd geiriau Geirfa B hyd yn oed ar eu hennill o'r ffaith bod cymaint ohonynt mor debyg i'w gilydd. Ym mron pob achos roedd y geiriau hyn – *Dafeddwl, Gwirwein, Prolfwyd, Trosryw, Hwylfan, Bolteim*, ac eraill di-rif – yn eiriau dwy neu dair sill, y pwyslais wedi'i rannu'n gyfartal rhwng y sill gyntaf a'r olaf. Roedd eu defnydd yn annog dull siarad parablus, yn stacato ac yn undonog ar yr un pryd. Roedd hyn yn hollol fwriadol. Y bwriad oedd gwneud siarad, ac yn enwedig siarad am unrhyw fater nad oedd yn syniadaethol niwtral, cyn belled â phosib yn annibynnol ar ymwybyddiaeth. At ddibenion pob dydd dichon fod angen ystyried cyn siarad, o leiaf weithiau, ond dylai aelod o'r Blaid – y gofynnid iddo am farn wleidyddol neu foesegol – allu chwistrelli'r atebion cywir yr un mor awtomatig â pheirianddryll yn saethu bwledi. Roedd ei hyfforddiant wedi rhoi iddo'r arfer o wneud hynny, a'r iaith yn offeryn bron iawn yn berffaith i'r diben, a gwead y geiriau yn gymorth arall eto, yn llym eu sŵn, a rhyw hylltra bwriadol iddynt oedd yn cyd-fynd yn llawn ag ysbryd Sosbryd.

Cymorth arall oedd bod ganddo gyn lleied o eiriau i'w dewis. O'i chymharu â'n hiaith ni, roedd geirfa'r Newyddiaith yn fychan, a ffyrdd newydd o'i lleihau'n cael eu dyfeisio o hyd. Yn wir, roedd y Newyddiaith yn wahanol i bron pob iaith arall gan god ei geirfa'n crebachu bob blwyddyn yn lle tyfu. Roedd yr iaith ar ei hennill o bob lleihad, gan mai cyn lleied oedd maes y dewis, lleiaf yn y byd oedd temtasiwn meddwl. Y gobaith yn y pen draw oedd galluogi iaith rugl i lifo'n syth o'r laryncs heb angen galw ar ganolfannau uwch yr ymennydd o gwbl. Roedd y bwriad hwn yn eglur yn y gair *Hwyadiaith*, sef "cwacio fel hwyaden". Fel geiriau eraill yng Ngeirfa B, roedd ystyr *Hwyadiaith* yn amwys. A bwrw bod pob barn a gwaciwyd yn un uniongred, roedd yr ystyr yn hollol gadarnhaol, a phan soniai'r *Faner* am siaradwr o'r Blaid fel *Hwyadiaithwr Deuplwsda* roedd yn talu teyrnged gynnes a dymunol iddo.

Geirfa C. Atodiad i'r lleill oedd Geirfa C ac wedi'i gwneud yn gyfan gwbl o dermau gwyddonol a thechnegol. Roedd y rhain yn debyg i'r termau gwyddonol hynny rydym yn eu defnyddio heddiw, ac wedi'u llunio o'r un gwreiddiau, ond gan gymryd y gofal arferol i'w diffinio'n gyfyng ac i waredu pob ystyr annymunol. Roeddynt yn dilyn yr un rheolau gramadegol â geiriau'r ddwy eirfa arall. Ychydig iawn o'r geiriau C a ddefnyddid o gwbl mewn iaith pob dydd neu wrth siarad yn wleidyddol. Gallai unrhyw weithiwr neu dechnegydd gael hyd i'r geiriau yr oedd angen arno yn y rhestr benodol ar gyfer ei arbenigedd ef ei hun, ond prin fod ganddo fwy nag ambell air o'r rhestrau eraill. Dim ond ambell i gair oedd ar bob un rhestr, ac nid oedd yna ieithwedd o gwbl i gyfleu Gwyddoniaeth fel dull neu arfer meddyliol cyffredinol, mewn unrhyw gangen benodol ohoni. A dweud y gwir nid oedd yna air am "Gwyddoniaeth," gan fod pob ystyr y gallai fod gan air o'r fath ynghlwm eisoes yn y gair *Sosbryd.*

O'r disgrifiad uchod fe welir ei bod hi fwy neu lai'n amhosib cyfleu unrhyw farn anuniongred yn y Newyddiaith, heblaw ar lefel isel iawn. Roedd modd ynganu rhai heresïau o fath sylfaenol iawn, math o gabledd. Byddai wedi bod yn bosib, er enghraifft, dweud *Brawd Mawr Yw Anda.* Ond amhosib fyddai cynnal y datganiad hwn, na fyddai'n ddim ond hurtrwydd hollol amlwg yng nghlust yr uniongred, gydag unrhyw fath o ddadl resymegol, gan nad oedd y geiriau ar gael i wneud hynny. Nid oedd modd cyfleu syniadau gwrthwynebus heblaw mewn ffordd amwys, di-eiriau, a dim ond mewn termau eang iawn y gellid eu henwi, oedd yn dwyn categorïau lawer o heresïau ynghyd ac yn eu condemnio, ond heb eu diffinio wrth wneud hynny. A dweud y gwir dim ond drwy gyfieithu rhai o'i geiriau yn ôl i'r Heniaith mewn ffordd anghywir y byddai modd defnyddio'r Newyddiaith at ddibenion anuniongred. Er enghraifft, roedd *Pob Dynau Yw Cydradd* yn frawddeg bosib yn y Newyddiaith, ond dim ond yn yr ystyr bod "Mae gan bob dyn wallt coch" yn frawddeg bosib yn yr Heniaith. Nid oedd iddo unrhyw wall gramadegol, ond roedd yn fynegiant o rywbeth oedd yn amlwg yn anghywir – hynny yw, bod pob dyn yn gydradd o ran maint, pwysau neu gryfder. Nid oedd cydraddoldeb gwleidyddol yn bodoli fel cysyniad bellach, ac roedd yr ystyr eilradd hwn o ganlyniad wedi'i waredu'n llwyr o'r gair *Cydradd.* Yn 1984, â'r Heniaith yn dal i fod yn brif ddull cyfathrebu, roedd perygl mewn egwyddor y gallai rhywun gofio ystyr wreiddiol geiriau wrth eu defnyddio yn y Newyddiaith. Nid peth anodd mewn gwirionedd fodd bynnag fyddai i neb â gafael dda ar *Daufeddwl* osgoi gwneud hyn, ond ymhen dwy genhedlaeth byddai'r fath lithriad yn hollol amhosib.

Ni fyddai rhywun a fagwyd â'r Newyddiaith yn unig iaith iddo'n deall bod gan *Cydradd* unwaith ystyr eilradd sef "cydradd yn wleidyddol," neu bod *Rhydd* ar un adeg wedi golygu "yn feddyliol rydd," fwy nag y byddai gan rywun nad oedd erioed wedi clywed am wyddbwyll ymwybyddiaeth o ystyron amgen *Brenhines* neu *Gastell.* Byddai ystod fawr o droseddau a chamgymeriadau y tu hwnt i'w allu i'w cyflawni, yn syml iawn oherwydd eu bod yn ddienw ac felly'n annirnadwy. Ac fe ragwelid y byddai nodweddion y Newyddiaith yn dod yn fwyfwy amlwg dros amser — byddai iddi lai a llai o eiriau, a'u hystyron yn fwyfwy cyfyng, a'r cyfleoedd i'w defnyddio'n amhriodol yn lleihau o hyd.

Wedi disodli'r Heniaith unwaith ac am byth, byddai'r cyswllt olaf â'r gorffennol wedi'i dorri. Roedd hanes eisoes wedi'i ail-ysgrifennu, ond roedd darnau bychain o lenyddiaeth y gorffennol yn goroesi yma a thraw, heb eu sensro'n iawn, ac felly yn bosib eu darllen os nad oedd y darllenydd wedi colli ei Heniaith. Yn y dyfodol byddai'r fath ddarnau, hyd yn oed petaent yn digwydd goroesi, yn annealladwy ac yn amhosib eu cyfieithu. Amhosib oedd cyfieithu unrhyw destun o'r Heniaith i'r Newyddiaith oni bai ei fod yn cyfeirio at ryw broses dechnegol neu weithred bob-dydd syml, neu ei fod eisoes yn uniongred ei naws (*Dafeddwlol* fyddai'r gair yn y Newyddiaith). Yn ymarferol golygai hyn nad oedd modd cyfieithu unrhyw lyfr yn llawn os ysgrifennwyd ef cyn 1960. Dim ond drwy ei gyfieithu'n syniadaethol oedd modd cyfieithu llenyddiaeth y cyfnod cyn y Chwyldro — hynny yw, drwy newid ei hystyr yn ogystal â'i hiaith. Cymerer, er enghraifft, detholiad adnabyddus o Ddatganiad Annibyniaeth UDA:

> Ystyriwn fod y gwirioneddau canlynol yn amlwg ohonynt eu hunain: bod pob dyn wedi'i greu'n gydradd, bod iddynt rai hawliau anamddifadwy yn deillio o law eu creawdwr, a bod bywyd, rhyddid, a cheisio llawenydd ymhlith y rhain. Bod llywodraethau wedi'u sefydlu ymhlith dynion er mwyn sicrhau'r hawliau hyn, eu pwerau'n deillio o gydsyniad y sawl a lywodraethir. Bod gan y bobl, pryd bynnag y mae llywodraeth o unrhyw fath yn troi'n andwyol o ran yr amcanion hyn, yr hawl i'w newid neu ei ddiddymu, a sefydlu llywodraeth newydd...

Buasai'n hollol amhosib cyfleu hyn yn y Newyddiaith gan gadw ystyr y gwreiddiol. Y peth gorau y gellid ei wneud at y perwyl hynny fyddai llyncu'r holl destun mewn un gair: *trosmeddwl*. Byddai'n rhaid i unrhyw gyfieithiad llawn fod yn gyfieithiad ideolegol, a fyddai'n troi geiriau Jefferson yn folawd i lywodraeth unbenaethol.

Yn wir, roedd llawer iawn o lenyddiaeth y gorffennol eisoes wrthi'n cael ei newid yn y dull hwn. Roedd ystyriaethau o ran mawredd wedi'i gwneud hi'n ddymunol cynnal cof am rai ffigyrau hanesyddol, ac eto wrth wneud hynny cysoni eu llwyddiannau ag athroniaeth Sosbryd. Roedd rhai llenorion megis Shakespeare, Dafydd ap Gwilym, Milton, T. Gwynn Jones ac eraill wrthi'n cael eu cyfieithu: wedi cwblhau'r dasg, byddai eu gweithiau gwreiddiol, ynghyd â phopeth arall oedd wedi goroesi o lenyddiaeth y gorffennol, yn cael eu dinistrio. Busnes araf ac anodd oedd y cyfieithiadau hyn, ac nid oedd disgwyl gweld eu cwblhau cyn degawd cyntaf neu ail ddegawd yr unfed ganrif ar hugain. Roedd cyfeintiau mawr hefyd o lenyddiaeth fydol – canllawiau technegol hollol anhepgorol ac ati – yr oedd yn rhaid eu trin yn yr un ffordd. Yr angen hwn, sef amser i gwblhau'r gwaith cyfieithu dechreuol, oedd y prif reswm dros osod dyddiad mor hwyr â 2050 ar gyfer mabwysiadu'r Newyddiaith yn llwyr ac yn derfynol.

Ar gael gan yr un awdur o www.melinbapur.cymru

George Orwell
Foel yr Anifeiliaid

*"Mae ngolwg i'n pylu," meddai hi o'r diwedd. "Hyd yn oed pan
oeddwn yn eboles fedrwn i ddim darllen be sy 'di'i sgwennu yna.
Ond i nhyb i mae golwg wahanol ar y wal 'na. Ydi'r Saith
Gorchymyn 'run fath ag y bydden nhw, Eban?"
Am unwaith cydsyniodd Eban i dorri ei reol a darllenodd iddi
be oedd wedi'i sgwennu ar y wal. Bellach doedd dim byd yno ond
un Gorchymyn. Dyma'i fyrdwn:*

*MAE POB ANIFAIL YN GYDRADD OND MAE
RHAI YN FWY CYDRADD NA'I GILYDD.*

Roedd George Orwell, sef ffugenw Eric Arthur Blair
(1903-1950) yn newyddiadurwr, yn fardd ac yn
draethodydd ond fe'i hadnabyddir orau heddiw fel un
o nofelwyr mwyaf dylanwadol yr ugeinfed ganrif.
Animal Farm oedd ei nofel olaf ond un. Yn alegori
sy'n dychanu sefydlu'r Undeb Sofietaidd, mae'n
portreadu llygredd dyn a'r ffordd y gall y syniadau
mwyaf aruchel gael eu meddiannu at ddibenion
totalitaraidd. Ystyrir hi'n un o nofelau pwysicaf yr
ugeinfed ganrif.

Cyfieithwyd i'r Gymraeg gan Anna Gruffydd.

Ian Parri
Gwynfyd

"Ma' pob trefn ar 'i gwanaf pan fo 'na wrthdaro oddi fewn. Ma'n rhaid inni ddeffro'r genedl. Ma'r Orsedd yn eu twyllo. Ffug i gyd yw'r Chwyldro Cynganeddol, rhyw orchudd er mwyn 'yn ca'l ni gyd i'w col. A nawr yw'n cyfle ni. Nawr ne' fyth. Newyddiadurwyr 'yn ni i fod 'n'defe? Rhaid inni weithredu er mwyn i bobol ca'l byw mewn rhyddid unweth 'to. Sytha'r asgwrn cefn 'na da ti."

Yr Ynys, dwy genhedlaeth ers y Chwyldro cynganeddol. Fel pawb arall, mae Maldwyn Tanat yn gwingo dan orthrwm yr Orsedd, ond yn mwynhau bywyd cymharol gyfforddus—hyd nes y daw'r cyfle un diwrnod iddo droi'n arwr digon cyndyn...

Dyma nofel gyntaf Ian Parri. Cyfuniad unigryw o ddistopia ac abswrdiaeth, dyma weledigaeth hollol wahanol o'r traddodiad llenyddol Cymraeg sydd yn ddoniol, yn arswydus ac yn heriol yn ei thro.

"Distopia dychrynllyd yw thema Gwynfyd, ac mae'r byd wedi ei saernïo'n ofalus. Gyda phob cam, mae'r plot yn datgelu realaeth ofnadwy... Mae Gwynfyd yn nofel ddifyr a dychrynllyd, ac Ian Parri yn awdur sy'n gwybod sut i dynnu darllenydd i mewn i fyd stori."
—Manon Steffan Ros.

MELIN BAPUR

Ar gael hefyd gan Melin Bapur:

H. G. Wells
Y Peiriant Amser

"Eiliad yn ddiweddarach roedden ni ein dau'n wynebu ein gilydd: minnau a'r creadur bregus hwn o'r dyfodol. Daeth yn syth ataf i, a chwarddodd yn uchel yn fy wyneb. Fe'm trawyd yn syth gan y ffaith nad oedd yr un awgrym o ofn ynddo o gwbl."

Un noswaith yn Llundain tua diwedd y bedwaredd ganrif ar bymtheg, mae gŵr ffraeth a hyddysg yn estyn gwahoddiad i grŵp o'i gyfoedion fod yn dyst wrth iddo arddangos ei ddyfais anhygoel newydd: y Peiriant Amser. Gyda hwn, mae'n teithio cannoedd o filoedd o flynyddoedd i'r dyfodol ac yn cael ei hun mewn paradwys, o'r golwg. Pam felly bod popeth i'w weld mewn adfeilion? A beth sy'n llechu dan wyneb y byd rhyfedd newydd hwn?

Nofel gyntaf Herbert George Wells, heb os, yw un o'r portreadau enwocaf o'r dyfodol mewn ffuglen, ac hyd heddiw, mae'n un o'r rhai mwyaf arswydus. Erys yn un o gerrig milltir hanes ffuglen wyddonol.

Y cyfieithiad newydd hwn gan Adam Pearce yw'r tro cyntaf i waith Wells fod ar gael yn y Gymraeg.

www.melinbapur.cymru

Dilynwch ni ar:

X (@melinbapur)
Facebook (@melinbapur